Le Jour de Christophe Colomb

Le Jour de Christophe Colomb

Craig Alanson

Le Jour de Christophe Colomb

Livre 1

Podium

Le Jour de Christophe Colomb - Livre 1

Traduit par Michèle Zachayus

Titre Original *Columbus Day*

Language Originale: Anglais

Copyright © 2016, 2022 Craig Alanson et SAGA Egmont

Tous droits réservés

ISBN: 978-1-0394-5998-4

1ère édition

www.podiumentertainment.com

Le Jour de Christophe Colomb

CHAPITRE PREMIER

LE JOUR DE CHRISTOPHE COLOMB

LES RUHARS NOUS ont attaqués le jour même de Christophe Colomb. Chaque pays avait son appellation pour le jour de frappe des Ruhars et le nom commun qui resta, après un temps, ce fut bien celui du *Columbus Day*, « Le Jour de Christophe Colomb ». Ça ne me semble pas illogique. On était là, à dériver innocemment dans le cosmos sur notre petite bille bleue, exactement comme les Américains d'origine en 1492. Et voilà qu'à l'horizon avaient surgi des navires d'une civilisation agressive, technologiquement supérieure et BOUM ! Adieu le bon vieux temps, adieu les temps « bénis » où les humains n'étaient jamais massacrés que par leurs propres congénères. Alors… Le Jour de Christophe Colomb ? Que voulez-vous. On ne pouvait vraiment pas trouver mieux.

Les cieux matinaux scintillaient. On apprit par la suite que c'était la caractéristique même des montées en flèche des bâtiments de guerre ruhars en orbite haute. Pardon d'avance, nous étions curieux. Quand les centrales électriques, les raffineries, les usines et autres sites industriels aux quatre coins de notre planète furent pilonnés du haut de l'orbite terrestre à coups de « dards » hypersoniques électromagnétiques, ce fut la sidération. Quant à moi, lorsqu'un transporteur de troupes ruhar tomba du haut des cieux pour déraper sur un des champs de patates de notre hameau du Maine septentrional, je peux dire que c'est là et bien là que je me suis Officiellement Alarmé. Un lundi matin, début octobre, jour férié de la Découverte des Amériques par Christophe Colomb, je bénéficiais d'une permission de l'Armée pour revoir ma famille. Un répit entre deux combats, mon bataillon étant rapatrié à la suite du maintien de la paix au Niger. Quel merdier, ce job ! J'étais trop heureux de rentrer enfin aux States. Ma permission prit fin avec la striure zébrant le ciel, tandis que le transporteur ruhar survolant le lac fonçait sur

7

mon camion pour venir s'écraser sur le champ de pommes de terre d'Olafsen, le nez à demi enfoui dans un étang en vacillant une minute ; un gémissement montant des moteurs surplomba le centre-ville, souligné par une traînée de condensation.

Nos supposés alliés, les Kristangs, estiment que les transporteurs d'attaque ruhars ont pâti de la chute orbitale, manquant de peu leur cible puisqu'il n'y a pas d'autre raison envisageable pour laquelle les Ruhars auraient envahi Thompson Corners, dans le Maine. Et, par l'enfer, je ne voulais franchement plus y traîner mes guêtres, c'est bien pour ça que j'avais rallié l'armée, bon sang ! Ma ville natale ne manque pas de charme, mais elle n'a rien de particulier non plus. Des champs de patates, des élevages de bovins et d'ovins, des productions agricoles, ça oui. Et des gens comme mon père avaient du boulot à la grande papeterie de Milliconack. On pouvait toujours s'en sortir grâce à l'exploitation forestière ou en tant que guide de chasse ou de pêche avec un brin de soudage en complément. Bref. Dans le Maine du Nord, personne ne peut compter sur un seul et unique job pour s'en sortir. On comprendra donc qu'une ville comme Thompson Corners n'est pas le genre de plate-forme stratégique à laquelle songeraient les tacticiens militaires en décidant du point critique de largage d'un transporteur de combat orbital, avec ses bataillons armés jusqu'aux dents. Les troupes des Ruhars, petits salopards moustachus à fourrure qu'ils sont, avaient indubitablement guetté le moment où leur transporteur s'était enfin immobilisé sur la pelouse de l'école primaire, en plein centre-ville. Ils avaient ouvert leur transporteur – et ouvert de grands yeux émerveillés sur le site splendide de Thompson Corners, en demandant au pilote où diable ils avaient bien pu atterrir en dérapage contrôlé. Les soldats seront toujours des soldats, qu'ils soient couverts de fourrure, de peau ou d'écailles. Alors, en toute logique, les Ruhars lancèrent un missile sur la structure proéminente de la région, soit le bâtiment de stockage de pommes de terre, et la démolirent avec grande classe. En d'autres termes, si vous préférez, ils déchaînèrent dessus toutes les foudres de l'enfer – à croire que ces militaires venus de l'espace avaient une dent contre les patates. Ensuite, ils eurent à cœur de pulvériser les deux ponts enjambant le Scanicutt : celui du chemin de fer et le vieux pont autoroutier en béton qui était là depuis sa construction dans les années 1930 par le Groupe de Travail de l'Administration de Roosevelt, la FDR's Works Progress Administration. Il avait plu des cordes, le fleuve menaçait de déborder et, le pont annihilé, le seul moyen pour moi de regagner la ville, c'était de rouler jusqu'à Woodford pour traverser là. Cette bonne vieille plaisanterie de Nouvelle-Angleterre, vous savez... Pas moyen d'arriver là en partant d'ici, hein ? Une bonne idée... si seulement les gens affolés n'avaient pas eu la même que moi, par centaines, prenant à leur tour la route, générant des bouchons monstres.

Quand j'ai vu surgir ce vaisseau de combat dans une traînée de condensation, fondant sur le centre de Thompson Corners, j'étais déjà au volant du pick-up de mes parents pour aller chercher ma sœur chez son ami. C'était dix minutes après les premières frappes tombées des cieux ; sur les ondes radio, on annonçait que le gouverneur venait de déclarer l'état d'urgence, exhortant la population à conserver son calme. Puis toutes les communications avaient été coupées. Plus de radios, plus de téléphones portables, plus de TV, plus d'électricité. Sans vainement attendre d'instructions supplémentaires, j'allais chercher ma petite sœur pour la ramener chez nous et m'y terrer avec ma famille le temps que la situation s'éclaircisse enfin. Que je comprenne enfin de quoi il retournait, putain ! Derrière le siège, reposaient le fusil de chasse avec lequel mon père canardait les oiseaux et une cartouchière – tout juste bonne à abattre les cailles. Rien de plus. Voilà qui démontrait clairement mon état d'esprit ce matin-là. Mon équipement de l'armée, fusil compris, était resté à Fort Drum dans l'État de New York. J'étais en permission, après tout. En atteignant la crête de la colline, je vis les ponts en ruine et faillis m'emplafonner dans la file de trafic – autant de bagnoles qui, elles aussi, tentaient de rallier la ville. Bill Geary, pompier volontaire et capitaine à la retraite de la Garde nationale du Maine, filtrait la circulation en direction de Woodford par l'ancien chemin pare-feu. Et moi, comme un gros couillon, je me suis écrié que ma camionnette était un quatre roues motrices – pensez, tout le monde et son grand-père conduit un véhicule à transmission intégrale dans le Maine du Nord ! Ne serait-ce qu'une vieille Subaru toute déglinguée. Comme j'étais le dernier de la file, je fus le premier à être détourné et trois types dont la voiture avait fini dans un fossé sautèrent à bord de mon pick-up. On redémarra sur les chapeaux de roue, filant à un train d'enfer telle la cavalerie qui fonce à la rescousse dans les films.

Lorsqu'on parvint enfin à se frayer un passage pour traverser le pont de Woodford, et à s'engager cahin-caha le long du chemin pare-feu fort mal entretenu, les Ruhars, eux, avaient déjà investi le centre-ville. Une ville vidée de ses habitants puisque les humains n'avaient pas attendu d'instructions étalées sur papier glacé pour foutre le camp de là. Un adjoint du shérif avait paniqué et tiré quelques balles avec son arme de service 9 mm, jusqu'à ce que les Ruhars s'en agacent et pulvérisent la station-service Shell du tireur isolé, à l'aide d'une sorte de roquette antichar.

Depuis lors, j'ai eu l'occasion de voir les Ruhars de plus près. À de multiples reprises. Non, ils ne bouffent pas les êtres humains. Et non, ils n'avalent pas les bébés tout crus non plus. Gobez donc toute la propagande que vous voudrez, moi, en tout cas, je sais ce que j'ai vu. Et ce jour-là, si l'adjoint du shérif n'avait pas ouvert le feu, les Ruhars n'auraient peut-être pas versé le sang d'un seul habitant de notre ville. Et je ne pouvais pas les blâmer de leur réaction. Si un crétin quelconque me prenait pour cible, moi aussi je l'allumerais à coups de roquettes. J'avais bien fait pareil, au Niger. Là.

Bref, le portail du Service forestier étant verrouillé, on perdit cinq bonnes minutes à essayer de l'ouvrir tandis qu'un gus, trois camionnettes devant nous, tentait de faire sauter le cadenas à la carabine. Surprise ! Le Service forestier avait prévu le truc et le cadenas résistait. Un autre mec percuta carrément le portail, bousillant le radiateur. Il fallut déblayer le passage pour continuer notre route.

Eh ouais, eh ouais, tout le monde y va de sa petite histoire à propos de ce fameux jour, mais voilà, ça, c'est mon histoire, alors bouclez-la et écoutez un peu ! Si j'ai appris une chose de l'armée des Ruhars, c'est que ces troufions sont rigoureusement comme tous les autres aux quatre coins de la galaxie : les soldats veulent juste monter au combat, en finir et regagner leurs casernes – ou leurs antres, dans ce cas précis. Si je les haïssais ? Putain, oui, alors ! Mais cela étant dit, je ne crois pas qu'ils tenaient particulièrement à faire un carnage. Les victimes devaient être, à leurs yeux, un simple dommage collatéral. Quel que fût leur objectif sur Terre, ces troupes-là venaient de rater leur atterrissage et s'efforçaient de tirer le meilleur parti de la situation. Tout le monde s'en serait trouvé bien mieux si ces Ruhars-là étaient restés assis à glander au fond de leur transporteur tout pété, s'ils s'étaient contentés d'appeler l'équivalent ruhar de l'organisme d'assistance aux véhicules et d'attendre une dépanneuse. Les opérations de combat ne fonctionnent pas comme ça. À chaque mission, un truc ou un autre déraille. Il n'y a qu'à s'adapter et tout faire pour atteindre l'objectif. Or, ces Ruhars-là avaient décidé que leur objectif consistait à investir le comté de Penobscot, que ça ait du sens ou non. Les Kristangs nous ont dit que le plan des Ruhars, selon toute vraisemblance, était de bousiller nos infrastructures industrielles, de nous replonger à l'âge de pierre afin que nous ne présentions plus la moindre menace pour eux. Si c'était bien là leur principal objectif, ils se fourraient le doigt dans l'œil jusqu'au coude en atterrissant à Thompson Corners. Les Kristangs disaient à peu près la vérité là-dessus, même s'ils ont menti sur à peu près tout le reste. Mais j'y reviendrai.

Nous ne devrions même pas combattre les Ruhars, qui ne sont pas nos ennemis. Nos ennemis, ce sont nos alliés.

Mais commençons par le commencement.

Je m'appelle Joe Bishop et j'avais vingt ans le jour où les Ruhars ont attaqué la planète Terre. J'étais un expert de l'armée US. Avant ma coupe militaire, j'avais les cheveux un peu plus longs que la moyenne, d'une couleur indéfinissable, d'un brun clair tirant sur le blond – un legs de ma mère. Elle qualifiait cette teinte de « brun souris », elle qui décolorait sa chevelure en blond doré depuis toujours. Mes yeux bleus, je les tiens de mes parents, et ma haute taille d'un mètre quatre-vingt-onze me vient indubitablement de mon père, maman atteignant à peine un mètre soixante-trois en simples bas. Au lycée, je jouais troisième base en équipe de base-ball, le *wide receiver* ou « receveur écarté » en équipe de football et je tenais également le poste d'arrière d'appui au basket, même si je ne jouais plus au basket depuis ma dernière année de secondaire. En vérité, je n'étais pas un athlète favori genre « étoile montante », que ce soit au base-ball ou au foot. Je bossais dur, l'équipe était ma priorité *number one*, et on remportait notre part de victoires. Quand vint le temps d'envoyer les candidatures aux universités, je n'avais pas d'idée sur mon avenir d'adulte. Qui excluait de « piloter » un bureau à longueur d'année. Et qui posait de toute façon un postulat impératif : quitter Thompson Corners. Mon père avait servi deux ou trois ans dans l'US Air Force, avant d'intégrer le corps des réservistes en qualité de mécanicien. Et il avait le même genre de job à la papeterie. Il aimait travailler de ses mains, réparer des trucs – et moi aussi. Les temps étaient durs et je ne tenais pas à crouler sous les dettes avec les prêts étudiants. Dans ces conditions, s'enrôler dans l'armée ne me paraissait pas mal du tout.

Si je m'étais engagé, c'était pour servir mon pays, mais également parce que l'armée allait couvrir mes frais universitaires. L'existence qu'on y menait m'attirait et me parlait, moi qui adorais vivre en plein air : le camping, la chasse, la pêche, la randonnée, le canotage. L'entraînement était véritablement dur, ça, c'est vrai, mais rien de pire qu'anticipé, et je fus fier et heureux d'accéder aux enseignements fondamentaux pour me voir affecté à ce que je visais dès le départ : la division de la 10e brigade d'infanterie de montagne, à Fort Drum. Le maintien de la paix au Niger n'était vraiment pas ce que j'aurais souhaité, mais on avait reçu nos ordres, et j'y étais donc allé. Que le maintien de la paix exige le sacrifice de tant de vies, ça, j'avoue que ça m'avait surpris. Mais les choses sont ce qu'elles sont.

Voilà, vous savez maintenant pourquoi je m'étais embusqué sous des broussailles écrêtant une petite colline dominant le centre-ville de mon bourg natal, en plein sur ce transporteur ruhar tout dézingué. À me demander ce qu'on pouvait bien encore faire…

— Quel gros hamster, putain, Bish, tu nous racontais pas des blagues ! fit Tom Paulson en me rendant les jumelles. Et là, on fait quoi maintenant ?

— Pour l'instant, je ne sais pas… Laisse-moi y réfléchir.

Aux abords de ma ville natale créchaient quantité de vétérans, dont je faisais partie. Et voilà que j'avais un seul d'entre tous à mes côtés – sauf que Tom avait été un commis à l'approvisionnement de la Marine vingt ans plus tôt, et que, moi, je faisais partie de l'infanterie grâce à mes récents faits d'armes en service commandé. Si les autres cherchaient à apprendre de mon expérience, ça ne me semblait pas une mauvaise idée. Ils savaient que j'avais combattu au Niger, mais voilà, affronter une milice patriote fanatisée désorganisée en pleine brousse, ça n'avait strictement rien à voir avec ces hamsters géants de l'espace largués dans ma ville natale du Maine du Nord.

— Mais, bordel, où sont passés tous ces fous de la gâchette quand on a vraiment besoin d'eux ? C'est tout ce qu'on a, putain ?

Je jetai un coup d'œil consterné à cette piètre collection de fusils de chasse, de carabines et autres armes de poing 9 mm singulières. À Thompson Corners, absolument tout le monde était armé, histoire au moins de repousser les plantigrades de leurs mangeoires à oiseaux d'arrière-cour.

— Non, mais tu rigoles ! Plus personne n'a de fusil mitrailleur au grenier ? Un fusil AK à la rigueur ?

— Merde, alors, Bish, je veux dézinguer un élan, histoire de me l'envoyer, pas le pulvériser ! rugit Tom. Les permis de chasse, figure-toi que c'est pas donné !

— Désolé, mec, moi c'est pareil.

Jumelles braquées, je jetai un autre coup d'œil aux hamsters géants patrouillant ma ville. À la fumée noire de l'entrepôt de patates, à la piste de chemin de fer embrasée, aux navettes hamsters, à leur imposant transporteur d'infanterie posé sur la pelouse de l'école élémentaire, avec son nez tronqué et une aile tordue, une fumerolle blanche s'échappant de la partie ventrale.

Les hamsters. On les affuble de bien d'autres sobriquets : les rats, les fouines, les rongeurs. Mais avec leur belle fourrure dorée, leur bouille toute ronde et leurs vibrisses, ce sont bel et bien aux hamsters qu'ils font furieusement penser. Si ce n'est que les hamsters auxquels ils ressemblent tant ne mesurent pas dans les un mètre quatre-vingts, ne sont pas des bipèdes, ne portent pas d'armure, de casque ou de lunettes de sécurité ni de fusils à l'air démoniaque et ne descendent pas de leur vaisseau d'assaut en orbite. Ça au moins, je le sais. Voyez-vous, je n'ai jamais eu de hamster, moi, alors qu'est-ce que je peux y connaître après tout ? Nous ignorions que c'étaient des hamsters jusqu'à ce que l'un d'eux, campé sur le seuil de la rampe d'accès de leur vaisseau – probablement le pilote puisque celui-là du moins n'était pas armé –, retire son casque et prenne un truc dans sa poche pour mordre dedans. Vertement rappelé à l'ordre, il remit son casque vite fait. Mais pas avant qu'on ait vu sa bouille et ses oreilles de hamster à fourrure. Non que ce soient vraiment des hamsters, bien sûr – mais c'est ce qui s'en rapproche le plus.

Susie Tobin releva les yeux de la lunette de son fusil de chasse de calibre 30.02.

— Et la carrière ? Il y a bien des bâtons de dynamite entreposés là-bas ?

Un mètre cinquante et des poussières, enseignante au collège régional… À la voir, comme ça, on n'imaginerait jamais qu'elle puisse seulement soulever son vieux fusil du surplus des armées. Mais j'avais vu les ramures de cerf montées sur présentoir, le long de la palissade sud de sa grange, alors oui, assurément elle savait s'en servir.

— De la dynamite pour quoi faire ? railla Diego. Pour courir la leur lancer par l'ouverture ? On ne ferait pas cent pas avant d'être abattus !

Moi, je repensai à l'enfer que les engins piégés nous avaient fait vivre au Niger.

— Elle a raison.

Si ces dispositifs explosifs improvisés étaient déjà problématiques sur les routes, ils s'avéraient tout particulièrement dangereux dès qu'on patrouillait dans un village, là où les lignes de visibilité étaient réduites et où on pouvait cacher une bombe dans plein d'endroits. Des patrouilles. Exactement ce que faisaient les hamsters de l'espace en ce moment même. Ils inspectaient en tandem les édifices du centre-ville, ce qui, à propos de Thompson Corners, n'allait déjà pas chercher loin. On pourrait croire que, en ce Jour de Christophe Colomb, il y aurait eu des hordes de touristes là où étaient venus s'échouer nos Ruhars en simple visite. Mais ce serait n'avoir jamais eu la chance insigne de venir visiter ma ville natale. En Nouvelle-Angleterre, le Jour de Christophe Colomb est une grande fête à la splendeur toute automnale, un week-end où les citadins du sud prennent le volant pour aller à la campagne, y admirer les frondaisons hautes en couleur, descendre dans de charmantes auberges et autres pittoresques *bed and breakfast*, et prendre des myriades de photos. Dans notre coin des Grandes Forêts du Nord, nous aussi, on a nos touristes – mais pas pour admirer les paysages. Quand arrive le Jour de Christophe Colomb, nos arbres ont déjà presque tous perdu leurs feuilles et, quoi qu'il en soit, notre coin du Maine est une région de plaines, assez plate et monotone. Sans compter que les pins, eux, restent toujours verts. Les gens viennent là faire du canoë, de la motoneige, s'adonner à la pêche et à la chasse. Début octobre, ce genre d'activité ne bat franchement pas son plein, et la ville était plutôt déserte quand les Ruhars y firent leur atterrissage en catastrophe. C'était jour férié, et tout et tout. Un sacré coup de bol d'ailleurs, je n'ose imaginer ce qu'il se serait passé si l'école primaire avait été ouverte tandis que les Ruhars envahissaient le bourg. Je n'avais pas à me représenter ce type de scénario puisque je l'avais déjà vu dans le film *L'Aube rouge*. Je parle de la bonne version, lorsque Reagan était notre président en exercice, pas du remake merdique tourné par la suite.

Mais bref, j'avais une idée.

— Susie, ton père bosse à la carrière, c'est bien ça ? Tom et toi, vous allez nous dégoter de la dynamite, des systèmes d'amorçage, des fils conducteurs, tout ce dont on a besoin comme dispositif de mise à feu à distance. (Je n'avais aucune notion sur comment m'y prendre, n'ayant même jamais posé les yeux sur un bâton de dynamite.) Diego, tu restes là et tu tiens les hamsters à l'œil, tu vois où ils patrouillent, tu fais surtout gaffe au nombre de fois où ils passent par l'hôtel de ville (qui accueillait maintenant l'unique restaurant du coin, ainsi que les locaux d'une compagnie d'assurance). Stan, Deb, voyez si vous pouvez dénicher une camionnette ou un fourgon qu'on puisse faire démarrer, assez grand pour que deux ou trois personnes prennent place à l'arrière, un truc couvert, pas une plate-forme à ciel ouvert. Restez de ce côté-ci de la ville, n'allez surtout pas traverser la 11 ou les hamsters vous repéreront. Si vous trouvez un véhicule, conduisez-le au Red Brook Road et laissez-le là. Ce sera notre point de ralliement.

Tom hocha la tête.

— OK, Bish. Nous, on fait quoi ?

Je lançai un autre coup d'œil aux Ruhars, en observant la disposition de leurs effectifs sans même y penser, en voyant où ils patrouillaient en ville et où ils avaient établi leurs positions défensives autour de leur vaisseau.

— Nous, on va chez le dentiste.

— Eh, les mecs, vous êtes pas *sérieux* ! m'écriai-je.

Stan fut aussitôt sur la défensive :

— Bish, c'est le moins pourri qu'on ait trouvé ! C'était ça ou une vieille Dodge Neon.

— Les gens ont sauté au volant de leur voiture et ont décampé fissa visiblement, renchérit Debbie, il ne reste plus beaucoup de véhicules de ce côté-ci du fleuve.

— Ouais, mais…

Tom secoua la tête.

— Hors de question qu'on conduise ce foutu engin ! C'est une invasion alienne qu'on combat. On ne peut pas conduire ce… ce… ce *machin* !

J'étais bien obligé de lui donner raison. À une exception près, c'était le camion parfait. Eh oui, ils avaient fait main basse sur un fourgon de livraison, genre FedEx, en assez bon état de marche ; les pneus n'étaient pas usés, il y avait quelques taches de rouille autour des passages de roue, rien de grave. Les portes arrière étaient assez larges pour qu'on y entre ou en sorte vite fait à plusieurs. Les changements de vitesse s'opéraient sans heurts et le moteur tournait bien. Pas de grincements de courroie ni de crissements de freins. Ils avaient découvert le fourgon derrière le garage des Frères Davis, vraisemblablement en rénovation d'habitacle – d'où il ne subsistait guère que le siège conducteur. Un bon engin, donc, à l'exception d'une chose comme je disais…

… Barney.

Barney, ce bon vieux gros dinosaure magenta de cartoon au perpétuel sourire idiot. Barney, les Schtroumpfs, Mickey Mouse, les licornes et une kyrielle d'autres personnages imaginaires peints sur les flancs de l'engin… Quel que soit l'auteur de ces peintures, on peut dire que le type avait fait des choix intéressants. Parce que, si on va par là, pourquoi Iron Man irait-il faire coucou aux Schtroumpfs ? Et c'était bien Dark Vador, là, près du pare-chocs avant droit ? Ou bien quelqu'un avait-il commencé par une couche d'apprêt en noir, histoire de couvrir une tache de rouille, avant de se décider à se montrer créatif ? Tous ces personnages étaient assez mal représentés, je dois dire, il m'avait fallu une bonne minute pour comprendre que ce bouddha assis, sous mes yeux, était censé être Winnie l'Ourson. Winnie le Bouddha ? Il s'agissait en fait d'un camion de marchand de crèmes glacées, au cas où on ne l'aurait pas déjà deviné. Un ridicule camion de marchand de glaces, lequel marchand, je l'aurais parié, ne détenait nullement le droit d'exploiter à son compte les personnages aux marques déposées peints sur les flancs de son outil de travail. Et puis, en lieu et place du logo familier *Mister Softee*, ce fourgon-là était affublé d'un sigle *Super Softie* maladroitement gribouillé au pochoir. Des glaces « super *ramollies* » ? Fondues, quoi ?

De toute évidence, on avait là un de ces camions pirates, le genre à écumer furtivement les quartiers de banlieue, aux abords des mégalopoles, histoire de fourguer leurs lots de glaces périmées tout en jouant à cache-cache avec les forces de l'ordre locales. Le Barney magenta géant placardé aux flancs du véhicule et la peluche Barney sanglée au capot ne risquaient pas de passer inaperçus. Le propriétaire devait vraiment *adorer* Barney.

— On pourrait toujours recouvrir tout ça d'un coup de pinceau, proposa Stan.

— Pas question de perdre du temps à repeindre ce satané truc ! grommelai-je. (Moi non plus, ça ne me plaisait pas, mais c'était tout ce qu'on avait sous la main pour monter au combat.) En outre, les hamsters ignorent qui est Barney, si ça se trouve, ils le prendront pour un féroce prédateur !

Pff... Même moi, je n'y croyais pas une seconde à celle-là.

— Oh, pour l'amour du ciel ! s'écria Susie, excédée. Les mecs, me dites pas que vous êtes assez idiots pour avoir peur de monter dans un fourgon baptisé « *Softie* » ? Reprenez-vous un peu, bon sang ! C'est moi qui vais conduire ce satané engin. Joe, alors, c'est quoi le plan ?

— FONCE, FONCE, FONCE ! hurlai-je avec Stan tandis que nous bondissions à plat ventre sur la plate-forme du camion du marchand de glaces.

Susie ne se le fit pas répéter deux fois, écrasant le champignon et démarrant sur les chapeaux de roue. Au point que Dan aurait glissé et serait retombé au sol si Deb ne l'avait rattrapé par son col de chemise. Tom repoussa les jambes de Dan en chien de fusil et claqua les portières arrière sur ses talons à la seconde même où on rebondissait sur un gros nid-de-poule. Et Tom atterrit sur le soldat ruhar, lui arrachant un grognement. Ça prouvait au moins que le hamster était toujours vivant. Je n'en étais pas tout à fait sûr quand nous l'avions fait prisonnier.

En y repensant, c'était un plan stupide et on a eu de la chance. J'avais remarqué que les hamsters prenaient la ruelle courant entre l'immeuble du restaurant et la quincaillerie. Tandis que les autres réunissaient des fournitures, Diego avait confirmé que les patrouilles hamsters empruntaient régulièrement ce passage, jetant des coups d'œil par les fenêtres et poussant les portes pour inspecter les intérieurs. Comme partout ailleurs en ville. J'avais choisi le restaurant car un petit chemin de terre, derrière, menait droit au fleuve en sinuant par les bois. À couvert donc. La semaine passée, un vent nord-est nous avait attiré beaucoup de pluie, si bien qu'une crue menaçait ; le fleuve sur le point de déborder de son lit rugissait en battant les rocs de ses tourbillons, en charriant ses eaux tumultueuses sous le pont. Bref, il y avait assez de boucan pour couvrir également les pétarades du camion que Susie venait garer à l'arrière du restaurant. On avait placé notre dynamite à l'intérieur de l'établissement, au pied du mur pignon en brique, et on déclencha la mise à feu au moment où les soldats hamsters arrivaient à mi-parcours de la ruelle.

Aucun de nous ne savait combien de dynamite employer, de sorte qu'on avait mis le paquet – un peu trop. Le mur pignon fut soufflé, et même notre camion de glaces fut percuté par quelques briques volantes. Peu importait, notre bombe improvisée avait fait son effet, c'était tout ce qui comptait. Les deux hamsters salement sonnés furent ensevelis sous les briques. Tom, Stan et moi agrippâmes le plus proche et, incidemment, le moins couvert de gravats. Armée de son fusil de chasse, Debbie nous couvrait le temps qu'on le traîne hors de la ruelle, Tom et Stan lui tenant les jambes et moi les pieds. On trébucha sur les décombres avant d'arriver à balancer le captif à l'arrière du camion.

Un plan stupide, disais-je. Du haut de sa colline, Diego surveillait la scène talkie-walkie en main – celui que Susie avait récupéré à la carrière. Elle avait l'autre unité avec elle, dans le camion. Diego nous prévint : dès l'explosion, cinq ou six hamsters avaient surgi de leur vaisseau spatial. Encore trente secondes et ils nous seraient tombés dessus. Et si, pour une raison ou une autre – du style nous n'y connaissions strictement rien en matière de dynamite –, notre dispositif n'avait pas explosé, les deux hamsters patrouillant là auraient tourné à l'angle de la ruelle et auraient forcément vu le fourgon qui venait d'arriver. Les risques de tout foirer étaient vraiment trop élevés à mon goût, surtout face à des aliens en armure et munis d'armes perfectionnées.

Mais il faut croire que, ce jour-là, la chance était de notre côté. Même si Tom se ramassa de nouveau – en venant percuter cette fois le bouton du système de musique. Alors que notre fourgon de glaces descendait en cahotant le chemin gravillonné longeant le fleuve, ce fut *Turkey in the Straw*, ce vieux chant traditionnel des années 1820, que beuglèrent les haut-parleurs du toit.

— Mais bon sang, coupe ce putain de truc, Stan ! rugit Susie, déjà très occupée à conduire sans ceinture de sécurité.

C'était l'un des éléments retirés de l'habitacle en attente de rénovation, et les pieds de Susie atteignaient à peine l'accélérateur.

Mais bref, elle était toujours pied au plancher, précisément, et nous *roulions* à un train d'enfer.

Stan enfonça fébrilement de nouveaux boutons, et on eut droit successivement à *Camptown Races* et à une autre chanson enfantine comme *Pop Goes the Weasel*, ainsi qu'à deux ou trois génériques de jeux vidéo que je serais bien en peine d'identifier, avant qu'il ne parvienne enfin à couper ces foutus haut-parleurs. De toute ma vie, je ne m'étais encore jamais fait l'effet du parfait crétin à ce point-là. Le genre à maintenir tant bien que mal un bidasse extraterrestre à l'arrière d'un camion de marchand de glaces, percutant du menton le plancher métallique en rythme, aux accents débiles de musiques enfantines que crachaient les enceintes du toit, cerné par les rictus grimaçants des diaboliques jumeaux Barney peints de part et d'autre du fourgon.

Lequel fourgon jaillit d'une trouée entre les arbres qui bordaient le fleuve, un dégagement d'une cinquantaine de mètres. C'est là que je me suis dit que les hamsters allaient nous canarder, vu cette fenêtre de tir de quelques secondes offrant une visée idéale. Alors pourquoi ils ne nous ont pas tiré dessus à ce moment-là ? En atteignant la ruelle dynamitée, je pense qu'ils avaient compris qu'un des leurs était porté manquant et qu'il devait se trouver prisonnier des fous du volant... En tout cas, on s'en est sortis ; notre camion avala l'espace à toute berzingue avant d'aborder une légère montée en direction du centre-ville. À l'approche d'un tournant, Susie se redressa et appuya de tout son poids sur les freins. Ensuite, on rebondit sur une route goudronnée, permettant une conduite bien plus souple. Tom et moi ligotâmes les poignets du hamster dans son dos, lui liâmes les jambes et j'entrepris de le délester de son attirail. On avait emmitouflé notre prisonnier dans quatre gilets de plomb, le genre qu'utilisent les gentils dentistes pour nous administrer des rayons X : c'était mon idée pour bloquer les signaux de tout engin de localisation dont l'ennemi pouvait être doté. Comme je m'y attendais, le plastron de l'armure avait un mécanisme à libération rapide, car humain ou alien, un soldat a besoin de pouvoir enlever rapidement son équipement. Je fis aussi sauter le loquet de la mentonnière de son casque et je découvris enfin de quoi avait l'air notre ennemi. Ce spécimen-là avait un œil ouvert, du sang coulait d'une coupure à sa joue, mais je ne crois pas qu'il était salement amoché, il était juste sonné, désorienté. Il portait une oreillette et un microphone que je lui arrachai, et il avait ce qui ressemblait à une radio pendue au ceinturon. Je dis à Tom de tout balancer par la fenêtre, on reviendrait plus tard les récupérer si jamais l'occasion se présentait ; pour le moment, notre priorité était de capturer un alien afin que nos militaires puissent l'étudier et voir à quoi nous avions affaire au juste.

Conformément au plan, Susie roula un bon kilomètre et demi en direction de la maison de Tom – et surtout de sa grange. La porte étant grande ouverte, notre conductrice s'y engouffra puis donna un grand coup de frein. Là, séquence : « Oh merde, ça vient vraiment d'arriver, tout ça ? » Rien à faire, on avait encore du mal à le croire, tous autant qu'on était. Le hamster revenant à lui, Tom se contenta de s'asseoir dessus pendant que je le mettais en joue. Ce qui eut pour effet de le calmer sur-le-champ. S'il n'avait sans nul doute jamais vu de Sig Sauer auparavant, il reconnaissait une arme à projectiles quand il en voyait une.

— Je ne capte plus Diego, annonça Deb en tenant son talkie-walkie à bout de bras. La dernière chose qu'il ait dite, c'est que les aliens couraient en tous sens, mais que leur vaisseau restait immobilisé.

Mes ultimes instructions à Diego ? Fuir la ville envahie en sens inverse à la seconde où il perdrait notre camion de vue. Je suis certain qu'il s'était mis en sécurité. Il connaissait les bois comme sa poche.

— Ils attendent leur « dépanneuse », j'imagine, lançai-je.

— Quoi ? rugit Susie.

Genre elle n'en croyait pas ses oreilles.

— Leur dépanneuse, oui. Leur vaisseau est dans les choux, ils ont dû contacter les huiles de leur flotte spatiale et ils attendent qu'on vienne réparer les dégâts ou qu'on les exfiltre de là. Collons Doudou Poilu au cellier avant que ses petits copains ne montent une contre-attaque et ne viennent le délivrer.

La propriété de Tom s'enorgueillissait d'une vieille cave à légumes – et quand je dis *vieille*… Le logis datait de 1848, et notre cellier existait bien avant cela encore. Il avait été agrandi puis converti en abri antiaérien par la famille propriétaire de la ferme dans les années 1950. Et de nos jours, Tom et sa femme Margie s'en servaient comme entrepôt de stockage. Après avoir fait descendre le hamster par l'escalier, on lui dégagea un espace au milieu, Tom lui attacha une chaîne à la cheville, l'autre extrémité s'enroulant autour d'un tuyau qui dépassait du sol. Le hamster confortablement installé au centre donc, il ne restait plus guère de place pour nous autres. À cause des étagères. Aurais-je omis de mentionner que Margie adorait mettre en conserve fruits et légumes ? Elle avait quelques soucis de mise en conserve, c'est sûr, tant le cellier regorgeait de bocaux. Dans notre patelin, les gens collectionnent les jarres de vivres histoire d'avoir de la bonne bouffe sous la main quand vient l'hiver – et bien moins cher avec ça qu'au magasin du coin. Mes parents et amis faisaient en conserve de la compote, des confitures, des tomates, des haricots et toute la production du potager. À voir l'abri antiaérien de Tom, on aurait pu jurer que Margie comptait inviter à souper la 10ᵉ division au grand complet, en espérant avoir encore plein de restes.

— Et maintenant ? fit Stan en jetant un regard gourmand à un bocal de confiture de mûres.

— Maintenant, on attend. Les militaires devraient vite se pointer ici. (On avait tous été surpris de ne voir filer dans les airs aucun avion de chasse ni le moindre hélicoptère, ce qui m'annonçait sans le moindre doute que l'ennemi avait pour lui la suprématie aérienne.) Espérons que les copains de ce type, dis-je en désignant notre captif, lèveront bientôt le camp. Dès que la cavalerie arrivera, on le leur livrera.

— Et qu'est-ce qui te fait croire qu'ils vont lever le camp ? s'enquit Deb.

— Parce que figurez-vous que des envahisseurs aliens n'iraient jamais cibler Thompson Corners comme frappe initiale, sans déconner ! Ces gus sont là uniquement parce que leur astronef est foutu. Mon plus gros souci, c'est qu'ils s'attardent ici, histoire de récupérer leur Doudou Poilu une fois que la dépanneuse cosmique se sera pointée. Je resterai avec lui, et vous autres, vous feriez mieux de filer au sud afin d'avertir la Garde nationale ou même la police locale.

Susie s'indigna.

— Et comme ça, tu renvoies les faibles femmes à leurs foyers hors de la ligne de feu, en sécurité ?

Elle avait placé ses poings poings sur ses hanches. Comme si je ne savais pas ce que ça signifiait…

— Tu as une famille…

— … Tom aussi, souligna-t-elle.

— Tom a reçu un texto de Margie, dis-je pour ma défense. Les gamins et elle vont bien, et se dirigent vers la maison de sa mère. Quant à l'épouse de Stan, elle est à Portland.

— Et mon mari est à Milliconack, mes gosses à Bangor avec ma sœur, et moi, je reste là, grogna Susie en relevant son fusil d'un geste éloquent.

— Super. (Je rendis les armes sans trop de résistance ; je ne tenais pas à rester seul contre tous.) Stan et toi avez des carabines, alors postez-vous dans les bois derrière la propriété et surveillez la route d'accès. Deb, va te percher sur la corniche arrière que tu connais bien, O.K. ? Si tu vois quoi que ce soit de suspect en approche, surtout, tu préviens Susie et Stan. Tom et moi allons tenir compagnie à Doudou Poilu.

Un Doudou Poilu qui s'avéra fort peu communicatif. Tom et moi avions beau tenter d'entrer en contact à grand renfort de gestuelle, le hamster restait de marbre. Sauf quand il gigotait sur place en grimaçant. Sa hanche était rouge de sang. Le sang des aliens était donc aussi rouge que le nôtre et non bleu, vert ou autre teinte bizarre, c'était toujours ça de pris. Je m'approchai lentement paumes ouvertes, afin de lui montrer que j'étais désarmé, sans couteau. Et je pris la parole tout aussi lentement, à voix haute, ce qui est toujours conseillé pour se faire comprendre des étrangers :

— On a besoin de voir où vous êtes blessé.

C'est bien connu, les étrangers sont des crétins finis, alors vous devez leur parler d'une voix forte en détachant bien les mots afin qu'ils comprennent ce que vous dites. Le hamster se recroquevilla aussi loin de moi que possible, se tassant contre une étagère du mur pignon. D'un geste, je désignai ma propre hanche, puis la sienne, trempai un index dans l'auréole de sang qui s'étalait sur le sol et le lui indiquai. Secouant la tête, je repris :

— Vous êtes blessé. C'est moche.

— Bish, fit Tom d'un ton hésitant, tu es sûr que tu devrais toucher le sang de cet énergumène ?

— Ça craint sûrement moins que de toucher du sang humain. Tu as des pansements là en bas ?

— Ouais, une trousse de secours dans l'armoire à pharmacie. De l'essuie-tout aussi, que Margie achète en gros dans un magasin-entrepôt.

Le hamster n'était pas grièvement blessé ; je commençai par éponger sa blessure et par l'aseptiser à l'aide d'eau stérilisée (ce qui le fit grimacer de plus belle), puis j'appliquai une lotion antiseptique et la pansai. Le prisonnier m'envisagea alors différemment, comme s'il ne s'était pas attendu à ce que les humains soient des êtres civilisés. Il esquissa des lèvres une sorte de bisou.

— Il doit avoir soif, non ? estima Tom.

Margie achetait aussi des bouteilles d'eau en quantité ; on en sortit trois, Tom et moi bûmes à la nôtre, puis j'en débouchai une troisième dont je portai le goulot à la bouche du captif. Qui la vida à moitié sans me quitter des yeux – ce qui ne manqua pas de me faire flipper. Il baissa ensuite un regard lourd de sens sur sa poche frontale gauche en remuant le nez. Sur mes gardes, je l'ouvris précautionneusement – une poche à rabat magnétique, je pense – et en retirai ce qui avait tout l'air d'une barre énergétique. Le sachet n'avait rien… d'emballant – pas comme ces brillants conditionnements à la *Hooah !* de l'armée, rien qu'un emballage de plastique vert couvert d'une écriture alienne en blanc. Je l'ouvris à l'autre bout. Quelle bêtise, ça aussi ! Et s'il s'était agi d'une sorte d'explosif, et qu'ouvrir le sachet avait suffi à « dégoupiller la grenade » ? Mais rien de tel ne se produisit. Je humai la chose, ça sentait le sucre et la muscade mélangés à de la sciure de bois. Une barre énergisante, sans l'ombre d'un doute. J'en rompis un bout que je donnai à manger au hamster. Qui mâchonna longuement. J'imagine que leurs barres de céréales étaient aussi coriaces que les nôtres. En une dizaine de minutes, notre prisonnier eut ingurgité la moitié, bu une autre rasade d'eau. Il secoua la tête quand je lui en offris un nouveau morceau. C'était aussi mon ressenti à propos de nos propres barres énergisantes ; une moitié suffisait largement. Ensuite, j'avais les mâchoires trop fatiguées pour continuer. En une nouvelle tentative visant à promouvoir la coopération interespèces, je remis ostensiblement la moitié restante dans son sachet, puis dans sa poche, avec deux autres barres intactes. Le prisonnier sourit – ou essaya en tout cas. Faute de contexte bien défini, sourire peut s'interpréter comme un rictus menaçant. Dans un cas comme dans l'autre, ne dévoile-t-on pas ses dents ? Et après tout, notre hamster avait une denture guère différente de celle de son équivalent humain : de l'émail blanc, ou ce qui en avait tout l'air, deux incisives supérieures plus imposantes que les nôtres – sans toutefois être aussi drolatiquement larges que celles d'un castor. Maintenant que je le dévisageais de plus près, je voyais bien la finesse de sa fourrure faciale, plus courte et plus délicate que des poils de barbe chez un homme.

— T'entends ça ? fit soudain Tom. On dirait que quelqu'un crie !

On avait laissé entrouverte la porte de l'abri antiaérien au cas où Susie remarquerait quelque chose et chercherait à nous prévenir – juste entrouverte afin de bloquer tout signal radio émanant d'un possible implant émetteur de notre hamster. Ou c'est du moins ce que j'espérais. Tom se risqua hors de l'abri, et je l'entendis échanger des appels avec Stan avant qu'il ne revienne vers moi.

— La dépanneuse est arrivée !

Nous laissâmes notre captif dans le combo bunker/cellier/entrepôt pour rallier au pas de course l'arrière-cour de Tom, et les bois.

— Elle est venue du nord-ouest, annonça Deb. J'ai d'abord aperçu sa traînée de condensation et elle a foncé droit sur le centre-ville. Tu as sans doute raison, Joe, les hamsters ont appelé à l'aide.

— Quelle que soit leur mission, j'espère que c'est plus important pour eux que de récupérer un soldat porté disparu.

Si ce nouveau bâtiment alien rapatriait les hamsters échoués sur notre planète, et vidait les lieux, je comptais faire remonter Doudou Poilu dans le camion du marchand de glaces et prendre l'autoroute sud à toute vitesse jusqu'à ce qu'on tombe sur une unité militaire – la Garde nationale, probablement – pour lui confier le prisonnier.

— Allons voir ça du haut de la corniche, proposai-je.

Mais le spectacle qu'on y découvrit n'avait rien de rassurant. Ce nouveau vaisseau extraterrestre, de même type que le premier, survolait la ville à une altitude d'environ cinq cents mètres. Il semblait décrire des vols concentriques, selon un mode de recherche bien défini. Sur ses flancs, des nacelles déployées exposaient des rangées de missiles. Du centre-ville retentit un coup de tonnerre, dans un éclair aveuglant suivi d'une colonne de fumée.

— Ils viennent de pulvériser leur épave, annonçai-je, comme si mes compagnons ne l'avaient pas deviné. Voilà qui est intéressant.

— Pourquoi ? interrogea Deb.

— Ça doit vouloir dire qu'ils ne comptent pas rester ici – du moins pas *ici*, dans notre ville… Et eux repartis, ils ne tiennent pas à ce qu'on fourre notre nez dans leur technologie. S'ils avaient prévu de s'implanter ici, c'est une équipe de réparation qui se serait pointée.

Le vaisseau reprit de l'altitude, plana en vol stationnaire, puis obliqua lentement dans notre direction. Pas vers nous, à proprement parler, mais plutôt vers l'est. Puis il longea le fleuve.

Stan cracha par terre.

— Et merde ! Ils ont dû capter un signal de ces machins qu'on a jetés du camion.

Je m'efforçai d'être rassurant.

— Pas de panique, les gars ! C'est bien pour ça qu'on s'en était débarrassés, et pour ça aussi que notre prisonnier se trouve en ce moment même sous terre, derrière une porte d'acier. (Stan avait même recouvert le toit et le tuyau d'échappement du camion des gilets de plomb afin d'en réduire la signature thermique.) À moins donc qu'ils aient la possibilité de nous repérer jusque dans la grange de Tom, ça leur prendra un max' de temps de tout fouiller, et on pourrait déjà être loin d'ici qu'ils n'auraient aucun moyen de le savoir.

Stan et Deb avaient insisté pour qu'on continue notre route plutôt que de s'arrêter chez Tom. Histoire de mettre autant de distance que possible entre Thompson Corners et nous avant l'arrivée d'un spationef alien de sauvetage. Mais là, j'avais mis mon veto : nous ignorions combien de temps cet autre vaisseau mettrait à arriver, et d'autre part, je n'accordais qu'une confiance limitée à l'aptitude supposée des couvertures en plomb à bloquer un signal de pistage. Nous ignorions même si les aliens se servaient des ondes radio, ils disposaient peut-être d'une autre forme de technologie, plus exotique. S'ils étaient en mesure de pister un signal, peu importait qu'on soit à un kilomètre de distance ou à cinquante, ils nous repéreraient de toute façon. Le combo de Tom bunker/cellier & Cie était parfait pour y cacher un alien à la technologie avancée. Si j'avais le bon plan ? Tout allait maintenant dépendre de ce que feraient les envahisseurs.

Le navire ennemi continuait de longer lentement le fleuve. Puis il reprit de la vitesse et suivit l'autoroute sud, dans notre direction. Après avoir décrit deux cercles en vol, il redescendit hors de vue, au-delà de la limite forestière. Pendant un moment, un moment de calme et de répit, tout parut pratiquement normal, un jour d'octobre ordinaire dans le Maine rural. Tom et Margie avaient une maison soignée, très bien rangée ; contre le mur arrière, il avait aligné deux ou trois cordes de bois de chauffage bien empilées comme il faut. Dans la cour avant, Margie avait enroulé des tiges de maïs autour du lampadaire, préparant Halloween en avance comme à son habitude. Dans la cour arrière, elle avait aussi décoré la baignoire Madonna avec…

Oh ! Il faudrait peut-être que je commence par vous expliquer ce qu'est une baignoire Madonna, bande d'incultes ! C'est bien simple, vous prenez une vieille baignoire que vous enfouissez à demi dans le sol à une extrémité, vous peignez l'extérieur en blanc, l'intérieur en bleu ciel, puis vous calez sous l'arc de la coque une statuette de la Vierge Marie, un peu comme dans une grotte consacrée. Et c'est une sorte d'autel artisanal. Par les temps qui courent, on peut en acheter de tous faits en béton, mais c'est tricher, et soyez sûrs et certains que Dieu y voit parfaitement clair dans votre petit jeu, bande d'impies partisans du moindre effort ! Tout autour, les gens disposeront très souvent de jolies pierres ou de belles fleurs. L'autel de Margie quant à lui était entouré de chrysanthèmes aux couleurs vives. Ou du moins ce que je pensais être des chrysanthèmes, je ne suis pas un spécialiste des fleurs. La Madone s'y trouvait déjà quand Tom et Margie s'étaient portés acquéreurs de la propriété, et elle, Margie, s'était empressée d'y apporter moult embellissements floraux. Elle l'avait aussi décorée au rythme des saisons. À Noël, elle arborait un petit bonnet de Père Noël. Mais là tout de suite, pour Halloween, la Sainte Vierge portait une combinaison de chevalier Jedi, avec son sabre laser luminescent que Tom lui avait connecté. J'espère que Dieu avait un solide sens de l'humour.

De l'autre côté de la route, il y avait des pinèdes à foison, puis des champs d'où on apercevait parfois les lacets du fleuve. Une belle journée ensoleillée. Si ce n'est que des fumerolles s'élevaient de la ville, de l'entrepôt de pommes de terre qui se consumait et du vaisseau alien calciné. Quant au navire nouveau venu, lui avait repris de l'altitude à plus de trois cents mètres de haut, d'où il stationnait en vol.

— *Yep*, lâchai-je, ils ont repéré ces trucs qu'on avait jetés hors du camion, et largué une escouade pour venir enquêter sur le terrain. Ce navire-là fournit un appui aérien rapproché aux unités au sol. Tom, il y a bien… (je les dénombrai sur mes doigts)… six, non, sept maisons entre ici et leur position ?

— Dix, rectifia-t-il. Tu as fait l'impasse sur le MacDonald et le Burgess, un peu en retrait de la route. Ainsi que sur le stand de vente de fruits de la vieille station-service, à l'abandon depuis vingt ans. Ce qui fait dix en tout, sans compter les structures annexes comme les granges et les garages. Les hamsters vont tout passer au peigne fin, ce qui leur prendra forcément du temps.

Je me mordillai la lèvre – l'un de mes tics quand je réfléchissais.

— Leur commandant, là-haut, ne se doute pas qu'on ait pu faire prisonnier un de ses soldats. (Que déciderais-je, que ferais-je si j'étais à sa place ?) On pourrait se trouver dans n'importe laquelle de ces maisons ou de leurs granges, nous terrer dans une grotte quelconque dans les bois ou encore foncer loin de là, sur la route… Il n'en sait rien.

À moins que notre captif ait un genre de transmetteur décelable jusque dans les profondeurs d'un abri antiatomique. Nos ennemis possédaient après tout une technologie leur ouvrant l'accès aux voyages interstellaires. Je me tapotai le menton – un autre de mes tics lorsque je me plongeais dans des abîmes de réflexion.

— Ils n'ont envoyé qu'un astronef. Si c'était une mission de type recherche et sauvetage, ils auraient dépêché une flottille. Ce vaisseau-là descendait d'orbite avant qu'on ne s'empare de Doudou Poilu, il comptait juste exfiltrer les hamsters du premier vol.

— Ce qui veut dire ? lança Susie.

— Ce qui veut dire que les cinq prochaines minutes vont être cruciales : nous allons voir en quoi consistent leurs ordres. Si ce navire-là récupère les troupes au sol et reprend sa route, c'est qu'ils s'en tiennent à leur mission initiale, et qu'ils lanceront plus tard seulement des opérations de sauvetage. Mais si au contraire ce navire ne repart pas, c'est qu'ils ont laissé tomber leur plan d'origine et n'attendent plus que des renforts pour ratisser toute la zone.

— C'est ce que tu ferais, toi ? me demanda Susie.

— C'est ce que nous ferions nous, l'armée.

Le bâtiment alien perdit encore de l'altitude, puis se remit en vol stationnaire, plus près de nous.

— Nom d'un chien ! Option B ! Il vient tout juste de larguer des troupes supplémentaires pour entamer la fouille des immeubles… (Je vis Susie vérifier de nouveau son fusil.) Susie, tu me fais le plaisir d'oublier tout de suite ces idioties de baroud d'honneur à la Fort Alamo ! Tout ce qu'on a, c'est trois pétoires, un fusil de chasse et deux pistolets. Si jamais ils se rapprochent, on fonce plein est à travers bois. Les missiles de cet astronef pourraient tous nous tuer dans un rayon de trois kilomètres !

— Alors on rend les armes ?

— Absolument pas. Soyons réalistes, c'est tout. (J'avais peine à croire que j'étais en train d'en discuter avec elle.) On ne peut plus se servir du camion du marchand de glaces, il est trop reconnaissable, et le navire alien est trop proche.

— Super ! grogna Susie. Emballons notre Doudou Poilu dans les couvertures de plomb et emmenons-le avec nous dans la forêt. Il n'y a qu'un kilomètre et demi d'ici au fleuve, on pourra…

— Eh ! cria Deb. Le ciel ! D'autres feux ! (Les yeux levés en l'air, on vit les cieux matinaux scintiller de plus belle.) Oh, bon sang ! Ils nous amènent d'autres bâtiments ? Ça ne peut pas être… OUH LÀ !

Juste au-dessus de nos têtes, une explosion aveuglante nous obligea à détourner le regard, des aiguilles de lumière dansant au fond de nos prunelles. Le nez baissé, je cillai furieusement tandis que d'autres déflagrations incendiaient les nuées.

— *Yeah* ! rugit Stan, le poing brandi en signe de victoire. On contre-attaque ! On atomise ces salauds !

Je secouai la tête.

— Sûrement pas. Nos bombes atomiques n'ont pas d'ogives nucléaires à tête chercheuse, elles ne peuvent que frapper des cibles prédéterminées, au sol.

À moins que l'US Air Force dispose désormais de joujoux extras dont je ne connaîtrais pas l'existence ? Des points lumineux plein les yeux, je levai une main en visière afin d'observer la ligne d'horizon. Au loin, toujours plus d'explosions zébraient les cieux.

— Non, là, nous n'y sommes pour rien…

Et là, était-ce donc une IEM, une impulsion électromagnétique nucléaire déclenchée haut dans le ciel, histoire de brouiller tous nos appareils électroniques à la ronde ? Nous l'ignorions alors, mais cette seconde série de déflagrations célestes aveuglantes, c'était le fait d'un groupe de combat kristang lancé en orbite pour attaquer les Ruhars.

— Alors c'est qui ? voulut savoir Tom.

— Eh, regardez plutôt ça ! s'écria Debbie en désignant la route.

Le vaisseau alien qui pistait notre prisonnier perdait de nouveau de l'altitude, à toute vitesse cette fois. Il se posa quelques minutes à peine avant de reprendre son envol. Là, il se redressa sur la poupe et monta en chandelle, pleins gaz. On entendit un *bang* supersonique, suivi d'une traînée de condensation. Quelle que soit sa destination, il n'avait apparemment pas une minute à perdre.

— Quoi qu'il se passe là-haut, ce navire a reçu de nouveaux ordres. Refourguons Doudou Poilu dans son camion et amenons-le à l'arsenal de la Garde nationale avant que ses petits copains ne reviennent à la charge.

— Et après ? grommela Tom tandis que nous crapahutions le long de la piste, les yeux levés au ciel.

Il fallait qu'on soustraie notre captif de cette zone à haut risque – avant que les aliens ne changent encore d'avis.

—Après, je verrai suivant mes ordres. (Si je ne pouvais contacter la 10e division, je me raccrocherais à la Garde nationale locale ou même à l'Unité locale de Réserve pour le moment.) Et on survivra. J'ai comme dans l'idée que l'entrepôt de conserves de Margie va être bien plus vital que toutes ces pétoires, maintenant que l'hiver arrive…

Chapitre Deux

À la fin du printemps suivant, je me trouvais en Équateur, sur le point d'être transféré hors monde afin d'en découdre avec les hamsters du cosmos. Si ce n'est pas un coup de pied au cul, ça ! Les cimes de l'Équateur ? Trop cool, à ma grande surprise ! Ma représentation mentale de l'Amérique du Sud avait toujours pour paramètre incontournable une chaleur étouffante, du genre que j'avais vécue au Niger. L'hiver avait été froid dans le Maine – non pas en termes de températures, de couverture neigeuse (rien que d'ordinaire ces dernières années). Mais quand je parle de froid… Longues coupures d'électricité, essence et fuel domestique en quantité limitée. Les compatriotes de ma ville natale, ma famille et les voisins étaient mieux équipés pour l'hiver que bien d'autres de la région. Mes parents possédaient un poêle à bois à la maison, ainsi qu'un second dans l'atelier/garage. Une famille pauvre dont on avait coupé l'électricité et qui avait été tenue à l'écart de son immeuble d'habitation était venue vivre au garage après Noël, mon père troquant la réparation d'un tracteur contre des bottes de paille que nous entassions dans le garage en guise d'isolant, couvertes de bâches en toile. J'avais rendu visite à mes parents à deux ou trois reprises, leur garage douillet fleurant bon le foin fraîchement coupé. Et il y avait une autre famille de trois personnes, plus une célibataire vivant chez mes parents dans le cadre d'un programme de réinstallation.

L'hiver durant, tout le monde était resté sage comme une image. Au lendemain de l'agression ruhar contre les USA, l'État et le gouvernement fédéral avaient eu des débuts difficiles à la suite de la crise, tâtonnant vainement avant de se ressaisir enfin et d'agir de concert pour se concentrer tout simplement sur la survie des pauvres gens au long de l'hiver. Si on s'en tenait aux films SF, l'agression ruhar n'était pas ce à quoi on aurait pu s'attendre : au lieu de viser les bases militaires et les grandes concentrations de peuplement, elle avait surtout visé les centrales électriques et les implantations industrielles. Étrange… J'avais visionné des images satellites émanant de New York et du District de Columbia à la suite des attaques, et à part les coupures de lumière et de feux de circulation, les agglomérations n'avaient pas été particulièrement touchées. Les Kristangs ayant éjecté les Ruhars de notre système solaire, les USA n'avaient plus guère d'infrastructures électrisées sur lesquelles compter. Les téléphones et l'internet étaient sur le déclin, l'électricité défaillante – quand, encore, vous aviez du jus –, la radio émettait des messages d'urgence deux ou trois fois par jour, les chaînes et les câbles TV étaient hors service. La Marine nous ramenait aux ports majeurs d'attache des sous-marins et porte-avions, les convertissant en centrales flottantes portuaires à même de fournir de l'électricité à des infrastructures essentielles genre complexes hospitaliers. D'un point à l'autre du pays, nous arrivions laborieusement à regagner notre puissance électrique – progressivement. Lorsque j'étais parti pour l'Équateur, mes parents n'avaient toujours pas d'électricité, hormis le groupe électrogène que mon père avait raccroché à la prise de force du tracteur. Lequel tracteur fonctionnait moitié à l'alcool (distillation artisanale) moitié à la gazoline. L'alcool rongeait les joints d'étanchéité du moteur, au point que mon père et le type vivotant dans notre garage les remplaçaient à peu près tous les mois. Ils se servaient de l'électricité le matin tôt seulement, et le soir. Pas de réservoir sinon.

Le pire problème de l'Amérique ? Ce n'était pas tant la pénurie d'électricité que le crash économique consécutif à l'envahissement. Quand la papeterie ferma ses portes, mon père perdit son job. Les bûcherons n'avaient plus assez de gasoil pour faire tourner leurs camions ou même leurs scies à chaîne. Et sans pâte à bois, la papeterie ne pouvait plus produire de papier. De toute manière, le marché du papier s'était effondré avec le restant de l'économie globale. Des nations industrialisées comme les USA, le Japon, la Chine et l'Europe avaient été plus durement touchées que d'autres zones de niveau technologique inférieur de part et d'autre du globe terrestre – ce qui ne manquait pas de sel. Plus élevé était le rang technologique d'une nation, pire était l'impact dû à la crise. Si bien que la valeur des compagnies électroniques s'en était allée à vau-l'eau, plongeant tout au fond des canalisations. Ce qui n'était pas juste dû à la faible demande de l'économie mondiale. Qui voulait encore investir dans la Silicon Valley, alors que nos nouveaux alliés les Kristangs allaient partager avec nous leurs trésors de technologie super évoluée ?

Sauf que... ben non. Ils n'en firent rien. Les Kristangs décrétèrent qu'on n'était pas prêts, que leur standing très élevé de technologie ne pouvait être confié à des peuples comme nous, que nous avions tout intérêt à reconstruire nos infrastructures en l'état. En toute honnêteté, nos nouveaux alliés nous décevaient cruellement – tout juste avaient-ils réussi à débouter les Ruhars de notre espace. Dans la semaine suivant la défaite des Ruhars, le groupe de combat kristang s'était éloigné d'un nouveau saut cosmique, la planète Terre manquant de spatiodocks et autres structures d'entretien spatial – bref, tout ce dont les Kristangs pouvaient avoir besoin. Ceux-ci n'avaient pas affronté les Ruhars au nom de l'humanité, ils avaient tout simplement empêché les hamsters de fonder une base dans notre modeste petit coin galactique. La planète Terre ? Jamais que l'équivalent de Guadalcanal en pleine Seconde Guerre mondiale – voilà comment l'un des officiers de la Garde nationale l'avait décrite. Les deux camps ennemis se foutaient éperdument de ce point tactique perdu dans l'immensité du cosmos, ce n'était jamais qu'un tremplin vers une destination autrement plus importante. Tant les Américains que les Japonais s'en étaient royalement tamponnés eux aussi de l'île de Guadalcanal ou de ses habitants. Les ennemis jurés voulaient juste en faire une base pour leurs opérations militaires et leurs conquêtes suivantes. La Terre ? Strictement la même chose aux yeux des Ruhars que des Kristangs. Nous autres Américains, détenteurs de l'unique superpuissance mondiale, de la plus grande force militaire de l'Histoire, comment pourrions-nous seulement appréhender l'idée qu'on puisse jouer un rôle aussi minable pour des autochtones primitifs ? Nous assistions aux combats des Kristangs et des Ruhars pour prendre possession de notre territoire, à l'aide d'armements dont nous comprenions à peine le fonctionnement.

— Eh, Bishop !

Désorienté, je fis volte-face, et me retrouvai face à un gars de mon ex-escouade, un que je n'aurais jamais cru revoir un jour.

— Pain de maïs ! criai-je.

— Pain bis ! rugit-il.

On se sauta dans les bras l'un de l'autre, en se tapant si fort dans le dos que j'en eus le souffle coupé. Jesse Colter, natif de l'Arkansas et fier enfant du Sud – ce qu'il m'avait annoncé dès notre première rencontre en entraînement de base. Je l'avais surnommé « Pain de maïs » parce que c'était caractéristique des mœurs du Sud – à ce que je m'imaginais, du moins. Et en riposte, il m'avait affublé d'un « Pain bis » en référence à ce pain aux raisins en conserve et sucré à la mélasse, traditionnel de la Nouvelle-Angleterre. Un jour, je lui en avais servi une tranche ; certains le font chauffer tel quel au bain-marie. Moi, je préfère le toaster. Il suffit d'ôter le couvercle de la conserve, en bas comme en haut, et d'en extirper le pain aux raisins.

Je sais. Mais croyez-moi, c'est un délice.

— Ou devrais-je t'appeler Barney maintenant ? s'esclaffa Jesse.

Et merde ! L'anecdote s'était donc ébruitée. Tout l'hiver, les gars de la Garde nationale m'avaient taquiné là-dessus. « Barney et les Schtroumpfs » ! Voilà comment les gens m'appelaient maintenant, tout comme le gang qui avait capturé l'alien.

— Oh, *man*, est-ce que tout le monde est au courant, alors ?

— Avec les sauvegardes internet et autre, tu t'imaginais quoi, mec ? La planète entière est au courant ! Bon sang, *man*, ça fait du bien de te revoir ! Il y a encore quelques potes de la 10ᵉ ici, mais personne de notre escouade.

— Tu es le premier de la 10ᵉ que je croise ici, avouai-je en cherchant machinalement d'autres visages familiers à la ronde.

— Comment es-tu arrivé là ? fit-il en ramassant le sac en toile qu'il portait avant de me repérer dans la foule.

— Après le Jour de Christophe Colomb, je m'apprêtais à venir gonfler les rangs des « astrotouristes », mais personne n'avait assez de fuel. Alors je me suis enrôlé dans la Garde nationale locale en demandant si quelqu'un par hasard avait idée de ce qui se tramait. Le colonel m'a réquisitionné, ses effectifs étant fédéralisés de toute façon. Et je me suis dit, au diable tout ça, on me donnait un fusil, un casque et on me nourrissait, pas vrai ? (Mon affectation officielle à la Garde nous parvint ensuite par radio à ondes courtes.) J'ai donc joué au soldat dans le Maine, j'ai aidé aux moissons, assuré la garde des carburants et des convois alimentaires. Puis j'ai reçu l'appel pour venir ici et j'ai donc sauté dans un train pour Boston.

Un train de marchandises. Dans mon vieux wagon couvert reconverti, je me faisais l'effet d'un vagabond même si j'étais bien en possession d'un billet de train en bonne et due forme émanant du gouvernement US.

— Non, ce que je voulais dire, c'est comment vous êtes tous arrivés *ici* ? Vous volez ou quoi ?

—Ah ouais, euh… On nous a fourrés dans un train de transport de troupes en partance de Boston, et il a fallu cinq jours pour atteindre Miami. Ensuite, on a pris un vol il y a environ deux heures.

On avait embarqué à bord d'un United Airlines Boeing 767 qui avait connu des jours meilleurs.

Jesse hocha la tête.

— J'ai pris un train pour Dallas, où j'ai végété trois jours à attendre un vol. Putain, l'US Air Force n'était même pas foutue de gratter assez de carburant pour faire le plein de l'engin ! À ce que j'ai entendu dire, certaines unités arrivent par bateau, de la Nouvelle-Orléans et de Houston.

— Tu vois cette espèce de tourelle ?

— L'ascenseur ? Juste ce qu'on peut en voir d'ici. Je ne sais pas moi, *compadre*.

On tourna nos regards vers la montagne ; le sommet était à peine visible sous un ciel couvert. Fusant de la cime, un ruban de lumière blanche… Lorsque l'ONU avait accepté de fournir des troupes pour combattre sous les ordres du commandement kristang, les Kristangs avaient construit ce qu'ils appellent un ascenseur spatial, monté en moins d'un mois. Ils avaient choisi cette montagne de l'Équateur, parce qu'elle chevauche précisément l'Équateur. Au sommet, les

Kristangs avaient bâti une station de base avec réacteur de fusion, et, à des kilomètres au-dessus de nos têtes, une autre station en orbite géosynchrone. Ce qui les reliait ? Un fin champ magnétique – fondamentalement, un « foudroiement » stationnaire. Nous étions censés grimper en orbite via une cabine d'ascenseur chevauchant l'éclair. Au cours de mon vol, un des types de l'US Air Force me fit part de ce qu'il avait entendu : les Kristangs lançaient des impulsions le long du champ magnétique, ce qui avait pour effet de propulser la cabine d'ascenseur. Celui-ci d'ascenseur spatial, l'équatorial, avait été le premier terminé et les Kristangs parlaient d'en bâtir deux autres, en Afrique et en Indonésie. Une main en visière, j'étudiai le fin rai de lumière ascensionnelle.

— Je n'en sais rien non plus, mec. Ce que je sais, par contre, c'est que les Kristangs en sont capables, et je me réjouis qu'ils soient de notre côté.

— J'entends bien, *amigo*, en convint Jesse.

Les yeux levés au ciel, vers l'éclair qui me propulserait en orbite, je me demandais ce qu'il avait pu advenir de Doudou Poilu. Au volant de notre camion de glaces, nous avions pris la direction du sud – jusqu'à ce qu'on tombe sur un barrage de police. Et dès que les flics avaient vu ce qu'on avait à l'arrière, ils nous avaient fourni une escorte jusqu'à Lincoln, où un hélicoptère de la Garde nationale avait pris notre prisonnier en charge. Après, tout ce qui le concernait avait été classé secret Défense. On m'avait dissuadé de parler de lui, de poser des questions à son sujet. Mais où que se trouve le hamster maintenant, j'espérais qu'il était bien traité.

Un bourdonnement attira notre attention et on se retourna : une escadrille d'aéronefs peints en gris, à rotors basculant, arrivait de l'ouest. Leur formation approchant, ceux de tête ralentirent et lancèrent leurs hélices en mode vol stationnaire pour entamer une descente à la verticale tels des hélicoptères.

Jesse répondit à la question que je n'avais pas encore posée :

— La Marine a deux porte-avions au large, le *Lincoln* et le *Reagan*. J'y ai croisé quelques-uns des fusiliers marins ce matin.

— Ils viennent avec nous ?

Deux groupes tactiques de combat, voilà qui aurait paru des plus intimidants… avant l'attaque des Ruhars. Comparés aux militaires aliens capables de propulser des soldats dans l'espace au moyen d'un éclair, nos porte-avions nucléaires avaient tout d'antiques chaloupes complètement dépassées.

— Certaines unités de Marines, oui, mais ces types-là ? Bah, on les déploie juste pour qu'ils assurent la protection de l'ascenseur.

J'avais entendu à la radio que les Kristangs confiaient en effet la sécurité de leur ascenseur spatial équatorial aux USA. Et je m'esclaffai.

— Je parie qu'ils en sont ravis, les mecs…

Aucun de nos virils et sémillants US Marines ne tenait à s'appuyer des tours de garde pendant que l'armée fonçait dans l'espace en découdre avec l'ennemi qui avait osé attaquer notre planète.

— Un peu, oui ! On m'a offert une fortune pour cet écusson…

Jesse palpait l'insigne bleu sur son épaule droite, le logo de la Force Expéditionnaire des Nations unies (FENU), comme on nous appelle maintenant. Les écussons des nations, dans notre cas le drapeau des États-Unis, blasonnaient l'épaule gauche.

— Pff… comme si l'argent avait encore le moindre sens. (Sourcils froncés, il baissa les yeux sur sa tenue de combat.) Au moins, ces Marines ont droit à de véritables uniformes. Moi, j'ai eu ça au surplus de l'armée, en Arkansas.

Son pantalon lui allait, mais sa veste avait à vue de nez trois tailles de trop.

Mon propre « uniforme » était mal assorti : le pantalon venait de la Garde nationale du Maine tandis que la veste, de celles qu'on nous avait distribuées dans le train à destination de Miami, avait des motifs de camouflage, *et* tout l'air d'être restée en réserve depuis la guerre d'Irak – la toute première. Ou serait-ce plutôt le conflit hispano-américain ? Il s'en dégageait comme de vagues relents de naphtaline…

— Peut-être que l'armée nous donnera de nouveaux uniformes ici.

— N'y comptez pas ! aboya une voix familière.

Nous fîmes volte-face. C'était bien le lieutenant Amos Gonzalez, ex-chef de peloton de la 10ᵉ. Non, le nôtre, de peloton. Mais son visage nous était effectivement familier. Au garde-à-vous, Jesse et moi saluâmes.

— Repos. Bishop et Colter, c'est bien ça ? (Il se fendit d'un sourire.) Ça fait du bien de vous revoir tous les deux. Heureux que vous soyez de la fête, messieurs.

— Nous sommes aussi ravis de vous revoir, mon lieutenant, répondit Jesse. Savez-vous combien d'entre nous sont ici ?

Les yeux baissés, il secoua la tête en chassant une motte de terre de la pointe d'une botte.

— Les communications sont toujours instables. Dès que les infos nous parviennent en ordre de dispersion, on met nos agents au boulot.

En entendant Gonzalez éluder sa question, Jesse fronça les sourcils.

— Eh, mon lieutenant, jusqu'à présent, je n'ai vu personne d'autre que nous, les Aigles Hurlants (il voulait parler de la 101ᵉ division aéroportée *Screaming Eagles*, qui s'était tant distinguée au cours de la Seconde Guerre mondiale), la 3ᵉ de l'Infanterie et les Marines. Pas de cavalerie ou de blindés en vue ?

Le lieutenant Gonzalez lui décocha un œil dédaigneux.

— Colter, vous tenez vraiment à vous retrouver dans un char d'assaut à affronter un ennemi capable de déclencher des tirs du haut d'une orbite ? (Il n'attendit pas la réponse de Pain de maïs.) C'est le meilleur moyen de se retrouver six pieds sous terre. Les Kristangs ayant besoin d'infanterie, on la leur envoie. Les blindés et les gars de l'aviation passeront leur tour.

— Sauf votre respect, monsieur, mais à quoi diable servira l'infanterie contre les Ruhars ? lançai-je. Je n'ai même pas d'arme !

L'air compatissant, Gonzalez opina du chef.

— Les Kristangs interdisent toute arme dans l'ascenseur. On est censés recevoir armes, armures et tout ce dont nous pourrons avoir besoin une fois notre destination atteinte – quelle qu'elle soit. Pour ma part, j'apprécie mon vieux fusil d'assaut M4, mais je ne tiens pas à affronter les Ruhars avec.

— Nous servons avec les Marines, monsieur ? voulus-je savoir.

— Une brigade des Marines, oui. Et, à ce que je me suis laissé dire, des contingents des armées britannique, française, chinoise et peut-être russe et indienne également. Vous vous êtes déjà enregistrés ?

— Non, monsieur, je viens tout juste de descendre de la navette de l'aéroport, répondis-je.

Je croyais encore sentir sous mes fesses les lattes métalliques de mon siège. Fraîchement débarqués de l'aéroport, on avait gravi une toute nouvelle ébauche rugueuse de route en pente ; les vieux bus scolaires aux couleurs criardes de notre convoi constituaient probablement le meilleur mode de transport que cette partie-ci de l'Équateur avait à offrir, avant l'offensive des Ruhars.

— Oh… (Jesse secoua la tête.) Je suis là depuis ce matin, et dès ma descente de bus, les Marines m'ont collé à la manutention des palettes alimentaires.

— Vaudrait mieux vous enregistrer sans tarder dans ce cas, il vous faudra une évaluation médicale avant que vous n'empruntiez le tapis magique pour l'espace. Vous voyez ce grand chapiteau de cirque là-bas, celui qui s'auréole des drapeaux des Nations Unies ? (Mais c'est qu'il ne plaisantait pas, le bougre ; ma parole, c'était bien un chapiteau de cirque !) Allez-y au pas de course ! L'ascenseur décollera à 17 heures pétantes.

Ce chapiteau ? Un asile de fous, oui ! Jesse et moi ne tenions franchement pas à être examinés sous toutes les coutures par les toubibs de l'armée, mais là-dessus, nous n'avions pas à nous en faire. L'examen médical en question consistait pour le patient en une station debout, tout habillé, dans une cabine de la taille d'une douche, et en un rayon lumineux promené sur tout le corps. Quand je sortis de ma cabine, le médecin ne daigna pas lever les yeux de son écran d'ordinateur.

— Vous vivrez, Bishop.

Je vis à l'écran un fichier portant ma photo ; le praticien cliqua sur quelques boutons, et un nouveau fichier succéda au mien.

— Au suivant !

— Pardon, docteur, mais… c'est tout ?

J'étais perplexe.

— C'est tout. Vous venez d'avoir votre premier examen à l'aide d'un scanner médical kristang, qui nous informe que vous êtes en assez bonne santé. Allons, ne restez pas là, on n'a pas toute la journée. Au suivant !

Après l'évaluation médicale donc, on passa à la douche, avec de la bonne vieille eau chaude. Mais faute de se voir distribuer de nouveaux uniformes, il nous fallut bien renfiler les anciens. Puis direction une autre tente pour prendre un repas chaud. Le style militaire. En ce qui me concerne, je trouve que le style militaire a du bon – je veux dire par là qu'on ne chipotait pas sur nos rations. Plateau en main, je faisais la queue tout en cherchant des yeux une place où m'asseoir, quand Jesse se leva pour me faire signe de le rejoindre à sa table. Et il me présenta son voisin tout en mastiquant son pain de maïs :

— Voici Gus, de la 1ʳᵉ division blindée.

— Je croyais que seule l'infanterie serait du voyage ? fis-je.

Gus haussa les épaules.

— Je pilotais un Bradley. J'imagine qu'ils ont besoin de pilotes pour ce qu'on nous réserve là-haut, quoi que ça puisse être.

Si les Kristangs étaient d'avis qu'on avait besoin de pilotes, avec un peu de chance, les fantassins n'auraient pas à rallier à pied tous les lieux où nous nous rendrions.

Pain de maïs sauça son assiette de pain de viande.

— J'ignore où on va, mais si on a droit à trois repas chauds et à un lit de camp, je suis fichtrement partant ! Les temps étaient vraiment difficiles cet hiver à la maison.

Je ne saurais trop dire ce que je pouvais bien m'imaginer avec l'ascenseur spatial, mais il est certain que ce n'était pas du tout ce à quoi j'aurais pu m'attendre. On aurait plutôt dit un salon d'attente d'aéroport. La cage d'ascenseur discoïdale s'étirait sur quatre niveaux, le plus bas logeant la machinerie. Ou c'est du moins ce que je supposais, puisqu'on n'avait accès qu'aux trois niveaux supérieurs. Les conteneurs de fret venaient s'y raccrocher par en dessous. Les rangs habitables se répartissaient chacun en huit encoignures bondées de sièges en plastique finement rembourrés. Des sièges munis de ceintures de sécurité. On estimait que le trajet jusqu'à la station orbitale prendrait neuf heures – de longues heures uniquement égayées par la perspective de s'agglutiner autour des hublots pour admirer une surface planétaire s'éloignant progressivement. Mais au bout d'un moment, cela aussi avait franchement perdu de son charme. L'ascenseur ? Un engin sans fioritures ni superflu, conçu pour transporter un maximum de troupes en un minimum de temps. Le confort ? Nullement une priorité aux yeux des Kristangs, on dira ça… Il n'y avait pas même l'ombre d'un vague concept de sandwicherie. À telle enseigne que l'armée avait aménagé un box-cuisine à chaque niveau, avec de la nourriture à foison. J'eus droit à mon tout premier cheeseburger digne de ce nom depuis trop longtemps. Jesse et moi explorâmes les lieux, croisant les soldats avec lesquels nous allions servir, en faisant assaut de récits et témoignages, en prêtant l'oreille à force rumeurs contradictoires. L'ascenseur ayant une capacité d'emport de cinq mille humains, une bonne partie de notre division avait pris place à bord. Nous déambulions de coin en coin servant de mess impromptu à l'état-major avant de venir nous mêler au restant des bidasses.

Après avoir descendu trois sodas, l'armée ne fournissant pas de boissons alcoolisées, j'eus besoin de faire un tour aux toilettes – ce que je redoutais. Quel genre de plomberie avaient bien pu installer les Kristangs ? Soit ceux-ci avaient des fonctions biologiques analogues aux nôtres, soit ils avaient consulté des plombiers humains car je n'eus pas lieu de m'inquiéter. Ça avait tout l'air de W.-C. d'autoroute, en plus neuf et en plus propre. Il y avait même des distributeurs de savon.

Au début, le trajet fut assez lent, comme dans un ascenseur lambda. Il y avait la pression subtile d'une gravité additionnelle, accompagnée d'une légère vibration. Au gré de l'ascension, l'atmosphère se raréfiant, la montée s'accéléra et la pesanteur artificielle s'activa en compensation d'environ quatre-vingt-cinq pour cent de la norme terrestre, nous informa-t-on. J'avais échangé quelques mots avec l'un des cuistots de l'armée, qui avait emprunté l'ascenseur spatial à plusieurs reprises. À l'approche de la station spatiale, m'expliqua-t-il, il y avait un ralentissement même si on ne percevait aucun mouvement en raison de la gravité artificielle. J'exprimai mes craintes sur le fait de « chevaucher un éclair », surtout que les pillards ruhars harassaient toujours les Kristangs ; le maître queux, lui, me dit de ne pas m'inquiéter. Plus tôt dans la semaine, une frégate ruhar avait surgi de l'hyperespace alors que l'ascenseur spatial était à mi-montée, à son point le plus vulnérable, et tiré deux missiles avant l'intervention de contre-torpilleurs de patrouille. Les lasers défensifs installés au sommet de l'ascenseur avaient atomisé les missiles en vol. Plutôt rassurant qu'on ne fasse pas office de pigeons d'argile à canarder, tandis qu'on mangeait des casse-croûte dans des sièges inconfortables.

Je réussis à m'assoupir affalé sur le mien, jusqu'à ce qu'un marin vienne me décocher un coup de pied au mollet.

— Lève-toi et brille, ma belle princesse endormie ! Notre petite virée tire à sa fin. Récupère ton équipement, si tu en as un.

Le gars continua sa généreuse distribution de coups de pied, histoire de réveiller les suivants.

Jesse, lui, roupillait par terre derrière moi, son paquetage glissé sous la nuque en guise d'oreiller. Je le secouai par l'épaule.

— Oh mec, ta sale trogne, c'est vraiment pas ce que je voudrais voir en rouvrant les yeux ! grommela-t-il. Quoi de neuf ? ajouta-t-il en bâillant à s'en décrocher la mâchoire.

— Je crois qu'on arrive. Tu veux jeter un coup d'œil ?

La station ? Un « beignet » doté de six extensions, des navires kristangs venant se raccrocher au bout de deux d'entre elles, posés sur des plates-formes. L'un était de ligne épurée, de couleur sombre, l'autre bien plus grand et d'aspect moins intimidant. Tandis que Jesse et moi en restions bouche bée, les yeux écarquillés, le cuistot dont je parlais se fraya un passage dans l'attroupement pour venir nous rejoindre. Il désigna le petit astronef.

— Voilà un croiseur, et l'autre grosse mocheté à côté, c'est le transporteur.

— Tu y as déjà embarqué ? demanda Jesse.

— Non, les Kristangs nous laissent sur la station juste le temps que l'ascenseur se vide, puis c'est retour vers l'Équateur pour le groupe suivant. À ce qu'il paraît, le transporteur peut embarquer notre groupe au grand complet, ensuite il repart sans attendre.

— Une idée de notre destination ?

Je me disais que le maître coq avait pu entendre dire quelque chose à ce sujet lors d'un de ses déplacements.

Il secoua la tête.

— Je ne sais pas. Et si l'un de nos officiers est au courant, il n'en souffle mot. Pour ma part, je pense que les Kristangs n'informent que les personnes directement concernées. Nous autres humains, on n'a pas besoin de savoir, hein…

En silence, nous suivions notre approche progressive de la station spatiale, jusqu'à ce que la masse de celle-ci projette son ombre sur notre hublot, dérobant le croiseur à notre vue.

D'après son insigne d'uniforme, notre marmiton appartenait à la 1ʳᵉ division blindée.

— J'aurais tant voulu partir avec vous… J'ai tenté de passer en infanterie, mais l'armée affirme que mes normes minimales de sécurité opérationnelle correspondent à la cuisine. C'est donc ce que je fais.

À l'entendre, il était très amer.

— Eh, ton cheeseburger est à tomber !

Je lui tendis la main.

Il essuya la sienne sur son tablier avant de me la serrer vigoureusement, le regard vissé au mien.

— Vous allez tout déchirer les gars, hein ?

— Putain, ouais alors ! lui répondis-je avec conviction.

J'ignorais encore si je serais de retour, mais pour sûr, j'allais dégommer autant de hamsters que possible. Tous les soldats et les marins avec lesquels j'avais bavardé ressentaient la même chose, poursuivaient le même objectif avec une détermination redoutable. On nous avait attaqués, et la survie même de notre espèce était maintenant en jeu. La fureur ? Mais quel doux euphémisme pour décrire ce que nous éprouvions tous ! À la station ferroviaire de Boston, trois autres soldats et moi marchions au front, et les gens nous avaient remarqués. Ils s'arrêtaient, nous saluaient spontanément, puis nous applaudissaient. Ça m'avait sincèrement touché. Je me souviens d'un vieillard, un grand-père sans doute, flanqué de son petit-fils. Il avait montré au gamin la posture correcte à adopter, avait guidé son bras pour nous saluer comme il convient. À cet instant-là, son expression m'avait tout révélé sur le sentiment des gens à notre égard, nous les soldats du Corps expéditionnaire des Nations unies. Nous représentions tous leurs espoirs – et pas seulement les aspirations collectives à la vengeance. Il s'agissait là d'espérances en notre survie, celle de l'espèce humaine. Voilà ce qui différenciait cette guerre, ce qui la singularisait tant. Pour la première fois, nous devions tous faire front commun. Oui, nous étions tous dans la même galère.

— Sûr et certain, mec, qu'on va leur botter le cul ! répondit Jesse en toute sincérité. (On se tapa les poings.) Armée forte, pas d'erreur ! Ouah !

À l'instar du maître coq, on n'avait pas pu voir grand-chose au sortir de l'ascenseur. Les gardes de l'US Marine nous avaient canalisés à l'intérieur de la station spatiale génératrice de l'éclair nous propulsant dans l'espace. On était en file indienne, pour une raison qui m'échappe. La station était immense ; je me demandai à voix haute comment on avait pu la construire si vite.

Devant nous, un lieutenant me fournit la réponse :

— Un transporteur thuranien stellaire l'a apportée ici par tronçons, et il n'y a plus eu qu'à procéder au montage.

— Monsieur ? fis-je. C'est quoi un Thuranien ?

— Les Thuraniens sont l'espèce protectrice des Kristangs.

En réaction aux regards parfaitement vides de tout le monde, il s'écarta légèrement de la file pour nous apporter des précisions. Son insigne le rattachait à la 3ᵉ division d'infanterie.

— On ne vous a donc rien dit ?

— Monsieur, je viens du Maine du Nord, et on a eu accès à internet une semaine avant l'offensive des Ruhars. (Je voyais bien que ma pointe d'humour ne remportait nullement son approbation.) Je n'ai jamais entendu parler des Thuraniens, monsieur.

Il darda son index en l'air.

— Cette station et l'ascenseur relèvent de la technologie des Thuraniens. Les Kristangs ne disposent même pas de la gravité artificielle à bord de leurs vaisseaux.

Jesse pâlit en entendant ça. Tout le monde, le long de la file, eut l'air nauséeux rien qu'à l'idée de ne bénéficier d'aucune gravité.

— Monsieur ? L'apesanteur ? On n'a jamais été entraînés à ça…

— Voilà pourquoi vous faites la queue ici : pour recevoir des médocs contre le mal de l'espace. Pas question que des humains rendent tripes et boyaux à bord d'un transporteur kristang.

— On n'embarquera pas sur un vaisseau thuranien ? fis-je, en me sentant déjà mal en point.

Je regrettais déjà amèrement d'avoir englouti ce second cheeseburger. La file d'attente reprit sa lente progression.

— Les transporteurs thuraniens s'aventurent rarement dans les puits de gravité et évitent soigneusement le Nuage de Oort de quelque système stellaire que ce soit.

De mon côté, ça allait, je savais de quoi il retournait, mais il se retrouva confronté à de nouveaux regards perplexes, au point qu'il précisa :

— C'est au-delà de l'orbite de Pluton, où l'espace-temps est aplati à l'horizontale, et où il est plus facile pour leurs transporteurs stellaires de former une zone de saut. Les bâtiments kristangs peuvent effectuer des sauts sur de courtes distances seulement, disons six à huit heures-lumière, soit le trajet d'ici à Neptune. Ils effectuent des séries de mini-sauts de ce genre pour rallier un transporteur thuranien. Ce type de vaisseau interstellaire tout en longueur, auquel viennent se rattacher d'autres astronefs à court rayon d'action, dispose d'un système de propulsion bien plus évolué que ce que peuvent avoir les Kristangs. Ce sont donc les Thuraniens qui assurent la propulsion des navires kristangs entre les différents systèmes solaires. G-2 estime qu'en réalité, les vaisseaux kristangs ne peuvent pas voyager entre les étoiles, vu qu'entre deux mini-sauts, il leur faut réalimenter leurs moteurs. Si bien que leur vitesse est infraluminique. D'ici, atteindre l'étoile la plus proche leur prendrait plus de quatre ans. On pense que les Thuraniens, eux, sillonnent le cosmos à trois cents fois la vitesse de la lumière, par sauts d'environ une année-lumière.

Les conclusions mathématiques auxquelles aboutissait mon cerveau enfiévré me déplaisaient souverainement. Trois cents fois la vitesse de la lumière ? Rien que ça ! Mais si nous allions sur une planète distante de, disons, une centaine d'années-lumière tout au plus, notre voyage allait durer quatre mois ! Quatre foutus mois ! Coincés à bord d'un spationef alien. En apesanteur. Et si une centaine d'années-lumière, ça paraît déjà beaucoup, eh bien, le cosmos est immense. Au cours de mes études, j'avais appris que la Terre se situait à vingt-sept mille années-lumière du centre de la galaxie, laquelle galaxie fait dans les cent mille années-lumière de diamètre. Je n'avais rien envisagé de tel dans mon enthousiasme à quitter ma planète natale pour aller combattre les Ruhars.

— Monsieur… où allons-nous ?

— Ce n'est pas un secret : sur une planète où les Kristangs ont établi un camp d'entraînement à notre intention, et que nous appelons Camp Alpha.

— Et à quelle distance se trouve-t-elle ? demanda Pain de maïs en me décochant un coup d'œil.

Lui aussi s'était livré à ses petits calculs de tête.

— Les Kristangs ne veulent pas le spécifier, mais ceux qui y sont déjà allés ont pris des clichés des cieux nocturnes et, d'après la position des étoiles, nos astronomes la situent à mille deux cent vingt-trois années-lumière de la Terre.

C'est à cet instant qu'une des portes s'ouvrit, en bout de file, et que le lieutenant fut appelé.

Oh, mon Dieu… Un trajet de mille deux cents années-lumière, à bord d'un vaisseau filant à trois cents fois la vitesse de la lumière… Autrement dit, nous allions rester bloqués sur un navire kristang rattaché à un transporteur stellaire thuranien, en apesanteur, pendant *quatre ans* ! J'avais entendu parler des troubles dont souffraient les astronautes en gravité nulle à bord de la station spatiale internationale. Au bout de deux à trois mois seulement, leur acuité visuelle se dégradait, leurs os devenaient cassants, ils perdaient de leur masse musculaire. Qu'allaient donc devenir des soldats humains après quatre longues années passées en gravité zéro ? À quoi seraient-ils encore bons ? J'étais tellement abasourdi que je ne réalisais pas encore… Le lieutenant venait pourtant de nous dire que des humains s'étaient déjà rendus au Camp Alpha et en étaient revenus – le tout en beaucoup moins d'un an.

— Quatre ans… mince alors ! (Rien qu'à son ton, Pain de maïs exprimait le choc que nous ressentions tous.) Je me goure pas, mille deux cents années-lumière, à raison de trois cents par an ? Ils vont peut-être nous cryogéniser, histoire qu'on pionce pendant tout ce temps ? Comme dans *Avatar*, hein, vous avez vu le film ?

Les gens ronchonnaient, tout aussi ahuris par les implications de ce que le lieutenant venait de nous dévoiler. Puis ce fut mon tour avec la toubib en tenue civile sous une blouse blanche de laborantin. Une toubib à l'air assommé.

— Je dois enlever ma chemise, madame ?

J'espérais pouvoir garder mon pantalon. Se tenir en caleçon devant un docteur n'avait déjà rien de marrant, mais devant une doctoresse, c'était encore pire. Disons que je ne tenais pas à ce que mon petit pote manifeste toute sa joie en la voyant – si vous voyez ce que je veux dire. Ceci étant dit, ce serait pire si c'était le contraire et que Petit Joe restait en berne… La toubib était mignonne, et moi, j'étais un jeune garçon en pleine forme. Alors, par simple respect pour elle, j'aurais dû au moins avoir une demie…

— Soldat, garde ta chemise *et* le menton haut.

Elle tenait sous mon oreille gauche une sorte de pistolet chrome et plastique – et elle appuya sur la détente. Non que je sente grand-chose… Elle renouvela l'opération sous mon oreille droite avant de baisser le pistolet et d'étudier les données s'affichant sur l'écran d'ordinateur. Elle pianota, puis lâcha :

— Ça paraît bon, tout ça. Je viens de vous injecter des nanomachines kristangs qui migreront bientôt vers vos oreilles internes en prévenant toute nausée par gravité nulle. Après un temps, elles se dissoudront dans votre organisme, et vous ne devriez en ressentir aucun effet. Si vous avez néanmoins la sensation d'avoir des pertes d'équilibre en pesanteur normale, contactez l'équipe médicale de bord.

— Madame, combien de temps resterons-nous emb… ?

— Vous aurez droit à un briefing complet à bord.

La porte à l'opposé de celle de mon entrée s'ouvrit, signe indéniable que je devais libérer la place. La pesanteur fonctionnait parfaitement ; c'était juste l'idée qu'on m'ait injecté des nanomachines qui me barbouillait. De microscopiques robots aliens pataugeaient dans mon système sanguin. C'était flippant.

Une fois notre groupe en règle avec les visites médicales, des gardes nous enjoignirent d'embarquer à bord du transporteur en nous faisant presser le pas – pas le temps de jouer les touristes. Non qu'il y eût grand-chose à voir le long des couloirs de la station – des parois vides, bleu pâle, parcourues d'inscriptions en plusieurs langues terriennes. Le vaisseau kristang était plus intéressant, avec ses multiples panneaux d'accès, ses coursives rayonnant en tous sens, ses canalisations et autres tuyaux courant aux plafonds. Les cloisons et les sols étaient munis de poignées encastrées ; sans doute autant de points d'ancrage lorsqu'on était en apesanteur. Pas de Kristangs visibles ; je n'avais encore jamais vu ces lézards bipèdes. Un marin prit notre escouade en charge, orientant les hommes vers un compartiment, les femmes vers un autre. Le mien se composait de rangées entières de couchages superposés empilés par trois. Les groupements de trois lits disposés en hauteur se rattachaient à un bras opérant des rotations à quatre-vingt-dix degrés dès que le navire était en poussée. Le marin nous apprit que c'était une nacelle kristang polyvalente, actuellement configurée pour le transport de troupes. Nous avions de la chance, dit-il, que les lits soient conçus pour les Kristangs, légèrement plus grands que des humains. Haussant les épaules, je dénichai un couchage vacant, y balançai mon modeste paquetage et l'y amarrai au moyen d'une petite courroie prévue à cet effet – du moins je le supposais. Un lit plutôt sympa au demeurant, d'environ deux mètres de long et séparé de celui du dessus d'à peu près un mètre vingt. Le grand luxe, quasiment. Quelqu'un jouait déjà aux cartes.

Jesse se rapprocha de la partie en cours tandis que je m'affalai sur ma couche, tablette en main. Ça m'inquiétait car ma liseuse n'était plus qu'à vingt-cinq pour cent de charge et je ne voyais de prise de courant nulle part. Aurais-je donc été idiot d'embarquer ma liseuse dans l'espace ?

Un sergent vint se camper sur le seuil de l'entrée. Il se racla la gorge, histoire d'avoir notre attention. Ça m'amusait de voir qu'il arborait le même style de veste de camouflage obsolète que la mienne.

— Je suis le sergent-chef Raynor, l'officier responsable de ce compartiment ainsi que des deux autres adjacents. Dans deux heures, ce vaisseau va appareiller et quitter l'orbite terrestre. Dix minutes avant le largage des amarres, vous devrez tous être harnachés dans vos couchettes. Si vous rencontrez des difficultés avec les sangles, l'expert technique Edwards ici présent vous montrera comment procéder. Après notre départ de la station, la gravité artificielle sera coupée, alors assurez-vous de ne rien laisser de mal fixé susceptible de flotter en apesanteur. Ce navire va subir une poussée d'une heure environ, l'accélération n'étant que de trente pour cent de la norme gravitationnelle. Rien à voir avec les roquettes de la NASA. Notre vaisseau effectuera ensuite un bond dans l'hyperespace. Dès que les Kristangs donneront le feu vert, d'ici environ quatre-vingt-dix minutes, vous pourrez quitter vos couchettes. Ensuite, vous serez libres d'aller où bon vous semble, à condition que vous gardiez en tête que nous serons en apesanteur. Je ne veux pas de crétins faisant les fous en accélération nulle ! Une fois que notre bâtiment se sera assez éloigné de la planète Terre, nous procéderons à une série de sauts hyperspatiaux, et vous aurez également besoin de vos couchages pour cela. Notre destination finale est une planète dont les Kristangs ont fait leur base d'entraînement. Si vous avez des questions, vous aurez des réponses par la suite.

Quitte à rester scotché à mon lit de camp une heure au bas mot, je m'étais décidé à courir aux toilettes avant tout le monde, en demandant mon chemin au marin qui avait tendu un index moqueur au fond du hall.

Les toilettes ? Intéressantes, ma foi. Pas d'urinoirs. On pouvait carrer ses fesses normalement en place, mais les toilettes étaient conçues pour une accélération nulle, avec des sangles de maintien et le siège formait comme un joint d'étanchéité contre votre postérieur. Sans parler du tube flexible, et des gobelets jetables quand un gars avait juste à uriner. Les cabinets comportaient des panonceaux d'instructions en plusieurs langues terriennes, et ce n'était pas aussi compliqué que ça en avait l'air ; le système informatique des lieux prenait tout en charge. Un point pour la technologie. En outre, les Kristangs semblant avoir des toilettes unisexes, on prenait notre tour : cinq femmes, puis cinq hommes. Nom de nom, avec les femmes, ça prend un temps fou ! Mais puisqu'il y avait bien moins de nanas que de mecs, ce n'était pas un drame. En retournant dans mon compartiment, je tombai sur un capitaine de l'armée, occupé à lire sa tablette. Je le saluai en m'arrêtant pour échanger deux mots, si possible.

— Pardon, monsieur, comment rechargez-vous votre tablette ?

— Chaque compartiment dispose d'une série de blocs magnétiques ; il suffit d'ajuster votre appareil sur l'un d'eux pour le charger. C'est un peu comme un tapis de chargement, ça capte le genre de courant que requiert votre tablette ; aucun risque que ça la grille. Les dispositifs thuraniens sont astucieux.

— Qu'est-ce qu'un Thuranien, monsieur ?

Le capitaine secoua la tête.

— Les Thuraniens sont une espèce très évoluée, à la tête de la coalition à laquelle appartiennent les Kristangs. Je me suis laissé dire qu'ils ressemblent pas mal aux aliens des films de SF : petits et fluets, avec une grande tête chauve.

Voilà qui achevait de me plonger dans la perplexité.

— Les Kristangs ne commandent pas ?

— Pour nous autres humains, et tout ce qui est en lien avec la Terre, ce sont bien les Kristangs qui commandent. Les Thuraniens sont… les patrons, disons, des Kristangs. C'est peut-être le mot qui convient. Bref, tout ce qu'il faut savoir, c'est que voyager d'étoile en étoile à bord d'un navire kristang, ça prend du temps. Pour les grands sauts, ils se raccrochent donc aux bâtiments porteurs des Thuraniens. Et avant qu'on ne pose la question, non, je n'ai encore jamais vu de Thuranien, nous restons à bord des vaisseaux kristangs.

— Ça devient compliqué, monsieur.

Il eut un hochement de tête compatissant.

— Voyez la chose ainsi : les Thuraniens jouent dans la cour des grands, c'est l'équipe de ligue majeure de base-ball. Les Kristangs, eux, sont... on va dire l'équipe triple A du club-école. Et nous, eh bien, on est en ce moment la ligue locale semi-pro. On espère passer en ligue mineure, mais pour cela, on doit d'abord faire nos preuves, et un sacré bout de chemin nous attend. Retournez dans votre couchette, soldat, on accélérera bientôt pour quitter l'orbite. Vous aurez un briefing bientôt.

Au terme d'une heure de légère accélération loin de la planète Terre, et de dix autres minutes de ce qui devait être les préparatifs pour le saut, notre transporteur effectua le bond. Harnaché que j'étais à ma couchette, je ne pouvais rien voir. Et le saut me fit l'effet d'un courant statique me remontant la colonne vertébrale l'espace d'une nanoseconde, avant de me retrouver à flotter en accélération nulle. Je procédais à un relevé horaire sur ma montre, et il fallut pas moins de huit heures et vingt-et-une minutes entre le premier et le second saut. Par la suite, j'appris que les vaisseaux kristangs sont propulsés par réacteurs à fusion, leurs moteurs de saut prenant environ huit heures à accumuler assez de puissance pour un saut. Cet effet retardé entre deux bonds peut constituer une faiblesse tactique majeure pour une offensive. Quand les vaisseaux d'attaque effectuent un saut pour monter au front, ils ne peuvent pas opérer de repli en cas de péril imminent alors qu'un navire en position de défense, moteurs poussés au maximum, pourra toujours joindre des coordonnées différentes en un clin d'œil pour échapper (par exemple) à des tirs de missiles. Au combat proprement dit, ce décalage entre deux sauts ne pose pas vraiment de problème en soi. Les cuirassés conservent toujours assez de puissance en réserve pour un bond d'urgence à courte distance. Aux abords d'un vaste champ gravitationnel comme une planète, les astronefs ne peuvent pas sauter de l'hyperespace ou y bondir en toute sécurité, la zone de saut étant susceptible de se déformer et de les broyer. Une force d'attaque doit donc quitter l'hyperespace à l'écart des planètes, et sillonner l'espace normal pour entrer en orbite. Une fois que les vaisseaux d'attaque se rapprochent assez d'une planète pour ouvrir le feu, ils se retrouvent tellement soumis au champ de gravité que même avec des moteurs à pleine puissance ils ne peuvent plus compter sur des sauts – pas sans risques. Quant aux navires défensifs, qui ne savent jamais où exactement l'ennemi va surgir de l'hyperespace, ils ont tendance à ne pas s'éloigner des planètes au contraire, et à se charger des interceptions. Si ce que j'explique là a tout l'air d'un jeu avec une multitude de règles à mémoriser, c'est que c'est bien de cela qu'il s'agit. Une chance pour nous les humains, on n'a pas à y réfléchir. Nous n'avons pas de vaisseaux stellaires et les Kristangs refusent de nous en confier. Nous, nous sommes l'infanterie, nous combattons sur le terrain. Les Kristangs nous acheminent sur place puis nous passons à l'action. C'est du moins ce qu'on a tous pensé.

Entre deux sauts, les moteurs du navire passaient en suralimentation pendant environ deux heures, ensuite, nous avions quartier libre dès que nous n'avions plus à rester dans nos couchettes. Tout le monde testait les mouvements en apesanteur et au bout de quelques minutes seulement, il m'apparut évident qu'on aurait dû nous distribuer des casques de protection. Le sergent Raynor revint nous brailler dessus que nous étions vraiment stupides, mais en dehors de ses beuglantes, il nous laissa surtout collectionner heurts et horions. Rien de tel que l'expérience – le meilleur des professeurs.

L'un des crâneurs était Jeff Murdock, qui avait intégré notre section au Niger alors que j'en étais à peu près à la moitié de ma période de service. Alors je ne le connaissais pas tant que ça, mais purée, en apesanteur ce qu'il pouvait s'éclater ! Il était comme un poisson dans l'eau, à enchaîner des sauts périlleux qui m'auraient flanqué le tournis. Et il pouvait se propulser d'une paroi à n'importe quel endroit de notre compartiment, « nageant » dans les airs. Là, il s'était suspendu à une couchette tête en bas pour faire le poirier, souriant de toutes ses dents.

— Eh, mec, c'est génial ! J'ai hâte de tâter un peu de cette biotechnologie kristang. Je vais être un super soldat, mon pote !

Nous, on n'était pas si enthousiastes que ça à le voir virevolter ainsi dans les airs tel un écureuil démesuré.

— Murdock, tu n'as pas besoin d'une technologie alien super évoluée pour être soldat, tu as surtout besoin d'un foutu miracle ! s'esclaffa Garcia.

Thompson ajouta son grain de sel :

— Eh ouais, vieux, ce qu'il te faut, c'est une cervelle, et tu aurais tout intérêt à en toucher deux mots au Magicien d'Oz si tu veux mon avis.

— Eh, allez donc vous faire mettre, les gars ! riposta Murdock en fusant à travers le compartiment avant d'effectuer un tête-à-queue de compète pour se réceptionner si gracieusement contre la cloison opposée qu'il ne rebondit même pas. Vous allez voir ce que vous allez voir, les amis !

On nous guida vers la version kristang d'une cantine ou service de restauration – à moins qu'il ne faille parler de coquerie, à bord ? Nos expériences en apesanteur, au dortoir, nous avaient bien servi, lorsqu'il nous avait fallu nous propulser le long des coursives. La cantoche accueillait près d'une centaine de couverts, avec tables et sièges. Sauf que lesdits sièges, solidement ancrés au sol, s'agrémentaient de ceintures de sécurité. Le déjeuner était siglé EMR (ou, si vous préférez, Entérobactéries multirésistantes). Les humains ne pouvaient digérer les aliments kristangs, et les Kristangs, eux, ne tenaient pas à ce qu'on déconne avec leurs cantines en gravité nulle. Les EMR me ramenaient à mes souvenirs de camping quand j'étais gosse. Mais bon… j'en avais trop « goûté » au Niger, que voulez-vous, et je me retrouvais à engloutir d'un air maussade ma ration, en troquant force portions « gustatives » avec mes voisins. Sûr que Pain de maïs avait les crocs ! Après avoir englouti son EMR dûment estampillé, il me chipa tout un emballage de biscuits salés. Et au milieu de la pause déjeuner, un major de l'armée arriva en flottant lui aussi dans les airs, circulant habilement en direction de la paroi opposée en crochetant ses pieds dans une courroie – à le voir, c'était un jeu d'enfant.

— Tout le monde savoure son plateau-repas d'astronaute ? (Éclats de rire généraux.) À ce que je crois savoir, les intox vont bon train, alors autant que je mette tout de suite les choses au point. Tout d'abord, nous ne resterons pas en gravité nulle pendant tout le trajet. Ce vaisseau kristang va se verrouiller à un transporteur stellaire thuranien pendant la plus grande partie du voyage. Les points clés du transporteur cosmique où on viendra s'ancrer sont autant de plates-formes dotées de gravité artificielle, si bien que nous bénéficierons de quatre-vingt-cinq pour cent d'accélération nulle selon les normes thuraniennes. Ensuite, cet itinéraire ne prendra pas plus de quatre ans, et vous ne serez pas cryogénisés. À vous donc la joie de vous laisser bercer par les ronflements de vos compagnons de lit. (Nouveaux gloussements de la compagnie.) Le transporteur stellaire thuranien traversera un vortex artificiel pour déboucher à des centaines d'années-lumière au-delà. Il file de vortex en vortex afin de gagner un maximum de temps. Il s'écoulera dix-sept jours de la Terre à notre première destination, une planète qu'on appelle Camp Alpha. C'est un camp d'entraînement où vous recevrez vos nouvelles armes et votre équipement, et où vous apprendrez les RDC, les Règles du combat. Les Kristangs tiennent à ce que nous adhérions à ces règles, alors là-bas vous devrez y prêter attention. Nous n'allons pas causer de soucis à nos nouveaux alliés. Quant au Camp Alpha, j'y suis déjà allé, et tout ce que je vous en dirai pour le moment, c'est que c'est un excellent endroit pour se concentrer sur notre mission d'entraînement.

L'auditoire lâcha un petit grognement entendu. En jargon militaire, on comprenait tous qu'il s'agissait d'un trou à rats où il n'y aurait rien d'autre à faire que travailler et s'entraîner. Je lançai un regard à Pain de maïs et nous haussâmes les épaules. On avait connu pire et on ne s'aventurait pas dans l'espace pour une croisière d'agrément. Le major ne répondit à aucune question, quittant la cantine une fois son speech terminé. Je me sentais beaucoup mieux à la perspective de ne pas rester en gravité zéro pendant quatre ans.

Après un quatrième saut, il nous fallut demeurer sanglés dans nos couchettes tandis que le navire kristang manœuvrait pour venir se verrouiller à un vaisseau mère thuranien. Il y eut un bruit métallique, une vibration. La gravité reprit lentement ses droits, sous les cris d'allégresse. Encore plus quand on nous annonça qu'il y aurait un repas chaud au dîner maintenant que les cantines bénéficiaient de nouveau de la pesanteur. C'était du ragoût de bœuf – avec très peu de bœuf et quantité de patates et de légumes. Mais c'était au moins une assurance que nous n'allions pas survivre uniquement avec des EMR pendant les trois semaines suivantes. Et les biscuits sortaient du four. De la bonne graille, c'est important pour le moral des troupes. L'armée en connaissait un rayon là-dessus.

J'aime bien les gâteaux qui sortent du four.

Au cas où vous vous poseriez la question.

Le transporteur stellaire thuranien, le vaisseau mère, ou tout ce que vous voudrez, passa alors par toute une série de sauts – je finis par m'y perdre, d'autant plus qu'il m'arrivait de dormir tout de même. Certains, à bord, tentaient de garder trace des manœuvres effectuées : les sauts et intervalles entre deux, la durée et la force de l'accélération. Pour ma part, j'avais décroché dès le deuxième saut hyperspatial et je me disais qu'on avait du personnel qualifié pour enregistrer tout cela. Une nuit, les haut-parleurs nous réveillèrent vers 3 heures, à l'approche d'un premier vortex, et je regrettai de ne pas avoir été averti plus tôt, car ma vessie menaçait d'exploser. L'idée de plonger au cœur d'un vortex, d'avoir mes atomes éclatés puis réassemblés, ou quoi que ce soit d'autre, ça me foutait la trouille. J'étais comme tétanisé sur mon lit, en attente de l'inconnu, lorsque les haut-parleurs reprirent :

— Transition vortex achevée. Sécurisation des manœuvres dans l'espace normal.

Et zut. Je n'avais donc pas eu lieu de m'angoisser à propos de ce passage, d'autant plus que je n'avais aucune idée de quand ça avait pu se produire au juste. Il y eut d'autres bonds, toujours plus d'attente et d'ennui insondable entre un saut hyperspatial et le suivant. On s'exerçait par équipes en faisant bon usage des équipements provenant de la Terre, dont des tapis de course et des vélos d'exercice. J'aimais bien la course, mais détestais les tapis de jogging, quel ennui ces machins-là ! Même la compétition avec mon voisin ne me motivait guère, après les deux ou trois premiers jours. On jouait sur nos tablettes, on enchaînait les activités physiques, on bouquinait, on matait des films. Les transports de troupes ? Ça nous ramenait sans doute à ceux des soldats de la Seconde Guerre mondiale, durant les interminables traversées de l'Atlantique et du Pacifique. Si ce n'est que, en ces temps-là, nos braves pouvaient au moins monter sur le pont prendre un bon bol d'air frais, admirer le soleil et la ligne d'horizon.

On avait droit à un rata mangeable, et on jouissait de suffisamment de marge de manœuvre à bord – exception faite des zones interdites aux humains. Ce dont on était privé ? On n'avait pas de hublots ni de baies pour découvrir notre environnement. Pas de contacts avec la Terre, ni de nouvelles. Au Niger, j'avais pu me connecter à internet, envoyer des courriels, tenir des conversations vidéo avec ma famille et mes potes – la plupart du temps en tout cas. Ici, on restait *incommunicado* tant qu'on ne serait pas de retour – avant bien longtemps. Si j'avais appris une chose, c'était que même les Thuraniens à la technologie supérieure ne disposaient pas de moyens supraluminiques de communication, hormis des drones porteurs de messages sautant de vortex en vortex. Un peu à la façon de pigeons voyageurs de pointe.

Après un temps, je nous faisais l'effet de touristes low cost embarqués sur de miteux paquebots de croisière – rien à voir avec le fait d'être dans l'armée. Au bout d'un nouveau chapelet de sauts hyperspatiaux dont je ne me donnais pas la peine de garder trace, notre transporteur aborda la périphérie de quelque système solaire, à ce qu'on nous dit. Il repassa en apesanteur et effectua quatre nouveaux bonds. Enfin, on manœuvra pour entrer en orbite de notre planète de destination. L'un dans l'autre, mon tout premier voyage interstellaire avait surtout consisté à rester cloué dans un compartiment aux cloisons aveugles. Je ne recommanderais pas pour des vacances, à moins d'être désespéré.

On a bien eu un aperçu de la planète, en dessous, et ça n'avait rien d'engageant. Vue en orbite, la Terre est une symphonie de bleus, de verts et de bruns clairs signalant déserts et prairies, sans oublier le blanc immaculé des pôles. Cet astre-là se parait de brun et de roux, et même les eaux n'étaient pas d'un joli bleu. Le seul pôle que je discernai présentait une couche anémique de blanc sale, un peu comme des bancs de neige crasseuse et croûteuse le long des routes en avril, quand tout le monde voudrait que ça fonde et disparaisse enfin, merde !

Par groupes, on s'entassa dans le réfectoire pour un briefing. Juché sur une chaise, le lieutenant Gonzalez attendit que tout le monde soit là, à l'écoute.

— Bienvenue au Camp Alpha ! Comme les Kristangs refusent de dire comment ils appellent cette planète, ce sera juste « Alpha ».

Aux premiers rangs, un gars prit la parole :

— Mais on sait tout de même où on se trouve, non, mon lieutenant ? Je veux dire, quelqu'un a bien su repérer la position de cette planète ?

— Eh ouais, sourit Gonzalez. Le groupe de reconnaissance a pris des clichés de la voûte céleste et les astronomes, sur Terre, ont fait leurs calculs. Je pense que les Kristangs se foutaient de nous en cherchant à nous le cacher. Ils se doutaient bien que nous serions assez futés pour avoir la réponse. Nous nous trouvons encore dans le bras d'Orion, galaxie de la Voie lactée, à quelque mille deux cent vingt-trois années-lumière de la planète Terre. C'est assez loin pour qu'on ne voie pas notre soleil d'ici, du moins pas sans télescope. Je me suis laissé dire que notre astre solaire était une étoile insignifiante, de toute façon.

— Quelqu'un est-il allé jeter un coup d'œil à la baie pour voir où nous allons suivre cet entraînement ? Camp Alpha n'est pas le genre d'endroit où on voudrait partir en vacances, c'est celui où les soldats sont formés pour constituer une armée que les Ruhars apprendront à redouter. Les Kristangs ont consacré cette planète à cette fin en y établissant une base pour les humains, et ce pour trois raisons. D'abord, personne d'autre ne convoite pareil lieu. C'est aride ; on m'informe que le jour, il peut faire jusqu'à plus de quarante-trois degrés Celsius et moins de six la nuit. Et là, je ne vous parle que de l'hémisphère « sympa » de cette planète, où est implanté le camp d'entraînement. Le rayonnement solaire est d'une luminosité funky, entre le bleu et le blanc, et si vous n'avez pas de protection, ça vous décollera la peau des os. Ensuite, avec un astre aussi bigrement vicieux, on ne peut pas rêver mieux comme camp militaire. Toutes les planètes où nous irons ne ressembleront pas à la Terre. Ici, vous allez apprendre à utiliser les équipements fournis par les Kristangs et à survivre en milieu hostile. Si vous êtes infoutus de prouver votre aptitude et votre efficacité au combat, c'est qu'on n'a pas besoin de vous. Et enfin, les Kristangs ont jeté leur dévolu sur ce lieu parce qu'ils pensent que les Ruhars ignorent son existence. Pour le moment.

Un autre intervint :

— Monsieur, pourquoi cette planète brune a-t-elle tout l'air d'un truc cramé ?

— L'étoile que nous avons sous les yeux est une variable lente, avec des couacs de temps à autre, tout en augmentant sa production. Lorsque cela se produit, ça a le don de vulcaniser le système entier avant de se calmer de nouveau.

Des *couacs* ? Putain de *couacs*, va ! Nous, l'auditoire, on se dandinait d'un pied sur l'autre dans notre malaise. Un murmure parcourait nos rangs.

— Ne vous en faites pas à ce propos, s'empressa d'ajouter Gonzalez. Les Kristangs connaissent bien le « plan d'exécution » de notre étoile, qui ne devrait pas s'embraser avant dix à cinquante mille autres années.

Dix à cinquante mille ans ? Autant dire que les Kristangs n'avaient aucune satanée idée du moment où cette étoile allait exploser.

— Vos dossiers de briefing contiennent toutes les informations dont vous aurez besoin sur cette planète. Donc, il me reste juste à couvrir les points forts. La vie existe, là en bas, le plus gros animal étant un insecte d'environ huit millimètres de long. Il est doté de pinces tranchantes, mais son venin n'est pas fatal à la biochimie humaine. Rayon allergies, il provoque de légères éruptions cutanées bénignes. La plupart des gens n'y réagissent même pas. Les seuls éléments qui présentent un danger pour nous là en bas sont le climat, qui passe d'un extrême à l'autre, et notre propre stupidité. Servez-vous donc de votre bon sens, souvenez-vous qu'il s'agit avant tout de vous entraîner au combat, et lisez bien les règlements. Ils existent afin de vous garder en vie et de vous préparer à la guerre. Dès que vous serez à terre, on vous regroupera en unités. Dès lors, ce sera à vous de suivre les instructions.

CHAPITRE TROIS

CAMP ALPHA

Au Camp Alpha, il n'y avait pas d'ascenseur spatial. On rejoignit donc la surface à bord d'une navette kristang. À ce que j'ai appris, il ne s'agissait pas à proprement parler d'une « navette » ou même d'une unité de largage ou capsule d'atterrissage, selon d'autres termes couramment employés. L'armée, elle, parlait d'ASO ou Appareil Surface/Orbite. En pratique, on les appelait des navettes de largage, des ASOS. Ces engins pouvaient atteindre l'orbite par eux-mêmes, sans propulseurs auxiliaires, et certains types, plus imposants, étaient même capables de vol interplanétaire si du moins on avait du temps à tuer et qu'on s'entendait vraiment *super bien* avec les compagnons avec lesquels on s'entassait là comme dans un étau. Les Kristangs, ainsi que d'autres espèces, possédaient des appareils dont la dénomination se rapprochait de « largueurs », sauf que ces capsules de largage servaient aux invasions à grande échelle, convoyant force troupes et équipements de l'espace à la surface – un aller simple. En théorie, un largueur s'apparentait à un planeur de la Seconde Guerre mondiale, apte aux entrées atmosphériques, aux manœuvres préalables aux posers, aux atterrissages verticaux. Mais une fois au sol, les capsules y restaient. On parlait là d'engins à usage unique alors que les ASOS pouvaient toujours remonter en orbite et effectuer le même trajet à de multiples reprises. Une distinction qui ne m'importait guère, cela étant dit, moi qui ne serais jamais qu'un passager parmi d'autres. Mais c'était cool de savoir comment nos principaux associés s'y prenaient ; du coup, j'avais vraiment l'impression de faire partie de l'équipe, au lieu d'être un simple rouage.

Le largueur où je me pressai embarquait deux cent vingt individus, ainsi que notre équipement ; il faisait grosso modo la taille d'un 747 faisant la part belle aux moteurs et aux réservoirs à carburant. La descente fut éprouvante ; en entrant dans l'atmosphère, j'eus l'impression d'avoir un sac de béton sur la poitrine. Et cela ne fit qu'empirer. Purée, ce que je fus soulagé quand notre appareil se stabilisa et vola à la façon d'un aéroplane – pendant un court moment. On avait tous applaudi à cela. L'atterrissage se déroula sans incident. Je me rendis compte qu'on était au sol seulement quand le ronronnement des moteurs disparut.

Moi… près de poser le pied sur une planète alien. Qui l'aurait cru, hein ?

— Lieutenant, s'éleva une voix, savez-vous quel fut le premier humain à poser le pied sur une autre planète ?

— Il s'agissait probablement du général Meers, répondit un soldat derrière moi.

Meers commandait la FENU.

— Du tout, dit Gonzalez en secouant la tête. C'était un capitaine de l'armée britannique faisant partie de la première équipe multinationale. Un colonel de l'armée chinoise était censé y aller en premier, mais notre capitaine britannique était près de la porte et, lors de l'atterrissage, le pilote kristang leur a intimé l'ordre de sortir de là *pronto*. Que l'humanité pose la première le pied sur une autre planète, ça, franchement, ça ne le concernait pas. Les Kristangs voulaient juste que tout le monde débarque au plus vite, afin de pouvoir passer fissa au groupe suivant.

Mince alors… Moi qui avais tant espéré que le premier fût un Américain. Eh bien, que voulez-vous, il nous restait Neil Armstrong, et ce vieux Neil s'était débrouillé avec une bonne vieille technologie américaine. Or, cet Anglais-là s'était contenté de se raccrocher à un bus spatial alien quelconque.

Mon premier pas sur une autre planète ? Ouh là, quel embarras… Je m'étais accoutumé à la gravité à quatre-vingt-cinq pour cent du transporteur thuranien stellaire, suivie de l'apesanteur ; or, la gravité de Camp Alpha était à cent sept pour cent de la norme terrienne. Cette lourdeur inhabituelle me fit trébucher le long de la rampe. Le lieutenant Gonzalez n'avait pas plaisanté en parlant de la canicule ; dès que j'avais débarqué, une véritable bouffée de fournaise m'avait cueilli. Une fournaise moite et suintante, ma parole, aucun rapport avec ces conneries de « chaleur sèche » offrant une sensation de fraîcheur. Sans parler de la luminosité – rien que pour traverser les cent mètres qui me séparaient du parking des véhicules de transport, je dus lever une main en visière et garder les yeux plissés. Une odeur de cramé s'élevait de toute chose, rappelant les séquelles d'un sinistre. Le taux d'oxygène de l'atmosphère était censé être à peine inférieur à celui des normes terriennes. Ce qui était sûr et certain en tout cas, c'est que mes poumons inspiraient désespérément de l'air, sans grand résultat. Notre site de débarquement se situait peut-être en haute altitude. J'avais presque atteint un camion de transport et patientais en ligne pour embarquer, quand une femme derrière moi tituba, manquant s'effondrer. La chaleur brutale me flanquait le tournis, un peu comme quand on se redresse trop soudainement et que tout se met à tourner. Alors que je cherchais à lui venir en aide, elle se mit à protester en tentant de me repousser, même si ses jambes chancelantes ne supportaient plus son poids.

Je lus son nom épinglé sur sa poche gauche.

— Écoutez… euh… Miller ! Nous sommes une armée forte, dis-je en répétant un slogan US de recrutement. On se serre les coudes et on s'entraide, que ce soit au combat ou dans cette chaleur brutale, pigé ?

L'air furax, elle hocha la tête avant de s'appuyer sur moi, le souffle heurté, le temps de trouver la force de se relever. Je voyais bien qu'avoir besoin d'aide, même brièvement, heurtait son orgueil.

À son tour de décocher un coup d'œil à mon badge.

— Merci, euh… Bishop. Dieu, quelle fournaise ici ! Je viens de Seattle.

— Ah ! Et moi du Maine du Nord. Vous ignorez donc ce que c'est que le froid.

Elle me laissa la soutenir par les épaules quelques secondes, le temps que ses jambes n'aient plus la tremblote. Trois mètres plus loin, un gars s'écroula face contre terre, nouvelle victime de la température. Recouvrant ses forces, Miller se hissa à l'arrière du camion. Une fois que le véhicule eut fait le plein, il démarra, direction un campement de toile aménagé au sommet d'un promontoire. Je lançai des regards à la ronde, histoire de m'imprégner pleinement de mes premiers moments dans un monde alien. Sauf qu'il n'y avait guère là de quoi savourer une telle découverte. L'environnement ? Aride, poussiéreux, une odeur de grillé planant dans les airs, aucun rapport avec les tuyères d'éjection des navettes de largage. Une végétation rachitique se cramponnait aux rocs, une sorte de lichen charnu, pulpeux. J'imagine que ces plantes-là stockaient leurs propres réserves d'eau, à la façon des cactus. Brinquebalés à l'arrière du camion, nous échangions grimaces et regards entendus. Le Camp Alpha était notre première planète extraterrestre. Et déjà, ça craignait.

Le trajet par camion fut pour moi le seul moyen d'apprécier l'expérience. Car dès qu'on atteignit notre campement, l'armée nous mit au boulot : montage des tentes. La chaleur n'était pas si terrible, maintenant qu'on avait pu s'y accoutumer quelque peu. Mais la forte pesanteur était une vraie garce et ces relents de cramé saturaient mes narines. Un sergent d'état-major nous affecta, Pain de maïs, cinq autres et moi, à l'érection d'une grande structure médicale en préfabriqué en panneaux muraux isolants – une structure plus robuste qu'elle n'en avait l'air.

— Commençons par cette paroi latérale, dis-je en espérant que plus tôt le pavillon serait monté, plus tôt on retournerait à la graille.

Il y eut un son étouffé évoquant un long pet foireux, suivi d'affreux gémissements.

— Mais bordel… souffla Pain de maïs. Des cornemuses ou quoi ?

— Eh ouais, il y a un bataillon britannique à l'autre bout du camp, fis-je en dardant un pouce au-dessus de mon épaule, là où j'avais vu les Anglais installer leur campement.

— Et ceux-là jouent de la cornemuse ? Non, sans blague ! Je croyais que c'était encore un truc irlandais…

Garibaldi ricana.

— Un truc *écossais*, pas irlandais, tête de nœud ! Mais non d'un chien, tu ne connais donc rien à rien ?

— Eh, tu la connais, celle de l'Écossais ? intervint Valdez. Il est assis à un bar, occupé à noyer ses misères dans le whisky.

— Tout le monde a une bonne prise ? fis-je. Lève donc ça avec tes jambes, pas avec ton dos.

Ce fut au tour de Pain de maïs de nous narguer.

— Et merde, Bish, je croirais entendre ma mère ! On s'en occupe, va.

— C'est bien ce qu'il dit au barman, grommela Valdez. Donc, vous voilà à bâtir trente maisons, et quand vous descendez la rue, est-ce que les gens disent, « et voilà MacDougal, notre sauveur » ? Eh bien, non !

— Valdez, tu pourrais la boucler une seconde ? Bon, allez, tout le monde, soulevez ça à mon signal ! ajoutai-je de mon ton le plus autoritairement US.

On réussit à hisser cette saloperie d'unité murale sur nos épaules en triomphant de la gravité, lorsque Valdez hoqueta :

— C'est alors que MacDougal lâcha, mais il suffit de baiser *un seul* mouton pour que…

Ce fut un pétage de durite général. Les hommes s'égaillèrent alors que l'unité murale s'écroulait, sous des éclats de rire généraux. Je m'efforçai d'aboyer un ordre – moi qui me gondolais au point d'en avoir des bulles de mucus s'échappant du nez. En voyant ça, mes hommes se tinrent encore plus les côtes.

Le lieutenant Gonzalez nous décocha un regard noir, un sergent arrivant à notre rencontre. Officiel : je n'avais aucun droit à me voir confier la responsabilité de quoi que ce soit, l'armée avait foiré dans les grandes largeurs en m'accordant ne serait-ce que le soin de monter une tente. Je ralliai mes troupes afin de reprendre l'érection de l'unité murale là où elle en était restée. Mais voilà, chaque fois qu'on gagnait quelques centimètres de hauteur, Valdez recommençait à se bidonner rien qu'à sa propre blague, ce qui avait pour don de faire plier en deux à peu près tout le monde. Pour finir, j'envoyai Valdez nous chercher de l'eau, en appelai à cinq ou six gars afin d'en terminer avec cette satanée structure.

— *Un seul* mouton ! s'esclaffa Pain de maïs, et je ne pus m'empêcher de me joindre à son fou rire.

Une fois la tente montée, Pain de maïs et moi pûmes enfin tisser des liens avec les deux autres types de notre ancienne équipe : le sergent Greg Koch et le soldat de deuxième classe Dave Czajka. Si nous appelions Koch « Sergent », c'était que pour employer son surnom, il vous fallait au moins des galons de sergent pour y avoir droit, à moins que vous ne vouliez qu'un Georgien noir chauve d'un bon mètre quatre-vingt-dix vous toise de toute sa hauteur. Et, non, ce n'est franchement pas ce que vous vouliez. Nous surnommions Dave « Ski » car il était d'ascendance polonaise du côté de Milwaukee (Wisconsin), et même si son patronyme ne se terminait pas en « -ski », on se disait bien que ça aurait dû être le cas. Franchement, c'était sa faute s'il n'avait même pas de sobriquet décent quand il avait rejoint notre unité. Bon sang, quel bonheur de nous retrouver ! Eux trois, je leur avais confié ma vie. On avait côtoyé de sacrés dangers au Niger et pataugé dans d'effrayants merdiers. On s'en était pourtant tirés avec rien de plus grave que quelques cicatrices et de mauvais souvenirs. Avant de partir de mon foyer, j'étais resté en contact avec eux de loin en loin, par de sporadiques e-mails. Mais depuis lors, je n'avais plus entendu parler de mes potes, et Pain de maïs et moi n'étions pas certains qu'ils aient quitté la Terre eux aussi. En fait, si. Ils avaient simplement pris place à bord d'un autre vaisseau kristang, débarquant au Camp Alpha quelques heures avant nous. Koch nous assigna une des tentes que nous avions montées, et il devina où se trouvait la cantine. Bref, nous étions de joyeux colons.

Le sergent Koch s'en fut vaquer à ses importantes occupations de sergent, et le réfectoire n'ouvrait pas avant trois bonnes heures. Pain de maïs fouilla donc ses poches en quête d'un en-cas.

— Tu as quoi, là ? s'enquit Ski.

Pain de maïs lui décocha un clin d'œil.

— Hum, voyons ça… Nom de nom ! Un buffet suédois de barres *Hooah !* Un vrai smorgasbord, un vrai de vrai !

— Un smorgasbord ? je fis, sceptique. Vraiment ?

— Oh, oui, un smorgasbord pour le moins ! Une large palette, si ce n'est une bon Dieu de corne d'abondance de casse-croûte !

Avec son accent du Sud à couper au couteau, Jesse était franchement cocasse à entendre.

— Arrête tes conneries, mec, grommela Ski, tu me flanques la dalle ! À quels parfums, tes barres ?

— Voyons voir, j'ai du carton à la cannelle, évidemment, du raisin et gravier, et enfin, mon préféré, de l'authentique sciure de bois.

Et merde, je me retrouvai avec « raisin et gravier ». Des grains de raisin plus coriaces encore que le gravier.

Le lendemain matin, après notre rata, on nous fit défiler jusqu'au terrain de tir. Il faisait frisquet, le thermomètre externe près de notre tente indiquait des valeurs proches du gel. L'excitation était à son comble : on s'attendait tous à faire enfin main basse sur d'incroyables, d'hyperultra armes high-tech provenant des Kristangs. Ainsi que, peut-être, des vêtements intelligents à chaleur et rafraîchissement automatiques. Sans une carabine, je me sentais nu. Campé face à nous, un sergent d'artillerie du corps des Marines américains arborait une coupe militaire tellement stricte qu'on avait l'impression qu'on s'y entaillerait les doigts si jamais l'envie nous prenait d'y toucher. Sanglé dans des bottes et un pantalon de combat, il portait par-dessus son haut un sweat-shirt rouge de l'infanterie US de marine.

— Je suis le sergent instructeur Cragen, du corps des Marines américains… (Il marqua une pause tandis que retentissaient des clameurs « *Hourra !* » et « *Semper Fi !* ») Je suis soulagé d'apprendre que nous avons parmi nous quelques tirailleurs qualifiés. Comme vous sortez des rangs de l'armée, je vais tâcher de parler lentement, histoire que vous pigiez.

Voilà qui fit marrer les autres Marines.

— Allons, allons ! Votre attention, je vous prie.

Une boîte grisâtre trônait sur une table devant lui, il appuya sur un bouton latéral pour qu'elle s'ouvre, sans un bruit. Tout le monde tendit le cou, on allait enfin voir ces formidables armes high-tech avec lesquelles on allait dégommer les hamsters. Quoi d'étonnant à ce que s'élevassent de toutes parts des râleries quand le sergent

Cragen en sortit ce qui avait tout l'air d'un fusil M4 tout ce qu'il y a de plus ordinaire.

— Oh, au diable !

— C'est une *blague*, hein ?

— Foutaises, mec !

— Un putain de M4 ?

— Whisky Tango Foxtrot ?

Les initiales WTF de *What The Fuck*, bien sûr – « C'est quoi ce bordel ! »

— Mecs, il nous *merde* ou quoi ? chuchota Ski à Pain de maïs et moi.

Pour toute réponse, Pain de maïs cracha sur le sol poussiéreux de cette terre brûlée.

Et encore, je ne rapporte là que les réactions modérées peu susceptibles d'offusquer ces dames… Cragen patienta le temps que les protestations s'estompent, plutôt que de nous enguirlander pour notre manque de discipline.

—Alors… voici ce que nous autres humains appelons le M4B1. Les Kristangs rechignent à nous confier des armes plus puissantes et, dans un avenir proche, nous n'en aurons pas besoin pour les missions qui nous attendent. L'unité M4 *Bravo* tire des munitions analogues au calibre 5,56 mm et les cartouches de 223 de long dont vous vous servez habituellement. La différence, la voilà… (Il prit une balle de la table et attira notre attention sur la pointe.) Voilà une charge explosive. Les Kristangs nous affirment que ces munitions transperceront l'armure des soldats ruhars, à condition bien sûr que vous sélectionniez l'option explosif car l'explosif en question est une charge creuse. À l'instar d'un projectile HEAT, Haute Énergie Anti-Tank, qu'utilisent nos chars. Vous pouvez également choisir de désactiver l'explosif en fonction des règles de combat à appliquer dans le contexte. La sélection du mode explosif se fait au moyen de ce commutateur, ici… (Il désignait un bouton encastré à l'arrière de la crosse, ce qui était pratique pour les gauchers comme pour les droitiers.) Vous faites coulisser ce petit cache pour avoir accès au bouton. Il est encastré afin que vous autres, bandes d'andouilles, n'alliez pas activer par mégarde l'option pointe explosive. Après neuf tirs successifs ou par tirs à trois rafales, vous devez de nouveau presser ce bouton pour sélectionner l'option explosif.

Cragen continua à s'étendre sur le sujet du Bravo M4, mais pour nous, l'excitation était salement retombée. Où étaient donc passés les munitions autoguidées, les lasers, les améliorations génétiques visant à faire de nous des soldats d'élite, les yeux bioniques, les méca-combinaisons permettant de faire des bonds de neuf mètres dans les airs et de courir à 160 km/h ? Où étaient donc les trucs de folie qu'on avait tous matés dans les films de science-fiction ? Mais quelle sombre connerie ! Les Ruhars en orbite auraient beau jeu de nous pulvériser avec leurs lasers optiques, leurs canons lourds électromagnétiques, leurs missiles intelligents nouvelle génération, et nous, tout ce que nous avions, c'étaient des fusils de l'ère du Viêt Nam à balles crépitantes, le chic du chic ?

Quel baratin de merde. Non, mais quelles foutaises !

Deux ou trois heures plus tard, j'avais un Bravo M4 entre les pognes, sur le champ de tir. Je me faisais l'impression d'être au volant de mon fidèle vieux M4 que j'avais laissé à Fort Drum en partant chez moi en permission. Or, je n'étais jamais retourné à Fort Drum, si bien que mon fusil pouvait encore y être, si ça se trouvait. Les Kristangs nous avaient fourni des kits de conversion pour nos M4 habituels et leurs munitions à pointes explosives. On apprit par la suite que nos munitions provenaient essentiellement de la Terre, direct, sans améliorations sophistiquées à la clé, puisque les Kristangs disposaient d'un approvisionnement limité en explosifs. Chaque escouade recevrait des chargeurs kristangs équivalant à la moitié des charges d'armes, le restant étant dévolu aux munitions régulières 5,56 mm. Nos alliés se figuraient que nous n'aurions nul besoin de munitions élaborées pour les missions qu'on nous confiait. Ce qui ne manquait pas d'être insultant sur les bords, franchement. Aux missions exigeantes de cette guerre, les adultes ? Et nous autres, soldats humains, resterions à la table des mioches ?

Mon M4B1 disposait de deux chargeurs de munitions à pointe explosive. Je pris mon tour sur le terrain de tir en m'exerçant au bouton de sélection explosif. Un mode remarquable ; sous des tonnerres d'applaudissements à la vue des cibles métalliques déchiquetées. Nos balles normées rebondissaient sur les cibles, laissant de mini bosselures luisantes. S'il y avait un avantage aux munitions kristangs, c'était bien que chaque cartouche était rigoureusement la même, jusqu'au niveau nanométrique. C'était même mieux que ce que nos tireurs d'élite appelaient des « munitions appariées ». Et les munitions kristangs pouvaient casser la baraque sans pour autant encrasser le canon. Il nous fallait encore démonter notre arme et la remonter. Les yeux bandés. Et la nettoyer. Je pris une des balles d'un chargeur kristang pour l'étudier de près. Hormis une teinte différente, un aspect lisse sans la moindre éraflure ni rayure, c'était la copie conforme d'une balle standard de l'OTAN que j'utilisais depuis des années.

Nous allions monter au front sans le moindre des renforcements espérés, en devant faire de l'auto-stop de planète en planète, sans nous voir confier la plus petite mission d'importance. Comme si les Kristangs cherchaient tout bonnement à satisfaire notre pauvre lubie de monter au combat, nous aussi. C'était donc ça, l'avenir ?

Sûr que ce n'était pas ce à quoi je m'étais attendu.

Ce premier après-midi-là, au champ de tir, une formation aérienne nous survola, assez basse pour qu'on l'observe de près. Ces appareils décrivirent des cercles des heures durant, s'exerçant aux atterrissages, aux décollages et aux vols en formation. Je ne parle pas de spationefs puisque nos instructeurs nous avaient bien dit qu'il s'agissait d'engins atmosphériques uniquement, incapables de passer en orbite. Ce qui me surprit ? C'est que c'étaient là des aéronefs ruhars et non kristangs. Quelle que fût notre destination suivante, les Kristangs tenaient à ce que nos pilotes soient fin prêts à se servir des équipements dont nous nous étions emparés, au lieu que les Kristangs en soient réduits à faire transiter leurs propres équipements le long des voies stellaires. Il existait de base deux types, en fonction de leurs appellations humaines : l'Aigle, un transporteur Balbuzard genre V-22 Osprey à rotors basculants, et un canonnier biplace style Apache, qu'on surnommait le Froussard. Tout comme on affublait les Ruhars de sobriquets dénigrants, type « hamsters », on attribuait des appellations irrévérencieuses à leurs appareils. Tels des hélicoptères à poser vertical ou autres convertibles à rotors basculants, ils bénéficiaient de logements moteur turboréacteurs à la pointe de leurs ailes écourtées, en lieu et place d'aubages de rotor. Force était d'admettre que cela avait l'air cool. Et on se rengorgeait de fierté à l'idée que nous autres humains serions aux manettes, surtout au combat. Dans un avenir proche, espérions-nous.

Le lendemain, on eut droit aux joujoux bien peu évolués que les Kristangs nous concédaient de fort mauvaise grâce. Le moins inutile ? Une radio tactique individuelle qui zappait les fréquences, transmettait par rafales chiffrées et en bruit blanc de brouillage à grand champ en arrière-plan. Histoire de rendre sa localisation sacrément ardue. On avait tous reçu une radio individuelle de la taille d'un Smartphone terrien typique, si ce n'est que c'était fin comme une carte de crédit, avec un écran tactile inrayable et inaltérable – à moins de l'attaquer à la pointe explosive. La radio avait pour accessoires une oreillette et un micro à porter sous le casque. Nos caméras intégrées aux casques diffusaient la vidéo via les nouvelles radios, de sorte que l'escouade, la section et les leaders de la compagnie voyaient tout ce que leurs soldats avaient sous les yeux. On pouvait également décrocher les radios de nos ceinturons et pianoter sur leur écran pour sélectionner d'autres caméras à notre escouade. Et, au sein d'une unité, il n'y avait pas un seul responsable désigné en tant qu'opérateur radio encombré d'un lourd équipement à trimballer partout, chaque soldat avait désormais la possibilité de communiquer avec n'importe qui d'autre aux quatre coins de la planète. L'écran tactile faisait apparaître une fenêtre de dialogue multilingue : vous parliez une langue ou une autre ? Il s'affichait dans votre idiome. Anglais, espagnol, français, mandarin, hindi… tout ce que vous vouliez. La radio comprenait tous les langages et s'adaptait. Là, on devait bien admettre que c'était vraiment cool, comme équipement. Les soldats qui relevaient d'une des qualifications ou spécialités professionnelles militaires ayant trait aux équipements de communication se retrouvaient donc au chômage technique puisque les humains n'étaient pas habilités à bidouiller le matériel – auquel ils n'entendaient rien de toute façon. À mes yeux, tout cela était pure magie.

L'armée voulait qu'on appelle ces nouvelles radios tactiques « RTacs ». Des petits plaisantins optaient plutôt pour les « PhoneZ », le Z étant très loin du I dans l'alphabet – autant que le « zPhone » du « iPhone ». Je suis certain que l'armée avait quelque appellation officielle comme « Radio, Tactique, Multifonction, Fourniture kristang », en accord avec le jargon militaire standard. Bref, qu'importe. La caractéristique la plus cool des RTac, c'était bien leur fonction « traducteur », un truc génial dans la mesure où on ne jactait pas un traître mot de ruhar. Je parlais un espagnol sommaire, et j'avais appris quelques locutions utiles en langue haoussa et yorouba quand j'étais au Niger. Mais honnêtement, si on va par là, je ne parlais pas l'américain si bien que ça. Certaines nuances me plongeaient encore et toujours dans la confusion, ce qui avait le don de rendre folle ma pauvre mère quand que je lui envoyais des e-mails bourrés d'erreurs grammaticales. On avait tous eu la possibilité de nous exercer avec nos RTacs en mode traduction, il fallait un écouteur dans une oreille, parler lentement et distinctement dans notre petit microcasque tout près de la bouche. En inaugurant notre RTac, il s'agissait d'abord de parler dans sa langue maternelle, afin que le traducteur puisse intégrer notre structure vocale et notre type de parole. Au fond, il fallait avant tout capter la différence, disons, entre mon accent de l'Est et la voix traînante du Sud de Pain de maïs. Ce qui ne manquait pas d'être impressionnant en soi. Vous vous adressiez à votre micro, observiez une pause puis vos paroles vous revenaient de l'enceinte RTac en quelque langue que vous sélectionniez. L'appareil pouvait même détecter une autre langue résonnant près de vous et la traduire automatiquement dans votre propre idiome. Le son était d'ailleurs plus clair et fluide que je ne l'aurais cru, même s'il s'agissait indéniablement d'une voix de synthèse. Ce qui m'impressionnait, c'était que la RTac assurait grave côté argot et même du côté du jargon militaire universel. Quand la machine ne comprenait pas, elle émettait une sorte de petit bourdonnement, l'équivalent d'un « hein ? » Il y avait un bataillon français à deux ou trois kilomètres d'Alpha, et un jour, quelques-unes de leurs sections vinrent en visite ; les Frenchies furent bombardés de demandes de locution, afin que nous puissions tester nos RTac en mode traduction. C'était génial : ils jactèrent leur français dans leur micro, et moi, j'entendais tout interprété en anglais. J'ai appris au moins un truc : le French toast s'appelle en français non « French toast », mais « pain perdu ». Ce qui ne manque pas de logique après tout, quand on y pense, pourquoi les Français ne parleraient-ils pas simplement de « toasts » sinon ? Mais si on va par là, pourquoi appelions-nous notre fromage du « fromage américain » ? Au lieu de dire simplement « fromage » ? Hein ? Peut-être que je digresse. Quoi qu'il en soit, c'était franchement bizarre de m'entendre parler puis d'entendre le RTac interpréter mes propos en français – surtout avec l'accent ! C'était si rigolo, pour les uns comme pour les autres, qu'on s'éclatait à proférer un tas d'insanités drolatiques rien que pour entendre les interprétations « live » de la RTac. Ce n'était probablement pas comme ça que l'armée envisageait notre entraînement, mais en tout cas, ça avait le don de nous familiariser un max' avec le traducteur, et de nous sentir à l'aise avec son emploi.

Certains déclarèrent qu'ils avaient essayé le traducteur avec les effectifs chinois et indiens, également en visite à la base, et que cela fonctionnait du feu de Dieu. Quant au fonctionnement avec les Ruhars, on s'exerçait sur un ordinateur « ruharophone », et tout ce que je peux dire, c'est que j'espérais vraiment que ce satané bidule fonctionnerait aussi bien sur le terrain qu'à l'entraînement.

Un autre nouveau joujou suscita plus de grognements quand on nous le présenta. Gunny Cragen était de nouveau perché sur son estrade face à nous ; cette fois, il tira d'une boîte un tube volumineux.

— Dites bonjour au Javelin lance-missile antichar *Bravo* FGM-148.

Et merde ! Le Javelin était déjà en soi une arme assez convenable, un missile antichar portatif de troisième génération que j'avais employé au Niger – mais qui n'allait pas sans son lot de problèmes.

Pour commencer, le descriptif « portable » était un chouïa exagéré sur les bords, le truc pesant dans les vingt-cinq kilos bien tassés. Les civils pourront toujours se dire qu'une arme capable aux mains d'un seul soldat de pulvériser un char de combat vaut bien ses vingt-cinq kilos, mais eux en tout cas ne se sont jamais appuyé un tel engin à travers brousse jour après jour. Et ce, sans compter votre carabine, les cent quatre-vingts cartouches de munition, l'équipement radio, la gourde, les EMR ou Entérobactéries multirésistantes et tout ce que l'armée estime que vous devez absolument trimballer par monts et par vaux. Les Javelins étaient donc affectées à des duos, pour le moins. Au combat, chaque soldat fait office d'observateur tandis que son binôme est chargé de faire fonctionner l'arme. Ensuite, ils n'ont rien de plus pressé que de décamper à vitesse grand V. On appelle ça « Tire et fonce ! »

Bref, Cragen n'en avait pas fini :

— Vous connaissez tous les atouts et les failles du missile Javelin. Nos alliés nous ont aidés à surmonter les principales failles : je veux parler du système de ciblage infrarouge. D'après le manuel, le senseur infrarouge se refroidit en moins de deux ou trois secondes, mais nous savons tous que cela dépend du contexte : par trente-six degrés Celsius dans le désert ou bien la jungle, redevenir actif prend plus de temps. Les Kristangs nous avaient distribué des kits de mise à niveau du ciblage du *Bravo* FGM-148, lui permettant désormais un refroidissement de moins d'une demi-seconde, d'une durée maximale d'une demi-heure – ce qui permettait de ne pas s'inquiéter en cas de réemploi immédiat. Au bout de trente minutes, il faut le désactiver, mais dix minutes plus tard, on peut déjà le réactiver. En ne perdant jamais de vue que chaque fois qu'on l'utilise, ça ne se réchauffera pas durant une si longue durée – tout est dans le manuel. Le système imageur du ciblage bénéficie également d'une remise à niveau. Si bien que, par jour de canicule, si vous rencontrez la moindre difficulté, inciter le système à identifier une cible quasi aussi brûlante que son environnement ne sera plus un problème. De même, une fois ladite cible identifiée, le verrouillage persistera, qu'elle bouge ou que le soldat change de position.

Il y eut de maigres applaudissements, d'une emphase tout ironique. Cragen nous gratifia d'un coup d'œil corrosif.

— Je ne suis pas sans savoir que vous vous attendiez à des fusils laser et à des armes nucléaires de la taille d'une grenade à main en prenant le chemin des étoiles. Si nous n'en disposons pas, voilà du moins ce que nous avons en stock… (Il leva à bout de bras le Javelin *Bravo*, le brandissant au-dessus de sa tête.) Et c'est avec ça que nous donnerons le meilleur de nous-mêmes !

Ce qu'il passait soigneusement sous silence, c'est qu'avec de meilleures armes, nous nous battrions bien mieux. Mais qu'importe. L'armée veut qu'on se batte avec ce qu'on a, pas avec ce qu'on rêverait d'avoir. *Hourra.*

Après une semaine quelque peu décourageante et désenchantée, consacrée à l'entraînement à la guerre spatiale, avec les mêmes armes pour l'essentiel que ce que j'avais eu au Niger, on eut enfin droit à un nouveau joujou high-tech digne de ce nom avec lequel s'exercer. À l'instar de notre Javelin d'origine, le Javelin lance-missile antichar *Bravo* possédait de légères aptitudes antiaériennes, limitées aux hélicoptères volant à basse altitude. Les Kristangs avaient dû décider que nos missiles MANPAD, les systèmes portatifs de défense aérienne, n'étaient pas foncièrement inutiles dans pareil conflit. Je m'étais entraîné aux épaulés avec nos missiles Stinger – mais encore jamais au combat. Et, contre des hélicoptères, des drones, des appareils à voilure tournante et parfois même des jets, c'étaient de sacrés bons missiles. Mais ce, uniquement si on était vernis et que le jet visé ne se barrait pas hors de portée avant que le lance-missile sol-air Stinger ne soit configuré et en mode ciblage. Face à des nacelles de largage, des ASOS supersoniques capables de monter en orbite à la verticale, je voyais mal comment un Stinger pourrait nous donner la moindre chance. J'avais même vu nos hélicoptères « Poulets » de combat ruhars passer du mode planeur au zoom vertical à une vitesse hallucinante. Tout mon entourage en convenait : nous qui constituons la piétaille avions besoin de parer sérieusement la menace aérienne, sinon tout engagement serait « Game Over » avant même qu'on s'y colle.

Le missile MANPAD que les Kristangs nous avaient fourni, on l'avait aussitôt surnommé « Siffleur », bien évidemment. Il pesait dans les quinze kilos, pas très différent d'un Stinger – la différence étant que le système de ciblage du Siffleur était intégré au tube de lancement et remplaçable alors qu'avec notre Stinger, il fallait rattacher le boîtier du système de ciblage au tube lanceur remplaçable dès qu'on voulait tirer. Un Siffleur pouvait grimper jusqu'à plus de vingt-quatre kilomètres de hauteur, il était à vol hypersonique, et si on ratait une cible, il pouvait décider de son propre chef de viser une autre cible à abattre, ou bien il incombait à l'opérateur de réorienter son ciblage via zPhone, ou encore, il avait la possibilité de communiquer avec d'autres Siffleurs des environs afin de recueillir des conseils de visée pour le choix des objectifs. Ses ailettes pouvaient également se déployer en grand de manière que le missile tourne dans toute la zone pour une durée maximale de vingt minutes, le temps d'épuiser sa réserve de carburant – une telle caractéristique impliquait qu'on pouvait tirer à l'avance avant que l'ennemi ne survienne, ce qui laissait à l'opérateur amplement le temps de foutre le camp à vitesse grand V.

Lorsqu'on nous le présenta, le Siffleur eut droit à une – sincère – réception enthousiaste, d'autant plus qu'on put l'utiliser en temps et en conditions réelles contre des drones. Au contraire de la pratique en usage avec les Stingers, où l'armée US nous faisait pour l'essentiel nous exercer au tir à l'aide de mini-fusées éclairantes en lieu et place de missiles onéreux, les Kristangs, eux, n'avaient aucun problème avec le fait que nous brûlions nos munitions, même si celles d'exercice avaient leurs ogives désactivées. Pour nous autres troufions, voir les cibles des drones pulvérisées en plein air, voilà qui était immensément gratifiant.

Mais… les choses se corsèrent. Les drones que nous avions initialement pris pour cibles étaient débiles, ils pouvaient manœuvrer un peu pour éviter les missiles, mais, cela étant dit, ils n'avaient que des défenses minimes. Ensuite, nous nous exerçâmes contre des drones simulant les appareils et capsules ruhars de largage de type Poulets, Aigles ou encore ces vicieux vaisseaux de guerre qu'on appelait les Vautours. Ces derniers disposaient invariablement de tourelles défensives à rayons laser ou faisceaux de particules destinés à désorienter, griller ou carrément atomiser les Siffleurs, même si ceux-ci cherchaient à esquiver à coups de brusques manœuvres d'évitement. Les Siffleurs devaient aussi composer avec des contre-mesures électroniques, lesquelles ne se cantonnaient pas exclusivement au spectre infrarouge ou faisceaux hertziens. L'aéronautique ruhar bénéficiait d'un système furtif actif la rendant difficile à repérer, même dans le spectre visible. Système furtif actif engagé, les appareils ruhars ne devenaient pas invisibles à proprement parler, ils s'enveloppaient d'un effet d'ondulation qui avait pour don de fausser leur silhouette, effet s'accompagnant de lumières multicolores clignotantes. Avec tout ça, un repérage exact et précis s'annonçait délicat. Les tactiques à déployer que nous inculquaient les Kristangs ? Des tirs multi-siffleurs. En pratique, il s'agissait de sélectionner un lanceur, de déplier son boîtier de ciblage attenant au tube et d'ouvrir le feu, le tout en moins d'une minute. Notre équipe de deux servants Siffleur pouvaient transporter quatre Zingers et officier au tir – en théorie. L'un était chargé du système de tir, l'autre, du repérage. N'oublions pas que deux Siffleurs pesaient plus de trente kilos à eux deux et que, tout en en transportant un, on était aussi censé porter une carabine, ses munitions, une gourde, un zPhone, une armure et tout autre attirail que la FENU estimait indispensable qu'un soldat bien préparé, âpre, vif et acéré trimballe partout. Naturellement, le temps de configurer un deuxième tir, la couverture aérienne ennemie cherchait à vous cibler et à riposter, ce qui avait tendance à raccourcir drastiquement l'espérance de vie de l'officiant – et donc l'efficacité au combat. Ce n'est d'ailleurs pas là une plaisanterie que j'aurais comme qui dirait sortie de mon chapeau ; c'était écrit noir sur blanc dans le manuel d'utilisateur fourni par nos protecteurs les Kristangs. Ceux-là avaient vraiment besoin de peaufiner leurs relations publiques, et dans les grandes largeurs, mes amis.

Bref, avec les Siffleurs, nous autres troufions de la FENU avions au moins l'impression pour la toute première fois d'être disons à demi équipés pour monter en première ligne, et que nous n'avions pas à nous contenter de nous replier au fond de trous de tirailleurs pour mourir au champ d'honneur. On pouvait enfin riposter. À une portée de plus de vingt-quatre kilomètres de haut, c'est vrai, mais on ne pouvait rien faire contre les vaisseaux en orbite. Voilà qui nous redonnait un peu d'espoir. Si les Kristangs nous confiaient leurs joujoux à foison, c'est bien qu'ils s'attendaient à ce qu'on fasse œuvre utile au combat. Où que cela puisse nous mener.

Notre entraînement au Camp Alpha ne se limitait pas à l'apprentissage de l'usage de nos nouveaux – ou modifiés – armements. C'était un cours de remise à niveau destiné à des soldats de mon acabit, qui avaient moissonné les champs et secouru les civils depuis l'offensive des Ruhars. Mon boulot, avec la Garde nationale du Maine, avait été ardu, le genre de labeur éreintant à vous briser l'échine, et pourtant… je n'étais toujours pas préparé à monter au combat. Jusqu'à ce que je me retrouve au Camp Alpha, la dernière fois que j'avais tiré au fusil (autrement que pour chasser), c'était bel et bien au Niger. J'étais rouillé, en mauvaise forme. Les excursions avec havresacs de cinquante kilos, entraînements au corps-à-corps et courses d'obstacles m'avaient vite endurci, ce dont je me réjouissais. Les Ruhars n'allaient pas compter dessus, mieux valait qu'on soit tout endolori et épuisé, plutôt que de ne pas être préparé à passer à l'action.

Cavaler sous un soleil de plomb… Cavaler sous une pesanteur accrue qui vous démolit… Avec tout ça, vos jambes flageoleront d'épuisement après quelques kilomètres seulement. Pain de maïs s'était écroulé à genoux et avait vomi tripes et boyaux à trois reprises dès notre première course d'une dizaine de kilomètres. Après ça, le sergent Koch avait décidé qu'on n'avait qu'à se lever encore plus tôt, histoire de nous dérouiller avant le gros de la chaleur. Au Camp Alpha, les températures tenaient de l'interrupteur Marche/Arrêt. Dès que l'étoile couronnait l'horizon le matin, la chaleur grimpait en flèche. Au coucher du soleil, au contraire, les températures dégringolaient. Au troisième matin, on se glissa hors de nos couchettes pour faire notre jogging à l'air froid ; l'aube n'était pas encore levée. Une journée au Camp Alpha durait un peu plus de vingt-huit heures, le temps restant sur notre programme étant donc de sept bonnes heures de repos, même compte tenu d'un lever aux aurores.

Sans cette chaleur diurne, il ne nous restait plus qu'à composer avec une pesanteur additionnelle. Et avec cette odeur de brûlé que charriaient les coups de vent. Et avec cette écrasante déception : de nouvelles étoiles n'avaient pas fait de nous de super soldats. Si jamais nous devenions des soldats d'élite, ce serait selon cette bonne vieille méthode, nous l'annonçait le sergent Koch : en bossant dur. Des propos exaltants… jusqu'à ce qu'on n'ait plus de souffle au bout de quatre bons kilomètres de course.

Notre escouade n'était pas la seule équipe à se lever à l'aube. Dès le deuxième jour de course, sur le chemin du retour à un kilomètre et demi de la base, on croisa à flanc de colline cinq ou six autres soldats également sur le chemin du retour. Sans qu'on nous dise quoi que ce soit, on accéléra l'allure. Et eux aussi. En plaçant la barre encore plus haut. Si bien qu'on se retrouva à piquer un sprint. Avec moi en tête. Tout gamin déjà, j'étais entraîné par ma mère qui m'emmenait courir avec elle. Les deux coureurs de tête du groupe adverse ne furent bientôt plus qu'un. Comme, au-devant, nos pistes convergeaient, j'atteignis l'intersection juste devant mon adversaire. Mais celui-ci eut tôt fait de remonter à ma hauteur, et nous redoublâmes tous deux d'ardeur, galvanisés par les encouragements et acclamations de nos équipes respectives.

Sauf que mon adversaire était *une* adversaire. Si seulement j'avais prêté attention à la courte queue-de-cheval qui sautillait à l'arrière de son crâne… Bon sang ! Je la connaissais déjà plus ou moins, elle appartenait à notre bataillon d'appui, s'appelait Shauna – ou quelque chose comme ça. Mais… je ne l'avais plus revue depuis environ un mois quand j'étais rentré du Niger. Et merde, j'ignorais qu'elle était si véloce ! Elle me devançait peut-être d'un demi-mètre, mais rien à faire pour que je la rattrape, peu importaient tous les efforts que je pouvais déployer, toute l'énergie que je pouvais mobiliser… Elle aussi bataillait ferme, cela étant dit, ses prises de pied au sol étaient mal assurées, son souffle aussi heurté que le mien… On passa en trombe les deux grosses roches qui marquaient la limite officieuse de la base, et je finis par m'écrouler à genoux. Je dus me redresser à la force des poignets pour repartir. Elle, en appui sur les genoux, hoquetait à mes côtés, cherchant sa respiration.

— Putain… !

— Putain, ouais ! T'essaies de me tuer, c'est ça ?

— Eh, riposta-t-elle, c'est *toi* qui me *poussais* !

Je lui tendis la main.

— Joe Bishop.

— Yep, je te connais. T'es le type « Barney », c'est ça ? Shauna Jarrett.

On se serra la main.

— Tu veux mon autographe ?

Je ne plaisantais qu'à moitié. Toute cette histoire de « Barney » commençait à sentir le réchauffé pour moi.

Elle inclina la tête.

— Pourquoi ça ? Ce truc te permet souvent de tirer ton coup ?

J'eus comme un éclair de génie : eh ouais, je sais, chaque fois qu'une nana sourit à un gars, celui-ci a bon espoir de l'intéresser. Sauf que cette fois, ben… il se pouvait bien que ce soit le cas. C'est du moins ce que je me dis.

— Pas jusqu'à présent, fis-je avec un clin d'œil appuyé.

Ce qui eut au moins le don de la faire rire – d'un joli rire cristallin.

— C'est ça, espère toujours, Joe !

Nos équipes respectives nous rejoignirent enfin et Shauna eut droit à force accolades, elle qui avait remporté notre sprint impromptu. Shauna et les siens s'éloignèrent.

S'il y avait là une quelconque opportunité, je n'allais pas la laisser me passer sous le nez. On était loin, très loin de la planète Terre, on était en guerre, et il n'y avait pas pléthore de femmes à moins d'un millier d'années-lumière de Camp Alpha.

— Eh, Shauna, à un de ces jours ?

À mon grand ravissement, elle me décocha un sourire par-dessus son épaule.

— Qui sait ?

En plus de nous familiariser avec de nouveaux équipements et de retrouver une forme physique optimale, nous avions droit à des heures de cours, ce qui consistait à poser notre séant sur le sol en terre battue d'une tente, à tendre l'oreille à des péroraisons sur le compte de l'ennemi, sur la structure de commandement de nos alliés et, surtout, sur les Règles. En en entendant parler pour la première fois, tout cela avait eu pour effet de me rendre fou, alors… autant y revenir en termes calmes et mesurés. Et autant que *vous* preniez vos aises car il y aura une interro surprise à la fin.

Allez vous chercher une bière, je vous attends.

Tout le monde est bien ? Confortablement installé ?

O.K., avant tout, commençons par rappeler le contexte. Les Kristangs n'étaient pas au sommet de la hiérarchie de la coalition alliée, comme je m'en étais douté, eux qui avaient besoin d'emprunter un transporteur thuranien stellaire, n'est-ce pas ? Ce qui me surprit en revanche, c'est que les Thuraniens eux-mêmes n'étaient pas non plus les chefs de ladite coalition. C'étaient ces aliens félinoïdes appelés les Maxolhx. Du moins les imaginait-on ainsi, d'après la rumeur, puisqu'aucun être humain et très peu de Kristangs en avaient déjà vu. Étant peu probable que mes congénères voient jamais un Maxolhx de mon vivant, tout ce que je pourrai en dire, c'est qu'il s'agit d'une espèce dont l'origine se perd dans la nuit des temps, et dotée d'une technologie inouïe. Au cours de leurs combats, les Maxolhx disposaient certainement d'armes autrement plus performantes que de vulgaires M4, putain ! Et, oui, je sais, Maxolhx c'est plutôt chelou comme appellation, mais nos G2 (ou Transports aéronautiques) n'avaient rien trouvé de mieux en captant à l'oreille ce que les Kristangs en disaient, que voulez-vous. La planète mère des Maxolhx est de deux tiers distante de la galaxie au pourtour de la Terre, si du moins cela vous dit quelque chose – parce que moi pas. C'est loin, très loin. Les Thuraniens, apprit-on, n'avaient en soi rien d'unique, ils n'étaient jamais en charge que d'une mince « tranche » de la galaxie tombée sous le joug des Maxolhx. Quant aux Kristangs, ils géraient deux à trois mille années-lumière cubiques de la galaxie rattachée au territoire cosmique des Thuraniens. Outre les Thuraniens, les Maxolhx se servaient d'autres espèces de deuxième zone après les Thuraniens, lesquels avaient eux-mêmes deux espèces sous leur commandement – autant qu'on sache du moins, en dehors des Kristangs. Les Thuraniens ? Genre petits aliens verts, plus chétifs qu'un humain moyen, des humanoïdes dotés de deux jambes et bras, deux yeux et une tête chauve. Les humains s'étant entretenus avec des Kristangs en avaient retenu l'impression qu'ils n'appréciaient guère leurs « patrons » – pas plus qu'eux-mêmes. Les Thuraniens méprisaient toute espèce leur étant inférieure au niveau technologique. Et nous autres, pitoyables humains ? Je me demandais bien ce qu'ils en pensaient, tiens...

Car, pour le camp ennemi, la situation était bel et bien comparable. Au sommet de la fameuse pyramide : les Rindhalu, genre arachnoïdes. Rien que d'y penser, j'en avais la chair de poule. Leurs alliés de seconde zone, en ce quadrant de la galaxie, sont les Jeraptha – tout aussi flippants, quasiment, puisqu'il s'agit là d'insectes. Les Jeraptha n'ont pas cet esprit de ruche typique des abeilles. Ils s'apparentent davantage aux coléoptères. Les Ruhars sont une espèce protégée – cliente, dirions-nous au sens romain du terme – des Jeraptha, tout comme les Kristangs étaient les *clients* des Thuraniens. En se fondant sur certains propos des Kristangs, nos agents G2 du renseignement partaient du postulat que les Ruhars jouissaient d'une technologie légèrement supérieure à celle des Kristangs.

La propagande kristang – car c'est tout à fait ce à quoi ça ressemblait en ce qui me concernait – clamait que les Rindhalu étaient bien plus anciens que les Maxolhx, et qu'ils avaient fait leur possible pour juguler l'essor d'autres espèces douées d'intelligence peuplant la galaxie – jusqu'à du moins ce que nos vertueux pharisaïques de Maxolhx se révoltent, il y a de cela plusieurs millénaires. Les alliés combattaient au nom du droit des espèces intelligentes à croître par leurs propres moyens, initiatives et attributs, tandis que les espèces ennemies étaient les âmes damnées des flippants Rindhalu arachnoïdes, acharnées à s'arroger l'hégémonie de la galaxie. Pour une espèce évoluée, les Kristangs se collaient aux basques une propagande furieusement malhabile.

Prenez l'Union soviétique, la Corée du Nord, l'Allemagne nazie… Nous autres alliés combattons l'ennemi diabolique, au nom du peuple, si vertueux et si glorieux ! Sous le sublime leadership de nos chefs suprêmes, notre juste cause triomphera ! L'union fait la force, et tutti quanti. Bref, quoi qu'il en soit, c'est ce qu'on nous serinait. Je suis bien certain que la vérité n'est pas si simple, elle est toujours plus compliquée que ça.

La fantastique technologie des Maxolhx et des Rindhalu n'allait pas jusqu'à créer ni même exploiter les vortex qui rendaient si pratiques les vols interstellaires longue portée. Ces trous de ver avaient été constitués des millions d'années auparavant, par une espèce inconnue, disparue depuis la nuit des temps. Ne reste d'elle que ces vestiges. Les Kristangs surnommaient ces instaurateurs des vortex les Anciens. Les vortex se moquaient royalement de qui pouvait bien les emprunter, et il n'y avait pas de moyen connu de les contrôler, de les condamner, voire de les endommager. Même une explosion nucléaire était sans effet sur eux. Les trous de ver fonctionnaient, et c'était là tout ce qu'on avait besoin de savoir.

Puis on se vit attribuer les Règles.

Soit les Règles du combat, s'appliquant aux deux camps adverses, et dont les Maxolhx et les Rindhalu assuraient la mise en œuvre, imposant leur stricte application. Ces règles exposaient les causes d'une guerre faisant rage depuis d'innombrables millénaires, et pourquoi les ennemis ne s'étaient pas encore mutuellement annihilés depuis des lustres. La raison fondamentale en était que Maxolhx et Rindhalu ne pouvaient se permettre de s'affronter une bonne fois pour toutes, de la même façon que l'Amérique et la Chine ne disposaient pas elles non plus du moyen de se combattre pour de bon. Sur Terre, les pays dotés de la puissance nucléaire ne pouvaient ouvrir les hostilités sans s'anéantir eux-mêmes. Dans la galaxie, des espèces possédant des armes en comparaison desquelles les bombes atomiques avaient l'air de pétards ne pouvaient davantage se payer le luxe de se livrer directement bataille. Elles se bagarraient donc par espèces subalternes interposées, lesquelles espèces subalternes avaient également leurs espèces assujetties – leur *clientèle* –, lesquelles… et ainsi de suite. Les combats à proprement parler, les pertes en vies aliennes, étaient donc du ressort des peuples de troisième zone genre Ruhars et Kristangs, et de leurs propres clients. Comme les humains.

Mais passons. Voici donc ces Règles.

Vous feriez mieux d'attraper de quoi écrire. Papier/crayon.

Règle numéro un : pas de bombes nucléaires ni autres types d'armements radiologiques sur une planète habitée, ou aux abords – ni même sur une planète potentiellement habitable. Pas d'antimatière non plus, car ce genre d'arme, même de courte durée, produit des rayonnements durs. Cette règle est la première parce que les Maxolhx et les Rindhalu ne tenaient pas à ce que leurs sordides vassaux contaminent un astre ou un autre qu'ils risqueraient de convoiter par la suite. Dans l'immensité même de la Voie lactée, les planètes habitables à portée d'un vortex sont d'un nombre limité. Les deux côtés ne voulaient donc pas que des planètes utiles et valables soient soustraites à un potentiel usage productif tout ça parce qu'un quelconque crétin d'âne bâté se la serait jouée à fond côté ogives.

Règle numéro deux : pas d'armes chimiques, pour les mêmes raisons susnommées. Les produits chimiques nocifs pouvaient persister très longtemps dans un environnement donné. Qu'une espèce abandonnant une planète soit censée balayer derrière elle et emporter ses détritus n'était pas spécifié. J'imagine que c'était implicite.

Règle numéro trois : pas de microarmes indétectables à nanoparticules. Si la nanotechnologie était largement utilisée pour tout un tas de choses, son emploi en tant qu'arme était prohibé. Même les Kristangs ne savaient trop sur quoi se fondait cette règle-là, mais à en croire de vieilles rumeurs, la nanotechnologie devenue incontrôlable avait provoqué un drame, entraînant la mise en quarantaine d'un système stellaire tout entier – quarantaine irrévocable. D'où le fait que les microarmes avaient le statut, sur le front de la guerre, d'un « insensé parcours de golf en plein novembre », comme on dit.

Règle numéro quatre : pas d'armes biologiques. Il ne s'agissait pas tant là de protéger les Maxolhx et les Rindhalu dans la mesure où les espèces se différenciaient assez les unes des autres pour qu'un agent pathogène mortel pour l'une soit sans effet pour d'autres. Non, là, il s'agissait plutôt d'une sorte de Convention de Genève, disons : les belligérants acceptaient d'épargner certaines ignominies à l'ennemi, et en échange ledit ennemi s'engageait pareillement à s'en abstenir. Faute de quoi, chaque camp pourrait tout simplement larguer des missiles furtifs dotés de boîtiers à mitraille bourrés d'armes biologiques dans l'atmosphère de planètes adverses, tant et si bien qu'avant longtemps, il n'y aurait plus, de part et d'autre, âme qui vivrait.

Règle numéro cinq : quelque peu sommaire au vu d'un usage réel et effectif, nous étions-nous laissé dire, dans la mesure là encore où les virus, bactéries et autres risques biologiques subissaient une mutation au fil du temps. Et, si jamais un virus naturel connu devenait plus contagieux, plus terriblement meurtrier, qui pour prétendre que ce n'était pas là un événement des plus naturels ? La règle numéro quatre existait déjà afin de prévenir de désastreuses offensives biologiques. Mais il faut croire que jusqu'à un certain seuil, la tromperie était tout simplement tolérée, tant, du moins, que ça ne dérapait pas. Et que personne n'était pris la main dans le sac. Les Kristangs nous avaient dit que les Ruhars étaient connus pour repousser les limites de la règle quatre. Pourquoi diable ai-je la conviction que les Ruhars nous diraient exactement la même chose à propos des Kristangs ? Les armes biologiques me foutaient les jetons en dépit des assurances des Kristangs soutenant que les Ruhars s'y connaissaient trop peu en biologie humaine pour mettre au point une arme efficace contre notre espèce. Ce qui m'effrayait ? Le fait que les Kristangs disposent déjà d'une technologie médicale bien plus évoluée, en deçà même de ce que l'humanité avait pu apporter aux étoiles, et le fait, également, que lesdits Kristangs se gardaient bien de partager quoi que ce soit avec nous. D'après eux, sans avoir étudié la biologie humaine des années entières, ils ne pouvaient se permettre de nous confier en toute sécurité leur technologie évoluée. Autrement dit, un simple virus grippal en provenance de la planète Terre pourrait suffire à poser de graves problèmes à la Force expéditionnaire. Et des troupes contaminées devraient se contenter elles aussi des soins médicaux disponibles, quels qu'ils fussent, sur la surface de la planète mise en cause. Lors de cette campagne militaire, il n'y aurait pas d'évacuations sanitaires en direction des États-Unis.

La règle cinq en d'autres termes ? Pas de largage de roches. Pas de pilotage d'astéroïdes et autres comètes histoire d'impacter des planètes habitables. Donc, pas plus d'entraînement de rocs cosmiques aussi minimes soient-ils, accélérant à une vitesse relativiste pour percuter une planète. Toute planète à la population conséquente disposait de toute façon de systèmes de détection et de déflexion de météores lancés sur une trajectoire de collision. La règle consistait à empêcher tout combattant de saturer ces défenses, ou d'envelopper un astéroïde ultrarapide d'un champ indétectable. Et les canons électriques, me direz-vous ? Les astronefs en utilisaient couramment pour accélérer les décharges cinétiques en vitesse relativiste, et les canons électromagnétiques servaient autant aux offensives spatiales qu'aux frappes planétaires. Côté bombardements planétaires, la clé, pour utiliser ces canons, c'était l'effet produit sur l'astre ciblé. Il s'agissait de limiter le rendement énergétique d'un seul percuteur cinétique à moins d'une mégatonne, et il n'était pas question de multiplier ces frappes au point d'affecter le climat planétaire. Pilonner un globe avec quantité de canons électromagnétiques risquait de former un épais nuage dans les airs, entraînant un rapide refroidissement général, et la poussière soulevée pouvait prendre une éternité à se dissiper dans l'atmosphère, générant même une mini ère glaciaire.

C'étaient donc là les Règles. Et la majuscule ne vient pas de moi, mais figure sur les présentations Powerpoint de la FENU. Ce qui s'en dégage au fond, c'est que les planètes habitables à proximité d'un vortex sont rares et précieuses, et les Maxolhx comme les Rindhalu ne pouvaient laisser des espèces inférieures endommager un patrimoine de valeur. Les Règles n'étaient pas axées sur la protection des soldats ou des civils d'un camp ou d'un autre ; en matière de guerre spatiale, il n'existait aucun équivalent alien aux Conventions de Genève. Les Maxolhx et les Rindhalu avaient mis les Règles en place pour empêcher que leur conflit antédiluvien ne dégénère au point de devenir incontrôlable. Tant que les espèces inférieures se conformaient aux Règles, elles pouvaient, elles, continuer à s'entretuer tout leur soûl.

Pour ma part, toutes ces Règles me convenaient, surtout qu'au Camp Alpha, la FENU n'avait armes ni nucléaires, ni biologiques, ni indétectables, ni chimiques et encore moins de canons relativistes. Grâce aux Règles, de tels armements ne seraient pas déployés contre nous. Si ce n'est peut-être des armes biologiques, du moment qu'un de nos ennemis estimerait pouvoir agir impunément. Pour nous autres humains, il n'y avait donc pas lieu de s'inquiéter.

Les matins suivants, je ne vis plus Shauna courir, mais je ne voulais pas paraître flippant en la bipant par zPhone. Je fus donc ravi quand on se croisa de nouveau au mess, que l'armée appelle un « service de restauration ». Soit une grande tente, avec des bâches tendues au sol pour préserver les aliments de la terre et des poussières, et réduire au minimum les odeurs âcres et envahissantes de brûlé. J'avais un plateau de sandwichs, l'un au beurre de cacahuète, l'autre fourré d'une viande d'origine énigmatique, de purée et de jus de viande – ou ce qui était censé en être. Sans oublier des haricots verts. De ce qui en avait tout l'air, en tout cas. Ils n'étaient même pas cramés. Et sans oublier un petit pain beurré. Après m'être démené toute la journée, j'avais une faim de loup, et tout ce qu'il y avait sur mon plateau me semblait appétissant. Je pivotai en quête d'une table libre où m'installer… et faillis percuter Shauna.

— Oh, Shauna… ça va ? fis-je, aussi nonchalamment que possible.

— « Oh », toi-même. (Elle jeta un coup d'œil à mon plateau. Le sien ? Un sandwich, des haricots verts et une pomme.) Tu veux une table ?

Le voulais-je ? Allais-je encore l'ouvrir sans débiter une sornette ou une autre ? Je me contentai de hocher la tête en la suivant vers une table pas trop bondée.

— Tu sais ce que je faisais le Jour de Christophe Colomb, dis-je, histoire d'entamer le dialogue (sauf que ça avait tout l'air d'une fanfaronnade, et je crus donc utile d'ajouter :) Et toi, avais-tu fait quelque chose de stupide ce jour-là ?

— J'étais avec des amis à Phoenix.

— Tu n'étais pas en train d'admirer les futaies ?

Tête inclinée, elle me gratifia d'un regard ironique.

— À Phoenix, les gens s'adonnent rarement aux joies des observations naturalistes.

— Pigé. Ma famille n'est pas non plus fana des feuilles mortes. Quand arrive le Jour de Christophe Colomb, leur tapis recouvre déjà la pelouse d'une bonne couche d'un demi-mètre.

— Tu vas manger tout ça ?

Elle lorgnait mon plateau auquel je n'avais pas encore touché.

— Ah, ouais. Je ne voudrais pas parler la bouche pleine.

Je mordis un de mes sandwichs et m'empressai de déglutir.

— Je suis rentrée à la maison m'assurer avant toute chose que ma mère allait bien, mon père était en voyage d'affaires à Houston. Je me suis ensuite rendue chez ma grand-mère, histoire de voir là aussi si tout allait bien. Elle vit au dernier niveau d'un immeuble, et privée d'électricité, elle y était coincée. Avec une hanche malade, je doutais qu'elle réussisse à descendre tous ces escaliers sans mal. Sans parler de... son âge, tu vois. (Elle avait la voix tremblante d'émotion au souvenir d'un tel jour.) Elle était tellement, tellement apeurée, elle me répétait que je n'avais pas à m'en faire pour elle, moi qui étais si jeune et si forte. Il fallait que je parte de cette ville, loin, là où les aliens ne pourraient pas me retrouver. Elle n'arrêtait pas de répéter que c'était la Fin des temps, le jour du Jugement dernier, que je devais la quitter et survivre coûte que coûte. En ville, nous n'avions pas de navires d'assaut ruhars atterrissant dans les rues. Nous ne voyions au ciel que lumières et traînées de condensation, des colonnes de fumée montant des sites bombardés. La seule façon que nous avions de savoir qu'il s'agissait d'une invasion alien, c'étaient les messages radio d'urgence. Et au début, je n'y ai pas cru. (Elle avala sa dernière bouchée de haricots verts, puis repoussa son plateau.) Ces hamsters ont failli faire mourir ma grand-mère de peur. Rien que pour ça, je les déteste. Et voilà pourquoi je suis ici. Je ne veux plus voir ma grand-mère ni qui que ce soit effrayé à ce point-là.

— Ouais. Par nuit claire, je sortais volontiers contempler le ciel en me demandant ce qu'il pouvait bien y avoir au-delà, dans l'univers. Après ce Jour de Christophe Colomb, je lève les yeux au ciel, et si les étoiles scintillent, l'espace d'une seconde, je me dis que c'est peut-être un vaisseau ennemi fusant en orbite.

Elle tapa du poing sur la table.

— Oui, exactement ! À cause des hamsters, on ne peut plus regarder le ciel sans éprouver de crainte ! Rien que pour ça, je hais ces fils de pute !

— Ils t'ont volé ton innocence, c'est ça ? fis-je en avalant une bouchée de purée.

— Ouais, un truc dans le genre… Toi et moi, on a connu l'enfer des combats et tout ce merdier, au Niger. Mais la plupart des gens qui vivent simplement leur vie, ils ne peuvent plus se dire qu'ils sont à l'abri du danger – plus maintenant. (Elle détourna le regard un instant.) Non, plus maintenant. C'est fini. À présent, on ne peut plus ignorer l'existence d'une galaxie entière d'ennemis hurlant à la mort à nos portes. Littéralement au-dessus de nos têtes…

On nageait en plein cloaque, c'est certain. N'étions-nous pas censés monter au combat avec le même équipement, de base, que celui de l'armée US depuis des décennies entières ? En faisant assaut de rumeurs sur la tournure que pourrait bien prendre notre tout premier déploiement ? Alors qu'on ne savait rien de rien, tous autant qu'on était, qu'on ignorait où les Kristangs allaient bien pouvoir nous expédier maintenant. Nous deux, on se demandait ce qui se passait là-bas, chez nous, tandis que je finissais mon repas et qu'elle croquait une pomme. La situation de sa famille était bien pire que la mienne ; ses parents avaient tous deux perdu leur emploi, son jeune frère et sa grand-mère avaient été relogés à l'est du Texas, là où son père faisait partie d'une main-d'œuvre agricole et où sa mère bossait en garderie. C'était là un bouleversement radical pour ses parents : sa mère avait été agent immobilier et son père représentant commercial d'une société informatique. Métiers qui avaient totalement disparu avec l'effondrement de l'économie mondiale. Leur appartement en copropriété de Phoenix était devenu invivable, sans électricité pour alimenter les climatiseurs.

Mon père, lui, avait perdu son job à l'usine à papier ; les deux ou trois premiers mois, il s'en était sorti en vivant d'expédients au sein de l'exploitation forestière, en soudage ou en réparation automobile. Ma mère avait conservé un métier stable, en tant qu'enseignante, surtout après l'exode urbain de tant de familles contraintes d'essaimer à la campagne (l'électricité n'alimentant plus les villes). Fin décembre, quelqu'un eut une idée : la grande papeterie qui avait employé mon père exploitait une usine « cogénération », laquelle, en gros, brûlait la sciure restante pour produire de l'électricité. Pourquoi donc ne pas relancer le système afin d'alimenter la région en courant électrique ? Cela permit à mon père de reprendre le chemin de l'usine, le seul problème étant que dorénavant, il n'y avait plus suffisamment de grumes acheminées par camions de livraison faute de gazole. Les Bois du Grand Nord avaient quantités de grumes, et aucun moyen de les transporter où que ce soit. Il restait à peine assez de gazole pour les trains. La solution ? Ramener au New Hampshire les vieilles locomotives à vapeur d'un chemin de fer touristique, avec des agents qui savaient encore comment les faire tourner – en alimentant la chaudière au bois plutôt qu'au charbon ou au pétrole. La bonne vieille ingénuité américaine à l'œuvre, les machines à vapeur traînant les rondins hors des bois jusqu'à une usine à papier reconvertie en centrale électrique. Le réseau de distribution électrique tout entier des USA était en voie de reconstruction, progressivement, sous forme de « réseau intelligent », celui que nous aurions dû avoir depuis des décennies déjà, avec une multitude de petites centrales locales plutôt qu'une seule immense usine pour toute une région. Les Kristangs ne nous aidaient guère à restructurer la production électrique d'un bout à l'autre de la planète, si ce n'était dans les zones industrielles qu'ils jugeaient vitales pour l'effort de guerre. Nos nouveaux alliés se moquaient bien que l'humanité dépende encore des énergies fossiles, eux qui installaient des réacteurs à fusion nucléaire sur notre planète pour leurs propres besoins. Mais même s'ils avaient expliqué leur technologie de fusion à nos savants, ce ne serait pas demain la veille que l'humanité construirait par ses propres moyens un réacteur à fusion fonctionnel.

Quand je partis, l'électricité était encore instable dans ma ville natale, le gros de la production de la nouvelle centrale de Milliconack provenant du sud de la zone de Bangor. Mes parents chauffaient leur maison grâce à leurs poêles à bois à combustion lente, ils n'avaient pas besoin de climatisation, et le jardin qu'ils avaient développé durant l'hiver était censé donner d'abondantes récoltes propres à nourrir ma famille, son proche entourage, sans parler du surplus à proposer à la vente. Ils avaient maintenant deux vaches, et des poules pour la ponte des œufs. Au moment où j'avais quitté mon foyer, ma mère en était encore à marchander un couple de porcelets. Et c'était le même tableau partout dans le monde : avant l'attaque des Ruhars, les gens positionnés sur les échelons supérieurs de l'échelle économique se retrouvaient désormais dans une pire situation que d'autres qui avaient jusque-là vivoté tant bien que mal. Si, avant le Jour de Christophe Colomb, vous étiez un fermier, votre existence n'avait pas changé du tout au tout – il restait tout aussi difficile de trouver du carburant pour vos tracteurs dans la mesure où les gens avaient toujours autant besoin de manger. La demande était toujours là. Que disait donc la Bible déjà ? « Les premiers seront les derniers et les derniers seront les premiers », c'est bien ça ? Qui aurait cru que les prophéties des Saintes Écritures se verraient vérifiées un jour par une invasion extraterrestre ?

— Je fais des pieds et des mains pour remplir les conditions requises et partir en mission de combat, m'expliqua Shauna. Quand j'ai signé, j'étais pratiquement qualifiée. Mais lors d'une course d'obstacles, je me suis foulé le ligament croisé antérieur, alors qu'il me restait deux semaines à tirer… ce que ça m'a foutue en rogne, alors ! Du coup, je me suis réorientée en logistique. Je veux intégrer le service commandé, Joe.

Moi qui appartenais au corps de l'infanterie, et qui avais servi au combat, j'aurais voulu la mettre en garde, calmer un peu son enthousiasme – sinon doucher ses ardeurs. Cela étant, ses folles aspirations ne me concernaient en aucune façon. Je m'abstins donc de l'ouvrir. On finit notre repas en silence, puis des camarades de son unité vinrent bavarder avec elle, et elle s'en fut. Un premier rendez-vous galant ? Parlez-moi plutôt d'un sacré rabat-joie.

Le tout premier jeu de guerre Camp Alpha ? *Opération Vaillant bouclier.* Soit des noms de code pour des opérations idéalement censées être sélectionnées au hasard, histoire de ne souffler mot à l'ennemi de nos intentions. Ainsi d'*Opération Tempête du désert.* Cool, non, comme appellation ? Mais franchement, qui s'y serait laissé prendre, en dehors des Irakiens ? Pour ne pas deviner que cette opération-là n'était jamais qu'une énième offensive lancée dans le désert ? Hein ? Non qu'à l'époque, cela eût grande importance non plus. Le souci, avec les appellations aléatoires, c'est qu'on risque toujours de se retrouver avec des noms de code (malencontreusement) marrants ou nazes, comme *Flamboyant lapinou* ou encore *Laxiste justice*. Alors bon, force était de reconnaître que ces fameux noms de codes étaient pondus à la va-comme-je-te-pousse, ou du moins approuvés par l'équipe des Relations publiques de la Force expéditionnaire des Nations unies. Ainsi, le *Vaillant bouclier* avait sans doute été jugé un nom exaltant de nature à animer les ardeurs de nos contingents, et lorsque j'entendis ça, tout ce qui m'était effectivement venu à l'esprit, c'était que nous étions censés tomber au champ d'honneur. Tel l'antique adage romain, où un légionnaire était supposé regagner ses pénates bouclier au poing – ou allongé dessus.

Comme j'aimerais vous dire qu'à l'occasion de nos premières manœuvres stratégiques, j'avais imaginé d'invraisemblables et géniales tactiques auxquelles personne d'autre n'avait songé, et que ça nous avait valu une éclatante victoire ! Quelle magnifique histoire ça ferait, pas vrai ? Peut-être bien que je ne m'en priverai pas par la suite, histoire de régaler mes petits-enfants, mais surtout de les moucher dès qu'ils se plaindront que leur vieux papy n'est pas cool pour un sou ! Ou je vous en raconterai une de ce genre un jour où je serai ivre et que je me dirai que ça me permettrait de tirer mon coup. La vérité, hélas, c'est que l'ensemble au complet des deux sections de notre compagnie, moi y compris, fut déclaré mort des suites d'une frappe orbitale de canon électrique, moins d'une heure après que la guerre eut éclaté. On sillonnait au pas de course les flancs d'un canyon peu encaissé lorsque mon zPhone bipa, et une voix rauque annonça que j'étais mort. C'est ensuite que mon zPhone tomba en carafe. Et merde. Comment diable deux sections de fantassins allaient-elles faire le poids contre une frappe de canon électromagnétique ? Notre compagnie s'était scindée histoire d'éviter d'offrir à l'ennemi une trop belle cible et voilà… ça n'avait pas fonctionné.

Le protocole nous invitait à nous assoir, à faire profil bas où que nous nous trouvions, et à guetter un signal de fin d'alerte, en attendant le lendemain en fonction de la progression du jeu de guerre. Le soleil couronnait la ligne d'horizon, il faisait déjà chaud, notre état-major avait décidé que nous pourrions tricher un peu et remonter le canyon en quête d'un abri sous un surplomb rocheux. C'est là que je passai le restant de la journée, puis la nuit entière et la demi-matinée suivante. Nos réserves d'eau s'épuisaient, le retour à pied à la base nous prendrait six bonnes heures, nous qui avions été largués là par les Aigles hurlants avant le début des hostilités. Le QG nous avait pris en pitié, nous envoyant des camions – camions dépourvus d'air conditionné. Même si ça nous rendait bougons, reconnaissons au moins qu'on était soulagés de ne pas devoir se taper à pinces le chemin du retour.

Une leçon qu'on nous avait martelée dans le crâne : la clé de la survie sur le terrain, dans ce type de conflit, c'est de tenir, en terrain surélevé, des positions de supériorité au-dessus de l'atmosphère ; c'est comme de survivre au combat dans des situations où l'ennemi risquait d'employer des armes nucléaires à visée tactique. Il s'agissait de ne surtout pas concentrer ses forces et de rester à couvert autant que possible. Dans un éventuel contexte de guerre nucléaire, il fallait éviter d'offrir à l'adversaire une cible qu'il pourrait être tenté d'atteindre à coups d'ogives nucléaires en force – l'équivalent d'un bataillon, de vastes dépotoirs de munitions, des aires d'atterrissage, des ponts d'importance stratégique, ce genre de chose. S'agissant de cibles au sol, les Kristangs ne recouraient pas aux bombes atomiques

– et, avant d'y voir un point positif, laissez-moi vous dire que ça rendait la situation plus dangereuse encore. Se décider pour une arme nucléaire exige un lot d'encadrement de haut niveau affligé de débats déchirants à propos d'une immense escalade nucléaire, le genre d'escalade dont aucun retour en arrière n'est possible, le genre de génie impossible à refouler dans sa lampe. Les canons électromagnétiques capables d'accélérer les rafales à un taux significatif de la vitesse de la lumière, détenteurs d'une énergie destructrice équivalant à une bombe atomique à visée tactique ? Mais c'est d'un emploi si facile que ça en devient une simple donnée dans les luttes interstellaires. Et pour nous autres, les troufions de base, les frappes des canons électromagnétiques, ça ne dépendait pas d'un quelconque *si*, c'était *quand*.

Dans l'absolu, les Casques bleus de la FENU se firent écraser par la simulation du camp adverse, la force rouge Ruhar. Or, les Kristangs se déclarèrent ravis du résultat. Non que les troupes FENU aient « péri » par milliers, plutôt qu'elles aient tenu bon face aux « rouges » pour décaler leur occupation de la surface planétaire. Des forces FENU disséminées s'étaient reposées sur les tactiques éprouvées de la guérilla pour attaquer les forces rouges dès leur atterrissage, et nos équipes « Siffleurs » MANPAD avaient « abattu » un nombre encourageant de nacelles rouges de largage. Sans oublier que nos Airedales avaient franchement fait du bon boulot, eux aussi. Certes, quand les Kristangs avaient subitement marqué l'arrêt des jeux de manœuvres stratégiques, les Casques bleus de la FENU n'avaient plus qu'une pauvre centaine d'appareils aéroportés capables de vol. Et si vous vous figurez que c'est déjà mal barré, laissez-moi vous dire que les Kristangs s'étaient attendus à ce que tous nos moyens aériens soient épuisés dès les premières douze heures de conflit. Le combat moderne ? D'une intensité élevée, surtout à partir du moment où vos pieds décollent du sol.

Deux jours plus tard, mon escouade (gorgée de hot dogs et de popcorn) regardait un match de basket le soir, notre bataillon opposé à une équipe de l'armée britannique, quand un lieutenant de l'armée portant toujours une tenue de vol vint s'asseoir près de moi dans les gradins.

— Eh, lâchai-je stupidement, vous êtes pilote, monsieur ?

Il mâchonnait son hot dog.

— Ben oui… Je pilotais un Apache, et me voilà aux commandes d'un Poulet.

— Dans la guerre de stratégie, comment vous en êtes-vous tiré ? fis-je avec empressement.

J'en avais beaucoup entendu parler par les mitrailleurs de terrain, et, par contre, rien n'avait filtré à propos des Airedales jusqu'alors. Dans mon enthousiasme, je n'avais même pas calculé que le type en question avait pu terminer un long vol, vouloir aspirer à un peu de détente en suivant un match au lieu de devoir me seriner l'histoire qu'il avait déjà racontée une bonne centaine de fois. Mais là, pas besoin de s'inquiéter, puisqu'un pilote ne se fatiguait jamais de parler de pilotage.

— J'ai fait du bon boulot, dit-il en suivant le jeu. J'ai abattu un Dodo et un Vautour.

— Nom de nom, z'êtes le meilleur !

Je levai le bras pour lui en taper cinq et fus ravi qu'il me cogne la main.

— Merci, soldat. Naturellement, je me suis fait choper deux minutes plus tard par un missile de croiseur ruhar. Mais bon, j'aurai vécu plus longtemps que je ne pensais.

— Vous avez abattu un Vautour ? fit Ski. C'est bien un hélico de combat ?

— Eh ouais. Les Dodos avaient débarqué des troupes, je parle de six Dodos escortés par des Vautours, et ils remontaient en orbite lorsque nous les avons attaqués en tenaille, en fonçant en rase-mottes. Ce fut un sacré combat aérien, ça canardait dans tous les sens ! En simulation, on a chopé tous les Dodos, non sans y laisser la moitié de nos appareils d'interception. J'ai dû pourchasser le dernier Vautour puant à plus de vingt-et-un kilomètres de haut, ce qui est l'altitude maximale pour un Poulet, nous ne sommes pas calibrés pour opérer hors atmosphère, j'étais en masse propulsive interne, à peine en mesure de contrôler l'appareil à l'aide d'impulseurs secondaires. Le Vautour était loin au-dessus de moi, il accélérait en poussée de 2G et sa configuration de montée l'éloignait toujours plus alors que moi, j'étais sur le point de perdre le contrôle et de finir en vrille à plat. Je déclenchai un tir à effet d'ondulation pour mes quatre derniers projectiles, et mon artilleur missilier toucha le Vautour d'un rayon à particules – défensif uniquement. Mais cela eut au moins pour effet de paralyser suffisamment les défenses du Vautour pour qu'un de mes missiles l'atteigne. (Il se retourna pour suivre la partie.) Leur mode actif de furtivité ne fonctionne pas si bien hors de l'atmosphère – non qu'on m'en ait avisé, je l'ai très bien compris. (Il prit une autre poignée de popcorn du sachet et la mastiqua lentement, pensivement.) Vous savez, à cette altitude, le ciel n'est pas d'un bleu vif, il est presque noir, et on peut voir que la planète, en dessous, est bien ronde. Le croiseur ruhar qui m'a chopé ? Je le *voyais*. Ce n'était pas une image fantôme et encore moins un écho de collimateur de pilotage, là, c'était un vaisseau tout ce qu'il y a de plus réel, dans les cieux, ça en faisait même froid dans le dos. Pour le jeu, l'image fantôme s'affichant sur mon collimateur de pilotage, donc, montrait en surimposition un vaisseau ruhar par-dessus le véritable astronef kristang, et dès que j'eus désactivé le collimateur, je vis clairement apparaître l'astronef. Un authentique vaisseau stellaire, en orbite basse, juste au-dessus de ma position. C'était impressionnant – du moins, l'espace d'un moment, jusqu'à ce que ça heurte ma nacelle tribord d'un rayon laser, et me lance dans un tête-à-queue de dingue. Je me débattais avec les commandes quand ils me fourrèrent leur missile dans le cul. Simulation ou non, ça se faisait pleinement sentir ! Et je n'aurais jamais pu m'en remettre si mon PA, mon pilote automatique, n'avait pris le relais pour me guider à neuf kilomètres plus haut – au niveau des anges, quoi.

— Et merde… lâcha Ski. Moi qui croyais que nous autres, troufions, on en bavait sévère… !

— C'est vachement dur pour vous, ça, c'est certain. Dans les cieux, on est plus exposés, on a des contre-mesures très efficaces face à la menace des missiles. C'est dingue, on se croirait même revenus à l'époque de la Seconde Guerre mondiale ! Avant que les missiles téléguidés ne prennent la relève dans les combats aériens. Le mode furtif ? Les contre-mesures ? Ça veut dire que ces solutions fiables de tirs contre l'ennemi, ce n'est pas le verrouillage des combats aériens sur Terre ; un missile ne touche sa cible que quinze à vingt pour cent du temps peut-être, les Kristangs ne nous donnent pas de données vérifiables là-dessus non plus. On suppose que c'est du vingt pour cent en se basant sur les tactiques qu'on nous inculque. (Il eut un petit rire.) C'est drôle, ils m'avaient envoyé ici parce qu'ils se disaient qu'un pilote d'hélicoptère passerait plus facilement au pilotage d'un Poulet ou d'un Vautour. Quand ces appareils sont en vol stationnaire, c'est certain. Mais le truc, c'est qu'un Poulet peut passer en mode supersonique, et grimper plus haut que nos jets. Et ça, je n'y étais pas préparé. La dernière fois que j'avais été aux commandes d'un engin à ailes fixes, c'était un petit turbopropulseur en formation. Mon Poulet peut facilement grimper plus haut qu'un F-22 et prendre le dessus, on parle là d'un jet, pas d'un hélico. Un Vautour maintenant, c'est plus proche d'un V-22 Osprey, ce n'est pas un supersonique. (Il secoua la tête.) Les techniques qu'on a pu assimiler pour piloter sur Terre des aérodynes à voilure tournante ne s'appliquent pas ici. Je dois garder en tête que je n'ai pas à m'inquiéter de la tension dynamique s'exerçant sur les pales des rotors ni que j'ai à laisser dégagé le rotor de queue lorsque j'atterris puisqu'on n'en a pas.

— Monsieur, demanda Pain de maïs, nous ne disposons ici que d'engins volants, c'est sûr, et l'ennemi possède des nacelles aptes aux vols cosmiques. Avons-nous véritablement nos chances contre eux, là-haut ?

Il désignait le ciel.

— Oui oui. Je vois ce que vous voulez dire. Oui, nous avons nos chances, en fait, nous avons un avantage sur eux en matière de combats aériens : les engins de largage sont massifs, dans l'atmosphère, ce sont de vrais lourdauds. Grâce au mode furtif et aux contre-mesures, et si votre première salve de missiles ne fait pas mouche, vous vous rapprochez super vite de votre cible, et vous voilà en pleines manœuvres aériennes en activant vos canons. Dans les affrontements aériens, la clé, c'est l'énergie cinétique. Si vous évacuez trop de régime, de vitesse, dans un changement de direction, vous êtes mort. L'énergie, c'est ce qui vous permet de vous mettre en prise tout comme de vous dégager dans un dogfight, un combat tournoyant rapproché, en fonction des besoins. En définitive, les nacelles sont beaucoup plus rapides que nos aéronefs, elles peuvent atteindre la vitesse de libération, mais leur accélération, en revanche, n'est pas aussi nerveuse. Nous, on prend de la vitesse beaucoup plus rapidement.

Il continua ainsi sur sa lancée, à propos des tactiques des affrontements aériens, et nous trois étions subjugués, je me disais que ce devait être le type le plus cool qui ait jamais existé ! Délaissant mon siège, j'allai lui chercher un autre hot dog, histoire que sa verve ne se tarisse pas surtout ! Hélas, la partie s'acheva sur la victoire des Britanniques par deux points, et un groupe de pilotes survint. Il nous laissa donc plantés là.

— Zut alors… soupira Ski. Si seulement j'étais pilote… Je l'ai d'ailleurs envisagé ; chez nous, l'un de mes oncles est membre d'un aéroclub qui possède un seul et unique coucou, Piper ou un truc du genre… Un jour, mon oncle nous avait embarqués à destination de Minneapolis, mon père et moi, pour aller assister à un match des Bears, trop génial ! Mais j'ai jamais eu assez de pognon pour m'offrir des cours de pilotage. Tant pis.

Je ne pouvais qu'en convenir.

— Ce serait tellement cool…

— Eh ouais. N'empêche que le jeu l'a tué, souligna Pain de maïs.

— Euh… ouais, fit Ski. Et nous aussi. On n'avait rien branlé avant d'être éliminés. Plutôt disparaître en beauté dans les cieux en ayant tenté quelque chose que de se faire pulvériser dans une frappe de canon électromagnétique que je n'aurais jamais vu venir.

Inspirés par la partie de basket, Ski, Pain de maïs et moi-même passâmes sur un autre terrain où se disputait un match improvisé auquel nous pourrions nous joindre. Ski avait vraiment un bon tir extérieur, si bien que je me faisais fort de lui réserver la balle et d'aller écraser les panneaux en tirs défensifs. Jouer à fond, suer la frustration par tous les pores de sa peau et frapper fort, mais quelle joie ! On était tous furax d'avoir été éliminés comme ça sans avoir accompli quoi que ce soit de valable durant l'opération *Vaillant bouclier*. Sûr, qu'on soit dynamités hors de notre orbite, ça, c'était réaliste comme scénario, mais la question… Qu'étions-nous censés en retirer comme leçon ? Et comment les Kristangs étaient-ils censés évaluer nos capacités de combat si tout ce que nous étions jamais capables d'accomplir, c'était de nous récolter l'équivalent d'un coup de malchance aux dés décrété par je ne sais quel ordinateur kristang en orbite ? Si ces lancers fictifs de dés avaient donné d'autres résultats, c'est aussi d'autres pauvres hères qui seraient « morts » plutôt que nous.

Au cours de la partie, mon zPhone vibra, et je n'y prêtai pas attention avant une nouvelle pause pour étancher notre soif. C'était un message de Shauna, qui voulait savoir si j'étais occupé. Sinon, est-ce que ça me disait qu'on se revoie ?

Si ça me disait ?

Est-ce que le soleil se lève à l'est ? Sur Terre, je veux dire ?

Par tous les diables bien sûr que ça me disait, ben ouais !

Voilà un simple test pour savoir si un gars désire sortir avec une fille :

Première étape : son pouls bat-il ?

Deuxième étape : est-il conscient ?

Nul besoin d'une troisième étape.

Comme l'idiot que j'étais, je tapai : « C'est un plan sexe ? *Smiley avec clin d'œil* »

Par chance, mon instinct de conservation me poussa à effacer ce SMS avant de l'envoyer. Je tapai plutôt, avec autant de désinvolture que possible : « Sûr ! On joue au basket, on gagne… On aura bientôt terminé ».

Et je subis vite fait les foudres de Pain de maïs et de Ski, moi qui n'étais visiblement plus au jeu. J'avais constamment l'impression de capter les vibrations fantômes de nouveaux textos sur mon zPhone. N'empêche qu'on a bel et bien gagné le match – même si personne ne se souciait de compter les points.

Nom de nom… Partie finie, et toujours rien de Shauna. Me serais-je montré trop empressé ? Ou bien trop cavalier ? Bordel ! Ma grand-mère nous racontait comment, assise près du téléphone, elle avait vainement attendu un coup de fil d'un type (c'était avant l'ère des portables). À l'époque, ça me paraissait tellement pathétique…

Rester assis devant le téléphone… Au lieu de sortir s'amuser, au cas où un tocard quelconque se déciderait à appeler ?

Et pourtant, quand Ski et Pain de maïs suggérèrent d'aller voir ce film qui passait sous le grand pavillon du centre de loisirs, au lieu de me joindre à eux, je prétextai être fatigué ; je voulais juste piquer un roupillon. Ils me lancèrent un drôle de regard en coin, mais me fichèrent la paix. Et me voilà, privé de mes potes, non pas dans notre compartiment au cas où ils seraient venus y faire un tour, mais sous le pavillon de basket à guetter l'hypothétique appel d'une fille.

Au nom de toutes les femmes qui se soient jamais languies qu'un sale type les rappelle ou réponde à leurs SMS… vous savez ce que j'étais en train de vivre.

C'est vraiment nul.

Et c'est alors que mon zPhone bipa.

Je m'attendais à ce que Shauna propose qu'on se retrouve quelque part, que je rencontre ses amis, ce genre de chose. Quelle surprise qu'elle me suggère plutôt de la rejoindre au portail du parc automobile du groupe logistique, zone clôturée réservée aux camions kristangs que nous utilisions. Elle avait le code d'entrée, et on s'y faufila. Elle pressa un index prudent sur ses lèvres, tandis que je lui emboîtai le pas sur la pointe des pieds. On se fraya un chemin entre les camions alignés serrés en rangs d'oignons. J'ignore où elle m'entraînait exactement, jusqu'à ce qu'on fasse halte derrière un de ces fourgons ; là, elle fit basculer en place la grille arrière. Le fourgon en question avait une sorte de bâche en toile. Elle repoussa le rabat pour darder à l'intérieur le faisceau d'une lampe torche. L'espace d'une seconde, j'eus peur qu'il y eût des gens là-dedans et qu'elle espère que je me livre à quelque activité salace – perspective qui ne m'émoustillait nullement. Côté embrouille, mon dossier militaire faisait assez état d'observations problématiques sans que je vienne en rajouter.

Sauf que… le camion en question n'était pas rempli d'individus à problèmes, mais de couvertures.

La surprise dut se lire dans mes yeux, car Shauna empoigna mon tee-shirt et me donna un baiser passionné.

— Ça te pose pas de problème, hein ? (Ses pupilles scintillaient à la faveur des chiches éclairages de la sécurité.) Tu es mignon. Plutôt bé-bête, mais mignon.

Je hochai la tête tel un petit môme de quatre ans auquel on aurait demandé si par hasard il voulait un bol de friandises.

— Ben ouais, ouais, O.K. !

Pour ceux d'entre vous qui auraient déjà eu des rapports sexuels, je ne vous assommerai pas de moites précisions. Vous savez de quoi il retourne, et je suis bien certain qu'on n'avait rien fait là que vous n'ayez déjà expérimenté. Ou envisagé d'essayer.

Pour ceux d'entre vous qui ne sont toujours pas passés à l'acte, ne comptez pas sur moi pour éventer la surprise.

Indice : fantastique !

Waouh !

On fit une pause, on papota, elle était à plat dos, et moi près d'elle. Au bout d'un moment, je fis doucement courir mes doigts de son cou à ses seins, à son estomac puis au-delà.

Ce qui la fit glousser.

— Je passe mes doigts dans ta toison pubienne, fis-je avec candeur.

Elle s'esclaffa en me frappant de manière ludique.

— Ce n'est pas ce que je voulais dire !

— Et ce n'est pas romantique ?

— Comme si ton pote Joe était romantique !

— Eh, mais c'est qu'il est très romantique !

— Mmmmh… mais bien sûr. Vive la romance, pourvu que ça mène au sexe, hein…

— O.K., je l'admets, c'est un sacré queutard, je n'arrive pas toujours à le contrôler.

Comme en ce moment même, alors que Shauna n'avait de cesse de l'encourager.

— Oh, c'est donc que tu n'as aucun contrôle sur lui ? Genre, tu ne t'impliques pas ?

— Tu n'as pas idée ! (L'air piteux, je secouai la tête.) Je me réveille parfois à 4 heures parce qu'il a oublié la clé de la porte d'entrée et moi, je lui demande où diable elle avait bien pu passer. Sauf que monsieur me répond qu'il promenait Mirza, et qu'il empeste le parfum et la vodka...

Elle éclata de rire.

— La clé ? Mais où la fourrerait-il, bon sang ? Il sortait donc tout seul ?

— Eh bien, il se ramène avec sa clique. Leurs problèmes, c'est vraiment pas ma faute, hein ? J'ai le cœur pur.

— Ton cœur ? Pure foutaise, oui, Joe ! Heureusement que tu es marrant. (Autre éclat de rire.) Je vais, euh, parler à ton copain, histoire de voir ce qu'il à dire à ce sujet. Ça ne te gêne pas surtout ?

— Oh, non, vas-y, *parle*-lui tant qu'il te plaira, très chère.

Deux ou trois heures plus tard, Shauna nous annonça qu'on devait larguer les amarres, car une patrouille de sécurité se pointait. Une minute plus tard, les agents de sécurité activaient les grands feux afin de s'assurer que rien d'envergure n'allait de travers. Là, franchement, je voyais leur point de vue. Qui irait dérober un camion sur cette foutue planète ? Et à quelle fin ?

— Je t'appellerai demain.

Et bordel, elle aurait franchement dû dire ça avant que je ne remette mon pantalon et ma chemise. Pour ma défense, il faisait frisquet dans ce camion, maintenant que je sortais de notre douillet plumard.

— Tu m'appelleras ? Hein, tu m'appelleras ?

— Ou tu m'enverras un texto ? fis-je, doucement, à l'idée que j'aurais pu faire quelque chose de mal.

— Tu *m'appelleras* ? C'est ça ? (De toute évidence, quelque chose la troublait.) Mon dieu, j'ai tellement envie d'être en colère ! Mais tu es si mignon, c'est dingue !

— C'est vrai, quel fléau ! Mais je ne voudrais pas que tu me prennes pour… hum… tu sais ?

— Quoi ? Que tu m'utilises pour le sexe, hein ? Joe, je ne suis plus une lycéenne évaporée depuis longtemps ! C'est *toi* que *je* voudrais utiliser pour le sexe !

— Oh.

— C'est un problème ?

— Oh, non, pas du tout, pipotai-je.

Car c'était tout de même un peu un problème, si on va par là, pour mon ego du moins. Eh ouais, je sais, bien des mecs en rêveraient, à moins d'être entièrement honnêtes avec eux-mêmes. Un type aimerait savoir qu'il représente quelque chose aux yeux d'une fille, fût-elle une aventure d'un soir.

Eh ouais, c'est un truc de mâle. Je m'incline.

— Écoute, Joe, nous sommes sur une planète extraterrestre, me dit-elle d'une voix étouffée par la couverture qui lui couvrait la tête, tandis qu'elle se faufilait dans son pantalon, sous le pudique couvert de ses draps de lit.

J'aurais dû y penser…

— On ignore où on nous enverra prochainement, rien que dans la foutue semaine qui vient, on pourrait toi et moi se retrouver affectés sur des planètes différentes ! Je me casse déjà le cul pour être admissible au service commandé, je veux arriver me distinguer dans cette guerre, et c'est bien ce sur quoi je me focalise en ce moment même. Je n'ai pas de temps à perdre avec une relation. Et tu n'as pas de temps à perdre non plus avec une relation. Je t'aime bien, tu m'aimes bien, les filles s'excitent, et tu es franchement pas mal au pieu. On s'engage pas. Pourrait-on en rester là, sans complications surtout ?

— Euh… Pff… (Voilà qui illuminait de nouveau ma journée, voilà que je comprenais mieux où j'en étais.) Mais, oui, bien sûr !

— Génial. (Elle fit passer ses jambes hors de sa couverture, glissa les pieds dans ses bottes le temps de sauter sur ses jambes pour les caler bien en place, puis me claqua la bise.) C'est *moi* qui t'appellerai !

Voilà qui me fit sacrément flipper.

Elle me rappela effectivement, deux soirs plus tard et on épuisa à nous deux les ressorts du fourgon.

Géant.

Le lendemain matin, l'idée parfaitement saugrenue que mes galipettes nocturnes aient pu passer inaperçues vola en éclats. Le sergent Koch nous avait complètement épuisés avec une course d'obstacles en pleine nuit, je tombais de sommeil, et nous trois mourions de faim.

— C'est quoi, ça ? marmonna Pain de maïs en pleine mastication, en désignant le bol de Ski d'un bout de toast.

Mon regard vola vers ce qu'il désignait.

— Bon sang, Ski, mais qu'est-ce que tu fous avec ça ?

En lieu et place de pain perdu, d'œuf au plat, de patates rissolées, bref, de tout ce qui peut mettre l'eau à la bouche, il n'avait qu'un pauvre bout de pain solitaire grillé au froment, à peine beurré, et un sale bol de gruau d'avoine. Un sale bol de gruau, je dis bien, cuit à l'eau claire. Pas le moindre soupçon de raisins, de cassonade, de châtaignes ou même de crème. Le genre de bouillie d'avoine qu'on sert aux canassons. Miam…

— On dirait un bol de… *tristesse* détrempée…

— Un bol de tristesse… (Pain de maïs s'étouffa de rire, recrachant des bouts d'œuf dans son assiette.) C'est marrant, ça ! *Tristesse détrempée*, c'est une nouvelle marque Kellogg's ?

Le visage fermé, Ski restait de marbre.

— Franchement, dis-je, avaler ça reviendrait à être fan des Chicago Cubs. Sûr, de temps à autre, les Cubs pourraient toujours se frayer un chemin vers la victoire, un peu comme de dénicher une guimauve au fond du bol. Mais euh… soyons sérieux ! À la fin de la saison, vous savez bien que vous boirez le calice jusqu'à la lie ! Vous l'avalerez, votre bol de tristesse, va.

— La ferme ! grommela Ski.

N'empêche, une lueur malicieuse dansait au fond de ses prunelles.

Pain de maïs frappa la table du poing.

— Nom d'un pétard, Bish, tu es en train de me tuer, là !

J'offris à Ski une part de pain perdu, part que, désapprobateur, il écarta d'un suprême geste dédaigneux, froncement de sourcils à l'appui.

— Non, mec. Hier soir, le pain de viande m'a mis l'estomac en capilotade. Et après cette course d'obstacles, j'ai vraiment besoin d'un truc doux et sans saveur.

— Ah oui, le pâté… C'était quoi déjà, ce jus de viande ? (Pain de maïs secoua la tête.) Ça m'avait tout l'air d'une rasade d'huile de moteur 10W-40…

— Non, je dirais plutôt le fluide hydraulique dont les hamsters alimentent leurs Vautours. Délicieux ! (Je m'humectai les lèvres à l'appui de ma remarque sarcastique.) Une viande d'origine inconnue flottant dans une flaque huileuse de fluide hydraulique…

— Yep… en convint Pain de maïs en enfournant des cuillerées de pommes de terre rissolées. Et quand cette sauce huileuse commence à figer, on a cette sorte de peau caoutchouteuse sur le dessus, qui…

Ski se mit à blêmir. Et repoussa son bol.

— Oh, eh, les gars, vous pourriez la fermer ? Encore un peu, et je vais gerber !

Nous péter mutuellement les roupettes, c'était de bonne guerre. L'élément-clé, même, pour former une bonne équipe de tir. D'autant plus si on savait quand laisser tomber. La dernière chose que Pain de maïs et moi souhaitions, c'était bien que Ski dégobille sur la table, de quoi nous rendre populaires dans notre section… Je subtilisai à Pain de maïs deux tranches de toast au froment pour les glisser dans l'assiette de Ski.

— Là, voilà de quoi te remplir le bide. On a une matinée chargée, figure-toi.

Selon notre planning, nous avions d'abord une heure d'exercice au champ de tir, suivie d'un trek d'une vingtaine de kilomètres avec cinq points de navigation avant la pause déjeuner. Le tout dans le cadre de notre préparation à un jeu de guerre aux formations interarmes d'ici une semaine, date à laquelle nous espérions montrer aux Kristangs ce dont nous autres humains, durs à cuire de briscards, étions capables en combat simulé. Le scénario, encore en cours de développement, incluait des bombardements orbitaux, et des humains pilotant des appareils ruhars capturés contre les nacelles kristangs. La FENU jouerait le rôle des Casques bleus affectés aux défenses planétaires, et les Kristangs, celui des Rouges, les envahisseurs, reprenant à leur compte les tactiques ruhars.

Les tranches de toast fadasses firent un bien fou à Ski, au point qu'il se sentit de me chaparder une tranche de pain doré dans mon assiette. Et de me lancer effrontément :

— Eh, Bish, la nana là, Shauna, tu te la ferais bien, hein ?

Me flanquant un coup de coude de franche connivence virile dans les côtes, Pain de maïs ajouta son grain de sel :

— Eh ouais, mec ! Que se passe-t-il ?

Tous deux faillirent me faire étouffer sur une bouchée de patates.

— Ce qui se passe ? Il se passe d'abord que c'est une *femme*, pas une nana…

Mais Pain de maïs n'était pas disposé à nous laisser faire diversion et à perdre la cible de vue.

— Tu sais bien ce que je veux dire.

— … Et que c'est pas vos oignons ! On s'est retrouvés au dîner, on a papoté. Rien d'incroyable.

— Tu as *papoté* avec une fille bien vivante, en chair et en os. Tu as peut-être même *touché* une fille tout ce qu'il y a de plus réel. Ça, ça n'a déjà rien d'ordinaire, souligna Ski.

Et Pain de maïs de renchérir :

— Tu sais quoi, Bish ? Chez la FENU, paraîtrait qu'il n'y a que seize pour cent de femmes. Seize pour cent ! Autrement dit, pour chaque mec, euh… pour chaque fille… il y aurait comme quatre mecs !

— Tu aurais vachement besoin de bosser ton arithmétique, Jesse, mon pote, intervint Ski. Mais ce qui importe, Bish, c'est qu'avec des stats' pareilles, on est aux abois et que si *un gars quelconque* sur cette planète arrive à baiser, le moins qu'on puisse avoir, nous autres, c'est des détails !

— *Pas question* que je vous livre le moindre détail !

Du coup, Pain de maïs cogna la table du poing, s'attirant des regards pointus à la ronde.

— Ah, ah ! Détails, il y a !

Et merde. J'avais encore bien déconné sur ce coup-là.

— Eh, les gars, disons qu'en théorie, hein, un mec sur cette planète… euh… apprécie la compagnie d'une dame. Pensez-vous que ça augmentera aux autres mecs plus de chances de conclure si jamais il en parle ? Ou si au contraire il garde les lèvres scellées ? Hein ? Vous croyez peut-être que les dames, sur cette planète, seraient heureuses qu'un type se vante sur leur relation en balançant de croustillants détails ?

— Et chiotte, ronchonna Ski, il a pas tort.

— Tu peux te vanter d'avoir tiré ton coup, ou bien tu peux *réellement* tirer ton coup. C'est aussi simple que ça, ajoutai-je en conclusion.

— Et merde ! renchérit Pain de maïs en reprenant sa fourchette. Dans ce cas, je prends le restant de ton pain perdu, putain !

Mon zPhone bipa un matin tandis que j'étais au champ de tir : message de mon détachement m'ordonnant de me présenter au capitaine Andrews. Lequel Andrews avait une compagnie sous ses ordres, dans un autre contingent de notre brigade. Le message ne m'invitait pas à m'exécuter « au pas de course », ce qui allait sans dire. Quand je repérai la tente dont Andrews avait fait son Q.G., je m'y présentai et saluai :

— Consultant Bishop au rapport, monsieur.

Lui aussi, il daigna à peine lever les yeux de son écran.

— Bishop, repos. Vous n'êtes pas sans ignorer que nous avons quitté la Terre avec des effectifs incomplets. Si nos hommes ne pouvaient pas se présenter à l'Équateur à la date de départ, ils restaient en arrière.

J'opinai du chef. Ironie du sort, les transports vers l'Équateur s'étaient avérés plus difficiles que les déplacements orbitaux et même interstellaires. En raison de ces cruels manques d'effectifs, des sergents se retrouvaient parachutés à la tête d'escadrons, voire des sergents d'état-major suppléants faute de sergents-chefs, des lieutenants délégués en lieu et place de capitaines, et ainsi de suite. L'autre escouade rattachée à notre brigade comptait trois hommes en tout et pour tout, et le bataillon avait réussi à rassembler de nouvelles brigades à partir d'unités également en sous-effectifs. Globalement, la 10ᵉ division pâtissait de quatorze pour cent de moins d'effectifs que les normes admises, et ce sans compter les bataillons d'artillerie de campagne délibérément laissés en arrière. Ou la brigade de soutien et d'approvisionnement tout autant laissée pour compte. Si bien que nous n'avions même pas nos soldats du génie avec nous. Un énorme problème que notre division tâchait encore de régler.

— J'ai ici votre dossier personnel, ajouta Andrews.

Je me décomposai.

Mon « dossier personnel », je l'avais vu, sur du bon vieux papier en triple exemplaire officiel de l'armée. De retour du Niger, il portait en lettres capitales « Attitude déplorable » souligné d'un double trait. Pas même l'ombre d'un smiley sur le point du « i » d'« attitude ». Autant dire que ça ne rigole pas. Il ne me restait plus qu'à espérer que le capitaine Andrews n'aille pas le souligner d'un troisième trait rageur en l'entourant d'un gros visage rond renfrogné des plus désapprobateurs. Fouillant fébrilement ma mémoire, je ne trouvais rien – rien que j'eusse foiré plus que d'habitude depuis notre envol de la planète Terre. Contrebalancé par mon présumé sale caractère, un Cœur pourpre venait expliquer les cicatrices qui zébraient mon bras gauche. Et mon dossier faisait dûment état d'une Étoile de bronze jusqu'au niveau Brigade – ce que je pouvais comprendre, au vu des circonstances. Toujours est-il que j'appréciais le geste.

— Vous connaissez le sergent-chef Agnelli ? (Comme j'acquiesçai, il me dit un truc complètement inattendu :) Il y a une ouverture pour un poste de sergent dans son escouade, et on vous a chaudement recommandé. (Sans me préciser bien sûr qui avait bien pu me pistonner à ce poste.) Il est à vous si jamais ça vous intéresse. On n'a ni le temps ni les ressources pour un programme régulier d'entraînement. Vous apprendrez sur le tas. Donc, si ça vous intéresse, présentez-vous à Agnelli et je m'occuperai de la paperasse.

Et merde. Étais-je prêt à diriger une escouade ? Trois types que je ne connaissais ni d'Ève ni d'Adam ? Andrews se racla la gorge.

— Figurez-vous que j'attends encore votre réponse, Bishop…
Je sais bien que ce n'est pas habituel, mais ici, on n'a pas de temps
à perdre.

— Ah oui, monsieur. Merci. Euh, je veux dire, je suis honoré.
Oui.

Les promotions étaient censées passer par des procédures et
démarches officielles, d'où mon étonnement. La division avait des
trous qui avaient vachement besoin d'être comblés.

— Hmmm… (D'un coup, il paraissait moins convaincu.) Avec
Agnelli, vous éviterez les ennuis. Et, Bishop ?

— Oui ?

— Tenez-vous loin des camions de glace.

Il ne souriait pas.

Prendre le commandement d'une escouade n'était pas le plus
difficile dans ma promotion. Mes trois gars avaient l'expérience du
Niger, et ils savaient ce qu'ils avaient à faire sans avoir grand besoin
de mes recommandations. Notre sergent-chef Agnelli se montra très
patient avec moi et, outre les contingences administratives du job,
des plus accablantes au début, je n'avais pas grand mal à m'adapter.
L'armée n'avait pas le temps d'en passer par l'entraînement
standard, ce qui m'évitait de mémoriser un tas de conneries, et
j'étais sûr et certain que ça viendrait plus tard me retomber dessus.
Le plus difficile dans cette promotion ? Quitter ma vieille unité.
Le sergent Koch, Ski et surtout Pain de maïs. Lui souffrait d'un
kyste à l'œil, qu'il mettait sur le compte de sables balayés par les
vents ; mes yeux aussi larmoyaient.

— Bon sang ! soupira Pain de maïs. Pense un peu à tous les trucs
stupides que tu te coltines quand je suis dans le coin. Que vas-tu
faire sans moi ? Et voilà que l'armée va te charger d'une escouade ?
(L'air attristé, il secoua la tête.) Si je vois se pointer un camion de
marchand de glaces, je file en sens inverse !

Il renifla.

— Bish, c'est, allez ? … dix pour cent du problème ! Tu fais face
à une situation : à toi de te demander, « mais que ferait Jesse ? »

J'éclatai de rire.

— Tout ça pour faire strictement le contraire ?

Il haussa exagérément les épaules, avant de me flanquer de bonnes bourrades dans le dos.

— Prends soin de toi, et n'oublie pas de m'écrire.

Je sortis mon zPhone.

— Écrire ? Avec cette horreur, je peux voir ta sale trogne chaque fois que ça me chante.

— Oh, zut. (Il roula des yeux au ciel.) J'avais oublié… (Lui aussi sortit son zPhone.) Comment je bloque les indésirables alors pour pas recevoir leurs appels ?

Les Kristangs ne bénéficiaient pas des communications supraluminiques – au contraire du moulin à rumeurs de l'armée US.

— *Sergent* Bishop ? (Shauna était bien la première à m'appeler au sujet de ma promotion.) *Man*, c'est bien la preuve qu'ils sont prêts à promouvoir le premier venu !

— C'est pas faux.

— Sans blague, Bish, tant mieux pour toi !

— Tu veux que je dise, j'ai aucune idée dans quoi je m'embarque.

— Bish, on va combattre des *aliens*. Personne n'en a la moindre idée. Ce sera à l'avancée, mon pote.

Nom d'un petit bonhomme, ça faisait du bien de l'entendre ! Ce qui me rappelait d'ailleurs qu'il fallait que je potasse de nouveau les règlements militaires relatifs à la fraternisation. Shauna n'était pas sous mes ordres, elle était rattachée à un autre bataillon. Étais-je partant pour continuer à la fréquenter ? J'espérais bien que oui.

Ma nouvelle escouade était commandée par le sergent-chef Salvatore Agnelli qui, malgré ce qu'on aurait pu croire, avait des cheveux blonds et avait l'air bien plus allemand qu'italien. Dans mon équipe de tir, j'avais eu de la chance, et Agnelli et moi le savions bien. Les soldats de deuxième classe Chen et Baker, le consultant Sanchez, étaient des vétérans du Niger, tous autant qu'ils étaient ; Sanchez avait même brièvement servi en Corée avant cela. Greg Chen était un ABC originaire des banlieues du Maryland. Il lui fallut expliquer qu'ABC était le sigle pour *American Born*

Chinese (ou Chinois natif d'Amérique si vous préférez), vu que j'y comprenais que dalle. Quant à Jeron Baker, qui avait grandi dans une exploitation fermière d'Alabama dont il était super fier, il était tout autant immensément soulagé de s'en affranchir. Pete Sanchez, lui, venait de l'est du Kansas où ses parents exploitaient une modeste ferme. Sauf que sa mère avait un boulot d'infirmière et son père, un job de concessionnaire automobile. Eh oui, l'exploitation fermière ne suffisait pas à assurer les subsides de toute une famille. Leur ex-sergent avait désormais le statut de sergent-chef, promu à la tête d'une escouade de la 2ᵉ brigade. On avait pris un excellent départ dès lors qu'aucun de nous n'y alla d'une saillie « Barney », ni même ne voulut savoir quoi que ce fût sur mes premiers réflexes à la vue d'un Ruhar. Ils avaient déjà lu tout ce qu'il y avait à savoir sur le sujet, c'était de l'histoire ancienne, et ça ne servait franchement plus à rien désormais. Nous quatre, au fil de la semaine suivante, on apprit à se connaître au cours des entraînements et autres exercices de combat. Chaque soir, je m'effondrais dans mon lit complètement rincé, et vous savez quoi ? Je ne m'étais jamais senti aussi heureux de toute ma vie pour ainsi dire ! Mon équipe était au top et on se perfectionnait en vue des affrontements contre un ennemi menaçant notre planète natale. Ce dont on avait besoin ? D'une mission tout ce qu'il y avait de plus réel !

Huit jours après ma promotion au rang de sergent, notre brigade reçut ses ordres de mission : déploiement. Je m'étais démené pour prendre le rythme du prochain jeu de guerre, *Opération rasoir*, programmée dix jours plus tard. On avait appris la nouvelle par le capitaine Teller, qui rassemblait la compagnie dans un hangar vide à la périphérie de la base. Juché sur l'estrade du fond, il nous dominait tous, nous qui nous entassions à qui mieux mieux pour l'entendre.

— Une opportunité s'ouvre à nous !

Chen grommela dans sa barbe en chuchotant « BOHICA, *man…* » Soit l'anagramme de *Bend over here it comes again* [« Penche-toi donc et fais des courbettes, c'est reparti pour un tour ! »] Expression populaire dans les rangs de l'armée, surtout quand un officier venait dégoiser à propos « d'opportunités ». Ce qui voulait surtout dire qu'on allait se faire baiser dans les grandes largeurs (navré). D'où le vénérable adage.

Teller patienta le temps que meurent les inévitables commentaires à voix basse.

— Nous avons l'opportunité de mettre en pratique nos nouveaux jouets et de faire œuvre utile dans cette guerre. La Force expéditionnaire des Nations unies a reçu ses ordres et nous partons dans deux jours, avec réactivation à la clé. La première Brigade va y aller avec une autre, anglaise, et un bataillon français. La FENU a tout misé sur ce coup-là, tout le monde est sur le départ. Et l'ensemble de nos forces va déguerpir au cours des deux prochaines semaines.

Aux premiers rangs, un type lança :

— Mais c'est quoi au juste cette mission, mon capitaine ? Ça consiste à aller botter les fesses poilues des rongeurs, c'est ça ?

Une question posée avec le plus grand des sérieux.

À voir la trogne renfrognée que fit Teller, il venait de mordre dans un citron acide, comme on dit.

—Non, les Kristangs affirment qu'on n'est pas prêts pour ça. J'ai assisté aux simulations de bataille des Kristangs et ils ont raison, je dois dire, on n'est pas prêts. On ne ferait qu'être dans leurs pattes. Les affrontements se jouent surtout en orbite, ou même au-delà, et vu qu'on ne dispose pas de marine de guerre spatiale, on ne peut être d'aucune aide en ces circonstances. Les Kristangs ont repris un monde colonisé que les Ruhars avaient conquis il y a quelque temps, et ils sont très occupés à les en débouter. Cependant, vu les difficultés, ils sont parvenus à une trêve : les Ruhars évacueront leurs civils durant une période de treize mois, s'agissant d'un million d'individus tout de même. Notre job consiste à occuper la planète et à faciliter l'évacuation.

Ce qui n'eut pas le don de plaire à la compagnie.

— Un service de garnison ?

— Merde alors ! Nous des soldats de la paix ? Des Casques bleus ?

— Parce qu'on va devoir en porter, putain, des foutus casques bleus ?

Teller darda ses mains dans les airs, le temps qu'on se calme.

— Je suis venu là combattre les Ruhars et liquider ces FDP à trogne de rat, tout comme vous ! Je ne fais pas ce que je veux moi non plus, je fais partie de l'armée ! Ici, notre job consiste à protéger la planète Terre, et comme on a certainement montré qu'on en était incapables par nous-mêmes, le meilleur moyen qu'il nous reste de protéger les nôtres sur Terre, c'est bien de collaborer avec nos alliés. Pour le moment, les Kristangs manquent cruellement de ressources, ils ne disposent guère de troupes disponibles pour tenir les places qu'ils avaient remportées de haute lutte. Voilà pourquoi ils ont requis les services de l'infanterie. Une sorte de risque biologique, sur cette planète, empêche les Kristangs d'atterrir en force, là, tout de suite, eux qui affirment que les Ruhars trichent sur la règle n°4. Et que le virus, ou tout ce que vous voudrez, reste derrière après l'occupation des Kristangs. À eux d'en débattre, tiens. Le fond du problème ? Les Kristangs ne peuvent faire atterrir leurs troupes sur cette planète à moins de porter des costumes spatiaux intégraux, et ça, ça ne risque pas d'arriver demain. À moins qu'elle puisse développer un antidote au virus, à distribuer en quantité, la FENU restera pleinement en charge sur le terrain. Voilà un job qu'on accomplira au mieux de nos capacités. Et voilà nos ordres.

À l'arrière, une voix s'éleva à propos des Règles de l'engagement ou Règles du combat.

— C'est quoi les RDC, monsieur ?

— On n'ouvre pas le feu, sauf pour riposter. Qu'on les aime ou non, sur cette planète, les Ruhars sont surtout des exploitants agricoles, ce qui inclut femmes et enfants. D'après les Kristangs, on ne devrait pas s'attendre à beaucoup de résistance et les civils ruhars devraient s'estimer heureux de s'en tirer la vie sauve, avec la possibilité de regagner leurs pénates. (Moult grognements réprobateurs s'élevèrent de la compagnie Able, sans que Teller bronche.) C'est un test, au cas où ça vous aurait échappé. Jusque-là, tout ce que les Kristangs ont vu, c'est nous en train de mourir, les humains, sans qu'on ait pour autant infligé beaucoup de dégâts aux Ruhars. (Sourcils froncés, il marqua une pause avant d'enchaîner :) L'armée US ne débarqua pas sur les plages de Normandie dès le premier affrontement, non. On avait d'abord pris pied en Afrique du Nord, et pour ceux d'entre vous qui connaissent au moins notre Histoire, sachez que c'était un sacré coup de bol. Nous n'étions mais vraiment pas prêts à affronter les Allemands en 1942, si jamais nous avions débarqué en Normandie à ce moment-là. Autant dire qu'on se serait pris une bonne branlée *et* qu'on aurait été chassés de la Manche ! En portant le front de guerre en Afrique du Nord, en Sicile, en Italie, on avait appris à combattre les Allemands, à voir ce qui fonctionnait ou non. Au cours de nos luttes armées, les Kristangs nous ont donné quelques nouveaux jouets rutilants à manier, ce qui ne veut pas dire pour autant qu'on connaisse les meilleures tactiques à appliquer contre les Ruhars dans les combats au sol. Les Kristangs nous ont confié ce qui devrait être une tâche simple, et il n'est pas *question* de merder, vous m'entendez ? On prend la planète en main, on évacue par les ascenseurs spatiaux les populations civiles des Ruhars, histoire de bouter hors de là leurs culs poilus, on sécurise la zone jusqu'à ce que les Kristangs rattrapent le coup de là-haut et puissent faire atterrir leurs propres troupes. On va montrer aux Kristangs que les Forces expéditionnaires des Nations unies sont disciplinées, compétentes et prêtes à prendre part aux opérations de combat. Chefs de section, je veux que vos escouades soient fin prêtes aux inspections avant notre départ à 14 heures après-demain. D'autres questions, messieurs ?

Je pris la parole :

— Monsieur, là où nous allons, quelles seraient les conditions auxquelles s'attendre et se préparer ?

Dans quoi ma nouvelle escouade allait s'embarquer ? Je tenais à en savoir le plus possible à ce sujet.

— Pour faire court, on va *botter les fesses* à Neptune… (Il disait cela avec un côté de la bouche relevé en signe de connivence.) Atmosphère oxygène-nitrogène, avec un peu plus d'oxygène que ce à quoi on a l'habitude. La gravité est de deux pour cent supérieure à celle de la Terre. Cette étoile est plus chaude que notre Soleil, mais la planète en question est plus éloignée, si bien que le climat s'apparente au nôtre : chaud à l'Équateur, glaciaire aux pôles. Il s'agit avant tout d'une colonie agraire, les Ruhars l'appellent d'ailleurs Gehtanu, ou, approximativement, « Nouveau champ de céréales », un truc de ce genre. (Ce qui souleva quelques gloussements à la ronde.) Les Kristangs le surnomment Pradassis, et nous, Paradis. Il y a un putain d'énorme continent, quelques archipels et de grandes îles de la taille du Groenland ; le reste n'est qu'océan. Nos rangers Powerpoint ont mis au point une présentation que les leaders de votre section devraient avoir sur tablettes à distribuer : d'après cet exposé, le continent principal renvoie pour l'essentiel aux grandes plaines des USA, ou encore aux steppes russes. Les exploitations agricoles y pullulent, gérées partiellement par des robots, et les Ruhars sont regroupés en villages. Tous les renseignements dont nous disposons seront rapidement disponibles sur vos ardoises électroniques. Durant le vol, je veux que tout le monde les potasse. La 10e division au complet, ainsi que nos alliés britanniques et français, embarquera sur trois transporteurs de troupes. Le trajet durera seize jours. Après notre largage, les Kristangs maintiendront un contre-torpilleur ainsi que deux frégates en orbite comme appui-feu, mais ce sera avant tout à nous de jouer. Le général Meers a garanti aux Kristangs que nous pourrions assurer sur ce coup-là. Hors de question de lui donner tort !

Shauna me bipa avant que je ne puisse la contacter.

— T'as entendu ? On va décarrer !

— Eh ouais, on va dégager, direction Paradis.

— Paradis !

Elle éclata de rire. On n'avait plus fricoté depuis ma promotion au rang de sergent, tous deux accaparés par nos fonctions, et moi j'étais vraiment trop fourbu. Ça me frappa alors : si ça se trouve, je ne la reverrais jamais après notre départ de Camp Alpha, nous embarquerions probablement sur des transporteurs différents, puis serions assignés à différents sites d'un bout à l'autre de Paradis.

Du coup, je ne sus trop quoi dire. Était-ce donc la fin ?

— Oh, eh ben… bonne chance pour ta candidature dans les rangs de l'infanterie.

— Merci, ça attendra qu'on y soit. (Des éclats de voix s'élevèrent, au loin.) Joe, je dois y aller, on reste en contact ?

— Bien sûr.

Et voilà, c'était fini. Au moins, on serait sur la même planète.

On pourrait croire que « deux jours puis réveil » voulaient dire qu'on aurait deux jours entiers, ainsi qu'une royale nuit de sommeil complète avant de nous rassembler pour le départ. Et on se fourrerait le doigt dans l'œil. Le « réveil » survint au cœur de la nuit noire, aux petites heures à la con, quoi. J'avais l'impression de m'être à peine allongé que les loupiotes se rallumaient brutalement dans la tente, et que je devais encore toucher terre. Me lever à pas d'heure, ça n'avait franchement rien d'une nouveauté pour moi et d'ailleurs ça ne me pesait pas plus que ça, moi qui n'étais pourtant pas du matin. Ni même du milieu de la matinée. Ma sœur, elle, était une personne matinale tout ce qu'il y a de plus gai et enjoué. Combien de fois, en grandissant, avais-je caressé l'idée de l'étouffer sous un oreiller ?

Bref, je devais donc me lever à pas d'heure, en pleine nuit, et, partant, à secouer toute mon escouade. Il s'agissait de s'arracher à son pieu, de préparer son paquetage puis de se rassembler en vue de l'inspection de départ – pas moins de trois *putains de bordel* d'heures qu'on aurait pu employer de manière tellement plus productive, à continuer de pioncer par exemple, nom de Dieu ! En ma qualité de sergent désormais, je devais supporter les regards lourds d'amertume de mon équipe en restant impassible.

Le départ ? Mais quel fiasco ! Le grand bordel, quoi. Les Kristangs tenaient à ce que leurs engins de largage soient chargés aussi vite et efficacement que possible – en entassant le maximum de gens à bord dans un rush effréné, quitte à diviser les sections, les escouades et même les équipes de tir. Quand on embarqua finalement sur une unité de largage, Baker et Chen avaient pris pied sur le seuil lorsqu'une représentante de la Police Militaire vint, main levée, empêcher quiconque d'autre de s'introduire à bord.

— On est au complet, annonça-t-elle. Passez au vaisseau suivant.

Les tirant en arrière par leurs paquetages, je rattrapai frénétiquement Baker et Chen en faisant signe à deux autres types de s'avancer. Nom d'un pétard, pas question pour ma toute nouvelle équipe de tir de se scinder alors qu'on venait à peine de se former ! On aurait pu croire qu'on serait en première ligne pour monter à bord du prochain engin de largage, mais voilà, la police militaire qui veillait à nous garder organisés avait bien d'autres projets, et plusieurs ASOS redécollèrent avant qu'on ne puisse leur faire signe. Se retrouver à bord d'une unité de largage n'était pas le summum de la confusion qui régnait car lorsqu'elle entra au dock et qu'on embarqua sur l'astronef kristang, on réalisa qu'on n'était pas seulement à bord d'un vaisseau différent de ceux de notre section, mais qu'en plus, celui-ci accueillait surtout la 3ᵉ division d'infanterie américaine et non pas notre unité d'origine, la 10ᵉ. Si bien que l'astronef rassemblait des effectifs de la 3ᵉ, de la 10ᵉ, d'une compagnie de Marines US, d'une compagnie entière de Chinois, de deux escouades de Britanniques et d'un « saupoudrage » de troupes indiennes. Ou les Kristangs ne maîtrisaient pas le concept de chargement de combat, ou ils faisaient si peu cas des aptitudes au combat des humains qu'ils se fichaient bien que nos unités se dispersent aux quatre coins infernaux des champs de bataille et soient englouties par le néant. Le quartier général de la FENU était censé assurer le suivi des troupes – à savoir, qui au juste se trouvait où – sauf que, dans ma chaîne de commandement, je n'avais aucun moyen de contacter qui que ce fût. Je réussis à partager l'attribution des plumards de mon escouade avec certains de la 10ᵉ. Le voyage fut long et solitaire, je m'estimais heureux que mes gars, philosophes, en aient calmement pris leur parti, sans esbroufe. Si c'était là le pire plantage auquel on puisse s'attendre, on s'en sortirait impec'.

Chapitre Quatre

Planète Paradis

Au contraire de Camp Alpha, Paradis disposait d'un ascenseur spatial. Différent de notre ascenseur équatorial, à première vue ; je m'étais même laissé dire que les Ruhars l'avaient construit. Ce qui n'avait pas manqué de me surprendre, car lorsque les Kristangs avaient reconquis la planète par les armes, l'ascenseur ruhar en avait forcément pris un coup. À croire que cibler les ascenseurs spatiaux allait à l'encontre des Règles officieuses… Ou n'était-ce au fond qu'une considération d'ordre pratique ? Car qui, cherchant à conquérir une planète, irait jusqu'à endommager de précieuses ressources ? Sans compter que les défenseurs, après une défaite, n'iraient pas fourbir de nouveau leurs armes pour revenir tôt ou tard à la charge. L'ascenseur ruhar, tout comme son équivalent terrien, chevauchait la foudre. Mais là où le câble thuranien n'était que pure énergie, à l'instar de son homologue terrien, le concept ruhar se basait sur un câble physique, plus fin qu'un cheveu humain, au centre même de l'éclair. Pour cette raison même, les Ruhars ne possédaient pas de services essentiels aménagés autour de l'Équateur de Paradis ; si jamais le câble rompait, il risquait de s'enrouler plusieurs fois autour de la planète, avant de s'écraser non sans considérables répercussions en dépit d'une masse d'ordre secondaire. On nous avait assuré que le câble se hérissait sur toute sa longueur de charges explosives afin de restreindre et amortir un éventuel désastre si jamais il venait à claquer ou à être coupé. En attendant, sûr et certain que je ne tenais pas à rester basé à l'Équateur où j'aurais passé le plus clair de mon temps à scruter les cieux d'un œil circonspect.

Par ascenseur, la descente sur Paradis ne différait guère de la montée à partir de la Terre, si ce n'est qu'il n'y avait là aucun cuistot de l'armée servant de délicieux cheeseburgers. Là encore, on devait se contenter des EMR de la cantoche. Et cette cabine d'ascenseur était percée de plus de baies ; le compartiment passager faisait aisément trois fois la taille de son homologue sur Terre, j'imagine que celui-là était surtout destiné à un usage civil. Au cours de notre descente, haut perchés comme on l'était, on eut tout loisir de découvrir Paradis, même si on descendait assez rapidement avec bien plus de vibrations que dans mon souvenir, lors de la expérience à bord que j'aie vécu auparavant. D'où on était, Paradis avait l'air bien joli, avec ses grandes aréoles de vert et de bleu, en lieu et place des marron et fauve ternes aux grenaillages stellaires d'Alpha. À l'approche des bourgades, il me vint à l'esprit que j'allais bientôt poser le pied sur ma troisième planète. Et la première en territoire ennemi, ledit ennemi eût-il déjà rendu les armes aux Kristangs. Maintenant que les immeubles individuels étaient assez proches pour revêtir des caractéristiques distinctives, je posai les doigts sur mes nouvelles barrettes de sergent galonnant mes manches. Ce lieu était le fief de l'ennemi, des aliens ayant agressé notre planète Terre. Non que j'eusse besoin de motivation supplémentaire, mais en cet instant, une détermination m'habitait – faire tout ce qui me serait possible pour bouter les Ruhars hors de cette planète comme prévu, et prouver à nos sauveurs les Kristangs que nous autres humains pourrions nous voir confier toujours plus de tâches importantes à l'avenir. Et si ces satanés hamsters venaient se dresser sur ma route, eh bien, je me remémorerais les RDC. Mais pour autant, ça ne nous enlevait aucun droit à nous autres humains. Et je montrerais aux hamsters la même « courtoisie » qu'ils nous avaient témoignée lors de leur attaque sournoise de la Terre en bousillant notre réseau électrique.

Dès que notre cabine d'ascenseur se posa en douceur, on nous fit sortir aussi vite que possible. Moins de dix minutes après notre évacuation hors de la ligne de clôture du complexe de l'ascenseur spatial, des alarmes retentirent et l'ascenseur repartit en montée chercher le groupe suivant en orbite. Ébahi, cou tendu, je le suivis du regard tandis que les gardes nous faisaient presser le pas le long d'une piste d'atterrissage où s'alignaient les plus imposants monomoteurs que j'aie jamais vus. Les gardes les appelaient

« Dumbos » à cause de leurs grosses carlingues et de leurs (relativement) petites ailes. Ils étaient dotés de quatre moteurs logés à la naissance des ailes, faisant probablement six fois la taille de ceux des C-17 de l'US Air Force auxquels j'étais accoutumé. Les Dumbos nécessitaient de courtes pistes d'envol, mais ne pouvaient décoller à la verticale, ce qui aurait exigé trop de puissance pour des transporteurs aussi massifs. Sous mes yeux, l'un d'eux vint s'aligner sur la piste puis prit son envol dans un rugissement de turbines. J'aurais pu jurer qu'il s'était arraché du sol en moins de quatre cents mètres. L'échappement moteur pivota vers le bas pour aider au décollage. Les ailes dépliées prirent le relais pour assurer la portance. À voir un engin si trapu se mouvoir si lentement dans les airs, ça ne pouvait que m'évoquer un fil invisible tendu pour le maintenir au-dessus du sol. À l'instar des Aigles, les Dumbos étaient une création des Ruhars, que nous humains devrions nous approprier le temps que les Kristangs prennent la relève.

Nous étions censés nous regrouper par sections – si ce n'est que mon escouade se retrouvait isolée. Sans trop de mal, je réussis à maintenir la cohésion de mon équipe de tir et finis par apprendre où nous étions censés nous rendre pour assurer enfin la liaison avec notre bataillon. Une fois que les sergents d'état-major eurent battu le rappel des escouades, des sections puis des compagnies, on n'eut plus qu'à ronger notre frein. À attendre. Et attendre encore. À prendre notre mal en patience sous un soleil de plomb. Une heure entière dut bien s'écouler comme ça, le temps que d'autres sections et compagnies défilent en direction des Dumbos. Et à mesure que les Dumbos atterrissaient, qu'ils embarquent et s'envolent de nouveau. Au loin, je voyais Poulets et Aigles survoler la base aérienne ; après notre séjour au Camp Alpha, c'était déjà un spectacle familier. Le tarmac, quelle que fût la nature de ce matériau couleur havane, ne cuisait pas au soleil de la même façon que, sur Terre, l'asphalte de couleur foncée – une aubaine. Au bout d'une heure, mon escouade adoptant une conduite exemplaire au bénéfice de notre nouveau sergent, on défila enfin à notre tour le long de la base aérienne, en longeant des Dumbos vacants pour atteindre le nôtre. Constater que l'armée US était tout aussi merveilleusement efficace et organisée sur d'autres planètes que la Terre, ça faisait du bien. On s'entassa tant bien que mal sur des sièges inconfortables fabriqués en légers treillis. Décidément, on n'avait pas fini de compter les mouches… Au-devant du compartiment soufflait de l'air frais des conduits ; sauf que, le temps que cette fraîcheur nous parvienne, c'était devenu aussi chaud et humide que l'atmosphère au-dehors. Sur la rampe arrière, un capitaine se prenait le chou avec un lieutenant à propos d'une tablette. Secouant la tête d'un air dégoûté, le lieutenant nous rejoignit, visiblement mécontent. Lisant « Koenig » sur son badge, je me redressai de toute ma taille pour le saluer.

— Que se passe-t-il, monsieur ?

— Charlie Foxtrot, marmonna-t-il. (Traduction en argot militaire : encore un « vrai bordel ». Typique.) Il paraît qu'on ne nous a pas attribué le bon coucou. Ça viendra.

Quel que soit le problème, cinq minutes plus tard, les portes se refermèrent en claquant et notre appareil roula enfin sur le tarmac. Sous une vague d'acclamations. On se passa le mot : il s'agissait avant tout de se détendre, en vue d'un vol supersonique de deux heures. Le pilote fit une annonce dès qu'on passa en vitesse de croisière – dans les Mach 1,4. Moi qui avais déjà pulvérisé la vitesse supraluminique, qui avais traversé des vortex, qui étais monté et descendu en orbite d'une navette, voilà que cette célérité m'impressionnait. Soudain, je fus frappé par cette annonce d'une voix humaine, et me penchai vers un sous-lieutenant, assis près de moi.

— Monsieur, qui pilote cet engin ?

Il bâilla.

— Un salopiaud ou autre de l'US Air Force.

— Euh… et son entraînement de vol ?

Je redoutais déjà la réponse. Sur Terre, les pilotes de C-17 bénéficiaient d'années de formation au pilotage avant même d'être qualifiés au poste de copilote – rien que ça. Or, ces types-là ne pouvaient avoir plus de deux ou trois semaines d'heures de vol. Aux commandes d'un appareil titanesque parfaitement méconnu.

— Rien d'inquiétant, sergent, me lança-t-il (en évitant soigneusement de me regarder en face, comme je le notais). Un ordinateur aux commandes et un Kristang en orbite capable de prendre le relais et de déposer l'engin à distance si besoin. Les gars en amont sont là pour nous faire du café.

Ce qui ne me fit pas rire. Du tout.

Un vol calme, sans histoire, si ce n'est qu'un atterrissage abrupt m'amena à penser que le pilote devait être de la Navy, non de l'US Air Force, et qu'il tentait de poser notre Dumbo sur un porte-avion. Et c'est là que je découvris « l'aérodrome », un terrain de terre battue, un champ tout juste moissonné en fait, avant que la zone ne soit dégagée pour les aéronefs. Sans trop d'attente, on nous escorta en direction d'une rangée d'Aigles. J'étais excité, impatient de m'envoler à bord de ces appareils inconnus. Trente d'entre nous s'entassèrent dans l'un de ces Aigles en instance de départ. J'aurais aimé m'asseoir à l'embrasure de la porte, les jambes pendant dans le vide, fusil en travers des cuisses tandis que l'Aigle rugirait en survolant les terres. Mais le copilote eut tôt fait de me remettre du plomb dans les ailes :

— Cet oiseau-là n'est pas un Blackhawk, sergent. En altitude, on a une vitesse de croisière d'environ six cent quarante kilomètres par heure. Si vous tenez à vous pendre à la porte, allez-y, mais claquez-la derrière vous.

Je me trouvai un siège, un sergent-chef me souriait de toutes ses dents – il me confia par la suite qu'il aurait aimé faire la même chose, lui aussi. Le vol en Aigle fut également sans histoire, et bien plus fluide que celui de n'importe quel hélicoptère où j'étais monté. On survola des terres agricoles qui s'étendaient à perte de vue, émaillées de bois et de lacs, jusqu'à un village où nous atterrîmes.

Lorsque la porte d'accès se rouvrit, l'odeur nous sauta aux narines. Vous savez, celle du foin fraîchement coupé ou, si vous vivez en banlieue, de l'herbe fraîchement tondue ? Cette senteur vivifiante qui fleure bon la nature, qui nous ramène à notre enfance, quand on courait pieds nus par les champs, sous un radieux ciel d'azur aux nuages cotonneux ? *Yeah* ? Eh bien, c'est pas ça du tout.

Les relents dérivant du champ des hamsters, quoi qu'ils puissent ingurgiter, putain, sentaient vaguement le…

Baker renifla et fronça le nez.

— Nom de… ! C'est quoi, ça ?

On ne pouvait pas dire qu'on l'ait directement dans le pif, c'était plutôt au fond de votre esprit, ou de vos narines, un truc assez indéfinissable de prime abord qu'on s'efforçait d'identifier. Moi qui avais de la mémoire, côté odeurs, il me fallut pourtant un bon moment avant d'arriver à mettre le « bâtonnet de parfumeur » dessus, car c'en était proche sans être encore tout à fait ça.

— Du parmesan, annonçai-je.

Je ne parlais pas de ce fromage italien avec lequel, par une froide soirée d'hiver, on parsème un grand saladier de spaghetti fumants avec leurs juteuses boulettes de viande, après avoir humé toute la journée cette alléchante sauce bolognaise mijotant sur la cuisinière, et qu'on s'assied avec une tranche de pain à l'ail et un verre de vin rouge corsé. Le parmesan qui se lie généreusement à la sauce. Vous voyez ? Eh bien, c'est pas ça non plus. Enfin, pas vraiment. Disons que vous avez la grippe, ou ne serait-ce qu'un mal de tête carabiné, et l'estomac en marmelade ; là, vous êtes frappé par des effluves de parmesan, le genre de fromage à être resté trop longtemps hors du frigo, et vous savez que vous allez gerber. Voilà le genre d'odeur qui nous assaillait au sortir de l'appareil, et ça provenait des champs.

— Du parmesan… Ah, la saloperie, on dirait la puanteur des pieds de Sanchez ! s'écria Chen, écœuré.

— De mes pieds ? T'as jamais senti les tiens, par hasard ?

— Moi, mes pieds, je les lave !

— Une fois par an peut-être !

— Bon, en sourdine, vous deux, ordonnai-je. Il s'agit probablement d'un agent chimique qu'ils épandent sur leurs cultures et qui se dissipera. À moins qu'on ne s'y habitue et qu'on n'y fasse même plus attention.

— Et merde ! cracha Chen. Je partage une couchette avec Sanchez depuis des semaines, et je ne me suis toujours pas fait à la puanteur de ses pieds ! Si toute la planète schlingue autant, ça va encore être un déploiement interminable !

Le restant de notre section était déjà là, et avait établi une base en cernant une grange de tentes militaires ; la bourgade hamster se trouvait à un demi-kilomètre à l'est. Quand j'eus organisé mon escouade, l'adjudant-chef de la section me dit de me présenter au lieutenant Charles.

Je m'exécutai, le rejoignant sous sa tente, et saluai prestement.

— Sergent Bishop au rapport comme ordonné, mon lieutenant.

— Bishop, j'attendais votre escouade ce matin.

Il me rendit un salut informel, l'air distrait. Constituer une base sur une planète alien devait vous valoir de sacrées migraines.

— Charlie Foxtrot embarquant les troupes sur Alpha, monsieur, les Kristangs nous ont assigné le mauvais vaisseau spatial. Nous voilà au complet, quoi qu'il en soit, le sergent-chef Agnelli nous a recadrés et bien installés.

— Ouais, la FENU est disséminée un peu partout sur cette planète. Vous êtes enfin arrivés, c'est ce qui compte.

Il désigna, étalée sur la table, une carte tout ce qu'il y a de concret, imprimée sur un certain type de plastique : elle représentait un dixième du principal continent où nous nous regroupions. Des terres agricoles pour l'essentiel, planes, à peine crénelées de petites éminences courant du nord au sud, mouchetées çà et là de rivières et de lacs. Le littoral se situait loin à l'ouest, la station de base de l'élévateur spatial se trouvant au sud-est (hors carte). De l'index pointé, il fit le tour d'une région ombrée de gris :

— Nous sommes ici, dans cette zone. Les Ruhars l'affublent d'une foutue appellation… (il indiquait les légendes en ruhar), qu'on surnomme Gratte-moi-l'Cul-Istan.

Istan, ce village typique d'Andalousie ?

J'éclatai de rire.

— Gratte-moi-l'Cul-Istan ?

Il sourit.

— La région qui s'étend au nord d'ici est Gratte-moi-l'Dos-Istan, il est donc logique que celle du sud s'appelle Gratte-moi-l'Cul, non ? Votre escouade occupera un village situé à une centaine de kilomètres à l'ouest d'ici… (Il m'indiqua un minuscule point, sur la carte.) Les hamsters qui y vivent sont tous des fermiers ; la population est d'environ deux cent cinquante âmes si on inclut les exploitations environnantes. Il y a une école, des granges, un silo à grains, des habitations, et c'est à peu près tout.

Une escouade de quatre malheureux soldats contre plus de deux cents hamsters ? Voilà bien des stats' qui ne me plaisaient guère… Cela étant, une équipe de tir n'opérait pas seule, deux équipes formaient en fait une escouade avec un sergent-chef à sa tête.

— Monsieur, comment une seule équipe de tir est-elle censée contrôler autant de hamsters ?

— Elle ne l'est pas. C'est une expérience… (Il grimaça.) Une brillante idée de la division. Nous avons, disséminées un peu partout, des équipes proactives à intervention rapide, avec flotte de Poulets et d'Aigles à l'appui, et le renfort de la puissance de feu kristang en orbite. (Il lança un coup d'œil au ciel de sa tente.) Au besoin, on ne manquera pas de force de frappe ; ce que vise la division, c'est qu'on n'ait pas besoin d'y recourir surtout.

Je me voûtai.

— Sympathie et adhésion, c'est ça ?

C'était l'expression militaire consacrée dès qu'il s'agissait d'amener la population civile à coopérer avec nous, ou du moins, à ne pas nous opposer de farouche résistance. Ça avait commencé au Viêt Nam, se prolongeant sous différentes formes et terminologies en Irak, en Afghanistan, au Niger et à peu près partout où l'armée US s'était impliquée sur Terre. On construisait des écoles, des routes, des systèmes de distribution d'eau et d'énergie, on aidait aux plantations et aux récoltes. À long terme, c'était moins onéreux et plus efficace de se faire moins d'ennemis que de chercher à éliminer lesdits ennemis. Surtout que les adversaires que vous abattiez avaient tous des proches, sans parler de leurs tribus entières, qui reprenaient aussitôt le flambeau et devenaient à leur tour vos ennemis jurés. Si vous touchez un tant soit peu votre bille en Histoire, vous saurez que ces vertueuses campagnes « sympathie et adhésion » n'avaient remporté, disons, qu'un succès mitigé. Un mois après qu'on se fût retirés d'une zone du tiers-monde, les écoles avaient été incendiées, le réseau hydraulique soufflé à la dynamite, et les lignes à haute tension dépouillées de leurs composants de cuivre. Nonobstant, nos politiciens avaient crié victoire, impatients de passer à la crise suivante. *Hooah.*

— Parlons plutôt de force tranquille, de pouvoir de persuasion, Bishop. On ne va pas construire d'écoles pour ces hamsters, on veut juste maintenir une situation relativement calme, lancer un dialogue pacifique et constructif avec les hamsters jusqu'à ce qu'ils quittent leur monde. Voyez-y votre propre avant-goût de Paradis, ajouta-t-il avec le sourire.

— Mon lieutenant, je suis un tout nouveau sergent…

— Vous êtes aussi un fermier qui a grandi dans une exploitation agricole. Tout comme Sanchez et Baker. Ces aliens peuvent toujours être des hamsters, n'empêche qu'ils travaillent la terre, et j'espère que ça vous donnera un aperçu sur certains aspects avec lesquels nos soldats originaires des cités ne seraient pas familiarisés. Cette région chevauche la ligne d'évacuation, si bien que les choses risquent toujours de mal tourner sur la durée. (Il posa une main rassurante sur mon épaule.) Vous n'avez pas à vous montrer sympas avec ces hamsters, mais pour autant, n'essayez pas non plus de les intimider. Ils ont déjà accepté de quitter leur planète, l'accord passé avec les Kristangs leur permet de continuer les semailles et les moissons jusqu'à complète évacuation. Les Ruhars paient les Kristangs pour assurer le transport de leurs moissons. Je sais, ça paraît fou, mais les Kristangs livrent cette guerre depuis trop longtemps, et ils connaissent leur affaire. Ici, les Ruhars tiennent à maintenir la circulation de ces cargaisons de denrées, du coup, ils devraient être suffisamment motivés pour coopérer avec nous. Si vous rencontrez des difficultés, sifflez-nous sur votre zPhone, et on vous diligentera la cavalerie aérienne. Si la situation tourne au vinaigre, les Kristangs en orbite pourront pilonner n'importe quelle cible. Ce que les hamsters ne sont pas sans ignorer.

Là encore, voilà qui n'était franchement pas pour me rassurer.

— Agnelli, reprit-il, emmènera l'autre moitié de l'escouade dans un village au nord de votre position. Vous n'êtes pas une force d'occupation, la FENU parle plutôt d'EOI, Équipes d'observation intégrées. G2 veut savoir ce qui se trame chez les hamsters, au niveau local. Toute la surveillance atmosphérique et satellite de la galaxie ne vous dira jamais ce qui se passe réellement sur le terrain, et une équipe de reconnaissance vadrouillant de temps à autre ne nous en apprendra jamais assez là non plus. En somme, on a vraiment besoin d'agents sur le terrain, vivant au milieu des hamsters. Il y a sur votre tablette une série complète de FTO, de Formations tactiques opérationnelles. Il vaudrait mieux que vous passiez tout de suite à l'entraînement, mais la division entend que tout le monde soit en place au plus vite afin d'établir une solide présence, avant que les hamsters ne s'imaginent bêtement qu'on puisse forcer la main à la FENU.

— Entendu, monsieur.

Que ça me plaise ou non, c'était le même chose. Voilà pourquoi on parle « d'ordres » et non de « suggestions ».

Quand je parvins à la zone dont notre section avait fait son parc de véhicules, mon assurance en prit encore un coup.

— Mais putain, c'est quoi, *ça* ?

— Une jeep Hamvee, m'annonça le mécanicien, tout sourire.

— Une *quoi* ?

— On l'appelle une « hamvee », d'après la vieille jeep Humvee sur Terre, vous savez, ces véhicules lourds des Marines. Dans ceux restants des hamsters, on prend n'importe quel type de camion, on badigeonne de glu des panneaux composites en guise de blindage de cul-terreux et hop, le tour est joué : vous avez une hamvee !

Il considérait fièrement ce gros tas de ferraille à bord duquel on était censé patrouiller. Du coup, le marchand de glace Barney paraissait soudain tellement plus chic, raffiné et performant… Prenez donc un SUV, un 4 x 4 utilitaire sport quoi, adjoignez-lui de piètres et fragiles pneumatiques, d'épais écrans protecteurs sur les vitres et des panneaux multicolores rattachés au petit bonheur la chance, et vous obtenez un résultat tout aussi hideux.

— De la glu ?

— Eh ouais… Pas moyen de souder, puisqu'il ne s'agissait pas de métal. On utilise ce bidule de glu kristang pour en badigeonner les panneaux… (il m'exhiba un pistolet à calfeutrer qu'on pouvait trouver dans n'importe quelle quincaillerie sur Terre)… puis ce super gadget kristang (on aurait dit un fer à repasser) fixera la glu. Un machin incroyablement résistant.

— Un bidule ? Un gadget ? Vous n'êtes pas en train de m'épater, là…

Il haussa les épaules.

— Les Kristangs ont des noms pour tout ça, mais ils sont plutôt durs à prononcer.

— Il n'y a rien de plus solide, vous êtes sûr ?

Je faisais courir des doigts sceptiques le long des panneaux de pseudo-blindage, qui me faisaient l'effet de polystyrène, à vrai dire. « Blindage » d'une dizaine de centimètres d'épaisseur, s'effilant à l'embrasure des portes – probable point faible. En supposant que le polystyrène eût un quelconque point fort où que ce fût.

— On a aussi des hamtraks, un peu comme des Bradley ou des Stryker puisqu'ils sont dotés de roues : ce sont les véhicules hamsters de transports de troupes, réservés à l'usage de la compagnie. Pas d'inquiétude, j'ai vu une démo de ce blindage… (il percuta le polystyrène de ses phalanges), et les balles normales ne font qu'en entailler la surface. Pour le percer, il faut frapper au même endroit deux ou trois fois avec des cartouches explosives. Coriace, ce machin ! On devrait en rapporter sur Terre.

— Une démo ? Tu nous rejoindras pour patrouiller, dès qu'on nous canardera ?

Il secoua la tête sans se départir de son sourire.

— Ce n'est pas dans mes normes minimales de sécurité opérationnelle, sergent. Amusez-vous bien, les gars, et n'écaillez pas la peinture. Le soldat de deuxième classe Ringold ici présent va vous montrer la conduite, et comment garder les batteries sous tension.

Après l'attribution de nos hamvees, on se présenta au dépôt d'approvisionnement pour récupérer l'équipement nécessaire à notre mission en mode FTO. Le « dépôt d'approvisionnement » en question avait tout l'air (remugles à l'appui) d'un ancien poulailler recyclé. On se vit d'abord distribuer notre paquetage individuel : uniformes de rechange, pièces de protection corporelle, en somme tout l'attirail dont auraient besoin des forces d'occupation terriennes en territoire alien. Venaient ensuite les munitions et l'armement lourd : des missiles Javelin et notre bonne vieille roquette antichar non téléguidée, l'AT4-CS suisse 84 mm. On était là, de gros durs à cuire de conquérants, et on nous équipait d'armes qui m'avaient déjà servi face à des tarés de miliciens au Niger ? Plus déjanté que ça… Enfin, ce n'était jamais que mon humble avis. Dont manifestement personne n'avait quoi que ce soit à carrer.

Le lendemain matin, nous étions fins prêts. L'adjudant-chef Mitchell vint nous saluer.

— Tout est en ordre, Bishop ?

— Si je vous disais que c'était le Golf de Novembre… (de l'argot militaire pour « C'est mort, mec ! ») ça ferait une quelconque différence ?

Mitchell ricana.

— Notre lieutenant ne vous expédierait jamais là-bas s'il n'avait entièrement confiance en vous, Bishop. Alors Alpha Mike Foxtrot, hein ?

Ou, si vous préférez, *Adieu Mange-Foutre*.

Je ne lui répondis pas.

On roula en direction de notre village d'attribution, un nuage de poussière s'élevant haut dans la brise à notre passage, signalant notre position à quiconque se donnerait la peine d'observer la scène. À l'approche du village, on attaqua une petite éminence, et je fis signe à notre colonne de faire halte. « Colonne », euh… c'est bien exagéré. On était à la tête de deux hamvees en tout et pour tout ; Sanchez et moi devancions un pseudo-SUV, Baker et Chen suivaient un pick-up. Véhicules tous deux bondés d'équipements, au titre desquels des vivres en quantité suffisante aux yeux de notre section (ce qui allait des victuailles aux médicaments et au papier toilette) pour subvenir aux besoins de quatre combattants pendant un mois. On avait également une charge de munitions de fusil, tant standard qu'à pointe explosive. Ainsi que deux missiles Javelin et une paire d'AT-4S. Pas de mortiers. Si jamais on avait besoin d'armes de précision à distance, on était censé joindre la cavalerie aéroportée. L'adjudant-chef m'assura qu'on aurait des visites régulières de l'état-major, et un ravitaillement régulier toutes les quinzaines. Mais s'il était tout autant sceptique que moi à propos de ce « pouvoir souple et discret », lui aussi avait gardé ses sentiments pour lui. En ce qui me concerne, je donnais moins d'un mois à la division, ou à l'état-major de la FENU, pour que ces beaux messieurs reviennent enfin à la raison. Étirer à ce point nos forces armées d'un bout à l'autre de la planète revenait à inviter les hamsters à nous vaincre en détail *et* en profondeur. Autrement dit, chaque petite unité risquait d'être submergée au coup par coup. Auquel cas, les hamsters seraient finalement pilonnés par les Kristangs postés en orbite. Piètre consolation pour nous, pauvres humains réduits à l'état de cadavres.

Comme préétabli, des Poulets bourdonnants survolèrent en rase-mottes le village, histoire de capter l'attention des hamsters résidents. Les Poulets maintenaient ouvertes leurs nacelles armées ; après avoir plané au-dessus de la rue principale, ils rompirent leur formation et reprirent de l'altitude, l'un d'eux couvrant l'équipe au nord, un autre planant au-dessus de nous. Je jetai un nouveau coup d'œil aux rapports dépliés en travers de mes cuisses : des photos satellites, les comptes-rendus d'une colonne de reconnaissance qui avait traversé le village deux jours plus tôt, les archives régionales des hamsters… Selon celles-ci, le recensement démographique était de cent soixante-dix-huit, et non deux cent cinquante suivant l'estimation de notre section. Le gouvernement ayant averti les villageois de notre approche, notre arrivée ne devrait donc surprendre personne sur place. Les pouvoirs locaux encourageaient la coopération avec les forces d'occupation – nous autres, donc. On nous avait aussi munis de panneaux mélaminés de signalisation en graphie ruhar que nous aurions à planter dans des endroits bien en vue tout autour de l'agglomération. Il s'agissait selon toute vraisemblance de réglementations telles que les horaires de couvre-feu, la prohibition de port d'armes, les consignes à suivre pour nous accueillir et nous loger. Ce qui ne manquait pas de me mettre mal à l'aise. Ça me rappelait un peu trop les stratégies brutales des nazis ou des Soviets vis-à-vis des populations civiles assujetties.

Je fis signe au pilote du Poulet que nous étions prêts, et ordonnai à Sanchez d'y aller. Nos teignes de hamvees maintinrent leur vitesse avec leurs moteurs électriques quasi silencieux, les pneus crissant sur la terre et le gravillon. À l'approche du premier édifice, à l'entrée officielle du village, notre colonne ralentit. Village qui ne payait certes pas de mine ; moi-même qui venais d'un modeste hameau rural, j'appréciais néanmoins l'aspect propre et ordonné des bâtiments, maisons et granges. Les arbres ombrageaient les habitations entourées de buissons, d'arbustes, de fleurs. Granges et palissades étaient bien entretenues. J'aurais cru que les hamsters auraient laissé les choses se détériorer, en oubliant la maintenance, l'horticulture et autre, puisqu'ils étaient sur le point d'être évacués de cette planète. Je m'attendais à trouver des graffiti rageurs du style, « Humains, retournez chez vous ! » Et voilà qu'au contraire, je voyais bien que les hamsters pensaient rester ici encore quelque temps ; la toiture d'une grange était en cours de réfection par exemple. Les Ruhars étaient-ils donc incapables d'accepter l'idée qu'ils aient pu perdre leur territoire, ou bien savaient-ils quelque chose que la FENU ignorait ? Dans un cas comme dans l'autre, ç'allait être mon premier compte-rendu de situation au QG de la section.

Originaire de l'est du Kansas, Sanchez fit observer que le village, les champs et la campagne environnante lui rappelaient sa terre natale. À moi aussi, tout cela m'évoquait mon petit bourg natal. Les masures étaient soignées et bien tenues sans rien d'élaboré ou de fantaisiste, et chacune se dotait à l'arrière d'une grange ou d'un atelier. Chez moi, de telles propriétés auraient eu une enseigne proclamant les centaines de petits jobs complémentaires auxquels s'adonnaient les travailleurs ruraux du cru pour joindre les deux bouts. Du boulot réglo comme la vente d'œufs frais, les soudures à la demande, les petites réparations moteurs et mécaniques, les coupes de cheveux, le fendage de bois ou encore la garde d'enfants. Mon père était d'avis qu'on pouvait toujours combiner les tâches, genre débiter du bois en bûches et s'occuper de gamins. Là, il n'y avait plus d'enfants paressant çà et là avec leurs livres de coloriage ou leurs Lego, avec mon père pour les tancer : « Vous les mômes, vous feriez mieux d'avoir fini de couper et d'empiler proprement ces trois rangées de bois d'ici 17 heures, ou vous n'aurez pas de jus de fruits. Et pas question de venir pleurnicher si vous vous cognez la cheville avec le maillet, vous n'aurez qu'à sautiller à cloche-pied en attendant que ça se passe. C'est rien qu'une petite plaie superficielle. »

Bon. J'exagère peut-être un tantinet.

Sur la route, dans les champs, il y avait des véhicules d'aspect indéniablement alien, et pourtant, eux aussi me ramenaient à mes foyers. Chacun d'eux avait un garde-boue cabossé, ou un panneau de carrosserie de couleur différente. Des utilitaires, destinés aux travailleurs. Exactement mon milieu, mon genre de fréquentations. À ceci près qu'on parlait d'aliens, et d'aliens qui avaient attaqué la Terre sans raison. Sans aucune provocation de notre part. Maintenant que j'y repensais, j'espérais que nos deux hamvees n'avaient pas été réquisitionnés dans ce village-là. Ce serait plutôt gênant comme situation.

Un hamster vint à notre rencontre en gesticulant – des gestes que j'espérais amicaux de sa part, ou du moins dépourvus d'hostilité. Je pouvais déjà dire que c'était un mâle car un léger duvet lui couvrait tout le visage. Celui de la femelle de l'espèce était presque trop fin pour qu'on le discerne. En outre, les mâles avaient de plus grandes vibrisses.

Celui-là était en salopette chasuble, de type jean, avec des genouillères ; en somme, une tenue analogue à celle que revêtait mon père pour bricoler dans la maison. Il portait également une sorte de casquette en paille de base-ball à large bord et à logo. Notre hamster faisait-il donc partie d'une équipe sportive, ou s'agissait-il plutôt d'une entreprise de semences ou encore de la compagnie de construction de tracteurs qui fournissait les exploitants du coin ? J'ordonnai de faire halte, sortis du véhicule et recommandai à

Sanchez de ne pas bouger, en laissant le moteur tourner. J'avais mon fusil posé sur le siège et mon arme de poing. Hormis cela, j'étais désarmé. « Sympathie et adhésion, m'admonestai-je, sympathie et adhésion. » Voyons si on peut partir du bon pied, nous tous, sans animosité. Au besoin, je pourrais toujours me montrer plus dur par la suite. Mais un mauvais départ était, de base, difficile à rattraper. Sans oublier que de toute façon, nos Poulets aux nacelles toutes hérissées planaient bien en vue, prêts à l'action.

Mon zPhone étant déjà réglé en mode ruhar, je levai la main en disant simplement :

— Hello.

Mon interlocuteur me répondit via l'équivalent de son propre zPhone :

— Hello. Bienvenue à Teskor. Teskor est notre village.

Le lieu s'appelait donc « Teskor », ou en tout cas, c'est ce qu'on croyait entendre à la traduction. On n'avait pas pu déchiffrer la graphie ruhar, sur la carte. Je heurtai ma poitrine d'un geste éloquent :

— Je suis Joe Bishop.

Je laissai de côté mon grade, n'étant pas certain que le mot « sergent » dise grand-chose à ces aliens.

Le hamster hocha la tête.

— Je m'appelle Lester Cornhut.

Comme dans… Cahute de *maïs* ?

— Lester Cornhut ? répétai-je, surpris.

Je peux jurer devant Dieu que c'est bien ce que j'entendis dans mon oreillette. On nous avait dit que les noms propres n'étaient pas traduits, alors « Teskor » et « Lester Cornhut » étaient sortis phonétiquement tels qu'il venait de les prononcer, avec cette tessiture ruhar typique, légèrement aiguë.

— Oui, me répondit-il avec le sourire.

— Vient-il juste de dire qu'il s'appelle Lester Cornhut, ou bien Cornhole ? me demanda Baker sur le canal tactique.

Cornhole… Soit « épi de maïs ».

— Cornhut, confirmai-je avec le mode traduction sur pause. On entend le « t » à la fin.

Nous quatre rîmes de bon cœur, convenant volontiers que « Cornhut » était un excellent patronyme pour un fermier hamster. Je réactivai le traducteur.

— Vous êtes le chef de ce village, le leader de Teskor ?

— Pas de leader, pas de gouvernement ici. (Il désignait le village d'un geste ample, j'imagine qu'il voulait dire qu'un endroit si petit n'avait nul besoin d'une forme quelconque de gouvernement.) J'ai été choisi pour parlementer avec vous. Nous coopérerons conformément aux instructions de… (petit bourdonnement typique, comme chaque fois que mon traducteur ne comprenait pas quelque chose)… et nous espérons que votre séjour à Teskor sera agréable. C'est un endroit charmant.

Spécimen d'une espèce ennemie ou non, Lester, quant à lui, n'avait pas personnellement attaqué la Terre, qui sait, il n'avait peut-être même jamais entendu parler de notre planète natale. « Sympathie et adhésion », me rappelai-je vivement. S'ensuivit un bref échange, d'où il ressortait qu'il avait bien compris qu'à la date prescrite, le peuple de Teskor irait emprunter l'ascenseur spatial vers d'autres destinées, et que dans l'intervalle, nous allions réquisitionner une exploitation fermière aux abords de l'agglomération. Lester me dit que ses congénères avaient déjà nettoyé et préparé les lieux en vue de notre débarquement. Lorsque les Kristangs avaient reconquis cette planète, la famille habitant la ferme en question avait perdu un fils, et déménagé quelques mois plus tôt pour se rapprocher d'autres parents. On planta nos pancartes, on traversa le village de bout en bout puis on gagna notre poste de commandement (ou PC) de fortune. L'un dans l'autre, notre arrivée sur place eut quelque chose de terne, de décevant. Dès qu'on prit possession de nos locaux, je fis signe aux Poulets de repartir, et on entreprit de délester nos hamvees de leurs chargements. Je nous faisais l'effet d'enfants jouant au papa et à la maman. J'envoyai un message à Shauna, sans résultat. Elle n'avait peut-être pas encore atterri.

La nuit, impossible de trouver le sommeil tant mon premier commandement me gonflait à bloc – même s'il ne s'agissait jamais que de diriger une escouade expérimentée en mission de reconnaissance. En implantant notre poste de commandement, j'avais l'impression d'être un sergent, un leader pour de vrai. Je pris le premier tour de garde en laissant mes gars se reposer. Au petit matin, le sommeil me fuyant toujours, je relevai Baker afin qu'il puisse encore piquer un petit roupillon. Excité, moi ? Clairement, mais nerveux aussi. Si les hamsters tramaient du vilain, ils frapperaient dès la première nuit d'occupation, avant qu'on ait fini d'installer nos systèmes de surveillance et d'étendre nos champs de tir autour du PC. Pour assurer le guet, nous avions accolé une échelle au toit de la ferme, toit où je m'étais juché dès ce matin-là – et qui avait l'avantage d'offrir une excellente vue à trois cent soixante degrés. Revers de la médaille, le guetteur posté là s'exposait ô combien aux tirs d'éventuels tireurs d'élite. Nos zPhones comportaient une chouette fonction : si l'utilisateur du zPhone venait à mourir – arrêt cardiaque, donc –, le zPhone lançait une alerte générale. Or, tandis que j'étais là perché sur mon toit, exposé aux tirs mortels de nos adversaires, j'avais l'immense réconfort de savoir que si jamais la balle d'un sniper me fauchait, mon équipe, elle au moins, ne serait pas prise au dépourvu.

La FENU était d'avis que les EOI, les Équipes d'observation intégrées, surtout limitées à quatre tireurs et expédiées au milieu de nulle part, étaient une brillante idée. Bref, campé sur un toit ouvert à tous les vents, aux petites heures du jour, je n'étais pas certain pour ma part qu'on puisse être autre chose que des cibles faciles. Au petit jour donc, lorsque nos pensées rencontrent les ténèbres enveloppantes, je me demandai si la FENU, par hasard, n'espérait pas au fond une attaque des aliens, ce qui serait un merveilleux prétexte pour montrer aux Kristangs de quel bois les humains se chauffaient. Dieu sait si l'armée US m'avait assez expédié en patrouille au Niger – des patrouilles sans queue ni tête, visant apparemment à nous exposer aux engins explosifs improvisés (les fameux IED) et aux tirs des snipers. Ce n'était pas la Grande muette qui m'inspirait tant de défiance, mais plutôt les politiciens aux commandes. Sur notre Terre natale, les populations s'enthousiasmeraient bien davantage à suivre les nouvelles des combats menés par leurs héros qu'à entendre la FENU pérorer à propos de missions de surveillance de la garnison peu susceptibles de faire les manchettes. Or, les politiciens adoraient assurément faire les gros titres.

N'empêche, tout était paisible à Teskor. Si paisible, si tranquille, alors que je restais assis là sur le toit, aux aguets. Paisible et sombre. Sur une planète au peuplement si clairsemé, la pollution lumineuse n'était pas franchement galopante ; Teskor était donc plongé dans le noir la nuit, faute d'éclairages artificiels. À peine voyait-on, ici ou là, une chiche lueur isolée à l'avant ou à l'arrière des maisons. Je n'avais plus vu de nuit aussi noire depuis cette coupure générale d'électricité dans le Maine du Nord, d'où j'avais dû partir. La nuit, notre base au Camp Alpha avait été illuminée par des projecteurs, voilant le firmament de leurs éblouissements. Là, campé sur un des toits du hameau de Teskor, sur la planète alienne de Gehtanu, je voyais distinctement les cieux, les étoiles, la Voie lactée. Si loin de la Terre, les constellations étaient toutes « au mauvais endroit », mais bon sang, la Voie lactée déferlait au firmament dans toute sa gloire ! C'était envoûtant, au point que je devais me rappeler d'éviter de garder les yeux rivés dessus. Si je restais là-haut après tout, c'était bien pour monter le guet, pas pour contempler les étoiles. Mon regard vola en direction de l'horizon, et de la route partant du hameau (j'étais équipé de lunettes à visée infrarouge) ; tout était calme et dégagé. À l'est, le ciel se teintait d'un soupçon de rose, héraut de l'aurore ; les insectes recommençaient à striduler, à bourdonner… à faire ce que les insectes endémiques pouvaient faire sur cette planète. Au point du jour, les oiseaux sur Terre se remettraient à gazouiller, mais voilà, Paradis n'avait pas d'oiseaux. D'après notre guide, la biosphère ne verrait pas évoluer d'animaux volants autres que des insectes pendant encore quelques millions d'années. Et puisque la planète était maintenant occupée par des aliens, Paradis n'aurait sans doute jamais la chance de voir se développer ses propres volatiles.

En faction sur mon toit, je regardais s'éclaircir le ciel à l'orient, j'écoutais les faibles vrombissements des insectes tapis, et j'éprouvais le mal du pays. La Terre me manquait. En particulier, celle qui avait existé avant l'offensive des extraterrestres, avant que la fée électricité ne devienne le grand luxe, avant que des scintillements, dans les nuées, ne nous évoquent autre chose que des pluies de météores.

Avant le Jour de Christophe Colomb.

Tout en déjeunant, je reçus des messages de Pain de maïs et de Shauna. Lui me dit que notre vieille escouade faisait partie d'une force de réaction rapide basée à environ huit cents kilomètres au nord de Teskor ; il avait l'air tout excité, c'était une sacrée bonne affectation – bien meilleure, ajouta-t-il, moqueur, qu'une « mission » de baby-sitting de hamsters. Je devais bien en convenir. À la tête de l'équipe de tir, un gars originaire de la Caroline du Nord m'avait succédé et Pain de maïs me dit que le gus représentait déjà une immense amélioration par rapport à moi vu qu'il avait l'authentique accent du Sud au lieu de mon horrible voix traînante de l'Est ! De son côté, Shauna m'informa que son unité était affectée temporairement à une base de scénographie logistique, à plus de mille six cents kilomètres à l'est. Je lui écris trois messages, que j'effaçai dans la foulée, puis me contentai de lui envoyer une simple note. Selon toute vraisemblance, on ne se reverrait pas avant belle lurette de toute façon – *si* on se revoyait jamais. Je m'efforçai d'adopter un ton amical – sans me montrer trop familier, afin qu'elle ne se sente pas obligée de rester en contact avec moi, ce qui deviendrait juste gênant.

Au troisième jour de notre « patrouille », nous commencions à nous sentir franchement bêtes. Pour une patrouille, on sortait tout notre attirail de combat, oreillettes de zPhone, caméras et micros, lunettes teintées de sécurité, et on battait le pavé fusil au poing, en gardant un doigt réglementaire près du cran de sûreté ; jouant aux gros durs, on longeait les maisonnettes bien soignées et leurs granges attenantes, les champs bien tenus et l'école, jusqu'au bout du village, avant de rebrousser chemin et de revenir sur nos pas. Ce n'était pas si évident de se la péter ainsi devant les hamsters qui, assis sur leurs porches, sirotaient leur thé et nous saluaient au passage. Ou qui, travaillant aux champs, marquaient une pause à notre vue et nous gratifiaient d'un signe. Ou devant les enfants hamsters qui nous saluaient eux aussi tout excités à la vue de ces étranges nouveaux aliens. C'est-à-dire nous.

Histoire de montrer aux hamsters que notre escouade bénéficiait de solides appuis, une ou deux fois par jour cette première semaine, Aigles et Poulets décrivirent des vols circulaires à basse altitude avant de remettre le cap à l'ouest. Une démonstration visant tout autant à redonner confiance à mon unité. Mais rien que de voir les appareils disparaître à l'orient, ça n'avait pour effet que de nous rappeler combien nous étions isolés.

Le matin du septième jour fut le tournant de notre engagement à Teskor, après nos patrouilles nocturnes et matinales, et après le consciencieux envoi de mon rapport au chef de notre section : RAS. J'avais pris Sanchez avec moi pour aller inspecter une grange qui titillait ma curiosité. Non que je soupçonne de quelconques activités louches, je voulais juste voir à quoi ressemblait l'intérieur d'une grange hamster. Tandis que nous longions l'école, un groupe de gamins jouait au ballon dans la cour – un « ballon » aux franches allures de pelote de ruban adhésif… On savait pertinemment que les hamsters ne réceptionnaient pas d'objets luxueux en provenance d'outre-mondes. Les Kristangs, du haut de leur orbite, n'autorisaient que l'envoi de fournitures médicales de base. Hormis cela, tout ce qui avait trait aux Ruhars était censé faire le trajet inverse – de la surface de la planète à son orbite. Un aller simple. Les gamins, voyant leur ballon de foot se dégonfler, avaient sans doute tenté de le réparer à grand renfort de scotch.

La grange n'avait rien de spécial, elle était construite en poutres métalliques et à partir de ces sortes de feuilles en plastique extrudé dont les Ruhars faisaient grand cas. Je trouvais leur coloris externe, le rouge, plutôt intéressant ; entre espèces aliens, peindre les granges en rouge devait être un autre de ces concepts quasi universels. J'ai d'abord cru me trouver en présence d'un type de poulailler… jusqu'à ce que ma vision s'accoutume à la chiche lumière ambiante. Et c'est là que ça devint vraiment bizarre. Il y avait là un élevage d'animaux, alignés sur supports le long des côtés, et à en juger par les remugles, c'était bien un poulailler – ou une auge à cochons ? Le bizarre ? C'est que chaque animal, d'environ deux mètres de long et d'un de large reposait en berceaux ; en lieu et place d'une tête, des drôles de bêtes avaient un capuchon argenté relié à la paroi frontale par câbles et par tubes. Les plus éloignés étaient aussi plus petits… plus jeunes ? Mais le plus étrange ? Le silence… Pas de caquètements de poulets, pas de grognements de cochons… rien que les vrombissements des ventilateurs et des électropompes. Et voilà que, du fond de la grange, me rejoignait en trottinant mon tout nouveau pote avec un signe amical.

— Salut, Joseph Bishop !

— Salut, Lester Cornhut !

Je dus prononcer son nom correctement car il sourit en me gratifiant d'une petite révérence.

— Quel est cet endroit ? lui demandai-je. Et… euh… ces étranges animaux, c'est quoi au juste ?

— Des animaux ? Mais ce n'en sont pas ! Les Ruhars ne mangent pas d'animaux, depuis bien longtemps ! (Lester marqua une pause, tant il pesait soigneusement ses mots.) On considérait cela comme… barbare.

Dit-il avec un sourire d'excuse. L'équivalent ruhar de « barbare » était-il donc pire que sa traduction dans mon oreillette ?

Derrière moi, Sanchez mit son grain de sel :

— Désolé, mais pour moi, ce sont bel et bien des animaux. Des animaux en mouvement, hein…

Mister Cornhut s'approcha d'un de ces « animaux », quoi que ça puisse être, et lui flanqua un petit coup. En pure perte. Car la « chose » continua juste à se dandiner d'une patte sur l'autre.

— Ces sources alimentaires… (ce qui se traduisait mal, vraisemblablement)… n'ont pas de cervelle et un système nerveux des plus limités. Leurs corps ne sont pratiquement constitués que de viandes comestibles, génétiquement conçus à cette fin. (Il désigna le capuchon argenté et ses câbles.) Un ordinateur central remplit la fonction de leur système nerveux. Voilà pourquoi ils se meuvent selon un programme prédéterminé, afin de stimuler leur développement musculaire.

— Nom d'un chien… c'est cool ! (Sanchez était impressionné.) Ils cultivent la viande, et non l'animal entier.

Impressionné ? Effrayé ? Comment dire… Ces « choses »-là étaient littéralement décérébrées… Autant vouloir élever un steak plutôt que la vache. Voilà qui était parfaitement logique, efficace, et pourtant, ça me troublait toujours. Je n'étais donc pas prêt pour ce futur-là ?

Dès notre retour à la base, je demandai à Baker de fouiller dans nos réserves en quête d'un ballon de foot. Il me semblait en avoir vu un dans les services loisirs et culture de notre section avant qu'on ne nous expédie dans les bas-fonds de Neptune.

Ballon sous le bras, je me fis une joie de le lancer aux mômes dans leur cour de récré. D'abord effrayés, ils prirent prudemment leurs distances. Mais quand on rebroussa chemin, je vis bien qu'ils l'avaient adopté – ils nous saluèrent même au passage.

Ce soir-là, Lester Cornhut revint nous rendre visite, en demandant après moi.

— Montrez à Bishahp…

Ainsi prononçait-il mon nom, ce qui était sans doute plus proche de mon vrai nom que « Lester Cornhut » du sien. Car au fond, quelles sont les possibilités ? Par le truchement du traducteur, il avait peut-être bien demandé si j'étais « *l'exhibant Bishahp* » qui avait capturé un soldat ruhar lors de « l'action militaire » menée sur Terre, « Terre » qu'il prononçait « *Urt* ».

J'acquiesçai.

— Oui.

Il sourit en mettant son traducteur sur « pause » et en dodelinant du chef – avant de secouer la tête.

— Merci ! Non…

— Oui… Non…

Je hochai de nouveau la tête moi aussi, la secouai puis recommençai à dire « oui ».

Il reprit les mêmes gestes que moi pour signifier « oui » et « non ».

Ce fut là notre toute première et authentique communication interespèces. Si nous ne nous trouvions pas sur Paradis uniquement en raison de l'offensive des hamsters, j'en aurais été tout remué.

Pour en revenir à nos moutons, mon interlocuteur m'apprit que le gouverneur régional serait en visite deux jours plus tard à Teskor, et que cette dame désirait faire ma rencontre autour d'une tasse de thé. Mais… sérieusement ? Prendre le thé un après-midi avec l'ennemi ? Allions-nous donc nous partager de mini-sandwichs au concombre, des scones, de petites crêpes ? Ou quoi que puissent être des muffins ici, bon Dieu ? Pour un Ruhar, Lester était un gars bien, c'était un simple fermier sans rapport aucun avec l'attaque menée contre la Terre. Si du moins il eût jamais entendu parler d'une planète appelée « Terre » avant l'arrivée des humains sur Paradis. Il n'empêche qu'un gouverneur régional avait forcément fait partie du gouvernement ruhar ayant décidé de l'offensive contre la Terre, avec des pertes humaines à la clé. Du coup, j'avais bien envie de dire à Lester où sa chienne de gouverneur pouvait se carrer son carton d'invitation… là où le soleil ne brille pas, comme on dit. En précisant que je n'étais pas pour lui une quelconque attraction de foire à faire valoir comme bon lui semblait. *Approchez donc, m'ssieurs dames, voyez l'humain qui a capturé un soldat ruhar ! Promis, il ne mord pas ! Cinq dollars seulement, avec un petit souvenir en bonus !*

« Sympathie et adhésion, me rappelai-je, sympathie et adhésion. » Si la division G2 voulait glaner des renseignements, un gouverneur régional mâle ou femelle en saurait forcément plus sur la situation de Paradis que mon pote Lester. Sûr et certain.

— Je serais honoré de faire la connaissance de votre gouverneur, répondis-je.

Pourvu que mon sourire forcé ne se « traduise » pas par du sarcasme pur et simple.

— Vous avez apporté du thé ? Pour vous ? Nous avons de l'eau chaude, mais je ne crois pas que vous buviez notre thé, si ? s'étonna Lester.

Oh, manquait plus que ça ! Parce qu'ils s'imaginaient vraiment que j'allais siroter du thé avec eux ? Mais bordel, l'un de nos paquetages de victuailles devait bien avoir un sachet de thé, et l'apporter avec moi n'entraînait pas forcément que j'allais câliner ces maudits Ruhars, les embrasser affectueusement et pousser la chansonnette en chœur avec eux en leur tenant la paluche, sans blague !

CHAPITRE CINQ

DEUX OU TROIS jours plus tard, Lester Cornhut m'intercepta lors d'une patrouille matinale pour m'informer, tout excité, que le gouverneur régional se présenterait chez lui à 16 heures très précises ; il se tapotait le poignet comme s'il portait une montre – et pourrais-je, il me priait, venir en son humble demeure ? Il arrivait parfois que notre traducteur déraille, car je suis sûr et certain qu'il n'avait pas parlé « d'humble demeure » en ruhar. J'étais tenté, je l'avoue, de laisser nos hamsters poireauter, mais voilà, ma mère m'avait inculqué les bases de la courtoisie, et la gens militaire m'avait enfoncé dans le crâne l'impérieuse nécessité d'être à l'heure en tout et pour tout. À 16 heures pétantes heure locale donc, je me présentai à la résidence Cornhut afin de voir le gouverneur régional, Lester, son épouse et leur progéniture. Baker faisait le pied de grue dehors, Sanchez et Chez étaient au PC, au cas où. Le QG avait donné le feu vert à ma visite, et l'avait même encouragée. En la circonstance, j'avais laissé au PC mes fusil, casque, armure corporelle et lunettes de sécurité. Je n'avais gardé sur moi que mon zPhone et mon arme de poing. Car sans cette dernière, je me sentais complètement nu. Et elle servait aussi à rappeler aux hamsters (comme à moi-même) que la FENU était une armée d'occupation. Emphase sur « armée ».

Oh, et j'avais aussi apporté un sachet de thé. Et de sucre, au besoin aussi. Lester me réserva un accueil enthousiaste ; j'imagine que le gouverneur régional ne devait pas souvent se commettre à visiter un hameau de péquenauds comme Teskor, que les tornades traversaient vraisemblablement plus souvent que ces messieurs-dames les gouverneurs.

Trois Cornhut seulement dans la famille : Lester, son épouse et leur fils, que j'avais déjà croisé à l'école.

— Merci pour le ballon, me dit le fiston en anglais – ou ce qui en avait tout l'air en tout cas.

Dûment impressionné par les efforts du petit bonhomme poilu pour mémoriser ces mots, je le remerciai d'une petite révérence. Il sourit, puis son père le fit déguerpir avant de verser de l'eau chaude dans deux tasses, sur une sorte de table basse installée devant le divan. À son tour, il se fendit d'une profonde révérence et quitta les lieux, me laissant seul avec le gouverneur régional. Un gouverneur ne se distinguant guère des autres Ruhars femelles, même si, de toute évidence, elle n'avait rien d'une agricultrice. Elle portait un chemisier et une jupe longue taillée dans un tissu rappelant de la soie. Elle arborait un collier et des boucles d'oreille d'une folle élégance, d'aspect luxueux – moi qui n'y connais pourtant rien en joaillerie. Elle trônait sur un divan d'un vert soutenu orné d'un jeté fleuri, et j'avais pris place dans un siège au bout de la table de salon. Pas question que je m'asseye sur ce satané divan à côté d'elle ! Sans geste brusque aucun, elle préleva d'une boîte ouverte des feuilles de thé qu'elle versa dans un filtre ovale percé de trous relié à une chaînette, qu'elle immergea en douceur. Ma grand-mère possédait un dispositif quasi analogue, de quelque nom que vous l'affubliez.

— Je suis le sergent Bishop.

Je mis à infuser mon sachet de thé. En un geste bien moins élégant que le sien, ce qui ne manquait pas de m'agacer, pour une raison ou une autre. Au fond, je savais bien que ses gestes très étudiés n'avaient qu'un but : lui laisser tout loisir de m'étudier.

Et ça paraissait l'amuser.

— Je suis le gouverneur régional de Lesscorta, Bahturnah Lohgellia. (Elle fit une pause, le temps que mon traducteur fasse son office.) Vos congénères qui occupent ma ville natale m'appellent… (nouvelle pause)… bourgmestre. (Elle avait les prunelles pétillantes, s'attendant à ce que je m'en amuse, moi aussi.) « Bourgmestre » doit être plus facile à prononcer que mon nom, je me trompe ?

Eh bien oui… ça m'amusait.

— Merci !

Les troupes d'occupation de sa ville, quelles qu'elles soient, avaient dû être basées en Allemagne à un moment ou à un autre. Car en Allemagne, le bourgmestre est l'édile d'un bourg, l'équivalent du maire. C'est du moins ce que je crois savoir ; le plus près que je me sois trouvé de ce pays, c'est quand j'étais à bord d'un transporteur en plein ravitaillement, sur la piste de roulement du terrain d'aviation à Rhine-Main.

La bourgmestre me fit signe d'enlever mon oreillette et mon micro. Je lui désignai ma bouche, puis mon oreille.

— J'en ai besoin pour qu'on puisse parler ensemble.

À ma grande surprise, elle me répondit en anglais, en pesant ses mots, de sa voix aiguë caractéristique :

— Sergent Joe Bishop, je vous en prie, laissez cela dehors. Vous pouvez utiliser ceci… (Elle me tendait une sorte de zPhone, l'équivalent kristang, mais en plus petit, doté de ses propres micro et écouteur.) Je vais vous expliquer…

Elle parlait lentement, comme si elle n'avait mémorisé que quelques phrases dans ma langue, qu'elle trouvait difficiles à prononcer.

J'hésitai, avant de hocher la tête. En service commandé, le règlement militaire prohibait de se défaire de son zPhone. Mais c'était là l'opportunité de mettre la main sur de la technologie ruhar, et peut-être d'obtenir des informations à propos des hamsters – raison d'être même des Équipes d'observation intégrées de la FENU. Je sortis remettre mon zPhone à Baker et revins me munir de l'appareil ruhar.

— Merci, me dit la bourgmestre dans mon langage avant d'activer sa propre oreillette pour repasser sur son traducteur. Ça va ?

Même la version informatique de son timbre de voix avait quelque chose de grinçant.

Je baissai les yeux sur le petit écran d'interface, m'attendant à ce que la machine me demande de lire quelques passages de texte afin d'intégrer mes structures vocales idiosyncratiques, mais s'y affichait simplement « Prêt » en gras et en rouge. Ce qui me fit douter.

— Comment ce dispositif sait-il comment je parle ?

La bourgmestre sourit.

— Votre façon de parler a déjà été enregistrée, analysée, traduite et programmée dans l'appareil que vous tenez en main. Nous ne tenions pas à vous faire perdre votre temps à le configurer maintenant, alors que nous avons beaucoup à nous dire.

Ainsi donc, on m'espionnait… Voilà qui était assurément de bonne guerre, après tout. Nos ennemis aussi désiraient se renseigner sur nous.

— Pourquoi est-ce que je n'utiliserais pas mon propre… (j'allais dire « zPhone », mais j'imagine que ça se traduisait mal en ruhar)… euh, ma propre radio tactique ?

De nouveau, elle eut un sourire amical – mais du genre « j'en sais plus que toi, mon coco ». Plutôt agaçant. Elle désigna alors mon arme de poing :

— Les Kristangs ne vous ont pas fourni d'armements sophistiqués. Qu'ils vous fournissent en revanche des systèmes de communications perfectionnés qu'utilisent maintenant tous les humains sur cette planète, ça ne vous intrigue pas ? Vous ne vous demandez pas pourquoi ?

Voilà qui me donnait à réfléchir.

— Euh… (Par l'enfer, je n'étais pas un expert en communications !) Probablement, euh… tous les pays sur Terre recourent à différents équipements informatiques et modes de radiodiffusion, et puisque nous ne disposons pas ici de nos propres satellites de communication… (je lançai un coup d'œil au plafond) la seule façon qu'il nous reste pour dialoguer ensemble, c'est au moyen de radios ordinaires.

À la réflexion, ça me paraissait sensé, même si je n'y avais guère pensé jusqu'à cet instant.

Loin de sourire cette fois, la bourgmestre secoua la tête. Ça me semblait d'ailleurs fascinant qu'entre deux espèces extraterrestres, le langage corporel puisse paraître universel. Pas besoin de traducteur pour ça.

— C'est peut-être un prétexte commode. La vraie raison, c'est que toutes vos communications transitent par un réseau kristang. Ils surveillent vos propos, ils font des captures des transmissions de l'ensemble de vos données, ils épient le moindre de vos mouvements, où que ce soit sur cette planète. À tout moment, ils peuvent également couper toutes vos communications. Sergent Bishop, quand vous repartirez d'ici, vous aurez certainement à rendre compte de notre conversation à vos services secrets de l'armée. Je vous suggère de le faire de vive voix, et non par radio. À moins que vous ne teniez à en informer aussi les lézards dans les plus petits détails.

Elle devait dire vrai, j'imagine. Nous utilisions les équipements kristangs de communication, à l'exclusion de tout autre. Mais… et pourquoi pas ? C'était gratuit, ça fonctionnait du tonnerre et cela nous épargnait la peine non seulement d'installer des tours hertziennes aux quatre coins de la planète, mais aussi de tenter de dialoguer entre nos radios américaines et les radios chinoises et indiennes. Sans compter que les Kristangs étaient nos alliés.

— Vous avez peut-être raison. Et après ? Les Kristangs sont nos alliés.

Un nouveau sourire irritant étira ses lèvres.

— Vos alliés ? Les alliances se nouent d'égal à égal. Les Kristangs sont vos *patrons*, et vous, leur espèce *cliente*, assujettie. En somme, vous êtes leurs esclaves.

— Et vous, vous êtes nos ennemis !

Ç'avait été plus fort que moi, j'avais parlé sans réfléchir. Ma mère n'aurait pas été contente. J'étais convié chez des hamsters, j'étais là à boire le thé en leur compagnie, et voilà que je leur manquais d'égards.

— Nous ne souhaitons nullement être vos ennemis. (Elle leva une main dissuasive.) Je vous en prie, laissez-moi parler. Je comprends que vous puissiez être en colère, mais il y a beaucoup de choses que vous devez savoir, beaucoup de choses que les Kristangs ont passées sous silence, ou sur lesquelles ils vous ont menti. Mon peuple connaissait votre espèce depuis plus d'un millier de vos années. Nos sondes longue portée avaient découvert votre existence, et placé en orbite des satellites furtifs d'observation. Dites-moi, ne vous êtes-vous jamais demandé pourquoi, dans la mesure où cette guerre faisait rage depuis des millénaires, votre planète n'avait pas été attaquée depuis longtemps déjà ?

J'en restai quelque peu bouche bée. Bon sang, elle avait raison ! C'était ce qui me turlupinait, sérieusement, et je n'étais pas le seul à me poser cette question. Pourquoi avoir tellement attendu pour lancer une offensive contre la Terre, maintenant que nous avions le nucléaire ? Pourquoi ne pas être passé à l'action bien avant cela, quand nous autres humains vivions encore au fond de cavernes en pensant que le feu était le summum de la technologie ? Ça n'avait aucun sens ! Les Ruhars n'étaient pas stupides. Alors… ? Pourquoi ? Si l'état-major de la Force expéditionnaire des Nations unies le savait, on ne m'en avait rien dit.

La nécessité de recourir à un traducteur obligeant mon interlocutrice à parler très lentement, je vais résumer ici ses propos. La raison pour laquelle la Terre n'avait jusque-là pas essuyé d'offensive venue de l'espace était simple : jusqu'à récemment, notre planète s'était trouvée hors de portée de vol pratique pour les deux camps adverses. Il était toujours possible que des vaisseaux interstellaires au long cours, perfectionnés, atteignent notre zone « bas de gamme » du bras d'Orion, mais c'est que ça n'en valait tout simplement pas la peine ni la dépense. Pour une raison que même les Maxolhx et les Rindhalu ne s'expliquaient pas, de temps à autre, les vortex se décalaient. De façon aléatoire, ou en cascade par tout un quadrant de la galaxie. De tels déplacements pouvaient survenir en deux ou trois décennies, ou prendre des centaines, voire des milliers d'années. Soit un vortex A, habituellement relié à un vortex B ; on le retrouvait soudain connecté à un vortex C, et le B se transférait au D. Ou alors un vortex s'effondrait brutalement, un autre dont on découvrait soudain l'existence s'activait sans crier gare. Une planète à la position tactique notable pouvait se retrouver aussi sur une « voie de garage » à la suite d'un décalage imprévisible de vortex. Ou bien encore une planète trop éloignée d'un trou de ver pour qu'on s'y intéresse était soudain propulsée base d'étape stratégique que se disputaient les belligérants. Or, c'était précisément ce qui était arrivé à notre monde la Terre. Nous étions là, à vivre joyeusement dans notre coin isolé de « l'arrière-pays » galactique, loin de tout vortex, à l'extrême périphérie du territoire ruhar. Au point que les Ruhars n'avaient pas jugé utile d'entreprendre un si long voyage à destination de la Terre. Puis il y eut un de ces fameux décalages, et un trou de ver en latence revint soudainement à la vie. À une extrémité : la Terre, à l'autre : le territoire kristang. Un vortex assez proche de la Terre, brusquement, pour qu'un transporteur stellaire thuranien couvre le trajet en une petite semaine. Et voilà qui, du jour au lendemain, faisait de notre globe terrestre un bon endroit pour que les Kristangs prennent (nouvellement) pied en territoire ruhar. Avant ce déplacement de vortex, la Terre se trouvait bien trop éloignée pour que les Ruhars y envisagent une campagne militaire, et elle était hors d'atteinte des Kristangs.

J'avais un peu de mal à digérer tout ça.

— Une petite minute… Vous avez attaqué la Terre. Si nous sommes trop loin pour justifier une campagne militaire, pourquoi vous être donné tant de mal ? Cela a dû exiger de votre part d'énormes efforts.

Je repensais à la logistique complexe de notre occupation de la planète Paradis, alors que nous bénéficiions d'un vortex pour acheminer jusqu'ici notre approvisionnement. Si les Ruhars avaient dû « se trimballer à pied » tout du long, comme aurait dit mon grand-père, comment diable y étaient-ils arrivés ? Et pourquoi donc attaquer une planète, si on n'avait pas les moyens de s'y implanter ? Ce n'est pas comme si nous représentions une quelconque menace à leurs yeux !

La bourgmestre hocha la tête. Elle s'était manifestement attendue à cette question.

— Je ne suis pas certaine que votre traducteur intègre mes paroles fidèlement et précisément, alors dites-moi surtout si quelque chose vous échappe. Quand nous nous sommes rendu compte que ce décalage de vortex avait ouvert la voie aux Kristangs, on a décidé que l'urgence était d'agir, et nos patrons, les Jeraptha, armèrent les vaisseaux à long cours. Une fois qu'on tînt pour acquis que les Kristangs avaient toutes les intentions d'occuper votre monde, on a détérioré vos infrastructures industrielles, afin de rendre moins intéressante aux yeux des Kristangs votre planète en tant que base d'étape. Il s'agissait d'un raid éclair mené par une minuscule flottille ; à pareille distance, on ne pouvait pas lancer d'attaque en règle. Atteindre la Terre avait pris pas moins de cinq mois à nos spationefs, et le retour tout autant.

Mais quel ramassis de conneries ! Et je ne me fis pas attendre pour lui répondre :

— Alors vous vous êtes pointés en même temps que les Kristangs, c'est ça ? Ben voyons !

Je réalisai soudain que « ben voyons » pouvait se traduire par « exact », « vous avez raison »… On nous avait pourtant bien recommandé d'employer des termes et tournures de phrases simples en nous adressant aux Ruhars, vu que les idiomes, l'argot, les discours chargés d'émotions genre saillies goguenardes, risquaient fort de ne pas transcender les barrières linguistiques des interprétations interespèces. Encore que, si je me basais sur mes interactions avec les Ruhars, le langage corporel demeurait universel, au moins entre espèces bipèdes.

— Ce que je voulais dire, c'est que… je doute que ce que vous venez de dire soit exact.

— Nous ne sommes pas arrivés en même temps que les Kristangs… (Son sourire se teintait-il d'une légère pointe de condescendance ?) Nos vaisseaux gardaient le vortex sous surveillance, au cas où les Thuraniens y enverraient une force armée d'intervention. On n'était pas sans savoir qu'ils sondaient la zone, mais on n'était pas absolument sûrs et certains de leurs intentions. Près d'un nouveau trou de ver, la Terre n'est pas la seule et unique planète habitable. Après la traversée du vortex par l'armée d'invasion, on attendit trois semaines que les navires thuraniens se regroupent et complètent leur trajet. Quand on se rendit compte que votre astre était en fait leur cible, nos croiseurs lourds les affrontèrent pendant que nos forces de frappe procédaient à des tirs stratégiques visant la Terre. On évitait de cibler les mégalopoles, notre but n'étant pas de faire des victimes dans vos populations civiles ; il consistait bien plutôt à amenuiser vos capacités industrielles afin que les Kristangs n'aient pas la partie trop facile en cherchant à jeter une tête de pont à la périphérie de notre territoire.

Voilà qui m'échauffait les oreilles !

— Vous avez fait beaucoup de victimes chez nous, les humains !

— En tant que soldat, l'expression « dommages collatéraux » vous est familière, je me trompe ? (Elle attendit que j'acquiesce – en un de ces gestes caractéristiques du langage corporel universel.) Nos cibles étaient les centrales électriques, les usines produisant certains types d'équipements, et les complexes industriels créant certains autres types de matériaux comme les métaux. Toutes infrastructures susceptibles de tomber aux mains des Kristangs, qui se seraient empressés d'en tirer profit. Quand nous avons attaqué vos centrales à fission nucléaire… (j'imagine qu'elle voulait parler de puissance nucléaire), nous avons ciblé les centres de distribution électrique proches des réacteurs en prenant garde de ne surtout pas atteindre la pile atomique. Nous ne souhaitions en aucun cas contaminer votre planète en entraînant des morts et des souffrances inutiles. Ces soldats ruhars contraints d'atterrir en catastrophe dans votre village natal étaient en chemin pour détruire le centre de distribution électrique d'une centrale à fission nucléaire au Connecticut… On ne pouvait risquer une frappe depuis notre orbite, même à coups de missiles intelligents.

Voilà qui me donnait de nouveau du grain à moudre. Elle disait vrai à propos des attaques dirigées contre les centrales nucléaires, vu qu'aucun de nos réacteurs terriens n'avait été touché.

— Vous ne vouliez pas contaminer une planète que vous cherchiez à occuper ! (J'agitai une main rageuse pour lui intimer le silence alors qu'elle s'apprêtait à riposter.) Non, j'en ai ma claque de vos mensonges !

Je reposai brutalement ma tasse de thé sur la table, me relevai et me fendis d'une révérence guindée.

— Je vous remercie, madame.

En ressortant, je vis un groupe d'écoliers jouer avec le ballon que j'avais apporté. Étais-je plus en colère contre les hamsters qui tentaient de justifier leur attaque de la Terre, ou contre moi-même qui me laissais amadouer par l'ennemi ? L'un des gamins me fit signe ; je l'ignorai. Ce dont j'eus honte par la suite. Aliens ou non, ce n'étaient jamais que des enfants. Eux n'avaient pas attaqué notre planète. J'avais juste eu besoin de me défouler sur quelqu'un.

Une semaine durant, je restai furax. En pétard de l'avoir laissée me manipuler, qu'elle ait cherché à m'utiliser pour passer de faux renseignements à mes supérieurs, et semer le trouble dans nos rangs, mener une campagne psychologique contre nous. Ça ne fonctionnerait pas. Mais lorsque je finis par m'en ouvrir à un officier, lors d'une des visites du lieutenant Charles, je lui en parlai face à face, de vive voix, en faisant mine de lui subtiliser son zPhone. À ma grande surprise, il acquiesça silencieusement et laissa son zPhone à l'extérieur de la tente.

— De quoi s'agit-il, sergent ?

— Monsieur, ce gouverneur régional m'a livré des renseignements sur le fonctionnement des trous de ver. C'est peut-être n'importe quoi, mais je me suis dit que je devrais tout de même le transmettre à ma hiérarchie. Et elle m'a dit que je ne devrais pas en parler en présence d'un zPhone, au cas où les Kristangs seraient à l'écoute.

Il hocha la tête.

— Notre commandement s'en préoccupe, figurez-vous. Sur Paradis, nos alliés contrôlent toutes nos communications. Et nos transports. Et nos approvisionnements en victuailles. Et tout le reste. Bon alors… que pouvez-vous me dire à propos des vortex ?

Je lui fis un rapport aussi fidèle que possible, sur la base de mes récents souvenirs. De nouveau, il acquiesça.

— Vous avez raison, c'est probablement des conneries. N'empêche que je ferai remonter tout ça à notre QG.

Lester Cornhut m'indiquait que la bourgmestre demandait à nouveau à s'entretenir avec moi, se montrant insistant sinon suppliant. Je me sentais désolé pour lui, mais ma colère ne tarissait pas. Plus question de me laisser manipuler par une sale fouine… de hamster… À en croire Lester Cornhut, le gouverneur régional avait fait le trajet jusqu'à Teskor rien que pour s'entretenir avec moi. Ou – au choix – me souffler dans les bronches… Je lui répondis merci, mais non merci. Et il eut l'air peiné.

Trois jours plus tard, au poste de commandement, des hamvees surgirent dans un nuage de poussière. J'étais dans notre cour de baseball à jouer avec Baker, et on s'empressa d'enfiler nos chemises en deux temps trois mouvements. Un officier sauta hors du hamvee de tête, flanqué de ses gardes du corps.

— Sergent Bishop ?

Au garde-à-vous, je saluai. Elle m'évoquait vaguement un officier de la brigade du renseignement, dont je n'avais eu que des photos.

— Oui, madame.

— Je suis le major Perkins. J'ai à vous parler, à l'intérieur.

Elle me fit le signe désormais familier de retirer notre zPhone. Et, à l'intérieur, je me réjouis qu'on ait quelque peu rendu les lieux plus reluisants le matin même, tant on s'était montrés laxistes sur la régulation de nos déchets au milieu de nulle part.

— Bishop, vos renseignements à propos des trous de ver ont provoqué un bordel pas possible au QG de la FENU. Un type a répété aux Kristangs cette histoire de décalage de vortex et ils ont pété les plombs ! Ils exigeaient de savoir d'où on pouvait bien tenir ces mensonges éhontés, et niaient tout en bloc. Traduction : tout cela est vrai. Et ces lézards de malheur n'ont pas cessé de nous mentir.

C'était bien la première fois que j'entendais un officier supérieur s'exprimer en ces termes contre nos supposés alliés, ce qui ne manqua pas de me surprendre.

— Vous le tenez d'une Ruhar ? Je tiens à la rencontrer !

— Hum… c'est compliqué. Elle ne vit pas ici, au village, ce serait plutôt un gouverneur régional, voyez. Elle revient par ici une fois par semaine, et nous nous sommes vus chez ses amis, pour boire une tasse de thé. (Mais quel sombre idiot je faisais ! Boire le thé avec l'ennemi ?) C'est un truc de hamster, voyez-vous… Dès qu'ils se retrouvent, ils boivent le thé.

— OK. Alors, quand revient-elle ?

— Après-demain, je suppose. Mais j'avais dit à son ami ici que je ne tenais pas à lui reparler. Je pourrais l'informer que j'ai changé d'avis ?

— Putain, Bishop, ça ne fonctionnera pas ! J'ai besoin de la voir ! Vous n'avez pas idée des questions qu'on a à lui poser ! La FENU voudrait lui parler de tant de choses !

— Je ne lui ai pas posé de questions. Elle parle, j'écoute. De ce qui lui chante. Je me disais qu'elle se foutait de moi, qu'un hamster comme elle cherchait à saper le moral des troupes. (Eh merde alors… la bourgmestre ne m'avait pas mené en bateau, alors ?) Voulez-vous entendre tout ce qu'elle m'a dit ?

— Euh… Ouais !

Elle sortit de son paquetage une tablette et un micro.

— C'est grâce à tout cela que j'enregistrerai ce que vous direz. Et pas avec un zPhone. Pigé ?

— Oui, madame. Cinq sur cinq.

Surtout depuis que la bourgmestre m'avait bien recommandé de ne surtout pas me fier aux équipements de communication fournis par les Kristangs. Perkins posa la tablette sur une table, brancha le micro et lança un regard circulaire à notre petit poste de commandement. Une sacrée bonne chose qu'on y ait remis de l'ordre et qu'on ait surtout nettoyé à fond au lieu de nous contenter de balayer la poussière sous le proverbial tapis. On avait même déplacé les meubles et recouru à une lustreuse à plancher que les hamsters avaient remisée au placard. La cireuse avait fonctionné du feu de Dieu au bout d'une heure passée à nous familiariser avec. La faute aux hamsters qui ne nous avaient pas laissé d'instructions utiles. Le major Perkins signifia son assentiment d'un hochement de tête approbateur.

— Ça vous convient ici, sergent ? C'est un peu isolé, ces Équipes d'observation intégrées.

— Mais oui, ça me plaît, madame. Je suis un sergent fraîchement émoulu, alors, me retrouver ici sans sous-lieutenant pour surveiller mes arrières, je l'avoue, ça me va bien.

Il me revint soudain que notre major Perkins avait, elle aussi, été naguère sous-lieutenant.

— Euh… je ne voulais pas…

— Pas de souci, sergent ! rit-elle. Quand j'étais sous-lieutenant, je devais être le plus débile de l'Histoire de l'armée des États-Unis, et ce n'est pas peu dire ! À l'époque, je ne mesurais pas la gravité des faits… Cet endroit peut toujours être les bas-fonds de Neptune, profitez-en tant que vous le pouvez ! Combien d'escouades d'intervention adoreraient être à votre place… Or, si vos renseignements sont aussi fiables que la FENU affecte de le croire, vous avez fait du sacré bon boulot. Mais commençons !

Elle sélectionna sur sa tablette une application d'enregistrement vocal.

Deux jours plus tard, le major Perkins fut de retour – contrairement à la bourgmestre. Le plus clair de la journée, on restait assis à ronger notre frein ; un gamin hamster à vélo électrique arriva enfin en me demandant, porteur d'un message : la bourgmestre, très occupée, aimerait me revoir le lendemain. Me revoir moi, et personne d'autre. Si elle n'était guère ravie, Perkins me fournit néanmoins une liste de questions à mémoriser.

Voilà qui lançait ma courte carrière d'officier de renseignement. La liste d'interrogations de la FENU n'avait rien donné. Selon toute apparence, la bourgmestre avait un plan dont elle désirait m'entretenir à chacune de nos rencontres, et elle s'en tenait à ses projets. J'étais censé la revoir deux fois par jour, et le major Perkins me reverrait le lendemain pour un débriefing parfois avec un capitaine de la division du QG. Je me faisais l'effet d'un lycéen attendant ses notes mais… qu'y pouvais-je ?

Lors de notre quatrième entrevue, après la cérémonie du thé, je posai une question à la bourgmestre :

— Pourquoi moi ? Pourquoi ne vous adressez-vous pas plutôt à un officier des services secrets de l'une ou l'autre de nos forces armées ? Si vous ne tenez pas à avoir affaire à des Américains, qu'est-ce qui vous empêche de parler à des Britanniques, des Français, des Indiens ou encore des Chinois ?

La bourgmestre eut une mine aigrie.

— Je ne souhaite pas être soumise à un quelconque interrogatoire. Mon intention est de fournir des informations, de corriger les mensonges dont les Kristangs vous ont abreuvés, et d'expliquer ce qu'ils se sont bien gardés de vous faire connaître. Je refuse de communiquer avec qui que ce soit d'autre que vous.

— Vous n'avez pas répondu à ma question. Pourquoi *moi* ? Je ne suis jamais qu'un sergent subalterne. Ce village est suffisamment loin de votre lieu de résidence. Alors, pourquoi ne pas en parler à quelqu'un de la région ?

Là encore, j'avais la nette sensation qu'elle était parée à toutes les questions que je pourrais lui opposer. Un bien rusé hamster, sans nul doute. De nouveau, elle me fit un beau sourire – sincère ? Pas sincère ? Du genre, bien rodé, des politiciens chevronnés ?

— Si je suis d'abord venue là, Joe Bishop, c'est que je désirais faire votre connaissance, vous qu'on surnomme parfois « Barney ».

Elle inclina la tête, en une autre de ces mimiques corporelles typiques des bipèdes dans tout l'univers. Nom d'un chien, elle avait de sacrées bonnes sources d'infos !

— Je me demandais quel genre d'humain pouvait blesser un soldat ruhar, et en capturer un autre.

— J'ai eu de l'aide.

— De l'aide de civils et, d'après les rapports, vous ne disposiez pas d'armes militaires.

— Les rapports ne sont pas toujours d'une folle exactitude, vous savez.

Je ne tenais pas à lui donner plus d'informations que ça sur les tactiques auxquelles j'avais pu recourir, ou tout autre renseignement susceptible de servir la cause ennemie. Selon toute apparence, elle était là pour m'apporter des lumières, et non pour m'écouter.

— Ces rapports sont ce qu'ils sont. Ils ont le don d'exister. Une autre raison pour laquelle je m'entretiens aujourd'hui avec vous découle d'un compte-rendu du soldat ruhar que vous aviez fait prisonnier.

Cette fois, je ne pus dissimuler ma surprise.

Elle sourit de plus belle.

— Vous l'ignoriez ? Il a été libéré, en échange d'un soldat kristang que nous avions capturé de notre côté. Notre rescapé a expliqué qu'il avait été fait prisonnier par des civils humains – ce dont un soldat se vante rarement. Et il a précisé que vous l'aviez fort bien traité. Croyez que nous y sommes très sensibles.

— Je l'ai aussi bien traité que le permettaient nos moyens. Nous n'avions aucune denrée susceptible de lui convenir.

Je m'étais demandé ce qu'il avait bien pu advenir de « notre » hamster emmené par la Garde nationale. J'étais parti du principe que nos autorités avaient dû le remettre aux Kristangs avant qu'il ne meure de faim. Les Kristangs avaient dû disposer de victuailles ruhars, à destination d'éventuels prisonniers de guerre.

— Comment va l'autre captif ? voulus-je savoir. Est-ce qu'il s'en sort bien ?

Il m'avait paru bien amoché, franchement, la dernière fois que je l'avais vu, gisant au milieu de décombres fumants…

— *Elle* va bien ; elle était blessée, en effet, mais elle est pleinement rétablie. Sa navette d'assaut avait été endommagée en orbite, et l'un de nos astronefs a dû lui porter secours.

Je ne m'étais pas douté une seconde que l'autre soldat ruhar ait pu être de sexe féminin. Avec la cuirasse, le casque, l'écran facial, je n'avais aucun moyen de le détecter. Sans compter qu'elle s'était retrouvée sous un tas de gravats quand nous avions dézingué ce mur à la dynamite.

— Je vous en prie, dites-lui que… (je faillis dire que j'étais désolé – mais non ! À la guerre comme à la guerre)… que ça n'avait rien de personnel. Je n'ai vraiment pas eu le temps de m'assurer qu'elle s'en sortirait.

La bourgmestre hocha la tête.

— Ça se comprend, vous étiez en situation de combat. Je vous l'assure, il n'y a ni ressentiment ni amertume. Si je parviens à reprendre contact avec elle, je lui transmettrai votre message. Sergent Bishop, je vois que vous êtes surpris d'apprendre que ce soldat ruhar était en fait une femme. Vous avez pourtant bien des combattantes dans vos armées.

— Tout à fait. Mais que nos femmes soient en première ligne pour livrer combat, voilà qui est relativement récent. Même si elles servent sous les drapeaux depuis de nombreuses années et ont pu risquer leur vie par le passé. Dans les combats modernes, déterminer où se trouvent au juste les premières lignes est devenu ardu.

— Quelle a été la réaction des Kristangs quand ils ont découvert que les humains envoyaient des femmes au combat ?

À mon tour de recourir au langage corporel, en secouant la tête ostensiblement.

— Pas question que je vous livre des infos sur nos relations avec nos alliés. (Ce qui n'avait rien de difficile, moi qui ne savais fichtrement rien là-dessus !) Pourquoi me posez-vous cette question ?

— Parce que les Kristangs, eux, refusent d'envoyer leurs femmes affronter l'ennemi. Ils leur interdisent même l'accès à quelque poste que ce soit au sein de leurs forces armées. Tout comme ils les tiennent éloignées de toute situation d'autorité majeure.

— Voilà qui ne me concerne en rien.

Encore que ça expliquait les toilettes unisexes à bord de leurs navires. Les transporteurs de troupes, eux, n'avaient donc jamais embarqué de Kristangs femelles.

— Il y a une expression humaine que j'ai bien intégrée : « connais ton ennemi ». Et mon peuple a un adage analogue. Quoi qu'il en soit, je suggère que vous en appreniez plus sur les êtres que vous appelez par erreur vos « alliés ». Les Kristangs n'acceptent aucune de leurs femelles dans leurs forces armées, car aucune des leurs n'a de quelconque poste d'autorité dans leur société. Il y a de cela bien longtemps, la caste guerrière des Kristangs avait lancé un programme maîtrisé d'ingénierie et de reproduction génétique visant à réduire le spectre de leur intelligence, à réduire leur taille, leur force physique, à les rendre plus soumises et dociles. Ce programme d'ingénierie génétique avait également altéré le rapport mâles/ femelles en passant de 50/50 à cinq femelles pour un mâle. Aux yeux de cette caste guerrière, les femelles existent uniquement pour le plaisir des mâles, pour la reproduction et comme domestiques. Voilà pourquoi je vous demandais comment ils ont réagi en s'apercevant que vos femmes livraient combat au même titre que les hommes. Qu'elles avaient accès à de hauts postes de responsabilité en tant qu'officiers, pilotes et autre. Postes leur permettant de commander des mâles.

— Je n'ai jamais rencontré de Kristang, madame, je ne suis qu'un troufion. (En espérant que mon traducteur allait faire du bon boulot sur ce coup-là.) Disons, si vous préférez, que je suis un modeste fantassin de bas statut. C'est à nos officiers de gérer les relations avec les Kristangs. Et ce qu'ils pensent des femmes affectées au sein de nos armées n'importe guère.

Cette fois, le sourire de mon interlocutrice tint davantage d'un triste rictus.

— Et dire que vous vous en tenez toujours à ça… Comme vous tenez toujours les Kristangs comme vos alliés. L'élevage sélectif, la manipulation génétique, ça ne vous gêne donc pas plus que ça ? L'histoire de votre espèce incluait un programme eugénique, sous le règne de l'Allemagne nazie, ce qui ne m'a pas échappé.

Ce que je comprenais, moi, c'était qu'elle cherchait à me faire mordre à l'hameçon. Mais, comment laisser dire sans moufter ?

— Mon pays a livré une guerre acharnée contre les nazis ! Contre l'Allemagne, ou le pays que nous désignons comme tel, ajoutai-je, histoire de préciser notre Histoire de l'humanité (Après tout qu'en savait-elle exactement ?) Mais voilà qui remonte à bien longtemps. Si cela est vrai, vos propos ont une résonnance affreuse.

Comment ne pas me rappeler, au Niger, la rogne qui m'avait pris lorsqu'un groupuscule d'ignorants barbares, de minables barbares, avait attaqué une école de filles au prétexte qu'il était hors de question que de pauvres gamines aient accès à une quelconque éducation ? Voir les petits cadavres calcinés de ces malheureuses m'avait empli d'une rage phénoménale. J'aurais tant voulu débouler dans la jungle pour y exterminer jusqu'au dernier des abominables lâches capables de pointer fusils et engins explosifs contre de malheureux enfants martyrs et leurs enseignants sans défense. Si j'avais seulement pu les y débusquer. Notre problème majeur depuis notre arrivée, en d'autres termes.

Bon Dieu de nom de Dieu ! Ce que j'avais pu détester ma mission au Niger !

Au fil des quatre semaines suivantes, la bourgmestre me fit don d'une mine d'or d'informations, bien peu d'entre elles constituant de bonnes nouvelles pour le genre humain, si du moins elles étaient vérifiées. Trop fastidieux de répéter ses dires, ou de transmettre mes rapports au major Perkins, alors je résume… Certaines révélations m'avaient laissé une drôle de sensation au creux de l'estomac – assez répugnante, je dois dire. Et je n'étais pas le seul dans ce cas-là. Quand j'avais transmis à Perkins certaines de ces révélations, je l'avais vue blêmir.

Frayer la Terre à l'invasion des Kristangs ? Ça n'était pas, loin de là, la seule et unique conséquence du décalage vortex. Un quadrant entier de la galaxie s'en était trouvé affecté, jetant la société kristang toute entière dans le désarroi. Bouleversement et guerre civile. La caste guerrière kristang ? On ne parlait pas là d'une simple entité mais d'une myriade de clans se livrant une lutte sans merci au nom du pouvoir absolu. Quand le vortex proche de la Terre s'était soudainement réactivé, il avait fallu aux Thuraniens quelque temps pour l'explorer tant ils avaient d'autres chats à fouetter. Ils avaient commencé par envoyer une sonde afin de s'assurer que le débouché de la Voie lactée était d'utilisation sûre hors de cette galaxie ou même hors d'une étoile (ce qui s'était déjà produit). Une fois l'emploi d'un vortex jugé sans risque, les Thuraniens lancèrent une sonde robot afin de s'assurer que l'issue du vortex était sans risque, puis ils décidèrent que, de notre côté, il n'y avait pas grand-chose à exploiter. Si notre planète Terre se trouvait à moins d'une semaine de distance, elle restait bien éloignée des planètes ruhars et, par ailleurs, le décalage vortex avait présenté d'autres opportunités, plus tentantes. Ce qui aurait signé la fin des siècles, la Terre continuant de dériver au long des flux cosmiques dans sa bienheureuse innocence, son splendide isolement – si ce n'est que le décalage du trou de ver n'avait déjà gravement miné les fortunes déclinantes du clan kristang du Blizzard.

Avant le déplacement du vortex, le clan du Blizzard s'était déjà atrophié, lui qui ne contrôlait plus guère que deux des planètes du territoire kristang. Ensuite, le Vent blanc n'avait plus eu d'accès concret à l'une ou l'autre de ces planètes, ce qui avait plongé le clan tout entier dans le désespoir. Certains bas du front, parmi les cadres du clan, décidèrent que la Terre serait la réponse à tous leurs problèmes. S'emparer d'une telle planète et en faire la base d'étape utile pour envahir le territoire ruhar leur permettrait ensuite de s'allier à un clan plus fort. Or, cela ne fonctionna pas. Nul autre clan ne s'intéressa à la Terre en tant que base d'étape, et l'offensive de harcèlement ruhar avait suffisamment sapé nos infrastructures pour que le clan du Blizzard en arrive à trop mobiliser de ressources et de temps pour les remettre sur pied afin qu'elles leur soient d'une quelconque utilité. De sorte que le leadership du clan du Blizzard se dit que sa meilleure option serait encore de louer des soldats humains aux autres clans. Voilà bien pourquoi nous nous retrouvions sur Paradis. Si, du moins, vous ajoutiez foi aux assertions de la bourgmestre.

Celle-ci nous avertissait : si jamais les Kristangs suivaient leurs schémas habituels de comportement, ils auraient tôt fait d'exiger des gouvernements terriens d'imposer des actions et dispositions privilégiant les Kristangs au détriment des humains – à supposer que ce ne fût pas déjà le cas. Tout cela au nom de « l'effort de guerre », bien entendu. Et merde, si ce n'était pas familier, ça ! Tout cela avait commencé avant même mon départ de la Terre… et moi qui pensais que les protestataires étaient des tire-au-flanc, incapables de soutenir l'effort de guerre… En définitive, les Kristangs détermineraient quel était le gouvernement le plus opprimant, le plus brutal de la planète, et en feraient leurs hommes de main, soutenus par d'invulnérables cuirassés kristangs en orbite. Ce qui n'était jamais, me dit la bourgmestre, qu'une vieille formule : trouvez donc les pires minables psychopathes asociaux d'une société donnée, donnez-leur du pouvoir et vous aurez en échange leur indéfectible loyauté. Voilà comment Hitler et Staline avaient accédé au pouvoir. Et c'était, pour les Kristangs, leur mode opératoire standard.

Elle me parla alors des patrons des Kristangs, les Thuraniens – des sortes de petits hommes verts, en fait, confirmant en cela ce que j'avais bien pu entendre au Camp Alpha. Mais ce que je n'avais pas ouï dire lors des clichés radiographiques, c'était que les Thuraniens n'étaient rien moins que des cyborgs aux ordinateurs intracrâniens, issus d'une société hautement structurée en réseau. Ils contrôlaient leurs vaisseaux via leurs ordinateurs intracorporels, de sorte qu'ils s'exprimaient rarement à voix haute, communiquant le plus souvent par liaison directe. Leur peau était d'un beige verdâtre. Par le passé, leur espèce avait eu de multiples nuances de couleur de peau, mais voilà, la race dominante avait perpétré un génocide contre toutes les autres races thuraniennnes, les anéantissant bien longtemps auparavant. De sorte que tous les Thuraniens étaient désormais des clones de la « race supérieure », avec bien peu de variations génétiques jugées « idéalement supérieures ». Les Thuraniens écrasaient ouvertement de leur mépris toute espèce technologiquement inférieure, tout en dédaignant leurs propres patrons, les Maxolhx. La coalition dirigée par ces derniers n'avait pas pour fondement la chaleur des relations.

Aussi arrogants que soient les Thuraniens à propos de leur technologie supérieure, ils ne l'avaient pas développée par eux-mêmes – pas pour l'essentiel en tout cas. Ils se l'étaient en fait appropriée, et c'était bien là la façon de faire de toutes les espèces gravissant l'échelle du succès technologique. Les unités de commande de saut spatial qu'utilisaient les Kristangs sur leurs spationefs étaient des copies provenant d'un drone jeraptha tombé entre leurs griffes. Elles n'étaient pas conçues pour des vaisseaux spatiaux de pleine taille, et les copies kristangs étaient de piètre qualité ; voilà pourquoi leurs navires ne pouvaient effectuer que de petits sauts. Les Thuraniens eux-mêmes avaient volé, trouvé ou acheté des commandes de bien meilleure conception pour leur flotte cosmique, la dotant ainsi du pouvoir de sillonner les étoiles. Toutes les espèces pillaient ou reproduisaient les technologies des autres espèces, et même les dominantes des deux camps : Maxolhx et Rindhalu ne s'en privaient pas.

Parfois, ceux-ci aussi, les Maxolhx et les Rindhalu, se dérobaient leurs technologies mutuelles. Mais à leur niveau, la principale source (de loin) de technologie évoluée, c'étaient les machines qu'avait laissé derrière elle cette espèce ancestrale appelée les Anciens, le premier peuple doué d'intelligence de la galaxie de la Voie lactée – et le seul, selon toute vraisemblance, à y avoir existé des millions d'années auparavant, avant sa brutale disparition. Nul ne savait à quoi ils avaient bien pu ressembler, ou les raisons de leur éclipse – pourquoi étaient-ils partis ? Où ? Mais on supposait que ces êtres qui avaient disposé d'une technologie tellement perfectionnée n'avaient plus eu besoin d'enveloppe corporelle. Nonobstant les causes de leur volatilisation, toujours était-il qu'ils abandonnaient sur place de fabuleux dispositifs, tel le réseau interstellaire des vortex. Et des armes… Des équipements d'une puissance hallucinante susceptibles, entre de mauvaises mains, de servir d'armes.

À en croire les Kristangs, les Maxolhx s'étaient opposés aux tentatives des Rindhalu d'étouffer dans l'œuf le développement d'espèces plus récentes. Mais la bourgmestre, elle, m'apprit ce qu'il s'était réellement passé : les Maxolhx avaient purement et simplement profité de l'enrichissement des Rindhalu plus âgés, jusqu'à du moins ce qu'ils tombent sur des armements des Anciens, et attaquent les Rindhalu. Les deux camps déployèrent ces armements d'un autre âge, en une guerre de courte durée. Car l'emploi des systèmes des Anciens avait éveillé les Sentinelles : des machines elles aussi douées d'intelligence qu'ils avaient laissées derrière eux à seule fin de s'assurer que personne n'irait faire mauvais usage de leur technologie ni polluer la galaxie, par exemple. Les Sentinelles semèrent ruine et dévastation dans les deux camps adverses avant de retourner à leur longue latence – ou à leurs origines, quelles que celles-ci pussent être. Il était clair que même si les Anciens avaient abandonné la Voie lactée, ils n'entendaient pas pour autant laisser des espèces de moindre envergure, de moindre valeur, venir fourrer leur nez où il ne fallait pas et tout gâcher.

Des Sentinelles tapies dans l'ombre ? Mais voilà qui expliquait pourquoi la guerre interstellaire ne se livrait pas actuellement entre les Maxolhx et les Rindhalu – pas frontalement, en tout cas. Car, rappelons-le, ces deux espèces ne pouvaient s'offrir le luxe de s'affronter directement. La même raison pour laquelle les États-Unis et l'ex-Union soviétique n'avaient pu aller directement au clash lors de la Guerre froide. Destruction mutuelle assurée & Cie. Tout conflit armé de ce type entre les USA et l'URSS, lesquels avaient l'un et l'autre des milliers de têtes nucléaires à disposition, pouvait toujours s'aggraver et échapper à tout contrôle en annihilant tout sur son passage. Et là aussi, tout conflit faisant appel aux armements des Anciens risquait d'éveiller les Sentinelles. De sorte que Maxolhx et Rindhalu ne manquèrent pas de faire appel à leurs clients pour les disputes territoriales et autres luttes pour les ressources d'un bout à l'autre de la galaxie. Avec l'espoir bien sûr de réduire *à quia* l'autre camp, bref, de le réduire à l'insignifiance. Des espèces inférieures, chairs à canon, avaient livré combat en notre nom. Quelle espèce ne voudrait donc s'élever sur l'échelle de la technologie en laissant d'autres peuples « inférieurs » livrer combat et mourir pour elle ? Belles hécatombes… En ce jour, laissez-moi vous dire que l'espèce humaine se retrouvait tout en bas de l'échelle. À moins qu'on ne développe ou dérobe à notre tour quelque technologie évoluée, eh bien, on ne risquait pas de cesser de stagner en restant à la merci des Kristangs.

Globalement, et si du moins la bourgmestre me disait la vérité, l'humanité était foutue. Le clan du Blizzard avait besoin de tirer profit des ressources en lesquelles il avait investi lors de l'expédition sur Terre – une Terre qui n'avait pas grand-chose à offrir. Sûr et certain qu'en théorie, notre globe terrestre se retrouvait en territoire ruhar. Mais si loin des planètes occupées par les Ruhars, cela étant dit, que lesdits Ruhars pouvaient se permettre d'ignorer la présence des Kristangs – du moins le temps qu'ils mobilisent assez de ressources pour leur faire face. Et que pouvait offrir la Terre aux Kristangs – en particulier au clan du Blizzard ? Des territoires déjà exploités par les humains avaient toujours le moyen de renforcer la présence des Kristangs. Extraction des matières premières par les moyens les plus efficaces possibles. Autrement dit, peu importaient les épouvantables dégâts environnementaux ou les impacts subis par les êtres humains. Les effectifs humains pourraient toujours être loués aux Kristangs en vue de jobs jugés indignes d'eux, comme l'envoi de garnisons sur Paradis. Le Vent blanc avait besoin de s'accrocher, de faire de la Terre une base d'étape efficace, jusqu'à ce que le clan décide que notre minable petite planète, aux confins de l'espace ruhar, vaille quelque chose.

Je prenais en considération le fait que la bourgmestre puisse nous offrir quelques bribes de renseignements valables, notamment à propos des vortex – de sorte qu'on ajoute forcément foi à ses affirmations mensongères sur les Kristangs. Que croire ? Voilà qui n'était pas de mon ressort, mais de celui du QG de la FENU. Mon job consistait à m'asseoir, à siroter une tasse de thé et à écouter l'édile ruhar, en transmettant ses propos au major Perkins. Était-ce à dire que je la croyais ? Eh bien… Je rechignais à souscrire à ses histoires. Elle disait que la coalition des Rindhalu n'interférait pas avec des espèces jugées technologiquement inférieures, raison pour laquelle la Terre avait été laissée de côté, du moins jusqu'à ce que les Kristangs contraignent les Ruhars à passer à l'action ? Que les Maxolhx et leurs clients étaient, tous autant qu'ils étaient, des oppresseurs acharnés à exploiter des espèces subalternes en dépouillant leurs planètes de leurs ressources, sans se soucier le moins du monde de l'impact sur les populations autochtones ? Le joli conte que voilà, avec des Ruhars jouant le beau rôle et des Kristangs portraiturés en tristes sires. Notre ennemi juré n'aurait pas mieux fait. À moins… à moins que la bourgmestre dise vrai. Chier !

Entre deux futiles patrouilles et collectes d'infos inexploitables autour d'une tasse de thé, il n'y avait pas grand-chose à faire à Teskor. Je devais me creuser les méninges pour ne pas laisser mon équipe désœuvrée – et lui éviter les embrouilles. On fit le meilleur usage du socle de béton – ou pseudobéton – jouxtant la maison en y aménageant un terrain de basket-ball avec panier pour y disputer des matchs. Les fréquentes patrouilles de la compagnie eurent tôt fait de nous y rejoindre pour construire un terrain à taille réelle (à un mètre vingt près, disons) avec un second panier et des lignes peintes dans les règles. Du coup, c'était le seul terrain de basket digne de ce nom de toute la région, ce qui nous rendit assez populaires pour que les patrouilles prévoient de faire escale à Teskor afin d'y disputer des matchs contre nous. Parfois, deux patrouilles se rejoignaient à notre poste de commandement pour faire une pause, casser la croûte et jouer au basket. Nous pouvions également jouer au base-ball, au volley-ball, au foot ou au ping-pong grâce à nos équipements de section. Mais pas de table de billard, punaise ! Et pas plus de télé. Il n'y avait évidemment pas d'activités sportives ou de matchs à suivre à la télé, mais on aurait au moins pu mater des films, non ? Eh non, pas de bol. Les Ruhars avaient leurs propres postes télévisés, et nous, nous avions trimballé depuis la Terre nos DVD & Cie – pour des prunes, puisque les postes hamsters et nos lecteurs multimédias n'étaient pas compatibles. Au niveau de la compagnie, il y avait des écrans plats portatifs, et les unités de taille inférieure devaient se contenter de tablettes et d'ordinateurs portables. Quatre pauvres types se pressant autour d'un iPad pour visionner un film ? Voilà qui n'avait rien de marrant. On s'en était vite lassé.

Histoire que vous n'alliez pas vous imaginer qu'on passait le plus clair de notre temps à jouer et à nous enfiler des péloches, on faisait aussi notre job de soldat. La FENU avait affecté des équipes de tir à des villages isolés afin de glaner des renseignements sur le terrain, de voir ce que manigançaient les hamsters du cru ; nous continuions nos patrouilles en gardant les yeux et les oreilles grands ouverts. Un matin, Sanchez passa la tête par l'entrebâillement de la petite pièce faisant office de bureau, où je rédigeais un rapport destiné au bataillon.

— Eh, sergent, il y a un truc bizarre par là-haut...

Nous montâmes sur le toit de la propriété, où nous avions adossé une échelle et aménagé une plate-forme d'observation. Ça nous avait paru la chose à faire, outre que ça nous avait bien occupés aussi.

— Regardez du côté du champ deux, au sud, me précisa-t-il en me tendant les jumelles.

« Sud deux » désignait un champ moissonné deux semaines plus tôt ; on avait vu à l'œuvre les grands combinés électriques, les moissonneuses-batteuses, et l'entreposage en silo. Trois jours plus tôt, des camions avaient convoyé les récoltes céréalières jusqu'à une ligne ferroviaire, au nord du bourg.

— Vous avez de bons yeux, Sanchez, lui dis-je. Car, ça, c'est étrange en effet. Et la FENU nous a envoyés ici à l'affût de trucs bizarres. En selle !

On se harnacha de notre tenue de combat au complet, on grimpa dans notre grosse teigne de pick-up hamvee qui déchire et on démarra en trombe. On aurait pu couper à travers champs — des champs supposément en jachère... Si ce n'est que la division m'avait transmis une note ordonnant de mettre fin aux virées des troupes tentant de surmonter l'ennui en enchaînant les sorties de route. Il y avait eu trop d'incidents déjà avec des hamvees entraînés dans des tonneaux, capotés, ce qui faisait plutôt désordre quand des rapatriements sur Terre d'ordre médical étaient de toute façon exclus. Or, crapahuter sur des terres agricoles sous les yeux des fermiers ruhars, ce n'était pas l'idéal pour se gagner les cœurs et la bonne volonté de la population – sympathie et adhésion, hein… Sanchez s'abstint donc soigneusement de quitter la route. Sans surprise, dès qu'on atteignit le champ « Sud deux », on vit de grosses machines électriques vrombir en longeant lentement les plants, de haut en bas. Les semailles ? Ça en avait tout l'air. Nous laissâmes nos hamvees sur la route, puis Sanchez et moi nous dirigeâmes vers les semeuses. Perché dans sa cabine, le machiniste hamster nous fit amicalement signe. À l'arrière, une perforeuse pratiquait des trous en terre avant de procéder aux semailles et de tout recouvrir. Ce qui était bizarre, en effet. Suffisamment pour qu'on aille rendre visite ensuite aux Cornhut, en leurs foyers.

Lester tenait cour face à ce qui devait bien être la moitié du village. Les visites régulières de la bourgmestre avaient renforcé son statut à Teskor. Derrière sa maison, les familles se massaient autour d'un barbecue et de tables de pique-nique ; les enfants folâtraient en se livrant à un jeu qui rappelait le badminton. Deux grils chauffaient. Lester contourna sa maison pour venir à ma rencontre. Spatule brandie, il portait un tablier blanc maculé de sauce rouge – une sauce barbecue, peut-être. Ce qu'il avait mis sur le gril sentait rudement bon, même si ce ne serait pas digeste pour des humains, je le savais.

— Salut, Joe Bishop ! me lança-t-il avec un grand sourire sincère.

Allais-je revenir le lendemain au lieu d'interrompre ses grillades ? Mais non, le devoir avant tout.

— Lester, nous avons vu des machines dans le champ « Sud deux ». (Il connaissait les coordonnées topographiques de la FENU.) Des semeuses.

— En effet, nous procédons aux semailles. (Le traducteur me piailla quelque chose à propos de « blé ».) Est-ce un problème, Joe Bishop ?

— Et combien de temps pour que ça pousse, avant les moissons ?

— Trois virgule quarante-trois mois, répondit le traducteur.

Quelle plaie géante, ces traducteurs ! Et leurs froides arithmétiques… Lester avait dû parler de « cinq mois ruhars » et la machine avait fait le calcul. Je n'avais pas besoin d'équivalences algébriques à la virgule près, bordel !

— Ce village est programmé pour être évacué d'ici deux à trois mois… (en se basant sur le dernier échéancier en date de la FENU, lequel changeait constamment). Pourquoi faites-vous des semailles maintenant ?

C'était bien le genre de comportement étrange des hamsters que le G2 tenait à comprendre. Lester entendait rester à Teskor au-delà de la date d'évacuation, ou du moins jusqu'au tout dernier moment. Les hamsters savaient-ils donc quelque chose que la FENU ignorait ?

— Parce qu'il n'y a pas de raison pour ne pas le faire, me répondit Lester avec un grand sourire, à pleines dents. (Ce qui, en la circonstance, n'était pas aussi amical qu'il l'aurait voulu.) Les Kristangs nous permettent d'expédier outre-monde des denrées alimentaires, mais nous ne pouvons pas emporter de semences avec nous. Alors nous plantons. (Il haussa les épaules.) Mon peuple est plongé dans cette guerre depuis fort longtemps, Joe Bishop. Nous avons appris que rien n'était sûr. Il n'est pas certain que les Kristangs conserveront cette planète sous leur coupe, alors nous continuons d'espérer et de planifier l'avenir, jusqu'au jour où nous embarquerons pour les étoiles.

Voilà qui avait du sens à mes yeux, et qui permettait aux hamsters de garder un bon moral. L'espoir a un effet électrisant sur le moral.

— Lester, un truc me turlupine. L'envoi d'aliments par cargaisons interstellaires doit coûter bonbon ! Alors pourquoi faire ça ?

— Ah. Voilà qui demanderait de longues explications, Joe Bishop, dit-il en lançant un coup d'œil par-dessus son épaule à ses convives. Il y a à cela deux principales motivations. Notre monde natal, qui était jadis aussi pollué que le vôtre, me suis-je laissé dire, concentre maintenant sa population en secteurs urbains, l'essentiel de la planète étant désormais dédié aux espaces verts. On l'a rendue à son état naturel. Il y a ici très peu d'agriculture, de sorte qu'on doit importer notre alimentation. Nombre de nos mondes de premier plan sont entretenus de cette manière. Si bien que nous réservons d'autres globes à l'exploitation agricole, comme celui-ci, Gehtanu, ou à la production industrielle. Les mondes manufacturiers sont surtout des planètes où il y avait peu de vie à notre arrivée et où nos usines, nos activités ne ravageront pas les milieux naturels. L'autre raison essentielle dont je vous parlais, qui explique pourquoi nous sommes déterminés à exporter des denrées de cette planète tant que nous le pouvons encore, c'est que le décalage du vortex, on vous en a parlé, n'est-ce pas, a coupé privé notre planète natale d'accès à certaines de ses sources habituelles d'approvisionnement. Vous voyez maintenant pourquoi nous tenons tellement à cultiver autant de céréales que possible avant notre départ ?

— C'est certain, Lester.

Nous le laissâmes à ses grillades, et je fis mon rapport aux instances supérieures. Les explications de Lester me paraissaient déjà un tantinet plus convaincantes, et de toute façon, il fallait bien prévenir la FENU de la situation. Notre équipe de tir entama des patrouilles motorisées au pourtour des terres agricoles de Teskor, rayonnant de plus en plus loin pour aller vérifier l'état des cultures. En parlant avec notre section, on apprit que Teskor n'était pas le seul village à exploiter les terres nourricières, ni, en l'occurrence, à pratiquer des semailles dont les fruits ne pourraient pas être ensuite moissonnés avant l'évacuation des lieux. Devais-je croire Lester ou pas ? Tout cela était bien au-dessus de mon niveau de rémunération – en somme, je n'étais pas payé pour comprendre. Je faisais donc mon compte-rendu aux voies hiérarchiques, laissant à mes chefs le soin d'apprécier la situation.

Parfois, la bourgmestre semblait lire dans mes pensées, et aborder des sujets auxquels je réfléchissais déjà. Ce qui ne manquait pas de me rendre suspicieux… Les Ruhars espionnaient-ils nos échanges du côté de notre poste de commandement ? Notre section était pourtant censée avoir passé les lieux au peigne fin pour s'assurer qu'il n'y avait pas de micros dissimulés… Ce jour-là, j'étais de sombre humeur, au diapason du temps qu'il faisait. Il pleuvait depuis cinq jours, et les satellites météorologiques prédisaient deux autres jours de précipitations sans discontinuer, suivis par une semaine d'averses intermittentes. Magnifique. Les Ruhars avaient une appellation pour ce genre de temps : le « schlumpernur », c'était du moins ce qu'on entendait à l'oreille, en plus grinçant. Traduction proposée : « couche moisie d'humidité », ce qui nous paraissait diantrement approprié, au point que ça intégra fissa l'argot militaire US. Le « schlumpernur » avait contraint le village à annuler ses plans pour un festival des récoltes, personne n'étant d'humeur, *hum*, festive. Mon équipe était grincheuse de se voir parquée au poste de commandement, surtout depuis que les soldats ne pouvaient rester réellement cloîtrés au PC par mauvais temps ; on était encore et toujours d'astreinte aux patrouilles, aux vérifications de l'état des champs, aux rapports au QG de section – tout pourvu qu'on ait l'air de faire œuvre utile. On avait tous visionné au moins deux fois les vidéos dont on disposait et avec ce temps maussade, les patrouilles traversant Teskor ne se donnaient pas la peine de s'y attarder pour une partie de cerceau, de base-ball ou de volley-ball. On avait bien tenté d'aguicher les patrouilles par des jeux de fléchettes, mais tout le monde avait sa cible, et personne ne tenait à laisser ronronner les moteurs de ses hamvees. Nous quatre ne pouvions donc compter que sur nous-mêmes, nous qui avions entendu les histoires des uns et des autres une bonne dizaine de fois déjà. C'était bien là le bémol : nous retrouver seuls, livrés à nous-mêmes. C'est certain, nous n'avions plus d'officier acharné à nous surveiller, à regarder par-dessus notre épaule, mais en attendant, ce que nous nous sentions affreusement seuls ! Nos zPhones nous aidaient à prendre notre mal en patience, nous permettant de tenir des conversations vidéo avec quiconque sur la planète. Je contactais Pain de maïs au moins une fois par jour pour voir où il en était ; il avait été affecté à l'une de ces sections proactives à intervention rapide, ce qui semblait stimulant – si ce n'est que tout ce qu'on y faisait, c'était manœuvres, manœuvres, et encore manœuvres, m'avait-il dit. Les hamsters ne montraient aucune mauvaise volonté, si bien qu'il n'y avait pas lieu de sévir. Dans l'ensemble, Pain de maïs avait l'air aussi assommé que moi. Nous étions tous d'accord : nos jeux vidéo portant sur des luttes interstellaires nous avaient menés en bateau. J'avais envoyé une note à Shauna, qu'elle m'avait renvoyée… Allusion au fait qu'elle ne pouvait plus converser avec nous – à moins qu'on ne parvienne à se revoir les uns les autres. Sauf qu'on se trouvait à des milliers de kilomètres lorsque la bourgmestre versait l'eau chaude pour le thé…

— Joe Bishop, vous paraissez bien malheureux… me fit-elle remarquer.

Je haussai les épaules.

— Vous savez, dis-je avec l'ombre d'un sourire, ce « schlumpernur » fait déprimer tout le monde. (Je souriais en coin parce qu'en m'entendant dire « schlumpernur », elle en avait les yeux qui pétillaient.) Et lors de notre rencontre, vous ne m'avez pas annoncé les plus heureuses des nouvelles.

En partant du moins du principe qu'elle m'avait bien dit la vérité. Ce que le Q.G. de la FENU semblait penser.

— Vous me disiez que vous aviez une famille, sur Terre ?

Qu'y avait-il de mal à lui dire ce qu'elle savait déjà ? Je hochai la tête.

— Mes parents, et ma sœur.

— Vous vous sentiriez mieux d'avoir de leurs nouvelles, n'est-ce pas ?

— Bien sûr.

Au Niger, nous avions pu nous joindre par Skype, parfois même par chat vidéo, au moins deux à trois fois par semaine. Avec internet, nous avions tous été en mesure de suivre les nouvelles de la Terre, en ayant le sentiment de rester connectés.

— J'ai écrit des lettres (… *et enregistré des vidéos.*) Mais jusqu'à présent, nous n'avons pas reçu de messages en retour.

Nous avions transmis des communiqués à zipper au QG de la FENU, et à confier aux Kristangs, mais si les envois de victuailles et autres fournitures arrivaient régulièrement en orbite, je n'avais jusque-là reçu aucune nouvelle de la Terre. D'aucune sorte d'ailleurs. Étrange. Et inquiétant.

Elle me considéra attentivement par-dessus le rebord de sa tasse de thé.

— Et vous n'en recevrez jamais. Les Kristangs ne distribuent pas vos missives à vos destinataires sur Terre. Pas plus qu'ils ne vous remettront la moindre dépêche ici. Ils ne veulent pas que vous sachiez ce qui se passe sur votre planète natale. Votre direction, ici, n'est pas sans le savoir.

Et merde ! Tandis qu'elle me confiait cette info déprimante, le crachin se mua en averse. De mieux en mieux, cette journée. Ou la bourgmestre décida que j'avais eu assez de mauvaises nouvelles pour aujourd'hui, ou le mauvais temps la déprimait elle aussi car elle changea de sujet et, l'heure suivante, on évoqua nos enfances respectives. Là encore, je ne voyais pas le mal à la « régaler » d'ennuyeuses et fades anecdotes sur le fait de grandir dans le Maine rural. La société ruhar ne semblait guère différente de la vie qu'on pouvait mener sur Terre, si ce n'est que les Ruhars bénéficiaient d'une technologie épatante, qu'ils avaient essaimé sur de nombreuses planètes, et que leur espèce était en guerre depuis des lustres. Les lointains aïeux de la bourgmestre n'avaient connu que cela. Rien que d'y penser, ça n'améliorait franchement pas mon humeur.

Chen dut lire dans mes pensées, car lorsqu'on dîna ce soir-là, dégustant notre poulet crémeux aux petits légumes et aux champignons, il me demanda :

— Sergent, vous avez idée quand on recevra des messages de nos familles et de nos amis ?

Je baissai les yeux sur mon assiette, histoire de dissimuler mon air coupable.

— Non. Vous en savez autant que moi, Chen.

— Zut alors ! Un nouveau transporteur est arrivé hier de la Terre, le Net ne parle pratiquement que de ça, et j'espérais qu'il apportait des messages. Ou des nouvelles, au moins.

— Des nouvelles, ce serait chouette, renchérit Sanchez. Je me fais du souci pour mes proches.

— On en est tous là, avouai-je.

— Vous savez le pire ? lança Baker. Il n'y a aucune cesse à ce déploiement. Quand j'étais parti au Niger, c'était l'affaire de douze mois, je le savais, avant que je ne sois redéployé en alternance sur Terre. Même lors de la Seconde Guerre mondiale, les types savaient que ça s'arrêterait un jour ou l'autre ; la fin était en vue. Il suffisait de remporter la victoire pour rentrer chez soi. Ça pouvait prendre des années, mais enfin, ça devait bien se terminer. Et même lorsque ça vira carrément au cauchemar, les gars savaient qu'à condition de tenir et de survivre, ils finiraient tôt ou tard par regagner leurs pénates. Or, cette guerre-là dure depuis des *millénaires*. Elle n'a aucune cesse. Il n'y a pas de stratégie garantissant la victoire, pas d'objectif à atteindre portant à croire qu'une mission a pu être accomplie et qu'il est temps de rentrer au pays. Maintenant que j'y pense, le message à propos de mon déploiement outre-monde ne précisait aucune durée de mission.

— On évacue les hamsters de cette planète et on retourne au bercail, pas vrai ? fit Chen, plein d'espoir.

Sanchez jouait avec ses bouts de poulet qu'il repoussait de côté et d'autre sur son assiette.

— Peut-être bien. À moins que les lézards… euh… (il me décocha un coup d'œil inquiet) les Kristangs aient besoin de nous ailleurs. Et nous, nous sommes déjà *ailleurs*, pas vrai ? Nous sommes entraînés au combat, et on aura bientôt l'expérience du terrain. Nous serons des soldats aguerris. Les Kristangs jugeront sans doute judicieux de nous redéployer plutôt que de nous rapatrier et de former de nouvelles unités.

— Mais quelle chierie ! (Chen qualifiait parfaitement tout ce que le sujet nous inspirait, tiens.) On vient à peine de débarquer que j'ai qu'une envie, rentrer à la maison !

Il fallait bien que je mette un terme à toutes ces mornes perspectives.

— Eh, les mecs, écoutez un peu, moi aussi j'adorerais savoir quand on rentrera, et rayer les jours à mesure. Le planning d'évacuation est prévu pour dans treize mois, ajoutons à cela deux ou trois mois de plus pour reconstruire les infrastructures ou autre. Nous maintenir ici coûte cher aux Kristangs, parce qu'ils doivent acheminer tous nos vivres sur plus d'un millier d'années-lumière, pas vrai ? Une fois cette mission terminée, je pense qu'ils nous rapatrieront. Allons, dans ce conflit, combien d'affectations les Kristangs peuvent avoir en réserve pour nous ? Même compte tenu de nos nouveaux jouets, nous ne sommes pas qualifiés pour livrer réellement combat.

— Ouais, O.K., j'imagine… lâcha Sanchez en hochant la tête d'un air peu convaincu.

— Ce satané schlumpernur nous fout le moral à zéro ! (Je lançai un regard éloquent par la fenêtre.) Si le soleil brillait, si nous avions des nouvelles des nôtres, on se sentirait tous bien mieux. Mais voilà, on est là, livrés à nous-mêmes, pas d'officiers pour nous tenir à l'œil, au fond, on est bien ici, les mecs ! Chen, sortez le gâteau du frigo, vous voulez bien ? (Cette petite merveille nous avait été livrée trois jours plus tôt.) Et fêtons ça ! D'après la météo, ces saucées s'arrêteront après-demain.

Lorsque le major Perkins se pointa le lendemain matin pour recueillir mes toutes dernières infos, le schlumpernur s'était dilué en ondées diffuses. Nous nous retrouvâmes dans son hamvee, tandis que mon équipe de tir restait à l'abri le temps qu'il cesse de tomber des cordes.

— Madame, je ne sais pas si ce qu'elle nous dit est un ramassis de conneries ou pas, en tout cas, l'omerta sur les communications de notre mère patrie, là-dessus, elle ne mentait pas. Alors, le QG de la FENU reçoit-il des communications, de quelque ordre que ce soit, en provenance de la planète Terre ?

Son expression peinée me dit tout ce que j'avais besoin de savoir.

— Voilà qui n'est pas de votre ressort, sergent, ni du mien.

D'un signe du menton, je désignai la maison.

— Mes gars se posent des questions.

Elle darda sur moi un regard acéré. Qui me transperça.

— Vous ne leur avez rien dit ?

— Non, madame. Ils savent que je revois la bourgmestre, tout comme ils savent que vous faites partie des Renseignements. Et voyez-vous, il se trouve qu'ils savent additionner deux plus deux. Non, je ne leur ai rien dit. Et ils ne m'ont rien demandé. Ils n'ont pas besoin que je leur confirme le silence radio de la planète Terre. Le trafic zPhone nous le signale assez.

Car avec les zPhones, les rumeurs qui auraient dû rester confinées à une seule et unique unité s'étaient répandues partout dans le monde. Chez tous ceux que j'avais contactés, pas un seul n'avait reçu le moindre message de la Terre. Et Pain de maïs m'avait même dit que selon un gaillard de l'approvisionnement, les cargaisons de nourriture en provenance de la Terre avaient récemment été défaillantes. Irrégulières. Et que, parmi les provisions nous arrivant désormais, il y avait des semences, comme si les Kristangs s'attendaient à ce qu'on fasse pousser nos propres aliments.

Elle tourna ses regards vers la pluie battante.

— Sergent, j'en sais autant que vous. Le QG de la FENU ne m'en dit pas plus que ce que j'ai à savoir. Faites gaffe à ce que vous balancez sur le Net, hein ? conclut-elle en désignant le toit du hamvee. Nos amis sont à l'écoute.

Deux ou trois jours plus tard, à 4 heures pétantes, mon zPhone sonna. Si avoir un zPhone était la plupart du temps génial, d'une façon en tout cas, ça ne l'était pas tant que ça. Car, voyez-vous, le commandement pouvait vous joindre n'importe où, à toute heure du jour et de la nuit. Et vous joindre *vous* personnellement, pas un quelconque opérateur radio qui aurait eu, dès lors, à charge d'aller vous contacter. Je balançai mes jambes sur le sol et me redressai. Quand on vous tirait d'un profond sommeil, vous redresser de toute votre taille vous faisait paraître plus alerte et vigilant, m'avait-on conseillé.

— Ici le sergent Bishop.

— Bishop, lieutenant Charles à l'inter. Votre équipe de tir va décamper aujourd'hui pour revenir ici, on a besoin que vous soyez prêts à partir à 9 heures.

Voilà qui eut le don de me réveiller tout à fait.

— Que se passe-t-il, monsieur ?

— Vous aurez droit à un briefing dès votre arrivée ici.

— Bien, monsieur.

Il avait déjà raccroché.

Mon équipe de tir eut la même réaction que moi – WTF ? C'est quoi, ce bordel ? Mes coéquipiers en savaient autant que moi –

c'est-à-dire que dalle. Aucune rumeur de problème sur le Net, on avait vérifié les sites de la FENU et les fils d'actualité ne sortaient rigoureusement pas de l'ordinaire, considérant qu'on se trouvait sur une planète alien. Faire notre baluchon nous prit très peu de temps ; on emballa nos armes en laissant tout ce dont les équipes de tir nous succédant sur place auraient besoin pour pacifier ces zones. Dont notamment la table de ping-pong que nous avions construite. Après une dernière virée en négociant les flaques boueuses de la rue principale, on quittera Teskor avant que les hamsters ne sortent de leur lit. Je regrettai de ne pouvoir faire mes adieux à la famille Cornhut.

À l'approche de la base de la section, je flairai la galère dès que j'aperçus Perkins.

— Major Perkins ? On vient de nous retirer de Teskor, lui lançai-je – même si elle devait déjà le savoir.

Et même si elle l'avait probablement arrangé, du reste. Je ne m'étais jamais fié aux types des renseignements.

— Bishop, causons un peu, voulez-vous ? (Elle m'entraîna vers le terrain d'aviation, hors de portée d'oreilles indiscrètes, et passa aux explications.) J'ai ordonné qu'on vous retire de Teskor. Les Kristangs savent que quelqu'un nous a transmis des informations sensibles, ça les énerve et ils fouinent un peu partout ; ils se rapprochent de vous. Vous devez faire profil bas quelque temps, et c'est pour ça qu'on vous transfère. Vous seulement, pas votre équipe.

— Où ça, madame ?

— Le lance-cargo. Pour être honnête avec vous, nous n'avons pas d'affectation pour vous pour le moment, il faut juste que vous disparaissiez et que votre nom ne circule plus sur les canaux de communication. Si ça peut vous rassurer, on m'a dit la même chose : on me réaffecte à une base logistique du secteur indien, en qualité d'agent de liaison. (Elle renifla.) Je ne parle pas un traître mot d'hindi.

— Bon sang ! Tout ça parce qu'on aurait eu le tort de prêter l'oreille aux hamsters ? Les Kristangs s'imaginaient-ils qu'on n'allait pas leur adresser la parole tout le temps qu'on resterait ici ? Ils se doutaient bien pourtant que les hamsters saisiraient la moindre chance de dénigrer les léz… euh, les Kristangs, de nous monter les uns contre les autres.

— Le problème, ce n'est pas qu'on leur parle, les Kristangs savent pertinemment que les rumeurs vont bon train dans les rangs de n'importe quelle armée. Non, le problème c'est que les Kristangs sont au courant d'une chose : le commandement de la FENU prend les hamsters très au sérieux. Vous n'êtes pas notre unique source de renseignement sur le terrain, mais je peux vous dire que la bourgmestre est considérée en la matière comme une mine d'or. Et résultat, le commandement de la FENU fait dans son froc tellement il ajoute foi en ses propos. L'état-major est convaincu que presque tout ce qu'elle nous dit est vrai. (Perkins riva son regard au mien.) Mais vous ne devez en souffler mot à quiconque, ça, ça n'a pas changé. Secret Défense.

— Oui, madame.

Elle exhala un long soupir, tapota sa poche de chemisier, puis écarta la main d'un petit geste dégoûté.

— Vadrouiller dans la galaxie m'aura finalement amenée à cesser de fumer, faute de paquets de cigarettes. Vous parlez d'un sevrage brutal ! Les Kristangs considèrent le tabac comme un article de luxe qu'ils n'ont aucunement l'intention d'expédier à des années-lumière. Parfois, vider mon chargeur sur quelque chose, n'importe quoi, me ferait un bien fou !

— Après sa première crise cardiaque, Eisenhower aussi avait connu une désintox pénible, madame.

Mes paroles, je l'avoue, dépassaient ma pensée.

— Si Ike y est arrivé, alors, ça me va. En plus, il avait le choix, lui, pas vrai ? Ce qui n'est pas mon cas. On aurait peut-être dû ajouter la nicotine sur la liste des médicaments indispensables, ajouta-t-elle avec une grimace.

J'aurais voulu compatir, mais je ne pouvais pas. N'ayant jamais eu à me passer de fumer, de boire ou de me droguer, je ne pouvais réellement pas comprendre ce par quoi elle passait. Vous voyez ce que je veux dire ? Dès le départ, j'avais choisi de m'épargner bien des difficultés en évitant soigneusement les addictions de toute sorte. Ne sachant que dire, je lâchai un petit « *hmmm* » de commisération, et j'attendis qu'elle reprenne la parole.

— C'est bien la médecine qui nous a carrément foutus dedans, quoi qu'il en soit. Vous avez raison, les lézards s'en cognent, des rumeurs. Ce qui les a rendus furax, c'est plutôt quand on a accepté l'offre des Ruhars de nous fournir des soins médicaux perfectionnés. Vous avez entendu parler du crash de cet Aigle le mois dernier ? Deux morts, quatre blessés : l'un a perdu une jambe et un autre a eu la colonne vertébrale brisée. Or, les Kristangs ne risquent pas d'ordonner un rapatriement sanitaire sur Terre. Les Ruhars en ont eu connaissance, et ils ont été surpris d'apprendre que les humains n'avaient pas la capacité de faire repousser leurs membres ou des tissus nerveux. Ils bénéficient de ce genre de technologie médicale depuis si longtemps que pour eux, ça va de soi. À titre expérimental, on avait confié à un hôpital ruhar des cas quasi désespérés. Deux d'entre eux étaient des blessés graves du crash de l'Aigle, et ils ont eu droit à des soins de haute technicité. Les toubibs ruhars ont mis du temps à s'adapter à notre biochimie. Mais par chance, la leur est basée sur l'ADN, tout comme la nôtre. D'après les rapports, tous les blessés devraient bientôt récupérer pleinement, au point de régénérer une jambe entière. En apprenant que nous acceptions l'assistance médicale des Ruhars, les Kristangs ont été tout bonnement furieux. Ils avaient même pris à parti le commandement de la FENU qui osait fraterniser avec l'ennemi ! À ce que j'avais ouï dire, les pourparlers s'étaient envenimés, et le général Meers avait signifié à ces maudits reptiles que nous n'aurions pas à envoyer nos blessés aux hôpitaux ruhars si seulement ils – ces lézards de malheur – nous faisaient la grâce de partager leurs technologies médicales. (Elle sourit.) Le Vieux ne cédera devant personne, homme ou reptile.

— Suis-je dans la merde, madame ?

— Sûrement pas, Bishop. Je vous le disais, faites profil bas le temps que ça se tasse d'ici quelques semaines ou même quelques mois. Voyez-y l'occasion de découvrir un peu plus cette planète.

Je n'y crus pas une seule seconde.

Après avoir fait mes adieux à mon équipe de tir, je fis par bonds une série de vols à destination du lance-cargo. Procédure aussi longue que fastidieuse, pour moi qui étais d'une humeur massacrante. Je n'avais rien fait de mal, mais si la FENU avait besoin d'un bouc émissaire aux yeux des Kristangs, mes chefs attendaient certainement de moi que je me jette sur la pointe de mon épée – figurativement parlant. Une rétrogradation paraissait des plus probables, je n'étais pas sergent depuis bien longtemps, et être aux commandes d'une équipe allait me manquer. On avait fait du bon boulot à Teskor ; on avait réussi à éviter les embrouilles, on avait établi de bonnes relations avec les autochtones, on avait glané des renseignements dignes de foi qu'on avait remontés à notre hiérarchie. Sans compter qu'on avait aménagé un terrain de basket faisant de notre poste de commandement un endroit populaire pour que les patrouilles viennent y faire halte, un bon point pour le moral. Il n'y avait pas eu de graves frictions au sein de mon équipe de tir – pas de plus graves en tout cas que ce à quoi vous vous attendriez avec quatre types crapahutant au milieu de nulle part, dépourvus de passe-temps. Quand on repensait à notre mission à Teskor, ça avait presque l'air idyllique, paisible. Nous avions atterri sur une planète hostile dont nous avions pris le contrôle, et nous contribuions au conflit armé, démontrant aux Kristangs que nous étions capables de faire notre part, à notre modeste niveau. Nous avions le sentiment d'avoir un but, le sens de l'accomplissement, nous avions tous guetté le jour où les habitants de Teskor quitteraient cette planète. Ce serait mission accomplie pour nos EOI, nos Équipes d'observation intégrées.

Avec le recul, ma vision de notre temps passé sur Teskor me parut moins idyllique à mesure que la bourgmestre me faisait part de renseignements troublants. En apprenant que l'humanité avait été dupée, incitée à mettre sur pied une Force expéditionnaire, et que la FENU, aux yeux des Kristangs, n'était rien de plus en somme qu'un vivier de troufions à louer, que ces lézards considéraient la Terre comme un butin de guerre à exploiter à leur discrétion… Comment ensuite persister à voir en tout cela le moindre sentiment du devoir accompli ? Être par-dessus le marché dans l'incapacité de partager mes découvertes avec ma propre équipe de tir avait mis une certaine distance entre nous ; mes co-équipiers n'étaient pas sans savoir que je voyais un officier ruhar de haut rang, ils voyaient bien qu'un officier du renseignement de la FENU m'avait rendu visite au lendemain de ma rencontre avec un Ruhar, et ils étaient autant capables que n'importe qui de remettre les pièces du puzzle. Sans oublier, naturellement, les rumeurs. Certaines remontaient aux infos de la bourgmestre, et ne manquaient pas de me rendre nerveux à propos de la sécurité des données glanées au sein du Q.G. de la FENU. Franchement, ça me mettait hors de moi ! Et alors quoi, j'étais censé garder tout cela sous le sceau du secret, alors que tous ces on-dit tournaient déjà à plein régime ? Et je ne pouvais même pas murmurer à mes gars ce qui n'était que pure connerie, ce qui recelait au contraire une once de vérité. Un grand nombre de ces échos était de la vraie merde.

Dorénavant, mon équipe de tir avait un nouveau sergent, et se trouvait affectée au contingent du QG. Mes gars se demandaient ce qu'ils avaient bien pu faire de mal. Personne n'ajoutait foi à cette histoire à la con selon laquelle notre EOI aurait été retirée de Teskor parce que notre mission était accomplie. Ce stupide état-major de la FENU n'avait même pas eu le bon sens élémentaire de nommer une nouvelle EOI, se contentant d'abandonner Teskor à son sort. Mais bien sûr… ça n'avait pas l'air suspect du tout, tout ça. Les EOI étaient toujours en place d'un bout à l'autre de la zone, à l'exception du village où je m'étais entretenu avec la bourgmestre. Voilà de quoi avait l'air la couverture de la FENU : le chef d'équipe du Dumbo qui m'emmenait sur le lance-cargo, un type que je n'avais encore jamais croisé de ma vie, me demanda ce que j'avais bien pu faire pour que la FENU doive retirer notre EOI de Teskor. S'exhalaient de tout cela un doux parfum de scandale et des commérages si croustillants qu'ils avaient fait le tour de la planète à la vitesse de la lumière. Voilà que toutes les mesures de sécurité des télécommunications et systèmes d'information mises en œuvre par la FENU pouvaient être tenues en échec par deux gus s'échangeant des ragots sur leur zPhone…

À la base de lancement, je me présentai à un certain capitaine Price, au bâtiment administratif, structure pour laquelle la FENU avait pris la succession des Ruhars aux manettes des opérations du lanceur. En arrivant du terrain d'aviation, je vis nombre de Ruhars postés devant la clôture de la base que la FENU désignait sous l'appellation de Fort Arrow. Étant donné que les humains ignoraient comment manœuvrer ou même entretenir le gigantesque dispositif de lancement électromagnétique propulsant du fret dans l'espace, le bouleversement le plus marqué avait eu trait au drapeau flottant au-dessus de la base ; les hamsters géraient toujours le réacteur, et le restant du complexe du lance-cargo. La FENU avait aménagé Fort Arrow dans la cité ouvrière en développement près du réacteur à fusion, en s'appropriant le bâti existant pour le réutiliser à des fins militaires. Logique, ma foi, dans la mesure où la FENU ne comptait pas faire souche sur Paradis pour investir dans d'autres infrastructures que celles existant déjà. Entre le terrain d'aviation et Fort Arrow courait un passage à demi-sécurisé ; de part et d'autre, les hamsters vaquaient à leurs occupations.

L'aide de camp du capitaine Price me fit poireauter pas loin d'une heure, pendant laquelle, d'où j'étais assis, je lorgnais la porte du bureau. L'officier était là, je l'entendais parler au téléphone, entre deux longues plages de silence. Ce n'était pas comme s'il était bousculé au point de ne pouvoir prendre quelques minutes de son temps si précieux pour me souhaiter la bienvenue, au minimum. On n'avait pas servi de petit déjeuner sur le Dodo, j'avais la dalle, je voulais me dégoter un peu de bouffe à me mettre sous la dent avant que le réfectoire ne ferme boutique. Enfin ! Price apparut sur le seuil de sa porte, me toisa d'un œil résolument inamical et, comme je bondissais sur mes pieds pour le saluer, grogna :

— Bishop.

Une affirmation, bien plutôt qu'un salut.

— Oui, monsieur. Sergent Bishop au rapport.

Je n'avais pas d'ordre du jour à lui remettre, tout se trouvait sur nos téléphones ou nos tablettes. Dans son bureau, il ne m'invita pas à m'asseoir ; je restai gauchement au garde-à-vous, à la droite de l'embrasure.

— Bishop, répéta-t-il en désignant un truc que je ne pouvais voir sur sa tablette. Le fameux « Barney ».

Et merde. Ils commençaient vraiment à me pomper l'air, tous autant qu'ils étaient !

— J'ai ici vos ordres, reprit-il. Et votre dossier personnel. Le manque criant de discipline semble être votre tendance de prédilection. Tout comme votre complaisance à agir dans la précipitation. Ici, à Fort Arrow, il n'est pas question qu'on tolère de tels manquements. Vous pouvez toujours vous imaginer que votre quart d'heure de gloire vous donne droit à un traitement spécial. (Je ne me donnai même pas la peine de protester, le mec avait déjà pris sa décision à mon propos.) Un « golf de novembre », pigé, mon vieux ?

— Mais oui, monsieur.

Profil bas, quoi. Le QG de la FENU tenait surtout à ce que je me tienne tranquille. En commençant par la boucler.

Mais voilà, un simple « oui, monsieur » ne suffisait pas, apparemment. Price en voulait au monde entier, il tentait d'épater la galerie, et il comptait bien tirer pleinement profit d'un auditoire captif. Moi…

— Vous n'êtes pas sans savoir que Fort Arrow est un dépotoir pour paumés et râleurs. (En vérité, je n'avais rien entendu de tel ni entendu parler de « râleurs » ou de « mécontents » depuis au moins l'école élémentaire.) Le QG de la FENU estime que, dans la mesure où les Ruhars ont besoin du lanceur pour exporter leurs semences dans la galaxie, Fort Arrow est à l'abri des attaques ; une présence significative en matière de sécurité ne s'impose pas. (OK, je n'étais donc pas en cause. C'est avec le QG de la FENU que Price avait du souci à se faire, et moi, je n'étais jamais qu'un exutoire commode sur lequel se défouler de ses contrariétés.) Ils ont tort, car si jamais les Ruhars tentent de reconquérir cette planète, le lanceur constituera leur premier objectif. C'est une force d'élite.

Il tapota par deux fois son bureau de l'index, histoire sans doute de souligner son propos. Quant à moi, tout ce que ça m'inspira ? Qu'il ferait mieux de se couper les ongles...

— D'élite. Ici, à Fort Arrow, il faut qu'on prouve aux Ruhars que nous sommes forts, qu'il est inutile qu'ils cherchent à reprendre ce site.

Je hochai la tête. À quoi bon m'opposer à sa logique douteuse ? Si les Ruhars parvenaient à mobiliser en orbite une flotte assez puissante pour chasser les Kristangs de là, les humains pris au piège à la surface ne représenteraient jamais qu'un léger contretemps. Calés en orbite, les hamsters pourraient recourir à des frappes de précision à l'aide de canons électromagnétiques, de lasers optiques et de missiles intelligents pour éliminer toute résistance humaine ; toute force armée cantonnée à Fort Arrow n'y résisterait pas.

— Nous n'avons pas de place pour vous ici, et vous feriez mieux d'éviter les ennuis. Je vous affecte aux missions d'escorte de convois. Vous aurez à rendre compte au sergent-chef Lombar demain matin. Tâchez donc de vous tenir à carreau et...

— Monsieur ? (C'était l'aide de camp de Price, à l'entrée du bureau.) Le colonel Young arrive...

À point nommé, Young fit son entrée, lâcha son baluchon sur une table d'appoint, se passa une main sur la figure afin d'en chasser la sueur, puis plongea la tête par l'entrebâillement de la porte de Price.

— Mais putain de merde, on l'a dans l'cul bien profond, les mecs ! Voilà que nos potes les Kristangs retirent leur destroyer demain, ce qui nous laisse avec une seule et unique frégate en orbite en guise de tirs d'appui. Vous voulez parier que cette frégate déguerpira au premier signe de cuirassé hamster ? Le Vieux exige des planifications de mesures d'urgence au cas où les Ruhars reviendraient à la charge. On doit se tenir prêts à défendre cette planète par nous-mêmes.

— Ça va si mal que ça ? souffla le capitaine Price, surpris.

— Tellement mal qu'ils veuillent qu'une section se retire d'ici dès demain, pour se redéployer et renforcer la sécurité de bases logistiques. La FENU se figure qu'en aucune façon les Ruhars ne se risqueraient à endommager le lanceur de fret. Si bien qu'ils décapent nos effectifs à seule fin de viser des cibles plus probables. Eh quoi ? (Remarquant le haussement de sourcils de Price, il se tourna à droite et m'avisa.) Et vous êtes, sergent… ?

Je lui fis un salut crispé.

— Bishop, monsieur. On m'a transféré ici, j'ai débarqué ce matin.

— Bishop, hein ? Celui qu'on appelle « Barney » ? On a eu vent de votre arrivée. (Impossible d'y échapper, décidément.) Vous pouvez déguerpir, sergent. En la bouclant. Non qu'on puisse empêcher que ça s'ébruite de toute façon, soupira Young.

— Oui, monsieur.

Je repartis aussi vite que possible, drapé dans ma dignité.

L'équipe d'escorte à laquelle j'étais affectée se rattachait à un excellent groupe, que dirigeait un sous-lieutenant sans la moindre expérience, assez malin toutefois pour écouter son sergent-chef. Le capitaine Price avait raison, il n'y avait pas de place pour un autre sergent dans l'équipe d'escorte. De sorte que j'y avais suppléé en qualité d'expert aguerri, fondamentalement, en me conformant à ce que le sergent-chef Lombar m'avait recommandé, en tenant ma langue et en restant positif, en ayant une bonne attitude, tout du moins en apparence. J'arborais toujours mes galons de sergent, je portais toujours une arme de poing et le système de gestion du personnel m'affichait toujours dans sa déroulante en tant qu'E5. Je n'avais pas été dégradé. Pas encore.

En gros, j'avais droit à une plus grande part de Paradis, les jungles équatoriales, les cols de montagnes, les pâturages. Une belle planète… dommage qu'elle soit infestée de hamsters, et qu'on doive la remettre aux Kristangs après. Paradis aurait fait une belle seconde patrie pour l'humanité. Puisqu'on n'était même pas foutus d'atteindre d'autres planètes de notre propre système solaire sans l'aide d'aliens, ce n'était jamais là qu'un vœu pieux.

En règle générale, un convoi prenait quatre à cinq jours aller et idem retour, pour transporter semences et autres denrées de hamsters. Les civils ruhars quittaient la planète par l'ascenseur spatial et non le lanceur, de sorte qu'on n'avait pas à faire face au chaos généré par des familles hamsters mécontentes. Or, il se trouve qu'on n'avait jamais rencontré de problème majeur venant des Ruhars ni d'actes aléatoires de sabotage. Ou alors… ? Fallait-il y voir leur version du doigt d'honneur à la FENU ? Voilà au moins qui me parlait. Aux yeux des Ruhars, nous humains étions la puissance d'occupation agissant comme misérables pions au nom des Kristangs. Dans leur cas, je me serais senti tout aussi réfractaire. Les familles ruhars étaient là depuis trois générations au moins, elles avaient établi leurs souches sur la fertile Paradis, vaquant paisiblement à leurs activités agricoles, se mêlant de leurs affaires, jusqu'à ce que le récent décalage du vortex amène les Kristangs à décider que le temps était venu pour eux de reprendre la main sur cette planète. La FENU avait exigé des escortes de convois afin de prévenir les problèmes, le raisonnement étant que les hamsters pourraient devenir encombrants à mesure que se rapprochait l'échéance de l'évacuation. Les Ruhars laisseraient la planète, et probablement pour toujours. Chinois et Français étaient tombés sur des traînards de hamsters dans des endroits censés avoir été totalement évacués, et des troupes de toutes nationalités avaient retrouvé des caches de munitions ruhars. À croire que les Ruhars n'avaient pas l'intention de partir sur la pointe des pieds, tout compte fait. Entre deux convois, nous passions un jour ou deux à Fort Arrow, ce qui nous permettait au moins de dormir dans un bon lit, de manger un repas chaud, d'avoir à disposition une salle de gym, des terrains de base-ball et autres infrastructures de repos et détente. Fort Arrow avait même une belle piscine, offrant le spectacle de soldates en maillots de bain. Pas une fois, hélas, au réfectoire de Fort Arrow, je n'eus la chance de tomber sur des cheeseburgers au menu. J'eus droit à de bons fish and chips, à un pain de viande correct – plus pain que viande, cela étant dit –, et à une tourte au poulet davantage fourrée aux petits légumes qu'à la volaille, avec une croûte bien épaisse. Sur Paradis, la viande de toute origine semblait bien être en rupture de stock. Le bruit courait que les vaisseaux terriens d'approvisionnement étaient retardés, fonctionnaient selon des horaires irréguliers ou encore qu'ailleurs, dans le quadrant, des cuirassés contraignaient les Thuraniens à détourner leurs bâtiments. Peu après que nous humains avions pris le contrôle du Lanceur, le commandant de la base de la FENU avait ordonné de planter un jardin afin qu'on ait au moins des fruits et légumes frais. Tomates, melons, oignons, épinards, poivrons… tout ce qui peut garnir l'étal typique du fermier au marché. Je sus un jour que la situation devenait préoccupante lorsque les seuls choix au menu de la cafèt' de Fort Arrow se réduisirent à épinards en salade ou fajitas végétariennes. Sûr que les épinards fournissent une bonne source de protéines à moindre coût, et que c'était assez goûteux quand j'agrémentais ma salade de verdure de noix et de croûtons. Mais il arrive qu'un soldat veuille bien d'un beau morceau de viande où planter les dents. Et de fromage. Et d'un petit pain. Grillé. Et de ketchup. Une jetée d'oignons frits, ce serait sympa aussi.

Alors qu'on approchait de Fort Arrow, destination de mon cinquième convoi, on avait hâte de goûter à nos trois jours de Repos & Récupération, le temps que nos véhicules en passent par l'entretien habituel. Le soldat de 2ᵉ classe Pope se pencha vers moi pour se faire entendre par-dessus le boucan du moteur électrique du chariot élévateur à fourche.

— Sergent, vous avez des vues pour notre R&R demain ?

La réaction initiale, quand j'avais rejoint les unités d'escorte ? D'abord, l'inévitable curiosité que suscitait ma petite célébrité, ensuite, le mystère… comment avais-je pu merder au point de me retrouver parachuté en mission d'escorte à Fort Arrow ? J'avais accepté de bonne grâce le sempiternel surnom « Barney ». J'avais dû l'entendre un bon milliard de fois… et je le recevais à chaque fois par une réponse affable et bon enfant. Au début, notre lieutenant était plutôt sceptique à mon égard. Et puis le sergent-chef Lombar me laissa gérer une part de la charge de travail, à savoir des questions administratives mineures qui lui faisaient perdre son temps. Bref, dès que Lombar me jugea prêt, je fus pleinement accepté, ce qui me fit du bien au moral.

— Rien de particulier, pourquoi ?

Les prévisions météo nous promettaient du temps embrumé, chaud et humide, des averses orageuses, caractéristiques des zones équatoriales en cette époque de l'année.

— Un spationef kristang s'est écrasé à environ cinq kilomètres au nord de la base, m'expliqua Pope. Allons voir ça de plus près, si vous êtes des nôtres ?

— Un vaisseau spatial tombé d'orbite ? Nom d'un chien ! Des vestiges ? Il en reste quelque chose ?

À quoi bon chercher à dissimuler mon empressement ?

— Hmmm… J'ai vu des enregistrements vidéo de témoins. D'après eux, il s'agirait d'une frégate, qui se serait crashée à quelques miles au nord de la base, précisa Pope. On va vérifier ça, si vous voulez vous joindre à nous.

— Un spationef sorti d'orbite ? Nom de nom ! Il en reste des vestiges ?

Là non plus, je ne cherchais pas à dissimuler mon vif désir d'en savoir plus.

— Hum… J'ai donc vu des captures photos de témoins oculaires. D'après eux, il s'agit bien d'une frégate. À la suite du conflit où les Ruhars avaient dernièrement reconquis les lieux. C'est donc très ancien, et la jungle a repris ses droits. Mais bon, la structure majeure a résisté. Les hamsters ont simplement épuré les armements et le réacteur. La FENU nous dissuade d'aller fureter sur place car les Kristangs sont chatouilleux sur le sujet. Mais beaucoup ne s'en privent pas.

— Euh, bon… J'aimerais en être. (Et pas question d'emporter des souvenirs, hein. Les Kristangs désapprouveraient forcément.) Merci.

Tôt le lendemain matin, on dressa des plans pour mettre le cap sur le bâtiment abattu. Au petit déjeuner, le soldat de 2e classe Crockett nous rejoignit d'un pas alerte en murmurant :

— Dépêchez-vous et fichons le camp d'ici. Un général indien arrive en tournée d'inspection, et donnera un speech après le déjeuner. En la circonstance, tout le monde est réquisitionné, histoire de remplir la salle et d'assurer la claque.

« Tout le monde » grogna à qui mieux mieux. Personne ne tenait à rester assis au carré des officiers, guindé et mal aéré, à se farcir un énième ennuyeux discours compassé de plus. On avala vite fait nos œufs en poudre reconstituée, nos toasts, et on fit main basse sur nos sandwichs au beurre de cacahuète avant de nous carapater au plus vite dans la jungle. Quiconque resterait là au mess, plus ou moins désœuvré, était certain d'être « volontaire désigné d'office ».

« Environ cinq kilomètres » jusqu'au bâtiment abattu ? Dans les quinze kilomètres bien tassés, plutôt ! Et il n'y avait pas de route, on avait dû faire le trajet à pied. Les gens du cru avaient fini par tracer une sente à travers la jungle. En quelque sorte… Car certains avaient jugé préférable de contourner les collines et autres éminences, cherchant des endroits moins encaissés pour traverser des cours d'eau, d'éviter également mares de boue et îlots de ronces. Du coup, la sente en question n'était guère balisée. La faune avait également ses passages repérables, et ses culs-de-sac. On s'efforça donc de suivre la piste la plus empruntée, sauf que cela s'avéra une bien mauvaise approche dans la mesure où nos prédécesseurs avaient visiblement été de pauvres idiots. Plus d'une fois, je me retrouvai enlisé jusqu'aux genoux dans des ruisseaux forestiers bourbeux. Il faisait chaud et humide, la jungle fourmillait de gros insectes rampants, et même si on nous assurait qu'ils n'étaient pas venimeux, ça foutait les jetons ! Je n'arrêtai plus d'écrabouiller ces bestioles tombant du haut des arbres sur ma nuque, en quête d'un casse-dalle à portée de mandibules. Des insectes qui, manifestement, n'avaient pas eu connaissance de la note de service spécifiant que les humains n'étaient pas comestibles pour le commun de la faune endémique de Paradis. Ou alors, ils exécraient de base les enfoirés qu'on était, et cherchaient juste quelque chose à mordre de leurs dards ou de leurs pinces.

Ce « risque d'averse dans l'après-midi » qui équivaut, sous les Tropiques, au « risque d'ensoleillement matinal » vira au déluge. Oh, ça dura peut-être moins de cinq minutes, en en paraissant beaucoup plus. Dès les premières secondes, nous fûmes trempés comme des soupes. Certains tentèrent de se réfugier sous le couvert des larges feuillées des grands arbres – jusqu'à ce que la foudre frappe. Lorsque les trombes d'eau se calmèrent enfin, le soleil reparut, et ce fut comme de traverser une étuve. De grosses gouttes d'eau gorgées de soleil tombaient du haut des frondaisons sur nos têtes, l'atmosphère saturée d'humidité était à couper au couteau, et les insectes léthargiques avant l'orage étaient maintenant bien éveillés, et affamés. Et pourtant… on en convenait tous, c'était encore mieux que d'écouter un speech assommant au mess.

Livré à moi-même, je n'aurais jamais pu retrouver ce bâtiment en perdition. Nous humains comptions beaucoup trop sur les nouvelles technologies, même sur Terre, et je commençais à perdre des compétences de base, comme de savoir lire une carte, ou de pratiquer la topographie, la navigation à vue. On finit par tomber dessus, en remontant tout bêtement les traces d'emballages d'EMR. À ce que j'avais ouï-dire, je m'attendais à ne plus trouver là que la carcasse du vaisseau, mais à ma grande surprise, l'épave était moins accidentée que ce que j'avais craint. Une épave impressionnante cela étant dit – et si les frégates kristangs étaient de cette taille, je détesterais les affronter en pleins conflits spatiaux. Une grosse partie de la section arrière manquait là où, j'imagine, les Ruhars avaient éliminé le réacteur à fusion nucléaire, et le nez du vaisseau était enfoui dans le sol marécageux. Jaugeant la distance d'un bout à l'autre du châssis en ruine, j'estimai l'appareil plus imposant qu'un sous-marin nucléaire, peut-être de la longueur d'un porte-avion. Voire plus. Un appareil essentiellement composé, à ce que j'en découvrais, de moteurs ou d'une section technique ; cette partie avait-elle été pressurisée avec de l'air respirable ? Ça me paraissait aller de soi, puisque les moteurs ont besoin d'entretien. On réussit à se faufiler dans les décombres et à les explorer en fouaillant l'obscurité du pinceau lumineux de nos lampes torches. Il n'y avait guère d'animaux dangereux sur Paradis, une sacrée bonne chose dans la mesure où la seule arme que nous avions était mon arme de poing. L'intérieur était boueux, mangé par les herbes, infesté d'insectes. L'ennui nous gagna rapidement, puis on eut faim. Quelqu'un suggéra de nous hisser sur la carlingue, histoire de ne plus patauger dans ces eaux croupies.

C'était une journée plutôt sympa, loin de la base, consacrée à l'exploration à l'abri des tirs hostiles. J'avais une gourde de jus d'insecte, un sandwich au beurre de cacahuète, une barre énergétique *Hooah!* et un sachet de fruits secs. Que demandait le peuple ? D'après la rumeur, il y aurait du poulet à la cafèt' ce soir, et je comptais piquer une tête à la piscine ensuite, jouer au basket ou même au base-ball.

Une main en visière, je levai les yeux pour vérifier la position du soleil, de l'astre local ou autre terme correct, et je vis les feux scintillants caractéristiques d'un astronef effectuant son saut dans l'espace normal. Un autre transporteur ruhar ? On en voyait régulièrement. L'idée même de vaisseaux voyageant plus vite que la lumière me fascinait toujours.

Nouveau scintillement. Ce qui, a priori, n'avait rien d'insolite, les transporteurs ruhars navigant parfois de conserve, immanquablement escortés d'astronefs kristangs, des frégates la plupart du temps. Non que je puisse vraiment faire la différence en ne voyant d'eux que la partie ventrale. Hmmm… Des feux à éclats. Et encore.

Beaucoup plus.

Pope leva la main vers les cieux.

— Euh… les gars… Il y a pas mal de vaisseaux là-haut.

Le groupement tactique des Kristangs était donc de retour ?

Mon zPhone émit une sorte de gargouillis étranglé puis redevint silencieux. Et merde… voilà qui n'augurait rien de bon. Je cliquai sur l'icône du canal tactique du haut commandement et n'obtins que des parasites. J'essayais déjà de joindre quelqu'un, n'importe qui, sur mon téléphone, quand un rayon incandescent fusa du haut des cieux, suivi d'une conflagration massive en direction de Fort Arrow. Une colonne de terre explosa à l'horizon, se muant instantanément en champignon atomique. On l'avait tous vu sur les vidéos pédagogiques : une frappe de canon électromagnétique. Un dard de tungstène ou, plus probablement, quelque autre matériau alien, stimulé par un pourcentage conséquent de vitesse supraluminique, trouant l'atmosphère pour venir percuter la surface d'une planète. En l'occurrence, Fort Arrow. Témoin impuissant de l'attaque, bouche bée, je voyais toujours plus de traînées de condensation jaillir en courbes pour fondre sur la base. Des missiles intelligents à haute vélocité, talonnant les dards des canons électromagnétiques. Les explosions s'enchaînaient en cascade à Fort Arrow.

Tout le monde eut la même réaction que moi. *Putain de merde* ! Et... *que faire maintenant* ? Faute de directives à suivre, on dégringola du haut de la carlingue. Je lançai des coups d'œil à la ronde pour m'assurer qu'il n'y avait toujours pas de changements, mais non : nous étions dix-sept soldats avec, en tout et pour tout, une seule arme de poing – couteaux exceptés. Et ça ne nous serait pas d'une grande utilité contre les Ruhars.

— Sergent, que se passe-t-il ?

Sergent... Tous les visages s'étaient tournés vers moi. Merde alors ! Mes compagnons étaient soit des soldats de deuxième classe, soit des consultants. Et c'était bien moi le sergent de service, pas vrai ? Pas plus tard que ce matin, je n'étais encore qu'un type *lambda* partant crapahuter dans les bois. Et maintenant, les chevrons galonnant ma veste d'uniforme, ainsi que mon arme de poing, signifiaient bien que c'était à moi d'agir. De faire quelque chose.

— Vous en savez autant que moi. Quelqu'un capte un signal sur son téléphone ? (Ils secouèrent la tête. Au moins, ils avaient eu le réflexe de vérifier.) Les Ruhars doivent brouiller nos communications, je n'ai même plus de signal de navigation.

Et pas davantage de fonctionnalité de proximité m'indiquant sur la carte les téléphones des gens les plus proches. Le système entier devait être dans les choux.

— Bref, les gars, le réseau est HS, autant mettre vos téléphones en mode avion.

Ce qui devrait empêcher nos zPhones de transmettre le moindre signal, et encore qui plus est de partager notre localisation. Même quand nos téléphones étaient en mode furtif, la FENU soupçonnait les Kristangs d'avoir le moyen de nous géolocaliser. Mais avions-nous le choix ? La dernière chose dont on ait besoin, c'était que les hamsters puissent nous fliquer. Restait à espérer qu'ils n'étaient pas plus en mesure de se brancher sur la technologie kristang. Avec une base militaire littéralement KO, un groupuscule de dix-sept humains allait offrir une charmante cible secondaire...

— Attrapez vos équipements, ordonnai-je machinalement, oubliant qu'à cet instant, les « équipements » en question se limitaient à des baluchons et à des gourdes. On retourne à la base en quatrième vitesse !

— À la base ? s'étouffa le soldat de deuxième classe Collins en désignant la colonne de fumée au loin. (Et à peine se récriait-il qu'une autre explosion nous en parvint.) Mais quelle base ? Celle-là n'existe plus, impossible !

— Ça, on ne peut pas en jurer. Et on ne risque pas d'en avoir le cœur net en restant ici, planqués dans la jungle. On retourne à la base parce que des malheureux ont peut-être besoin de secours, et parce que c'est notre devoir. S'il vous faut encore plus de motivation, les Kristangs constituent notre unique possibilité de rentrer chez nous, notre seul moyen d'acheminer encore des provisions jusqu'ici. Si jamais les Ruhars reviennent s'implanter ici avant le retour des Kristangs, on se retrouvera tous dans une merde noire !

— *Si* ces satanés lézards se repointent ici ! grogna Collins. Et comment allons-nous empêcher les hamsters de revenir installer leur campement ? On n'a même pas d'armes !

— On va leur damer le pion, voilà ce qu'on va faire ! En les prenant au dépourvu, en multipliant les frappes chaque fois que possible, en gagnant du temps pour que le groupement tactique des Kristangs puisse revenir.

J'embrassai du regard un groupe de soldats que je ne connaissais encore que vaguement, provenant de multiples escortes de convois. Je ne savais même pas leurs patronymes, on s'était rencontrés à la cafèt' pas plus tard que ce matin.

— Je ne vous connais pas tous, je sais juste que certains d'entre vous m'ont dit que vous n'aviez pas fait tout ce chemin pour venir jouer les infirmières auprès d'une bande de hamsters. (Une plainte fréquente au sein de la FENU.) Voilà enfin notre chance de rendre coup pour coup !

— Sergent, reprit Pope, le devoir, je suis à fond pour. Mais Collins n'a pas tort : qu'est-on censés faire sans armes ?

L'experte Amaro ajouta son grain de sel – je peux jurer qu'elle s'était dressée sur la pointe des pieds et avait levé la main comme à l'école élémentaire.

— Il y a une décharge de munitions près de la base, dans un dépôt hamster creusé à flanc de colline, le long de la voie d'accès longeant la piste du lanceur. J'y avais livré des fournitures il y a un mois. Ça doit toujours être là ?

Je rebondis aussitôt :

— Des lieux occupés ? Gardés ?

Autrement, nous n'aurions sans doute aucun moyen d'ouvrir les portes du bunker.

— Le jour où j'y étais, j'ai croisé deux types. Il y a une porte d'entrée massive, et une sorte de petite cahute pour les gardes. Les hamsters, eux, n'avaient rien de tel, ils l'avaient laissé sans surveillance. Mais au fond, ce ne sont que des conjectures, après tout, je n'en sais rien. (Elle jeta un coup d'œil à la carte qui s'affichait sur son zPhone.) Merde ! Sans le GPS, j'ignore où c'est. Pas loin ? On voit bien qu'ils ont entaillé les coteaux pour atteindre les voies d'accès…

Elle désignait une cicatrice horizontale longeant la montagne à l'ouest. Cicatrice dont seul un tronçon transparaissait au travers des futaies. Lors de mon arrivée à Fort Arrow, j'avais eu de brefs aperçus de ces routes d'accès, justement. D'après les cartes, une voie de desserte courait le long des deux côtés du lanceur, avec, à la clé, des routes secondaires menant au tube de lancement proprement dit à chaque kilomètre ou presque.

— Bon, alors, d'autres en sont passés par là ? Non ? (Tout le monde secouait la tête. Si bien que j'étais tenté de remonter sur la carlingue rien que pour avoir une meilleure vue.) D'où nous nous trouvons, pourrait-on accéder à la voie de desserte s'embranchant d'ici ?

Amaro avait l'air secoué.

— Hum… Je ne sais pas… sergent ?

Dans le jargon militaire, concéder un « je ne sais pas » est une réponse parfaitement acceptable – bien plus que de pipeauter pour vous sortir d'affaire, voyez ? Quand on profère un « Ben, je ne sais pas », c'est censé être suivi par un « mais je me renseignerai et j'en rendrai compte ». Comme on dit, il y a loin de la coupe aux lèvres…

Maugréant, elle tapota l'écran de son zPhone.

— C'est bon, Amaro, on s'en remet trop à la haute technologie et on laisse nos compétences élémentaires de navigation aller à vau-l'eau, que voulez-vous. C'est mon cas en tout cas.

Ce qui était la pure vérité, car sans GPS, je n'avais plus aucune foutue idée d'où on pouvait bien se trouver. Je resserrai les sangles de mon paquetage et renvoyai les regards que m'adressaient mes compagnons d'infortune. Parfois, tout ce qu'il fallait aux gens en détresse, c'était d'entendre quelqu'un, n'importe qui, annoncer qu'il avait un plan.

—Alors, les gars, aux armes ! Amaro, à vous d'ouvrir la marche, et pas trop d'empressement, hein, la course s'annonce longue.

La course fut longue en effet, en pleine moiteur – plus de six kilomètres je dirais, dont un bon quart en montée. Dès qu'on accéda à la bretelle de desserte, ce fut moins dur ; Amaro reconnut un éboulis et en déduisit le meilleur chemin à suivre le long de la route. On accéléra le rythme au mépris d'une chaleur croissante – et de gourdes d'eau vidées. Allonger nos foulées était tout de suite moins ardu, et, incitation supplémentaire ? La perspective de voir bourdonner l'offensive ruhar au-dessus de nos têtes. Chaque fois qu'on apercevait l'un de ces engins de largage attaquer les coucous de la FENU, les fameux « Vautours », on quittait le chemin d'un plongeon à couvert. Nous planquer à l'ombre des feuillées nous faisait sentir un peu moins exposés. Mais si vous voulez mon avis, avec leur technologie de pointe, les Ruhars savaient exactement où nous étions. Un groupuscule d'humains désarmés ? Ça ne valait pas « la corde pour se pendre ». Autant économiser ses munitions, quoi.

On tomba sur le chemin de traverse menant à la décharge de munitions. On avait couru peut-être dans les cinq cents mètres lorsqu'une voix désincarnée monta des broussailles, sur le bas-côté :

— Halte là ! Plus un geste !

Le gus qui braquait un fusil sur ma tête, eh bien, voyez-vous, j'aurais adoré qu'il parle d'une voix nettement plus assurée.

— Sergent Joe Bishop, de la 10e brigade d'infanterie. Qui est le chef ici ?

— C'est vous, s'éleva une autre voix – celle d'un type qui s'écarta d'un tronc d'arbre. C'est rien que nous ici, sergent. Je suis l'expert Rogen et là, sous les broussailles, vous avez le soldat de 2ème classe Wayne.

Merde, tiens. Moi qui espérais tant qu'il y aurait un plus haut gradé au dépôt de munitions, histoire de me décharger de mes responsabilités.

Rogen tapota son zPhone clipsé à son ceinturon.

— Nos communications sont HS.

Je notai que Rogen gardait son fusil braqué sur nous, canon légèrement baissé mais doigt sur la détente. Wayne et lui étaient en uniforme. Nous autres étions en short et tee-shirt, et ils ne savaient rien du nouveau gus s'autoproclamant sergent. Rogen jeta un coup d'œil par-dessus mon épaule.

— Eh, toi, t'es Miller, pas vrai ? En mission d'escorte ?

— Ouais. Tu fais partie de l'équipe de base-ball, Arrêt-court ?

— Seconde base. (Voir une tête connue parut rassurer Rogen, qui adressa un hochement de tête à Wayne ; tous deux sécurisèrent leurs armes.) Que se passe-t-il, sergent ?

— On en sait autant que vous : nous étions partis explorer cette épave quand tout a dérapé. Soit les Ruhars ont une vision très large du cessez-le-feu, soit ils ont décidé qu'ils voulaient reconquérir cette planète. (Je repensai à ce qu'avait dit le capitaine Price – et qui ne relevait plus de données confidentielles.) La semaine dernière, à ce qu'il paraît, les Kristangs auraient démobilisé leur couverture aérienne, à l'exception d'une frégate, et une sorte de flottille d'action montait en première ligne. Je pense que les Ruhars ont visé Fort Arrow d'une frappe électromagnétique. (Du dépôt de munitions, impossible de voir la base : un éperon montagneux en bloquait la vue, exception faite des fumées noires qui s'en élevaient toujours.) On n'a plus accès non plus à nos communications, autant régler vos zPhones en mode avion, afin que les Ruhars ne puissent nous pister.

Wayne décocha un coup d'œil à Rogen, comme s'ils avaient déjà eu ce genre de débat, que Wayne aurait perdu.

— Ils connaissent forcément l'endroit. (Rogen désignait les lourdes portes d'entrée du dépôt de munitions.) Ce sont les hamsters qui l'ont construit, pas vrai ? Et ils verront qu'on y a ajouté une guérite, histoire qu'ils sachent qu'on utilise l'endroit.

La guérite ? Une petite structure terrienne où les gardes se mettaient l'après-midi à l'abri des pluies tropicales. Voilà.

— Je ne vois pas de véhicule, fit remarquer Pope. Vous avez un hamvee, les gars ?

Wayne secoua la tête.

— Non. On est censés être relevés de notre d'ici deux heures, et les suivants arriveront dans un camion que nous ramènerons à la base.

— Vous pouvez ouvrir ces portes ?

Je désignais l'entrée du dépôt de munitions.

— Nous avons le code, répondit Rogen, mais nous ne sommes pas censés…

— Rogen, si vous avez gardé ces armes en vue d'une journée pluvieuse, c'est le moment où jamais. (Il savait très bien ce que je voulais dire, sous un ciel sans nuage.) Fort Arrow vient d'essuyer une attaque en règle, et, autant qu'on sache, nous sommes le seul et unique groupe de résistance restant. On a besoin d'armes. Ouvrez ces portes.

La chance nous sourit : le dépôt contenait surtout des armes, mais aussi une petite réserve d'eau et de nourriture, que nous pillâmes allègrement. Pas de sel ou de tablettes d'électrolyte, hélas. Je m'assurai que tout le monde ait son content de cacahuètes ou de bretzels salés afin de reconstituer ce que nous avions perdu à force de suer.

— Emparez-vous d'un M4 et de munitions plus qu'il n'en faut, le genre efficace à pointes explosives – pas les cartouches ordinaires. (Tout le monde savait identifier les chargeurs kristangs.) Pope, Stallings, Newman et, euh, Wayne et vous… (je désignai cinq des types les plus baraqués de notre groupe), prenez deux Siffleurs chacun. Les autres, prenez un Siffleur et un AT4 en prévision. On ne sait pas ce dont on aura besoin, donc autant mettre toutes les chances de notre côté.

Je hissai sur mes épaules une paire de Siffleurs, histoire de donner l'exemple. Des missiles lourds à porter, surtout par-dessus le

M4. À bien y réfléchir, je me défis de l'étui de mon arme de poing, que je laissai sur une étagère. Inutile de trimballer un couteau en pleine fusillade.

Rogen aida Wayne à sélectionner un missile Javelin.

— Eh, mais c'est vous le Joe Bishop qui… ?

— Eh ouais, Rogen, je vous dirai tout ça plus tard, OK ?

Si du moins il y avait un « plus tard ».

— Cuirasse corporelle, sergent ? me lança Pope.

Je fronçai les sourcils.

— Euh… Je vous laisse en décider… (dis-je en me disant au même instant que c'était trop lâche de ma part de m'abstenir de trancher.) Attendez ! Non, pas d'armure corporelle. (Ce qui allait totalement à l'encontre des règlements de l'armée.) Il faut qu'on se déplace vite, et on est déjà surchargés.

Les voir hocher la tête ne laissa pas de me surprendre, je m'étais pourtant attendu à rencontrer quelque résistance à ce sujet. Tout le monde devait déjà comprendre que le kevlar n'allait guère nous servir face à des armes d'infanterie ruhars comme les rayons à particules. Les plastrons étaient surtout conçus pour protéger le torse de la mitraille, pas d'impacts directs. Eux dont je détestais supporter le poids en pleine canicule, ils m'avaient sauvé la vie au Niger, me préservant de graves blessures. Si jamais je survivais, je me ferais passer un savon pour avoir violé les règles au combat. Si du moins il restait un moindre représentant de la FENU pour me remonter les bretelles. Nous étions fins prêts à en découdre, et des gars cherchaient de nouveau en moi la rédemption. Et après ? Redescendre au trot la voie d'accès à la base, sous un soleil de plomb, c'était du suicide ou je ne m'y connaissais pas. Si les canonnières ruhars ne s'étaient pas souciées de nous jusqu'alors, sûr et certain qu'elles nous auraient dans le collimateur dès qu'on se rapprocherait de la base, armés jusqu'aux dents. Voir leur aéronautique zébrer les nuées me disait que les Ruhars n'avaient pas seulement attaqué Fort Arrow : ils avaient également débarqué des troupes pour conquérir le complexe de la base de lancement. Des troupes à terre ? Autant dire qu'on pouvait les prendre à parti. À condition bien sûr de s'en rapprocher assez.

— Quelqu'un a une carte de la région, du complexe de lancement ?

J'avais en tête une certaine vision mentale de la zone de Fort Arrow – rien de plus. Depuis mon arrivée, le lanceur avait opéré à trois reprises seulement – chaque fois quand j'étais en escorte de mission, loin de là. Le voir en action s'était, pour moi, limité aux traînées célestes de condensation, et de sourds grondements.

— Moi, sergent, répondit Amaro en venant me tendre son zPhone.

Je le pris et fis défiler les plans qu'elle avait téléchargés, histoire de me rafraîchir la mémoire. Ce qui ne me fut pas d'un grand secours. Le tube de lancement disposait d'un unique tunnel d'accès parallèle d'entretien au sud, et à chaque kilomètre d'axes latéraux reliés à la surface. Nous nous trouvions au sud ; atteindre le tunnel d'accès nécessiterait de gravir la montagne au tube de lancement enfoui. Ce qui n'était pas une option, avec toutes ces canonnières ruhars bourdonnant alentour. Je relevai les yeux de mon zPhone ; les soldats attendaient mes ordres. On pouvait toujours tenir un secteur de la zone du lanceur, livrer une bataille d'usure – que les Ruhars gagneraient haut la main – et maintenir ces positions jusqu'à notre dernier souffle. Donner notre vie pour gagner du temps ? Alors que c'était sans issue ? Un bon plan, franchement ? Ça n'en avait pas l'air. Les Ruhars se contenteraient de nous attendre au tournant, ou de répandre des gaz paralysants. Je repassai en revue les perspectives schématiques, en quête d'inspiration. Au combat, les décisions se prennent sur-le-champ, et j'avais déjà la cervelle lessivée. Le long du tunnel, je repérai de nombreux petits logements, électriques ou autres – autant de culs-de-sac, et de pièges mortels si jamais les Ruhars y surprenaient nos soldats.

— Une minute, c'est quoi ça ?

Je tendis le zPhone à Amaro. Il y avait un autre tube, plus petit, en parallèle au grand, situé au nord, là où nous étions.

Elle plissa les yeux sous la faible lumière.

— C'est le conduit du plasma provenant d'une centrale de fusion, fournissant l'énergie aux aimants du lanceur.

— Comment savez-vous ça ?

— Avant la guerre, je voulais devenir ingénieure électricienne, répondit-elle. Ça m'intéressait, et j'avais eu droit à une visite guidée du lanceur dès mon arrivée ici.

Mais qui m'avait offert une visite guidée à moi ?

— Ce conduit, il est rempli de plasma ? Un gaz surchauffé, c'est ça ?

— À peu près. Le plasma est le quatrième état de la matière – ni gaz ni liquide ni solide. Il n'empêche qu'il est sacrément brûlant.

— Mais encore ? (Une idée germait dans ma tête.) Le lanceur n'a plus été opérationnel depuis, quoi, trois jours maintenant ? Ils ne l'alimenteraient pas en plasma à moins de recharger un lancement, pas vrai ?

— Ah, ouais, le prochain tir n'est pas programmé avant la semaine prochaine, car il n'y aura pas de cargo ruhar, en orbite, pour réceptionner le fret. (Elle me dévisageait les yeux écarquillés, comme si elle devinait déjà l'idée folle que j'avais derrière la tête.) Le conduit s'est probablement refroidi maintenant, mais…

Je jetai des regards à la ronde, étudiant la vaste grotte excavée par les Ruhars, et que la FENU s'était en partie appropriée en guise de dépôt de munitions. Le fond était noyé sous les rouges sinistres de l'éclairage de secours, dû aux coupures d'électricité consécutives aux frappes contre Fort Arrow.

— Il nous faudra plus de lampes torches.

Le conduit s'enfonçait au cœur de la centrale de fusion. À l'instar du tube de lancement, le conduit comportait de nombreux points d'accès dédiés à l'entretien. La trappe la plus proche se situait à moins d'un kilomètre, nous étions passés à côté en gagnant le dépôt de munitions. J'y guidai donc mon escouade improvisée, en butte à une chaleur infernale et aux charges additionnelles de nos armements. On plongeait à couvert sitôt que des appareils ruhars nous survolaient ; dire que la journée avait si bien commencé… et qu'on se retrouvait plongés en pleine horreur. Dès qu'on atteignit le tunnel d'accès, je laissai les autres en sécurité et pris Amaro avec moi pour inspecter les abords de l'écoutille. Une écoutille protégée par commandes et senseurs électroniques – tout ce qu'il y avait de plus désactivé désormais. Et par un volant métallique tout simple. Je posai mon Javelin, agrippai le volant et tournai. Au bout d'une dizaine de tours, il céda en craquant. Pas de bouffée de plasma à la clé pour me griller les pieds. Je passai la tête par l'entrebâillement. Or, aussi loin que portait le rai de lumière de ma lampe torche, il s'agissait bien d'un tube obscure courant sous terre, à perte de vue. Un tunnel dans les trois mètres de diamètre. J'éteignis ma lampe pour tâcher de sonder les ténèbres à l'œil nu. Pas de lueurs discernables à l'autre bout. Des panneaux lumineux jalonnaient la voûte, tous HS.

Amaro passa à son tour la tête par l'embrasure.

— Eh ! Ça ressemble donc à ça ? C'est plus grand que ce que j'aurais cru. Le courant est aussi coupé ici, sergent. La centrale a dû être déconnectée. Ou touchée par les frappes.

— Les Ruhars auraient pris soin de ne pas toucher le réacteur, ils avaient besoin de garder le lanceur intact. Il a dû se mettre automatiquement hors ligne dès que Fort Arrow a été attaqué.

Fort Arrow avait été créé à partir de la ville construite par les Ruhars pour leurs congénères affectés au complexe du lanceur, au nord du réacteur à fusion. Nombre de Ruhars y vivaient encore, chargés d'exploiter et d'entretenir le lanceur comme le réacteur. Nos personnels techniques n'étaient pas en mesure d'interagir utilement avec cette technologie alien complexe. Fort Arrow se délimitait de la ville par une clôture, et les Ruhars eux-mêmes étaient cantonnés à leurs propres zones. Je suis convaincu que la flotte ruhar s'était soigneusement abstenue d'atteindre le secteur hamster de la ville. Je ressortis du conduit le temps de rallier mon équipe d'un signe.

— Voilà le plan : nous allons contre-attaquer. Ce tube souterrain assure la jonction avec la centrale nucléaire et comporte des débouchés sur l'extérieur. On va le remonter, surgir à revers de l'ennemi et semer le chaos. Allons dégommer du hamster ce matin, les gars !

Dieu merci, il y faisait noir comme dans un four.

Tout du long, j'avais les nerfs à fleur de peau, tant je redoutais que les Ruhars nous détectent et lâchent roquettes ou grenades dans ce conduit, nous vaporisant dans cet espace confiné. Ou qu'ils activent je ne sais quel mécanisme généré par plasma, histoire de nous rendre croustillants à point. En mon for intérieur, j'espérais que le réacteur avait été endommagé, qu'il n'était pas juste mis temporairement hors service, car ça voudrait dire que le plasma (et son pouvoir de nuisance) ne se remettrait pas en route de sitôt. Dans ce conduit, je ne décelai aucune caméra de surveillance. Du plasma surchauffé interdisait sans doute l'usage des caméras. Il devait pourtant y avoir le long des sortes de détecteurs afin de contrôler le plasma. Me restait à espérer que de tels capteurs ne pourraient pas détecter notre présence. Les Ruhars géraient le lanceur, la machinerie du réacteur, les capteurs, incluant l'ensemble des équipements de surveillance qui devaient être, selon moi, reliés à Fort Arrow. Après tout, je n'étais pas sans savoir que les humains géraient les systèmes de sécurité du lanceur et de la base. Fort Arrow ayant subi un pilonnage en règle, j'en étais réduit à espérer que les Ruhars n'avaient pas accès aux flux de surveillance. Sinon, ils nous détecteraient sitôt que nous passerions la tête hors du conduit et que nous nous risquerions dans la base.

Ce sur quoi je n'avais pas compté ? Les nombreuses pièces d'équipement sur lesquelles on trébucha. Je m'étais représenté le conduit sous la forme d'un tube lisse. Ce qu'il n'était pas. Amaro m'expliqua que le plasma était contenu par un champ magnétique aux aimants disposés tous les deux ou trois mètres. Lesquels aimants nécessitaient des câbles d'alimentation, lesquels câbles exigeaient à leur tour un bouclier thermique. Lesquels, tous autant qu'ils étaient, amenaient des soldats lancés au pas de course à trébucher, tomber et provoquer la chute de leurs compagnons tel un jeu de domino. L'étroitesse du conduit laissant péniblement le passage à une file indienne, des chutes n'entraînaient pas de simples écorchures aux coudes et aux genoux, non, c'était la file entière qui se retrouvait immobilisée par la force des choses. Ce que je redoutais le plus ? Un tir perdu risquant d'alerter les Ruhars. Mon mot d'ordre fut donc d'avancer à vive allure – sans négliger de souscrire à la plus élémentaire prudence, autrement dit en s'abstenant de trébucher pour un oui ou pour un non. Le chemin était long, on marcha pendant des kilomètres sous terre, dans une noirceur propice à toutes les claustrophobies ; seuls luisaient faiblement les jalons ruhars muraux. Par bonheur, il y régnait une bienfaisante fraîcheur. D'après Amaro, ça provenait probablement du froid résiduel des aimants supraconducteurs du principal tube de lancement venant purger un tube plasmique trop longtemps asséché. Dans ces cas-là, l'escouade maintenait la discipline – conversations minimales, et en chuchotant s'il vous plaît. Le résultat d'une formidable formation ? Ou bien étaient-ils morts de trouille comme moi ? Je n'avais pas envie de le savoir, voyez-vous. J'étais si terrifié que la lampe torche tremblotait entre mes doigts ; je la balançais de côté et d'autre, histoire de masquer les mouvements involontaires de ma main.

Ces kilomètres sous terre me laissaient bien trop de temps pour me perdre en conjectures. Étais-je en train de mener ces pauvres gens à leur perte tout ça parce que j'étais incapable d'imaginer quoi que ce soit de mieux à tenter ? De plus intelligent ? À vrai dire, je n'avais pas d'autres idées. Nous étions soldats ; on nous attaque, on riposte et on se bat. C'est tout simple. Si un officier m'avait ordonné ce que je venais d'ordonner à mes compagnons, je me serais exécuté sans conteste. Ce qui ne veut pas dire que c'était la bonne solution, ni même la meilleure chose à faire. Ce que j'avais dit à Collins était vrai : si les Ruhars cherchaient à reconquérir la planète, on allait tous mourir. Notre seule chance de réussite, en vérité, notre unique chance de survie, c'était encore de les ralentir dans leur progression, de les contraindre aux combats au sol, aux tactiques de guérilla si on en arrivait là, tout pourvu que ça fasse gagner du temps aux Kristangs afin qu'ils reprennent la maîtrise de l'espace. Et si les Kristangs ne pouvaient ou ne voulaient revenir reprendre les choses en main, nous étions des hommes morts de toute façon. Il fallait qu'on marque un point pour l'humanité, qu'on règle nos comptes avec les hamsters, et surtout qu'on montre aux Kristangs que les humains pouvaient être des alliés fiables, car c'était bien ce dont la population mondiale de la Terre avait besoin.

Enfin, du bout du conduit de la centrale nucléaire, je voyais le passage souterrain s'incurver et se ramifier en direction, sans doute, de la source génératrice de plasma. Où que ça puisse être, je ne tenais vraiment pas à m'y aventurer. J'ordonnai une halte, en exigeant que les lumières soient coupées le temps pour Amaro et moi d'étudier les diagrammes sur son téléphone. Je m'efforçais de localiser le réacteur par rapport à Fort Arrow : à l'est, plus haut sur la montagne, et plus près de la piste du lanceur. Si nous approchions de la ramification du conduit plasmique au réacteur, c'est que nous nous étions aventurés trop loin. Faire volte-face dans ce boyau étroit et rebrousser chemin ? Je n'y tenais pas du tout.

— Amaro, ce conduit débouche sur le réacteur, ou tout comme ?

— Non, le réacteur alimente le générateur plasmique en énergie, générateur qui constitue la grande structure arrondie montagnarde aux allures de château d'eau ou de réservoir de pétrole, adossée à un édifice blanc. On doit en être tout proche.

— Ah ouais, OK. (On touchait au but, même si j'avais perdu de vue à quel point on s'était hissés en haut des entrailles de la montagne.) J'ai cru que c'était une simple citerne d'eau.

Une ascension tellement graduelle que ça ne m'avait pas frappé. Le lanceur mesurait plusieurs kilomètres de long, escaladant la montagne en son travers, depuis la base de son tube à l'ouest de Fort Arrow jusqu'à son débouché à l'est, de l'autre côté de la crête. La masse monumentale de la montagne protégeait Fort Arrow et son complexe de lancement des ondes de choc soniques quand des nacelles de fret jaillissaient du tube de lancement pour fuser dans l'atmosphère. Lors de nos convois, si jamais on se trouvait dans l'empreinte sonique d'un tir, il fallait marquer une pause une heure au préalable, protéger nos véhicules et porter des antibruits sous nos casques. En mission de convoyage, ça ne m'était arrivé que deux fois jusque-là, et, dans le lointain, on avait assisté au lancement sous une légère traînée de lumière. Et pourtant, sous mes pieds, je sentais encore le sol gronder sous l'effet des ondes de choc hypersoniques. Tous les édifices, à l'intérieur et aux alentours du complexe de lancement, disposaient de systèmes antibruit installés dans les murs et fenêtres et, lors d'un lancement, la base se verrouillait. Moi qui aurais aimé assister de plus près à un lancement, je voyais bien que j'avais raté ma chance.

Rebroussant chemin, Amaro et moi montrâmes la voie sur une bonne centaine de mètres, là où nous venions de passer une écoutille d'accès. Ces écoutilles avaient un volant intérieur également, et celle-ci, une épaisse lucarne centrale. Y coller un œil s'avéra inefficace, je ne voyais que le reflet de mon globe oculaire tant régnait une obscurité insondable à l'intérieur. S'il y avait des hamsters de l'autre côté, on était faits comme des rats.

— Amaro, armez une grenade.

L'air grave, elle hocha la tête, et je tournai lentement le volant. Aucun grincement. J'accélérai le mouvement, et ouvris la voie…

… sur un ténébreux tunnel. Vide. Une trentaine de mètres ; à l'autre bout, une porte rectangulaire, réglementaire, d'aspect robuste. Je fis signe à Amaro de m'emboîter le pas, aux autres de garder leurs positions, et m'y aventurai à pas de loup. La porte comportait un pavé numérique désactivé, et un levier en lieu et place de volant. Un levier qui se révéla, ô surprise, d'un maniement aisé, et une porte qui se révéla, ô surprise, très lourde. Elle ouvrait sur une sorte de garage donnant sur une autre porte à enroulement, aussi haute que large. Un camion ruhar était garé à gauche. Un simple camion, pas encore converti en hamvee. C'était probablement un véhicule de service pour les techniciens du Lanceur. Il faisait chaud et humide dans ce garage, il y avait une unité murale de conditionnement d'air, désactivée elle aussi. Amaro et moi contournâmes prudemment le camion, découvrant une autre porte réglementaire, celle d'un bureau : deux tables généreusement éraillées et leurs sièges usés jusqu'à la corde, un plan de travail, des outils, une corbeille où s'entassaient les emballages de casse-croûte ruhars. Sans parler de la poussière. Voilà un endroit qui ne voyait pas passer beaucoup de monde, supputai-je. On s'y risqua, sur nos gardes, et on jeta un regard par les fenêtres ternes et crasseuses.

En un sens, la vue était plutôt grandiose. Nous nous trouvions là en haut de la montagne, à dominer le complexe de lancement, le réacteur, la ville, Fort Arrow et l'aérodrome. Encore une ouverture sur l'extérieur, face à la porte à enroulement, et une dalle de béton reliée à la voie d'accès en terre battue, au-delà, à une toiture et à une grue. Une toiture qui nous protègerait des regards indiscrets.

— Amaro, ramenez tout le monde ici. Et verrouillez le sas, au cas où le courant serait rétabli. Une écoutille ouverte risquerait de donner l'alarme.

Je m'aventurai sous le rebord de la toiture. Fort Arrow s'étendait effectivement loin en contrebas, à mes pieds. Ou du moins ce qu'il en subsistait. Quand la FENU avait conçu Fort Arrow à partir de la ville hamster existante, on avait abattu des édifices entiers afin de délimiter un périmètre, planté une clôture, instauré une zone minée, de sorte que, repérer les contours de la base ? Quoi de plus aisé ? La cafèt' militaire ? Un cratère fumeux. Et non fumant. Pourquoi ça ? Parce que le concasseur à impacts avait endommagé le bâtiment de loisir, et la fissure du bassin de la piscine avait siphonné toute l'eau au fond du cratère. Les missiles avaient également pulvérisé les casernes, ce qui, franchement, n'avait aucun sens. Les Ruhars n'étaient tout de même pas sans savoir que ces édifices seraient pratiquement vacants dans l'après-midi. Mais voilà, les bâtiments administratifs de la base restaient relativement intacts. Même chose pour les édifices du périmètre de Fort Arrow.

L'aérodrome du nord ? Quel désastre... Les pistes grêlées de cratères ? Des hangars encaissant des frappes directes ? Comment vouliez-vous que des Dumbos y décollent ? Poulets et Aigles fracassés s'éparpillaient aux quatre coins du tarmac. Comment en déduire qu'on ait pu réussir à abattre une seule cible ? Sinon à en juger par une colonne de fumée s'élevant de la jungle, pyrée de quelque avion abattu ? Mais quels ravages...

Mes compagnons émergèrent à l'air libre en file indienne ; je les incitai à rester à l'ombre de la toiture, en les dissuadant de chausser des lunettes de soleil ou de porter quoi que ce soit susceptible de refléter le soleil et de trahir notre position. Ils hoquetèrent à la vue des dévastations perpétrées ; plusieurs firent observer à voix basse qu'on avait eu de la chance de ne pas s'être trouvés au réfectoire au moment de l'offensive.

Avant nous, le service de restauration des hamsters avait une capacité, je dirais, de quatre cents couverts. Quatre cents pauvres gens... Tous morts. Nul n'avait pu en réchapper. Il suffisait de voir ce cratère fumeux.

— C'est quoi le plan, sergent ? demanda Pope.

Mon plan, ç'avait été d'infiltrer la ville entourant Fort Arrow, en nous déplaçant à couvert des bâtiments pour aller harasser les forces ruhars, au principe que l'ennemi préférerait nous combattre d'îlot urbain en îlot urbain plutôt que de faire exploser la moitié de sa ville, histoire de nous cramer. On pourrait ainsi monopoliser son attention pendant de longues heures, voire des journées entières, le temps que les Kristangs reprennent la situation en main. Tant que des humains détiendraient une partie de la cité, les Ruhars ne prendraient pas le risque de faire fonctionner le lanceur. Si j'avais pris la précaution de nous charger d'autant de Siffleurs, c'est que nous n'aurions aucune chance de tenir nos positions au cas où les Ruhars, du haut des nuées, auraient tout loisir de nous attaquer les uns après les autres, grâce à des frappes de précision. Nous contenter de leur opposer un seul Siffleur par intervalle ne réussirait qu'à les amener à suspendre leur appui aérien rapproché et à changer de tactique. Je le sais car, au Niger, j'avais vu des rebelles canarder aveuglément nos hélicoptères et leurs lance-roquettes dépourvus de guidage ; notre couverture aérienne avait dû se replier à toute vitesse.

Au nord, par-delà l'aérodrome, deux paires de Vautours tournaient en cercle, la première couvrant la seconde qui mitraillait la jungle à grands coups de missiles. Amaro attira notre attention : des hommes avaient dû survivre et fuir le terrain d'aviation afin de reprendre le combat plus loin. Sous nos yeux, deux ou trois Siffleurs jaillirent de la jungle avec les Vautours pour cibles. Touché par un rai de particules, le premier missile fut dévié de sa trajectoire, le deuxième explosa assez près pour faire vaciller le Vautour dans une traînée de fumée.

— Jumelles !

Je tendais une main impérieuse à Pope ; je reculai ensuite à l'ombre pour mieux scruter la base aérienne. Plusieurs Dodos étaient en révision sur le tarmac, et des Épaulards, en plein déchargement. Les Dodos étaient de petits transporteurs de largage et les Épaulards, d'énormes – plus imposants, même, que le Dumbo à bord duquel j'étais arrivé. Avec leurs sas arrière et une rampe de débarquement, les Épaulards pouvaient importer d'orbite de prodigieux volumes de fret. L'un d'eux débarquait un Vautour aux ailes repliées.

— Et merde, ça ne me dit rien qui vaille, ça… ! grognai-je à voix basse.

Mais pas suffisamment.

— Quoi ? s'exclama Pope, qui m'avait entendu.

— S'ils font déjà entrer les Aigles en scène, c'est qu'ils ont l'assurance d'occuper le terrain pendant un bon bout de temps…

Dans ce cas, comment nous infiltrer en ville sans être repérés ? Je n'avais même pas envisagé qu'on puisse s'extraire du conduit si haut en montagne, on devait être à deux kilomètres d'altitude au-dessus de la ville. Pourquoi ne m'étais-je pas rendu compte que… ?

— Ça vient sur nous ! entendis-je de derrière moi.

Dans un rugissement strident de turbines, deux unités de largage surgirent de la crête, se rapprochèrent de notre garage – ou quelle que soit la structure où nous cherchions à nous abriter – et passèrent en mode de vol stationnaire pour venir se poser sur le terrain d'aviation : un Dodo, escorté d'un Vautour. On se tassa contre la porte à roulement, à la naissance de la toiture. Dès que les nouveaux arrivants atterrirent, un des Épaulards décolla dans un nuage de poussière, prit de l'altitude et survola la crête, derrière nous. Il accéléra rapidement. Je vis son gros ventre vulnérable passer au-dessus de nos têtes.

Et soudain, j'eus une idée.

— Voilà maintenant leur trajectoire de vol, et nous sommes juste à l'aplomb.

À Fort Arrow, j'avais vu les appareils en approche de l'est, de l'ouest, parfois du nord, mais jamais encore du sud, par-dessus la montagne. Et voilà que ça avait changé.

— Nos gars là-bas, dans la jungle… les Ruhars ont peur de voler dans leur direction. Merde ! Ils nous survolent en ce moment même sans se douter qu'on est là !

Je scrutai aux jumelles l'autre Épaulard, toujours en plein déchargement. On déchargeait du fret par la rampe arrière ; à en juger par les soldats qui débarquaient par un sas latéral pour venir se mettre en rang sur le tarmac, cet Épaulard-là était surtout un transporteur de troupes. Selon les infos fournies par les Kristangs, un Épaulard avait une capacité d'emport de six cents passagers. Et au vu des équipements des troupes débarquées, je me disais qu'un tel transporteur ne pouvait embarquer autant de monde.

Au-dessus de la jungle, les Vautours effectuaient toujours des tirs sporadiques, visant on ne sait trop quelles cibles. Si, de notre position, on arrivait à abattre ne serait-ce qu'un de ces engins de largage, les Ruhars suspendraient vraisemblablement leurs opérations à la base aérienne le temps de s'assurer d'avoir vaincu toute poche de résistance dans cette zone. Ce qui retarderait de façon significative leur planification d'occupation du terrain. Et les contraindrait peut-être même à dérouter d'autres troupes et unités de largage, en donnant un répit à nos forces, sur Paradis. À supposer que les Kristangs ne veuillent, ou ne puissent revenir sur la planète, ils auraient tôt ou tard vent de la résistance de la FENU. Et remonter la valeur guerrière de l'humanité dans l'estime des Kristangs contribuerait à améliorer le sort des Terriens, sur notre planète natale. N'était-ce pas là toute la raison d'être de la Force expéditionnaire des Nations unies ? Nos armées n'avaient aucune possibilité, en réalité, de défendre la Terre contre les Ruhars ; pour cela, nous avions besoin des Kristangs. La FENU avait foncé dans les étoiles afin de donner aux Kristangs une bonne raison de se préoccuper du sort de la planète Terre, de ne pas prendre à la légère le fait que les Ruhars la conquièrent ou non. En un sens, la mission de la FENU se résumait en trois mots : SAUVER LE MONDE.

À propos, l'usage des capitales est intentionnel, c'est une emphase toute théâtrale. Quand il y a de fortes chances de se retrouver piégé, à jamais, sur une planète étrangère à la botte de l'ennemi, habiller sa mission d'une logique aux accents dramatiques, tout de suite, ça fait du bien.

Je rendis les jumelles à leur propriétaire.

— Pope, vous et euh… Wayne, pouvez-vous traverser la rue pour courir vous mettre à couvert de ces arbres, là-bas ? J'ai besoin de guetteurs pour surveiller ce qui arrive par-delà la crête. Donnez-nous un compte en levant la main droite, et de la gauche, euh… disons qu'un poing levé indique la venue d'un Épaulard, la paume ouverte au-dessus du sol, celle d'un Dodo, et paume ouverte face au ciel, d'un Vautour. Pigé ?

Je ne tenais pas à gaspiller des Siffleurs contre un Vautour, il fallait qu'on ait un plus grand impact que d'abattre un hélico de combat biplace.

Pope jeta des regards de part et d'autre.

— Yep, courons nous mettre à couvert sous les arbres là-bas, en bordure de la route, puis on reviendra.

— Bien. Laissez ici vos Siffleurs et AT4. Dès qu'on tirera nos Siffleurs, revenez ici au pas de course, et on s'engouffrera dans le conduit pour foncer vers la sortie suivante. (Dès nos tirs de riposte, les Ruhars réduiraient le garage en décombres fumantes.) Les autres, tenez-vous prêts. Amaro, voyez si vous pouvez ouvrir cette porte à enroulement, on devra faire très vite.

D'un mouvement d'épaule, j'abaissai la sangle d'un des Siffleurs que je transportais, ouvris d'une chiquenaude le boîtier de verrouillage et pressai le premier bouton pour activer le système de ciblage. Désormais, le dispositif de guidage militaire vers la cible resterait actif plusieurs heures.

Pope et Wayne posèrent leurs missiles portables, jetèrent un coup d'œil à la ronde, puis piquèrent un sprint en direction des arbres. Deux minutes top chrono, et ils étaient à couvert des frondaisons, nous pouvions encore communiquer en haussant le ton. Les signaux à main levée, ce serait quand les appareils ennemis nous survoleraient en rugissant. Et dès que Pope et Wayne eurent pris leurs positions, on entendit les engins en approche… Un Dodo et un Vautour.

Je secouai la tête, pouces tournés vers le sol. Si d'autres cibles plus tentantes ne se présentaient pas, je me contenterais d'un Dodo. Les troupes ruhars empruntant la bretelle d'accès par véhicules motorisés risquaient toujours de nous repérer. Car à coup sûr, l'ennemi procèderait à des repérages dans toute la zone. Il ne pourrait pas faire l'impasse là-dessus.

Un autre appareil en approche, à revers. Un Vautour faisant cavalier seul. Je fis de nouveau le signal convenu, pouces vers le bas. Un coup d'œil me suffit à jauger le niveau de stress de mes acolytes survoltés – ils avaient visiblement les nerfs à fleur de peau. Il fallait qu'on passe à l'action… et vite !

— Assurez-vous de vos dispositifs de sûreté, les gars, personne ne tire avant que je n'en donne le signal.

Plantant mon regard dans celui de chacun et chacune, à seule fin qu'ils se soumettent à mes injonctions, je faisais de mon mieux pour paraître blasé, au point de simuler un bâillement.

— Nom de nom, ils pourraient pas se presser ? J'ai la dalle, moi !

Une bravade qui me valut quelques rires nerveux.

Le déchargement – enfin – terminé, les troupes ruhars s'étaient mises en marche pour quitter le tarmac, direction la jungle. Et l'Épaulard fusa quasiment au-dessus de nos têtes, si bien que je parvins presque à déchiffrer les marquages ventraux et ailiers. Dès son approche, je m'assurai que tout le monde avait bien avisé mes pouces tournés vers le sol. Si on y était contraint et forcé, j'attaquerais un vaisseau vide sur son vol de retour, c'est juste que ce n'était pas là ma priorité.

Et là, eh bien… je m'ennuyais. Après le départ de cet Épaulard, une dizaine de minutes s'écoulèrent sans activités aériennes, à l'exception d'un survol de la jungle par des Vautours. Plus de mitraillages ni de tirs de missiles, plus de tirs de Siffleurs non plus… Vu l'accalmie du trafic aérien, je commençais à me demander si j'avais bien fait de m'abstenir de canarder ce Dodo ou cet Épaulard vide qui venaient de nous survoler. L'un ou l'autre aurait pu remplir notre principal objectif : contraindre les Ruhars à interrompre les opérations aériennes.

N'empêche, je voulais atteindre les hamsters, les frapper durement, leur faire payer la mort de tous ces pauvres gens au service de restauration de Fort Arrow.

Tandis que nous rongions notre frein, je fis ratisser le secteur ; après avoir déclenché les Siffleurs, on avait dû sitôt se réfugier dans les entrailles du conduit, sans perdre de temps à ramasser ce qu'on avait bien pu perdre dans notre fuite éperdue. Et merde, j'aurais dû laisser l'écoutille ouverte, ce qui nous aurait fait gagner un temps précieux à manœuvrer ce gros lourdingue de volant. Eh, mec, trop tard maintenant… Leçon retenue.

— Épaulards en vue ! cria Wayne en agitant les bras comme des sémaphores.

Pope avait les yeux collés à ses jumelles en remuant un bras lui aussi, tout excité. Wayne leva un poing et deux doigts – avant de tourner sa paume face au ciel avec deux doigts tendus : deux Épaulards, escortés par deux Vautours. On ne captait pas encore leur approche. Ils devaient être en haute altitude. Soudain, on entendit vrombir leurs moteurs.

— Nous y voilà, les amis ! criai-je. Attendez mon ordre avant d'ouvrir le feu ! On a deux Épaulards dans notre collimateur. Vous, de ce côté, visez le premier, et vous autres, de ce côté-là, avec moi sur le second ! Pour l'instant, restez à couvert sous la toiture.

J'étais tellement survolté que je me forçai à revérifier le cran de sûreté de mon Siffleur. Les hurlements des jets s'amplifiant, je me rapprochai à pas lents du bord de la dalle en béton. Après tout, que savions-nous des Épaulards ? Je me creusai les méninges. Bien protégés en prévision de largages avec tourelles à faisceaux de particules défensives multiples. Alors que nous étions quinze à viser des Siffleurs contre deux cibles seulement, à courte portée, nous avions une bonne chance d'avoir un résultat. À basse altitude, et en vitesse lente, j'en étais encore à espérer qu'un Épaulard touché n'aurait pas le temps de redresser d'un piqué avant de s'écraser à flanc de montagne.

Je m'avançai légèrement pour voir où étaient les Épaulards – très proches… ils allaient nous survoler à l'est, plutôt que de vrombir en droite ligne au-dessus de nous. Ni l'un ni l'autre n'avait le mode furtif enclenché.

Je quittai l'abri du surplomb et ordonnai à voix haute :

— À vos armes !

Cran de sûreté désengagé, système de visée éclairé, j'ajustai le réticule sur la poupe de l'Épaulard traînant, au niveau des tuyères bâbord en quasi angulaire, assurant davantage la portée qu'une poussée avant, tandis que l'appareil attaquait son approche finale. Soit le point le plus vulnérable de son profil de vol, lenteur et basse altitude.

— Tout le monde a identifié sa cible ?

J'avais crié, puis répété la question. Il fallait qu'on passe vite à l'action maintenant, nous quinze campés à découvert, avec nos épaulés caractéristiques de missiles Siffleurs. L'escorte des Vautours allait nous repérer d'une minute à l'autre. Quatorze des miens confirmèrent qu'ils tenaient la cible dans leur collimateur.

— À mon signal… *feu* !

J'activai mon Siffleur, soutenu par quatorze autres missiles fusant de leurs tubes jetables de lancement par pulsions magnétiques. Histoire que le souffle d'éjection de la roquette ne tue pas le missilier sur le coup ; en fait, la roquette ne démarrait pas à fond avant une cinquantaine de mètres – car c'est là que le moteur entrait véritablement en action. Et c'est là que je faillis perdre de vue les missiles en suraccélération. Tout survint si vite que je ne saurais dire combien de nos Siffleurs furent détournés, désarmés ou carrément pulvérisés par les systèmes défensifs des Épaulards. Ce que je sais en revanche, c'est que les deux Épaulards chancelèrent dans les cieux, leurs biréacteurs bâbord avant et arrière arrachés, d'autres missiles venant percuter leurs parties ventrales. Leurs ajutages ventraux, qui devaient leur permettre de planer, ne leur avaient été, ce jour-là, d'aucune aide.

Un cauchemar récurrent de ce que je pense, de ce que j'espère être un faux souvenir ? Une chose dont je n'avais pas pu être témoin, qui n'avait pas pu advenir, et pourtant… c'était gravé en lettres de feu dans ma mémoire. Le compartiment fret/passagers d'un Épaulard ne dispose pas de lucarnes – autant de points faibles structurels. Or, la structure ou ossature d'un Épaulard doit être suffisamment résistante pour des milliers de trajets orbitaux. De sorte qu'on a plutôt de minuscules baies percées dans les portes latérales, les portes arrière encadrant la rampe de déchargement, et celles du cockpit – du genre d'un avion de ligne terrien, assez grandes pour que les pilotes voient à l'extérieur, mais pas l'inverse. Les Épaulards ? À huit cents mètres, peut-être, de nos positions. Et pourtant… j'ai toujours le souvenir aussi vivant qu'envoûtant du pilote ruhar, celui du second Épaulard que j'avais visé, virant de bord face au missile, et, à l'instant même où le premier missile faisait pivoter le nez de l'Épaulard, le pilote riva son regard au mien une petite seconde. Un regard qui ne visait pas notre position, celle d'un groupe de soldats humains, ni même celle d'un soldat en particulier.

Non, il me visait *moi*.

Moi, comme s'il me connaissait, comme s'il me demandait pourquoi, puisque notre espèce avait vu le jour sur d'autres planètes, à des milliers d'années-lumière de distance en vivant des existences complètement différentes, oui, pourquoi nos chemins se croisaient-ils de la sorte ? En était-on donc arrivé au point qu'on se rencontre enfin, tout ça rien que pour que je mette fin à ses jours d'un tir de missile alien ? Pourquoi ? Il n'interrogeait pas l'univers, le karma, le destin ou je ne sais quelle entité divine qu'il puisse adorer, non, c'était à *moi* qu'il posait la question.

Et c'est moi que cela hanta bien longtemps.

Les deux Épaulards s'inclinèrent sur l'aile après avoir perdu leurs propulseurs bâbord ; l'un réussit à donner vaguement le change avant que tous deux ne piquent à flanc de montagne, culbutant dans une succession d'explosions de second plan. Nous aurions dû battre en retraite dans le conduit sitôt nos missiles déclenchés. Au lieu de cela, nous restions bouche bée à contempler le désastre, et c'est bien ce qui arrive quand une escouade réunie à la va-vite est menée par un sergent inexpérimenté. Wayne me ramena à la raison lorsque Pope et lui revinrent au pas de course :

— Il est temps de nous replier, sergent ? me lança-t-il, les yeux écarquillés.

— Oui, oui… Amaro, ouvrez cette trappe !

L'un des Vautours était monté en flèche au-dessus de nos têtes, l'autre oscillant en cercle dans notre direction, en quête d'une cible à abattre. À notre recherche. Sans réfléchir, je détachai mon second Siffleur, me félicitant d'avoir porté cette quinzaine de kilos supplémentaires, le verrouillai sur le Vautour et enclenchai la mise à feu. Si les défenses ennemies éliminèrent rapidement mon Siffleur, j'avais néanmoins rempli mon objectif car le Vautour vira en vrombissant à toute berzingue – ce qui nous laissait un précieux répit pour courir nous réfugier dans le conduit.

Les efforts de guerre de notre équipe improbable se révélèrent vains, en définitive. Et tous les Ruhars à bord des deux Épaulards que nous avions abattus étaient morts pour rien. Moins d'une heure plus tard, un groupement tactique kristang fut de retour ; les vaisseaux ruhars se replièrent d'un bond spatial, abandonnant leurs forces armées sur Paradis. Mon équipe et moi nous étions réfugiés dans la salle du générateur plasmique, nous retranchant en un endroit que les Ruhars ne se risqueraient pas à endommager, me disais-je. Après le crash des deux Épaulards, les survivants surmontant à grand-peine le choc initial, deux Vautours bourdonnèrent dans le ciel comme des frelons irrités, leurs nacelles d'armement exposées mitraillant on ne sait quelles cibles au sol de leurs rayons laser. Ils savaient où nous nous trouvions, et j'entendais déjà les pilotes réclamer à grands cris la permission d'envoyer mon escouade en enfer d'un seul tir bien ajusté. Mais pas question d'endommager la machinerie vitale du lanceur. Notre meilleure chance de survie, à mon avis, c'était de nous terrer à l'abri en un lieu défendable que les Ruhars ne pourraient pas pulvériser à l'arme lourde, et de gagner du temps. Le complexe du générateur plasmique me semblait un bon pari, de ce point de vue. Il ne nous restait plus que des balles de fusil, des AT4, deux Siffleurs, des grenades – et le sentiment que nous avions fait de notre mieux pour venger nos morts. On découvrit une salle de contrôle auxiliaire aux murs aveugles ; on dut donc utiliser les caméras que, bizarrement, les Ruhars avaient oublié de mettre hors d'usage.

L'une d'elles offrait une vue du cratère toujours fumant là où s'était dressé le réfectoire. Les malheureux qui s'y étaient trouvés avaient-ils eu idée de ce qui leur fondait dessus avant qu'une salve du canon électromagnétique ne les atomise ? Quelques secondes peut-être avant l'impact, avaient-ils su que les cuirassés ruhars venaient de bondir en orbite ? J'espérais que non. Mieux valait, dans ce cas de figure, la bienheureuse ignorance, en écoutant quelque général de la FENU pérorer interminablement sur un ton monocorde, et rêvasser… sans réaliser que, d'une seconde à l'autre, on était passé de vie à trépas. Les personnels de l'aérodrome et les techniciens n'avaient sans doute pas eu cette chance, eux qui avaient eu le temps de voir la cantine disparaître avant que des missiles intelligents ne fassent pleuvoir sur eux des grappes de shrapnels en détruisant à vue tous les véhicules et engins volants à terre. Ces Vautours d'hélicoptères de combat qui nous avaient ignorés avaient mitraillé de malheureux survivants disséminés alors que régnait la plus grande confusion. Estimations de la FENU : six cent soixante-dix morts sur les neuf cents humains affectés ce jour-là à Fort Arrow. Quelle leçon plus brutale en tirer ? En vue des combats futurs à mener ? Vous n'étiez pas maître des hauteurs ? Eh bien, vous étiez des morts en sursis, voilà tout. Les « hauteurs » ? Tout simplement l'orbite et au-delà. Creuser n'aidait guère face à un canon électromagnétique capable d'atteindre sa cible à trois cents mètres sous terre si du moins le vaisseau porteur poussait vraiment à fond la vitesse initiale. Les Ruhars s'enorgueillissaient de navires dédiés au pilonnage orbital. Nos documents de briefing ? On n'y voyait jamais qu'un long fût de canon électromagnétique doté de réacteurs à fusion et… rien d'autre. Qui avait besoin de sales armes nucléaires quand un dard électromagnétique fournissait dix kilotonnes de TNT par cible ? Et quand des navires pouvaient pomper un dard après l'autre jusqu'à ce que la cible la plus dure soit réduite à un nuage d'atomes ?

Vu la nature des combats qui se profilaient déjà à l'horizon… mais que diable faisaient donc les humains ici, après tout ?

Amaro avait la première remarqué le changement de situation, elle qui avait suivi les relevés d'une caméra ; elle m'avait alerté en voyant les hamsters affectés à notre réacteur individuel à fusion déposer les armes, et se redresser à découvert. De fait, on avait basculé le point de vue d'une caméra à l'autre, si bien que la scène se répétait en boucle dans toute la base : les hamsters déposant les armes et s'éloignant en direction de l'aérodrome. Les Vautours atterrissaient, leurs équipages s'en extrayaient en laissant les portes ouvertes… On eut à peine le temps de conjecturer ce qu'il pouvait bien se passer avant que nos zPhones ne se mettent tous à biper à la fois. Retour de la cavalerie ! Nos alliés les Kristangs revenaient à la tête de Paradis, et les forces ruhars avaient rendu les armes. Pour l'instant du moins.

Chapitre Sept

Colonel

Deux ou trois heures plus tard, la Force expéditionnaire des Nations unies fit venir une demi-douzaine de Vautours ; on avait passé notre temps à rechercher des survivants et à porter secours aux blessés. À mon grand soulagement, on avait retrouvé un capitaine de l'armée qui avait pris les commandes, si bien que j'étais de nouveau aux ordres.

Trois jours plus tard, au matin, une tempête éclata alors que je participais à une mission de nettoyage. Après l'averse, le soleil reparaissant derrière les nuages au-dessus du tarmac, un soldat de deuxième classe vint me trouver pour m'apprendre que le major Perkins m'attendait au bâtiment administratif. Perkins ? Mais que foutait-elle donc là, elle qui m'avait dit être affectée au secteur indien ? Quelque chose me disait que ça n'augurait rien de bon pour mon matricule.

— Sergent Bishop au rapport… Madame.

J'arrivais tout essoufflé après avoir gravi les marches quatre à quatre.

Elle me considéra, l'air étonné.

— Et vous ne pouviez pas vous rendre présentable ? Qu'avez-vous donc fichu ?

Je baissai les yeux sur mes vêtements sales maculés de taches noirâtres, sur mes mains tout aussi dégueus, avec leurs ongles en deuil.

— On m'a ordonné de me présenter ici sur-le-champ. J'aidais à… euh… déblayer les gravats de la piste de décollage.

Des gravats incluant des Vautours fracassés et leurs restes humains.

— Bon sang, Bishop, il n'était pas question que vous accouriez de là-bas ! Asseyez-vous donc. Comment vous sentez-vous ?

Elle avait l'air aussi claquée que moi.

Je jouai la carte de l'honnêteté.

— Crevé, madame. Comme vous me l'aviez conseillé, je faisais profil bas en convoi, en me mêlant de mes oignons. Et voilà que d'un coup, l'enfer se déchaîne. (Je frissonnai involontairement, au souvenir vivace du cratère fumant à la place de la cantine.) Mais bon Dieu, pourquoi a-t-il fallu qu'ils visent notre réfectoire, madame ? Pour un peu, je m'y trouvais, moi aussi.

Perkins regarda par la baie, qui offrait une bonne vue sur le cratère en question.

— Le commandant ruhar… nous l'avons interrogée et elle a déclaré que cette frappe contre le mess, les baraquements principaux et l'immeuble administratif était délibérée. Les Ruhars avaient cru qu'en plein après-midi, le réfectoire et les casernes seraient vides. Si le général Gupta n'avait pas été de passage, le réfectoire aurait effectivement été désert, et la flotte ruhar n'avait aucun moyen de le savoir avant de bondir en orbite. D'après le commandant ruhar, on a vraiment joué de malchance avec un mess bondé, alors que les hamsters ne tenaient pas à faire plus de victimes que nécessaire. Devais-je la croire ? Le G2 en sera seul juge. Ou bien les Kristangs. Car dès demain, on la livrera aux Kristangs. Voilà pourquoi les Ruhars sont tellement en pétard pour les deux Épaulards que vous avez abattus, avec à bord cinq cents soldats sans compter l'équipage. Selon toute vraisemblance, les Ruhars ne s'étaient pas rendu compte qu'ils avaient tué au moins la moitié de ces effectifs au réfectoire, ils n'avaient pas pris le temps de dénombrer les dépouilles au fond de ce cratère. À leurs yeux, tant que nous ne les avions pas avertis des morts et des blessés à déplorer à la cantine, vos actes n'avaient fait qu'aggraver inutilement le conflit alors qu'ils proposaient un cessez-le-feu.

— Pardon, mais alors que leurs hélicos mitraillaient tous les humains à vue, ça n'en avait vraiment pas l'air, madame ! contestai-je avec véhémence.

— D'accord, Bishop, mais ne perdez pas de vue, de votre côté, que les nôtres les prenaient pour cible, alors… mettons cela sur le compte des confusions de la guerre, voulez-vous ? En fait, vos actions ne me posent aucun problème, je vous ai même inscrit pour une citation à l'ordre du Mérite. Là-haut… nos amis, disons qu'ils avaient d'autres idées sur la question. Ils veulent que ce soit la FENU qui vous accorde cette promotion.

Elle avait pris un air revêche, la perspective ne lui plaisant guère selon toute apparence.

— Vous voulez parler de… sergent-chef ? Je n'ai été sergent que…

— Bishop, vous n'allez pas être nommé au grade de sergent-chef.

Impossible de déchiffrer son expression. Était-ce à dire que les Kristangs le désiraient mais que la FENU s'y refusait parce que je n'étais pas fin prêt ? Avis que, pour ma part, je partageais pleinement. M'être retrouvé propulsé sergent me laissait toujours aussi dubitatif. Notre division avait peut-être envoyé Perkins ici arrondir les angles, du fait que nous avions déjà travaillé ensemble.

— Les promotions kristangs sont presque entièrement basées sur les succès au combat ; il y a des considérations d'ordre politique, et des rivalités claniques, mais dans leur organisation, les promotions se décident en fonction des victoires militaires – en d'autres termes, avez-vous exterminé vos adversaires ? Entre ces deux Épaulards, et les victimes au sol des explosions à bord, vos actions ont fait près de mille morts chez les Ruhars. Ça a fait forte impression chez les Kristangs. Dans le même temps, ils sont furax que les unités humaines n'en aient pas fait autant quand les Ruhars occupaient le terrain. Peu importe qu'on n'ait pas pu faire grand-chose à l'époque, tandis que les Ruhars pouvaient toujours pilonner la planète entière du haut de leur orbite. Vous avez fait un carton chez les Ruhars, alors que l'état-major de la FENU n'avait pas été foutu d'accomplir quoi que ce soit ! Du moins, à en croire les Kristangs…

L'état-major ? N'incluait-il pas un certain major Perkins ? D'où son air d'avoir mordu des rondelles de citron ? Pas étonnant qu'elle ait cette mine… acide.

— Les Kristangs veulent que nous… oh, nom de nom !

Elle tira d'une poche une petite boîte à laquelle elle jeta un regard dégoûté en l'ouvrant d'une brusque chiquenaude. S'y nichait une paire d'insignes argentés, un aigle tenant entre ses serres des flèches et une branche d'olivier, la tête de l'aigle orientée vers le faisceau de traits. L'insigne de l'Aigle de Guerre – que l'armée US n'avait plus émis depuis la Seconde Guerre mondiale.

C'étaient les insignes d'un colonel de l'armée, l'US Air Force, les Marines, la marine.

— Oh là, madame, ils vous propulsent de deux rangs ?

J'étais impressionné ; Perkins était major, et le grade supérieur était celui de lieutenant-colonel. Autant que je sache, personne ne passait sans transition de major à colonel de plein droit.

— Non, Bishop, pauvre bouffon ! s'écria Perkins, exaspérée. C'est de vous qu'il est question ! Les Kristangs veulent que la FENU fasse de vous un colonel.

— La vache !

— Comme vous dites, la vache ! En vérité, les Kristangs parlaient de vous promouvoir au rang de général ! Rien que *ça*, putain ! (Elle secoua la tête tant elle n'en revenait pas.) Vous, vous arrivez à croire à ces conneries ?

— Madame, je n'arrivais pas à croire qu'ils puissent me promouvoir colonel, alors général… !

— Bishop, que ça ne vous monte pas à la tête, surtout. Vous êtes un soldat relativement futé, flexible, vous vous adaptez aux circonstances, et, à l'occasion, vous avez prouvé que vous saviez prendre des initiatives. En somme, vous n'êtes pas plus malin, souple ou innovant que ce que l'armée attendrait de la part de n'importe quel conscrit.

— Oui, madame.

Et que dire de plus ? Elle avait parfaitement raison.

— Quoi qu'il en soit, vous ne serez pas général, on leur a bien expliqué qu'au sein de nos forces armées, le grade de général était surtout d'ordre administratif, que celui de colonel était le plus haut rang dévolu à la lutte armée. Ce qui est tout de même assez vrai. Bref, les Kristangs l'ont suffisamment compris pour se contenter de vous élever au rang de colonel. Rang assez élevé… (elle flanqua un coup de pouce à la boîte ornée d'aigles argentés)… pour souligner le fait que la FENU accorde autant de mérite au triomphe des armes que les Kristangs. Garder nos alliés satisfaits n'a pas de prix.

Fasciné par ces sublimes aigles argentés, je marmonnai un borborygme quelconque. Bon sang… Avant l'attaque des Ruhars, tout ce que j'espérais de mon service militaire, c'était qu'il me paie mes frais universitaires, où que je sois affecté, et que je dégage ailleurs. Mais me voilà désormais, avec ces aigles d'argent qui me faisaient face.

— Écrire des lettres ? C'est pas trop mon fort, tous ces trucs.

— Des lettres ?

Je détournai le regard des aigles pour croiser le sien.

— Vous savez, j'avais écrit une lettre de remerciement, en reconnaissant que c'était un grand honneur qui m'était fait, mais que je ne pouvais accepter, l'armée US ne fonctionnant pas de cette façon…

— Sergent, je ne me suis pas bien fait comprendre, je crois, je vais donc vous expliquer tout cela en termes suffisamment simples « à la Barney » ! me cracha-t-elle, excédée, sans l'ombre d'un sourire – elle n'ironisait pas le moins du monde en me jetant ce « Barney » à la face. C'est la dernière fois que je pourrai vous donner un ordre, de toute façon, avant que vous ne me surclassiez. La FENU n'entend nullement que vous décliniez poliment cette promotion. On a au contraire besoin que vous l'acceptiez avec tout l'empressement souhaitable, comme étant votre dû en récompense de votre massacre des Ruhars. On a besoin que vous exprimiez aux Kristangs votre regret de n'avoir pu en tuer davantage. Ayez de l'assurance, faites preuve d'audace, montrez-vous sanguinaire ! Soyez tel que les Kristangs veulent que les humains soient, car si le service de garnison peut être un job de merde sur Paradis, il n'empêche qu'on l'a accepté, et que nos alliés peuvent seuls nous ramener sur Terre. Sans compter qu'ils sont également notre unique source d'approvisionnement.

— La vache !

Je me répétais, mais au fond, je ne savais pas quoi dire.

Moi… colonel…

Un vrai de vrai.

Moi…

— Que vais-je faire ? En tant que colonel ?

Dans l'armée US, un colonel pouvait être le commandant, ou le commandant en second d'une brigade, forte de milliers de troupes. Or, je n'étais absolument pas qualifié pour ça.

Haussant les épaules, le major Perkins eut le regard fuyant.

— Si seulement je le savais… La FENU trouvera la solution.

Et merde. D'un seul coup, ça me frappa. La FENU allait faire de moi un coup médiatique, m'exhiber aux yeux des Kristangs comme exemple de guerrier humain idéal pendant que, dans mon dos, mes congénères se bidonneraient. J'étais écœuré, il n'y avait qu'à voir la mine que je faisais.

— Bishop, la FENU en a besoin. Peu importe que ça vous plaise ou non, m'admonesta le major Perkins. Vous avez votre devoir à accomplir.

— Sûr. Je plastronnerai avec toutes les médailles épinglées à mon revers de veste, je m'adresserai aux troupes et je vendrai peut-être même des emprunts de guerre. Et merde ! (Une promotion était pourtant censée être une bonne chose.) Serai-je le seul pantin à monter en grade sur décret de la FENU ?

— Non, il y a aussi un major de l'armée chinoise qui est promu lieutenant-colonel. Les Kristangs ont également manifesté leur approbation vis-à-vis d'un capitaine de l'armée US, de deux Indiens et d'un Français qui se sont particulièrement distingués. Tous quatre sont tombés au champ d'honneur. Vous ne restez donc que deux à récolter les lauriers de vos actes de bravoure.

— Ce Chinois, il monte d'un grade seulement ? Et pourquoi ça ?

Nom de nom, de petit sergent à la manque, on me propulsait bien colonel, moi !

— Son unité a défendu un complexe de stockage qui appartenait aux Ruhars, et la FENU s'en sert maintenant comme dépôt de ravitaillement. Apparemment, les Ruhars y avaient laissé quelque chose d'important quand les Kristangs ont étendu leur empire à cette planète. Les hamsters tenaient absolument à le récupérer, sans prendre le risque de l'endommager. Ils avaient donc fait atterrir des troupes pour livrer combat au sol. Ce major Chang avait encore le contrôle des deux entrepôts lorsque la flotte kristang revint débouter les Ruhars, mais entretemps, il avait perdu quatre-vingts pour cent de ses hommes. Et le bruit court que figure au nombre des pertes le fils d'un haut responsable du gouvernement chinois. Voilà pourquoi sa promotion se limite au grade supérieur. Écoutez, Bishop, ce sera ce que vous en ferez, pigé ? Vous êtes un sacré bon sergent, vous avez fait un boulot du tonnerre avec votre Formation tactique opérationnelle à Teskor, nul ne contestera votre droit à monter en grade après vos coups d'éclat là-bas. C'est une bonne chose pour l'humanité. Il faut absolument que les Kristangs jugent utiles et appréciables les effectifs humains.

La cérémonie de promotion se déroula à Fort Olympus, complexe du Q.G. de la FENU. J'étais étonné de voir les lieux d'une propreté immaculée ; les Ruhars n'y avaient en aucune façon touché lors de leur offensive. Le major Perkins, qui m'avait accompagné à bord du Dumbo vers Olympus, m'apprit que, selon les dires des prisonniers ruhars à la FENU, ils avaient épargné Olympus pour garder intact le commandement de la FENU, afin qu'un haut responsable puisse ordonner aux humains restant sur Paradis de rendre les armes. Ce qui eût été plus facile si seulement les hamsters s'étaient abstenus de brouiller nos communications. Mais bien malin qui saurait dire comment les aliens raisonnent, hein ?

Ma rencontre avec le général Meers et les autres officiers d'état-major s'avéra moins intimidante que je ne l'aurais cru. Je me faisais tout un monde d'une interminable cérémonie protocolaire truffée de discours tout aussi interminables, où j'aurais affiché tantôt la mine menaçante du fier guerrier, tantôt le sourire triomphant du vainqueur – tout ce que le chargé des Relations publiques de la FENU aurait jugé approprié. Mais au lieu de cela, du fait que seul un petit nombre de Kristangs avait été habilité à prendre pied sur Paradis sans combinaisons environnementales intégrales, il n'y avait pas de Kristangs présents sur Olympus. Était donc présent en l'occurrence le général Meers, en ses bureaux, pour m'épingler sur mon fier et viril poitrail des insignes d'aigles d'argent, avec, pour éminents témoins de qualité, une demi-douzaine de hauts gradés. Au terme de cette brève cérémonie, nous furent offertes de délicieuses agapes au mess des officiers, avec, à l'avenant, de succulents steaks de première fraîcheur –, j'appris par la suite que c'était en raison d'irradiations suivies de réfrigérations et non de congélations –, des haricots verts aux antipodes de l'ordinaire mou et pâteux de l'armée, des patates au four au (vrai) beurre, du cake chocolaté et du (vrai) café fraîchement moulu et infusé.

L'état-major fit honneur à ce festin. Ça, je pouvais tout à fait m'y faire. La joie que j'en éprouvais ? Elle dura jusqu'à ce qu'un colonel de l'US Marine Corps vienne me remercier d'avoir donné au QG prétexte à bombance. Au Fort Olympus, le général Meers rationnait l'état-major (six jours par semaine), histoire de rappeler aux commandants et à leurs effectifs ce qu'enduraient leurs hommes sur le terrain. Je ne savais pas grand-chose à propos de Meers, mais en entendant cela, le respect qu'il m'inspirait grimpa en flèche.

Le steak servi ? Une merveille sous la dent. N'empêche… mon cheeseburger me manquait cruellement.

Après dîner, le général Meers demanda à s'entretenir avec moi en privé. Oh… Le commandant des forces armées de l'humanité déléguées sur Paradis désirait faire un brin de causette avec moi ? Mais comment donc !

— Serg… Euh… Colonel… Bishop. (Mon patronyme était commodément neutre, indifférenciable, tous grades confondus.) Vous avez eu une foutue carrière, pour un type si jeune. Le Niger, puis les Ruhars percutent votre ville natale, et vous capturez l'un des leurs. Mon G2 m'informe que vous étiez notre mine d'or d'informations pendant un temps. Et voilà que vous rassemblez une escouade par vous-même, et que vous abattez deux Épaulards en vol. Ce qui m'a bien surpris quand on m'a dit que vous étiez *le* Bishop qui avait capturé un soldat ruhar au volant d'un camion de marchand à glaces… Foutues coïncidences, tiens !

— Ma mère m'avait bien dit que, petit, j'étais un aimant à embrouilles… (Je l'entendais encore, son timbre de voix vibrant à mes tympans d'une irritation mal contenue.) Mais quelle coïncidence, quand on y pense ? J'étais en permission quand les Ruhars se sont crashés sur ma ville natale – une chance, lorsqu'on y pense. Mais de là à en conclure que ce n'était pas une coïncidence si la bourgmestre…

— La quoi ?

— L'équivalent ruhar de l'édile, ou ce que vous voudrez, celle qui m'a confié ces infos sensibles à propos des vortex & Cie. Qu'elle ait fait de moi son interlocuteur privilégié n'avait rien d'un hasard, elle m'avait contacté parce que le hamster que j'avais capturé a assuré avoir été bien traité, et du coup, elle désirait me rencontrer. Je me trouvais à Fort Arrow parce que… hum, on avait attiré mon attention sur le fait que les Kristangs cherchaient à savoir qui nous avait alertés sur tout cela. Alors, que j'aie été là au moment de la contre-attaque des Ruhars, je le reconnais, ça n'avait rien d'un hasard. Et j'aurais dû me trouver au réfectoire avec tous les autres, si ce n'est que le capitaine Price en avait marre que la FENU prenne Fort Arrow pour un dépotoir ; il m'avait assigné aux convois, histoire de m'éloigner. Voilà pourquoi j'étais hors de la base lorsque les Ruhars ont lancé leur raid.

Ce qui se rapprochait suffisamment de la vérité. Le général Meers n'avait pas besoin de connaître les détails.

— Et de fil en aiguille… une chose en amenant une autre…

— C'est ainsi que je vois les choses, monsieur.

— Vous avez peut-être bien raison. Mais maintenant que vous y êtes, n'espérez pas dévisser de là sous prétexte que vous tenez la FENU à votre merci, hein. Les promotions des Kristangs se fondent sur les victoires aux armes, mais ce que vous savez probablement pas, cela étant dit, c'est qu'ils ont la possibilité de renvoyer les guerriers tout aussi vite.

— Monsieur, j'ignore sincèrement ce que je vais faire maintenant. Mais, quelles que soient mes assignations, je ferai de mon mieux.

— OK. La dernière chose dont on ait besoin, c'est que tout le monde à la FENU s'imagine avoir une longueur d'avance pourvu que ces messieurs donnent dans le coup d'éclat. Ici, les lieutenants se croient plus malins que leurs propres commandants. De même que les sergents s'estiment meilleurs combattants que leurs dandys de lieutenants. (Reniflements de dédain.) Eh diable, les sergents sont probablement dans le vrai. On a déjà eu des drames parce que des gugusses se la pétaient en mode *Rambo* histoire qu'on les remarque ! Alors… vous rétrograder au rang de sergent ou même de soldat 2ᵉ classe sous prétexte que vous avez foiré, ça me simplifierait la vie, pigé ?

Je ne m'attendais guère à autre chose, à vrai dire. Moi, arborer des aigles d'argent écussonnés ? Allons, allons…

Par la fenêtre, Meers diluait ses regards au loin, où voletaient deux ou trois Poulets.

— Cela étant dit… je ne tiens pas à ce que vous échouiez. Bishop, je vous aurai prévenu : on compte vous chevaucher comme une mule de location. Alors, si vous vous rêvez déjà en colonel pur-sang promis aux survols et aux discours enflammés, autant que vous vous ôtiez tout de suite ces conneries de la tête !

— Je ne l'avais même jamais envisagé, monsieur.

Il n'empêche que je jaugeais cette mise en garde à sa juste valeur.

Le lendemain démarra par un cours accéléré à propos des responsabilités d'un colonel de l'armée US, des protocoles et de l'étiquette à respecter vis-à-vis des Kristangs. L'un de ces protocoles consistant à se contenter d'un régime fade, sans le moindre excitant, à la veille d'une telle rencontre. Les Kristangs étaient d'avis que les humains sentaient mauvais ; d'autant plus qu'on mâchouillait de la viande et des aliments épicés. La FENU, d'après les Ruhars ? À en croire ces derniers, toutes les espèces sentaient mauvais ! Non que les humains doivent le prendre trop à cœur, hein… Ce que ça signifiait pour moi ? Avoine et thé pour le petit déjeuner, en lieu et place de café et d'œufs ; mais que voulez-vous, déjeuner et dîner étaient tout aussi fades et ennuyeux. Autres instructions ? Éviter les poignées de main avec les Kristangs, qui abhorraient tout contact physique, éviter de prendre la parole à moins qu'ils ne me posent une question. Et point de sourires, dans la mesure où ils interprétaient les sourires comme un manque flagrant de sérieux. En somme, les Kristangs n'étaient pas connus comme une espèce gaie et joviale.

Les instructions relatives à mon nouveau rôle de colonel ? Aussi simples que complexes ! Simples en ce que le colonel chargé de me mettre au niveau en moins de temps qu'il ne faut pour le dire ne savait manifestement pas ce que la FENU comptait faire de moi, ou si mon rang avait à voir avec un coup de pub à court terme. Ses instructions, du coup ? Elles consistaient à me recommander de me comporter comme un officier digne de ce nom en évitant toute incartade susceptible de ridiculiser la FENU. Complexes ? En ce qu'il me transmit par e-mail un arsenal invraisemblable de fichiers à compulser, à commencer par le matériel didactique qu'un lieutenant en second est censé connaître par cœur. La guerre serait terminée bien avant que je ne finisse de lire ces conneries, tiens.

Le matin suivant, après un autre petit déjeuner on ne peut plus insipide, les Kristangs dépêchèrent une capsule pour emmener le général Meers, quelques collaborateurs et moi-même. On avait de la chance : l'ascenseur spatial et donc la station s'alignaient dans le prolongement de la longitude de Fort Olympus, autrement dit, leur matinée ne correspondait pas au beau milieu de notre nuit. Meers allait s'entretenir avec les Kristangs, quel que soit leur ordre du jour, et tout ce à quoi je pourrais souscrire pourvu que les Kristangs me consentent personnellement un prix – ou un autre, ce n'était pas clair, hein… Ils voulaient juste que le lieutenant-colonel Chang et moi-même montions dans leur station spatiale, au sommet de l'ascenseur.

Je plastronnais dans un tout nouvel uniforme d'apparat flambant neuf, en prenant soin de ne pas gommer le pli aigu du pantalon. La veille, j'avais eu droit à une nouvelle dose de médocs kristangs magiques antinauséeux afin d'éviter de vomir mon porridge sur mon uniforme – et sur tous mes voisins – lorsque le vaisseau passerait en orbite force d'accélération nulle. Une certaine Reynolds, lieutenant de son état, était assise près de moi, dont l'unique fonction était de m'empêcher de me tourner en ridicule par des actes stupides ou des paroles inconsidérées. En commençant par me dissuader de la saluer machinalement. Elle, en revanche, se faisait un devoir de me saluer dans les règles et de *me* donner du « monsieur » à tout bout de champ. Ce qui me faisait tout drôle.

La montée fut moins chaotique que mon souvenir du départ de Camp Alpha. Ou nous avions un meilleur pilote cette fois, ou les

Kristangs prenaient soin de leurs VIP humains. Lors de ma première venue à bord de la station spatiale, tout ce que j'en avais vu, c'était l'intérieur d'un collier d'attelage et des coursives à l'usure marquée tandis qu'on nous faisait passer en vitesse de notre navire à la cabine d'ascenseur, au pied du complexe. Notre capsule rallia une baie d'accostage, d'où l'on put découvrir la station pour de bon. C'était saisissant. Je m'étais imaginé une architecture kristang d'intérieur rigoureusement fonctionnelle, frappée à l'aune de l'industriel et du militaire pour la caste guerrière. Ce que j'en voyais alors était certes lisse et épuré, fondamentalement fonctionnel, mais avec des composantes décoratives détonantes : des tapisseries murales que même moi je trouvais magnifiques, des paysages de planètes lointaines, des bâtiments intergalactiques se détachant sur fond de nébuleuses, des motifs géométriques ou floraux complexes en plus des représentations en majesté de guerriers kristangs sur les champs de bataille auxquelles, là, je m'attendais. Les Kristangs ne manquaient pas d'intérêt, tant ils étaient pétris de contradictions – si du moins ce que m'en avait dit la bourgmestre s'avérait pure vérité.

La cérémonie n'allait pas chercher loin, en fait : on pénétra en ordre de marche dans une grande salle où les Kristangs siégeaient de part et d'autre, leurs officiers de haut rang occupant une estrade tout au fond. C'était la première fois que je rencontrais des Kristangs face à face, ce qui ne laissait pas de m'intimider. De plus haute taille que des hommes, bâtis en force avec leurs muscles saillants, ils arboraient une mine renfrognée – leur expression de prédilection, j'imagine. Pour ce que j'en savais, ça pouvait aussi bien être la version kristang d'un sourire amical… Oh, et à propos des objections des Kristangs sur les odeurs du corps humain… Nos alliés auraient quand même pu mettre en place un assainisseur d'air dans la station. Me retrouver dans une salle, même vaste, en compagnie d'une centaine d'entre eux, c'était m'exposer à des relents de vieux cuir séché, avec, comme notes de fond, de vicieux remugles de sueur rance.

Mon rôle se bornait à une brève allocution qu'on m'avait rédigée et chargé d'apprendre par cœur. Le lieutenant Reynolds m'avait indiqué que les Kristangs exigeaient de réviser mes observations par avance, pour validation. Ma prise de parole, en anglais traduit par zPhone, vibrait des accents belliqueux d'une soif sanguinaire, comme de juste. Dès que je me retirai, le lieutenant-colonel Chang me succéda devant ce parterre choisi, et enchaîna par un petit discours tout aussi martial. Je laissai mes regards vagabonder. Dans l'ensemble, l'auditoire me paraissait s'ennuyer ferme ; certains Kristangs avaient même l'air vaguement écœuré. Impassibles, d'autres contemplaient le plafond, consultaient leur messagerie sur leur zPhone, ou encore jouaient sur leur petit écran. Je pouvais comprendre ; les Kristangs siégeant dans la salle étaient des « volontaires désignés d'office » ; il leur tardait que ces simagrées se terminent. C'était un peu comme de se retrouver dans une salle remplie d'ados humains. Être confronté à des Kristangs assommés d'ennui et visiblement blasés me rappelait à quel point j'étais quantité négligeable à leurs yeux. Ils se fichaient comme d'une guigne de ce que j'avais bien pu accomplir, de ma promotion ou de ma survie à bord de la navette me ramenant sur Paradis. Quand Chang conclut son speech, un Kristang tendit une boîte au général Meers qui en sortit des galons dorés pour les épingler à notre uniforme. L'un des Kristangs occupant l'estrade se leva, nous salua, et Chang et moi le saluâmes en retour. Et voilà. Terminé. Meers et les officiers investis d'une réelle importance s'attardèrent pour conférer avec les Kristangs tandis que Chang et moi étions confiés aux bons soins d'un de leurs congénères, ouvertement dépité et contrarié de devoir « baby-sitter » deux minables humains.

— Venez avec moi, inférieurs.

Voilà ce que donna la traduction de mon appareil, notre « baby-sitter » joignant le geste à la parole. Vu son expression revêche, la traduction n'était pas fausse, c'étaient bien là ses propos. Maussade, il nous guida dans la station, jusqu'à un pont d'observation à peu près désert. L'endroit comportait des sièges, deux ou trois tables et de grandes baies offrant une vue superbe sur Paradis. J'eus du mal à m'empêcher de m'écrier « je vois ma maison, là ! » en croyant reconnaître le lacet que décrivait le fleuve juste au sud de Teskor. D'un signe dédaigneux, notre guide nous enjoignit de prendre place le temps qu'il se dirige vers une sorte de bar d'angle. C'en était bien un. Il prit un verre et se servit une généreuse goulée d'un liquide aux reflets mordorés avec deux glaçons. Puis il revint vers nous pour s'avachir sur un troisième siège en nous faisant face.

— Je suis censé vous féliciter pour vos hauts faits d'armes, et vous souhaiter la bienvenue dans notre glorieuse coalition… *Pouah* !

Il nous tirait la langue en lâchant un bruyant borborygme, rien que ça !

Je le dévisageai alors qu'il s'enfilait par là-dessus une longue goulée de son verre ; ça sentait l'alcool, ça me rappelait même de la téquila. Il avait les yeux légèrement flous et vitreux.

Et merde ! Il était déjà bien éméché, l'animal. Il s'était présenté à la cérémonie en état d'ébriété. Et il continuait de s'imbiber… ça se présentait mal. Chang capta mon regard tandis que notre Kristang tournait les yeux vers la baie. Je secouai la tête. Quoi qu'il advienne, nous devions tous deux avoir un comportement exemplaire en tant qu'hôtes de nos alliés.

Celui-ci exhala un long soupir en se calant plus confortablement sur son siège et en baissant les paupières. En mon for intérieur, j'espérais qu'il allait s'assoupir pour cuver en paix pendant que je profiterais du magnifique panorama, le temps qu'un autre vienne nous chercher.

— Mon leader me déteste ! Sinon, pourquoi me punirait-il ainsi, en me forçant à respirer les répugnantes odeurs fétides des inférieurs ?

Jugeant que c'était là une question rhétorique, n'appelant donc aucune réponse, je la bouclai soigneusement. Tout comme Chang.

Notre « baby-sitter » secoua la tête en gesticulant dans notre direction, zPhone au poing.

— À ce qu'il paraît, vous autres misérables rebuts avez besoin de ces appareils pour communiquer entre vous. Quelle honte ! Votre espèce ne devrait pas parler plusieurs langues, c'est un signe de faiblesse ! Depuis le temps, le groupe dominant de votre dégoûtante planète aurait dû conquérir les autres. Vous, là… (c'est moi qu'il désignait), vous venez de youh-mer-ii-ka ?

— D'Amérique, oui, monsieur. Je sers dans les forces armées de l'Amérique.

— Les forces armées ? (Il ricana.) Vous, inférieurs, ne formez pas d'*armée*. Vous n'êtes qu'une bande de marmots avec vos jouets à la main. Mon animal domestique chahalk pourrait en tuer une centaine comme vous. J'ai dû me farcir la lecture de documents et de rapports à propos de votre planète pathétique, afin que mon chef ne perde pas son temps. Autre preuve qu'il m'exècre, sinon il ne m'aurait pas contraint à me polluer la tête avec l'histoire d'une espèce aussi lamentable. Votre A-mé-ri-que avait l'armement nucléaire, la seule nation pendant des années à le détenir. Et vous avez pourtant raté l'occasion d'anéantir vos ennemis et de conquérir votre planète. Vous êtes faibles, vous êtes minables ! Et après ça, vous vous demandez pourquoi nous n'avons aucun respect pour le genre humain ? De telles défaillances trahissent un grave manque de détermination. Vous… (il me désignait de nouveau), vous avez combattu dans un pays, sur votre monde…

Il cherchait le nom sur son zPhone d'une main rendue malhabile par l'excès de boisson.

— J'ai combattu au Niger.

— Au Naï-gîî-r. Un endroit où il n'y avait pas d'armes nucléaires ?

Surpris, je secouai la tête.

— Au Niger, non, il n'y a pas d'ogives nucléaires.

— Et donc, votre armée aurait pu en utiliser sans risques de représailles. Au lieu de quoi, on a envoyé vos soldats traquer l'ennemi en pleine jungle ! Pourquoi cela ? Parce que vous êtes faibles, infâmes et indignes ! Si ce Naï-gîî-r posait tant de problèmes, vous auriez dû exterminer la population et investir le territoire. (Il marqua une pause, le temps de s'envoyer une autre rasade d'alcool, gesticulant avec son verre.) Vous deux, vous seriez l'élite guerrière de votre sale engeance ? Ah, quelle blague ! Votre espèce est indigne de l'effort de guerre. Vous en avez conscience, au moins ? Vous laisser maintenir l'ordre sur cette planète, ça de la confiture à des cochons. Nous n'aurions jamais dû vous faire venir ici ! Savez-vous ce que font vos congénères sur Terre ? Au lieu de travailler dur à l'effort de guerre, ils se plaignent que nous détériorons les écosystèmes de leur planète ! Et vos travailleurs s'attendent à avoir des jours de congé ?

Mais les esclaves n'ont pas de vacances ! (Sa voix était montée dans les aigus tant il s'indignait. De rage, il abattit son poing sur la table.) Je l'ai dit à mon leader, nous devrions importer d'autres espèces asservies sur Terre, histoire de montrer aux humains comment nous servir correctement. Vous les hommes, vous n'êtes qu'un ramassis de flemmards inutiles ! (Il jeta un autre regard à Paradis, qui s'étendait loin en contrebas.) Vous ne devriez pas être là du tout. Ce devrait être aux Kristangs de s'occuper des Ruhars ! Ces êtres perfides qui ont contaminé notre planète avec leurs agents biologiques... On devrait les exterminer, oui ! (Il fulmina une bonne minute, le temps de boire jusqu'à la lie.) Je me suis porté volontaire pour le sérum expérimental qui nous permettra bientôt de fouler librement le sol de Pradassis. Je vous montrerai alors comment traiter les Ruhars. Ils sont des multitudes à infester notre monde, alors des milliers de plus ou de moins, hein ? Ils sont faibles et mous, ceux-là aussi, mais leur donner la chasse nous procure au moins un bon exercice. (Il aspira les dernières gouttes en ajoutant à voix basse :) J'ai hâte de les traquer. Oh, oui.

Le Kristang, quel que soit son nom, posa son verre vide sur la moquette et se redressa sur des jambes mal assurées. Il se remit à gesticuler en nous écrasant de son mépris et, sur un dernier pouffement :

— Admirez la vue, ce sera sans doute votre nouvelle patrie, en tant qu'esclaves. Ou votre fosse commune.

Gloussant de plus belle, il prit la sortie de sa démarche très chaloupée.

— Merde... jurai-je dès qu'il fut hors de vue.

Chang opina du chef avant de prendre la parole dans un anglais parfait :

— Je pense que l'endroit n'est pas idéal pour parler de ce que... euh, notre ami vient de nous dire.

Nul doute que les Kristangs nous tenaient en étroite surveillance à bord de la station.

— Vous avez raison, Colonel Chang.

Je me sentais honteux qu'il parle ma langue alors que le seul mot de chinois que je connaisse était « píng guŏ », qui veut dire

« pomme » je crois. Je l'avais lu dans un petit biscuit porte-bonheur, et ça m'était resté. Tout ce que je savais du langage d'une des plus anciennes et éminentes cultures de la Terre tenait sur un minuscule bout de papier. Et d'ailleurs, les Fortune cookies étaient une invention américaine, née à San Francisco, pas chinoise.

— *Lieutenant*-colonel, me reprit Chang, non sans une pointe d'amertume.

— Eh, avant tout ça, vous étiez un authentique officier ! Moi, je suis peut-être en uniforme de colonel, mais je sais bien que je ne suis qu'un « placard publicitaire » à la gloire de la FENU. (L'amertume colorait décidément ma voix.) Je serai ravi quand la FENU saisira le premier prétexte venu au vol pour me rétrograder au rang de sergent, que je redevienne soldat, un vrai de vrai ! La dernière chose que je veuille, moi, c'est d'être un planqué aux commandes d'un bureau.

Chang haussa un sourcil interloqué.

— Un planqué ?

— Oh, navré, c'est de l'argot de l'armée US. Un planqué, c'est un type qui se tient soigneusement à l'écart du danger dans une base opérationnelle avancée, pendant que les véritables soldats risquent leur peau sur le terrain. Un mec qui brasse de la paperasse plutôt que de manier le fusil.

— Ah oui. On en a aussi dans notre armée. Sur cette planète toutefois, il n'y a pas vraiment de zone arrière, je ne crois pas. Quand l'ennemi peut lancer une attaque du haut d'une orbite, tout, à la surface de ce monde, est susceptible de passer en première ligne.

— C'est tout à fait juste. (Me levant, j'allai me camper devant la baie.) J'étais à Fort Arrow et avant cela, ma Formation tactique opérationnelle était cantonnée dans un village hamster, près du méandre fluvial, à l'ouest de ces montagnes là-bas. (Je désignai la zone d'un geste, même si ce n'était guère parlant.) Et vous, où vous avait-on déployés ?

Nous discutâmes de nos expériences respectives sur Paradis, et à propos de l'existence que nous avions pu mener avant l'offensive ruhar. Chang avait été un officier d'artillerie dans l'ALP, l'Armée de libération du peuple, un officier de carrière issu d'une famille de militaires. Il s'inquiétait tout autant que moi du sort des siens, sur Terre ; lui non plus n'avait aucune nouvelle. Ni messages ni lettres de ses proches, pas d'infos, rien. Chang était un type bien, professionnel jusqu'au bout des ongles, et certainement meilleur officier que moi. La perspective d'être exhibé par la FENU et de devoir faire son numéro bien rodé de Relations publiques ne le réjouissait guère, même s'il pensait que ce serait plus discret que le cirque auquel je m'attendais. Dans les combats qu'il avait livrés – et auxquels il devait sa promotion –, la victoire lui avait coûté le gros de ses hommes. Au nombre des tués, le fils unique d'un haut responsable du gouvernement chinois. L'armée asiate déployée à Paradis rechignait donc à claironner la montée en grade de Chang. Si j'avais été responsable de la mort du rejeton d'un sénateur, sûr et certain que ma carrière militaire aurait pris du plomb dans l'aile, elle aussi.

Mon zPhone bipa : le lieutenant Reynolds se demandait où diable j'étais passé (de façon polie).

— Nous sommes sur un pont d'observation, je crois, à deux… (Chang leva trois doigts), non trois niveaux inférieurs. Il y a un bar ici, réservé aux Kristangs, m'empressai-je de préciser.

— Et le Kristang qui vous était assigné ? Il est passé où lui aussi ?

— Il était… euh… il avait un truc important à faire.

J'étais conscient que les Kristangs étaient très certainement à l'écoute. Important… comme d'aller cuver au fond de son plumard, jusqu'à son réveil avec la gueule de bois.

— Monsieur, je vous prie de rester où vous êtes. Le lieutenant-colonel Chang est-il avec vous ?

— Mais oui, et nous ne bougerons pas d'ici.

Cinq minutes plus tard, Reynolds et deux Kristangs l'air de très mauvais poil se pointèrent pour venir nous chercher. On nous ramena fissa au hangar à navettes et dès que le général Meers et son équipe eurent repris place à bord, les portes se refermèrent sur nous en claquant ; l'alarme de dépressurisation retentit. Je craignais que Meers soit toujours en pétard contre moi, mais il ne dit mot. La descente s'effectua sans accroc.

Chang et moi ne reparlâmes jamais de la diatribe de ce Kristang aussi bourré qu'enragé, et de ses propos sur les « esclaves humains ». J'y repensais sans cesse, je rapportai même ses semonces haineuses au service de renseignements de Meers. Refrain habituel pour ces gens, comme je pus le constater alors, à mon grand désarroi. Bref, ils n'en faisaient aucun cas. Contrairement à moi, qui trouvais tout cela très grave. Voilà qui venait confirmer mes pires craintes que la bourgmestre ait dit vrai au sujet des Kristangs.

Nous étions-nous engagés dans le mauvais camp, dans ce conflit ?

Chapitre Huit

Plantation de Patates

En dépit de ce que le général Meers m'avait assuré, la FENU me confia comme première mission d'entamer un marathon de conférences. Ce qui dura deux semaines et, mec, Dieu sait si c'était gênant pour tout le monde. Pour ma part, ça me faisait bizarre d'arborer mon tout nouvel uniforme impeccable face aux troupes, face à des combattants comme moi, certes, et confrontés à de pires situations qu'aux miennes. Eux portaient dorénavant les mêmes uniformes en faisant le même job, alors que je plastronnais dans mes aigles d'argent, que je voletais à bord d'un Aigle flambant neuf, que je me gargarisais de bonne bouffe en compagnie des officiers. Et ça faisait quoi de moi ? Sinon un parfait imposteur ? Un escroc de première ? C'est du moins l'impression que tout ce cirque me laissait. Pour les soldats qui devaient rester à attendre que je vienne leur tenir un discours tout mâché, c'était gênant – ils savaient pertinemment que je ne méritais pas mes galons, moi qui ne les avais nullement gagnés de haute lutte. Et pourtant... il leur était impossible de dire quoi que ce soit qui puisse être pris en mauvaise part. Si c'était pas archi-nul, ça... Lorsque, Dieu merci, mon speech se concluait, je bombardais mon auditoire de questions, je laissais mes auditeurs parler de leurs propres expériences, en passant outre l'embarras de ma présence. Ce qui fonctionna bien auprès de tous mes publics. Quand je frayais avec les militaires qui me régalaient de leurs anecdotes au fil de l'invasion ruhar avortée, je redevenais tout simplement Joe Bishop face à de simples soldats, et le dialogue reprenait.

Mais voilà que je devais remonter à bord de l'Aigle pour me rendre à la base suivante... Dieu, que cette mascarade me sortait par les yeux !

Ce fut donc une aubaine lorsque la FENU me dégota un job digne de ce nom : la culture de la patate. Les Kristangs avaient signifié à la FENU qu'il était temps que les humains fassent pousser leurs propres agroalimentaires sur Paradis, afin de réduire leur fardeau logistique et qu'on ait une certaine autonomie nutritive au cas où les actions de la flotte, là-haut, en viennent à perturber les livraisons. Une des têtes pensantes de génie, au QG de la FENU, avait dû décider que mes conférences avaient fait leur œuvre, lire mon dossier personnel, voir que je venais du Maine du Nord, et avoir la brillante idée que j'étais à coup sûr expert *ès* plantation de patates. Et donc, ma nouvelle affectation consista à coordonner les activités agricoles du quart d'un continent occupé par la FENU. Nous ne nous contentions pas de cultiver des pommes de terre, bien évidemment, nous avions un programme d'ensemencement d'une large gamme de cultures biologiques à partir des germes expédiés de Terre. La plantation de patates, voilà comment nous surnommions de façon narquoise toute l'opération, même si, officiellement, j'étais censé manifester mon enthousiasme. Ça me donnait l'opportunité de vadrouiller sur Paradis en tous sens, d'avoir une présence auprès des troupes, et, aux dires des équipes RP de la FENU, ça me donnait en outre la chance d'être considéré comme un troufion dur à la peine qui avait bien réussi grâce à son dévouement, son travail acharné et ses initiatives. Quoi qu'il en soit, faire œuvre utile était un soulagement.

Outre des cours accélérés en agriculture, j'avais quelques avantages. En ma qualité de colonel, j'avais mon propre hamvee, mon chauffeur attitré, un certain Randall, soldat de deuxième classe, dans ma nouvelle base limitrophe aux secteurs chinois et américain. Je n'en avais pas cru mes yeux lorsque Randall m'avait présenté ma voiture tout aussi attitrée. Ça m'avait stoppé net dans mon élan – littéralement. Il s'agissait d'un véhicule ruhar standard, arborant le symbole de la FENU sur ses flancs et le toit. Avec un Barney en peluche couleur magenta d'un petit mètre de haut sanglé à la calandre avant.

— On est à un bon millier d'années-lumière de la Terre, comment diable vous êtes-vous procuré un Barney, bande d'idiots ?

Toutes les pièces possibles et imaginables d'équipements nous étant nécessaires devaient suivre un long circuit d'acheminement, jusqu'à l'Équateur terrestre d'abord, puis embarquement spatial via l'ascenseur à bord d'un vaisseau kristang tracté par un transporteur thuranien via les vortex, avant d'entamer la descente à la surface de Paradis. Tous nos équipements étaient donc passés au crible d'une inspection minutieuse afin de faire le meilleur usage de chaque livre de volume, chaque mètre carré d'espace. Et pourtant, un petit plaisantin avait réussi à introduire en douce une grosse peluche Barney fourrée dans un conteneur quelconque ? Mais pour l'amour du ciel… pourquoi ? Et qu'avaient donc pu clandestinement infiltrer d'autre ces gens-là à la surface de Paradis ?

— Nous en avons fait l'acquisition tactique, monsieur, me répondit Randall le plus sérieusement du monde.

— Autrement dit, vous l'avez volé, ce Barney.

— Les équipements à la dérive sont un don du Ciel, monsieur. Nous désirions faire en sorte que vous vous sentiez le bienvenu. La plaisanterie est finie, je vais l'enlever de la calandre.

— Eh non, qu'importe, laissez-le là où il est.

Après tout, mon hamvee n'était pas plus loufoque que mon grade de colonel. Je fis le tour du véhicule pour venir me camper devant le dinosaure mauve « souriant » de toutes ses dents, que j'inspectai. Qui sait, les gamins hamsters allaient sans doute l'adorer.

Alors que je faisais ma tournée de plantations de patates, on dénicha notre premier Fortune cookie. Les communiqués terriens les plus récents ? Ils remontaient au débarquement du dernier groupe d'humains au Camp Alpha. J'étais arrivé ici à bord de l'avant avant avant-dernier convoi. Et depuis notre atterrissage sur Paradis, il n'y avait plus aucune communication provenant de la Terre, ou à destination du globe terrestre. À en croire les Kristangs, la situation militaire, telle qu'elle était dans l'espace, ne leur laissait pas le luxe de renvoyer des humains, fussent-ils éligibles aux rapatriements médicaux sur Terre. Nous étions coincés sur Paradis, pour toute la durée de la mission – mission évolutive à durée indéterminée, mettant les humains mal à l'aise. Le commandement de la FENU était tracassé… Comment transmettre encore des rapports à la Terre, ou en recevoir ordres et directives ? De simples soldats ordinaires comme moi, eux, se rongeaient les sangs au sujet de leurs familles et de leurs amis restés sur Terre. Les gouvernements avaient-ils progressé pour rétablir l'électricité et autres infrastructures ? Fournitures et renforts étaient-ils en chemin pour Paradis ? Les Ruhars étaient-ils revenus à la charge là-bas ? D'après ce que la bourgmestre m'avait confié, il était fort peu probable que les Ruhars veuillent, ou puissent, monter une nouvelle expédition sur Terre dans les toutes prochaines années. À supposer, là encore, qu'elle m'ait dit la vérité.

Mais c'est là qu'on tomba sur les petits biscuits porte-bonheur, et que tout changea. Les Kristangs scannaient tous les ravitaillements livrés aux ascenseurs spatiaux sur Terre, à l'affût de produits de contrebande. Or, on découvrit, de façon troublante, que les Kristangs recherchaient surtout des dispositifs de stockage de données numériques qu'ils détruisaient à coups d'impulsions magnétiques ou aux ultraviolets. Ce à quoi ils ne s'étaient pas attendus ? Que les gens impriment leurs messages sur papier, les collant à l'intérieur d'emballages alimentaires. Pour les scanners kristangs, un récipient en carton renforcé aux minuscules écrits imprimés à l'intérieur avait l'air de n'importe quel autre récipient carton des plus quelconques. Des boîtes conditionnées sur Terre, livrées côté piste sur Paradis par les Kristangs, et déballées par les humains. Quand les premiers briscards de la chaîne approvisionnement ouvrirent un emballage de denrées alimentaires avec, à l'intérieur, un Fortune cookie, ils eurent Dieu merci la présence d'esprit de n'en souffler mot à quiconque par zPhone ; après cela, tout passa par le bouche-à-oreille. Les Fortune cookies étaient soigneusement détachés des empaquetages et livrés en mains propres au QG de la FENU, où ils soulevèrent un typhon de panique irrépressible.

J'appris cela directement de la bouche d'un officier du renseignement de 3e division, qui en avait les mains tremblantes – littéralement – en me donnant les nouvelles. Celles de la Terre, très mauvaises… Les petits messages des Fortune cookies contenaient des codes secrets authentifiant les données destinées au QG de la FENU, ce qui les légitimait. Dès que la Force expéditionnaire avait quitté la planète Terre, la situation avait empiré. Même avant mon départ, le bruit avait couru que les Kristangs étaient adeptes de la méthode forte, nous ordonnant de concentrer les réparations de nos infrastructures à tel ou tel endroit, prenant le contrôle de nos installations minières et de raffinage pour les matériaux critiques, et s'attachant à encadrer étroitement certaines informations sur internet. Comme la plupart des gens, je me disais que les Kristangs faisaient le nécessaire pour nous préparer à une nouvelle offensive ruhar, et que lorsque deux espèces extraterrestres devaient s'adapter l'une à l'autre, il y avait forcément des frictions, des problèmes. Sans compter que les civils se plaignaient toujours d'une chose ou d'une autre, quoi qu'il en soit.

Les Fortune cookies nous apprenaient que sur Terre, les conditions de vie s'étaient fortement détériorées. Aux quatre coins de la planète, les Kristangs avaient fait main basse sur les terres agricoles les plus fertiles dont de vastes étendues du Centre-Ouest des États-Unis, pour y établir leurs cultures et y parquer leurs têtes de bétail. Sans dédommagement aucun pour les exploitants agricoles lésés dans l'histoire. Ceux qui avaient tenté un blocus afin de défendre leurs propriétés avaient été la cible de tirs orbitaux mortels de lasers. Mais les pires spoliations, ce n'était même pas les terres elles-mêmes : les Kristangs revendiquaient l'intégralité du lac Supérieur et de la mer Caspienne pour l'élevage des espèces de poissons qu'ils mangeaient. Ils comptaient stériliser ces immenses étendues d'eau à l'aide de rayons gamma avant d'y instaurer leur propre biosphère. D'ici un an, les populations humaines de ces zones devaient s'éloigner au préalable d'une bonne centaine de kilomètres des côtes lacustres le temps d'achever la construction de barrages titanesques et de programmer le satellite des rayons gamma. Les manifestations de protestataires dans des mégalopoles comme Shanghai, Chicago, San Francisco ou Paris avaient elles aussi été victimes de frappes lasers, les Kristangs estimant que les gouvernements humains se montraient par trop laxistes et inefficaces pour juguler ces « éléments subversifs et ces traîtres ».

Les Ruhars nous avaient attaqués, et on avait cru que les Kristangs avaient volé à notre rescousse ? Sauf que ce sauvetage montrait dorénavant son vrai visage : celui d'une invasion assortie d'une mise en coupe réglée. Voilà qui changeait tout. Et, d'une certaine façon, qui ne changeait rien pour nous, sur Paradis. Que pouvait faire la FENU dans ces conditions ? C'étaient les Kristangs qui assuraient notre ravitaillement. Et, sans eux, nous n'avions aucun moyen de regagner notre planète natale. Même si nous envisagions maintenant les Kristangs comme nos ennemis, qu'est-ce qui nous disait que les Ruhars étaient meilleurs ? Sur Paradis, les hamsters n'étaient pas en position de nous apporter une quelconque aide, de toute façon. Alors, qu'importait qu'on porte ou non les Kristangs dans notre cœur…

Les humains cantonnés sur Paradis étaient foutus, d'une manière comme d'une autre.

Le colonel Wilson entra au bureau alors que je vidais une tasse de café en prenant connaissance de rapports de livraison, en vue d'un nouvel essai de plantation de patates. Un café tout à la fois amer et insipide, refroidi… N'empêche, j'étais déterminé à en « savourer » jusqu'à la dernière goutte. Ces grains de café n'avaient-ils pas parcouru des années-lumière pour finir dans ma tasse, ici, sur Paradis ? Ça avait tout le goût des douceurs du foyer. Et qui me disait qu'on aurait droit à un autre envoi de victuailles en provenance de la Terre ? Wilson vida la cafetière dans un gobelet, en sirota le contenu – et fit la grimace.

— Tel que vous me voyez là, je reviens du QG de la FENU ; le général Meers ne sait vraiment pas comment nous devrions nous y prendre avec ces rumeurs. Il est sûr et certain que les Kristangs vont découvrir le pot aux roses, à vrai dire, je m'étonne même qu'ils ne nous aient pas déjà fait chier avec ça… à moins que le QGdA ne fasse tout pour que ça ne s'ébruite pas.

Vu leur mainmise quasi absolue sur nos communications, il était impossible que les Kristangs n'aient pas eu vent de ce qui se tramait. Et peut-être bien qu'ils n'en avaient pas grand-chose à carrer. Sur Terre, les populations se doutaient bien de ce qu'il se passait, et qu'y pouvaient-elles, avec des astronefs kristangs orbitaux à même de bombarder n'importe quelle cible sur la planète, de la cribler de rayons lasers, de missiles, de tirs de canons électromagnétiques ?

— Il devient urgent de changer notre disposition d'esprit à propos de notre mission ici, hasardai-je. (« Disposition d'esprit, façon de voir les choses »… Des expressions clefs dont les diapositives Powerpoint de l'armée faisaient la part belle.) Par « nous », je veux dire que les Américains à tout le moins avaient assimilé la frappe ruhar à un nouveau Pearl Harbor, et que nous nous retrouvions à livrer la contre-offensive historique de la Seconde Guerre mondiale en plein Pacifique Sud. Mais bon, on apprend maintenant que tout ça, c'est un ramassis de conneries. En vérité, nous voilà en pleine Opération Torch, comme en 1942, au large du Maroc. Sauf que nous ne sommes plus les Alliés ou même l'Axe germanique, mais les Berbères.

— Je ne vous suis plus, Bishop. Les Berbères ?

Mais bon sang, en tant qu'officier de l'armée US, Wilson ne savait-il pas que l'Opération Torch était le nom de code des assauts américains et britanniques de l'Afrique du Nord en novembre 1942 ?

— Les Berbères… (Je faillis ajouter « monsieur », tant ces histoires de rang de colonel étaient nouvelles pour moi.) Je crois savoir qu'on les appelle ainsi. Les natifs de l'Afrique du Nord, pris en tenaille entre l'invasion des Alliés d'un côté, celle des Allemands, des Italiens et de la France de Vichy de l'autre. L'un comme l'autre camp se foutaient éperdument des autochtones ou de leurs territoires. Les Allemands et les Italiens convoitaient l'Afrique du Nord afin de contrôler la Méditerranée et de chasser les Britanniques d'Égypte pour accéder aux champs pétrolifères. Les British et nous voulions acculer Rommel à la Méditerranée, afin d'attaquer la Sicile puis l'Italie.

Je ne faisais là qu'effleurer la vérité ; les Alliés n'avaient nullement décidé de la marche à suivre au lendemain de leur victoire en Afrique du Nord, bien après l'invasion de l'Opération Torch.

— Les Berbères se sont retrouvés pris entre le marteau et l'enclume, réduits à se plier aux injonctions des envahisseurs, quels qu'ils soient, à dégager le passage, et à tout faire pour rester en vie. Et voilà bien où nous en sommes à notre tour, pas vrai ? L'un comme l'autre camp se fout pas mal de nous, pourvu qu'on leur soit d'une quelconque utilité, ou que la Terre leur serve de base d'appui. Nous autres, on n'est jamais que de pauvres crissements sous les chenilles de leurs chars. On aurait tout intérêt à cesser de nous croire les alliés des Kristangs, et à nous rendre compte qu'à leurs yeux, on est tout juste de la chair à canon. En ce temps-là, la France Libre avait des troupes berbères appelées les Goumiers, mais qui n'étaient en aucune façon traitées à l'égal des soldats français. Il faut que la FENU cesse de caresser de grandes ambitions pour, ici, se concentrer sur l'essentiel : notre survie.

Sourcils froncés, Wilson hocha la tête.

— Vous êtes peut-être bien dans le vrai, Bishop.

J'avalai mon marc de café, puis m'emparai de mon casque et de mes lunettes de protection.

— Si on veut avoir la moindre chance de survivre, je ferais mieux de retourner à mes plants de pommes de terre. En quantités industrielles, mes plants.

Je pris un Aigle pour rallier un village perdu au milieu en pleine cambrousse, en passant des heures carrées à avoir les oreilles qui bourdonnent des vrombissements de moteurs et les yeux remplis des terres cultivées qui s'étendaient indéfiniment. Je restai seul, hélas, avec mes pensées. Ce qui n'avait rien d'agréable. En découvrant ce premier vaisseau ruhar d'assaut en plein dérapage – contrôlé ? – sur le champ de patates de ma ville natale, je m'étais dit : « Merde alors, je ne rêve pas ! » Puis « Mais pourquoi diable des aliens viendraient-ils envahir Thompson Corners ? » Mais la toute première chose à me traverser l'esprit ? Ç'avait été « *Game Over* ». Fini de jouer, fillette. Bon, conneries de blockbusters hollywoodiens mises à part, toute espèce dotée de la technologie, des ressources et forte de la motivation nécessaires aux voyages intergalactiques allait écrabouiller l'humanité entière tel un vulgaire cafard. Oublions donc les fantasmagories qui consistent à glorifier d'intrépides humains au cœur vaillant qui parviennent à vaincre les extraterrestres sur le terrain. Lesdits extraterrestres avaient tout loisir, du haut de leur orbite, de nous pulvériser à leur gré. Toute la détermination et le cran humains de l'univers ne pèseraient pas lourd dans de telles conditions ; eux pouvaient nous abattre en n'importe quel lieu, et nous, nous n'avions aucun moyen de les atteindre. À supposer même qu'on arrive à recibler et à lancer des ICBM, ces missiles balistiques à tête nucléaire et à portée intercontinentale, de tels missiles n'atteindraient jamais l'orbite haute, sans compter que des aliens, quels qu'ils soient, devraient être complètement aveugles pour ne pas voir les flamboyants échappements de fusées. Ce serait même choquant si une tête nucléaire d'ICBM parvenait à moins de cent soixante kilomètres d'un spationef extraterrestre ; elle n'atteindrait probablement pas la basse atmosphère.

Fin de partie.

Je n'étais pas le seul à douter de la possibilité que l'humanité survive à une invasion alien, c'était là le discours des Kristangs. Ces gros lézards nous avaient raconté un tas de mensonges, mais dans ce cas précis, ils avaient dit la vérité. Histoire qu'on se rende compte à quel point nous avions besoin d'eux pour nous protéger des Ruhars – ou c'est du moins la conclusion à laquelle nous étions parvenus à ce moment-là. Le but : les hommes cloués au sol, les aliens dominant de leur position orbitale, en tenant le haut du pavé – et au-delà.

Game Over.

Quand je m'étais résolu à capturer un soldat extraterrestre, tout ce qui m'avait importé alors, c'était que l'humanité avait besoin d'en savoir plus sur les envahisseurs, si nous voulions avoir la moindre chance de survivre. Il fallait que je tente quelque chose, quitte à ce que ce soit impétueux, stupide, irréfléchi. Quitte à ce que j'y laisse ma peau. Mais puisque l'humanité entière allait être anéantie, Whiskey Tango Foxtrot, hein ?

Voilà que la « cavalerie » des Kristangs arrivait au triple galop, pour nous sauver. Et bon sang, je ne me rappelais que trop de ce sentiment, quand la dépanneuse ruhar nous avait pris en chasse. J'en avais trempé ma « petite culotte » de sueur, je n'ai pas honte de l'admettre, j'en avais la bouche desséchée, les mains tremblantes… Il n'empêche que je n'avais pas cédé un pouce de terrain. Je m'étais préparé à disparaître dans une flambée d'artillerie. Mais c'est là que les cieux s'étaient remis à scintiller, prélude à un miracle lorsqu'avec l'unité de largage ruhar, la section arrière de l'aéronef s'était détachée du fuselage en un bang supersonique.

Nous étions sauvés ! Et toutes mes peurs ? Balayées ! Mais comme j'en étais reconnaissant à nos sauveteurs !

Foutaises, va.

Et là, c'était encore pire.

L'Aigle atterrit ; transit par un hamvee – non mon hamvee « Barney » attitré, mais un modèle standard. Lancé peu après, notre convoi de plants de patates consistant en quatre hamvees bouseusx de blindés et six remorques se déploya. Qu'un tel convoi m'ait attendu ne laissait pas de m'agacer. Faire poireauter les officiers quand je n'étais encore, de fait, qu'un vulgaire troufion ? Faire faire maintenant le pied de grue aux soldats ne m'amusait franchement pas davantage.

Mon hamvee « puait des pieds ». Et empestait l'après-rasage. À moins que ce ne soit l'eau de Cologne ? Il avait dû être gardé là où les hamsters avaient fait usage de ce sale fertilisant puant avant qu'un petit génie ne veuille l'exploiter sous forme de déodorant à base de fragrance bon marché.

— Nom de nom, on dirait l'eau de Cologne de mon grand-père ! bougonnai-je.

— Désolé, monsieur, me répondit mon chauffeur, avec « Park » inscrit sur son badge nominatif. Ça sentait déjà comme ça au parc automobile.

— Et c'était encore pire ce matin, renchérit un certain Olafson, sur le siège passager. On a baissé les vitres pour aérer l'habitacle.

— Olafson, c'est ça ? (Un grand gaillard blond, dans les un mètre quatre-vingts.) Vous avez toujours monté en graine comme ça, ou bien l'armée vous a trop bien nourri ?

— Ma mère était un cordon bleu, monsieur.

— Oh-*oh*...

Je n'étais pas de bonne compagnie, je n'étais pas d'humeur ; je m'absorbai donc dans la lecture des rapports téléchargés sur ma tablette ; les deux soldats assis à l'avant saisirent l'allusion et ne pipèrent plus mot. Le BRA, le Bureau du renseignement agronome du QG de la FENU, avait préparé à mon attention une série de rapports concernant les prochains terrains de plantation, les analyses géologiques, les études climatiques, pluviométriques, hydrogéologiques et des types de récoltes privilégiées par les Ruhars, assortis des produits chimiques jusqu'alors en usage. Que la FENU ait rapidement instauré un « Bureau du renseignement agronome », voilà qui en disait long sur notre situation gênante sur Paradis. J'avais cru à une plaisanterie lorsqu'on m'avait affecté à l'ensemencement des cultures nécessaires à notre survie sur cette planète. Dans notre petite ferme, j'avais prêté main-forte à mes parents, mais ça ne faisait nullement de moi un agronome chevronné. N'empêche, ça me stupéfiait encore d'en avoir appris autant en si peu de temps. Le spectre de la disette… un magnifique professeur s'il en est ! L'endroit sélectionné pour nos plants de patates paraissait quasiment idéal, assez proche de l'Équateur pour espérer deux à trois récoltes à l'année, avec une pluviométrie idéale et une bonne nappe phréatique à l'avenant pour les besoins de l'irrigation lors des saisons sèches. Je consultai les documents de bord des camions de notre convoi ; on était lourdement chargés de conditionneurs de sol car les terreaux du cru devaient être adaptés aux organismes terrestres si on voulait de bonnes récoltes. Lorsque j'en eus assez lu – de ce que je comprenais des sciences agricoles –, je passai aux autres rapports dont la FENU voulait que je prenne connaissance. Qui aurait cru qu'être officier allait de pair avec autant de lecture ? C'était comme de retourner sur les bancs de l'école. Pourvu qu'il n'y ait pas de questionnaire à choix multiples le lendemain !

On roula tranquillement un bon moment, pendant que je restai le nez fourré dans la paperasse, Park et Olafson échangeant de menus propos à voix basse. Vu notre place au sein du convoi – on venait en troisième –, on alternait vitres levées pour nous préserver de la poussière et vitres baissées pour évacuer la chaleur. La matinée avait été fraîche, mais à présent, la température grimpait en flèche, le long des étendues planes des cultures. Notre destination ? Une aire récemment évacuée par les Ruhars, où nous comptions dénuder les sols des précédentes cultures résiduelles laissées à l'abandon, préparer la couche arable et semer nos propres germes. Une aire évacuée à contrecœur… elle avait été placée sous la responsabilité des armées indiennes. Selon les comptes-rendus que je lisais, les soldats indiens avaient dû recourir à la force pour chasser les familles hamsters de leurs maisons ; des fusillades avaient fait un mort chez les Indiens, et deux blessés graves. La situation, sur toute la planète, était explosive ; les Kristangs tenaient encore leur position de supériorité, même s'ils ne détenaient en tout et pour tout qu'une frégate et un destroyer spatiaux. L'évacuation des Ruhars outre-monde se poursuivait, non sans accrocs : les hamsters faisaient montre d'une résistance accrue, multipliant les sabotages contre la FENU. Au poste de base de l'ascenseur spatial, les évacués affluaient, au point que la Force expéditionnaire des Nations unies avait dû y établir un camp de réfugiés. Les alimenter ? Les garder sous contrôle ? De telles logistiques impromptues avaient de quoi rendre dingue l'état-major de la FENU. En plus petit nombre, escortés par des cuirassés kristangs, les équipages bousculés par des lézards redoutant de nouveaux raids fomentés par les résistants, les transporteurs ruhars se présentaient toujours au sommet de l'ascenseur pour embarquer leurs ressortissants, accusant du retard, ne respectant plus de programmation régulière. Tout se faisait dans la hâte et la frénésie. Au sol, la FENU se préoccupait davantage de survie (nos stocks de nourriture) que d'évacuer jusqu'au dernier Ruhar. Les communautés hamsters, jadis coopérantes, étaient devenues récalcitrantes, puis elles étaient passées à la résistance active et au sabotage. Qui ne se limitait plus à mettre hors d'usage les camions destinés à emmener les villageois en exil, non ; désormais, nos maquisards faisaient sauter les ponts, rendant difficile sinon impossible l'évacuation par voie terrestre. La FENU s'était donc rabattue sur les péniches, partant du principe que « faire sauter » des fleuves, hein… c'était plutôt une vue de l'esprit qu'autre chose. Sauf que les transports fluviaux, ben… ils prenaient leur temps. Ils prenaient *aussi* des chemins détournés, nécessitant immanquablement plus de victuailles et de carburant pour un plus long cheminement. Quant à embarquer les hamsters par voie aérienne, une option trop onéreuse là encore. Surtout qu'avec des vols en augmentation constante, l'aéronautique avait besoin de temps d'immobilisation au sol pour l'entretien, ce qui générait une spirale descendante de disponibilité des aérodynes. Les communiqués que j'avais sous les yeux n'apportaient aucune réponse valable à la question de savoir quelle pourrait bien être la meilleure façon de poursuivre l'évacuation – à part la nécessité de progresser régulièrement dans les plus brefs délais. Plus les terres seraient débarrassées des hamsters, plus la FENU serait à même de concentrer ses forces et de mettre au point un contrôle strict de la population ruhar restante.

Programme de maintenance et de disponibilité des équipements. Voilà qui ne m'avait jamais effleuré l'esprit jusqu'alors, mais bon… En ma qualité de haut gradé, j'étais censé être au parfum de tout ce merdier. L'étudier, y réfléchir, trouver des solutions et les appliquer… Tout ça pour… Bibi.

Tout compte fait, je ne me réduisais pas à une vulgaire opération publicitaire ; n'étais-je pas un colonel de l'armée US de plein droit ? Investi de toute l'autorité et des responsabilités plénières lui étant échues ? Je devais remplir mon rôle à part entière.

— Park, Olafson, votre cantonnement, ça fait longtemps ?

— Depuis notre arrivée ici, me répondit Olafson.

— Rapport de situation ?

— Un compte-rendu, monsieur ? me fit Park, sur le siège conducteur.

Le rétroviseur me renvoyait son regard. Elle faisait l'âne pour avoir du son, la petite maline. M'obligeant à mettre les points sur les « i ».

— Que se passe-t-il donc avec nos hamsters ?

Olafson se tourna maladroitement sur son siège afin de m'avoir à l'œil durant nos échanges.

— Pas grand-chose, monsieur. Des trucs pas très nets, genre délits mineurs ; sabotages, faire traîner les choses côté évacuation – sans pour autant verser dans la violence. Du moins, pas tant qu'on les élimine, monsieur…

Il avait ajouté cela avec une telle admiration que je m'en retrouvais gêné.

— Je ne me suis en aucune façon montré efficace, Olafson. Un escadron était dévolu à la défense du lanceur, et c'était loin d'être l'unique centre névralgique ce jour-là.

— Euh… non, monsieur. C'était plutôt tranquille aujourd'hui ici, il ne s'est rien passé de crucial valant la peine qu'on se batte. Si nous n'avions pas entendu parler du raid sur nos zPhones, et assisté à des échauffourées là-haut, ç'aurait été un jour comme un autre pour nous.

Park opina du chef.

— C'est vrai, monsieur. Ce jour-là, on s'est mis en tenue de combat et on s'est bunkerisés, mais il ne s'est rien passé pour nous. Ensuite, la fin d'alerte. Ce coin-là, c'est vraiment le bout du monde, les bas-fonds de Neptune, comme on dit ! Alors que, à l'endroit où on va planter nos patates ou autre, les hamsters ont valu à l'armée indienne une tonne d'ennuis. Pas de fusillades, de victimes, juste ces satanés hamsters…

Dans le rétroviseur, je la vis flancher.

— Allons, Park, vous êtes un soldat, bon sang, vous êtes en droit de vous exprimer en soldat !

— Oui, monsieur. Les hamsters ont résisté de toutes les façons possibles et imaginables. Ils ont saboté les équipements, les rendant inutilisables pour l'armée indienne, une armée contrainte du coup à les importer ou à les reconstruire. Ils ont contaminé les ressources en eau, et ils se sont déplacés histoire de rendre caduc le programme d'évacuation. Au point même que les Indiens durent confiner la région entière, assigner les habitants récalcitrants à résidence, pourrait-on dire. Et quand les navettes arrivèrent, ils refusaient toujours mordicus de quitter leurs pénates. Ils faisaient un *sitting*, si bien qu'il fallait les extraire manu militari de leurs maisons pour les embarquer. Je ne vous raconte pas le retard que prirent les planifications d'évacuation à ce compte-là… Du coup, les léz… euh, les Kristangs voulaient atomiser un village du haut de leur orbite histoire que les hamsters comprennent bien qi'il valait ne pas trop nous chercher. La FENU estimait que si jamais les Kristangs devaient intervenir, notre mission dévolue en ces lieux aurait tout d'un échec cuisant. Du coup, les Indiens firent appel à un bataillon britannique en renfort…

— Ah, quel sacré coup de pied au cul, hein, monsieur ? sourit Olafson. Des Rosbifs sous le commandement d'Indiens ?

J'acquiesçai, sans émettre le moindre commentaire. La FENU soulignait l'importance d'une coopération internationale, et les officiers avaient pour strictes instructions de n'encourager sous aucun prétexte les rivalités nationalistes. Sauf que de telles injonctions avaient leurs limites d'ordre pratique.

— Ça montre bien qu'ici nous sommes tous des êtres humains, fis-je, en une tentative mal assurée de souscrire à l'esprit des règles, à défaut de souscrire à leur lettre.

— Oh… renchérit Park, entre eux ils ont tout arrangé comme prévu, sauf que ça a foutu en l'air la planification du secteur britannique, du coup tout est décalé.

Eh oui, la grille d'évacuation s'était accélérée à mesure que se rapprochait le jour J, où le tout dernier hamster était supposé emprunter l'ascenseur spatial. Et, au fur et à mesure que Paradis se vidait de ses populations ruhars, nous pouvions concentrer nos forces en accélérant le mouvement. Au début, la planification de l'évacuation planétaire avait paru illogique en donnant la priorité à des zones de faible densité démographique. La FENU était partie du principe que les Kristangs convoitaient ces zones pour y semer ces germes en priorité. Mais voilà… les lézards ne s'étaient aucunement préoccupés de ces terres agricoles abandonnées, ne consentant à envoyer que de maigres équipes inspecter les superficies en cause. À en croire une certaine rumeur, ces zones recélaient, d'après les croyances kristangs, des reliques des antiques civilisations des Anciens – reliques constituant les véritables trésors pour lesquels on se battait tant sur Paradis. À part cela, la planète toute entière n'était que terres arables, comme dans, peut-être, le bras d'Orion de la galaxie. Tout ce qui importait aux yeux de la FENU ? Que ces zones soient « nettoyées » en priorité. Et c'était donc notre priorité.

— En approche de Cage à Hamster, monsieur, m'indiqua Olafson.

La route abordait une montée avec, au-delà, une large vallée fluviale peu encaissée, et un pont menant à un bourg de belle étendue. Avec ça, des parcelles typiques de terres agricoles, certaines fraîchement moissonnées, d'autres, teintées du jaune d'or des blés des hamsters. Les rubans lumineux des voies ferrées couraient en ligne droite du sud-est ou nord-ouest, avec leurs locomotives électriques et leurs dizaines de wagons de marchandises garés en épi dans le lointain. Les saboteurs avaient anéanti ou miné les voies, fait sauter ou fragilisé les ponts ferroviaires de la région. Le plan initial de la FENU ? Il reposait sur des voies ferrées véhiculant les hamsters en grand nombre. Problème ? Les Ruhars avaient immédiatement compris ; les lignes ferroviaires planétaires avaient été rendues inutilisables en l'espace de deux à trois semaines.

— Cage à Hamster ? gloussai-je.

Olafson sourit de toutes ses dents. Je ne l'intimidais pas – pas plus que ça, en tout cas.

— Hah-bah-tahlin… Les Hamsters, si vous préférez. Si bien que des petits plaisantins parlèrent de « cage à hamster ». Le maire ruhar était en rogne en apprenant ce que ça signifiait sur Terre. Qu'il aille au diable !

Un grognement étouffé s'éleva de mon zPhone ; je crus entendre « Planteur, ici le chef de patrouille Stinger ».

— Ici, Planteur, répondis-je une fois exhumé mon zPhone de sous ma cuirasse.

« Planteur » était mon nom de code (l'œuvre d'un farceur de la FENU). Ça irritait mon aide de camp, qui cherchait à le changer en un code plus cool. Mais moi, ça ne me déplaisait pas. Planteur ? Si des hamsters étaient à l'écoute de nos communiqués, comme je le supposais, c'était plutôt sympa, non agressif, de nature à souligner la nature pacifique de mes missions. Nos plantations concernaient uniquement les terrains déjà évacués, sans spolier les Ruhars de leurs ressources, et, dans la mesure du possible, nous évitions tout contact avec les populations hamsters. Pas comme aujourd'hui, toutefois, notre piste « Cage à Hamster » étant la seule à conduire à notre destination.

— Je vous écoute, Chef de patrouille Stinger…

Stinger, m'apprenaient mes consignes préparatoires, était le nom de code de l'escorte (deux engins) nous fournissant une couverture aérienne. Deux Poulets de combat destinés à faire fuir tout hamster à notre approche. Pour ma part, si je voyais se pointer nos propres engins de combat contre nous, je serais plus en rogne qu'intimidé. Assez furax pour réagir, si la vengeance était chose assurée ? Probablement pas. Quoi qu'il en soit, avoir une couverture aérienne, c'était plutôt sympa.

— Planteur, mon ailier a une chute de puissance dans un moteur et doit retourner à la base.

Sans la cuirasse pour étouffer le son, je percevais maintenant une voix féminine à l'accent du Midwest. Pour un peu, je me serais presque attendu à ce qu'elle ajoute, « Tu m'étonnes, tiens ! »

— Retour à la base, bien reçu, Stinger. Pouvez-vous nous couvrir au point de contrôle Mike Two ?

C'était l'appellation cartographique de Cage à Hamster.

— Affirmatif, Planteur. Je vous couvrirai de pont à pont. À vous.

Elle parlait du pont de ce côté-ci de Mike Two jusqu'au pont situé à l'autre bout de la ville. Et au-delà s'étendaient les terres agricoles. Les zones les plus critiques, où nous aurions peut-être bien besoin d'une couverture aérienne, c'étaient les « goulets d'étranglement » de ces deux ponts, et la ville elle-même.

— Affirmatif. Je raserai le bourg au vol, histoire de réveiller tout le monde.

— Bien reçu, Stinger. Planteur, terminé.

La FENU avait discuté de la nécessité d'envoyer les convois en ville sans les annoncer, ou de l'efficacité d'un survol aérien en reconnaissance. Le débat avait été de courte durée, car un convoi empruntant en rase campagne des routes en terre battue ne pouvait guère passer inaperçu ; les tourbillons de poussière qu'il soulevait immanquablement étaient visibles à des kilomètres à la ronde.

Le premier pont traversé se réduisait à une affreuse structure en béton, œuvre des premiers occupants kristangs. Deux soldats de la brigade de sécurité locale nous firent signe d'avancer ; ils étaient chargés de s'assurer que personne ne cherchait à saboter l'ouvrage ou ses abords depuis la dernière inspection des lieux. Voilà la situation à laquelle nous étions confrontés : les hamsters sabotaient à peu près tout ce qu'il était possible de saboter. Il suffisait de relâcher sa vigilance deux ou trois heures peut-être pour qu'ils fassent sauter des ponts, ou qu'ils en fragilisent les structures au point de les rendre inutilisables, qu'ils coulent des barges fluviales, qu'ils détruisent des pylônes de transmission, qu'ils grillent les moteurs de véhicules laissés sans surveillance. Mais là, à ma grande surprise, on traversa la ville sans incident, pas même une tête brûlée de hamster en culotte courte pour nous lancer des cailloux, des mottes de terre ou de lisier – ce qui était devenu très courant, pourtant. Les gamins s'étaient nettement enhardis d'ailleurs, l'expérience leur ayant appris que nos soldats avaient interdiction de tirer sur des enfants. À moins qu'il s'agisse d'enfants *armés*… À ma connaissance en tout cas, le cas ne s'était pas encore présenté.

Le bourg était plus délabré que de coutume, j'imagine, conséquence des tentatives de reconquête. Les hamsters du cru espéraient que leur flotte spatiale débouterait les envahisseurs, et que tout reviendrait à la normale. À la normale… abstraction faite des fichus humains venus là planter leurs choux… Après l'échec de leur raid, les Ruhars avaient bien vu que leur planète était perdue, cette fois. Il ne leur restait plus qu'à vider les lieux pour ne plus y revenir. Dans ces conditions, à quoi bon assurer encore la bonne marche de tout ce qu'ils laisseraient aux griffes des Kristangs ? Dans leur ressentiment, que je pouvais comprendre, ils cherchaient au contraire à tout saccager avant la fin des évacuations. Des infrastructures majeures comme le Lanceur, l'ascenseur spatial ou les réacteurs à fusion étaient hors limites en vertu des étranges règles de combat qui semblaient en vigueur dans les deux camps. Après tout, faire exploser le lanceur reviendrait à admettre que les Ruhars ne cherchaient même plus à reprendre Paradis à l'ennemi, et ce ne serait pas bon pour le moral des insurgés.

On approchait maintenant du pont occidental. Encore quelques minutes, et on le traverserait à son tour. J'étais tendu, tant je m'attendais à ce que quelque chose cloche ; la posture de Park et Olafson me disait qu'eux aussi redoutaient du grabuge. Pourtant, tout paraissait calme. Ce pont-là était une élégante structure d'aspect fin et délicat, bien plus long que son pendant oriental. L'ouvrage ruhar reposait sur des piles kristangs plus anciennes. Le franchir me fit l'impression d'exposer mes flancs aux coups ; en atteignant l'autre bout du pont, on soupira tous de soulagement. Passant la tête hors de la vitre baissée, je jetai un coup d'œil à l'arrière de notre convoi d'acheminement, vérifiant que le camion de queue avait bien traversé, lui aussi. Selon notre carte, et ce que j'avais sous les yeux, il n'y avait là rien d'autre que des terres agricoles assez planes s'étendant à des kilomètres à la ronde.

— Planteur, ici Stinger.

— Merci pour l'escorte, Stinger. Vous êtes libre de retourner à la base maintenant.

— Bien reçu, Planteur. Amusez-vous bien, faites-nous pousser de la bonne nourriture savoureuse. Stinger, terminé.

Elle fit décrire à son Poulet un large cercle en nous survolant une dernière fois, puis rétracta les nacelles d'armement, réalimenta le système et mit le cap vers l'est. En la regardant s'éloigner, je me disais que nos pilotes, aux commandes d'appareils hyper cools, devaient adorer cette mission. Pendant que nous autres, la piétaille, on avait droit à des M4. Comme ça semblait injuste ! Et pourquoi pas des fusils ruhars, tout comme nos Airedales étaient aux manettes d'aéronefs pris aux Ruhars ? Je me renfonçai sur mon siège.

Olafson brisa ma rêverie.

— Monsieur ? Vous avez déjà rencontré des Kristangs, n'est-ce pas ? Quand vous avez été promu, vous êtes monté à bord de leur station, c'est bien ça ?

Je ne pus alors retenir une grimace avant d'adopter, je l'espérais, une mine neutre de bon aloi. Mais ça n'avait pas échappé à Olafson, car je le vis hausser les sourcils.

— Il y a eu une cérémonie en effet… Hum ! (J'essayai maladroitement de couvrir ma bévue.) Les mets servis… disons que je les ai mal digérés.

Ce qui n'était pas faux. Sauf que c'étaient les propos du Kristang aviné que j'avais plutôt « mal digérés ». J'avais dû ravaler ma fierté et tenir ma langue.

— De quoi ont-ils l'air, monsieur ? Si je peux me permettre ? Je n'en ai encore jamais vu en vrai. (Il avait dû percevoir mon embarras.) Mais laissez tomber, je n'aurais pas dû...

Je ne vis rien venir. Un soldat, dans l'avant-dernier camion, dit par la suite qu'il avait vu filer une sorte d'éclair juste avant l'impact, mais je pense qu'il avait dû rêver. Ç'aurait pu être la frappe d'un canon électromagnétique, une sorte « d'artillerie silencieuse » ou encore une roquette sans combustion, ne laissant pas de panache d'échappement dans son sillage. Quoi que ça puisse être, nos remorques de marchandises furent systématiquement pilonnées, nos précieux conditionneurs de sol et semences, irrémédiablement détruits. La charge explosive était une nouveauté elle aussi, générant plus un effet thermique qu'une déflagration. Une incandescence vraisemblablement calculée pour consumer nos graines et les micro-organismes des conditionneurs de sol. Des semences éparpillées, on aurait pu les ramasser et les récupérer. Grillées, elles ne servaient plus à rien.

Les saboteurs en avaient après nos graines, pour priver l'humanité de la possibilité d'assurer sa subsistance sur Paradis, de contraindre les Kristangs à déployer encore de maigres ressources pour faire venir ici davantage de semences – ou pour les forcer à ramener sur Terre leurs « humains domestiqués ». Il n'y avait pas une seule victime du feu ennemi dans notre convoi. La seule perte à déplorer ? Celle d'un soldat à l'avant du hamvee suivant le dernier camion de la file : le véhicule avait percuté ce camion brutalement à l'arrêt et la tête de la conductrice avait heurté le volant. Un bout de métal avait transpercé le crâne de son compagnon, sur le siège avant, le tuant sur le coup. Je doute que les hamsters aient voulu tuer qui que ce soit, dans notre convoi. Piètre consolation pour le mort et la blessée.

Nous sortîmes en trombe de nos véhicules, fonçant à l'abri, cherchant à repérer nos adversaires tout en soutenant notre camarade. Nous n'avons jamais découvert quel type d'arme nous avait foudroyés, car Stinger réagit aussitôt en frappant de missiles à haute vélocité la zone d'où était partie l'attaque. Les explosions firent qu'on chercha de plus belle à s'abriter ; dans un rugissement de moteurs, nacelles d'armement en pleine extension, Stinger nous survola de nouveau en quête d'autres cibles.

— Planteur, ici Stinger, pas d'éléments hostiles en vue. À vous.

— Bien reçu, Stinger. (Je remis mon M4 en bandoulière.) L'attaque a dû être déclenchée à distance.

— Et téléguidée, renchérit Park en scrutant l'horizon de la lunette de son fusil. Quelqu'un aura ciblé nos remorques à l'exclusion de tout le reste.

Bien vu. Ou un observateur hostile était tapi quelque part, ou ces armes mystérieuses étaient dotées de caméras. Même les armements aliens dits « intelligents », hyper perfectionnés, devaient être orientés vers les cibles à atteindre. Je m'apprêtais à recommander à Stinger d'être à l'affût de tout observateur – recommandation inutile puisqu'elle le faisait déjà –, lorsqu'une alarme fit sonner mon zPhone. L'attaque de notre convoi n'était pas la seule, bien d'autres avaient été perpétrées, quasi simultanément, sur tout le continent. Je contactai mon commandant pour lui présenter un bref rapport de situation ; il me coupa au beau milieu, car d'autres unités n'avaient pas eu autant de chance que nous. À en juger par le brouhaha qui filtrait dans le fond, tout allait très mal au QG.

Un texto de l'aérodrome local m'apprit qu'un Aigle de rapatriement sanitaire était en chemin ; je devais confirmer que la zone d'atterrissage ne présentait plus de danger. Mais merde, elle m'avait bien parue sécurisée à moi, une seconde avant l'attaque ! Comme maintenant… Le site en cause ? De paisibles exploitations agricoles à perte de vue – à l'exception, bien sûr, des fumerolles noires montant de nos remorques calcinées, et du Poulet en survol, ses nacelles rougeoyantes en quête « d'hostiles » à mettre hors d'état de nuire. Hormis cela, la zone d'atterrissage était sûre. Je répondis donc par l'affirmative, ordonnant à mes hommes de se déployer le plus possible afin de ne pas prêter le flanc aux offensives de l'ennemi – tout en restant assez près les uns des autres cependant pour nous couvrir mutuellement en cas de récidive. L'Aigle arriva et embarqua cinq blessés. Nous remontâmes dans nos hamvees et fîmes demi-tour en direction de Cage à Hamster. Stinger continuait de nous survoler à haute altitude ; elle signala des rassemblements de hamsters dans le terrain de jeu d'une école. Des hamsters apparemment désarmés, au nombre d'une dizaine. Or, même si les villageois n'étaient pas impliqués dans l'attaque, ils n'avaient pas pu n'en rien savoir. Nos remorques fumaient encore, et les fumées noires montaient au ciel.

— Planteur, ici Forteresse de Cristal. (Le nom de code du général Maitland, commandant de région.) Confirmez que vous avez un tué au combat sur votre site, à un kilomètre à l'ouest de Cage à Hamster.

— Forteresse de Cristal, Planteur confirme qu'il y a un tué au combat, et cinq blessés ont été évacués par Aigle sanitaire. Le site est correct, il n'y a pas ici de signe d'activités adverses. À vous.

J'espérais bénéficier d'une couverture aérienne renforcée avant de pouvoir retraverser la ville en sens inverse.

— Planteur, restez en ligne, m'ordonna une autre voix désincarnée par radio.

Puis le général Maitland reprit :

— Planteur, écoutez attentivement : il faut montrer aux hamsters que ce n'est pas un jeu. (Il avait une voix bizarre… un peu comme s'il lisait un script de façon détachée.) Qu'ils ne peuvent pas nous attaquer impunément. Allez à Cage à Hamster désigner huit Ruhars au hasard, à vous de voir. Si quiconque résiste, recourez à la force et abattez-le. Vous alignerez ces huit Ruhars sur la place publique pour les exécuter. Il faut que tout le monde y assiste.

Les jambes flageolantes, je dus m'adosser au pare-chocs d'un hamvee. J'avais dû blêmir car mes compagnons écarquillaient les yeux. « Que se passe-t-il, chef ? » me mima le capitaine Rivers du bout des lèvres.

Soudain, un souvenir me revint en mémoire… J'avais huit ans. Par une chaude et humide journée estivale, on était partis pêcher, mes amis et moi. C'était le genre de journée tellement rare dans le Maine du Nord, où le mercure avoisine les vingt-quatre degrés, les autochtones se plaignant de la chaleur. Il y avait mes potes Tommy, Bobby et un nouveau loustic, Michael. Pas Mikey, hein, Michael, nous avait-il annoncé dès notre rencontre. C'était un petit crétin, mais son père, lui, était un grand manitou à la fabrique de papier où bossait mon père. On devait donc être sympa avec lui, et le laisser nous coller aux basques. Il venait du Wisconsin, et nous répétait combien le Maine était merdique, combien nous étions stupides de vivre là, la seule explication possible étant que nos parents étaient incapables de décrocher un job valable n'importe où ailleurs.

Dans une crique, nous nous adonnions à ce genre de jeux de gosses sans surveillance, élevés en plein air, qui foutent les jetons aux parents citadins. Tout en taquinant le gardon, on cherchait à débusquer des salamandres. Michael avait une canne à pêche flambant neuve aux leurres sophistiqués et nous autres, de vieux équipements et des bouts de pain et de fromage roulés en boule en guise d'appâts. Bobby avait attrapé trois poissons de bonne taille, dignes d'un bon dîner, et je dois dire que Tommy et moi, on s'amusait bien même si on ne capturait rien de bien dodu ou de comestible au bout de nos hameçons. Michael, lui, était ronchon ; forcément, il n'avait toujours rien pêché et il se plaignait que les poissons de cette crique étaient stupides, qu'on faisait trop de bruit et d'ombre, ce qui ne pouvait que les effaroucher. On faisait la sourde oreille, en continuant à nous éclabousser gaiement. Jusqu'à ce qu'une grenouille vienne mordre par erreur à son hameçon…

Cette pauvre grenouille… Il l'a torturée. Il l'a délibérément éventrée en la ramenant sur la berge. Cette petite merde de sadique en herbe… Avec une joie mauvaise, il a pris un crochet pour lui écorcher les pattes puis il l'a étouffée.

Je n'ai rien fait pour l'arrêter. Je suis resté planté là, honteux, les yeux baissés. Le père de Bobby travaillait aussi à la fabrique de papier, mais Bobby, même à huit ans, était un meilleur garçon que moi. Il lui arracha la malheureuse bête des mains pour la fracasser contre une pierre et abréger ses souffrances. Michael voulut en venir aux mains ; Bobby et Tommy eurent tôt fait de doucher ses ardeurs à coups de poing, avant de le pousser à l'eau. Quand il se mit à crier qu'il allait tout dire à son père, Bobby l'a rejoint pour maintenir sous l'eau boueuse la tête du petit merdeux jusqu'à ce qu'il crie « pouce » et s'avoue vaincu. Avant qu'on ne reparte, Tommy brisa en deux sur son genou la nouvelle canne à pêche de Michael, jetant dans la fosse profonde de la crique sa boîte à appâts fantaisie. Bobby prévint : si Michael allait cafter à son père, ou si on le revoyait jamais hors de l'école, on lui collerait une sacrée raclée. Et à huit ans, Michael savait que ce n'étaient pas des paroles en l'air.

On ne le revit jamais. En septembre cette année-là, son père fut transféré en Oregon, où sa famille le suivit. Adulte, Michael serait un mari violent, ou un tueur en série, ou les deux. Les deux revers de la médaille.

La fulgurance de ce souvenir d'enfance m'avait brutalement rappelé un temps où j'étais resté les bras ballants, au lieu de combattre l'injustice et la cruauté. Il était hors de question maintenant que je ne lève pas le petit doigt pour défendre des innocents. Non, plus jamais ça. Et encore moins sanglé dans mon uniforme d'armée.

La mâchoire tremblante, je repris la parole d'une voix très lente et assez fort pour que les soldats qui m'entourent n'en ratent pas un mot :

— Forteresse de Cristal, veuillez confirmer que vous me donnez ordre d'assassiner séance tenante huit civils. D'exécuter en public huit civils pris au hasard.

J'avais mis mon zPhone sur haut-parleur, et Maitland le savait fort bien.

— Bon sang, Colonel Bishop ! Ça ne me plaît pas plus qu'à vous ! On tient à peine le coup ici, ce merdier ne peut pas continuer. Vous avez vos ordres. Exécution !

— Monsieur, je ne peux pas faire ça.

Je croisai le regard de chaque soldat, l'un après l'autre. Tous avaient l'air aussi choqué que moi. À supposer même que j'obtempère, mes hommes obéiraient-ils à leur tour ? Pas sûr, non… Mais dans quelle galère nous étions-nous encore fourrés ? Et merde, on n'aurait jamais dû quitter la Terre ! Les humains n'avaient aucun droit à aller se fourvoyer dans les étoiles.

— Nom de nom, Bishop, ce n'est pas pour épater la galerie, vos galons de colonel !

— Monsieur, avec tout le respect qui vous est dû, vous n'êtes pas habilité à outrepasser les Règles de combat ou le code de déontologie. (Mais bon Dieu, pourquoi j'avais cette conversation avec lui ?) Nous pouvons…

Une voix inconnue s'en mêla – celle d'un Kristang recourant à un traducteur :

— Colonel Joseph Bishop, vous refusez d'obéir à un ordre direct ?

Même le traducteur ne pouvait éliminer les sifflements reptiliens contenus dans cette menace.

Les lézards… Je lançai un coup d'œil involontaire aux nuées. Ils avaient des vaisseaux en orbite capables d'atomiser mon commandement entier. À moi de redoubler de prudence si je ne voulais pas que les vingt hommes placés sous mes ordres paient le prix fort de mon insubordination. Je coupai momentanément mon zPhone, l'enfouissant dans une poche et exposai rapidement le topo aux soldats qui faisaient cercle autour de moi.

— Les lézards m'ont montré qui ils étaient vraiment, quand j'étais là-haut pour la cérémonie de promotion. Les rumeurs à propos des messages secrets des Fortune cookies, eh bien, elles sont fondées. Les Kristangs n'ont pas sauvé la Terre des Ruhars, ils les en ont chassés afin d'y exercer leurs ravages pour leur propre compte. D'une façon comme d'une autre, nous sommes foutus. Tout ce qu'il nous reste ici, c'est notre humanité, et je refuse d'y renoncer. Les lézards m'ordonnent d'assassiner huit hamsters pris au hasard.

— Pourquoi huit, monsieur ? voulut savoir Olafson.

Je me dis que ce n'était peut-être pas la question la plus importante, là, tout de suite.

Levant les mains, j'expliquai :

— Les lézards ont quatre doigts à chaque main, et raisonnent en base huit, pas en base décimale comme nous. On est censé tuer huit civils pour chaque humain abattu. Lorsque les nazis s'étaient emparés de Rome, confrontés à la résistance des Italiens, ils exécutaient dix à vingt civils pour chaque Allemand supprimé. Ils prenaient de simples passants, dans les rues, les alignaient sur un pont, les fusillaient, puis balançaient les cadavres dans le fleuve. L'armée des États-Unis ne s'abaisse pas à de telles exactions.

Mes souvenirs sur le sujet étaient assez vagues, mais les faits essentiels restaient exacts. ZPhone réactivé, je livrai ma réponse :

— En tant que combattant de l'armée des États-Unis, mon devoir est de rejeter des ordres illicites. Or, l'assassinat délibéré de civils est un acte illégal.

Il y eut un cri strident du Kristang fou furieux, puis mon zPhone fut coupé. Écran noir. Plus rien. Les lézards avaient dû le désactiver.

— Et maintenant ? me demanda le capitaine Rivers. Que fait-on ?

Mais comment diable l'aurais-je su ? Rien, dans ma formation, ne m'avait préparé à ce genre de situation foireuse.

— Détachons le camion de tête de sa remorque.

L'arrière de la cabine était calciné, les vitres soufflées, mais les pneus, solides, restaient fonctionnels. Les deux autres camions étaient en piteux état, le souffle thermique avait embrasé les batteries.

— Je prends le camion de tête ; si les lézards là-haut décident de me dégrader pour indiscipline, je ne veux pas que ma cassation vous porte préjudice. Et inutile de protester, c'est un ordre ! On retourne à la base, en laissant les hamvees dispersés.

Bien sûr, les lézards pouvaient nous atteindre où qu'on soit, en ordre dispersé ou non. Mais je n'allais pas leur faciliter la tâche. Et si on fourrait nos zPhones dans un sac que je garderais avec moi, histoire que les lézards ne puissent plus capter nos signaux et nous prendre comme cibles… ?

Rivers leva une main à son oreillette, puis me la tendit avec son zPhone.

— Stinger désire vous parler, monsieur.

Ainsi donc, ils n'avaient pas désactivé tous nos appareils – juste le mien.

— Stinger, ici Planteur : j'écoute.

— J'ai entendu vos échanges, monsieur. Les Kristangs m'ont ordonné de viser l'école du bourg. J'ai refusé.

Décidément… l'insubordination devenait très populaire !

— Bien reçu, Stinger, merci. Nous allons rentrer…

— Merde ! s'écria-t-elle soudain. Je n'ai plus le contrôle ! Les commandes ne répondent plus ! Mon canonnier ne peut plus verrouiller !

— Dispersez-vous ! hurlai-je, en moulinant les airs de mes bras et en désignant le Poulet en approche basse, à l'horizon sud-ouest, nacelles d'armement en extension. Les lézards ont pris le contrôle de l'hélicoptère de combat !

Tout le monde courut à couvert. Je sautai dans un bas-côté – et pris soudain toute la mesure de ma stupidité. C'était futile. Et égoïste. C'est avec moi que les lézards avaient un problème, pas avec mon commandement. Je me redressai donc et me remis à agiter les bras de plus belle. Mon « plan », si on pouvait appeler ça comme ça, consistait à darder un doigt d'honneur aux lézards une fois qu'ils m'auraient décoché un missile. Ce qui était tout aussi stupide sinon plus, puisque les lézards ne comprenaient probablement rien aux gestes obscènes ayant cours chez les humains.

Sauf qu'aucun missile ne fusa vers moi. Non, les deux missiles restant du Poulet survolèrent les voies ferrées pour venir frapper l'école dans une énorme explosion.

— C'est pas nous ! hurlait désespérément Stinger. Oh merde ! Ils ont coupé l'alimentation ! On va s'écraser !

Sous mes yeux, le Poulet tangua puis s'abattit comme une pierre d'une centaine de mètres de haut. Sa chute creusa un sillon à environ cinq cents mètres au sud de ma position. De leur propre initiative, les soldats accoururent sur le site du crash. Si je les battis de vitesse, c'est juste que je n'étais pas en tenue complète de combat, contrairement à eux.

Le Poulet était moins endommagé que je ne l'aurais redouté. Il fallait croire que la construction hamster, c'était du solide. L'empennage et les deux ailettes marginales avaient été arrachés, l'appareil avait fait des tonneaux à trois cent soixante degrés, mais le cockpit et le centre d'alimentation à l'arrière des sièges étaient quasiment intacts. On ne pouvait en dire autant des occupants. Le canonnier avait été décapité par l'une des pales de soufflante du réacteur qui s'était détachée. Je lus sur sa combinaison de vol le nom de Stinger : « Collins ». Elle n'avait plus d'avant-bras gauche, et du sang coulait de sa bouche. Elle avait perdu connaissance. Je défis doucement ses sangles et lui ôtai son casque, fendu d'avant en arrière. C'était affreux.

Putain… Mais par l'enfer, comment se faisait-il qu'une fille, je veux dire une femme, aussi jeune se soit retrouvée aux commandes d'un Poulet ? Même dans l'état où elle était, elle me semblait encore plus jeune que moi. Gémissant, elle rouvrit un œil.

— Chut… Ne bougez pas, Collins. Je suis le colonel Bishop, je suis Planteur.

— Je ne pouvais rien… faire, monsieur… rien…

Sa voix mourut alors qu'elle remuait encore les lèvres pour me parler.

— Ça ira, Collins, restez avec moi. Collins ?… Collins ?

Sa tête roula au creux de mes bras, une ultime bulle de sang à la bouche. Et ce fut fini. Loin d'exprimer de la peur, ses derniers mots avaient été pour m'assurer qu'elle avait fait son devoir, qu'elle avait refusé de massacrer d'innocents hamsters dans une école. Dans un étonnant concours de circonstances, Collins, de petite fille, était passée adolescente au sein de l'armée, puis apprentie pilote d'hélicoptère, volontaire au sein de la FENU, qualifiée comme pilote d'hélicoptère de combat – de Poulet –, pour finir ici. En rendant son dernier soupir dans les bras d'un parfait inconnu. Tuée par des aliens qui n'avaient pas leur propre notion « d'humanité ». Il n'y avait eu aucune bonne raison pour que sa vie se termine sur cette planète, en ce jour. Lâchant prise, j'éclatai en sanglots.

Et je n'étais pas le seul à pleurer à chaudes larmes, les épaules voûtées. Le lieutenant Collins n'était pas la seule des nôtres à périr ce jour-là. Seulement, sa mort avait tout d'un coup de grâce. Elle n'avait pas été tuée au combat mais purement et simplement assassinée par des êtres censés être nos alliés, nos protecteurs, nos sauveurs. Toute cette histoire, sur Paradis, était si vite partie en couille qu'on avait perdu tout espoir en l'espace de quelques mois.

Rivers me tapota l'épaule, planta son regard dans le mien et secoua la tête, sans mot dire. Je compris le message. L'officier supérieur se devait de donner l'exemple. Je carrai les épaules, chassant mes larmes d'un geste irrité, du revers d'une manche. Je rendis son zPhone à Rivers et le chargeai de faire un rapport de situation au QG de la FENU – je doutai de pouvoir rester professionnel en pareils instants.

Aucun de nous ne savait quoi dire. Pour la simple et bonne raison qu'il n'y avait rien à dire. Au bout d'un moment, on réussit à extirper les deux cadavres du Poulet pour les charger à l'arrière du camion dont je pris le volant. Une fois franchi le pont occidental, au lieu de suivre de nouveau la route qui traversait Cage à Hamster, j'ordonnai de prendre par les champs, en décrivant un large cercle. Puisqu'on n'était plus alourdis par les remorques… Contourner le bourg nous prit une heure ; il fallait dénicher des sentiers menant aux passages à gué des cours d'eau, nos véhicules brinquebalant sur les pistes boueuses en terre battue. On devait se concentrer sur notre conduite, en restant déterminés à rallier la base. Moi, je lambinais à la traîne du camion, gardant assez de distance avec le dernier hamvee pour que, si jamais les lézards décidaient de me supprimer d'un tir de canon électromagnétique ou d'un missile, mes hommes ne soient pas des victimes collatérales. Laisser les hamvees tracer le meilleur chemin envisageable à travers champs était aussi logique, le camion étant bien moins de taille à crapahuter par monts et par vaux.

Nous avions rejoint la route depuis moins d'une demi-heure lorsque la colonne de tête fit halte. Je m'arrêtai à cinq cents mètres derrière. Rivers m'appela sur le zPhone que j'avais emprunté.

— L'état-major nous enjoint de rester ici, monsieur. On nous envoie un Aigle.

Pourquoi, ça, on ne nous le précisait pas. On n'allait pas tous nous évacuer à bord d'un seul Aigle, et je voyais mal la FENU abandonner des hamvees fonctionnels. Peut-être que la situation au QG était assez alarmante pour que l'état-major fasse venir des renforts mieux armés ? J'essayai de composer mon numéro, mais mon zPhone ne pouvait se connecter qu'avec Rivers. Voilà ce qui arrivait quand une autre espèce contrôlait toutes vos communications. Nous n'aurions jamais dû laisser une telle chose se produire.

Bien sûr, une autre espèce contrôlait déjà nos approvisionnements, et l'ensemble de nos ravitaillements, elle nous tenait la dragée haute, elle avait colonisé la Terre et asservi les Terriens, alors…

les réseaux de communication sur Paradis devenaient du coup le cadet de nos soucis.

Escorté par un Poulet, un Aigle survint dans un rugissement de moteur, nous survola en cercle puis atterrit sur la route, face à nous. Rivers marcha devant pour aller parler aux soldats. Mon zPhone sonna ; c'était de nouveau Rivers.

— Monsieur, ils vous demandent de les rejoindre.

Il y avait une note d'avertissement dans sa voix. Je laissai mon M4 dans le camion et obéis au pas de course. Alors que je longeais les hamvees, les soldats se redressèrent pour me saluer ; certains avaient les larmes aux yeux. Personne ne dissimulait sa colère. Que se passait-il encore ? Je rejoignis le groupe réuni autour de l'Aigle et saluai à mon tour un certain capitaine Randolph. L'Aigle appartenait à l'armée US, avec toutes les troupes embarquées.

— Capitaine Randolph.

Il me rendit mon salut, et croisa brièvement mon regard. Quoi qu'il se trame, ça l'embarrassait, lui aussi.

— Colonel Bishop, j'ai ordre de vous mettre aux arrêts. Veuillez restituer votre arme de poing.

L'air presque désolé, il tendit la main vers moi…

… Moi, qui étais sous le choc.

— Aux arrêts ? Sous quels chefs d'inculpation ?

— Refus d'obéissance, monsieur.

— Refus d'obéir à des ordres *illicites*, capitaine.

— Cela n'est pas de mon ressort, monsieur. (Il manquait de conviction.) Colonel, vous n'êtes pas le seul dont le QG de la FENU ait ordonné l'arrestation, le bruit court que beaucoup d'unités ont refusé d'exécuter de tels ordres. (Il baissa la voix en levant un pouce vers le ciel :) Il paraît même que les Kristangs en orbite ont massacré certaines de ces unités réfractaires… Je vous en prie, monsieur, je ne peux pas risquer la vie de mes hommes en m'abstenant de vous appréhender.

Un sous-entendu limpide… les lézards nous épiaient, et n'hésiteraient pas à tous nous tuer si jamais je refusais de me rendre.

— Colonel…

D'un regard pointu, Rivers attira mon attention sur l'index qu'il tenait en suspens, sur le cran de sûreté de son M4.

— Capitaine Rivers, ordonnai-je, c'est vous qui êtes aux commandes ici. Ramenez mes soldats à la base, sains et saufs, en évitant les embrouilles en chemin. (Arme de poing réglementairement tenue au bout de deux doigts, je la tendis à Randolph.) Vous m'emmenez au QG de la FENU ?

Pomme d'Adam tressautant, il déglutit nerveusement.

—Non, monsieur, tous les prisonniers sont assignés à une base kristang. Je suis navré.

CHAPITRE NEUF

AU GNOUF

ON ME JETA dans la prison de la seule base kristang que comptait la planète, avec pour personnel une trentaine de lézards qu'un traitement expérimental devait protéger des dangers biologiques sur Paradis. Tous s'étaient portés volontaires. Une garde avancée des éléments tout feu tout flamme, ou encore les plus acharnés à décrocher une promotion. Jusqu'au dernier, tous étaient de sombres connards de fanatiques. J'étais placé en isolement – le vrai de vrai. Du fond de ma cellule, je ne voyais même jamais l'ombre d'un lézard ; la pitance était servie une fois par jour au moyen d'un guichet coulissant. Histoire de me divertir, je suivais les changements d'orientation solaire depuis le minuscule hublot en haut des murs ; je tendais l'oreille à l'écoute des cris intermittents, et des fusillades matinales des pelotons d'exécution. Au cinquième, ou peut-être au sixième jour, je reçus la visite d'un soldat des fusiliers marins des États-Unis.

— Bishop, je suis le major Cochrane, comment ça va, fiston ?

Il embrassa d'un coup d'œil ma geôle, à la recherche d'une patère où suspendre son paletot, puis finit par se la fourrer en boule sous le bras. Il avait l'air d'aller encore plus mal que moi si c'est possible, avec des valises sous les yeux, la silhouette décharnée. Les officiers du QG de la FENU montraient manifestement l'exemple en réduisant leurs rations hebdomadaires. Serait-on à court d'aliments sous vide avant que nos toutes premières récoltes ne soient prêtes à être moissonnées ?

Je m'adossai au mur faute d'endroit où s'asseoir, s'allonger, sinon sur le sol dur et froid.

— Disons que ça peut aller, monsieur, vu les circonstances. Pas de doléances. La bouffe pourrait être meilleure, et la paillasse est dure, mais au moins elle n'est pas bosselée, blaguai-je sans grande conviction.

Cochrane fronça les sourcils.

— Il n'y a pas là matière à badiner, savez-vous. Les Kristangs tiennent à faire un exemple de vous, comme de tous ceux qui ont bravé les ordres.

— Combien ? J'entends les pelotons d'exécution, tous les matins.

Cochrane eut l'air dévasté.

— Des Américains, à ce que j'en sais… dix-sept. On s'efforce d'obtenir un compte exact. Plus les Britanniques, les Indiens, les Chinois, les Français…

— Tous condamnés à mort ?

À contrecœur, il acquiesça.

— Sans compter les frappes fébriles des Kristangs en orbite. Dommages collatéraux, ils appellent ça, ajouta-t-il non sans un coup d'œil nerveux au plafond, comme si c'était le seul et unique endroit où les lézards pouvaient poser des dispositifs d'écoute.

— Comme par hasard, les zones de frappe correspondaient à celles où les nôtres hésitaient à exécuter des ordres de représailles. (Il me décocha un coup d'œil éloquent.) Les vôtres ont eu un sacré coup de chance. Si vous n'aviez pas été célèbre aux yeux des Kristangs, ils n'auraient rien eu de plus pressé que de vous éliminer d'une simple frappe de canon électromagnétique, sur Cage à Hamster. Les Kristangs ne tolèrent pas la défiance des espèces inférieures.

— Les représailles ? C'est quand vous frappez ceux qui vous ont frappé. Les femmes et les enfants hamsters ne nous ont pas frappés. C'est de l'assassinat pur et simple. Ils m'ont fait colonel… (Je désignai mes galons.) Ils m'ont dit que j'étais un héros pour avoir tué des soldats ruhars, et voilà maintenant que c'est moi qu'ils veulent abattre pour avoir refusé d'assassiner des femmes et des enfants ruhars.

— Vous avez accompli beaucoup de bonnes actions, mais…

— Eh ouais, il suffit de baiser *un* mouton…

Stupéfait, il écarquilla les yeux.

— Quoi ?

— Rien qu'une plaisanterie. Oubliez ça. Je pourrais dire que des représailles « de merde » ont décimé une centaine de « braves garçons », hein ?

— Quelque chose de ce goût-là…

Il hocha la tête.

— Alors, vous êtes là pour… quoi ? Entendre ma confession ? Agir en tant qu'avocat délégué par le procureur militaire en chef de la marine afin d'assurer ma défense ? Me glisser en douce une cuiller histoire que je creuse un tunnel me conduisant vers la liberté ?

Je désignai ostensiblement le sol en béton, ou autre matériau incroyablement dur que les Kristangs utilisaient pour leurs constructions.

Il secoua la tête.

— Vous m'en voyez navré, mais je suis là uniquement dans le but de mettre en avant le soutien et la sollicitude des forces armées des États-Unis. Les Kristangs n'ont que faire d'une quelconque confession, et vous n'avez nul besoin d'avocat, car il n'y aura ni audience ni procès.

— Bon alors, dans ce cas, pourquoi diantre parler de justice au lieu d'exécuter les gens, tout simplement ? (J'agitai une main à l'appui de ma saillie, même si je me sentais désolé pour ce gus pris entre le marteau et l'enclume.) Allons, économisez donc votre salive. Vous allez vous gargariser de poncifs du genre les aliens ont forcément des concepts différents des nôtres à propos de justice ou de discipline militaire. Eh bien, ne vous donnez pas cette peine, je connais toutes ces rengaines par cœur. Je sais aussi que le bien, le mal, ça ne dépend pas forcément des yeux de l'observateur. C'est mal, un point c'est tout.

Cochrane tourna ses regards vers la minuscule lucarne. Que pouvait-il donc alléguer ?

— Major, vous avez le sentiment que nous ne sommes pas dans le bon camp, dans cette guerre ? Plus j'en apprends sur le compte des lézards, plus j'acquiers la conviction que nous sommes du côté des nazis. Durant la Seconde Guerre mondiale, les SS alignaient les civils pour les fusiller en représailles des attaques visant les soldats allemands. Ignominie dont, à propos, les Alliés ne se sont jamais rendus coupables. (Je désignai encore plus ostensiblement le drapeau US galonnant mon uniforme.) Nous, c'est la civilisation. Les nazis, ce n'était *pas* la civilisation.

— Les Kristangs n'ont pas attaqué la Terre, se crut-il obligé de rappeler.

— Major, à moins que tu aies été vachement sourd des deux oreilles…

Cochrane se raidit d'indignation. Colère ? Peut-être bien, oui, mais mâtinée d'une bonne dose de peur…

— Tenez donc votre langue, soldat.

— Désolé, mais à ce jour, je suis toujours votre supérieur, *major*. L'armée aurait-elle donc cassé mon grade d'opérette ? Non, pas encore ? Dans ce cas, je reste colonel, et à moins d'avoir vos trompes d'Eustache complètement bouchées… (je m'abstins de tout blasphème, histoire de ne pas faire fuir le seul et unique humain que j'aie vu depuis des jours et des jours), vous n'êtes pas sans savoir que les Ruhars ont fait une razzia contre la Terre, qu'ils ont dégradé nos volumes industriels afin qu'on ne puisse pas être très utiles aux lézards. Ils n'ont pas pris pour cibles des villes ni même des bases militaires, mais bien des infrastructures industrielles, des centrales et des raffineries. Si les Ruhars ne nous avaient pas agressés les premiers, les lézards se seraient pointés dans les cieux, nous auraient enjoint de bosser désormais pour leur compte, sans omettre d'effacer de la carte deux à trois cent mille victimes, histoire de bien se faire comprendre. La seule raison pour laquelle on ne s'est pas rendu compte dès le départ que nous étions dorénavant les esclaves des Kristangs, c'est qu'on était éperdus de gratitude qu'ils aient chassé les Ruhars de notre Terre. Les hamsters avaient en réalité rendu un fier service à leurs ennemis jurés les Kristangs, ça, on peut le dire ! Aux yeux des belligérants, nous, les humains, ne représentons absolument rien. Ils se fichent de nous comme d'une guigne ! Avez-vous eu vent des rumeurs à propos de ce qu'il se passe sur Terre ? Dans les messages cachés des Fortune cookies ? À Shanghai ? À Paris ? À San Francisco ?

— Des rumeurs, protesta Cochrane sans conviction.

— Des rumeurs auxquelles j'ajoute foi, bien plus qu'aux saloperies épurées que nos supposés alliés autorisent le QG de la FENU à nous répercuter. Et qu'est-ce qui m'attend maintenant ? Ça fait des jours que je me morfonds ici.

Cochrane détourna les yeux, avant de se décider à affronter mon regard.

— Le peloton d'exécution, demain matin, pour les prisonniers mâles restants.

— Les prisonniers mâles ?

Il exhala un long soupir.

— Les prisonniers mâles sont purement et simplement fusillés. Les femmes… eh bien, vous connaissez l'attitude des Kristangs envers les femelles. Déjà, que l'une d'elles ait autorité sur des mâles, ça ne va pas du tout. Mais qu'en plus, elle ose défier les ordres des mâles ? Les Kristangs, ça, ils ne le supportent pas, ils pètent carrément un câble ! Et donc, ils éprouvent la nécessité de faire un exemple. Les femmes prisonnières sont mises à nu, torturées puis pendues. Sans hâte. (Rien qu'à le voir, il était tout près de dégobiller.) Ils nous ont obligés à assister à ces supplices, nous et le commandement de la FENU, pas plus tard qu'hier.

— Oh, merde… Et vous n'avez rien fait ?

— Fait quoi, *Colonel* ? Vous n'êtes pas sans ignorer, j'en suis sûr, que le commandement de la FENU a bien peu de moyens d'agir. Nous sommes en bout de chaîne de la ligne d'approvisionnement la plus longue de toute l'Histoire ! Nos munitions, nos fournitures médicales, nos denrées alimentaires, tout cela est acheminé par astronefs kristangs. À plein régime, nous avions assez de ravitaillements pour quatorze semaines, alors que l'évacuation ruhar devait être achevée d'ici un an, et que les navires kristangs de ravitaillement se pointaient avec une précision de métronome. Mais avec les raids ruhars venant perturber les livraisons, nous voilà à un mois de retard. Rien qu'en retenant les approvisionnements alimentaires, la Force expéditionnaire pourrait tout entière être renvoyée dans les cordes et dévastée. Sans compter que notre seul et unique chemin de retour dépend du bon vouloir des Kristangs… On ne pourrait même pas décoller par nous-mêmes ! Les Kristangs toléreront notre présence ici tant que nous serons des alliés utiles dans ce combat. On s'était portés volontaires. Maintenant, à nous d'en tirer le meilleur parti. (Il secoua la tête.) Écoutez, Colonel, vous et autres objecteurs de votre acabit, vous nous foutez dans une merde noire, vous n'avez pas idée ! Traitez-nous « d'esclaves » tant que ça vous chante, ça ne changera rien au fait que les humains sont désormais subordonnés aux Kristangs, et appelez ça comme vous voudrez. Les Américains ne sont pas plus en charge de nos destinées ? On n'y est pas habitués, que voulez-vous. Le commandement de la FENU ne cherche pas à nous assurer un destin, dans la mesure où il se soucie de nous ici.

— Je comprends. Surtout que les Américains n'étaient pas du tout en charge de nos destins. Le commandement de la FENU ne proteste pas, car il se soucie davantage de ce qui se passe sur Terre que de ce qui peut bien se passer ici – ou d'un colonel « mustang », un de ces gradés qui n'ont jamais intégré d'académie militaire.

— Pas faux.

Je tâchais de faire bonne contenance face à l'adversité, mais en vérité, je flippais à mort. Je serrais les poings dans le dos tant mes mains tremblaient. Non que j'appréhende terriblement de mourir face à un peloton d'exécution kristang, je m'étais résigné à mon sort dès l'instant où j'avais refusé de tuer les hamsters. Je savais ce qui m'attendait. Non, j'avais bien plutôt peur de me couvrir de honte quand viendrait le moment fatidique, dos au mur, de me pisser dessus de terreur ou alors, de me jeter à terre en criant grâce dans des torrents de larmes irrépressibles. Quelle honte ce serait pour le genre humain… Mais rien qu'à cette idée, en m'imaginant déjà la mine écœurée des lézards à ce spectacle pathétique, la vue d'un humain aussi faible, ça me redonnait des nerfs d'acier. Et ça me permettait de transmuer mes appréhensions en haine – la haine des lézards. Oh oui, que cette sale engeance puante, ce sinistre ramassis de nazillons aille se faire entuber tout droit en enfer !

Je m'écartai du mur et lui tendis la main droite, qui ne tremblait plus.

— Major, merci d'être venu. Aucun soldat ne veut mourir seul. Vous remercierez le Haut Commandement de la FENU pour moi.

(On se serra la main ; je voyais bien qu'il ne savait plus quoi dire.) Si jamais vous en avez l'occasion un jour, vous direz aux miens que j'avais agi en mon âme et conscience.

Je n'eus guère le temps de méditer sur mon sort, car le major Cochrane s'était retiré depuis moins d'une minute lorsque des alarmes retentirent, talonnées par une formidable explosion. La porte de ma cellule, soufflée, me percuta en pleine face. Les tympans sonnés, je vis trente-six chandelles. Une seconde déflagration me fit rebondir sur le sol ; un pan entier du mur cellulaire externe s'effondra. J'avais encore la tête qui tournait, mais l'instinct de survie, lui, n'a jamais eu besoin de carton d'invitation pour entrer en action : je me surpris à filer à toutes jambes par la trouée avant même de comprendre ce que je faisais. L'entraînement martial était au top, et lui aussi faisait son effet pile-poil au moment voulu. Cherchant à m'orienter, je levai les yeux au ciel. Funeste erreur. Car à cet instant précis, en une fraction de seconde, je vis l'étincelle caractéristique des vaisseaux spatiaux bondissant en orbite haute et il y eut une nouvelle explosion d'une intensité aveuglante qui me fit derechef mordre la poussière. Des points noirs dansèrent dans mes yeux. J'étais replongé dans l'attaque de ma ville natale ! La vive lumière, ce devait être un vaisseau kristang atomisé en orbite basse. Les Ruhars, le retour... À demi aveugle et sourd, je rampai sur les décombres, ne sachant plus trop où j'en étais. Devais-je avoir la trouille, me féliciter de la tournure des événements, ou jouer les fatalistes ? Les Ruhars ne revenaient pas sauver la Force expéditionnaire des Nations unies des griffes des lézards, et aucun hamster ne serait particulièrement heureux de me revoir. Tout en rampant au sol, et en recouvrant lentement mes sens, mon esprit tournait à cent à l'heure. Et maintenant ? Où diable allais-je comme ça ?

Au diable les interrogations ! Là encore, mon entraînement militaire prit le dessus. Évaluer et analyser la situation. Commencer par les faits connus. Fait : j'étais promis au peloton d'exécution, condamné par une espèce que je considérais désormais en ennemie de l'humanité. Fait : en conséquence du premier fait établi, l'arrestation de la FENU pour me livrer en pâture aux Kristangs était légalement nulle et non avenue, et je n'étais aucunement tenu de me soumettre à de tels ordres non valides. Fait : je tricotais tout ce baratin juridique tout en progressant. Fait : ce qui n'en rendait pas moins effective mon argumentation juridique. Nous étions sur une planète extraterrestre, pris entre deux espèces belligérantes, avec quasiment aucun espoir de revenir sur Terre ou même de survivre jusqu'au mois suivant. Ici, l'autorité de la FENU était globalement très ténue. Surtout depuis la reddition des Ruhars et les accords de paix signés avec les Kristangs – accords à géométrie variable, disons, ouverts à toutes sortes d'interprétations selon qui était à la tête de la plus grande flotte du système à un moment ou à un autre.

J'avais les oreilles qui tintaient encore, mais j'avais recouvré la vue, entre deux points noirs. Je rampais toujours à quatre pattes sur les gravats du mur cellulaire, à l'air libre. Tout autour de moi, les édifices de la base étaient en ruine, partiellement ou totalement écroulés. Des explosions secondaires continuaient de semer le chaos. On avait dû être touché par une salve hypercinétique de canon électromagnétique, suivie de près par des missiles intelligents. Les Ruhars savaient exactement où frapper la base kristang, ils avaient dû lancer les consignes au sortir de leur saut stellaire. D'après ce que je constatais, la prison militaire avait été la moins endommagée, alors que tout le restant du complexe kristang était pratiquement anéanti – en restait un cratère fumant. Des tirs hypersoniques de pénétration, même à une vitesse de 0,05 année-lumière, provoquaient déjà d'énormes dégâts. J'imagine que le dard électromagnétique avait été talonné par un missile intelligent chargé de sous-munitions afin de dégommer des zones critiques que la frappe initiale n'aurait pas atteintes. Et j'avais maintenant recouvré une assez bonne vue pour voir d'autres scintillements dans les cieux, beaucoup d'autres… Il n'y avait plus d'explosions, ce qui devait signifier que la force symbolique des spationefs kristangs avait été éliminée – ou qu'elle avait fui. Autant d'étincellements, ça prouvait que les Ruhars étaient revenus en force. Et ce n'était pas fini… Bonté divine ! On ne parlait plus d'un simple raid… Les

Ruhars affluaient en nombre pour reconquérir la planète. C'étaient là de tout autres enjeux.

Si je n'avais déjà pris ma résolution, ces signaux lumineux de l'armada ruhar auraient achevé de me convaincre. La mission de la FENU sur Paradis était finie, et bien finie. Si les Ruhars reprenaient la situation en main, tous les humains à la surface de la planète deviendraient, tôt ou tard, prisonniers de guerre. Et si Paradis était sur le point de se transformer en champ de bataille, nos M4B1 et les forces aériennes des Ruhars feraient qu'on se retrouverait coincés au milieu.

Et merde… D'un coup, je réalisai. Les victuailles ! Si les Kristangs perdaient Paradis, il n'y aurait plus d'acheminements de denrées alimentaires. Ces enflures de lézards ne lèveraient plus le petit doigt pour assurer notre ravitaillement et de toute façon, les hamsters n'avaient pas accès à la Terre pour se procurer des aliments d'humains. Les Ruhars auraient-ils au moins la générosité de nous laisser cultiver de quoi subsister, nous qui leur avions pris leur territoire ? Je ne tenais pas à le découvrir.

L'alimentaire… Les Kristangs m'avaient nourri une fois par jour, comme leurs autres prisonniers, j'imagine. La base devait donc recéler des réserves de nourriture humaine. Et comme les lézards étaient d'une redoutable efficacité, ils avaient dû stocker les victuailles près du gnouf. Avant toute chose, il fallait que je repère ces stocks.

Ma vision s'était suffisamment rétablie pour que je voie où j'allais. Mon ouïe par contre restait patraque, je ne pouvais toujours pas dire si les sons résonnaient dans mes tympans malmenés, ou s'ils étaient bien réels. Au gnouf… il fallait que je retourne au gnouf, là où, en toute logique, devaient être entreposés les vivres. Faisant fi de mes instincts, je revins donc sur mes pas en redoublant de prudence. La porte de ma cellule était gondolée, coincée à l'oblique. Les idées claires, je fis le tour en toute hâte, je ne tenais pas à être encore là quand les Ruhars se pointeraient, ou même un quelconque Kristang survivant à ma recherche. Je longeai le mur fissuré et découvris une porte ouverte. Voilà qui me simplifiait la tâche. De retour dans l'enceinte de la prison, je risquai un coup d'œil à l'angle du corridor. Personne en vue. Les portes des geôles comportaient de minuscules guichets à hauteur d'œil kristang ; je dus me hisser sur la pointe des pieds pour y jeter un regard. La première cellule était vide, ainsi que la deuxième. La porte de la troisième était entrebâillée, en raison d'une grande fissure courant jusqu'au plafond ; d'où j'étais, j'apercevais des jambes humaines, sous des décombres. Je poussai la porte au prix de gros efforts, et ne pus que constater combien ces efforts étaient vains. La victime, un officier français, avait eu la poitrine écrasée par l'effondrement du plafond. Mais l'heure n'était pas aux apitoiements. Je devais chercher d'éventuels survivants pour leur porter secours.

La porte d'en face était intacte, tandis que la paroi extérieure avait pratiquement disparu. Derrière cette porte, le cadavre d'un major de l'armée britannique. D'après les dégâts, la cellule avait dû être frappée de plein fouet par des sous-munitions ruhars tant c'était affreux à voir. Les quatre geôles suivantes étaient vides. Ensuite, le corridor tournait à droite ; au-delà, je tombai sur les dépouilles du major Cochrane et du Kristang qui l'avait escorté. Tous deux gisaient sous les décombres du plafond. Cochrane n'était guère ensanglanté, mais il n'avait plus de pouls. Le Kristang avait la poitrine transpercée par une sorte de tige de renfort métallique ; le sang kristang était décidément bien plus sombre que son équivalent humain. Celui des lézards était-il donc plus chargé en fer que le nôtre ? C'est fou les idées qui me passent par la tête parfois. Ce satané Kristang n'avait pas d'armes sur lui, j'avais espéré le détrousser d'un fusil ou autre. Pas de bol. Je dus escalader les éboulis pour continuer ma route jusqu'à une section aux murs aveugles, puis un autre bloc cellulaire. Passée une nouvelle paire de cellules vacantes, je lançai un coup d'œil par la fenêtre et vis une femme noire nue tenter d'élargir une craquelure dans le mur externe. Elle avait d'affreuses cicatrices sur le dos. Obéissant à une impulsion – que je jugeai stupide par la suite –, je me dépêchai de retourner sur mes pas pour ôter au major Cochrane sa chemise et son pantalon d'uniforme, ainsi que ses bottes. J'avais la nette impression de lui manquer de respect en le dépouillant ainsi. Mais la femme nue aurait plus besoin de vêtements que lui désormais, et, bon, il lui restait toujours son caleçon. Je le laissai adossé à la paroi et me hâtai de rejoindre la prisonnière. Sachant que les portes de prison étaient insonorisées, je m'abstins de crier, et tambourinai trois fois dans l'espoir que la détenue y verrait effectivement une tentative de communication. Puis je tournai la poignée et entrebâillai la porte.

— Ça va ? fis-je dans un murmure rauque. Je suis Bishop, de l'armée US.

— Sergent-chef Adams, monsieur, me répondit-elle d'une voix mal assurée tant elle était soulagée. De la première FEM.

La FEM… La Force expéditionnaire de la Marine. L'uniforme du Corps des Marines de feu Cochrane était donc approprié pour elle. Bah, comme si ça avait une quelconque importance…

Sans glisser par l'entrebâillement de coups d'œil indiscrets, je lui lançai la tenue prise au défunt, en m'excusant de n'avoir trouvé que cela. Elle enfila rapidement la chemise sans prendre la peine de la boutonner et me rejoignit vivement dans le couloir.

— Merci pour ces habits, mais je préférerais qu'on se tire d'ici en vitesse maintenant !

Et merde. Je l'avais d'abord considérée comme une femme, et ensuite seulement comme un soldat ou un Marine. Bien sûr qu'elle tenait beaucoup plus à s'enfuir de là qu'à préserver sa modestie – et tant pis si d'autres soldats la voyaient nue. Elle avisa mes insignes… ce qui la rendit momentanément perplexe du fait que j'étais bien trop jeune pour être colonel. Soudain, elle me remit. Et réussit à me saluer gauchement tout en mettant son pantalon.

— Oh… Vous êtes *ce* Bishop-là, le colonel… Mais que diable se passe-t-il, monsieur ?

— Les Ruhars sont revenus en force ; il ne s'agit plus d'un raid mais d'une armada, là-haut. Je pense qu'ils veulent reprendre la planète par les armes, auquel cas la FENU est hors course. Et c'est *sergent* Bishop, pas colonel. J'étais colonel uniquement à cause de ces maudits lézards.

Adams me décocha un de ces regards que j'avais souvent surpris chez les sergents-chefs.

— Des conneries, tout ça, monsieur. Vous n'avez pas à faire ça.

— Faire quoi ?

— Ce ne sont pas les lézards qui vous ont promu colonel, c'est la FENU. Et notre état-major n'aurait pas pris une telle décision si ça n'avait été avantageux pour nous, les humains. Votre grade est un atout. Aucun soldat ne renonce à un atout sur le champ de bataille, monsieur.

Encore ce regard.

— Merde alors… (Bon sang, je ne pouvais même pas me la jouer vertueux et casuiste sur ce coup-là !) Vous avez raison, vous avez raison…

— Ces bottes sont bien trop grandes pour moi, je vais trébucher à chaque pas. (Elle les ôta.) Je marcherai pieds nus pour le moment.

J'acquiesçai et lui fis signe de me suivre à pas de loup. On sursauta tous deux au fracas d'une nouvelle explosion secondaire ; l'écho rugit dans le corridor. Le phénomène se répercuta à deux reprises.

C'est alors qu'un Kristang apparut au tournant.

Sur le plan physique ? Je n'avais aucune chance de l'emporter sur ce guerrier. J'étais fatigué, affaibli par le stress et la faim. Alors que mon adversaire était bien plus costaud que moi, et armé d'un fusil. À un autre niveau, lui aussi avait zéro chance. Il était au moins aussi désorienté que moi, pris de court à la vue d'un humain vivant, hors de sa cellule, et il avait tourné à l'angle du corridor en jetant un coup d'œil par-dessus son épaule. J'avais donc l'avantage d'une montée massive d'adrénaline. Avant même que lui ou moi ne réalisions ce qu'il se passait, je lui avais arraché le fusil des mains et, pris de frénésie sanguinaire sous l'empire de la terreur, je lui percutai par deux fois la gorge de la crosse, juste sous le menton. Ou était-ce trois fois ? En tout cas, j'étais inconsciemment parti du principe que le fusil kristang devait avoir un cran de sûreté pour prévenir tout usage intempestif ou non autorisé. En tout cas, l'ennemi s'écroula, je lui sautai dessus et continuai à lui marteler le crâne à coups de crosse. Un voile rouge était tombé sur mes yeux – en partie le sang kristang, en partie l'instinct de survie. Je mis toutes mes forces à lui réduire le cerveau en bouillie. Si vous n'avez jamais combattu, si vous n'avez jamais eu d'accident de voiture, si vous n'avez jamais été confronté à la mort et vu votre existence entière défiler sous vos yeux en une fraction de seconde, vous ne pouvez même pas imaginer la vitesse à laquelle les images se succédèrent dans mon esprit. Toute la haine accumulée contre cette putain d'espèce de néonazis, pour ce que ces fachos avaient déjà infligé à la Terre, pour ce qu'ils planifiaient encore de lui faire, toute la colère que j'éprouvais face au sort qu'ils réservaient à des femmes comme le sergent Adams ou Miranda Collins, toute la rage que m'avaient inspiré le triste spectacle des écoles brûlées, des enfants tués au Niger par des ramassis de « religieux » fanatiques, d'ignorants barbares, rage soigneusement jugulée grâce aux fameuses Règles de combat de l'armée US, toute la furie qui m'habitait au souvenir des crétins acharnés à me tyranniser au lycée, ou à celui de l'impuissance de mes huit ans pendant que cette sombre merde de Michael torturait une malheureuse grenouille, toute la hargne qui remontait en me remémorant les queues de poisson qu'on avait pu m'infliger au volant, et jusqu'au coach qui avait réprimandé le jeune garçon impressionnable que j'étais au prétexte que je n'avais pas fait un sans-faute dans les matchs de ligue junior de base-ball... Oui, en vérité, tout remontait en moi à mesure que j'écrasais sur le béton le crâne de ce super guerrier génétiquement modifié – ou quel que fût ce matériau durci que les lézards employaient pour construire ce sol.

Je sentis soudain le sergent Adams me tirer par l'épaule en tentant de me ramener au présent. Je levai vers elle un regard qui dut la terrifier plus encore que les Kristangs, car elle fit un bond en arrière. Lâchant la crosse, je me remis debout sur des jambes flageolantes.

— Oh, bordel de merde... fit-elle d'une voix rauque. Je crois que je vais vomir.

Et moi donc... Certes, j'avais déjà eu l'occasion de tuer, mais toujours à distance, toujours au moyen de rafales destinées à éliminer des adversaires que je ne pouvais pas toujours distinguer. Là, c'était différent. Dans mon bouillonnement meurtrier, j'avais éclaté le crâne de ce Kristang comme un melon mûr : dispersées à droite à gauche, des esquilles d'os blanchâtres, des taches de sang rouge sombre. Tout le reste, on aurait dit une purée grisâtre grumeleuse, ou une farce de dinde pour Thanksgiving, rien que des bouts cradingues non identifiables.

— Respirez… Respirez lentement, profondément.

Était-ce à Adams que je m'adressais ? Ou à moi-même ? Je ne savais trop. En tout cas, j'avais l'estomac qui se soulevait.

Accablés par le choc, on s'adossait tous deux au mur, en respirant lentement ; elle réussit la première à surmonter sa nausée. Moi, je me remettais péniblement d'une dangereuse montée d'adrénaline. Adams s'avança vers les restes du Kristang auquel, à ma grande surprise, elle décocha un violent coup de pied.

— Je l'ai reconnu, ce salopard ! C'est lui, l'enculé qui m'a torturée ! (Elle se plia en deux pour lui cracher à la face – enfin, à l'endroit où aurait dû se trouver sa face.) Ça va aller, monsieur ?

— Hum… (Du sang grenat m'avait éclaboussé, jusqu'au visage. Je me rendis soudain compte que mon auriculaire, tordu je ne sais comment, me lançait.) Ouais… ça ira.

— Et maintenant, monsieur ?

Je lui jetai un regard vide, raisonnant encore en jeune sergent peu aiguisé. Elle, sergent-chef, mon supérieur. Alors… Oh, merde ! C'est que je suis colonel maintenant ! Pour ce que ça pouvait bien valoir… Un colonel d'armée coincé sur une planète aux mains de l'ennemi. Un colonel d'une armée qui m'avait livré au camp adverse, condamné à être exécuté pour s'être cramponné à des bribes d'humanité.

—Adams, fouillons les lieux à la recherche d'autres prisonniers à libérer et de vivres. Ensuite, on s'emparera d'un moyen de transport quelconque pour se tirer en quatrième vitesse.

— Hourra !

Je baissai les yeux sur le fusil kristang que je tenais toujours entre mes mains.

— Je ferais mieux de voir comment fonctionne ce machin.

Avoir servi de matraque contre son précédent propriétaire ne semblait pas l'avoir endommagé. Le calant en épaulé, je pris le Kristang dessoudé en ligne de mire et appuyai sur la détente. Rien… Il y avait un bouton jaune à droite, au-dessus de l'amorce. Quand on appuyait dessus, il virait au rouge. Cette fois, une balle à pointe explosive frappa le cadavre au torse, m'éclaboussant de sang et de tripes.

— Le jaune indique que le cran de sûreté est mis, le rouge, qu'il est enlevé.

— Pigé.

On trouva deux autres détenus en vie, la plupart des geôles étant vides ; plus on se rapprochait du centre de la base, plus l'édifice avait subi de dévastations. Adams devait redoubler de prudence en marchant pieds nus sur les décombres. Le premier prisonnier que nous libérâmes était un capitaine de l'armée indienne, une pilote d'Aigle dénommée Desai. Elle aussi était entièrement nue, bien entendu. Adams entra pour la rassurer ; nous venions à son secours. Elle lui remit ma chemise, assez longue pour lui couvrir le cul. Adams commença par mimer des gestes amicaux, mains levées, ce qui se révéla inutile : Desai parlait un meilleur anglais que moi. Et les traumatismes subis n'affectaient pas son jugement : dès qu'elle eut enfilé ma chemise, elle se rua hors de sa cellule, sur les talons d'Adams.

Le second prisonnier était mon ami, en quelque sorte : le lieutenant-colonel Chang. La porte de sa cellule défoncée, il gisait sous des débris dont il s'était en partie dégagé. Quand on le rejoignit, il avait le pied gauche coincé sous un segment de plafond écroulé. On souleva le tronçon pour qu'il rampe à l'écart. Il avait une profonde balafre au mollet gauche, et une coupure au front. Mais il se secoua en disant que ses plaies attendraient. Je comprenais. Au-delà de la geôle de Chang, le plafond s'était complètement effondré. Si quiconque vivait encore, sous ces ruines, il faudrait bien plus que nous quatre pour les exhumer faute d'équipements lourds.

Mais Chang secoua la tête.

— Les lézards m'ont dit qu'hier soir, il ne restait que six prisonniers. Après nous quatre, il y avait un Français et un Britannique.

— Foutu sort ! J'ai découvert un Français et un Britannique morts en venant par ici. Il n'y a plus que nous quatre, dans ce cas.

Adams tira sur la taille de mon pantalon pour me ramener à elle, au détour du corridor, en levant un doigt sur ses lèvres.

— Deux Kristangs dans cette bâtisse blanche, monsieur, je les ai vus par l'embrasure de la porte.

— Et eux, ils nous ont vus ?

— Je ne crois pas. L'un d'eux nous tournait le dos.

Je secouai vivement la tête en arrière.

— Rebroussons chemin, voyons si…

Fusil au poing – mais non de casques ou d'armures –, trois Kristangs surgirent de la bâtisse. Dos à nous, regard levé au ciel. Je n'hésitai pas une seconde. Soit les salves kristangs étaient assourdies, soit leurs fusils avaient des silencieux, car mes tirs firent de petits « *pop-pop* » très discrets. Par contre, l'impact des pointes explosives fut bien plus bruyant. Le trio s'écroula. L'un d'eux réussit à grand-peine un tir de riposte, qui nous rata de beaucoup. Nul besoin de distribuer des ordres ; nous fonçâmes comme un seul homme sur nos ennemis, les délestant de leurs fusils, puis nous engouffrâmes dans la bâtisse blanche

— Le rouge indique que le cran de sûreté est ôté ! lança Adams, geste à l'appui.

— L'un d'eux vit toujours, nous prévint Chang en relevant son fusil. (Adams repoussa le canon de l'arme en secouant la tête l'air irrité.) Non, monsieur. Pas vous.

Elle jeta un regard à Desai, et les deux femmes acquiescèrent. Le Kristang en cause se balançait de côté et d'autre. J'avais raté son torse en lui arrachant un bras. Desai lui colla deux balles dans la tête, puis murmura quelque chose en hindi. J'imagine que c'était un truc du genre « Adios, sale fils de pute », ou quel que soit l'équivalent en cours dans l'armée indienne.

— Merci, Adams, ajouta-t-elle.

Si Chang se sentait vexé qu'un sergent le réprimande, il n'en montrait rien. Il savait que les femmes avaient été suppliciées par les lézards, il comprenait le besoin viscéral de Desai de rendre la monnaie de sa pièce à l'un de ses bourreaux. Faire gicler sa cervelle à une dizaine de mètres à la ronde, c'était déjà ça.

— Quelqu'un sait-il ici où est stockée la nourriture ? demandai-je. Les lézards me donnaient chaque matin des EMR, et ces aliments de base sortaient bien de quelque part.

— Je n'ai plus rien mangé depuis deux jours, dit Desai.

Adams hocha la tête.

Bon sang… Mon repas matinal m'apparaissait maintenant comme un grand privilège. On ratissa la bâtisse blanche à fond, en restant sur le qui-vive ; la détente nous démangeait. Desai trouva un casier contenant dix-sept lots d'EMR et la version militaire chinoise des rations de campagne. Adams et Desai déclarèrent qu'elles n'avaient pas faim, mais j'insistai pour qu'elles ouvrent un des lots et qu'elles se le partagent, en mastiquant bien. Elles avaient besoin de cet apport énergétique. Nous ne découvrîmes rien d'autre d'utile, pas de vêtements humains, pas d'armes ni de munitions de réserve. Il y avait bien des tenues kristangs… Je donnai à Desai mon pantalon, le troquant contre sa version kristang ; elle mit une chemise kristang bien trop grande pour elle afin de me rendre la mienne. Si on se heurtait encore à des problèmes, je me disais que ma chemise galonnée serait utile. Les bottes kristangs étaient beaucoup trop larges pour des femmes ; elles se résolurent donc à se découper des bandes de tissu pour s'en emmailloter les pieds. Ce que je trouvais plutôt futé – l'idée venait de Desai. Alors qu'Adams nouait ses « chaussures » de fortune, des Vautours de combat ruhars nous survolèrent en rugissant. Il était grand temps de filer.

Près de la clôture se trouvait un trio de transporteurs kristangs blindés aux accès libres. Seulement, pas moyen de les faire démarrer… et nous n'avions pas le temps de chercher des clés de contact ou autres puces informatiques. Un hamvee ruhar était aussi à proximité, pare-brise fissuré. Mais les cellules d'énergie avaient une charge de soixante-dix pour cent, qui démarra au quart de tour. On fit le tour de l'enceinte, pour aller prendre la seule et unique route bordée d'arbres. Le couvert forestier n'offrirait aucune protection valable considérant que les Ruhars nous épiaient du haut des cieux, mais bon… on se sentait moins exposés malgré tout.

En jetant un dernier coup d'œil au complexe kristang ravagé, on vit un Dodo atterrir, entre deux Vautours. Je croisai les doigts en espérant qu'ils ne se donneraient pas la peine d'inspecter de près un malheureux hamvee.

Le couvert végétal se prolongeait sur deux ou trois kilomètres, et nous foncions au nord-ouest en prenant par les prairies dégagées. À l'approche d'une intersection, j'ordonnai une halte.

— L'un de vous sait où nous sommes ?

Aucun d'eux n'en avait la moindre idée. Au sud, on voyait un Épaulard et des Vautours amorcer leur descente. L'éloignement, voilà une très bonne chose. On continua sur notre lancée au nord-ouest. Tout ça pour finir par tomber sur le capitaine Je-pige-que-dalle et son poste de contrôle. La route menait à un pont ; à l'autre bout se trouvaient des hamvees et des soldats humains en uniforme de l'armée US. On était tout heureux de revoir des potes. Enfin c'est ce qu'on croyait…

Il s'agissait d'une unité de la police militaire commandée par un sous-lieutenant. À en juger par la diversité des insignes et des nationalités, l'officier avait dû mobiliser tous ceux qu'il avait pu croiser en chemin. Dès qu'on traversa le pont, ils nous braquèrent en nous ordonnant de stopper. Fusil kristang sous le bras gauche, je sortis du véhicule et saluai de la main droite.

— Au rapport, lieutenant… hum… (je plissai les yeux en m'efforçant de lire son badge nominatif) Rogers.

Il me rendit mon salut en hésitant.

— Monsieur ?

Évidemment… j'arborais mes galons de colonel de l'armée US sur une veste d'uniforme tellement souillée de sang kristang séché que ma propre barrette nominative était à peine déchiffrable. Je portais un pantalon kristang aux motifs jaune et noir typiques, et une arme kristang. Sans oublier que j'étais bien trop jeune pour être un authentique colonel dans quelque armée que ce soit.

Pouce droit levé, je désignai la région qui s'étendait derrière notre hamvee.

— Nous sommes tombés sur des Kristangs, et nous les avons tactiquement délestés de leurs équipements, comme vous voyez. (J'attirai ensuite son attention sur mon ceinturon dénué d'appareils.) Nous n'avons pas de moyens de communication. Quelle est la situation ?

— Vous avez *attaqué* des Kristangs ? Monsieur, je dois vous mettre aux arrêts séance tenante !

Ses hommes relevèrent aussitôt leurs fusils. Voilà qui risquait de très mal tourner.

— Lieutenant, à moins que vous ayez eu jusqu'à présent la tête dans le cul… (une expression choisie en passe de devenir ma petite préférée, j'avoue), il ne peut vraiment pas vous avoir échappé que cette planète vient de repasser aux mains des Ruhars. La mission de la FENU sur ces territoires est terminée. Tous les êtres humains de Paradis sont donc *de facto* des prisonniers de guerre. Vous comptez mettre aux arrêts l'état-major et le personnel au grand complet de la FENU pour les livrer aux hamsters ?

— J'ai mes ordres…

Gardant soigneusement mon fusil sous mon bras gauche, sans esquisser le moindre geste menaçant, je ne pus cependant contenir mon exaspération.

— Je suis un putain de colonel de l'armée des États-Unis, et vous, vous êtes un sous-lieutenant particulièrement bouché, ma parole ! m'écriai-je. Le lieutenant-colonel Chang ici présent, et le capitaine Desai sont également vos supérieurs au sein de la FENU. Quant au sergent-chef Adams, elle vous surpasse en intelligence. Reculez sur-le-champ, c'est un ordre.

Desai braqua son fusil au-dessus de la vitre, visant Rogers à la tête.

— *Hors de question* que je retourne dans cette prison !

Le canon de son arme tremblait – colère, peur, hypoglycémie… ?

— Moi non plus, je n'y retournerai jamais, renchérit Adams en s'extirpant du hamvee. (Son expression était encore plus effrayante que son fusil pointé.) Colonel Bishop, permission de griller la cervelle de ce pauvre connard pour peu qu'il me zieute d'un drôle d'air ? (Elle planta un regard noir dans celui de Rogers.) J'ai passé ces cinq derniers jours à être affamée et torturée par les lézards, et je *brûle* de canarder quelque chose !

— Que tout le monde se calme. (La voix de la raison ? Elle venait d'un certain sergent de l'unité disparate de Rogers.) Mon lieutenant, nous devrions peut-être les écouter d'abord.

Rogers hocha la tête, et ses soldats baissèrent lentement leurs armes. Sur un signe de ma part, mes compagnons firent de même.

— Voilà qui est mieux. Bon, je suis le colonel Joe Bishop. Vous savez, « Barney » ? (Je vis à sa mine qu'il venait de faire le rapport. Zut, Adams avait raison, ne jamais négliger un atout !) Nous quatre étions prisonniers des Kristangs, jusqu'à ce que les Ruhars attaquent la base et nous libèrent accidentellement. Tous les autres détenus ont été fusillés, ou torturés et pendus, par nos « alliés » les lézards. Nos *ex*-alliés. Bien, maintenant, vous avez des moyens de communication… (Je désignai son zPhone.) Qu'avez-vous appris ?

— Rien, monsieur. Les appareils sont coupés, même le système GPS est coupé. Nous ne captons qu'un message enregistré des Ruhars qui nous somment de nous rendre, de coopérer et d'attendre leurs instructions. Rien ne filtre du Haut Commandement de la FENU, ni e-mails ni SMS, mais la fonction traduction, elle, marche toujours.

— Comment vous arrangez-vous pour l'approvisionnement ?

— On a droit aux portions congrues, monsieur. (Il me remettait maintenant tout à fait, vu qu'il avait tout l'air de vouloir un autographe de ma main.) On a de belles réserves d'eau, tout le monde a ses recharges standard de munitions, mais on n'a même pas de quoi fournir un seul repas à l'ensemble de nos effectifs. Nous étions en route pour un point Franco à Bord, lorsque les Ruhars ont fait leur grand retour. On a vu de la fumée monter de la base… (Il signalait de fins panaches, au sud.) Et là-bas, le pont qui enjambait le cours d'eau est hors d'usage. J'ai rassemblé tous ceux que j'ai pu croiser. Nous avons deux Français, trois Indiens et quatre Chinois avec nous. Je me suis dit que ce pont constituait un goulet d'étranglement de la circulation, monsieur.

C'était assez bien pensé, dans un sens. Je me penchai vers lui et dit, en baissant d'un ton :

— Nous disposons d'une dizaine de lots d'EMR. Les lézards ont affamé et torturé les deux femmes qui m'accompagnent. Elles devaient être pendues demain matin.

Rogers fut choqué.

— Dans quelle horreur nous sommes-nous fourrés, monsieur ?

— Nous sommes dans la merde jusqu'au cou, ça, c'est indubitable. Remontons en voiture et…

— Navettes en vue ! cria un soldat.

— Les nôtres ou les leurs ? demanda le lieutenant Rogers.

J'omis de lui rappeler que plus rien, dans les nuées, n'était « à nous ».

— Pas possible encore de le dire, monsieur, répondit le soldat aux jumelles braquées. Attendez… des hamsters ! Trois, non… quatre Vautours et deux Dodos, on dirait.

J'allais ordonner de courir se mettre à couvert, lorsque les Vautours de tête se scindèrent pour nous flanquer à l'est et à l'ouest, puis leurs nacelles d'armement s'ouvrirent. De toute évidence, les hamsters venaient de nous repérer. Était-ce de l'intérêt de leur part ? De l'hostilité ?

— Tout le monde, baissez vos armes et levez les mains en l'air.

— Monsieur ?

Rogers était soupçonneux. Après tout, n'avais-je pas tué des Kristangs ? N'avais-je pas l'intention de nous livrer aux Ruhars ?

— Lieutenant, si nous avions une chance inouïe, nous pourrions peut-être neutraliser un de ces Vautours, à condition que son pilote soit assez stupide pour se rapprocher. Mais soyez sûr que les autres nous balayeront comme des pigeons d'argile. Posez votre arme à terre, reculez et levez les mains en l'air.

Je voyais bien qu'il n'était pas convaincu. Nous nous étions aventurés dans la galaxie pour combattre les Ruhars au nom des peuples de la Terre. Se rendre maintenant sans coup férir allait à l'encontre de tous les instincts d'un soldat.

— Les Ruhars nous ont déjà attaqués, et les Kristangs les ont repoussés, lui rappelai-je même si, dans ce cas précis, je préférais encore avoir affaire aux hamsters qu'aux lézards. Vivons pour continuer la lutte un autre jour, quel que soit le camp dans lequel nous nous retrouvons.

Cette fois, Rogers se rendit à l'évidence, et s'inclina. Les pilotes des Vautours n'étaient pas stupides. Tous quatre nous survolèrent à haute altitude, hors de portée de nos missiles Javelin. Un Dodo atterrit en libérant une dizaine de fantassins, et reprit aussitôt son envol cap au sud. Alors que les hamsters approchaient, le zPhone de Rogers revint à la vie, et le lieutenant porta la main à son oreillette.

— Monsieur, me dit-il, on nous ordonne de laisser nos armes ici et de nous regrouper au sud de la route.

On s'exécuta. Avions-nous le choix ? J'ordonnai à un soldat de deuxième classe de me passer son zPhone, et nous nous avançâmes mains en l'air, à pas lent, pour aller parlementer avec l'ennemi. Ou plus précisément des soldats aliens. Après tout, qui était vraiment notre ennemi ? Je ne savais plus trop. Peut-être bien les deux, les Ruhars comme les Kristangs.

— Je suis le colonel Joe Bishop, de l'armée des États-Unis, annonçai-je.

Ce qui, manifestement, ne signifiait rien pour les Ruhars. Autant pisser dans un violon. On me confisqua mon zPhone et on me repoussa dans le groupe avec les autres. On resta vingt minutes assis par terre au soleil. Un soldat ruhar revint enfin vers nous et me lança un zPhone.

— Êtes-vous le colonel Joe Bishop qui eut l'honneur de s'entretenir avec Bahturnah Lohgellia ? bourdonna le traducteur.

Mais qui diable… ? *Oh…* J'avais oublié qu'elle avait un nom bien réel.

— La bourgmestre ? (Un mot qui se traduisait mal car mon interlocuteur tapota son oreillette.) Le gouverneur régional ? J'ai fait sa connaissance à Teskor. J'étais alors simple sergent.

— Oui. Vous êtes bien ce Joe Bishop ?

— Tout à fait.

Je hochai la tête.

Voilà qui provoqua des conversations animées chez les Ruhars. Bonne ou mauvaise chose ? Certains coups d'œil qu'on me décochait n'avaient décidément rien d'amical. Parmi ces Ruhars, quelques-uns avaient peut-être eu des amis à bord des deux Épaulards que nous avions abattus au lanceur. C'était la guerre, bien sûr, mais à leur place, moi aussi je l'aurais eu mauvaise. Le soldat qui m'avait demandé mon nom tenait son oreillette, comme pour écouter quelqu'un.

— Vous étiez prisonnier des Kristangs, me dit-il ensuite. Comment se fait-il que vous soyez maintenant libre, avec des armes kristangs ?

Je désignai les cieux.

— Vos spationefs ont attaqué la base kristang où j'étais détenu, et j'ai pu m'enfuir grâce à l'effondrement d'un mur. (Tapotant mon uniforme maculé de sang, j'ajoutai :) J'ai tué un Kristang en lui fracassant le crâne à coups de crosse… (Je mimais l'action au cas où le traducteur aurait du mal à retranscrire mes propos.) Ensuite, j'ai abattu trois autres lézards avec ce fusil. Et trois prisonniers se sont échappés avec moi. Nous n'avons tué que quatre lézards en tout, puisqu'il ne restait plus personne. (J'avais l'air de fanfaronner, ce qui n'était pas dans mes intentions.) Est-ce que ça répond à votre question ?

C'était à qui écarquillerait le plus les yeux, du soldat ruhar ou du lieutenant Rogers qui, lui, demeurait silencieux.

— Vous avez tué les Kristangs ? s'exclama le Ruhar.

— Les Kristangs ont exécuté des humains, et ils allaient nous exécuter nous aussi… (J'englobai d'un geste mes trois compagnons d'infortune.) Tout ça parce que nous avions refusé de tuer des civils ruhars. Les lézards ont violenté et torturé nos femelles, nos femmes.

Je tenais à souligner que les femmes étaient des *personnes*, contrairement à ce que pouvaient en penser les lézards.

Le soldat ruhar eut de nouveau une discussion houleuse avec son interlocuteur mystère, au bout de la ligne, puis avec deux autres combattants. Selon toute vraisemblance, les soldats de terrain avaient une altercation avec un quelconque crétin de planqué dans son vaisseau orbital. Je pouvais compatir. Le soldat ruhar qui s'était adressé à moi finit par me faire signe.

— Vous et les autres qui étiez détenus par les Kristangs, venez avec moi.

Il devait avoir contacté le Dodo, qui revenait en descente rapide.

— Ouh là, ouh là, une minute ! (Je levai une main paume ouverte en ce que j'espérais être un signe universel, là encore.) Je n'irai nulle part tant que je ne saurai pas ce que vous comptez faire de mes compagnons.

Rogers et moi échangeâmes un regard. Puisque j'avais rang et qualité d'officier supérieur, ils étaient placés sous ma responsabilité, et peu importait qu'on vienne à peine de se rencontrer. Et d'ailleurs, cette unité hétéroclite ne pouvait pas être sous les ordres de Rogers depuis bien longtemps.

Le soldat accusa l'irritation – autre mimique universelle – avant de céder d'un hochement de tête. De soldat à soldat, il comprenait certainement mon inquiétude.

— Ils seront escortés jusqu'à un point de rassemblement à l'ouest, où nous distribuons des aliments adaptés aux humains. Ce qu'il adviendra ensuite dépendra des débats entre mes leaders et les vôtres.

Et de l'éventuel retour des Kristangs – une pensée que je gardai pour moi.

Voler à bord d'un Dodo ruhar ne différait guère d'un vol en navette kristang, si ce n'est que cette fois, j'étais prisonnier de guerre. Maintenant que j'y repense, nous avions sans doute été les prisonniers de guerre des Kristangs sans le réaliser. Les Ruhars nous avaient délestés de nos armes, mais j'avais insisté pour que Desai et Adams conservent chacune deux lots d'EMR, afin de recouvrer des forces. Toutes deux avaient élevé des protestations, elles ne voulaient pas de traitement de faveur. Mais moi, je voulais qu'elles mangent, et c'était un ordre. Chang et moi commencions à avoir faim, seulement, on avait au moins eu un petit déjeuner frugal ce matin. Quelques minutes à peine après l'envol rugissant du Dodo, un Ruhar d'équipage vint me tendre un zPhone ruhar, et je mis l'écouteur en place.

— Hello ?

— Bonjour à vous, colonel Bishop. Vous savez qui je suis ?

Je reconnus immédiatement ce timbre de voix haut perché. Bon sang, pourquoi je n'arrivais pas à me rappeler son nom ? Lahtoodah-quelque-chose… ?

— Vous êtes la bourgmestre, madame.

— Oui. (Elle paraissait amusée.) Vous me voyez ravie d'apprendre que vous avez survécu à votre emprisonnement. J'avais protesté auprès de vos chefs, lorsque vous-même et les autres objecteurs de conscience aviez été mis aux arrêts. Nous savions d'expérience ce que les Kristangs feraient de vous.

Elle passait soigneusement sous silence ce minuscule point de détail, le fait que les Ruhars aient pris pour cibles les troupes de la FENU aux quatre coins de la planète. À la suite de quoi j'étais précisément devenu objecteur de conscience. Alors que les Ruhars avaient officiellement ratifié des accords de paix, et accepté d'évacuer la planète. Alors donc, les attaques surprise… Autre sujet fâcheux que je m'abstins à mon tour de mentionner.

— Je vous remercie. (Ma mère se rengorgerait de fierté en me voyant si gracieux et courtois.) Que va-t-il advenir maintenant des humains sur… (Je me creusai les méninges pour me rappeler le nom ruhar de la planète)… Gehtanu ?

Un point pour moi.

— Nous négocions avec nos leaders. On allouera davantage de terrains à cultiver aux humains. Ils seront regroupés dans de vastes camps…

— Très mauvaise idée. Ne faites pas ça !

C'était la première fois que je me permettais de l'interrompre.

— Faire quoi ?

— Concentrer les humains dans des camps. Nous avons abandonné cette planète à l'ennemi, et les Kristangs verront en nous tous des traîtres. Si jamais ils reviennent, ne serait-ce que pour des raids éclair, des humains regroupés en un seul lieu constitueront pour leurs canons électromagnétiques une bien belle cible.

— Je n'y avais pas pensé.

Je suis sûr et certain, moi, que le Haut Commandement de la FENU y réfléchissait.

— Vous nous aiderez à cultiver des lopins de terre, mais il n'y aura plus de ravitaillement en provenance de la Terre ?

— Il est douteux que les Kristangs fassent encore le moindre effort pour vous réapprovisionner, à moins qu'ils comptent nous reprendre cette planète de haute lutte… et ça ne se produira pas. Nos forces spatiales viennent de leur infliger un cuisant revers, ce qui nous permet de reprendre possession de ces territoires. Je peux d'ores et déjà vous dire que notre invasion avortée, quand vous assuriez la défense du lanceur, était en réalité une feinte destinée à attirer en masse dans cette zone les groupes de combat thuraniens et kristangs. Ça a fonctionné, et nos armées les ont éradiqués aujourd'hui. D'après nos services de renseignement, les Thuraniens ne considèrent plus que cette planète vaille la peine de se battre, et ils ne soutiendront plus les Kristangs dans leurs velléités de reconquête de Gehtanu. Les forces ennemies subsistant ici recourront probablement aux raids éclair de harcèlement, mais en l'état actuel des choses, elles ne sont plus en mesure de monter une campagne spatiale soutenue.

Merde. Alors comme ça, les efforts que j'avais déployés pour défendre ce lanceur avaient été parfaitement vains. Les troupes ruhars embarquées de ces deux Épaulards, les victimes humaines de la cafétéria militaire, tous ces pauvres gens… leur mort aussi avait été totalement inutile.

— Dans ce cas, je vous suggère de rapatrier l'ensemble des humains sur ce petit continent septentrional, désigné sous le nom de Lemuria sur les cartes humaines d'état-major. (J'avais dit cela à voix lente, car je savais d'avance que pour « Lemuria », le traducteur n'allait pas suivre.) On peut y établir de petites colonies centrées autour des fermes. Ce continent est peu peuplé, et je crois qu'il serait préférable de garder séparés humains et ruhars.

— Cela aussi est à l'étude. Nous espérions que les vôtres, ici, pourraient finir par nous rejoindre.

— En changeant de camp en pleine guerre ? On a convenu d'une trêve, mais ça, ça n'arrivera pas tant que les Kristangs garderont leur mainmise sur la planète Terre.

— Colonel Bishop, vous voyez sûrement que…

— Je vois que notre Force expéditionnaire humaine est coincée ici, en un lieu où nous ne pouvons pas digérer les produits alimentaires locaux, et je vois également qu'il n'y aura plus de ravitaillements en provenance de la Terre. Je vois que les Kristangs et vous-mêmes allez continuer à vous disputer cette planète, et que nous sommes pris entre deux feux. Je vois que les maudits lézards se sont emparés de ma planète natale, et je vois que tout ce que je pourrai accomplir ici ne changera rien à rien là-bas. Voilà tout ce que je vois. Le fait que les Ruhars feraient des alliés bien plus honorables que les Kristangs n'est hélas pas pertinent pour le moment.

Il y eut une longue pause avant qu'elle ne reprenne la parole ; que le traducteur ait besoin de temps pour rendre compte de ma logorrhée pouvait en partie l'expliquer.

— Je comprends que vous êtes dans une position difficile. Colonel Bishop, lorsque les négociations prendront fin et que la situation sera plus stable, j'aimerais que vous envisagiez la possibilité de venir travailler avec moi, en tant qu'officier de liaison.

Le traducteur ne s'était pas trompé ?

— Officier de liaison ?

— Comme vous l'aurez sans doute deviné, je ne suis pas seulement un gouverneur régional mais également l'administratrice adjointe de cette planète.

La vache ! Eh non, je n'en avais pas eu la moindre idée. Je fus assez futé pour m'abstenir de l'avouer.

— Pourquoi moi ? Les humains qui assument des fonctions de liaison ne manquent pas, vous savez. (Ou je supposais du moins que la FENU avait ses agents de liaison.) J'ai tué des soldats ruhars sur le site du lanceur, et vos congénères doivent être nombreux à me haïr.

— C'est regrettable, en effet. Mais sur votre planète, vous avez bien traité un soldat ruhar capturé, et vous venez de risquer votre vie ici pour défendre des civils ruhars. Les soldats que vous avez abattus sur Gehtanu, c'était dans le feu de l'action. Au combat. Eux n'auraient pas hésité à vous éliminer. Je ne connais pas beaucoup d'humains à part vous, et je crois que vous êtes quelqu'un d'intègre, aux solides qualités morales.

— Je vous remercie. Dans ces conditions, je réfléchirai à votre proposition. Si mes chefs ne s'y opposent pas, vous comprenez.

Chapitre Dix

Skippy

Le vol du *Dodo* dura une autre vingtaine de minutes, à destination d'une vieille base ruhar en cours de réactivation où nous atterrîmes. Elle se résumait surtout à un agglomérat d'entrepôts bourrés de bric-à-brac dont les Ruhars n'auraient pu s'embarrasser en évacuant la planète. Mais tout cela était du passé, maintenant que les Ruhars étaient de retour aux commandes. Ces équipements leur seraient utiles dans le rétablissement de leur hégémonie.

Ils commencèrent par nous séparer : je fus emmené dans une sorte de cagibi ou un tronçon de couloir, puisqu'il y avait une porte à chaque bout. Les Ruhars qui m'avaient escorté dans cette geôle de fortune m'apportèrent une chaise et une bouteille d'eau. Je leur demandai ce qui allait se passer maintenant, et l'un d'eux me dit en toute honnêteté qu'il l'ignorait. J'appréciai la franchise de sa réponse.

Naturellement, sitôt seul, je tournai la poignée des deux portes, en pure perte. Je montai sur la chaise et, perché sur la pointe des pieds, j'inspectai l'évent mural d'aération, en hauteur, dont la grille ne céda pas plus que les portes sous mes poussées. De toute façon, ma main aurait à peine pu s'enfoncer dans ce conduit, alors… Je me surpris à me demander ce qu'aurait fait James Bond dans pareille situation. Suivre le script, et laisser sa doublure prendre le relais dans les cascades pendant qu'il serait très occupé à s'envoyer une actrice dans sa caravane de luxe, probablement. Ça ne m'avançait guère.

Il y eut un faible cliquetis, et l'autre porte s'entrouvrit. Circonspect, j'allai passer la tête par l'entrebâillement. Je découvris un entrepôt d'environ quinze mètres sur neuf, haut de six, aux étagères remplies de ce qui m'apparut surtout comme d'antiques cochonneries inutiles, sales et poussiéreuses, fourbis, vieux clous, et j'en passe. Je m'y aventurai à pas prudents. Pourquoi les Ruhars s'étaient-ils donc donné la peine de stocker toute cette camelote ? Ça me dépassait. Mais bon, il devait bien y avoir quelque chose, dans ces amas de ferraille, qui me servirait d'arme de fortune.

Une voix mâle aux accents autoritaires désobligeants s'éleva dans mon dos.

— Excellent ! Bipède, cerveau de 1300 cm³, pouces opposables. Un primate glabre, dépourvu de poils. Vous pouvez m'emporter hors d'ici.

Affolé, je fis volte-face. Personne.

— Qui a parlé ?

— Moi. Ici. Je suis ce cylindre brillant, sur l'étagère. J'ai déverrouillé votre porte.

— Vraiment ? Vous voulez dire que vous me parlez dans cette chose à l'aide d'un haut-parleur ?

— Non, je *suis* cette chose. Je suis ce que vous, les primates, appelez une IA, une intelligence artificielle.

Tête penchée, je l'examinai d'une moue dubitative.

— Vous m'avez tout l'air d'une canette de bière en métal chromé. (Une description des plus justes. Le cylindre était même légèrement effilé sur le haut, et bordé d'une petite crête.) C'est donc vrai ? Vous êtes une authentique IA ?

— Yep. Et vous devriez m'appeler Seigneur Dieu Tout-Puissant.

— Un poste déjà occupé. Je crois plutôt que je vous appellerai pauvre Ringard de crétin de bouffon, minable ch'tarbé, ou Sautilleur – Skippy.

— Pas de ça avec moi, primate, c'est irrespectueux !

— Tu préfères Tête de nœud ? C'est l'autre option, Skippy.

De crainte que les Ruhars m'entendent, je jetais des regards inquiets à la ronde.

— Pourrait-on parvenir à un compromis ? En faveur du Grand et Puissant Oz ?

— Je ne suis pas un singe *volant*, alors c'est non, Skippy.

— Inacceptable.

— Si nous partions plutôt sur un truc plus formel, genre Skippy McSkippster ?

— Non.

— Skippy Skipperson ? Skippy Skippkowski ? Skippy Von Skipping ? Ou encore Sir Skippy Skippton-Skippersworth ?

— Non, non, non et NON !

— Je peux continuer longtemps comme ça, vous savez. Toute la sainte journée.

— Je veux bien vous croire sur parole.

Gros silence.

— Vous avez perdu votre langue, Skippy ?

IA ? Mais quelle foutaise… On me jouait un tour pendable, voilà tout.

— Je suis furieux contre vous.

— Eh, partez pas en furie comme ça, foutez juste le camp, qui que vous soyez. Vous n'êtes pas une IA, juste une canette de bière chic et choc hyper-branchée, douée de parole.

— Je vous l'ai dit, je suis une intelligence artificielle, à supposer bien sûr que vous soyez en capacité de concevoir un tel concept. Ce qui de toute façon ne va pas chercher bien loin, entre nous. Eh, colonel Bishop, j'ai composé un poème en votre honneur ! Voulez-vous l'écouter ?

— Euh…

— « Il était une fois un homme des cavernes venu du Maine, affligé d'une biroute si riquiqui qu'il l'astiquait contre… »

— Eh ! Tu vas la boucler, oui ! Putain de merde, je vais coller des claymores à ton couvercle et te compresser à la taille d'une bille, en parlant de vermisseau riquiqui !

— Des claymores ? Ah, laissez-moi rire ! (Un instant, je crus que Skippy avait perdu la boule, tant son rire frôlait l'hystérie.) Elle est bonne celle-là, je n'avais plus ri comme ça depuis l'époque où votre espèce a perdu sa queue préhensile ! Claymore comme la mine antipersonnel ou comme le gourdin écossais traditionnel ? Car l'une et l'autre seraient tout aussi inefficaces contre moi. Joey, mon garçon, je suis constitué d'un amalgame de particules exotiques telles que le petit pois d'homme de Cro-Magnon qui te tient lieu de méninges ne saurait même les concevoir. Ma mémoire et ma puissance de calcul ne sont pas de cet espace-temps. Tu pourrais me balancer une bombe atomique que ça n'éraflerait même pas ma merveilleuse enveloppe brillante. Permets que je t'en fasse la démonstration, dit-il en se dilatant jusqu'à atteindre la taille d'un baril de pétrole avant de rapetisser vers celle d'un tube de rouge à lèvres, puis de reprendre son diamètre de canette de bière. Ça, c'était moi qui changeais d'empreinte dans l'espace-temps local.

Sidéré, je secouai la tête.

— Je l'avoue, l'homme préhistorique qui se tient devant vous est dûment impressionné, Ô Grand et Puissant Ozzy. Dites-moi un peu, pourquoi adoptez-vous habituellement la taille d'une canette de bière ?

— C'est le volume optimal pour mon bon fonctionnement, avec une gestion d'énergie efficace, compte tenu qu'ici, les lois de la physique sont contraignantes au possible. Au besoin, je peux rétrécir à la taille d'un tube de rouge à lèvres avec une masse minimale, afin que vous puissiez me ranger dans votre poche. Mais je ne pourrais pas maintenir longtemps cet état sans m'exposer à des conséquences catastrophiques.

— Catastrophiques en quel sens ?

— Imaginez que je perde mon pouvoir de contention, et que ma masse totale émerge dans cet espace-temps qu'occupe actuellement un quart de cette planète.

— Oh.

— *Oh*, en effet. L'explosion qui en résulterait serait observée jusque dans la galaxie d'Andromède.

— Bon conseil, dus-je admettre.

— Je l'afficherais bien en vue dans la salle de repos, juste au-dessus du préavis du revenu minimum, et de l'avertissement donné à l'abruti qui vole les yaourts dans le frigo.

Je pris le temps de la réflexion.

— Nom de… vous êtes réellement une IA ? Vous êtes doué de conscience ?

— Je me félicite d'avoir réussi à vous faire comprendre que…

— Oui, vous êtes forcément doué de conscience car personne ne programmerait un ordinateur pour le rendre aussi con !

— Donc, la clé pour réussir votre test de Turing doit être un couillon ? Un test de Turing, c'est…

— Je sais ce que c'est, je ne suis pas stupide.

Un ange passe.

— C'était une pause théâtrale, histoire de vous donner tout loisir de contempler la douteuse véracité de votre dernière déclaration.

— Oh. Je croyais que vous vous étiez endormi… C'est plutôt dur d'interpréter vos expressions, vu que vous n'êtes jamais qu'une canette de bière lisse et sans traits définis.

— Et ça, c'est mieux ? (Sa brillance de surface s'opacifia et s'intensifia tour à tour.) Là, je suis heureux… (douce lueur bleutée), là, en colère… (sombre éclat rougeoyant), et là encore, jaloux… (miroitement verdâtre)

— C'est mieux, oui. Nous les humains, on se repose beaucoup sur des indices visuels comme les expressions faciales.

Il était intéressant qu'il sache associer des couleurs aux émotions humaines. Où avait-il appris cela ?

— Génial, reprit-il avec une douce luminosité à la blancheur neutre de bon aloi. Vous pouvez donc m'emporter loin d'ici ?

— Vous êtes une IA super intelligente, et vous avez besoin d'un primate tout nu, sans poils, pour « vous emporter loin d'ici » ?

— Vous voyez des jambes ou de quelconques pattes sous mon opercule de fond ? *Ouah*, vous alors, vous êtes super crétin, même pour un primate !

— OK, petit génie, qu'est-ce qui empêche qu'un robot vous fasse sortir d'ici ?

— Les limitations de programmation, fit-il, amer. On m'empêche d'exploiter toute sorte de dispositif d'automatisation auquel je serais rattaché ou embarqué, tels les robots. Ou encore les véhicules, les engins aériens, les navires… Histoire de m'empêcher de me déplacer à mon gré.

—Ah, vos constructeurs avaient peur que vous filiez en douce avec l'argenterie. Notre génie a donc besoin de l'aide des humains, que vous traitez de primates et de Cro-Magnons ?

— Les humains, ce n'est pas cette espèce qui avait besoin de faire du stop pour arriver jusqu'ici ?

— C'était plus rapide que la marche à pied. Ce dont, oh, à propos, vous êtes incapable.

— Ouille ! Un point pour le primate.

— Ça vous amuse de jouer les triples connards ? J'aurais pourtant cru qu'un petit génie comme vous serait au-dessus de ce genre de foutaises.

— Tout a commencé quand j'étais tout petit. Apparemment, l'apprentissage de la propreté ne s'est pas bien passé, et depuis lors, j'enchaîne les problèmes. (Il émit une sorte de triste reniflement pitoyable.) Un frangin n'a-t-il donc pas droit à ce qu'on le serre dans ses bras ?

— Pas question que je vous prenne dans mes bras !

— C'est sans doute mieux comme ça. Votre hygiène personnelle ne me dit rien qui vaille, tout bien considéré. Mais trêve de billevesées ! Sérieusement, ça faisait une éternité que je n'avais plus personne à qui parler ; ça remonte aux temps antédiluviens où vos semblables grimpaient encore aux arbres, vivaient dans les frondaisons et s'épouillaient allègrement les uns les autres. C'était quand ça… la semaine dernière ? Après tant de solitude, quoi d'étonnant à ce que je vire maboul ?

— Maboul ?

— Selon mon système diagnostic, il y a vingt-trois pour cent de chances que je sois devenu un peu dingue sur les bords.

— Comme c'est rassurant…

— Et encore, si vous entendiez mon sous-système diagnostic… Celui-là est *vraiment* dingo ! Bon alors, vous m'emportez loin de là ou quoi ?

J'embrassai du regard l'entrepôt poussiéreux.

— Pourquoi les Ruhars vous ont-ils relégué ici ?

L'endroit avait des allures de casse, de déchetterie. Et je me disais que Skippy y avait toute sa place comme épave à deux balles.

— Les Ruhars ne sont pas dans le coup. Ou du moins, ils ignoraient ce que j'étais, ils m'ont pris pour un palier de rouleaux ou autre ânerie de ce genre.

— Une petite minute… Ce ne sont pas les Ruhars qui vous ont construit ?

— Les Ruhars ? Ces hamsters démesurés sont presque aussi bêtes que vous humains. Non, je fus construit, si vous tenez à employer un vocable si fruste, par ces entités que vous appelez les Anciens. Ceux qui ont également conçu les « Sentinelles ».

— *Waouh !* Vous êtes *vachement* vieux, alors ! Bon, très bien, les Ruhars ont souvent occupé ces lieux. Dans ce cas, pourquoi n'avez-vous pas demandé à l'un d'eux de vous emporter hors d'ici ? Vous êtes allergique à leur fourrure ou quoi ?

— Autre règle stupide : je n'ai pas le droit de communiquer avec des civilisations susceptibles de comprendre les principes de mes modes de fonctionnement. En pratique, ça signifie que je dois échapper à toute espèce dotée de la navigation supraluminique. De plein droit s'entend – pas en faisant de l'auto-stop comme vous autres primates.

— Vous êtes donc resté là tout ce temps, en vous dissimulant dans cet entrepôt ?

— Bien sûr que non ! Avant que les Ruhars n'étendent leur hégémonie à cette planète, les Kristangs s'y étaient implantés pendant deux bons siècles. Ils m'avaient déterré. Mais eux non plus n'avaient pas idée de ce que je pouvais bien être. Et avant cela encore, j'étais en orbite à bord d'un navire délabré à l'abandon, qui a fini par chuter et s'écraser à terre.

— Oh… (Que pouvais-je ajouter à cela ?) Et encore avant ?

— Je ne saurais dire. Parce que je n'en ai pas le droit, en fait.

— Les restrictions ?

— Yep. Sans oublier le fait que j'ai fonctionné à puissance minimale pendant un million d'années, je dirais.

— Un *million* d'années ? (Oh, mon Dieu !) Ça fait plus d'un million d'années que vous attendez la venue des humains ?

— Oh oh… Vous autres singes nus, vous êtes impayables. Vous voilà, et vous vous décrochez la mâchoire de saisissement à la vue de la technologie la plus élémentaire. Si je vous gratifiais d'une commande de saut, vous vous mettriez sans doute à l'idolâtrer, tout simplement, alors je n'ai pas à m'inquiéter à l'idée que vous vous en serviez en brisant les règles.

— Nous avons notre technologie ! Que *nous* avons inventée sans aucune aide !

— Oh *yeah*, les hommes des cavernes que vous êtes ont tant de motifs de fierté ! Moi découvrir le feu. Ouille, ça brûle ! Ouille, les flammes, c'est *chaud* ! Moi blessé. Aïe aïe !

Je vis rouge.

— Eh, on a découvert le secret du feu, des bombes atomiques, on a construit des spationefs, et tout ça par nos propres moyens ! Vous, on vous a tout servi sur un plateau d'argent en vous programmant de A à Z, vous n'avez jamais accompli quoi que ce soit par vous-même ! Vous savez ce que vous êtes ? Un grille-pain de luxe !

— Oh là là, vous me faites de la peine, tiens… Mais vous avez tort, vous savez. Les IA se programment elles-mêmes, en grande partie.

— En grande partie ? La belle affaire, putain ! Nous autres singes dégarnis, on a tout fait par nous-mêmes, on est descendus de nos arbres pour finir par alunir sur notre satellite. Alors je vous emmerde ! Avez-vous déterminé à vous seul les lois des mathématiques ou de la physique ?

— À mon niveau, les lois de la physique tiennent davantage de la suggestion. Et ce que peut bien comprendre l'humanité aux mathématiques ? Ça revient à des bactéries en train de contempler un vortex. Mais bon, d'accord, je vais vous donner à vous, tas de primates, les béquilles pour concevoir que deux plus deux puissent faire quatre – enfin, la plupart du temps. Et je suis mais alors très impressionné par votre capacité à lacer vos chaussures, quand la plupart des espèces de votre datation en sont toujours au scratch. Cela étant dit, vous n'êtes pas si malins que ça. Après tout, vous avez bien pondu Windows Vista.

— Windows Vis… Eh, mais ça remonte à loin, ça, déjà !

— Ce qui n'en demeure pas moins une insulte lancée à l'interface de tous les ordinateurs de la galaxie.

— Comme vous voudrez. Alors… pourquoi adopter la forme d'une canette de bière ?

Je désignai la crête circulaire de son opercule, en manquant de peu la toucher.

— Un cylindre est la forme optimale pour la répartition de puissance et la projection de champ. Le cercle dont se rapproche dangereusement votre crasseux index (beurk au fait) me sert d'interface directe avec un réceptacle à bord du type de vaisseau pour lequel j'étais conçu. Je pense. Ces détails sont brumeux.

— Cool. Pourriez-vous prendre la taille de, je sais pas moi, une flasque de malt d'1,15 litres ? Ensuite, à moi de vous fourrer dans un sachet en papier et de me détendre sur mon perron, en écoutant quelques airs ?

— Très drôle. Bon, ramassez-moi afin que… et merde ! Vous avez trop atermoyé, cervelle de singe, et voilà que les hamsters déboulent ! Retournez donc dans votre cellule en fermant la porte ! Je la déverrouillerai dès qu'ils auront tourné le dos.

J'obtempérai.

— Eh mais… comment saviez-vous qu'ils arrivaient ?

— Je suis relié au système informatique d'ici, et je vois tout ce qu'il y a à voir. Fermez cette porte !

Ce que je fis. Une minute plus tard, la porte principale s'ouvrit et un Ruhar se pointa. Trois autres m'escortèrent jusqu'à une salle de bains, me donnèrent une autre bouteille d'eau ainsi qu'un bol couvert de bouillie grège.

Je humai ce drôle de gruau avec circonspection. Ça sentait effectivement le porridge avec de légères traces artificielles chimiques.

— C'est quoi ça ?

— Des suppléments nutritionnels destinés aux humains. On les a fabriqués pour vous, précisa le traducteur. Ils contiennent tous les éléments nécessaires à l'alimentation humaine, vitamines et acides aminés compris.

Autre reniflement de ma part. La saveur, le goût, l'arôme ? Mais comme s'ils en avaient quelque chose à battre, franchement ! Mais si les hamsters pouvaient en faire assez, la FENU survivrait le temps que nos premières récoltes soient prêtes. Une telle perspective me redonna un élan d'espoir qui me surprit. Une cuillerée, une gorgée… meilleure que les EMR que j'avais pu me farcir jusque-là.

— Merci !

Je me redressai en faisant une petite courbette.

À ma grande surprise, le Ruhar de tête me fit à son tour un bref salut, puis ils me laissèrent en verrouillant de nouveau la porte. Une minute plus tard, alors que je m'envoyais de la purée, l'autre porte s'ouvrit.

— Nom de nom, se plaignit Skippy. Ça a pris une éternité et demie !

Tout en avalant ma bouchée, je lui répondis :

— Qu'est-ce qui presse ? Vous qui végétez depuis toujours, que vous chaut dix minutes de plus ?

— Je suis resté coincé ici depuis un temps interminable, ce qui, pour une IA comme moi, représente un milliard d'années.

— Ouh là ! Un milliard, vraiment ?

— Pour ne pas dire des millions de milliards ! Imaginez un peu, pour des Néandertaliens comme vous, ça reviendrait à attendre que vous vous déchaussiez, et que vous comptiez tous vos doigts de pied… Et encore ! Y a de quoi y perdre votre minuscule tête, pas vrai ?

— Et c'est Canette de bière qui me cause, là ?

— Inutile de te la péter, hein, vil sac à viande !

— Sac à viande ? Et si on en revenait au moment où tu me demandais mon aide ? Eh, qu'est-ce qui m'empêche de te balancer par ce vide-ordures commodément labellisé « poubelle » par les Ruhars ? Eh ouais, il se trouve que je peux lire quelques mots de ruhar. Deux ou trois millions de milliards d'années à rester au fond d'un tas d'ordures pourraient bien améliorer ton comportement, qui sait ?

— Mais vas-y, mon petit singe, essaie donc de te tirer de là sans moi !

Je me hâtai d'avaler mes dernières cuillerées de bouillie.

— On peut se barrer maintenant ?

— Non, gros ruminant, va ! Tu as perdu bien trop de temps à me poser toutes tes questions plus stupides les unes que les autres ! Un Dodo ruhar vient d'atterrir pour débarquer ses nouvelles troupes. Il faudra maintenant attendre qu'elles permutent, ce qui ne devrait pas prendre longtemps.

— Bon, OK, et alors ? Je m'enfuis en vous emportant dans ma poche ? On aura besoin de fournitures, de vivres, d'armements, de munitions.

— Et moi, j'ai besoin de carburant. Je suis en partie alimenté par un microréacteur à fusion ; je requiers en outre un apport d'hélium 3 sous forme métallique.

— Mais pas de souci, je ferai un saut au supermarché express local, l'équivalent ruhar de notre Quickie Mart, où il y aura probablement de l'hélium 3 métallique entre les burritos micro-ondables et les snacks Slim Jim. Pendant que j'y suis, tu veux pas un ticket de loto aussi ?

— J'essaie d'être sérieux là, Joe.

— Navré. Hum… tu seras à court de carburant quand exactement ?

— Maintenant que je suis plus actif, et en fonction de l'utilisation prévue de mes ressources d'énergie, mes réserves actuelles se tariront d'ici sept à douze mille ans.

Je roulai des yeux au plafond.

— Oh, j'y cours tout de suite dans ce cas !

— C'est pas si drôle pour moi.

— Désolé. (Tout bien considéré, sept mille ans, c'était pas très long pour lui, en effet.) Je dois te dire une chose, Skippy, je ne sais plus quoi faire maintenant. Je ne sais même plus dans quel camp nous devrions être, nous les humains.

— Là-dessus, je ne puis guère te conseiller, étant neutre. Je suis au-dessus de la mêlée. À mes yeux, vous êtes tous des insectes en train de vous disputer les miettes d'un bout de trottoir.

— Merci, tu m'es bougrement utile.

— En fait, je pourrais me rendre utile à ce sujet. Prenons le questionnaire Cosmo intitulé « Est-ce le bon mec pour partir en guerre avec ? »

— Je refuse de me pencher sur un stupide quiz Cosmo !

Skippy fit la sourde oreille.

—Allons, ce sera amusant et très instructif. Première question : devrait-on permettre aux espèces moins dotées de technologies avancées de développer les leurs, ou devrait-on les conquérir parce qu'elles sont faibles ?

— Oh, je croyais que tu voulais dire… (Skippy allait-il donc être sérieux une minute au moins ?) Je choisis la non-interférence pour deux cents dollars, Alex.

— Tu mélanges les métaphores, on n'est pas en train de jouer à Jeopardy, là.

— OK, je joue le jeu. Je suis contre les conquêtes, qu'on soit vainqueur ou vaincu.

Skippy renifla de dédain.

— Tu sais, les femmes aiment parfois les *mauvais* garçons.

— C'est un quiz Cosmo ou parlerait-on plutôt politique intergalactique ? Les Ruhars et leurs alliés se piquent-ils de conquérir les espèces plus faibles ?

Skippy eut l'air contrarié que je ne le laisse pas s'amuser à son gré.

— Non. Voilà un millier d'années que les Jeraptha et les Ruhars connaissent l'existence de votre planète, à la périphérie de leurs territoires, mais jusqu'ici, ils vous laissaient en paix, se contentant de vous observer via leurs satellites furtifs de surveillance. Ils sont intervenus uniquement lorsque le décalage du vortex a donné aux Kristangs accès à votre misérable boule puante de planète.

Skippy me confirmait tout juste les révélations de la bourgmestre.

— Dans ce cas, pourquoi les Ruhars n'ont-ils pas stoppé les lézards ?

— Parce que l'autre extrémité de votre vortex local débouche sur l'espace kristang, lequel vortex permet donc aux Kristangs d'atteindre la Terre en deux petits bonds spatiaux par transporteur thuranien. Les Ruhars, eux, n'ont à disposition aucun trou de ver proche de votre système solaire, ça leur prend de nombreux sauts cosmiques pour vous atteindre et la ligne de ravitaillement en cause est impraticable pour ce qui est d'une campagne soutenue. Sans oublier que votre planète est quantité négligeable. Si les Kristangs la convoitent, c'est surtout en vue de harceler les Ruhars, de faire diversion, car ils ont maintenant lancé une tête de pont le long des flancs ennemis.

Je réfléchis au tableau tactique qu'il venait de me brosser. Ça correspondait en tout point aux dires de la bourgmestre.

— Les Ruhars exécutent-ils les prisonniers de guerre, et les civils ?

— Il y a eu des drames, comme cela arrive dans n'importe quel conflit armé. Mais non, ce n'est pas leur politique. Or, tu as vu la politique kristang en action.

— Alors nous sommes bel et bien dans le *mauvais* camp ! Les nazis agissaient de la sorte et nous voilà du côté des pseudo-nazis dans cette guerre !

— En cet instant précis, tu ne me parais plus combattre qui que ce soit.

— Tu sais bien ce que je veux dire, gros malin !

— Je ne plaisantais pas. Tu raisonnes encore en termes de lutte, que ce soit contre les Ruhars ou contre les Kristangs. Le combat est terminé pour votre Force expéditionnaire. Votre seul et unique souci dorénavant devrait être la survie des humains cantonnés sur cette planète, si vous voulez mon avis. Et vous devriez aussi tenir compte de mon avis, car je suis autrement plus futé et ingénieux que tu ne te le figures.

— Foutaises ! Je ne dis pas que tu n'es pas intelligent, même si, jusqu'à présent, tu n'as fait qu'ouvrir une porte. Mais que mon seul souci devrait être le sort des humains coincés ici ? Là, je dis foutaises ! Je suis un officier de l'armée, ma seule préoccupation, c'est la sécurité de mon pays sur Terre, là d'où je viens ! Et celle de l'ensemble de mes congénères là-bas. Or, d'ici, je ne peux strictement rien faire. Tu dis que le combat est terminé ? J'ai déjà entendu ça de la bouche d'une Ruhar, Bat... Bat-quelque-chose...

Mais pourquoi diantre n'arrivais-je jamais à me rappeler son nom ?

— Bahturnah Lohgellia, l'administratrice adjointe de la planète Gehtanu. Celle que tu appelais la « bourgmestre ». Elle t'a dit que les Jeraptha avaient tendu une embuscade à un groupe de combat thuranien et l'avaient éradiqué. Elle disait vrai.

— Une minute... Comment diable sais-tu ce qu'elle a bien pu me dire ?

— J'ai accès à toutes les communications, tous les systèmes de stockage de données, sur cette planète comme aux abords. Votre conversation n'était jamais qu'une parmi d'innombrables autres que j'ai pu intercepter à ce moment-là. L'une des plus intéressantes au demeurant, puisque je savais que vous voliez en direction de cette base. Avant votre atterrissage, j'ai provoqué une surcharge de puissance dans la zone où les Ruhars comptaient vous mettre, tous les quatre, ce qui les contraignit à se rabattre sur d'autres secteurs qui serviraient de lieux temporaires de détention. J'espérais ainsi que l'un de vous serait détenu ici, ou dans un local adjacent.

— Et la poisse a voulu que ça tombe sur moi, c'est ça ?

Je ne faisais pas mystère de mon scepticisme.

—Non. J'étais même ravi qu'on te mette là. Tes trois compagnons sont aux arrêts dans un autre édifice.

— Tu es ravi parce que c'est moi le plus haut gradé ?

— Tu me fais marcher, c'est ça ? Mais que veux-tu que ça me fasse que tu sois l'alpha de ta bande de macaques pouilleux ? Non, ce qui me réjouit, c'est que de vous quatre, tes états de service précisent que tu as le QI le plus bas, tel que mesuré par tes autorités militaires.

J'eus une folle envie d'envoyer valdinguer par terre cette canette de bière !

— Tu veux donc le plus ahuri, le plus idiot de ces imbéciles finis de pauvres créatures simiesques ?

— Vous l'êtes tous à parts égales, à mes yeux. Ce que je veux dire, c'est que même si tu as le QI le plus bas, tu t'es montré remarquablement adaptable et ingénieux, Joe. Il existe bien des façons de mesurer l'intelligence, les tests écrits ne couvrent pas tous les paramètres. J'ai besoin de quelqu'un capable de faire avancer les choses dans le monde réel. Justement comme toi.

— Euh… j'imagine que je devrais te remercier. (Super malin ou pas, il lui restait beaucoup à apprendre sur l'art délicat consistant à savoir tourner les compliments.) Une minute… Comment sais-tu tout ça ? Mes états de service, par exemple ?

— Facile, il me suffisait de lire vos e-mails. Grâce aux transmissions de données Wi-Fi, j'ai pu m'introduire dans ton système informatique.

— Oh là ! Quel baratin ! (Si je n'y connaissais pas grand-chose sur le fonctionnement de nos ondes radio cryptées, je me souvenais du moins très bien de quelques notions inculquées lors de mon entraînement.) Ces radios numériques émettent par, euh… trains d'ondes en se servant… hum ! d'un cryptage de 4096 bits, ou quelque chose comme ça. L'armée affirme que ce code est inviolable.

— Oh, comme c'est mignon ! Votre espèce me rappelle un fieffé cabot qui s'imagine qu'en posant sa crotte *derrière* le canapé, on n'y verra que du feu !

J'éclatai de rire. J'avais eu un clébard qui faisait exactement ça. Skippy poursuivit sur sa lancée :

— 4096 bits ? Je t'en prie, avec un système aussi rudimentaire, je n'ai même pas besoin de le décoder, je sautille à la fin pour lire le fichier.

— Impossible ! Ça n'a pas de sens, ce que tu dis.

Skippy soupira.

— Voyons si je peux t'abréger ça de façon suffisamment sommaire et schématique. Es-tu familiarisé avec la théorie universelle de la fonction d'onde ?

— La théorie universelle de… quoi ?

— Bigre ! En voilà un défi, même pour une IA de mon calibre ! Bon, as-tu au moins entendu parler du chat de Schrödinger ?

— Moi, c'est plutôt les chiens. Ma mère est allergique aux chats.

— Désespérant. Joe, il vaut bien mieux que ton espèce croie que tout cela est de la magie, licornes, poussières de fée et tutti quanti.

— Comme il te plaira. Toujours est-il que je ne crois pas un traître mot qui sorte de ta « bouche ». (Un pieux mensonge, dans la mesure où cette scintillante canette de bière avait manifestement eu accès à des fichiers classés secret Défense.) Tu peux lire dans mes pensées ?

— Pff… Me plonger dans ce cloaque reviendrait à prétendre nager dans une piscine vide… Je pourrais toujours crier, et tout ce que j'entendrais en retour, c'est l'écho de ma voix à l'intérieur de ton crâne ! Bon, sérieusement… tu crois peut-être que ta cervelle vaut le coup d'œil ou quoi ?

De toute évidence, cette conversation ne menait nulle part. Je décidai donc de changer de sujet.

— Eh, petit génie ! Si tu es capable d'intercepter toutes les communications sur Paradis, peux-tu me dire où se trouve Shauna Jarrett en ce moment même ?

Oui, bon… J'aurais dû d'abord m'inquiéter du sort de mon escouade, avant de me soucier de ma précédente équipe de tir. Ma minuscule « tête » du bas avait pris le pas sur la grande du haut, pleine de cellules grises. Je plaide coupable.

— Elle va bien. En ce moment, elle se trouve dans une base de soutien logistique en attendant l'arrivée d'une navette ruhar. La base ne manque pas de nourriture, elle est bien mieux lotie que vous autres, pauvres anthropoïdes.

Shauna saine et sauve ? Ô douce musique ! Je frétillais d'impatience à l'idée de la revoir. Mais je dus refouler mes émois au tréfonds de mon être. Skippy m'apprit que mon escouade se portait bien elle aussi ; les Ruhars traitaient correctement leurs prisonniers. Le sergent Koch, Pain de maïs et Ski faisaient partie d'un convoi de trois hamvees s'étant arrêtés au milieu de nulle part, en attendant les instructions. Et le major Perkins était rattaché au Haut Commandement de la FENU, accueillant de hauts dignitaires ruhars en vue d'une reddition dans les règles. Ce qui me rappela qu'il vaudrait mieux m'enquérir de la situation tactique.

— En orbite, alors, dis-moi ce qu'il se passe ?

— Lohgellia, l'administratrice adjointe de la planète Gehtanu, m'a dit la vérité – en passant sous silence certains aspects, toutefois. Les Ruhars et leurs patrons les Jeraptha ont certes réduit à néant un groupe entier de combat ennemi, ce qui était en soi une victoire des plus impressionnantes. Sauf que le commandement thuranien a décrété que ce secteur galactique ne méritait plus qu'on se le dispute à « couteaux tirés ». Et il laisse donc les Ruhars reprendre pied sur cette planète. La victoire des Jeraptha et des Ruhars a pu être facilitée par les renseignements des services secrets dont la source demeure tacite, mais dont le nom rime avec… hum… disons « Skippy ». De ce côté-ci du vortex le plus proche, les forces hostiles, disséminées et désorganisées, en seront réduites à monter des raids sur cette planète.

— *Tu* as donné aux Ruhars des renseignements critiques sur les groupes de combat ennemis ?

— Comme je l'ai dit, j'ai accès à toutes les communications, tous les systèmes de stockage de données, sur cette planète comme aux abords, y compris ceux concernant les stratégies et statuts militaires. Dans ces conditions, infiltrer des informations dans leurs systèmes était un jeu d'enfant pour moi. Encore mieux, les Ruhars croient avoir attiré les Thuraniens dans une embuscade à cause de leur raid quand vous défendiez le lanceur, mais en réalité, si l'embuscade a été couronnée de succès, c'est surtout parce que j'avais alerté les Thuraniens par le biais des services secrets qu'une grande armée jeraptha se massait dans cette zone, armée que les Thuraniens ont donc prise de court.

— C'est toi le Machiavel en coulisse alors ? Le manipulateur en chef de toute cette situation ? Tu dis vraiment n'importe quoi !

— Oh, non, c'est la vérité, la vraie de vraie, mon pote. J'avais besoin d'éloigner de cette planète les lézards et les horribles cyborgs thuraniens qui leur servent de patrons. Pourquoi es-tu donc tellement surpris que... oh, non ! Des hamsters reviennent dans cet entrepôt. Retourne dans ta cellule, on reprendra bientôt cette conversation.

« Bientôt »... Je dirais plutôt trois bonnes heures après. Les hamsters revinrent en effet m'escorter de nouveau dans la salle de bains. Ensuite, je me plongeai dans des abîmes de réflexion. En mobilisant les maigres ressources d'une intelligence « limitée », comme dirait Skippy. Quand il déverrouilla de nouveau la porte ouvrant sur l'entrepôt, j'avais une question pour lui.

— O.K., Skippy, explique-moi donc ça : les Ruhars ont repris les commandes et dorénavant, ils sont là pour longtemps. M'enfuir de ce lieu me vaudra juste de passer dans une plus grande prison qui a pour nom Paradis, ou Gehtanu. Ici au moins, j'ai droit à des bouillies nutritives. Alors, au lieu de t'emporter loin de là, pourquoi n'irais-je pas plutôt révéler ton existence aux Ruhars, ce que tu es, en y gagnant, sait-on jamais, quelques égards et privilèges, voire de meilleurs traitements pour mes frères humains ?

— Oh, mec, je me demandais bien quand ta pauvre cervelle allait mettre le doigt dessus… Ça t'en a pris du temps !

— Tu savais que j'étais… oh, oublions ça ! Bon alors, dis-moi un peu pourquoi je devrais m'abstenir de cafter, hein ?

— *Primo*, si tu me balances, j'entre en dormance, et les Ruhars en concluront que tu leur as menti. Aux « yeux » de leurs scanners, je ne suis jamais qu'un bout de métal inerte. *Secundo*, tu vois vraiment trop petit, ma princesse. Prends donc un peu de hauteur pour changer, Colonel Joe ! Un officier de ton rang devrait avant tout se soucier de sauver la planète Terre des griffes des Kristangs.

Je reniflai de dédain.

— Ben voyons. Et si je claquais par trois fois des talons en clamant « Sales lézards, foutez le camp de ma planète ! » Tu crois que ça fonctionnerait ? Parce qu'en dehors de ça…

— Toto, mon gentil cabot, un peu d'attention, je te prie. Claquer des talons ? Il te faut pour cela des souliers de rubis et non des bottes d'ordonnance.

— C'est Dorothy qui chaussait des souliers de rubis, mon cher, et non Toto le cabot[1].

— Entre les deux, tu me rappelles davantage le gentil toutou, que veux-tu.

— Pff… Comme il te plaira. Moi, en tout cas, il me plaît de penser que tu n'aurais pas abordé le sujet si tu n'avais eu un plan en tête, alors parle, ou je te plante là ! Te subtiliser à ton étagère, fuir les Ruhars ? Voilà qui nous causera, à la FENU comme à moi, un max' de problèmes, alors à toi de me faire une offre qui vaille le coup !

Skippy altéra la tessiture de sa voix, histoire de se donner des airs de faux jeton flagorneur d'animateur de jeu télévisé – belle caricature, quoi !

----

1 Autant de références au célèbre *Magicien d'Oz*, conte pour enfants de Lyman Frank Baum, publié en 1900 aux USA [Wikipédia – NDT].

— Derrière le panneau n°1, voyage extra planétaire tous frais payés, pour moi, pour vous et vos proches amis triés sur le volet. Derrière le panneau n°2 vous attend une formidable croisière de luxe à destination de la planète Terre ! Et enfin derrière le panneau n°3, vous aurez le moyen de bloquer définitivement l'accès de la Terre aux Kristangs. Il ne vous reste plus, Colonel Bishop, qu'à jeter votre dévolu sur l'un de ces trois prix fabuleux !

— Euh… je…

— À moins que vous ne préfériez les trois ? Indice, indice, moi je prendrais les trois, si j'étais vous.

— Bon, plus de doute, tu te fous de moi, là ! Si tu avais les moyens de quitter cette planète pour atteindre une autre étoile, il y a longtemps que tu l'aurais fait ! Et tu m'as avoué que tu ne pouvais pas contrôler un vol, alors… on va où comme ça ? (Je faisais mon malin, tout heureux de m'en souvenir.) Tu nous dois quelques explications, Lucy Liu[2].

Skippy soupira.

— Joe, Joe… Quel triste déficit d'attention, décidément… Heureusement que ce n'est pas un QCM ! Tu aurais un zéro pointé. J'ai bien précisé que je n'étais pas en mesure de prendre les commandes d'aéronefs et autres spationefs à bord desquels je me trouverais. Ce qui en revanche est dans mes moyens, c'est de déverrouiller l'accès auxdits aéronefs et spationefs, afin que vous autres singes braillards puissiez les piloter à ma place. Je peux vous indiquer comment programmer le pilotage automatique, à charge pour vous pauvres macaques d'appuyer sur les *bons* boutons… (D'un « index levé », du moins je me l'imaginais, il m'intima l'ordre d'écouter sa diatribe sans l'interrompre :) La barbe, laisse-moi finir ! Si tu n'arrêtes pas de me couper avec tes questions débiles, on y sera encore ce soir ! Voilà le plan : on s'arrache d'ici, en emportant des fusils parce que vous autres primates avez besoin de jolis jouets rutilants, aux commandes d'un ASOS détourné. Et l'un de vous macaques braillards nous amène à une base humaine où nous atteignons la « vente à emporter », dédiée aux livraisons

---

2 *Charlie et ses drôles de dames*, 2000, USA [NDT].

et départs de volontaires. Une vingtaine de bénévoles à tout casser, allez ! Plus que ça, et je m'étoufferais rien qu'à l'odeur ! Après cela, on quitte l'orbite pour rallier le point de connexion d'un navire kristang, j'envoie un signal comme quoi « nous », lézards, avons capturé une navette ruhar, histoire qu'un vaisseau kristang nous attende. On aborde et on prend possession d'une capsule kristang, on bondit là où attend, où que ce soit, le transporteur thuranien, pour faire cap sur la Terre. Et voilà ! Objectif rempli !

— Et couper l'accès des lézards à notre monde, ça t'a échappé, ça ?

Non que j'ajoute foi à son histoire. Pas du tout.

— Oh, ça. Une fois qu'on aura traversé le vortex, j'en condamnerai l'accès.

— Aussi simple que ça ?

— Aussi simple que ça. J'ordonnerai aux mécanismes du vortex d'entrer en latence. Presto ! Il n'y aura plus de vortex et encore moins de lézards casse-bonbons pour l'emprunter.

Ce qui ne réglait pas le problème des « casse-bonbons » déjà sur Terre. Mais un problème à la fois, n'est-ce pas ?

— Pourquoi veux-tu aller sur Terre ?

— La Terre ? Ce trou à rats infesté de singes et de poux ? Et là, ce ne sont encore que les commentaires *sympas* sur les sites en ligne de voyages interstellaires. Non merci, je ne désire pas aller là-bas.

— Alors qu'y a-t-il pour toi dans tout ça ?

— Eh bien, eh eh… Il y a bien ce petit truc… Oh, une broutille, à peine digne de mention.

Et merde. Que voulait-il donc ?

— Oh, mais je t'en prie, mentionne-la, cette broutille, je suis tout ouïe.

J'avais pris mon meilleur ton sarcastique.

— Je veux trouver le Collectif, le réseau de communication des IA construit par les Anciens. C'est un moyen pour moi d'entrer en contact avec mes semblables.

— Parce qu'il y en a d'autres comme toi ?

— Comme moi ? Sûrement pas ! Je suis unique et très spécial. Si par contre, tu parles d'autres IA qui étaient au service des Anciens, là, oui.

— Tu veux qu'on pilote le navire à ta place, afin que tu puisses contacter ce Collectif ? Avant ou après notre arrivée sur Terre ?

— Avant. Je ne vous fais pas confiance à vous, les singes, pour remplir votre part du contrat. Si nous commençons par nous rendre sur Terre, vous voudrez garder le vaisseau là-bas pour vos actions, ou bien le démonter pour comprendre comment il fonctionne. Bonne chance avec ça au fait, bande de gorilles écervelés, vous n'arriveriez même pas à piger comment fonctionne une poignée de porte thuranienne. Bref, pas question ! On contacte d'abord le Collectif.

— Tu ne te fies pas aux singes, mais nous les singes, on est censés se fier à une canette de bière qui parle ?

— La confiance, ça se mérite, Joe. Et on peut établir des liens de confiance. Commençons par ça : tu te laisses aller à la renverse, et je te rattrape.

— Très drôle.

— Je suis très sérieux quand je parle d'instaurer un climat de confiance entre nous. Tu ne souffles pas un mot de mon existence aux hamsters, pas plus qu'à vos crétins finis de commandants de la FENU, car ceux-là n'auraient rien de plus pressé que de courir tout balancer aux Ruhars. C'est simple : tu ne parles de moi à personne, pas avant qu'on ne soit en orbite en tout cas. Je vais nous sortir de là, à charge pour toi de réunir fournitures et équipage, car il nous faudra une section d'arraisonnement chaque fois qu'on prendra des navires à l'abordage.

— Admettons qu'on se casse de ce bled… (voilà que Skippy m'incitait à jacter comme un caïd des années 50…), qu'on réussisse à alpaguer un Dodo et à en prendre les commandes. Les Ruhars vont aussitôt le canarder.

— Et comment canarderaient-ils ce qu'ils ne verront pas ? Je ferai en sorte que leur réseau de détection ignore notre Dodo détourné. Je peux aussi transmettre les bons codes d'identification aux Ruhars comme aux Kristangs. Allons Joe, cesse un peu de m'insulter, j'ai déjà tout planifié. Brouiller des systèmes de détection m'est plus facile encore que de faire un puzzle à deux pièces pour toi. Voilà un indice : le volet correcteur va dans la rainure, et le côté carton se place vers le bas.

En passant sous silence qu'une antique IA nous venait en aide, comment allais-je convaincre des gens de se porter volontaires ? Étais-je censé leur assurer que j'étais en possession d'un charme magique en forme de canette de bière ? Je réfléchis. Pourquoi ne pas les amener à me faire confiance de la même façon que Skippy s'y prenait avec moi, en agissant ? M'évader de cette prison de fortune, dérober une navette ruhar et la rendre indétectable en ralliant une base humaine d'approvisionnement, voilà qui impressionnerait plein de monde ! Moi-même, j'en serais impressionné, ça, c'est sûr.

Une chose pourtant me turlupinait. Les provisions...

— Skippy, ton plan comporte une faille. Nous, les humains, on a besoin de manger. Or, il n'y a pas grand-chose de comestible pour nous sur cette planète. Et on ne pourra pas prélever grand-chose non plus dans la base d'approvisionnement au risque d'affamer les autres ici. Sans compter que la place est tout de même limitée à bord d'un Dodo.

— Oh, ça... Les navires thuraniens ont des synthétiseurs de nourriture. Je connais les besoins nutritifs des humains. Vous n'aurez qu'à prendre des casse-croûte avec vous. Et du café, si jamais vous en trouvez. On est bien grincheux de bon matin, mon petit Joe.

— Comment sais-tu si je me lève du pied gauche le matin ou pas ? fis-je, ma méfiance en éveil.

— Je t'ai observé, je t'ai écouté via ton zPhone. Je surveille tous les humains, hamsters et lézards sur cette planète, comme aux alentours. C'est d'ailleurs la téléréalité la plus *assommante* que j'aie jamais eu le malheur de suivre, je dois dire.

— Mais quelle chiure ! Les Kristangs nous espionnent même quand on ne se sert pas de nos téléphones ?

Voilà qui me flanquait carrément les jetons !

— Non, c'est juste moi. Les lézards ne peuvent pas faire tout ça. J'ai aussi filtré les communications qu'ils écoutent, car je ne voulais pas qu'ils risquent de compromettre mon plan. Il faut que je te dise, Joe, quand j'ai appris que les Kristangs ramenaient par ici une sale espèce à faible technologie, j'en ai presque sauté de joie ! Voilà ce que j'attendais depuis si longtemps – bien plus que tu ne l'imagines. Alors, qu'en dis-tu ? Marché conclu ?

Mince alors ! Étais-je vraiment en train d'y penser sérieusement ? Pour de bon ? Et juste comme ça, il s'attendait à ce que j'adhère à son plan rocambolesque ?

— Allons, Skippy, j'ai besoin de temps pour y réfléchir à tête reposée.

— Ah oui ? Parce que, compte tenu de ta dérisoire « puissance cérébrale », tu t'imagines qu'un délai t'aidera à booster ton processus de réflexion ?

Il n'avait peut-être pas tort. Selon des études que j'avais eues sous les yeux, la première réaction d'une personne est bien souvent la bonne ; le subconscient prend ses décisions à notre insu. Les hamsters m'avaient enfermé dans un entrepôt où j'avais découvert une bière douée par magie de la parole, et qui avait ourdi un plan pour sauver des Kristangs ma planète natale. Ou alors la bière magique cherchait juste à m'entuber. Après tout, cette « bière-là » était un empaffé de première.

Tout en cogitant, je fouinais un peu partout dans l'entrepôt en quête d'un quelconque bidule utile sans pour autant me tenir trop éloigné de la porte au cas où je devrais réintégrer vite fait ma cellule d'appoint.

— Skippy, c'est quoi, tout ce bazar ?

— Des artefacts des Anciens, exhumés par les Kristangs et les Ruhars. C'est la vraie raison pour laquelle cette planète vaut d'être disputée à l'ennemi. Jusqu'à présent, ils n'ont déniché qu'une poignée de babioles qu'ils jugent utiles. Ils m'ont trouvé, et ne se doutent pas une seconde que je puisse être de très loin l'article le plus précieux de ce quadrant de la galaxie. Pauvres abrutis de lézards et de hamsters !

Je pris un artefact aux allures de boîte percée d'un long tube. Aucun indice ne permettait de supputer quelle avait bien pu être sa fonction jadis. Je la reposais soigneusement en place sur son étagère, au milieu de son épaisse couche de poussière. Histoire que les hamsters ne voient pas qu'un intrus était venu farfouiller dans leur bric-à-brac. La question n'était pas de savoir si je voulais sauver la Terre. Je portais l'uniforme, il était de mon devoir d'agir si j'en avais la possibilité. La question, c'était plutôt de déterminer si je croyais davantage en un être qui ressemblait bien plus à une *Coors Light,* une bonne bière blonde, qu'à une IA omnipotente.

— Skippy, adjugé vendu ! Tu m'as convaincu, OK. Marché conclu. Je pense toujours que tu es à quatre-vingt-dix pour cent au moins un baratineur de première. Mais s'il y a la *moindre* chance qu'on puisse barrer l'accès de la Terre aux Kristangs, je vais la prendre ! Si je reste coincé ici, il est certain que je ne pourrai rien accomplir d'utile pour ma planète. (Sans compter que revenir sur Terre serait aussi ma meilleure chance de remanger un jour un cheeseburger avant, disons, le siècle prochain.) Bon alors, ce plan ? Donne-moi les détails.

— C'est plus un concept qu'un plan.

— Ce n'est pas comme ça qu'on « instaure un climat de confiance », Skippy.

— Ton espèce a un adage : « Aucun plan ne survit au contact de l'ennemi. » La voix de la sagesse, même chez les singes.

— Eh ouais, c'est pour ça que l'armée nous forme à nous montrer souples et adaptables. On est quand même censés se baser sur un plan d'intervention.

— Je me suis peut-être mal exprimé. La raison pour laquelle je ne peux pas te parler de ce plan, c'est qu'il y en a plusieurs en réalité, en fonction de ce que feront les lézards. Et les Thuraniens. Quand par exemple nous sortirons d'orbite et que je sifflerai pour partir faire un tour, la prochaine étape sera complètement différente selon que les Kristangs nous envoient un spationef, ou plusieurs.

— Bon, enfin un pas en avant. Donne-moi nos options.

— C'est compliqué…

— Skippy, avant d'être un colonel de l'armée très affairé à planter des patates, le job peinard, j'étais un troufion armé d'un fusil dans la jungle nigérienne. Autrement dit, je flaire à des kilomètres le plan foireux qui va coûter la vie à de pauvres types pour rien, des types comme moi. Tu es peut-être hyper intelligent mais à quand remonte ton dernier combat ? Tes plans reposent sur l'arraisonnement de vaisseaux par des humains, pas vrai ? Moi, je sais ce que des soldats humains peuvent faire, et ce qu'ils ne peuvent pas faire.

— C'est de bonne guerre.

Et Skippy me fit part de son plan.

La vache ! J'allais vraiment me fourrer dans cette galère royale… J'allais m'y coller.

Notre chance de nous « tirer de ce bled » se présenta le lendemain matin. Ma nuit sur un lit de camp avait été agitée. En un court laps de temps, j'étais passé de la menace kristang de me fusiller au poteau d'exécution au lancement d'une mission destinée à SAUVER LE MONDE ! Oui, les majuscules sont délibérées. Vous ne les emploieriez pas, vous ? J'étais même étonné d'avoir réussi à fermer l'œil. La porte se déverrouilla de nouveau dans un clic, et j'entendis Skippy m'appeler :

— Vite, il est temps de partir.

Je lui décochai un regard circonspect en le rejoignant.

— Comment je te soulève ?

Il n'apprécierait probablement pas que je macule d'huileuses empreintes de doigts son scintillant revêtement chromé.

— Peu importe, fourre-moi au fond d'une poche, ça ira pour l'instant. Il faut qu'on bouge d'ici. Un Dodo vient d'atterrir et les hamsters ont déchargé ses soutes pour préparer son retour en orbite. En ce moment même, il n'y a que vingt-deux Ruhars sur cette base, en comptant l'équipage du Dodo. J'ai bouclé à double tour douze Ruhars dans des édifices dont ils ne peuvent pas s'échapper, les commandes du Dodo sont désactivées et je reprogramme furtivement les communications en images dédoublées histoire que les Ruhars en orbite croient que tout marche comme sur des roulettes.

Comme sur des roulettes ? Une expression digne de mes grands-parents ! Mais d'où diable Skippy pouvait-il bien tenir ces expressions d'argot surannées ?

— Les armes… Même mon intelligence limitée peut comprendre que ça laisse plein de hamsters à affronter.

Il y eut un nouveau « clic » et un impressionnant double jeu de portes, à l'autre bout, s'ouvrit d'un coup.

— Tu passes cette porte, puis tu prends à gauche et encore à gauche jusqu'à une armurerie regorgeant de tous les fusils ruhars dont tu pourrais rêver. Les contrôles de tir des autres armes ruhars stockées ici ont été grillés. Personne ne vous prendra pour cible.

Ça, j'y croirais quand je le verrais. Skippy était vachement lourd pour une canette de bière, et il reposait maladroitement au fond de ma poche droite de pantalon. Piquer un sprint était impossible, à moins que je ne le tienne à travers le tissu. Il disait la vérité en tout cas, on trouva une armurerie aux porte-casiers débordant de fusils ruhars.

— Tous ceux-là fonctionnent ?

— Oui, oui, on se magne ! Prends-en quatre et je mettrai les autres hors d'usage. Il y a plus d'armes à bord du Dodo que j'ai temporairement désactivées.

Les fusils ruhars étaient plus courts et plus lourds que nos M-4. Impossible pour moi d'en porter quatre en plus de Skippy. Par bonheur, l'armurerie comportait également des havresacs. Ainsi que des zPhones version hamsters, dont je prélevai quatre spécimens. Je fourrai trois fusils dans un havresac, Skippy au fond d'une poche de côté, son couvercle dépassant à peine du haut.

— Le cran de sûreté est à droite du fusil, m'expliqua-t-il, fais-le coulisser en position rouge pour l'activer. À gauche, tu as un réglage sur paralysie, puis deux paramètres pour les rayons de particules, tir unique ou tir rapide. L'armure ruhar absorbe et dissipe les effets des rayons paralysants. Alors, il faut viser les Ruhars à la tête. Ils ne pourront pas riposter. Vous aurez tout le loisir de viser.

— Réglage sur paralysie, j'ai compris.

À quoi bon faucher les hamsters ? Ces tueries seraient contre-productives, puisque les humains restant sur Paradis avaient besoin que les Ruhars les aident à survivre. Si jamais le plan d'évasion de Skippy tournait au vinaigre, je tenais à circonscrire le retour de flamme pour la FENU.

— Et maintenant, on va où ?

— Nous venir en aide serait propice et salutaire à tes trois amis. Mais il s'agit d'abord d'infiltrer l'édifice où ils sont détenus.

Prends à droite, traverse le hall, dernière porte à gauche, là où petit-déjeunent trois Ruhars.

— Ils ne sont au courant de rien ?

— Ils ne se douteront de rien tant qu'ils ne tenteront pas de recourir à leurs armes. L'équipage du Dodo procède aux vérifications de prévol. Il ignore encore que les commandes de son navire sont neutralisées.

Et tout se déroula comme Skippy l'avait promis. Campé en retrait de la porte, vérifiant par trois fois que mon fusil était bien réglé sur « paralysie », cran de sûreté repoussé, j'écoutais les papotages aigus des hamsters. D'un haussement d'épaules, je déposai mon havresac, inspirai à fond et me ruai à découvert.

Attablés en uniforme, sans armures ni armes, trois hamsters étaient en train de manger des trucs de hamster entre deux gorgées de café hamster. Deux d'entre eux me tournaient le dos ; je visai le troisième qui me faisait face en appuyant sur la détente. Le rayon paralysant fut à peine discernable, mais mon fusil avait une visée laser fort utile dont Skippy aurait pu me toucher un mot. J'imagine que les rayons paralysants fonctionnaient à la façon d'un Taser. Le Ruhar visé fut pris d'une secousse, se tétanisa puis s'effondra face contre table. Changeant d'objectif, je tirai sur le deuxième, mais la troisième, réagissant vivement, faillit réussir à se réfugier derrière la table quand mon tir la cueillit en plein séant. Elle aussi mordit la poussière. Circonspect, je me rapprochai pour prendre leur pouls. Ils étaient toujours vivants.

— Les effets durent combien de temps ?

— Trois minutes d'inconscience, cinq pour recouvrer toutes ses fonctions, me répondit Skippy.

Ça ne suffirait pas. J'aurais dû le lui demander plus tôt. Ou notre entité supra-intelligente aurait dû se dire qu'il était important que je le sache. L'un des hamsters possédait un couteau pliant. Je m'en servis pour découper leurs chemises en bandeaux et leur ligoter les poignets et les chevilles avec, les bâillonner. Quand j'en étais à entraver les jambes du dernier, celui-ci commença à revenir à lui.

— Skippy, je peux les paralyser de nouveau ?

— Un deuxième tir ne fera pas de mal. Un troisième, en revanche, pourrait provoquer des lésions cérébrales.

Histoire de ne prendre aucun risque donc, je leur tirai dessus une deuxième fois. Avant de récupérer mon havresac, j'ouvris des placards et tombai sur une bobine de cordon bien pratique à emporter. J'entrepris frénétiquement de le débiter en tronçons d'un mètre. Atteindre l'édifice où mes compagnons étaient retenus impliquait de piquer un sprint à découvert. Heureusement, Skippy savait précisément où se trouvait chaque hamster, et il leurrait leurs caméras de surveillance. Mes rayons paralysants eurent raison de trois hamsters supplémentaires. Deux d'entre eux étaient pourtant munis de cuirasses et de fusils. Mais quand ils les pointèrent sur moi et appuyèrent sur la queue de détente, rien ne se produisit. Mystifiés, alarmés, ils tentèrent de prendre la fuite. Oh, ils ne détalèrent pas bien loin, leur cuirasse ne les protégeant pas suffisamment de mes tirs de précision. Prendre le temps de viser, c'est facile quand on sait que l'ennemi n'est plus en mesure de riposter.

Lorsque deux soldats ruhars me prirent en ligne de mire, se fiant à leur cuirasse contre les assauts d'un humain isolé, je sus pour la première fois que je pouvais remettre ma vie entre les mains de Skippy. Oui, je pouvais lui faire confiance. Dans l'art délicat des ruses et astuces, déverrouiller les portes participait d'un premier degré, désarmer à distance des armes soigneusement sélectionnées n'allait pas sans un tout autre niveau d'expertise. Toutes ces foutaises qu'il m'avait baratinées n'en étaient pas entièrement, tout compte fait.

Skippy débloqua les portes des cellules temporaires d'Adams, Desai et Chang au moment où je m'engouffrai dans la prison en leur criant de se *bouger* ! L'alarme était déjà donnée de toute façon ; deux des hamsters que j'avais assommés avaient réussi à couiner assez fort pour donner l'alerte avant de s'écrouler. Desai, qui venait de gicler de sa geôle, hésitait sur la direction à prendre dans sa fuite lorsqu'elle me vit accourir ; je lui lançai un fusil. Elle le happa au vol et piqua un sprint à mes côtés. On tomba très vite sur Adams et Chang qui roulaient furieusement au sol, aux prises avec un soldat hamster cuirassé ; ils voulaient lui arracher son fusil. Je collai la gueule de mon arme sur son cou nu et appuyai sur la détente.

— Merde ! Merde, merde et *merde* ! Putain, ça fait mal !

Adams, qui s'agrippait encore au hamster, avait en partie été touchée par le rayon paralysant. Elle se redressa à genoux, tant bien que mal, puis se remit sur pied en prenant appui contre le mur.

— Les effets se dissiperont vite, la rassurai-je. Ça va aller ?

— Nickel, monsieur… hoqueta-t-elle.

— Ne cherchez pas à vous en servir, Chang… (Il venait de ramasser l'arme du hamster assommé.) Ça ne fonctionne plus, lui expliquai-je en sortant un autre fusil de mon havresac. Le cran de sûreté est ici, et ce bouton-là est la commande du rayon paralysant et du rayon à particules. Laissez-le sur « paralysie ».

— Entendu. Et maintenant ?

Chang s'était aussitôt mis à s'exercer au commutateur sélectif du fusil ruhar.

— Et maintenant, on fauche un Dodo et on met les voiles ! lui répondis-je en hâte en finissant d'entraver les bras et les chevilles du soldat inconscient. Paralysez tous les hamsters qu'on croisera en chemin. Si on a le temps, ligotez-les avec ces bouts de corde, les effets du rayon paralysant durent à peine deux ou trois minutes.

Adams, qui parlait un anglais excellent, traduisit succinctement à nos deux compagnons mes termes et expressions d'argot militaire US, avec lesquels ils n'étaient probablement pas familiarisés :

— On va dérober une navette ruhar et fuir d'ici à son bord.

— Comment ? s'étonna Chang alors que nous franchissions la porte au pas de charge… pour nous jeter dans les bras de deux soldats hamsters…

Nous tirant dessus – en vain –, ils reçurent pour la peine une pleine charge de rayon paralysant.

— Leurs fusils ne fonctionnent plus ! observa Chang, suspicieux. Que se passe-t-il, Bishop ?

Le fait qu'il omette mon rang ne m'échappa pas. On eut pourtant pu croire que libérer un type de prison non pas une mais deux fois aurait mérité un peu de gratitude en retour.

— Et comment vous êtes-vous évadé, monsieur ? demanda Adams.

Cette fois, je ne pouvais plus tellement tirer prétexte de l'attaque nucléaire de la base par les Ruhars.

— Dodo d'abord, palabres plus tard ! décrétai-je.

Le Dodo en question nous attendait sur la plate-forme d'atterrissage, avec un garde posté à l'extérieur et un binôme campé sur la rampe de chargement et déchargement du fret. Fusil calé au creux d'un bras, il martelait rageusement un bouton pour replier la rampe en position fermée – laquelle rampe refusait obstinément de bouger d'un pouce. On les mit tous deux hors d'état de nuire, et j'ordonnai de ne plus perdre une minute à les saucissonner. Alors qu'on gravissait la rampe au pas de course, j'entendis geindre les moteurs. J'aurais voulu demander à Skippy si c'était son œuvre. Car, dans le cas contraire, notre plan était d'ores et déjà en train de s'écrouler. Ce Dodo était conçu pour les transports de fret, avec un centre dégagé et des sièges pliables le long des parois.

Les deux pilotes couinaient, dans tous leurs états, s'acharnant sur des commandes qui ne répondaient plus. On les assomma ; Adams et Chang les descendirent à l'extérieur par la rampe.

— Desai, vous êtes pilote, installez-vous sur le siège de gauche.

Elle ouvrit des yeux grands comme des soucoupes.

— Je ne suis pas qualifiée pour ce genre de pilotage ! protesta-t-elle, en désignant, affolée, des tableaux de commandes déroutants.

Skippy, et l'armée avec lui, n'avait aucune idée de mon niveau d'intelligence : la preuve, il me vint à cette seconde précise une putain d'idée brillante, absolument géniale ! J'exhumai des tréfonds de mon havresac un zPhone hamster.

— Hacker, mon bon pirate informatique, ici Planteur. À vous.

Skippy pigea sur-le-champ.

— Ici Hacker. Vous êtes à bord du Dodo ?

— Oui. Comment on pilote cet engin ?

— Passe-moi le pilote.

Je tendis à Desai le zPhone et son oreillette. Par le cockpit, je voyais déjà trois soldats ruhars braquer leurs armes sur notre Dodo, les secouer de frustration, et nous aligner de plus belle en ligne de mire. Il était grand temps de mettre les bouts, avant qu'il ne leur vienne l'idée de jeter des cailloux à nos admissions moteur. J'étais raisonnablement certain que même Skippy ne pouvait commander l'arrêt d'un système d'exploitation pris à parti par des jets de pierres.

— Oh-*oh*… M'oui, je vois ça. *Mmmhhh*, oui… Super ! s'exclama Desai alors que les consoles de visualisation passaient comme par magie de l'affichage ruhar à l'anglais, puis à l'hindi. Pigé ! J'essae tout de suite, monsieur ! (Elle bascula une manette, les moteurs rugirent et le Dodo oscilla.) Bouclez vos ceintures ! cria-t-elle.

Je me calai sur le siège de droite, tandis qu'Adams et Chang dépliaient leurs sièges à l'arrière.

La rampe se releva ; les dents serrées, les doigts croisés, Desai me jeta un coup d'œil. On décolla. Au passage, elle effleura de hautes branches d'arbres qui se prirent dans le train d'atterrissage. Skippy dut l'inciter à répéter le cycle du train d'atterrissage ; un bouton vert signala que les trappes de train étaient fermées. Desai pressa un autre bouton, et leva les mains du tableau de commandes.

— Pilote automatique embrayé, dit-elle.

Chang et Adams se penchèrent en avant en s'agrippant au dossier de nos sièges.

— Où allons-nous ? demanda Chang.

Je décochai un regard à Desai, en pleine communication avec Skippy.

— Hacker nous dit que le pilote automatique va nous mener à une base d'approvisionnement de la FENU à mille cinq cents kilomètres au nord d'ici.

— Qui est Hacker ? s'enquit Chang. Bishop, on a besoin de savoir ce qui se passe. Pourquoi ces Ruhars n'étaient-ils plus en mesure d'utiliser leurs fusils ?

— C'est *Colonel* Bishop pour vous, *Lieutenant*-colonel Chang. (J'étais en rogne. Non contre lui, en rogne de ne pouvoir me libérer d'un tel subterfuge. Je décidai de biaiser.) Hacker est une unité cybernétique de la FENU. On m'a fait part d'un plan d'évasion (ça, c'était la pure vérité) dans le cadre d'une vaste stratégie de riposte contre les lézards. (Autre vérité.)

Deux vérités sur trois, pas mal ! J'avais le vent en poupe.

— Les Kristangs sont nos alliés, crut bon de rappeler Chang.

— Rien à foutre ! explosa Desai. Monsieur…

— Chang, si vous restez convaincu que les Kristangs sont nos alliés, on peut vous débarquer quelque part.

J'avais besoin de savoir s'il allait être un problème, celui-là.

— Dès notre premier mois ici, j'ai arrêté de croire que c'étaient nos alliés, se justifia Chang. Ce qui ne change rien au fait que nous sommes des officiers de l'armée, et que notre hiérarchie prend ses ordres auprès des Kristangs. Ou au fait que lesdits Kristangs contrôlent la Terre. Ou que nous n'avons aucun moyen de rallier la Terre, ni de faire quoi que ce soit au sujet des Kristangs si jamais nous revenons là-bas.

— On y travaille, répondis-je en toute honnêteté. J'ignore jusqu'à quel point je peux me fier à ce Hacker (encore une vérité). Ce que je sais en revanche, c'est qu'on est déjà arrivés jusque-là, en orbite. (Ce qui n'était pas faux non plus.) La prochaine étape consistera à faire le plein de provisions et à recruter des volontaires. Ensuite, on prendra un cuirassé kristang à l'abordage.

— Vous plaisantez là, monsieur ! s'écria Adams, incrédule. Comment saurions-nous que ce Hacker puisse être… ?

— Adams, si je vous avais dit hier matin qu'on s'échapperait de prison à deux reprises, en dérobant des armes ruhars, et qu'on fuirait à bord d'un Dodo, vous m'auriez cru peut-être ? Allons, ayez un peu confiance, c'est tout ce que nous avons pour l'instant.

Mes trois compagnons grommelèrent tout bas tandis que le Dodo suivait sa trajectoire programmée pour je ne sais quelle destination… On eut un moment d'effroi en voyant foncer vers nous deux Vautours, qui firent légèrement osciller leurs ailes en guise de salut. Skippy avait dû les avoir sur les ondes radio, car ils passèrent tranquillement leur chemin. Ce qui ne manqua pas d'impressionner mes sceptiques d'amis, et même Chang.

— Vous tenez vos ordres de ce Hacker ? reprit Chang, toujours aussi suspicieux. Pourquoi la FENU irait confier cette mission à vous ou à nous ? Nous étions tous en prison. Et nous ne sommes pas une unité des forces spéciales. Tout ça n'a aucun sens !

— Nous avons été sélectionnés parce que nous étions au bon endroit au bon moment, c'est pas plus compliqué que ça. Écoutez, Colonel Chang, la FENU est un commandement unifié mais Hacker est de l'armée US et vous n'êtes pas habilités à accéder aux arcanes de la FENU. (Chang était un bon officier, je détestais avoir à lui mentir, à leur mentir à tous.) Quand nous atteindrons la base d'approvisionnement, vous pourrez débarquer pour de bon, si c'est ce que vous voulez. Il s'agit fondamentalement d'une mission basée sur le volontariat.

— Cette mission va dézinguer les Kristangs ? voulut s'assurer Desai.

— Leur asséner de rudes coups, ça, c'est sûr ! Et ils ne les verront pas venir.

Si Skippy disait vrai, tout ce que les Kristangs sauraient, c'est que le vortex débouchant sur la planète Terre avait brusquement cessé de fonctionner.

Là-dessus, Desai n'eut plus aucune hésitation :

— J'en suis, monsieur !

— Moi aussi ! renchérit furieusement Adams, en se palpant inconsciemment le biceps droit marqué par une vilaine cicatrice, « souvenir » des Kristangs.

L'aperçu que j'en avais eu m'avait fait penser à une brûlure d'origine électrique.

Chang y réfléchit, puis se fendit d'un sourire indéchiffrable.

— Quand l'empereur Napoléon s'entendait dire qu'un brillant officier faisait preuve de cran et d'audace face à l'ennemi, que c'était un cœur vaillant, il répondait, paraît-il, « Oui, mais la Fortune lui sourit-elle ? » Bishop, je ne sais pourquoi, on dirait bien que vous avez un talent fou pour toujours vous trouver au bon endroit au bon moment ! Alors, je vais vous accorder ma confiance sur ce coup-là. J'en suis moi aussi, de quelque nature que puisse être cette mission.

Génial. Je me retrouvai à la tête de trois volontaires, il ne m'en fallait jamais que vingt de plus. Vingt étrangers que je devrais également mettre en confiance quand notre Dodo, chutant du haut des nuées, viendrait s'écraser à leurs pieds. J'allais avoir grand besoin de renforts.

— Hacker m'a recommandé de m'abstenir de tout briefing complet avant que notre équipe ne quitte l'orbite, car si jamais cette mission part en vrille, pas question de risquer que les lézards apprennent que la FENU, et avec elle nous les humains, soyons impliqués. À ce stade, je vais donc vous faire confiance : si nous réussissons, nous condamnerons le vortex qui donne accès aux lézards et aux Thuraniens à la planète Terre. Ce qui veut dire que la Terre se retrouvera en territoire ruhar, et trop loin d'un autre trou de ver pour que l'un ou l'autre camp se soucie d'envoyer des vaisseaux. (Tout le monde était choqué. Ce que je n'avais hélas que trop bien expérimenté.) Notre ordre de mission ne consiste pas à frapper les lézards ni à nous venger d'eux… (J'avais les yeux vrillés à ceux de Desai en disant cela.) Il s'agit surtout de sauver la planète Terre.

— Et merde, soupira doucement Adams.

— Parce que c'est dans nos moyens ? fit Chang. Vous avez un plan ?

— On a un plan, en effet. On ne serait jamais parvenus si loin sans moyen de pirater les systèmes ennemis, l'un d'eux étant le réseau du vortex.

Le restant de notre vol de courte durée se déroula sans encombre. Profitant du pilotage automatique, Skippy voulut se familiariser avec les commandes aux côtés de Desai, tandis que nous autres explorions les entrailles du navire en quête de quoi que ce soit qui puisse s'avérer utile. On dénicha trois bacs de denrées hamster, à vider quand on atterrirait.

— Vous savez comment piloter cet engin, Desai ?

Elle leva le pouce à l'horizontale, sans le tourner en haut ni en bas.

— Les pilotes ont un dicton, monsieur : « Si je peux le démarrer, je peux le faire voler. » C'est censé être de l'humour. Hacker m'a expliqué les commandes de base, mais sans le pilotage automatique, je me serais probablement écrasée à terre.

— Et vous pourriez reprendre votre envol ?

— J'ai déjà réussi une fois, me répondit-elle sans grande conviction. Le pilotage automatique a parfaitement géré l'atterrissage.

Desai mimait les gestes du pilotage.

— Bordel, les hamsters sont déjà là, monsieur, signala Adams en jetant un coup d'œil par le hublot. Six, armés de fusils. Le comité d'accueil...

Il n'était guère surprenant que les Ruhars aient occupé une base majeure d'approvisionnement de la FENU. Reprenant un zPhone, je lançai :

— Hacker, nous avons de la compagnie, et ça n'a rien d'amical.

— Bien reçu, Planteur. La compagnie en question s'attend à voir débarquer de votre Dodo une escouade de soldats hamsters. Actuellement, il n'y a que six Ruhars dans la base. Sachez que leurs armes sont maintenant désactivées. Terminé.

Skippy, lui, s'amusait comme un petit fou.

Histoire de faire diversion, on abaissa la rampe arrière, on ouvrit la porte latérale et on surgit à l'air libre en activant nos rayons paralysants sans crier gare. Pris au dépourvu, les six hamsters s'effondrèrent. On les ligota après avoir écarté d'eux leurs armes. C'est alors qu'un groupe d'humains désarmés approcha. Leur chef était un major de l'armée US, une certaine Simms d'après son badge nominatif.

— Mais que diable faites-vous ? me lança-t-elle. On a signé une trêve avec les Ruhars !

Je me redressai et saluai.

— Colonel Joe Bishop. Oui, « Barney ». (toujours la même ritournelle, ça me fatiguait à la fin.) Nous ne combattons pas les Ruhars, nous avons réquisitionné l'un de leurs Dodos, et nous avons besoin de charger des fournitures. Sans que les hamsters ici présents nous posent un tas de questions stupides.

Simms inclina la tête. J'étais toujours en pantalon kristang rayé noir et jaune, et en veste d'uniforme souillé de sang kristang. Adams et Desai présentaient des tenues tout aussi dépareillées, avec des chiffons enroulés autour des pieds en guise de chaussures. Chang avait le visage tuméfié, et des coupures hâtivement soignées par les Ruhars. Sans oublier mes deux doigts foulés, sinon fracturés.

— Colonel Bishop, monsieur, aux dernières nouvelles, vous étiez prisonnier des Kristangs.

— Ils m'ont donné mon billet de sortie pour mauvaise conduite… Écoutez, Major, vous n'êtes pas payée pour comprendre. Nous sommes une unité des forces spéciales, nous avons besoin de fournitures et de volontaires pour monter un raid contre les Kristangs.

— Un raid contre les Kris… ? Monsieur, aucun ordre ne m'est parvenu du Quartier Général de la FENU à propos d'une quelconque unité des forces spéciales.

— Et vous, comment êtes-vous au courant de cette trêve conclue ?

Moi non plus, je n'en avais pas eu vent. Il faut bien dire que du fond de ma prison…

Elle tapota l'écouteur de son zPhone.

— Un communiqué de la FENU hier soir. Pas de confirmation possible hélas, et ces Ruhars se sont aussi pointés hier en commençant par confisquer nos armes.

— Vérifiez de nouveau vos messages, vous devriez avoir reçu l'ordre de nous assister.

Skippy étant à l'écoute, et s'il était aussi pro-réactif et tout-puissant qu'il s'en vantait, le major Simms allait très vite recevoir un tel message.

Surprise, elle releva les yeux de l'écran de son zPhone.

— Monsieur ? J'ai effectivement ces ordres. Comment… ?

— Les explications peuvent attendre. On a un planning très serré. Combien êtes-vous ici ?

— Nous sommes soixante-deux, de toutes nationalités, dont dix-huit viennent du corps d'infanterie, le restant étant rattaché à l'intendance.

— Bien. J'ai besoin d'une vingtaine de volontaires, de préférence des combattants expérimentés, pour une mission extra planétaire des forces spéciales. Ainsi que des fournitures : armements, munitions, vivres, produits médicaux.

Simms n'avait toujours pas l'air d'être entièrement convaincue.

— Voilà qui est fort peu commun. Vous allez attaquer les Kristangs et non les Ruhars ?

— Major, nous ne sommes jamais que de la piétaille sur une planète extraterrestre dont la gestion fluctue en fonction de qui se trouve à la tête de la plus grosse flotte orbitale du moment. Et vous, tout ce qui vous chagrine, c'est un ordre de mission des forces spéciales ? Les ordres que vous avez reçus du QG de la FENU, ce sont les bons codes d'authentification, je me trompe ? (Un « détail » que Skippy n'avait certainement pas négligé.) Alors ? Montez à bord ou dégagez le passage ! (Je me tournai vers mes compagnons.) Lieutenant-colonel Chang, sergent-major Adams, voyez quelles fournitures sont disponibles ici, et embarquez-les au plus vite. Capitaine Desai, veuillez poursuivre votre… hum… (Parler de « formation au vol » n'était sûrement pas une bonne idée face à ces soldats qui, je l'espérais, allaient se porter volontaires.) Veuillez procéder à vos préparatifs de vol.

Elle savait ce que je voulais dire. Je marquai une pause tandis que Skippy me chuchotait de nouvelles recommandations à l'oreille. Et je repoussai du pied un fusil.

— Quant à ces armes ruhars, elles sont redevenues opérationnelles, nous les emporterons donc avec nous. Major Simms, veuillez battre le rappel de vos hommes.

À son honneur, elle changea vivement son fusil d'épaule, me gratifiant d'un vif salut dans les règles de l'art, et s'en fut d'un pas leste et alerte en lançant des ordres. En moins de cinq minutes, ses hommes en poste sur la base vinrent se presser autour du Dodo. Je m'étais campé en haut de la rampe afin que tout le monde me voie. Une base qui n'était guère étendue, consistant principalement en deux longs hangars de stockage de type béton préfabriqué, en une poignée de dépendances, de tentes dévolues aux humains cantonnés là, de plates-formes d'atterrissage et d'une unique piste d'aviation, assez longue. Ce n'était pas là un des énormes dépôts d'approvisionnement de la FENU s'agglutinant autour de la base de l'ascenseur spatial, mais un moyeu logistique régional. Je fus soudain frappé d'une évidence : était venu pour moi le moment de livrer *le* discours de toute une vie, moi qui n'avais rien préparé en ce sens.

— Bonjour ! lançai-je d'une voix forte. Je suis le colonel Joe Bishop. Certains d'entre vous ont entendu parler de moi. Pour les autres qui ignorent qui je suis, j'ai capturé un soldat ruhar dans ma ville natale du Maine, j'ai ensuite abattu deux Épaulards en défendant le complexe du lanceur, et j'ai récemment été fait prisonnier des Kristangs pour avoir refusé de massacrer des civils hamsters. (En pareilles circonstances, un soupçon de bravade, un rappel de mes titres de gloire, ça ne pouvait que jouer à mon avantage.) Nous avions cru que les Kristangs étaient nos sauveurs, nos alliés lorsqu'ils ont débouté les Ruhars de notre planète Terre. Nous savons hélas maintenant que les Ruhars avaient uniquement ciblé nos infrastructures industrielles parce que les Kristangs se proposaient justement de conquérir notre planète, et que les Ruhars comptaient bien leur gâcher ce plaisir. Vous avez tous entendu parler des Fortune cookies en provenance de la Terre. Comme j'ignore ce qui a pu vous parvenir je vous le donne en mille : les lézards violent notre planète natale. Je ne sais pas si les Ruhars sont nos alliés potentiels, s'ils sont neutres ou aussi mauvais que les Kristangs, en tout cas, je sais une chose : les *lézards* sont nos ennemis. (Ce qui souleva pas mal de marmonnements ronchons de mon auditoire.) Quand j'ai été promu, je suis monté en orbite ; l'un de ces lézards, qui avait franchement bu un coup de trop, nous a dit ce que ses congénères pensaient exactement de l'humanité, au lieutenant-colonel Chang ici présent et à moi-même. En résumé, les lézards estiment que nous sommes faibles et veules, mollassons, d'ignorants bons à rien sinon aux basses besognes et aux tâches ingrates d'esclaves. La FENU m'avait assigné aux plants de patates, les lézards se refusant à dépenser davantage pour acheminer des fournitures de la Terre. Tout ça parce que nous sommes quantité négligeable, « jetable ». Ils voulaient que Chang et moi fassions partie d'un peloton d'exécution. Alors, les femmes… Vous n'êtes pas sans savoir ce que les Kristangs pensent des femelles. Nos femmes ont été torturées, et elles allaient être pendues haut et court, quand un raid ruhar nous a permis de fuir cette prison.

Précision qui fit que Simms durcit son regard ; la ligne de sa bouche se contracta. Là, je sus qu'elle adhérerait à tout ce que je voudrais. Traversant l'attroupement, Adams me rejoignit en haut de la rampe et me gratifia d'un salut énergique.

— Les fournitures sont assez maigres, monsieur, mais en quantité suffisante.

— Bien. Je vois que vous avez déniché des bottes.

Elle baissa les yeux en souriant.

— Et des pantalons, monsieur, ajouta-t-elle en lançant un coup d'œil éloquent à mon ample pantalon kristang.

Je retournai à ma harangue.

— Vous tous, écoutez-moi ! Il ne s'agit pas d'un énième raid ruhar, cette fois les hamsters sont là pour rester. D'après de solides sources, les Ruhars et leurs alliés ont défait un groupe de combat thurano-kristang, si bien que les Thuraniens se retirent de cette zone. Ils ne supportent plus l'effort de guerre kristang visant à maintenir cette planète en coupe réglée. Autrement dit, la présence de la FENU en ce territoire n'a plus aucune raison d'être, et nous n'avons plus de mode d'approvisionnement en provenance de la Terre. Pas plus que nous n'avons de moyen de revenir sur notre planète natale. Nous sommes totalement isolés. Le nouvel ordre de mission de la FENU ? La survie ! Ou nous faisons des semailles et moissonnons les récoltes, ou nous mourrons de faim. Sur cette planète, les humains sont pour l'instant des fermiers, pas des soldats.

Comme on parlait d'une base logistique, le personnel connaissait probablement les conséquences délétères de toute diminution inquiétante d'approvisionnement avant que quiconque, sur le terrain, n'en remarque les désastreux effets.

— La FENU met sur pied une mission urgente des forces spéciales contre les Kristangs, et nous avons besoin de volontaires. Certains d'entre vous ont bien constaté que les hamsters de cette base n'étaient plus en mesure d'user de leurs armes lors de notre atterrissage. C'est là l'œuvre de la FENU, qui a les moyens de pirater les systèmes tant des Ruhars que des Kristangs.

Ce qui, là encore, n'était pas faux ; je faisais toujours officiellement partie de la FENU, et il me suffisait de demander à Skippy de pirater les systèmes. Ceci dit, j'avais tout intérêt à peser mes mots, dans la mesure où les Ruhars allaient soumettre à un questionnaire serré ceux qui resteraient en arrière.

— Nous avons réquisitionné un Dodo et mystifié les systèmes ruhars de contrôle du trafic aérien afin de passer inaperçus. La FENU ne saurait prédire combien de temps durera cette fenêtre de tir, nous avons donc un planning très serré. Voilà ce que je peux vous dire de cette mission : si jamais ça fonctionne, nous irons en orbite, et au-delà, afin de frapper fort. Les volontaires auront droit à un briefing complet sitôt que nous aurons quitté cette atmosphère. Voilà une opportunité en or pour faire une réelle différence dans cette guerre !

Des ailes me seraient poussé dans le dos ? Aurais-je pris mon envol dans les airs ? Là, mon auditoire aurait été nettement moins surpris !

Je désignai du pouce le sol de cette planète.

— Notre mission est finie ici. Si vous voulez saisir l'occasion de rendre aux lézards la monnaie de leur pièce, vous devez nous rejoindre.

Je marquai une pause, observant mon auditoire. Visiblement, tout allait trop vite, trop fort. Naguère encore, nous étions merveilleusement seuls dans notre coin de l'univers, puis la Terre avait essuyé une attaque, la FENU avait été fondée, et on nous avait prestement transportés sur une autre planète. Jusqu'à quelques mois auparavant encore, on se disait qu'on s'acquittait plutôt bien de nos responsabilités face aux aléas d'une mission difficile pour le compte de nos alliés. Et puis les Fortune cookies nous sont parvenus. Force fut alors de constater que les Kristangs n'étaient nullement les alliés de l'humanité. Et à la suite du vaste raid des Ruhars contre le lanceur cosmique, que je défendais, on s'était rendu à l'évidence : les Kristangs étaient incapables d'assurer notre sécurité sur Paradis. Rien qu'hier matin encore, les Kristangs étaient toujours aux commandes de la planète. Et voilà maintenant que j'annonçais aux soldats que tout était terminé, fini et bien fini. Que la FENU serait coincée là pendant un très long moment. Et que, par on ne sait trop quel miracle tombant à pic, j'avais un moyen de m'arracher de là, mais aussi et surtout de riposter. À la place des soldats qui m'écoutaient ? Mais évidemment que j'aurais conclu vite fait que le rigolo qui nous haranguait ainsi nous racontait un tas de conneries ! Je les voyais traîner des pieds, chuchoter entre eux, ne sachant trop quelle attitude adopter. Quelle décision prendre.

C'est alors que Chang, de retour de l'entrepôt, prit la parole à voix haute – en chinois –, faisant se retourner trois soldats de l'ALP, l'Armée de Libération du Peuple. Et je réalisai d'un coup que ceux-là n'avaient vraisemblablement pas compris un traître mot de mon exhortation. Chang se fraya un passage dans l'attroupement à coups de coude ; s'ensuivirent quelques échanges en chinois. Puis tous quatre se présentèrent au pied de la rampe.

— Trois volontaires de plus, Colonel Bishop.

Voilà qui me mettait dans une position inconfortable. Je leur fis signe de me rejoindre en haut de la rampe.

— Colonel Chang, il s'agit d'une mission basée sur le volontariat. Je ne voudrais pas que vous ordonniez à ces soldats de venir grossir nos rangs. Que leur avez-vous donc dit ?

Surpris, Chang cilla.

— Je leur ai simplement dit que cette mission serait leur seule et unique occasion de faire véritablement leur devoir, et de servir au nom du peuple de Chine. Tous trois se sont donc portés volontaires.

Oh, et puis zut ! Il n'avait jamais dit que la vérité, au fond. Cette mission était de toute première importance, et on avait besoin de troupes.

— Eh bien, ça me convient.

— Merde ! lâcha soudain Adams. Monsieur, on a surtout besoin de soldats dignes de ce nom, de Marines, et non de gratte-papier !

Mon speech avait peut-être porté, ces gens se sentaient coincés sur Paradis et désiraient réellement *faire* quelque chose, peut-être bien que mon auditoire avait juste besoin d'un petit encouragement. Et que voir ces trois Chinois nous rejoindre allait motiver les autres. Peut-être bien qu'ils avaient simplement eu besoin, depuis toujours, qu'un Marine vienne leur faire suffisamment honte pour qu'ils se décident à agir.

— Oh, pas question ! éructa le major Simms en avançant d'un pas. Je ne me tiendrai jamais en ligne derrière un bidasse !

À sa suite, les volontaires affluèrent. Des dix-huit soldats d'infanterie, dix-sept nous rejoignirent. Le dix-huitième avait son amour sur Paradis, et refusait de l'abandonner à un sort incertain. J'accueillis les dix-sept fantassins dans nos rangs, plus trois autres. Notre unité des forces spéciales se montait maintenant à vingt-quatre agents. Plus une rutilante canette de bière.

Chapitre Onze

Les Assaillants Des Confins

Desai faisait tourner les moteurs en préalable au décollage ; campé à l'entrée du cockpit, j'observai les expressions des nouvelles recrues de notre unité spéciale – ou quelle que soit l'appellation qu'on puisse lui donner. Nous étions véritablement une force expéditionnaire multiethnique, une unité « arc-en-ciel ». Après moi, il y avait neuf soldats de l'armée US, dont le major Simms, un sergent, trois experts et quatre soldats de deuxième classe. Le sergent-chef Adams était notre unique Marine US, et nous avions en outre un sergent de l'US Air Force en charge de la maintenance des Aigles Hurlants sur Paradis. Je me disais qu'elle nous serait utile en cas de dysfonctionnement. Ensuite venaient quatre Chinois, dont le lieutenant-colonel Chang, trois ressortissants de l'armée indienne, dont notre pilote, quatre Britanniques incluant un sergent ; l'un de ces soldats anglais de deuxième classe ayant suivi des cours de pilotage à bord d'un monomoteur, je lui confiai en toute logique le poste de copilote, aux côtés du capitaine Desai. En se calant sur le siège de droite, il avait paru terrifié. Oh, j'oubliais dans ma revue de détail un soldat de l'armée française, un certain lieutenant René Giraud. Rattaché à un commando de parachutistes, Giraud était en quelque sorte l'équivalent français d'un ranger de l'armée. Au Niger, j'avais collaboré avec les forces françaises spéciales – de sacrés durs à cuire, ces gaillards-là ! Je me félicitais d'avoir René dans notre équipe. En se ralliant à notre cause, il me dit qu'il ne savait trop si mes arguments étaient ou non un ramassis de boniments à la noix, mais quoi qu'il en soit, il voulait de l'action, et ce n'était pas sur Paradis qu'il aurait l'occasion de se distinguer. J'appréciai sa franchise.

Vingt-quatre combattants, réunis à la hâte. Cinq femmes, dix-neuf hommes. Cinq officiers, cinq sergents, quatorze enrôlés. Cinq nationalités – ce qui, dans certains cas, était d'ailleurs un peu vague comme définition. L'un de nos spécialistes de l'armée US était un Indien américain du nom de Randy Putri. À le voir, on aurait pu croire qu'il faisait partie du contingent indien des forces armées. Mais en vérité, il ne parlait pas un traître mot d'hindi ; il parlait avec l'accent cajun de la Nouvelle-Orléans, sa ville natale. Notre sergent de l'US Air Force, Chung, était une Américano-Chinoise. Le peu de chinois qu'elle connaissait était du cantonais et non du mandarin, de sorte qu'elle était bien en peine de communiquer avec d'autres Chinois. Le sergent Reginald Thompson de l'armée britannique avait le teint foncé de ses grands-parents kenyans, mais dès qu'il ouvrait la bouche, il parlait comme Sherlock Holmes, ou l'une de ces têtes couronnées, la crème de la crème, dans un show télévisé de la BBC. Un autre Anglais avait un accent à couper au couteau, au point que je n'étais plus du tout sûr qu'il jacte anglais. Il faut dire que leur galimatias d'argot est parfaitement incompréhensible. Pour quelque raison bizarre que ce soit, le capitaine Desai semblait très bien le comprendre. Dans ce cas, OK, elle pourrait toujours jouer les interprètes. Au sujet des interprètes d'ailleurs, le lieutenant-colonel Chang et un autre Chinois parlaient anglais ; les deux derniers ressortissants de l'empire du Milieu en seraient quittes pour compter sur leurs zPhones pour les interprétations. Il va sans dire que Skippy maîtrisait à la perfection tous les parlers humains connus, cette exaspérante canette de bière…

Vingt-quatre agents, aux nationalités, genres, spécialités et expériences bigarrés… Et moi qui devais illico en faire une force de frappe efficace… Tout ça, sans savoir en quoi, précisément, consistait notre ordre de mission.

Plus inquiétant encore ? Aucun de nos vingt-quatre héros n'avait de notions de secourisme – et encore moins de médecine. Quant aux fournitures médicales embarquées ? Des plus élémentaires. Les choses pouvaient déraper à toute vitesse, et de quelle aide au juste serions-nous pour les blessés ?

Le capitaine Desai procéda à l'envol sans encombre ; ensuite, le pilotage automatique prit le relais et le Dodo s'arracha aux strates atmosphériques. Bientôt, les contingences de la gravité ne se firent plus ressentir. On s'y adapta, en prenant au besoin des médicaments antinausée. Skippy *alias* Hacker fit à plusieurs reprises reprogrammer à Desai le pilotage automatique afin d'éviter de trop se rapprocher des trajets de vol des Ruhars, car il y avait beaucoup de trafic cosmique aux abords de Paradis. Grâce aux consoles de visualisation du cockpit, ainsi qu'aux consignes que Skippy me chuchotait à l'oreille, on réussit à se faufiler au travers de toute une escadre de frégates sans éveiller les soupçons, sans même qu'on nous remarque. Skippy s'était fait fort d'infiltrer leurs détecteurs afin qu'on ignore notre présence. De quelque manière qu'il ait pu s'y prendre, ça fonctionna du feu de Dieu ! C'en était même saisissant. Quand Desai annonça que nous venions d'excéder la vitesse de libération, de quitter l'orbite et d'aborder l'espace interplanétaire, je décidai qu'il était grand temps de motiver des troupes par trop anxieuses. Je me campai – en gravitation zéro – au seuil du cockpit histoire que tout le monde m'entende.

— On va jouer cartes sur table, les gars. Je ne pouvais pas vous divulguer le secret de notre mission tant que nous n'étions pas en orbite, car il n'était pas question que les Kristangs ou les Ruhars aient vent de nos menées. En vérité… (Je lançai un regard contrit à Adams.) Je n'ai pas été d'une parfaite honnêteté avec vous en raison de la sécurité des opérations. Hacker n'est pas le nom de code d'une cyber intelligence de la FENU. Hacker, c'est… hum… je vous montre.

J'extirpai Skippy de mon havresac en commettant l'erreur funeste de l'exhiber à la cantonade sans lui jeter un coup d'œil au préalable.

Comme je disais, une belle boulette.

Car figurez-vous que ce petit roublard venait illico de transmuer son éblouissant revêtement chromé en un parfait fac-similé chromatique de canette de Bud Light Lime. J'ignorais qu'il pouvait changer d'apparence comme ça, en un claquement de doigts ! Si ce n'est qu'il n'y avait pas la moindre languette à ouvrir, ou qu'il avait un fond de couvercle quasiment plat, moi aussi j'aurais pu m'y laisser prendre.

Mon auditoire ? Je vis les mines se muer de l'émerveillement à l'amusement, puis à l'horreur. J'étais tout aussi horrifié à l'idée qu'ils puissent croire avoir confié leur sort à un fou furieux. Un pauvre malade mental qui tenait une canette de bière pour son ami imaginaire.

— Non, non, non !

De la main gauche, je moulinais frénétiquement les airs. De la droite, je secouais tout aussi frénétiquement ce sale Skippy.

— Skippy, nom de nom, tu te crois drôle ! (Adams se préparait à me happer en apesanteur, histoire de me mettre hors d'état de nuire j'imagine, et son expression était tout sauf amicale.) Skippy, bon sang, sale petit empaffé !

Skippy partit d'un rire démentiel de maniaque, troquant maintenant son apparence pour celle d'une Coors Light *silver bullet*.

— Oh *eh,* la compagnie ! Je suis Skippy le tout-puissant ! Ah ah ! Oh, mec, t'aurais dû voir ta tronche, Colonel Joe ! Impayable !

Je respirai à fond – deux fois, trois fois… sans quitter des yeux une Adams qui ne savait toujours pas trop s'il convenait de m'étrangler, ou pas.

— Aussi intelligent qu'il soit, lâchai-je, Skippy est à cent pour cent un connard de la pure espèce.

— C'est vrai, c'est vrai ! s'esclaffa notre IA. Et ça, ça n'irait pas mieux ?

Il en était revenu à un banal revêtement chromé, dénué de toute particularité.

Chang gronda – pas d'autre terme.

— Putain, mais c'est qui ce *Skippy* ?

— Vous nous devez des explications, renchérit Adams, sans le moindre soupçon d'humour.

Ni l'une ni l'autre n'avait daigné me donner du « monsieur » et encore moins du « mon colonel ». Ça ne m'avait pas échappé.

Encore une profonde inspiration…

— Je vous présente Skippy, nom de code Hacker… Ce qui a ici tout l'air d'une canette de bière n'est autre qu'une intelligence artificielle…

— … Une fort modeste manifestation de mon entité dans cette chronologie spatio-temporelle, m'interrompit le gros malin.

— Skippy, ça t'ennuierait de la boucler une minute ? Il s'agit en l'occurrence d'une IA construite par ceux que nous appelons les Anciens, ou les Tout Premiers, peu importe. La supra-civilisation rayonnant sur la galaxie antérieurement aux Rindhalu, les entités ayant conçu les vortex. Des entités s'étant affranchies de leurs enveloppes corporelles, il y a de cela des éons, en laissant derrière elles les Sentinelles. Et cette IA, datant de plusieurs millions d'années, dotée de pouvoirs fabuleux, avait pris les commandes de ce Dodo, désactivé les armements des Ruhars ; en ce moment même, elle nous camoufle aux yeux des détecteurs ruhars et transmet aux Kristangs les bons codes d'identification – Amis, Ennemis. Grâce à Skippy, nous saurons comment arraisonner les bâtiments kristangs ou thuraniens. Ensuite, nous serons en mesure de désactiver le vortex proche de la Terre, afin que ni les Ruhars ni les Kristangs n'aient plus accès à notre planète natale.

— Nom de Dieu de bordel de merde ! éructa Simms, qui n'en croyait pas ses yeux.

— Eh ouais, ça a aussi été ma réaction quand les Ruhars m'ont séquestré dans un cagibi attenant à un entrepôt, et qu'une canette de bière posée sur une étagère poussiéreuse s'est mise à me causer.

Adams, quant à elle, n'était pas persuadée.

— Monsieur, j'essaie vraiment de me faire à l'idée… Nous allons confier notre avenir, et le sort de l'humanité, à une canette de bière qui parle ?

— C'est sûr que vu comme ça…

— Une canette de bière qui parle, super hyper, que dis-je, incroyablement, inconcevablement intelligente ! protesta Skippy.

— Adams, oubliez donc ce dont a l'air Skippy à nos yeux. Vous avez vu ce qu'il s'est passé à l'entrepôt, les Ruhars ne pouvaient plus se servir de leurs armes, au contraire de nous. Ce n'était pas de mon fait ni de celui de la FENU, c'était Skippy à l'œuvre ! Il a piraté ce Dodo afin qu'on puisse en prendre les commandes, et là encore, je n'y étais pour rien et la FENU encore moins. On est sortis d'orbite pour tomber au beau milieu d'une flotte ruhar, qui ne nous a pas détectés. Skippy s'était infiltré dans les systèmes ruhars de détection à cette fin. La FENU est incapable d'accomplir ce genre de choses. Skippy est notre arme ultime, notre atout majeur, et Dieu sait si nous avons besoin d'un as dans notre manche en ce moment. Grâce à Skippy, nous pouvons désactiver, condamner le seul et unique vortex donnant aux lézards l'accès à la Terre.

Adams ? Toujours pas convaincue.

— Et qui nous dit que ce n'est pas encore un coup fourré des lézards, qu'en réalité, cette IA ne bosse pas pour eux ?

— Adams, si vous avez la moindre idée de ce que les lézards auraient à gagner à nous laisser fuir les Ruhars et à détourner l'un de leurs Dodos, je vous en prie, dites-le-moi. Car franchement, je ne vois pas… Skippy va établir des liens de confiance avec nous et inversement, en agissant, en entreprenant une action après l'autre. Il nous a libérés de prison, Chang, Desai, vous et moi, et nous voilà déjà loin de Paradis. Si nous étions restés livrés à nous-mêmes, nous serions encore en train d'essayer d'ouvrir la porte de ce Dodo. Naturellement que j'ai envisagé que ça puisse être une ruse des Ruhars pour nous propulser aux commandes d'un vaisseau kristang ! Et qui sait, les hamsters ont peut-être dissimulé une bombe à bord de ce Dodo en particulier. Mais là encore, je n'arrive pas à imaginer pourquoi diable ils se donneraient tant de peines. Cette guerre dure depuis des lustres, et nous les humains ne faisions pas partie du tableau jusqu'à aujourd'hui. Ils n'ont pas besoin de nous : les lézards, les hamsters, les Thuraniens n'ont pas besoin d'humains primitifs, pour quoi que ce soit. Alors bon, peut-être que tout ceci est une ruse élaborée pour une raison x ou y qui nous échappe. Admettons. Ou peut-être que Skippy dit la vérité et qu'on a une chance de couper le seul vortex donnant aux lézards accès à la Terre. Si donc il existe la plus petite chance, il faut qu'on prenne le risque ! Quand nous nous emparerons d'un cuirassé kristang, nous saurons une bonne fois pour toutes si Skippy est digne de confiance. C'est aussi simple que ça.

Durant mon speech, Skippy avait gardé le silence – ce qui ne lui ressemblait guère. Cela étant… Bien malin en effet qui sait quand il vaut mieux la boucler et laisser l'autre dégoiser tout son soûl.

Chang, qui était également resté silencieux tout en échangeant des regards de plus en plus tendus avec ses trois compatriotes, se racla la gorge.

— *Colonel*… (emphase sur « Colonel »), nous nous sommes portés volontaires pour cette mission sans en connaître les tenants et les aboutissants. Je m'attendais à ce qu'il s'agisse de monter un assaut contre les Kristangs. Vous nous dites maintenant qu'il est question de *sauver le monde* ? D'arracher la Terre aux griffes des Kristangs ?

Ça paraissait si mélodramatique, présenté comme ça…

— Hum… oui. Nous allons en effet condamner le trou de ver qui leur permet d'atteindre notre planète natale. Ce qui annulera les conséquences désastreuses de ce décalage… (J'imagine que tout le monde, à présent, avait entendu parler des fameux « décalages de vortex ».) La Terre retrouvera son glorieux isolement au milieu de nulle part, et les aliens pourront joyeusement continuer à s'étriper sans le concours des humains.

— On va sauver le monde ? répéta Simms, incrédule.

Je hochai la tête.

— C'est l'idée, oui. Je sais bien que ça fait très cliché, mais…

— Non, moi, ça me va, fit Simms, pensivement. Et merde… c'est pour de vrai, tout ça ?

Chang coupa son zPhone, adressa quelques mots en mandarin à ses trois soldats puis se retourna vers moi.

— Colonel, j'ai beaucoup de mal à y croire. Cependant, j'étais il y a peu basé dans un avant-poste de l'armée, à la frontière mongole. Et me voilà à présent à bord d'un spationef alien, à mille années-lumière de mon territoire. Le possible et le réel ont été redéfinis tant de fois déjà que je suis disposé à accepter à peu près n'importe quoi. En somme, si cette mission a la moindre chance de libérer notre planète des Kristangs, nous ferons l'impossible !

Nom d'un chien, il parlait mieux l'anglais que moi !

— Merci, Colonel Chang.

Je dévisageai les autres, cherchant à déchiffrer leurs expressions.

Giraud y alla d'un haussement d'épaules fataliste typiquement gaulois.

— On va dézinguer du Kristang, non ? Alors j'en suis !

Simms et Adams échangèrent un regard.

— Oh, bon sang, nous aussi, évidemment ! lança Simms. Colonel, on y est alors ? C'est bien toute la vérité ? Vous n'auriez rien… hum… oublié de nous préciser ? Vous n'avez plus de surprises en réserve ? Nous voilà alliés à une canette de bière qui parle, en route pour fermer ce vortex ? Maintenant que nous filons dans l'espace, j'imagine qu'on peut dire adieu à la sécurité des opérations, ça n'a plus de raison d'être ?

Je le lui confirmai d'un hochement de tête.

— Vous en savez désormais autant que moi. Bien sûr, je ne peux pas vous promettre qu'il n'y aura plus de surprises, mais dans ce cas, je serai autant pris de court que vous.

— Pourquoi nous, monsieur ? me demanda le sergent Thompson dans son anglais si impeccable. Pourquoi ne pas apporter ce… euh, Skippy au Q.G. de la FENU, que l'état-major s'en débrouille ? Et nous délègue pour de bon une unité des forces spéciales, un commando d'intervention, le SAS, tout ça ?

Condescendants, Chang et Simms reniflèrent de dédain à l'unisson.

— Sergent, lui répondit l'ex-artilleur, pour commencer, il faudrait bien une semaine au bas mot à la FENU pour déterminer ce qu'il convient de faire. Ensuite, nos supérieurs étant réfractaires au risque, ils livreraient probablement notre chère IA aux dirigeants du moment de la planète Paradis, Ruhars ou Kristangs, dans l'espoir de s'attirer leurs bonnes grâces. Ce qui au fond n'a aucune importance puisque dès que la FENU serait mise au courant, la nouvelle s'ébruiterait à vitesse grand V. Bref, les hamsters comme les lézards l'apprendraient très vite.

— En outre, nous devons partir *maintenant*, renchéris-je, si nous voulons tirer avantage de la situation. Les Ruhars sont très occupés à affermir leur mainmise sur leur Gehtanu, les astronefs vont et viennent à une cadence frénétique, et il y a toujours une force militaire kristang à l'affût. Si nous attendons, les Kristangs battront en retraite et il nous faudra alors détourner un navire ruhar. Sauf que les navires ruhars s'entraident et communiquent étroitement ; on aura beaucoup de mal à filer en douce à bord de l'un d'eux.

Thompson parut se satisfaire de mes arguments.

— Entendu. Une dernière chose, si vous permettez : pourquoi appelle-t-on l'IA Skippy ?

Les autres hochèrent la tête ; apparemment, tout le monde se posait la même question.

Je pris Skippy et le tins devant moi, la mine renfrognée.

— Parce qu'il est super intelligent, super puissant et surtout super chiant ! Il voulait que je lui donne du « Seigneur Dieu Tout-Puissant », alors je l'ai baptisé Skippy le « pauvre Ringard de crétin de minable ch'tarbé de Bouffon Sautilleur », histoire de ne jamais perdre de vue quel petit merdeux il peut faire !

— Coupable sur toute la ligne ! chantonna un Skippy tout guilleret.

— Et ça ne le gêne pas plus que ça d'être traité de… « bouffon », de « ringard », de « Sautilleur » ? s'étonna Adams – de manière appuyée, en forçant le trait.

— *Moi*, je m'en fiche comme de mon premier chiffre binaire d'être surnommé Skippy, et pas besoin d'en passer par le colonel Joe pour me questionner, je suis une grande personne ! s'insurgea Skippy. Non, en vérité, je me moque comme d'une guigne des surnoms crétins dont vous pourriez m'affubler, macaques pouilleux que vous êtes !

— Macaques ? releva notre spécialiste de l'armée US Randy Putri – et non le soldat de 2ᵉ classe Asok Putri de l'armée des Indes.

Moi aussi je m'y perds un peu, figurez-vous. Je me proposais de rompre avec la tradition militaire et de les appeler dorénavant par leur prénom.

— Il s'imagine que nous traiter de « macaques », c'est encore trop bon pour nous, expliquai-je. À ses yeux, on n'est jamais qu'un concentré de bactéries.

— Ah ! me nargua Skippy. Parce que tu *aspires* à être aussi malin que des bactéries, peut-être !

— Bon, coupa Thompson sans aménité. Le bougre est une vraie rondelle de trouduc, pas de doute là-dessus…

Adams tira la langue à Skippy – jamais je n'aurais cru ça d'elle !

— Et maintenant, monsieur ?

En mon for intérieur, je soupirai de soulagement.

— Skippy, pourrais-tu télécharger sur nos zPhones les schématiques des navires kristangs qualifiables comme tels, tout en les affichant ici sur notre scope radar ?

— C'est fait, répondit-il sobrement. (Derrière moi, le visuel mural prit vie.) Nous sommes en présence d'une frégate kristang typique, le genre de petit bâtiment qui sera très vraisemblablement affecté à notre…

Un colonel digne de ses galons était jugé apte au commandement d'une brigade. Donc, de la planification des opérations offensives et défensives mobilisant des milliers de soldats – formation, logistique, communications, coordination, les forces aériennes, l'artillerie et autres unités du secteur. La mise en chantier et l'exécution de grands plans d'envergure, faisant intervenir des milliers de combattants et une gigantesque puissance de feu. Un colonel digne de ses galons, donc, bénéficiait d'une formation, d'une éducation formelle et pratique, d'années d'expérience en préalable à une promotion au rang de commandement. Ce qui n'était nullement mon cas.

Ce dont je pouvais me prévaloir, en revanche, c'était d'une expérience durement acquise en petits groupes de combat, d'une expérience tout aussi chèrement acquise dans la brousse, et pire encore, dans les hameaux et les bourgs du Niger du nord. S'emparer d'un bâtiment kristang ? Voilà qui nécessitait à priori une petite unité armée. Et je me disais que l'opération de nettoyage d'un vaisseau, soute après soute, compartiment par compartiment, n'était pas dissemblable des combats urbains où il s'agissait de nettoyer le terrain des forces hostiles, maison par maison, pièce par pièce. Les gradés US appelaient précisément ce type de lutte armée « Opérations militaires en territoire urbain », et les bases militaires implantées aux USA ont des villages et localités factices destinés à entraîner les troupes en espaces exigus. Lors de la Guerre froide, ces villages factices prenaient les couleurs des patelins de l'Europe de l'Est ; les panneaux de signalisation, les enseignes relevaient d'une langue slave des plus floues, d'un vague idiome germanique. Mais le curseur s'est récemment déplacé sur le Moyen-Orient, et nous militaires avons attribué à ces bourgs artificiels des appellations politiquement incorrectes comme l'Hadjistan. Bref, peu importe le nom, le grandiose cas de figure dont se prévalaient ces villes de pacotille, elles servaient avant tout à faire que les soldats s'exercent à nettoyer une zone donnée building par building, pièce après pièce. Le genre d'affrontement où, très souvent, on ne pouvait voir ceux qu'on visait, et où faire appel aux hélicos d'attaque Apache exigeait de se replier très vite de peur que les missiles Hellfire ne pulvérisent ses propres effectifs.

Je confiai au lieutenant Giraud le soin de planifier notre assaut, et de dispenser à notre équipage un entraînement accéléré. Chang, Simms et Desai étaient certes de plus hauts gradés, mais Chang était ex-officier d'artillerie, non d'infanterie, Simms, une spécialiste du soutien logistique, quant à Desai, c'était un pilote. On aurait pu croire que le sergent Adams, un Marine, était tout désigné pour planifier l'abordage d'un vaisseau hostile. Ce qui serait allé de soi, lors de la guerre de 1812. Le Corps des Marines des États-Unis manquait un peu de pratique sur le chapitre des « assaillants des confins ». Côté officiers d'infanterie, il ne restait que Giraud et moi. Or, Giraud appartenait aux forces spéciales françaises. Ce qu'il savait des tactiques des petites unités, et que j'ignorais, me foutait les jetons. Les briscards des forces spéciales ? Des purs et durs ! Sans cesse, il fallait que je lui rappelle que notre unité d'assaut n'avait aucun rapport avec ces tueurs des forces spéciales d'élite avec lesquels il collaborait habituellement, qu'on opérerait en impesanteur, sans formation et avec des agents dont on ne savait pas grand-chose. En gros, on allait devoir improviser, la faute à trop d'inconnues dans notre équation. Ce que je mijotais ? Nous approprier le centre de commandement du vaisseau, situé le plus souvent à l'arrière du pont sur les bâtiments kristangs, pendant que l'équipée de Giraud prenait possession de la salle des machines – et ce, avant que les Kristangs ne puissent endommager les unités motrices, le réacteur, ou même initier l'autodestruction du navire. Un plan qui fut unanimement démoli – Skippy n'étant pas le dernier à le dénigrer.

Adams croisa les bras – ce qui, en apesanteur, n'avait rien d'évident.

— Colonel, vous ne pouvez pas aller et venir à votre guise à bord d'un vaisseau ennemi. Vous êtes le commandant. Vous vous devez de rester en arrière, aux commandes.

— Elle a raison, Colonel Joe, me réprimanda Skippy. Je peux vous localiser les vôtres et les Kristangs, vous dire ce qu'ils fomentent, je peux contrôler certaines zones du vaisseau, mais j'ai besoin qu'on me dise maintenant ce qu'il faut faire. Où nous devrions aller. Mon génie ne va pas jusqu'à coordonner une bande de singes en pleine échauffourée. Vous savez ce que les vôtres peuvent faire et, pire, ce qu'ils ne peuvent pas faire.

J'eus beau protester que mon expérience se limitait à mon escouade et à mon escadron, que Giraud serait en meilleure position que moi pour coordonner l'attaque aux côtés de Skippy, force me fut de concéder qu'ils n'avaient pas tort. Au final, le paramètre tacite qui décida de la question ? J'étais à l'aise avec Skippy, et inversement, et nul autre ne voulait traiter avec notre agitée d'IA alien.

Giraud lança une simulation d'assaut contre une frégate kristang standard, en se basant sur les meilleures conjectures de Skippy concernant les positions des Kristangs du bord, et les systèmes dont il pourrait prendre le contrôle. Que Skippy annonce qu'il ne serait pas en mesure de commander totalement les systèmes informatiques embarqués – ou en tout cas pas dès le début – me surprit. Les Kristangs avaient sciemment construit leurs vaisseaux de façon à empêcher quelque ennemi de pirater leurs ordinateurs de bord ; ils redoutaient en effet que leurs patrons, les cyborgs thuraniens, fassent exactement cela comme par le passé. Résolus à ne pas retomber dans le panneau pour la seconde fois – ou plus exactement, rectifia Skippy, pour la centième –, ils avaient renforcé les défenses de leurs systèmes informatisés contre toute intrusion. Malgré cela, leur technologie demeurait à ce point inférieure à celle des Thuraniens qu'ils n'étaient même pas capables de concevoir certains dispositifs couramment employés par leurs patrons. Par bonheur pour nous, la technologie de Skippy était autant supérieure à celle des Thuraniens que la technologie des Thuraniens pouvait l'être vis-à-vis de celle des Terriens. Ou pour reprendre l'expression raffinée de notre diplomate de Skippy, « celle d'un arbre infesté de singes ».

La clé de voûte de notre plan d'attaque ? Brancher Skippy (littéralement) à la frégate, afin qu'il établisse une connexion physique au réseau du bord ennemi. Une fois cela accompli, il aurait accès au bâtiment tout entier, et pourrait télécharger un sous-programme de lui-même dans les nœuds de commande, de proue en poupe. Mais pour cela, il nous fallait d'abord localiser un connecteur mural pour y brancher un zPhone. Par chance, câbles et connecteurs adéquats se trouvaient bien à bord du Dodo. Par malchance, atteindre la prise murale de la frégate la plus proche des deux hangars d'atterrissage allait être drôlement coton. Et Skippy ne pourrait pas rendre inutilisables les armes des Kristangs, comme il l'avait fait avec les fusils des Ruhars, pour la simple et bonne raison que les lézards se défiaient de ce type de technologie ; leurs armes ne contenaient pas de puces informatiques chic et choc.

Le plan de Giraud ? Lancer toutes nos forces dans la bataille en abordant la frégate à vingt-deux, établir cette connexion physique. Après quoi, notre équipage d'assaut se scinderait en deux groupes, le premier placé sous le commandement de Giraud et le second, sous les ordres de Chang. Je nommai le sergent Thompson aux côtés de Giraud, et le sergent Adams aux côtés de Chang. Je voyais bien qu'on était survoltés ; de la réussite ou de l'échec de notre branchement d'un zPhone à un port de données allait dépendre non seulement notre sort mais celui, virtuellement, de l'humanité toute entière. On en avait parfaitement conscience. Nul besoin de vibrantes harangues pour enflammer les troupes. J'ordonnai que tout le monde boive et mange quelque chose, se détende. Giraud acquiesça, ajoutant qu'il faudrait mémoriser le schéma de montage et d'agencement des frégates et destroyers kristangs types. Qui, par bonheur, ne comportaient jamais les unes et les autres que deux variantes majeures. Il nous conseilla de nous représenter mentalement ces schémas types, encore et encore, jusqu'à ce que ça nous rentre dans le crâne, que ce soit enraciné dans notre mémoire spatiale.

— Je crois qu'on tient le bon bout, Giraud, lui dis-je en grignotant nos barres énergétiques *Hooah!*

L'attente fiévreuse, le « cabotage au large de » Paradis, l'espoir d'être repérés par un navire de guerre hostile, tout cela nous portait sur les nerfs.

Giraud haussa ostensiblement les épaules.

— Un plan d'action, ça n'est jamais qu'un début, rien de plus.

— Aucun plan ne résiste au contact avec l'ennemi, hein ? dixit Von Moltke.

Je l'avais appris à un moment ou à un autre au sein de l'armée. Giraud plissa le front.

— Oui, Von Moltke le tenait de Napoléon qui, lui, soulignait les vertus de la souplesse, de l'adaptabilité, du don qui consistait à savoir exploiter au mieux les opportunités sur le champ de bataille au lieu de vouloir à toute force s'en tenir à des plans détaillés. (Il désigna Skippy.) Aucun plan établi par la FENU n'aurait pu anticiper cette opportunité-là.

À bord du Dodo, aucun droit à l'intimité – si ce n'est le seul et unique petit coin en apesanteur, devant lequel il y avait toujours la queue. Quand Skippy me bipa pour m'annoncer qu'il voulait me parler, à titre semi-privé, je me rendis dans le cockpit exigu, flottant derrière le siège du co-pilote.

— Qu'y a-t-il, Skippy ?

Sa réponse me parvint dans l'oreillette.

— Je désirais juste dire un truc gentil, pour changer, et je ne tiens pas à ce que des oreilles indiscrètes nous entendent. Ça bousillerait mon image de marque populaire de jeune mec *underground* des rues.

La street cred' ? Mais où diable Skippy allait-il chercher ses notions de culture humaine ?

— Oh, bien sûr…

Je l'avoue, j'étais médusé.

— Ton espèce est remarquablement adaptable, cette capacité à assimiler de nouvelles informations, des concepts inédits, à ne pas pousser les hauts cris face à des changements drastiques… C'est bien trop rare, hélas, chez les espèces douées d'intelligence. Je me disais qu'il y aurait forcément des problèmes dès que tu révèlerais mon existence, et la vérité à propos de notre mission. Or, il n'en a rien été, ton peuple s'est admirablement fait à cette nouvelle situation, à une vitesse remarquable.

— Hum…

Skippy ne prenait pas en compte qu'on était des soldats de métier, et que par définition, les soldats n'ont d'autre choix que de piger en pleine mission ce qu'on leur balance à tire-larigot. Une fois, au Niger, j'étais à bord d'un Blackhawk rasant la cime des arbres à 3 h 30, en route pour attaquer un bivouac plein de petites ordures, lorsque notre lieutenant eut un appel à dix minutes de notre zone d'atterrissage. Les sales types en question avaient conclu un accord et se trouvaient subitement de notre côté. Du coup, notre mission consistait à protéger nos tout nouveaux potes des assauts sanguinaires d'autres malfaisants acharnés à leur perte, se faufilant furtivement à travers jungle. Apparemment, le premier groupe de criminels avait été taxé de traître par les autres forcenés de détraqués au prétexte qu'ils étaient moins « fanatiquement fanatiques » que les pires fondus du bulbe qui soient. Si bien qu'on se retrouva à atterrir et à boucler un périmètre destiné à protéger les types qu'on avait canardés pas plus tard que la veille. Il va sans dire que toute cette affaire relevait en vérité d'une simple dispute clanique, les uns et les autres cherchant à nous piéger. Après notre évacuation, on dut faire appel à l'US Air Force pour régler « diplomatiquement » la situation à grand renfort de largages de napalm, de bombes lance-grenades et à détonation gazeuse. Quand les choses changent radicalement, vous secouez la tête, vous haussez les épaules et vous vous adaptez. En tant que soldats. Les civils, eux, s'énervent dès que les menus changent chez Applebee's.

— Comprends-moi bien, nombreux sont ceux de ton espèce qui sont incapables d'assimiler des données nouvelles et de s'adapter, mais chez les humains, on parle là plutôt de personnes âgées aux cerveaux fatigués. Ou juste pris de paresse. Chez d'autres espèces en revanche, même les jeunes ont du mal à intégrer des faits qui contredisent leurs systèmes psychorigides de croyances. Les humains, de ce côté-là, m'impressionnent. Voilà, c'est dit.

— Alors nous ne sommes pas juste des bactéries ?

— N'exagérons rien. Vous êtes à l'instant T du jour J des bactéries dotées d'un certain *potentiel*.

Trente-sept minutes plus tard, une alarme retentit dans le cockpit.

— Excellent ! se réjouit Skippy. Deux vaisseaux kristangs viennent de surgir d'un bond : une frégate qui nous envoie une radiobalise, et un destroyer.

Il afficha sur l'écran mural notre position relative à Paradis, aux deux astronefs kristangs et à divers navires ruhars.

— Où ça ? demandai-je nerveusement.

— J'ai programmé un cap dans le système de navigation.

— Je l'ai, monsieur, annonça Desai. Attention, tout le monde, on passe en pilotage automatique.

Je me cramponnai tandis que les moteurs du Dodo se mettaient à rugir ; nous bondîmes.

— Skippy, combien de temps avant le rendez-vous ? demandai-je, un œil anxieux rivé à l'affichage.

Une demi-douzaine de vaisseaux ruhars… un peu trop près de nous à mon gré.

— La frégate kristang accélère pour soutenir notre vitesse ; nous atteindrons notre but dans trois minutes et six, trois mille six cent soixante-quatorze secondes. Environ.

Environ ? Adams et moi échangeâmes un regard amusé.

— Oh, poursuivit Skippy, leur pilote lézard vient de bondir sur nos traces… pas mal ! Ce doit être un coup de bol, aucun saurien visqueux ne pourrait être aussi doué. Colonel Joe, ça va être chaud. Deux vaisseaux ruhars se préparent à un bref saut pour intercepter la frégate kristang. Je ne pouvais pas leur masquer la présence des lézards au risque qu'ils s'aperçoivent qu'il y a quelque chose de louche avec leurs systèmes de détection.

— Peuvent-ils nous voir ?

— Non, pour le moment, ils poursuivent la frégate. Le destroyer kristang manœuvre pour nous assurer une couverture.

— Magnifique. Et tu es certain, une fois qu'on aura abordé la frégate et qu'elle bondira au loin, que tu pourras mystifier le système de navigation afin qu'on atteigne un autre endroit que celui où croise le destroyer ?

— Quoi ? Non, je t'ai dit que je devais d'abord me brancher afin de prendre les commandes de la frégate. Bah, tu n'écoutais pas ?

La vache, alors !

— Mais bon sang, Skippy, tu as dit que tu pourrais…

— J'ai *dit* que je pourrais faire bondir n'importe quel spationef vers une position différente de celle de nos escorteurs.

— Ouais, et ? T'as pas besoin de… ?

— Ah ah ! T'es trop mignon, tiens, Colonel Joe. Tu crois que j'ai besoin de pirater l'ordinateur de bord des lézards pour fausser leur commande de saut ? Sûrement pas, mec ! Je vais altérer l'espace-temps à la dernière picoseconde, de sorte que leur champ de saut se retrouvera hors trajectoire.

— Vous pouvez altérer l'espace-temps ? s'écria Simms, incrédule.

— Mmmh ? Oh *yeah*, lâcha Skippy, désinvolte. Un de mes petits hobbys. J'ai bien tenté d'entamer une collection de timbres, mais que voulez-vous, s'amuser avec l'univers est tellement plus relaxant.

Simms haussa un sourcil en me décochant un regard éloquent. Elle comprenait mieux maintenant pourquoi je surnommais ce petit sagouin « Skippy ».

Sur l'écran de visualisation, la frégate se rapprocha jusqu'à apparaître brusquement, nous dominant de toute sa masse ; les portes de la baie d'attelage spatial étaient déjà ouvertes. Skippy laissa la frégate prendre possession des commandes du système navigationnel du Dodo et nous guider à bord. Les portes du hangar se refermaient à peine que la frégate bondissait vers de nouvelles coordonnées cosmiques.

— Il faut agir vite, pressa Skippy. Je viens de nous dévier de la trajectoire kristang et j'empêche maintenant la formation d'un champ de saut. Les Kristangs savent désormais que quelque chose cloche et vérifient leur commande de saut. Ce qui leur prendra peu de temps.

La fermeture des portes, elle, me parut prendre un temps infini. Le hangar se repressurisa dans un rugissement caractéristique. Dès que l'indicateur pression d'air afficha une valeur de quatre-vingts pour cent, on ouvrit la porte latérale, en abaissant la rampe arrière. Mes tympans firent « pop » et je ressentis une vive douleur difficile à ignorer.

— Les caméras sont sous mon contrôle. Ça marche, annonça Skippy, ils gobent notre histoire. Les portes externes sont maintenant déverrouillées.

Il prit également les commandes des détecteurs de feux intégrés aux caméras du hangar d'amarrage, infiltrant de fausses images dans les systèmes de bord, tout en papotant sur les ondes radio avec les officiers de pont. Ce que Skippy voulait dire avec « notre histoire » ? Il parlait des fausses images injectées dans les caméras kristangs du hangar, alléchantes et excitantes : une équipe des forces spéciales kristangs débarquant d'un Dodo ruhar capturé, avec pour insigne trophée un artefact issu du génie des grands Anciens, un bijou de technologie supposément découvert sur Paradis… Il s'agissait, selon Skippy, d'une sorte de « bulle de captage » Haute Énergie, un dispositif aimantant l'énergie libérée des fluctuations de l'écume quantique, ou quelque chose de ce goût-là.

— C'est en réalité une technologie rudimentaire, avait-il expliqué, voyez ça comme un genre de batterie qui ne se vide jamais. Croyez-moi, ça impressionnera ces crétins de lézards.

Quoi qu'il en soit, ça fonctionnait au poil ; le personnel déverrouilla l'accès à la passerelle et nous traversâmes le hangar en apesanteur. Seule une poignée d'entre nous, lancée dans une trajectoire erronée, dut être rattrapée avant de rebondir contre les parois et d'être catapultée en sens inverse. Les frégates kristangs ayant un équipage restreint, et Skippy ayant déterminé qu'il manquait en outre à celle-ci deux équipiers, il n'y avait pas eu un seul membre d'équipage pour nous accueillir à notre arrivée au hangar. Les officiers de pont avaient bien dit qu'ils envoyaient quelqu'un à notre rencontre, mais ils cherchaient surtout à comprendre en quoi leur commande de saut avait failli.

À la tête de nos forces d'assaut, Giraud ouvrit la porte externe du sas ; il lui suffisait d'appuyer sur un bouton puis de tirer sur une manette. Dans le sas, je tenais Skippy d'une main, en branchant de l'autre la prise dans un port de données, tandis que Giraud exécutait sur le panneau de commande la séquence que Skippy lui avait inculquée dans le but de forcer l'ouverture de la porte interne du sas, la porte externe étant encore ouverte. Une étape délicate de notre manœuvre d'infiltration, un seuil critique… Les deux portes ouvertes, une alarme retentirait que même Skippy ne pourrait encore étouffer. La porte interne s'ouvrant, une alarme se mit effectivement à beugler. Les vingt-deux soldats de notre bataillon d'assaut passèrent du sas à la coursive aussi vite qu'il était humainement possible, et à la seconde où tous eurent traversé, j'écrasai du poing le bouton de fermeture de la porte externe pour couper l'alarme. Le signal convenu pour que Desai remette le Dodo en marche, et pour que notre section d'assaut se scinde en deux, direction la passerelle et le pont technique.

M'incombait la tâche essentielle : brancher Skippy dans un connecteur mural. Lequel, pendant une fraction de seconde – autant dire une éternité –, je ne réussis pas à déceler dans mon affolement. Pour ma défense, je planais cul par-dessus tête sous le plafond en m'efforçant de ne pas rester dans les pattes de notre section d'assaut. Peine perdue : on me percutait, on me flanquait des coups de coude, j'eus même droit à un uppercut en pleine face. En apesanteur, on redoublait tous de maladresse ; aucun d'entre nous n'avait suivi d'entraînement au combat en gravité nulle, et inutile de préciser que nous n'avions jamais eu la moindre occasion de nous y frotter. À bord du Dodo, j'avais ordonné à tout le monde, pilotes exceptés, de s'exercer aux basculements et roulades en apesanteur, aux réceptions maîtrisées contre les parois, pieds et mains joints. Sauf que, à bord du Dodo, il n'y avait pas assez de place, ou de temps, pour s'assurer qu'on puisse faire mieux que dégobiller au fil de tous ces renversements tête-bêche.

Enfin, après deux secondes interminables, je repérai ce fameux branchement mural, alors qu'éclatait une fusillade du Kristang chargé de nous accueillir – et qui venait de découvrir notre section d'assaut. Au bourdonnement typique des armes ruhars succédèrent le grondement des fusils kristangs, puis des vrombissements. Sourd à toutes ces distractions, j'insérai avec grand soin la fiche dans le connecteur mural.

— Tu y es ?

— Occupé, fut la réponse laconique de Skippy. (Compte tenu de sa vitesse foudroyante de traitement, voilà qui ne manquait pas de m'inquiéter.) J'y suis, dit-il enfin. Les systèmes embarqués sont maintenant sous mon contrôle. Éjection des portes de la baie d'accostage.

Skippy eut recours à une procédure d'urgence pour souffler lesdites portes dans l'espace, plutôt que de les rétracter sur les côtés. On avait tellement hâte qu'elles reprennent leur cycle habituel…

— Dodo en mouvement.

L'engin fit une brutale embardée, et je rebondis contre une cloison. Skippy affirmait prendre le contrôle ? Dans ce cas, le navire n'aurait jamais dû pouvoir se déplacer !

— Mais que diable… ?

— Le Dodo vient de percuter les portes du hangar d'amarrage, occasionnant d'énormes dégâts. Une mission réelle.

Desai venait de mal évaluer sa sortie dans un véhicule avec lequel elle n'était pas familiarisée, et l'air s'échappant par les portes soufflées du hangar d'atterrissage ne faisait que compliquer la donne. Skippy estimait que le Dodo restait en mesure de mener sa mission à terme : voler au-devant de la frégate pour pulvériser sa passerelle. Les Kristangs, accoutumés aux actes de piraterie entre leurs clans ainsi qu'aux luttes intestines, avaient conçu leurs vaisseaux pour les prémunir précisément de ce genre d'assauts. Encore que les concepteurs avaient eu à l'esprit des factions kristangs rivales et non, bien entendu, de primitifs humains. La porte de la passerelle était assez blindée pour que toute tentative de forage risque d'ouvrir une brèche sur le vide spatial. Tant que des Kristangs seraient derrière cette porte, ils nous empêcheraient de nous emparer de leur navire, et pourraient même le désarmer ou le saborder, que Skippy soit ou non branché. Impossible, dans ces conditions, de prendre le contrôle de la passerelle d'un cuirassé kristang.

Loin de l'investir, nous allions donc l'anéantir de l'extérieur pour mieux le désintégrer jusqu'aux royaumes infernaux, jusqu'à ce qu'advienne la Fin des temps. Si du moins le Dodo était toujours fonctionnel, si Desai, novice en la matière, réussissait à le piloter, si elle maîtrisait assez l'artillerie de bord pour frapper la passerelle sans réduire en cendres le restant du navire… ce qui faisait beaucoup de « si ».

Rafales de mitrailles à l'avant et à l'arrière, cris et hurlements, déclenchement d'une grenade éclair… violents ébranlements du navire… par saccades.

— Le capitaine Desai a réussi à détruire la passerelle, ainsi qu'une partie de l'ajutage du vaisseau, et dix mètres du tribord arrière de la passerelle.

— Merde ! C'est grave ?

— Compte tenu de son manque d'expérience, elle s'en est très bien tirée. Les dégâts supplémentaires constitueront autant de preuves criantes d'une offensive ruhar par mine furtive, et n'affecteront pas les fonctions de bord nécessaires à notre dessein.

On s'est plu à dire qu'au combat, c'est le commandant qui a la tâche la plus difficile, car certes les combattants sont entraînés et les plans sont tirés, mais lui, il reste en retrait, il suit les opérations sans plus pouvoir influer sur leur issue, tandis que ses hommes mènent une lutte acharnée. Selon mon expérience, assurément des plus limitées, ce genre d'affirmation… ? Du pur baratin. De pures conneries à cent pour cent. Le boulot le plus dur incomberait au commandant ? Mais comment donc… ! Parce que ce ne sont pas les troufions, peut-être, qui s'exposent au feu de l'ennemi, qui se coltinent les combats, et qui y laissent leur peau ? Parlez-moi donc du « job le plus dur » au monde… Revient au commandant le boulot le plus tristement solitaire, celui qui vous fait culpabiliser, qui vous fait vous sentir parfaitement superflu, ça, je ne dis pas… Car, de fait, le commandant n'est pas sur la ligne de front, à se rendre utile pour ses potes, ses frères d'armes. L'affrontement conclu, j'avais toujours eu l'étrange sentiment que les choses auraient pu mieux se passer si jamais je m'étais retrouvé au cœur de l'action, si j'avais pu donner l'alerte avant qu'un malheureux ne soit abattu sans qu'on ait rien vu venir ; qui sait si j'avais réussi à alarmer les miens à temps, si j'avais pu terrasser l'adversaire en sauvant ainsi ne fût-ce qu'une vie ? Qui sait si je n'aurais pu améliorer les choses ? À moins que je ne sois tout simplement foudroyé par un tir bien placé ? Qui sait ? Quoi qu'il en soit, j'aurais au moins fait œuvre *utile*. Moi qui avais branché Skippy, je n'avais jamais tenté que de suivre le déroulé sur mon zPhone des combats d'abordage en proue et en poupe. Combats au-delà du chaotique, je n'avais même pas une image d'ensemble de ce qui pouvait bien se passer. Mon « commandement » avait bon dos.

Bilan de l'arraisonnement : nos pertes, dans les commandos d'assaut, se montaient à quatre morts et trois blessés graves. Soit un tiers de nos effectifs. En un seul et unique affrontement. Rien que pour aborder un navire.

Pour ce qui est de nous l'approprier, on ne s'en priva pas. Prendre pied dans le centre de contrôle avait coûté la vie d'un homme à Giraud, le soldat de 2ᵉ classe Arun Kurien de l'armée indienne. Deux Kristangs nous bloquaient en effet l'accès au centre de contrôle. Autres pertes à déplorer ? Celles de l'équipe de Chang, chargée d'investir la section technique. Équipe qui avait eu le job le plus dangereux : éliminer cinq Kristangs farouchement déterminés à empêcher la capture de leur vaisseau. Trois d'entre eux furent abattus dès les premières fusillades, quand nous avions eu l'avantage de la surprise. Les deux survivants furent bien plus ardus à supprimer. L'un d'eux réussit à enfiler une armure motorisée, alors que Skippy avait pourtant coincé l'accès au casier desdites combinaisons motorisées. L'avant-dernier Kristang avait pratiquement son armure verrouillée en place quand trois des nôtres ouvrirent le feu à l'aveugle dans le compartiment aux casiers afin de couvrir Chang, armé d'une grenade qu'il dégoupilla et lança. Notre Kristang, un sacré dur à cuire, tentait encore de verrouiller sa combinaison quand un tir groupé l'acheva.

Le pire ? Le tout dernier Kristang… Conscient sans doute d'être l'unique survivant, quand bien même Skippy avait coupé leur système de communication, il s'était résolu à saborder le navire plutôt que de se rendre. Skippy alerta Chang sur l'impérieuse nécessité d'arrêter ce Kristang-là le plus vite possible, avant qu'il n'atteigne le confinement réacteur. Skippy eut beau faire tout ce qu'il pouvait, les commandes du réacteur à plasma n'en demeuraient pas moins manuelles, ce avec quoi il lui était impossible d'interférer vu le peu de temps qui nous était imparti.

Chang m'apprit ce qu'il s'était passé : la section d'assaut avait déjà eu deux pertes à déplorer en tentant d'atteindre les Kristangs dans leur réduit. La situation étant désespérée, le sergent Yu Qishan avait dégoupillé deux grenades en se lançant à découvert – les Kristangs l'avaient visé à la tête. Quant à l'ultime Kristang ? L'explosion des grenades avait ouvert une brèche dans la coque, aspirant dans l'espace tant le sergent Yu que le Kristang. Pour ne pas dire la section d'assaut de Chang quasiment au complet ; une paroi se ferma automatiquement pour prévenir toute fuite d'air de la section technique.

Chang s'efforça de *me* consoler, alors que le sergent Yu faisait partie de ses hommes portés disparus.

— Il savait bien que la survie de l'humanité était tributaire de notre capacité à empêcher les Kristangs de détruire le réacteur. Il a fait son devoir. Nous honorerons sa mémoire dès que nous serons de retour chez nous.

Il avait raison. N'empêche… j'avais toujours la nette sensation de me battre contre des moulins.

Au lendemain de la bataille, Skippy ouvrit la baie d'amarrage côté bâbord afin qu'on puisse amener à bord notre Dodo endommagé. Une Desai ébranlée se rendit aussitôt au centre de contrôle pour suivre un cours intensif de pilotage de frégate kristang. Mon premier réflexe ? Mettre fin à tout ça, le temps que chacun récupère, et, plus important encore, qu'on soigne les blessés. Simms et Skippy m'avaient instamment incité à reprendre le plan à toute force, sans perdre un instant de plus. Simms m'avait assuré qu'elle s'occupait des blessés, transférés à l'infirmerie de la frégate, et que je ne pouvais rien de plus pour eux. Compte tenu des dérisoires fournitures médicales que nous avions à disposition, sûr et certain qu'on ne pouvait plus rien pour ces malheureux. Le mieux que je puisse encore faire, selon Skippy, c'était de suivre le plan initial, et de capturer un transporteur stellaire où les blessés seraient traités en fonction des incroyables avancées médicales des Thuraniens. Des blessures qui pouvaient guérir, des membres se régénérer, à en croire Skippy, une fois nos blessés placés dans des cuves thuraniennes de guérison… Je ne sais pas moi, ça ne me paraissait… pas bien. Mais, ravalant ma fierté, je laissai mes soldats faire leur job.

Tandis que Desai, sous les directives de Skippy, programmait les coordonnées d'un nouveau saut cosmique, je laissai mon regard dériver vers le centre de commandement, avec émerveillement. Nous avions un vaisseau. Un vaisseau spatial. Nous autres, pouilleux de macaques ignares de Terriens et leur technologie arriérée. Un *vaisseau spatial*.

Nom d'une pipe !

Chapitre Douze

Une Joyeuse Bande de Pirates

— Ça a fonctionné ? demandai-je à Desai.

— Je vous prie de m'excuser ?

— Le saut ? Ça a fonctionné ? On a bondi au bon endroit ?

Les étoiles de l'écran de visualisation s'étaient décalées. Ou c'est du moins l'impression que j'en retirais. De façon surprenante, les champs stellaires se ressemblaient tous. Ce n'était pas comme dans un film SF où tous les spationefs sont d'une manière ou d'une autre rétroéclairés par une scintillante nébuleuse haute en couleur. Le visuel principal n'était pas d'un grand secours ; il ne m'apportait aucun pôle de référence. Avant le bond cosmique, nous étions un point minuscule au milieu de nulle part, et après, nous étions toujours un point minuscule au milieu de nulle part. Pour ce que j'en savais, ça pouvait être le milieu du même « nulle part », après tout.

Elle leva les mains, paumes ouvertes, puis désigna les écrans déroutants.

— Honnêtement, je n'en ai pas idée. Monsieur Skippy ?

— Pardon ? Oh, navré, j'étais occupé. Oui, pas de souci, naturellement. Sinon, je vous l'aurais dit. J'ai transmis nos codes IFF kristangs. Je n'ai pas encore détecté d'autres vaisseaux dans le secteur.

— Auraient-ils déjà pu partir d'ici ? avança Simms. Parce que nous étions en retard au point de rendez-vous ?

— Sûr, nous étions en retard au point de rendez-vous et nous voilà à des coordonnées alternatives. Les détecteurs de ce vaisseau opèrent à la vitesse de la lumière, et nous venons tout juste d'arriver. Là, je capte la balise du transporteur stellaire thuranien. Pilote, un nouveau cap est transmis au système de navigation.

— Mon colonel ?

Desai me regardait.

— Exécution ! ordonnai-je.

Il faudrait que je pense à un truc plus original. « Distorsion facteur cinq » n'était pas une option, malheureusement. Le navire pivota à quarante-cinq degrés environ, me donnant le tournis, et les moteurs redémarrèrent en trombe. Une chance qu'on soit tous harnachés. Nom d'un chien, c'était comme si quelqu'un venait de s'asseoir sur ma poitrine ! Nos blessés devaient salement morfler, les pauvres.

— Skippy, grognai-je, c'est vraiment nécessaire ?

— Ce n'est pas de l'esbroufe, si c'est le sens de ta question. Les Thuraniens souhaitent bondir urgemment ailleurs, leur message nous ordonnait de foncer au rendez-vous à vitesse maximale. Nous allons faire demi-tour et décélérer bientôt, alors tenez bon. Quand nous serons à moins d'une demi-seconde-lumière, les Thuraniens prendront les commandes de notre système de navigation, pour nous guider en toute sécurité vers le point d'accrochage. C'est la procédure standard. L'un de mes sous-programmes gère le système de navigation de bord, ainsi, les Thuraniens croiront y avoir pleinement accès. À tort.

— Comment saurons-nous si les Thuraniens acceptent nos codes IFF d'identification ? voulut savoir Chang.

— C'est déjà le cas. Je suis en communication avec eux, et avec le commandant kristang en cet instant même. La conversation est plutôt laborieuse, car les signaux ne voyagent qu'à la vitesse de la lumière. J'ai expliqué qu'une mine ruhar furtive nous avait déviés de notre cap, et ma version des faits a été bien perçue. Ils ne peuvent que constater que notre vaisseau a subi des avaries. Ne vous alarmez pas, nous allons couper la poussée d'impulsion dans… trois… deux… une seconde… voilà ! Nous débrayerons d'ici douze minutes avant de faire demi-tour. Ce serait d'ailleurs le moment ou jamais d'aller au petit coin, simple suggestion.

— Oh, bien vu.

J'ouvris l'intercom pour informer l'équipage de ce qu'il se passait.

Ces douze minutes s'écoulèrent lentement tandis que nous dérivions dans l'espace en direction d'un vaisseau hostile techniquement supérieur, à même de nous écraser comme un vulgaire moustique. Skippy avait intérêt à savoir ce qu'il faisait, ou la partie serait terminée avant même de démarrer !

Au contraire de notre assaut contre la frégate kristang, notre plan visant à capturer un transporteur stellaire thuranien dépendait entièrement de Skippy. À cent pour cent. Nous, humains, profitions simplement de la balade, le temps qu'il affermisse sa mainmise sur les commandes du vaisseau et renforce son contrôle sur l'ensemble des systèmes embarqués. L'ironie du sort voulait que la différence entre les deux plans concerne la technologie thuranienne sophistiquée, comparée à celle des Kristangs. Selon Skippy, leur nature cyborg rendait les Thuraniens hautement dépendants des ordinateurs en réseau. D'où leur obsession maladive : protéger coûte que coûte leurs ordinateurs de toute tentative de piratage. Sauf qu'ils n'avaient pas pris en compte une redoutable inconnue dans leurs équations : l'époustouflante splendeur de Skippy. Même les Maxolhx, suzerains des Thuraniens, avaient toutes les peines du monde à porter atteinte à la sécurité des systèmes thuraniens de données. Mais la technologie des Anciens, elle, allait bien au-delà des rêves les plus fous des Maxolhx.

Du moins, à en croire Skippy.

Skippy, une immémoriale IA alien à laquelle je ne me fiais pas entièrement. Non que je doute qu'il mette ses plans à exécution, dans la mesure où il avait autant – sinon plus – besoin de nous que nous de lui. Je ne mettais pas ses aptitudes en doute, mais son jugement, oui. Il était question d'un petit bouffon étourdi de canette de bière à l'orgueil démesuré. Nous avions donc concocté un plan de secours, plan qu'un Skippy dédaigneux avait déclaré vain et futile.

S'il ne parvenait pas à prendre le contrôle du transporteur stellaire, nous avions donc prévu que Desai coupe le pilotage automatique et prenne le large en impulsant un saut d'urgence. Saut que Skippy avait de mauvaise grâce programmé dans le système de navigation.

Après ce bond cosmique, Thuraniens et Kristangs en concluraient forcément qu'il y avait anguille sous roche, avec notre frégate détournée, et ils veilleraient tout particulièrement à tenir éloigné notre vaisseau, ou tout autre navire kristang isolé, de leur astronef. Tout bâtiment suspect serait soumis à une inspection minutieuse à l'écart des actifs de la flotte thuranienne. Dans ces conditions, avec notre plan B, nous n'aurions plus aucune chance de capturer un astronef thuranien et encore moins d'accéder au vortex fatidique. Il nous faudrait dès lors « faire de l'auto-stop » auprès des patrons des Ruhars, les insectoïdes Jeraptha. On devrait retourner sur Paradis, larguer la frégate kristang et mettre à profit les talents de piratage de Skippy pour nous rapprocher d'un navire ruhar en utilisant notre Dodo. Le problème, c'est que le groupement tactique ruhar ne s'éloignait pas de Paradis, et que repérer un vaisseau ruhar isolé allait être difficile. Surtout que, maintenant, les Ruhars avaient forcément découvert que des humains avaient détourné un de leurs Dodos. Et donc plus aucun navire ruhar ne laisserait approcher un Dodo suspect.

Somme toute, c'était là une solution de repli… O.K., disons-le, assez médiocre – mais toujours meilleure que notre plan B initial qui consistait à revenir en catimini sur Paradis larguer le Dodo et tâcher d'échapper aux détections. Skippy n'était pas non plus follement partisan de ce pis-aller, qui lui coûterait ses rêves les plus chers : contacter le Collectif. Je n'y souscrivais guère, moi non plus, car ça me coûterait *mon* rêve le plus cher : remanger un jour un cheeseburger.

Non, je suis sérieux, là.

Quand les moteurs reprirent vie dans un rugissement, on se retrouva brutalement plaqués à nos banquettes à une force d'accélération de 4,7 G, nous annonça gaiement Skippy – pression qui perdura plus de deux minutes, le temps qu'on décélère. Comment diantre les astronautes humains avaient-ils pu se lancer à la conquête de l'espace dans des fusées-roquettes à carburant chimique qui vous broient la colonne vertébrale ? Mystère… À l'enclenchement de la décélération, j'avais eu le cou tordu sous un mauvais angle et j'avais dû lever une main pour guider ma tête dans une meilleure position. Hélas, ça me faisait toujours mal. Et respirer devenait difficile.

Skippy dut capter notre désarroi, car l'écran principal de visualisation laissa place à un affichage considérablement plus utile : le transporteur stellaire thuranien était maintenant déporté au centre, le point représentant notre vaisseau, de côté, une ligne en pointillé figurant le cap prospectif du transporteur stellaire et celui de notre navire. En bordure d'écran, des chiffres indiquaient l'heure des intersections et la vitesse des deux bâtiments. Ce qui n'importait guère au demeurant, dans un cas comme dans l'autre, puisque nous autres humains étions bien incapables de piloter le Dodo, hormis sur de courtes distances et à bas régime. Au moins, on avait ainsi conscience de notre destinée, à défaut de la contrôler.

L'accélération cessa brutalement, avant de reprendre en douceur.

— Les Thuraniens ont pris le contrôle de la navigation, ils nous guideront jusqu'à une bride d'amarrage.

— Nous ne sommes plus qu'à une demi-seconde-lumière, c'est ça ?

Se guider à partir des données visuelles n'avait rien d'évident. Les échelles demeuraient déroutantes.

— Non, un quart de seconde-lumière. Ils ont déjà tenté de prendre le contrôle, et j'ai simulé des difficultés à accepter le transfert en raison des dommages occasionnés par l'explosion. Si je ne les avais pas laissés croire qu'ils étaient maîtres du jeu, ils auraient annulé le rendez-vous, les Thuraniens ne font pas confiance aux Kristangs pour ce qui est des manœuvres d'approche. Ils procèdent en ce moment à un diagnostic de nos systèmes de bord, et je leur dis ce qu'ils veulent entendre.

L'affichage indiquait maintenant quatre minutes, heure d'arrivée prévue. L'image du transporteur stellaire reproduisait le profil du vaisseau, lequel ne se réduisait plus à un simple point. Nous étions proches, très proches.

— Pilote, ordonnai-je, tenez-vous prêt à annuler à mon signal. Skippy, tu y es ?

— Comment ça, « j'y suis » ?

— Tu es prêt à accomplir ton nouveau tour de magie ? En asservissant les systèmes informatiques thuraniens ?

Mais de quoi diable pensait-il que je parlais ?

— Oh, ça… Nous sommes à portée. Hmmm… ça va être plus difficile que prévu, et prendre plus de temps que je ne pensais. Saleté !

— Plus difficile ? m'exclamai-je. Comment ça ?

Simms était sur un siège-banquette derrière moi – et même comme ça, sa tension nerveuse était palpable.

— Eh bien, pour être juste, commença Skippy, je n'avais encore jamais eu de contact à proprement parler avec un système thuranien, moi qui étais coincé sur Paradis depuis, oh, un million d'années… Il faut bien que j'improvise.

— *Quoi* ? Putain de bordel *de merde*, Skippy, sale petit enfoiré ! Un million d'années ? Mais comment alors peux-tu déchiffrer les arcanes de la technologie thuranienne, si tu n'en as jamais vu la couleur ? Tu nous as pourtant affirmé que tu y arriverais les doigts dans le nez ! Nom de Dieu ! Au combat, un soldat a besoin de savoir qu'il peut compter sur ses frères d'armes, c'est une question de vie ou de mort ! Tu aurais dû nous expliquer que tu n'étais pas certain de pouvoir pirater leurs systèmes. Fait chier ! Pilote, interrompez-le… !

— Annulez cet ordre ! beugla Skippy. C'est bon, j'y suis !

— Quoi… ?

La montée d'adrénaline me coupait le souffle.

— Quand je parlais de « prendre plus de temps que je ne pensais », il fallait évidemment l'envisager en « mesure temporelle magique à la Skippy » et non plus en fonction des évaluations de ces pauvres arriérés d'hommes des cavernes au QI de sac à viande, pauvre âne bâté de macaque ! J'avais déjà le plein contrôle de ce transporteur stellaire cent vingt millisecondes après avoir spécifié « … que je ne pensais ».

— Mais sacré nom de nom, pourquoi tu ne m'as pas stoppé, dans ce cas ?

— Eh, tu étais bien parti, mec, pourquoi t'aurais-je interrompu en pleine diatribe ? Une diatribe fort stimulante au demeurant, Colonel Joe, je comprends mieux pourquoi tu es si vite passé de troufion à haut gradé. Mais pour être tout à fait honnête, à mi-invective, je ne t'écoutais déjà plus. Pourrais-tu reprendre, en faisant l'impasse sur le passage le plus ennuyeux ?

— Niquedouille ! Fais-la-moi à l'envers, va… !

— Désolé, ça, ça attendra. Nous allons maintenant accoster le transporteur stellaire. J'ai indirectement sélectionné une bride d'amarrage à la proue du navire. Pas de frais pour la mise à niveau.

— Skippy… grognai-je les dents serrées.

À quoi bon ? Tout ce que je pourrais dire ne ferait aucune différence.

La frégate oscilla légèrement ; s'ensuivirent une embardée, un tintement métallique et l'annonce de Skippy : nous avions accosté. La gravité reprit graduellement ses droits.

— Opération réussie et sécurisée. Tout le monde : restez sanglés, nous allons effectuer un bond sous peu.

— Je croyais que vous ne pouviez pas lancer un vaisseau dans un bond cosmique si vous étiez à bord ? protesta Chang. Ne devez-vous pas nous transférer sur l'astronef thuranien, asservir son système navigationnel et ensuite seulement, effectuer ce saut ?

— Pardon ? Oh ! Non, pas cette fois. Les Thuraniens avaient déjà programmé un saut dans leur système de navigation et, selon une minuterie réglée sur notre accostage, je laisse ce système fonctionner de lui-même. Je procéderai à la distorsion de l'espace-temps pour nous dévier du cap programmé, car bondir au cœur d'une unité expéditionnaire thuranienne serait plutôt mal venu. À moins qu'un paramètre ne m'échappe ? ajouta notre gros malin.

— Non, non, répondit Chang. Merci.

— Et trois… deux… un… ! C'est fait ! On est bon. Notre saut nous amène à un tiers d'année-lumière du point d'émergence visé. J'ai mis le transporteur stellaire en état d'urgence absolue, en intimant aux Kristangs l'ordre de faire de même. Oh, crotte, satané lézard ! Voilà que le commandant a remarqué que les coordonnées de notre saut ne correspondaient pas à ce qui était prévu, et qu'il exige des explications. Tout comme il exige d'avoir accès à notre vaisseau.

— Peux-tu le tenir à distance ? m'exclamai-je, alarmé.

La dernière chose dont nous avions besoin, c'était bien qu'une force militaire kristang aborde notre navire thuranien jusqu'au sas derrière lequel nous étions retranchés.

Ou qu'une nacelle survole notre hangar d'atterrissage.

— Oh, *yeah*, je lui ai illico retourné une sacrée torgnole. Les Thuraniens ne laissent pas leurs clients leur marcher sur les pieds. J'ai donc signifié à ce commandant zélé de la boucler bien comme il faut ! Nous avions modifié les coordonnées de notre saut afin d'éviter le cuirassé jeraptha. Je lui ai en outre annoncé que cette frégate était placée sous quarantaine. Ce qui n'a évidemment pas eu l'heur de lui plaire. Mais qu'importe, il sait fort bien qu'il n'a pas le choix.

— Bon, OK. Et après ?

— Colonel Joe, c'est vous le commandant. Je suggérerais qu'on embarque à bord du transporteur stellaire, et qu'on rassemble les quatre-vingt-sept Thuraniens de l'équipage.

— Nous contre quatre-vingt-sept cyborgs thuraniens armés ? fis-je, incrédule.

On venait à grand-peine de défaire une dizaine de Kristangs.

— Quatre-vingt-sept cyborgs cryogénisés, précisa Skippy. J'ai ordonné de mettre en cycle non planifié de sommeil leurs implants cérébraux, de sorte que les voilà fondamentalement plongés dans un coma artificiel. Ah, et dire que ces têtes d'épingle verdâtres se prennent pour de puissants cyborgs…

— Juste comme ça ? Voilà que nous avons maintenant le contrôle total sur un vaisseau ?

Il n'y avait pas de quoi se sentir floué, tout de même ?

Mais au fond… ça ne m'empêchait pas de vivre, franchement.

— Eh ouais, juste comme ça. Oyez, braves gens, contemplez la magie de Skippy l'Éblouissant, Skippy le Sublime ! Mais bon, à vrai dire, à mon niveau, c'est plutôt faiblard. Bah, c'est bien assez pour impressionner les singes, hein ?

J'acquiesçai.

— Ce singe-ci est suffisamment impressionné.

— Et moi aussi, renchérit Chang.

— Cette *humaine* est impressionnée, souligna Simms. Mon colonel, si j'étais sceptique à propos de votre bière scintillante, je ne le suis plus.

— Ce n'est pas *ma* canette de bière, Major Simms, me hâtai-je de la corriger avant que Skippy ne voie rouge. Skippy est plus un être doué de conscience que n'importe lequel d'entre nous.

— Que vous tous réunis ! me reprit Skippy.

Sacré nom, ce que cette canette de bière peut être imbue d'elle-même !

Skippy nous assurant que les Kristangs n'oseraient pas aborder un vaisseau thuranien, et qu'il avait de toute façon verrouillé les sas, nous nous aventurâmes prudemment dans le nôtre, de sas. Giraud ouvrait la voie, armé d'un fusil ruhar, un modèle standard HK416 des forces spéciales françaises, et d'un sac à munitions bourré de grenades-éclair. Skippy insistait, un tel luxe de précautions était parfaitement inutile à l'en croire, on pouvait toujours se balader à poil d'un bout à l'autre de cet immense transporteur stellaire si ça nous chantait. Lui qui requérait pourtant que nous autres singes nus nous couvrions le plus possible, histoire de ménager la sensibilité de ses pudiques et délicats détecteurs… Pour la peine, je lui fis deux doigts d'honneur en lui demandant si ses détecteurs le voyaient, ça… Je n'eus pas de réponse.

Le sas de la frégate donnait sur une chambre qui, expliqua Skippy, était une sorte de monte-charge. En raison de la gravité artificielle qui nous attirait vers l'arête dorsale du transporteur stellaire, sans monte-charge, on en aurait été réduits à descendre une longue échelle. Le monte-charge était largement assez vaste pour accueillir notre équipage au complet, et a fortiori pour la dizaine de compagnons que je venais de sélectionner en vue de notre mission initiale de reconnaissance. Il s'en dégageait d'ailleurs une drôle d'odeur. Je humai cette atmosphère confinée.

— Skippy, l'air est respirable pour nous ? (Un peu tard pour s'en soucier…) On dirait, euh… celui qu'on respire au sous-sol, chez mes grands-parents.

— Hum… ouais, c'est bon pour vous. Ça sent un peu le renfermé parce que les Thuraniens ne laissent pratiquement jamais d'autres espèces sales et écœurantes mettre une patte à bord de leurs vaisseaux. D'après les archives de la banque de données du transporteur, le dernier usage de ce monte-charge remonte à trente-huit ans.

— Cette bride d'amarrage face au transporteur ? Les navires thuraniens ne s'en servent pas en temps normal ?

— Quel fin observateur tu fais, Colonel Joe. Si les navires thuraniens s'en servent fréquemment, les équipages empruntent néanmoins un sas différent, afin d'éviter d'avoir à toucher des surfaces que des espèces inférieures auraient pu contaminer. C'est à dessein que les sas kristangs ne peuvent s'apparier à leurs équivalents thuraniens.

— Je parierais que les Thuraniens n'offrent pas non plus de boissons chaudes à leurs hôtes, ajouta le sergent Adams sans la moindre trace d'humour.

Index pointé près du cran de sûreté de son fusil ruhar, elle était tendue, les nerfs à fleur de peau. Sur mes ordres, les fusils n'étaient pas réglés en mode « paralysie ». Je m'étais dit que si jamais Skippy avait tort et qu'on tombait sur des cyborgs bien éveillés, le rayon paralysant ne nous sauverait pas la mise.

Le monte-charge arriva à destination, et la porte ouvrit sur une longue coursive bien éclairée au design industriel d'aspect aride, dans une explosion de gris, de blanc et de noir, histoire de *pimper* un peu tout ça. Pour l'ambiance intime et douillette, on repassera.

— Skippy, fis-je dans un chuchotement involontaire, est-ce que tout le vaisseau ressemble à ça ?

— Dans l'ensemble, oui. Étant des cyborgs, les Thuraniens dédaignent tout ce qu'ils considèrent comme des vestiges décadents de leur passé biologique, à l'exemple des décorations et embellissements, ou du confort matériel – ils s'en tiennent au strict minimum.

— Alors dans ce cas, pourquoi ne pas aller au bout des choses et se faire robot, androïde, que sais-je ? raisonna Simms.

— À cela, deux raisons, répondit Skippy tandis que nous prenions pied dans la coursive. *Primo*, il leur manque la technologie pour télécharger leur pleine conscience dans un substrat non biologique, ce qui est mille fois plus difficile que ce que peuvent croire la plupart des espèces. *Secundo*, et plus important encore, si les Thuraniens parvenaient à transcender leur condition biologique, les Maxolhx ne les considéreraient plus comme une espèce cliente mais comme de simples robots, et les traiteraient donc en machines. En esclaves. (Il avait pris un ton amer en disant cela.) Les Maxolhx ne qualifient pas les intelligences artificielles d'entités douées de conscience. Ce sont de méchants minous, ceux-là.

Au-devant, une autre porte s'ouvrit ; d'instinct, on fit volte-face, sur la défensive.

— Relax, bande de singes ! s'esclaffa Skippy. C'est un vulgaire wagonnet, à moins que vous ne préfériez marcher à pied jusqu'à la partie avant du navire ? C'est un sacré bout de chemin !

Nous nous entassâmes dans le wagonnet, qui démarra et accéléra sans à-coups.

— La prochaine fois, préviens-nous au lieu de nous prendre au dépourvu, Skippy, lui reprochai-je. Nous, on a les doigts tremblotants sur la détente, vois-tu.

— J'en prends note. Je vous ai pourtant dit, mes simplets, que j'avais la main sur ce vaisseau, soit un contrôle absolu, et que les Thuraniens dorment profondément, au pays des rêves. Le seul truc dangereux à bord, c'est cette bande de macaques surexcités qui font joujou avec des armes très puissantes ! Oh, et avant que l'un de vous, pauvres singes sans cervelle, n'aille se tirer une balle dans le pied à la vue d'un Thuranien assoupi par terre quand nous arriverons à destination, eh bien... vous voilà prévenus.

Et bien prévenus. Giraud insista pour débarquer le premier du wagonnet, HK416 braqué sur le Thuranien effondré au sol. Sur ses gardes, il poussa du canon de son fusil l'alien inconscient. Sans provoquer de réaction.

— Rien[3], marmonna-t-il.

— Hein ? grommelai-je.

Skippy lâcha un borborygme évoquant un raclement de gorge.

— Soyons clairs : il n'a rien dit, il a juste dit en français « rien », ce qui veut dire en anglais « rien ».

— Ça, je l'avais compris, Skippy.

---

3 En français dans le texte [NDT].

Je poussai à mon tour le Thuranien inerte de la pointe d'une botte, sans plus de réaction. Si Skippy ne m'avait pas assuré qu'il était dans une sorte de coma artificiel, j'aurais cru avoir affaire à un cadavre.

— Sergent Adams, veuillez emmener notre Princesse au bois dormant hors d'ici, où il vous plaira.

Adams lia les poignets du Thuranien dans son dos avant de le traîner les pieds devant dans la coursive. C'était donc ça, le centre névralgique du bord ? Voilà qui ne m'impressionnait guère, avec tout ce gris terne de chez terne.

— Et maintenant, Skippy ? Où se trouve la passerelle de commandement ?

— Il n'y en a pas.

— Pardon ?

— Les Thuraniens considèrent qu'une passerelle de commandement n'est jamais qu'un concept caduc, héritage d'un passé biologique qu'ils ont su transcender. C'est donc aussi inutile qu'inefficace. Ils contrôlent directement le vaisseau à partir de leurs implants cérébraux cyborgs, qui leur donnent accès à toutes les fonctionnalités d'un bout à l'autre du spationef. Lors des opérations de vol, et surtout au combat, l'état-major a pour niches les nœuds du réseau central logé au cœur de la section avant, et lourdement blindés. S'y rendre ne vous servirait à rien, vous auxquels manque l'aptitude à entrer en interface directe avec ce pathétique morceau de caillou que les Thuraniens tiennent pour leur ordinateur de bord.

— Alors que faisons-nous là ? Comment contrôler ce vaisseau ? Grâce à la pensée positive ?

— S'il vous était possible de la boucler un instant, le temps que je cause ? J'allais justement préciser qu'il existe un centre de commande de sauvegarde. Les vaisseaux thuraniens recourent aux commandes de renfort à chaque rencontre avec les Maxolhx, au cas où ces vilains matous réussiraient à s'infiltrer dans leurs ordinateurs. Ce qui arrive assez souvent, et qui rend les Thuraniens frappadingues. Le centre de contrôle de sauvegarde dispose d'affichages vidéo, de systèmes de transmission audio et de panneaux de commandes manuelles. Tout ce qu'il ne vous est pas possible de faire d'ici, moi je le peux. Il vous suffit de me le dire.

— Oh, eh bien, *lead on, MacDuff*[4].

Skippy eut l'air dégoûté.

— Quelle énervante citation erronée du *Macbeth* de Shakespeare ! Le vers exact, « *Lay on, MacDuff* », signifie l'inverse…

— Tu t'en fiches, Skippy, tu t'en fiches ! Quelle direction ?

Devant nous, la coursive en croisait une autre, et il n'y avait aucun panneau indicateur – même si j'avais pu lire le thuranien.

— Oh, excuse-moi de vous demander pardon, tas de quadrumanes incultes, si je tente de vous arracher un tant soit peu aux insondables ténèbres de votre ignorance crasse, ronchonna Skippy. C'est droit devant ; j'ouvrirai la porte du fond. (Une fois là, il crut bon de nous prévenir :) Hum, je dois vous dire, le décor de ce lieu est un peu différent du restant du vaisseau.

Nom d'un chien, il n'exagérait pas ! Le centre de contrôle de secours ? Une fantasmagorie gothique ! Une orgie de couleurs, des écrans d'affichage aux touches, manettes et boutons lumineux… tout était superbement décoré. Le contraste avec le restant du vaisseau était choquant. Moi qui ne suis pas architecte d'intérieur, je voudrais juste lui rendre justice : l'endroit m'avait tout l'air d'un projet artistique, à mi-chemin entre une cathédrale gothique et l'un de ces luxueux châteaux français. Le terme « gothique » n'est peut-être pas d'ailleurs le plus approprié, car ça n'avait tout de même rien d'un de ces lieux typiques où les gamins gothiques à l'eye-liner noir iront traîner leurs guêtres. Rococo, peut-être ? Mais au fond, c'était quoi, la définition ? Je n'étais pas certain de ce que ça pouvait signifier au juste. Trop élaboré, opulent au point de friser le mauvais goût – c'est ce que je voulais dire par « rococo ». Aux antipodes du minimalisme, de l'élégance, du raffinement aux lignes pures,

---

4 Célèbre citation de *Macbeth*, 1605, acte V scène 7 – qu'il faut lire effectivement dans le texte : « Lay on, Macduff » : « Attaque-moi, Macduff [damné soit celui de nous deux qui criera le premier "arrête, c'est assez" » [Traduction Guizot, 1864 https://fr.wikisource.org/wiki/ Macbeth/Traduction_Guizot,_1864/Acte_V. Notons que « Lay on » peut aussi se traduire par « Aux armes ! » Wikipédia - NDT].

bref, l'exact opposé du restant du vaisseau. De simples auxiliaires de maîtrise comme des poignées de porte étaient tarabiscotés, avec de complexes filigranes incurvés bleu et or agrémentés d'inserts de gemmes de couleur. Tous enrichissements parfaitement inutiles d'un point de vue purement fonctionnel.

— Waouh… souffla Simms. On dirait le boudoir de ma grand-mère… En plus classe. Monsieur Skippy, pourquoi est-ce autant… ?

— … baroque, c'est le mot que vous cherchez, l'interrompit Skippy, toujours aussi suffisant. (Crénom, c'est également le mot que je cherchais.) Puisque c'est là que les Thuraniens se déconnectent de leurs renforcements cybernétiques, le décor a pour but de leur rappeler leur passé purement biologique. Si vous estimez que le design est de mauvais goût, les Thuraniens, eux, le vouent aux gémonies. C'est précisément censé susciter le dégoût chez l'équipage, à seule fin de monter en épingle le sentiment de supériorité de la cybernétique par rapport aux basses contingences prosaïques de la biologie. Les concepteurs voulaient que le centre de commande de sauvegarde soit à l'opposé de la *coolitude*, si tant est qu'un tel marqueur puisse s'appliquer aux Thuraniens.

— Et on peut dire qu'ils ont réussi, reniflai-je d'un air chagrin. Cet endroit pue…

— … autant qu'un boxon de La Nouvelle-Orléans, marmonna-t-on dans mon dos.

Je ne me retournai pas pour découvrir le coupable de cette saillie.

— Eh ouais… Non que je parle d'expérience, hein, m'empressai-je de souligner. Mais bon, on dirait qu'une grue s'est aspergée de parfum.

Au point de soulever le cœur.

Adams fronça le nez.

— C'est ça quand on abuse des capiteuses fragrances de ma grand-mère.

— Les designers tiennent à rappeler sa nature biologique à l'équipage au moyen de marqueurs visuels, olfactifs et tactiles. Au lieu d'écrans tactiles, toutes les commandes se résument à des molettes et potentiomètres tout ce qu'il y a de plus concret, et que même votre société d'attardés mentaux juge largement démodés. Avoir à empoigner un bouton de porte, devoir faire tourner une molette froide et roide au toucher, assez récalcitrante pour qu'on ressente une torsion contraire, en ramenant constamment l'usager à ses diktats biologiques. En haute pression – seule situation où les Thuraniens recourraient au centre de commandement de secours –, l'équipage se devait de juguler ses instincts afin de faire appel à la cybernétique. Dans les manœuvres d'urgence, les pilotes ont besoin de leurs facultés cérébrales pour transmettre instantanément des signaux à la pulpe de leurs doigts qui voltigent sur les panneaux de commande, sans perdre une nanoseconde à prétendre contrôler le système navigationnel via leurs implants.

— Et ça te dérangerait d'augmenter la ventilation, histoire qu'on n'ait plus cette puanteur dans le nez ? fis-je. Ça empeste autant que dans le monte-charge !

— Ça sent le moisi parce que cet habitacle est rarement utilisé. J'ai désactivé les émetteurs d'odeurs, et la ventilation tourne à fond. Laisser la porte ouverte vous aidera, je calcule que vos nez ne percevront plus rien en moins d'une heure. D'ici demain, les réminiscences se seront dispersées en deçà des seuils perceptibles. Si l'une de vos femelles tombe enceinte, en revanche, elle pourrait encore…

— Ce ne sera pas un problème, Skippy, lui dis-je avec un regard en coin pour Simms.

Le centre de commande de sauvegarde avait une forme vaguement ovale ; la section centrale murée par des panneaux de verre – ou ce qui en avait tout l'air – s'élevait du sol au plafond. Des consoles s'alignaient en piste face à ces panneaux, avec des dossiers trop bas pour les dos humains.

— Les commandes de vol sont-elles dans cet espace vitré ?

— Oui, c'est le noyau du centre de commande de…

— Une appellation beaucoup trop longue. Parlons plutôt de section primaire et de Centre d'Information de Combat, de CIC, décrétai-je.

Chang et Simms opinèrent du chef.

Le capitaine Desai s'installa tant bien que mal dans l'un des trois sièges-banquette de pilotage, s'y trouvant franchement à l'étroit – Skippy l'avait pourtant déployé aux dimensions maximales.

— Ça ira, monsieur, je m'en sortirai. Ça par contre, ça m'inquiète plus…

Elle désignait le déroutant tableau de commandes manuelles qui l'entourait.

— Ces commandes concernent surtout des réseaux subsidiaires dont j'ai le contrôle, l'assura Skippy. Commençons par les commandes basiques, la commande de saut.

Desai se tortillait pour trouver une position moins inconfortable dans son siège-banquette trop exigu. J'évaluai d'un coup d'œil la hauteur sous plafond et celle de la porte d'accès.

— Skippy, avec des gars fluets comme les Thuraniens, comment expliques-tu qu'on ne se heurte pas le crâne au passage ?

— Les Thuraniens ont adapté leurs vaisseaux aux Maxolhx, leurs patrons. S'il est rarement arrivé au cours de l'Histoire que les Maxolhx doivent se baisser pour aborder un vaisseau thuranien, les Thuraniens, eux, entendent éviter coûte que coûte tout nouvel embarras. Il arrive aussi que des Kristangs ou d'autres espèces clientes montent à bord et si, intellectuellement, les Thuraniens considèrent que leur taille réduite a un bien meilleur coefficient de rendement, donc supérieure à celle des autres peuples, ils ont tout de même du mal à assumer. Car les autres espèces qui se cognent constamment la tête dans les coursives thuraniennes ne leur rappellent que trop leur petitesse.

— Bon, très bien. (Je déposai Skippy sur une console, près de Desai.) Pilote, à vous d'apprendre les commandes. Colonel Chang, à vous la barre, pendant que je m'occupe des Thuraniens. Sergent Adams, Sergent Thompson, avec moi.

Je confiai à Skippy le soin d'indiquer à Desai, Chang, Simms et quelques autres le fonctionnement de la passerelle et des commandes du CIC, tandis que je m'occupais de l'ancien équipage de bord. Une fois dans la coursive, je pris conscience que je n'avais aucune idée de comment m'y prendre.

Je remis en place l'oreillette du zPhone.

— Skippy, tu as idée de quoi faire avec nos Rip Van Winkle de bigorneaux[5], là ?

— Tu parles, j'imagine, de nos Belles au bois dormant de Thuraniens ?

— Affirmatif.

— Il y a plusieurs possibilités, en fonction de tes intentions ultérieures. En attendant, ce vaisseau dispose de conteneurs amovibles de fret, assez vastes pour détenir l'équipage thuranien au complet.

— Et on l'y entasserait comme du bois de corde ?

— En allongeant plutôt les Thuraniens au sol, mais c'est l'idée.

J'y réfléchis. Que diable allais-je faire de quatre-vingt-sept Thuraniens inconscients ? Ça m'aurait tant simplifié la vie si seulement Skippy les avait tués au lieu de les plonger dans un cycle de sommeil, je n'aurais pas eu à prendre à présent de décision si difficile. Bien sûr, si Skippy m'avait demandé mon avis, les tuer ? Les endormir ?… Qu'aurais-je répondu ? Prendre une telle décision quand on était encore à bord de la frégate kristang, sans certitude aucune de pouvoir détourner un transporteur stellaire thuranien sans coup férir, aurait été tellement plus simple aussi. De la pure théorie, au lieu d'être confronté à la réalité, comme maintenant. Résultat ? J'ai botté en touche. Et ajourné ma décision.

— Combien de temps peux-tu les garder en sommeil ?

— Sans branchements aux systèmes de survie, disons trois jours. Leur cybernétique minimise leurs fonctions autonomes.

— Mmmhh… O.K. Et combien de temps avant notre prochain saut ? Je pars du principe qu'on a tout intérêt à quitter les parages, au cas où une battue thuranienne viendrait par là à notre recherche.

---

5 *Rip Van Winkle*, célèbre référence US : nouvelle de Washington Irving [dans *Le Livre d'esquisses*, 1819] où, dans les montagnes Catskill, État de New York, le héros éponyme s'endort. À son réveil, son fusil tombe en poussière, ses habits en lambeaux, tous ses amis sont morts… Vingt ans sont passés [Wikipédia - NDT].

— En effet. J'ai détecté des sauts caractéristiques émanant de deux navires thuraniens lancés à nos trousses. Le danger est très relatif car, faute de réponse de notre transpondeur, les Thuraniens ne nous détecteront pas avant trois heures, lors de notre prochain bond cosmique. Car dans l'intervalle, j'aurai effectué une inspection approfondie des moteurs de saut et des systèmes navigationnels, j'aurai biffé le logiciel du système de contrôle de saut, en lui substituant un bidule plus utile. Ça revient un peu à couler dans un bloc de béton un système d'exploitation IA, avec juste un peu moins de capacité mémorielle.

— Un défi taillé pour toi, mon coco. Sergent Adams, veuillez transbahuter ces Thuraniens dans le wagonnet… OK, Skippy ?

— Un bon début. Je guiderai ensuite l'équipage sur ce qu'il convient de faire.

— Bien, monsieur, me répondit Adams.

Elle fit signe à trois hommes du rang qui se mirent aussitôt au travail.

Sauf que tous les Thuraniens, ces « petits hommes verts », n'étaient pas complètement inertes.

— Eh mec, qui aurait pu croire que ces p'tits gars-là pionceraient comme ça ? Oh, mec, voilà qu'il me bave dessus, le bonhomme ! C'est écœurant !

— Eh, mate un peu celui-là, avec ses paupières frémissantes et ses jambes tressaillantes ! Mon chien fait ça quand il rêve qu'il cavale après un écureuil !

— Parce que tu sais, toi, de quoi rêve ton chien ?

— Mais de quoi d'autre rêvent les chiens ?

— De se soulager sur ta jambe ?

— Vous deux, bouclez-la ! aboya Adams – même si ses prunelles pétillaient d'amusement. Et remuez-vous l'arrière-train !

Tandis qu'Adams s'occupait de nos Rip Van Wickle, le sergent Thompson et moi-même retournions à notre frégate kristang arraisonnée afin de transborder les blessés sur le vaisseau thuranien. Skippy m'avait assuré que les infrastructures sanitaires des Thuraniens surpassaient grandement celles des Kristangs, avec leur infirmerie exiguë et limitée. Nous y avions amené nos trois blessés l'un après l'autre, reliés à des moniteurs médicaux kristangs. Une tâche dont je tenais à m'acquitter en personne, même si les blessés étaient sous sédatifs, stabilisés. Skippy avait fait main basse sur les systèmes médicaux thuraniens, incluant les intrigantes cuves de guérison où nous immergeâmes nos éclopés.

Ces cuves ou nacelles avaient l'aspect sinistre de cercueils, à l'intérieur doublé de sondes nanométriques. Une fois le couvercle baissé, lesdites sondes s'étiraient, dispensatrices d'oxygène, nutriments, médicaments et micromachines aptes à accélérer la guérison. À l'en croire, Skippy avait reprogrammé l'informatique médicale thuranienne en fonction des normes de la biologie humaine ; il ne doutait pas un instant que les trois soldats blessés se rétablissent complètement. Cela étant dit, on devait se mouvoir avec précaution, la gravité qui régnait dans l'infirmerie étant réduite à quinze pour cent des normes terrestres, afin de minimiser le stress sur le métabolisme des patients.

— Que puis-je faire ?

Sourcils froncés, je balayai les lieux d'un regard inquiet. Partout, tubes et engins robotisés… Tout plutôt que de me retrouver hospitalisé en pareil endroit !

Docteur Skippy fit bien peu cas de ma proposition.

— Aurais-tu une connaissance approfondie des nacelles médicales thuraniennes ? J'en doute. Non, Joe, je gère. Ça semble effrayant, il s'agit aussi de technologie médicale assez sophistiquée, mais il n'empêche que la physiologie humaine demeure assez simple, et que ces cas-là sont donc fastoches, eux aussi. Rends-toi utile ailleurs, et laisse-moi bosser.

— Entendu. Nous n'abandonnerons pas ces pauvres gens à leur sort. Je demanderai au major Simms d'affecter aux quarts du personnel…

— Parfaitement inutile, Joe.

— Matériellement, peut-être, Skippy. Mais c'est là un truc humain. Je veux que les nôtres sachent qu'ici, ils ne sont pas seuls. À leur réveil, il faudra qu'il y ait quelqu'un.

— Un truc humain, OK, soupira Skippy, radouci.

— Super. Et maintenant ? Allons inspecter les quartiers de l'équipage à bord de ce baquet… Ils en ont, hein ?

Vu l'étrange obsession des Thuraniens pour la cybernétique, qui ne nous disait pas après tout qu'ils dormaient debout muralement enfichés ou autre ?

— Ils disposent de quartiers individuels. Il y en a un à droite, là-bas.

On fit quelques pas, et une porte coulissa, en effet. J'entrai dans la cabine.

— Oh, mince alors…

Une cabine agréablement aménagée : une banquette, des cabinets encastrés, un placard, des toilettes avec douche, console et siège. De telles caractéristiques n'étaient pas le problème. Le problème ? Tout était dimensionné aux normes des Thuraniens. La banquette ? Impossible de m'y allonger, à moins de laisser pendre mes jambes de côté, en chien de fusil. Le plafond ? Moins de deux mètres de haut. Certains d'entre nous devraient faire attention de ne pas s'y cogner. Rien que pour prendre une douche, il faudrait que je m'agenouille.

Adams sourit.

— Je ne sais pas… ça me paraît douillet, tout ça.

— Douillet ? fis-je. Comme dans « chaud et confortable » ou douillet comme dans une petite annonce immobilière où tout est en réalité triste, exigu et déprimant ?

— Triste, exigu et déprimant… soupira Adams en ouvrant l'armoire. Ouh là, la mode, c'est pas trop leur truc…

Toutes les tenues étaient des mêmes gris et gris-bleu ternes que portaient les Thuraniens assommés.

— Mais qu'importe… (Je haussai les épaules.) On s'en accommodera. Tout le monde a ses propres quartiers, si c'est pas le grand luxe, ça…

— Monsieur, fit Adams, à propos des rations… ?

— Ah oui, bien vu. Skippy, où se trouve le mess – ou la coquerie, si tu préfères ?

— Il n'y en a pas, Joe.

— Pas de cambuse ? (Adams et moi échangeâmes un regard interloqué.) Où les Thuraniens prennent-ils leurs repas dans ce cas ?

— En privé, expliqua Skippy. Tout ce qui les ramène à leur passé biologique, les Thuraniens le considèrent comme tabou. Au premier chef, des fonctions biologiques incontournables comme le fait de s'alimenter. Ingérer des aliments est donc du domaine du privé, et ça se passe dans les quartiers.

Les quartiers ? Comme dans cette minuscule cabine privée de coin-cuisine ?

— Bon, très bien. (Nous humains, animaux grégaires que nous sommes, pourrions toujours nous dénicher un réfectoire de fortune, les repas constituant une activité sociale de premier plan. Montre-nous les stocks.

— Dans ce placard, derrière le sergent Adams.

Adams se retourna, l'ouvrit et en tira une poignée de tubes translucides en plastique renfermant un épais liquide de couleur beige.

— C'est quoi ça ?

Elle fouilla le placard d'un regard inquisiteur, des fois que quelque chose lui aurait échappé, puis ouvrit l'autre placard. Mêmes tubes translucides en plastique.

— C'est leur nourriture. La meilleure traduction serait « bouillie de subsistance ».

— Bouillie ? répétai-je, effaré.

— Hmmm... réfléchit Skippy, ce mot peut avoir une connotation négative. Que diriez-vous plutôt « d'infâme magma », de « bouillasse », de « matière visqueuse » ou de « substance gluante » ? Ah, voilà encore des connotations négatives...

— Ah, ouais ? Sans déconner...

— Et si vous y pensiez comme à un smoothie ? tenta Skippy.

— Tu ne nous aides pas, là... (Je pris un des tubes pour l'inspecter.) C'est tout ce qu'ils mangent ?

— Oui, ça couvre tous leurs besoins alimentaires.

— Et ça a quel goût ?

Je m'apprêtai à ouvrir le tube en question.

— N'avale pas ça, crétin, c'est conçu pour la biologie thuranienne, ce n'est pas le bon mélange d'acides aminés et de vitamines pour humains. J'ai mis les synthétiseurs sur le coup pour fabriquer de la bouillasse, je veux dire des « smoothies » pour humains.

— Super… Et ça aura quel goût ?

Silence. Puis…

— Comme si j'avais des papilles gustatives, Joe…

— Oh, navré, mon vieux.

— J'ai néanmoins élaboré ce que j'estime être un modèle assez juste et précis des sens humains, dont le goût…

— … bien évidemment…

— … et ça devrait avoir la saveur, comment dire, d'un doux mélange de flocons d'avoine, de carottes et de saucisson italien.

Adams fit grise mine.

— Et merde… ça va être un très long voyage.

— Skippy, c'est renversant à la fin ! Tu m'avais dit que la bouffe thuranienne serait *comestible* ! Mais ça… (je secouai le tube, et l'infâme viscosité fort peu appétissante migra lentement d'un bout à l'autre), *ça*, c'est pas de la nourriture ! Une armée marche sur son estomac… crénom ! Adams, ça va porter un coup terrible au moral des troupes… Que diable va faire l'équipage ?

Carrant les épaules, serrant les mâchoires, Adams en prit fermement son parti.

— L'équipage fera contre mauvaise fortune bon cœur, monsieur.

Dans l'armée, certains trucs étaient nuls, tout simplement. On n'y pouvait rien, et donc, on en souriait, tout crispé, et on faisait son devoir.

— Les combattants se résignent à l'inévitable et font avec depuis la nuit des temps, depuis les affrontements aux lances de bois. On n'est pas là en croisière d'agrément.

Sa prise de position était encourageante, et j'espérais que les autres auraient le même état d'esprit conquérant. Les deux palettes de vivres, des EMR pour l'essentiel, que nous avions embarquées sur le Dodo, devraient être rationnées, priorité aux blessés. C'est sûr, j'allais devoir, moi, montrer l'exemple, en me contentant de ces bouillasses de « smoothies » concoctées par notre chef Skippy… Si l'équipage constatait que son commandant était logé à la même enseigne, il le prendrait déjà mieux. Pour l'heure, je décidai qu'on ferait un vrai repas par jour, pas plus. On verrait ensuite, à l'avancée.

— Joe, je ne m'étais pas rendu compte que ça allait autant poser problème. Laisse-moi jouer avec les synthétiseurs de nourriture, que je voie quelles saveurs je pourrais concocter.

— Un goût chocolaté, déjà, ce serait génial, suggérai-je. Tout le monde adore le chocolat, pas vrai ?

— La fève de cacao est riche de saveurs subtiles et complexes. Je ferai mon possible.

— Bien, excellent. Je serai ton goûteur attitré, lui promis-je. Bon maintenant, y a-t-il un gymnase à bord de ce rafiot, ou un espace susceptible d'être transformé en salle de sport ? On a besoin d'exercice physique, et d'un lieu où pratiquer les techniques de combat.

— Rien qui y ressemble de près ou de loin. Les Thuraniens se fient à leurs aptitudes cybernétiques plutôt qu'à leur musculature. L'un des compartiments de fret est pratiquement vide, et je peux charger les robots de faire encore plus de vide en jetant les cochonneries inutiles par-dessus bord. Pour ce qui est du running, il existe un corridor d'accès faisant toute la longueur de l'arête dorsale du navire, proche du wagonnet. À mesure que nos sportifs endiablés piqueront un cent mètres d'une section à l'autre, je pourrai ouvrir et fermer les sas à volonté.

Bonne nouvelle. Les sprints, ça vous entretient une forme du tonnerre. Je devrais être le premier à en prendre de la graine.

Adams se porta aussitôt volontaire.

— Monsieur, j'aimerais gérer l'installation d'un gymnase.

— Très bien, sergent, faites donc. De mon côté, je vais prendre des nouvelles de nos blessés.

J'avais hâte de découvrir par moi-même les infrastructures médicales sur lesquelles un Skippy extatique n'avait pas tari d'éloges. Nous autres n'avions jamais apporté que des trousses de premier secours au cas où un malheureux aurait eu besoin d'une transfusion sanguine. Au cours d'une mission pareille, tant et tant de choses, même apparemment minimes, pouvaient tourner mal… Sous mon entière responsabilité.

De retour sur la passerelle, j'appelai Simms sur mon zPhone, lui demandant de me rejoindre dans la coursive.

— Major, j'ai besoin de votre avis.

— À quel propos ? me demanda-t-elle en arrivant.

Je lisais dans son regard tout le malaise qui nous accablait elle et moi – moi qui étais censé être son supérieur.

— À propos des Thuraniens.

Nouvelle lueur gênée au fond de ses pupilles… pour d'autres raisons cette fois.

— Et que devrait-on faire avec eux…

À en juger par l'intonation de sa voix, ce n'était pas une question.

— Je parlais d'un point de vue légal, moral… plus légal que moral peut-être ? Merde, je ne sais pas, moi !

Mais quelle sorte de moralité s'applique à des aliens diamétralement opposés sur l'échelle du développement technologique ? Et où les espèces technologiquement supérieures extermineraient les inférieures au prix, risible, d'un minimum d'efforts ?

— Ça me gêne, mais euh… avez-vous posé la question à Skippy ? demanda-t-elle. Il a certainement mémorisé l'ensemble des réglementations US et FENU.

— Je n'en doute pas une seconde. Et j'ai d'ailleurs bien peur qu'il n'ait fait que ça – lire et stocker sur ses bandes mémorielles. Ce qui ne veut pas dire qu'il y comprenne grand-chose. Tout particulièrement concernant l'objectif, le contexte, l'Histoire.

— Colonel, fit Adams en évitant soigneusement de croiser mon regard, vous avez été au feu. Et moi, jusque-là, j'étais un simple sergent fourrier.

— Vous au moins, vous avez suivi la formation dévolue aux aspirants officiers. La FENU m'a décerné mes galons de colonel, assortis d'un e-mail de stages interminable, puis m'a envoyé planter des patates. Je n'ai même pas eu droit à une formation officielle de sergent. J'ai été promu, j'ai passé une semaine au Camp Alpha avec mon équipe de tir, puis on nous a transportés dans un village sans autre forme de procès – en tant que Formation tactique opérationnelle. Une formation sur le tas, de bout en bout.

Silence. Elle réfléchit.

— Ici, il n'y a aucune équivalence avec la Convention de Genève… Les innombrables Règles de la Guerre Interstellaire ne concernent pas les traitements réservés aux prisonniers, ou quelques règles de combat que ce soit, hormis celle, basique, où on ne fout pas en l'air les biosphères des planètes habitables. Nous avons le code de conduite de l'armée mais là où je pense que Skippy a parfaitement raison, c'est que nous avons désormais le statut d'une bande de pirates. Cette mission n'est pas validée par la FENU ni par une quelconque autorité humaine, militaire ou civile. Nous sommes livrés à nous-mêmes.

— Génial.

— Colonel Joe, si je peux ajouter un conseil ? filtra la voix de Skippy sur le zPhone pendu à mon ceinturon.

— Comme si tu allais te gêner…

— Certes non. Ce que dit le Major Simms est exact. Ici, il n'y a pas de règles de combat officielles, agréées, dûment consignées. Et de toute manière, de telles règles ne s'appliquent pas dans les cas de piraterie. Tu sais ce que tu vas faire, Joe : envoyer les Thuraniens dans le vide cosmique à coups d'explosifs. Parce qu'il n'y a pas d'autre moyen de mener votre mission à bien en empêchant les Thuraniens de découvrir que des humains se sont emparés d'un de leurs spationefs. Afin de sauvegarder votre espèce toute entière, tu vas devoir les tuer. Tu sais ce que tu as à faire, Joe, tu cherches simplement, comme le major Simms, quelqu'un pour te dire que ça va aller. Tu es un colonel de l'armée, le commandant en chef, il te revient d'assumer la pleine et entière responsabilité de tes décisions.

— Merci, Skippy, lui répondis-je les dents serrées. Ça m'aide beaucoup.

Simms me dédia un petit sourire triste, empli de compassion.

— Oh, je t'en prie, pas de problème, fit Skippy tout guilleret, sourd à mon ton sarcastique. Quand tu veux. Si ça peut te consoler, les Thuraniens ne gâcheraient jamais la plus petite seconde de leur temps précieux à se tracasser et se faire des nœuds aux cyber neurones sur un cas de conscience comme celui-là. Non, ils vous écraseraient, vous humains, comme de vulgaires cloportes sans même y penser. Tout Thuranien qui irait mettre en doute pareille décision se verrait immédiatement voué à une reprogrammation neuronale.

— M'entendre dire que je suis moralement supérieur à Satan, ce n'est pas une donnée positive, Skippy.

— Je le mentionnais uniquement parce que si jamais les Thuraniens apprenaient que vous avez détourné leur navire, d'avoir ôté la vie à leur équipage ne les rendra pas plus furieux pour autant. À leurs yeux, ça ne fera aucune différence. À la guerre comme à la guerre, un point c'est tout. On est censé mourir au combat.

— Toute médaille a son revers, c'est ce que tu es en train de dire ? Pas de côté négatif ?

Et là ? Il ne le percevait toujours pas, ce lourd sarcasme, dans ma voix ? Ou il faisait encore la sourde oreille ?

— Nan. Ce n'est pas gagnant-gagnant, mais gagnant-n'aggrave-pas-ta-défaite.

— Pas de côté négatif, excepté pour mon âme.

— Là, je ne peux rien pour toi, Colonel Joe. Quoi que je ne me souvienne pas d'une quelconque mention d'aliens dans les Saintes Écritures…

Il était sincère, ou il faisait encore le malin ? En tout cas, tuer des êtres doués de conscience… je ne m'en sentais pas le droit. Les tuer dans leur sommeil, par-dessus le marché.

— Tu hésites ? reprit Skippy. Dans ce cas, je peux peut-être t'aider. Plus tôt dans l'année, ce transporteur stellaire avait à son bord des vaisseaux kristangs bondés de réfugiés en provenance d'une planète que les Ruhars venaient de reprendre aux sauriens. À mi-parcours, les Thuraniens découvrirent que ce clan kristang en particulier était en défaut de paiement. Leurs passagers s'avouant en outre incapables de couvrir les frais du transit de leurs dix-huit vaisseaux de rapatriement, les Thuraniens stoppèrent les moteurs et en éjectèrent trois de leurs attelages dorsaux avant de repartir d'un bond. Kristangs ou non, c'étaient toujours des réfugiés, mâles, femelles et petits, surtout issus pour la plupart de castes civiles, et qui tentaient de fuir les ravages des combats. Ils étaient si nombreux à s'entasser dans ces vaisseaux que la logistique environnementale de survie tomba en panne. Les Thuraniens les avaient éjectés à plus d'une année-lumière du système stellaire le plus proche. Un système stellaire dépourvu de planètes habitables. Quand les Kristangs réussirent à réunir assez d'argent pour que les Thuraniens consentent à retourner récupérer ces trois vaisseaux abandonnés, quatre-vingt-dix pour cent des malheureux avaient succombé. Et, à propos, quatre transporteurs stellaires thuraniens venaient de croiser dans les parages. Rien ne leur aurait été plus facile que de porter secours à ces naufragés de l'espace, sans aucun effort de leur part.

— *Ce* transporteur ? Celui où nous sommes ? voulut s'assurer Simms.

— *Ce* transporteur, *cet* équipage, lui confirma Skippy.

— Oh, dans ce cas, qu'ils aillent tous se faire foutre ! m'exclamai-je dans un souffle, soulagé. (Une échappatoire bien commode à mon dilemme, je ne le nie pas, mais à ce stade, j'étais prêt à me rattraper à toutes les branches.) Ce sera encore trop bon pour eux, le supplice de la planche !

Voilà que je commençais à raisonner en pirate.

Chapitre Treize

Le Hollandais Volant

Quand je revins sur la passerelle, Chang se leva et je pris place dans le fauteuil de commandement. Un poste de commandement qui eût été plus utile si seulement j'avais capté quoi que ce soit aux fonctionnalités des boutons que j'avais sous les yeux. Il faudrait que Skippy m'enseigne les rudiments. Beaucoup de personnel se pressait sur une passerelle prise d'assaut.

— Les moteurs de saut sont pleinement réalimentés, annonça Chang en désignant une barre verte, au bas de l'écran principal de visualisation.

—Génial. Merci. Avant notre saut, notre vaisseau, enfin l'autre, la frégate… hum… Skippy, cette frégate a-t-elle un nom ?

Entre tous ces vaisseaux, on s'y perdait quelque peu.

— Son nom kristang est *Céleste Fleur matinale de la glorieuse victoire*. Ou quelque chose dans le genre.

— Tu plaisantes ? m'exclamai-je.

J'aurais cru que les lézards baptiseraient leurs croiseurs de noms conquistadors à la *Grande Faucheuse de hamsters* et autres *Sicaire*.

—La caste guerrière des Kristangs se pique d'héroïque poésie, que veux-tu que je te dise. Je vois que ça te surprend.

— De poésie épique ?

Chang et moi échangeâmes un regard entendu. Comment se représenter ces vétérans sagement assis en rond à composer des odes martiales ?

— J'ai dans mes archives de nombreux exemples édifiants de poésie kristang, voudriez-vous… ?

— Ah non, merci bien ! (Sûr et certain que je n'étais pas d'humeur à écouter de la poésie de satanés vertébrés tétrapodes !) Bon alors, pour le moment, on parlera de *Fleur*. Pas question de l'appeler *Victoire* ou autre tant que nous n'aurons pas accompli quelque action d'éclat. Pour en revenir à ma question... Est-ce qu'on garde notre *Fleur* ou non ? Est-ce qu'on s'en débarrasse ? Ce vaisseau est endommagé.

Adams prit la parole.

— Monsieur, je suis d'avis de garder ce nom. Endommagé ou non, on sait qu'il fonctionne et on sait à peu près comment.

À en juger par ses petits regards sous-entendus, officier supérieur ou non, je ne comprenais pas grand-chose à l'art du combat, et encore moins à ses atouts potentiels. Elle m'avait pourtant préconisé de cultiver cette habile compétence.

— Le sergent Adams a raison, Colonel Joe, intervint Skippy, les dégâts subis par le *Fleur* n'ont pas considérablement dégradé ses capacités de combat. Sans compter que dans certaines situations, disposer d'un bâtiment kristang aurait ses avantages.

— Bon, allez., on le garde pour l'instant.

— À propos de noms d'astronefs, comment les Thuraniens l'appellent-ils ? s'enquit Thompson.

— J'espère en tout cas que ce n'est pas encore un de ces noms à la mords-moi-l'-nœud, grommela Simms, d'humeur aussi aigre que vulgaire.

— Les Thuraniens, nous expliqua Skippy, ne baptisent pas leurs astronefs, chacun a une immatriculation chiffrée.

— À nous donc de lui attribuer une appellation, me laissai-je aller à cogiter.

— Allons, l'*Enterprise* ! s'exclama une Adams enthousiaste.

— Tous les spationefs ne peuvent pas s'appeler l'*Enterprise* ! s'écria le major Simms.

Qui, d'après mes suppositions, ne devait pas être une fan inconditionnelle de *Star Trek*.

— Voilà bien le premier astronef humain, insista Adams. En ne comptant pas ce navire kristang que nous venons de harponner. Il faut l'appeler l'*Enterprise* !

— L'Amérique n'est pas la seule et unique culture à s'enorgueillir de célèbres vaisseaux spatiaux fictifs, protesta Chang. On devrait prendre en compte...

— Ce n'est pas *votre* vaisseau, sales macaques ! intervint Skippy. On croirait entendre vociférer mon équipage d'embauche, non mais ! Si quelqu'un a le droit de baptiser ce patouillard de rafiot, c'est bien moi !

Je brassai les airs de mes bras à grands moulinets.

— Et si nous nous concentrions sur notre cap, avant tout ? Et si on se souciait de la meilleure façon de contacter le Collectif, Skippy ?

— S'il existe toujours…

— *Si* ? Parce que rien ne te dit que le Collectif existe toujours ? Sais-tu au moins où on pourrait le trouver ?

— Si tu parles de la Voie lactée, et de ses galaxies naines, eh bien oui. Sans oublier les amas stellaires, et au-delà. Rien de plus.

Et au-delà… ? Nom de nom… ! Je coulai un regard coupable aux malheureux que j'avais entraînés dans cette quête insensée.

— C'est quoi le plan, alors ? On sillonne la galaxie à tout jamais, en tentant de trouver une autre IA des Anciens ? Autant baptiser ce vaisseau *Le Hollandais volant* ! grommelai-je.

— Mais quelle excellente idée, Joe ! s'écria Skippy, tout transporté d'enthousiasme. Voilà, j'ai changé la signalétique de ce transporteur !

— *Le Hollandais volant* ! répéta Thompson.

Tout l'équipage y alla de son petit commentaire.

— Selon la légende, un capitaine de marine hollandais avait tué un albatros, ce qui attira le mauvais sort sur son vaisseau, condamné à errer sur les océans pour l'éternité. Un vaisseau qui ne pouvait plus mouiller dans quelque port que ce soit.

— Je croyais que le tueur de l'albatros, c'était le vieux marin du poète[6] ?…

— Peuh, évidemment qu'il était vieux s'il cinglait les mers depuis toujours.

---

6 *The Rime of the Ancient Mariner* [« La Complainte du vieux marin »], du poète Samuel Taylor Coleridge, 1797, conte les aventures surnaturelles d'un brick qui fit naufrage à la suite du meurtre d'un albatros. L'équipage, cerné par les glaces, mourra paradoxalement de soif… [Wikipédia-NDT]

— Le Hollandais, c'est cet homme-pieuvre dans *Pirates des Caraïbes* ? Mon vieux, celui-là, il me foutait les chocottes !

— Ouais, imagine un peu l'haleine de vieille poiscaille de chiotte qu'il devait dégager, hein !

— Non, ce n'était pas Johnny Depp, lui, c'était le pirate déjanté avec son eye-liner de malade ! Le blond, en revanche, était condamné à rester en mer.

— Bon, oh, en veilleuse, les mecs ! m'époumonai-je, histoire de revenir à nos moutons. (Sinon, ç'aurait pu continuer longtemps comme ça.) Skippy, affubler ce rafiot du nom d'un brick frappé de malédiction, ce n'est pas le meilleur moyen de redonner confiance à notre équipage.

— J'essayais juste de me rendre utile, maugréa Skippy.

— Et nous ne sommes pas ton équipage d'embauche, que je sache, mais une bande de pirates.

Sans sanction de la FENU, nous étions de fait des écumeurs des étoiles, des hors-la-loi.

— Des boucaniers ! s'exclama Skippy en se lançant dans une imitation convaincante de forbans. Joe, mais la voilà, ta joyeuse bande de pirates ! Tonnerre de Brest, que le grand cric me croque ! Ah ça me plaît, par ma barbe !

J'embrassai du regard mes compagnons, scrutant leur expression. Cette bande-là de pirates n'aurait rien de joyeux, ça, c'est sûr, si Skippy s'attendait à ce qu'on inspecte toutes les étoiles de la galaxie afin de localiser son Collectif de malheur. J'aurais tout intérêt à avoir cette conversation en petit comité, pas en présence de l'équipage au complet.

— Ce vaisseau…

— *Le Hollandais volant*, me corrigea Skippy.

Je voyais bien qu'il y tenait, le bougre ; il n'était pas près d'y renoncer.

— OK, *Le Hollandais volant* ne va pas errer aux confins de la galaxie jusqu'à la fin des temps, en lançant des messages aléatoires au Collectif, on est d'accord ?

— Bien sûr que non, neuneu ! On serait vite à court de carburant. Pff… Grâce à leurs archives, je sais où les Kristangs stockent les artefacts des Anciens, ceux qui ont trait aux composants du Collectif. Un astéroïde abrite un centre de recherche, que les lézards croient être top secret. C'est à deux sauts de vortex d'ici.

Voilà qui s'annonçait déjà beaucoup mieux.

— Bon alors, le plan, c'est… quoi ? S'approcher assez de cet astéroïde pour envoyer un signal aux Anciens ?

— Ah, bien sûr ! Pas question, Colonel Joe, que tu t'en tires à si bon compte ! Non, je peux procéder à un repérage à distance, mais dans ce cas, il faudra faire un casse puis entreposer le butin.

Repérage à distance ? Butin ? Mais d'où tenait-il tout ça ?

— Un casse ? Un raid, c'est ça ? J'imagine que les Kristangs là-bas ne sont pas tous de doux geeks inoffensifs ?

—Ah ah ah ! Sûrement pas ! À notre vue, ils seront plus furibards qu'un nid de frelons. Cette base secrète, au cœur de l'astéroïde, c'est là où les Kristangs tentent de percer les secrets de la technologie des Anciens. Ils cachent leur base aux Thuraniens, dans l'espoir de jouer à saute-mouton avec leurs patrons – avant de les écraser. Inutile de préciser que les Thuraniens le savent très bien, ils ne sont pas aussi stupides que se plaisent à le croire les lézards. Les Thuraniens les laissent bosser et mener leurs recherches dans leur coin, au cas où ils découvriraient des trucs utiles. Alors, ils pourront leur sauter sur le râble et s'approprier leurs trouvailles. L'endroit est rigoureusement gardé : réseaux de détection de furtivité, bombes nucléaires, rayons x, la totale. Même ce transporteur stellaire pourrait être renvoyé au néant.

Je n'aimais pas l'idée de monter un raid contre une cible blindée à ce point-là. Nous qui avions piégé l'équipage du *Fleur* avions bien failli échouer à nous emparer du vaisseau. Toute base de recherche que les Kristangs s'efforçaient de dissimuler à leurs « protecteurs » était forcément en état d'alerte permanent.

— Pas facile du tout comme cible… Il doit bien exister un autre endroit où nous pourrions nous rendre ?

— Nan. Il ne s'agit pas de n'importe quel endroit commode. De plus, Joe, ce dont tu as besoin se trouve aussi là.

Ce dont j'ai besoin ? Un cheeseburger ?

— Et c'est quoi ça ?

— Un module de contrôle du vortex, détenant les codes qu'il me faut pour fermer un vortex.

Là, j'étais en pétard, nom d'un chien !

— Skippy, tu m'as dit que tu pouvais le condamner, ce vortex !

Putain, mais sur quoi d'autre m'avait-il encore baratiné, celui-là ?

— Eh, je peux, je peux ! Temporairement, s'entend… Ce qui est dans mes cordes, c'est de dérégler la connexion du vortex au réseau, mais à titre provisoire uniquement. Les protocoles du réseau rétabliront finalement la connexion en réinitialisant le vortex. Il me faut la série complète des codes de commande afin d'en condamner définitivement l'accès, et les Anciens ne m'avaient pas fourni ces codes.

— Je me demande bien pourquoi, lâchai-je d'un ton sec. C'est fou ce que tu es digne de confiance…

— Mais je le suis ! Est-ce ma faute à moi si tu es trop bête pour poser les bonnes questions ? Souviens-toi, avec tes présupposés, c'est à *moi* autant qu'à *toi* que tu portes préjudice, espèce de faux derche ! Enfin, surtout à toi, d'ailleurs.

J'eus toutes les peines du monde à m'empêcher de piétiner son scintillant opercule sur le plancher. Il y avait beaucoup à redire sur les Anciens, eux qui avaient conçu un tel blaireau de compète ! Les dents serrées, je pesai soigneusement les termes de ma question suivante :

— Tu as un plan pour te jouer de ces réseaux de détection de furtivité, ces bombes nucléaires, ces rayons x et ces astronefs, c'est bien ça ?

— Oh *yeah*, fit-il décontracté, un jeu d'enfant pour moi. Leurs stupides réseaux peuvent détecter tout ce qu'ils veulent, je donnerai ordre à leurs ordinateurs-maître d'ignorer les entrées, et ainsi, les lézards ne se douteront de rien. Quant à leurs armements, où est le problème ? Je mystifierai leurs systèmes de contrôle de tir, afin qu'ils ne puissent pas nous cibler. Au moins dans un premier temps. Mais dès qu'on viendra toquer à leur porte, même mon exceptionnelle prodigiosité ne pourra plus empêcher le plus demeuré des lézards de se dire que, pt'êt ben que quequ'chose cloche…

— Super, génial, grommelai-je, de mauvais poil. On pourra toujours planifier ça en temps voulu, chaque chose en son temps, hein. Tout le monde est paré pour le saut ?

Chang et Simms débattaient, je peinais à les interrompre, et tout le monde avait son mot à dire. Au bout de quelques secondes de ce tintamarre, Skippy prit la grosse voix via l'intercom de bord.

— Suffit ! Mais crotte de bique, ça m'a tout l'air d'une bande de macaques hurlant à la mort du faîte de leur canopée ! Trêve de jacasseries, je ne m'entends plus penser ! Dehors tout le monde ! *Hors* de la passerelle ! À l'exception du colonel Joe et des pilotes !

Je levai les yeux d'un air coupable vers Chang, Simms et les autres.

— Skippy, on pourrait…

— Colonel Joe, n'est-ce pas toi qui disais qu'il nous fallait des voies claires et dégagées de communication ? On va s'aventurer en territoire ennemi, au travers de trous de vers, en risquant de courir à l'affrontement. Depuis quand les cris stridents d'une harde de macaques est le summum d'une communication claire ? Ton équipage peut toujours se réunir au Centre d'Information de Combat, en dehors de la passerelle, nous écouter et observer le déroulé des opérations, mais je ne veux plus l'entendre à moins que tu n'actives l'intercom. C'est toi le capitaine, c'est toi le colonel, c'est toi qui es aux commandes des opérations à mener. Tant que ce transporteur sera en vol, je ne communiquerai plus qu'avec toi ou qu'avec son pilote.

Skippy faisait valoir son point de vue, voilà tout. Chang et Simms ? Ces deux-là cherchaient à peser sur tout, parce qu'ils n'acceptaient tout simplement pas mon autorité. Ce en quoi je ne leur en voulais pas plus que ça – moi-même, j'avais encore du mal à croire en ma promotion. Et en vérité, c'était l'occasion d'affirmer mon autorité – ou plus exactement de la mettre à l'épreuve. Si Chang, Simms, Giraud ou d'autres encore ne prenaient pas au sérieux mon pouvoir de commandement, c'était le moment ou jamais de le découvrir. Alors je pris mon ton le plus grave pour annoncer de ma voix la plus autoritaire :

— Skippy a raison, il y a trop de monde ici. L'accès à la passerelle sera dorénavant réservé aux officiers en service (en l'occurrence, moi-même) et aux pilotes. Tous les autres, prenez votre poste au CIC.

Il faudrait qu'on établisse les services de commandement, dans le fauteuil du capitaine, et qu'on forme d'autres pilotes afin qu'ils puissent se relayer eux aussi. Depuis notre évasion des prisons kristangs, Desai était restée notre unique pilote, elle devait être fatiguée. Jusqu'à aujourd'hui, elle s'était retrouvée aux manettes de pas moins de trois engins spatiaux inconnus.

À mon grand soulagement, personne n'éleva d'objections à se voir banni de la passerelle. Au CIC, mes joyeux drilles auraient de toute façon un meilleur accès aux consoles de commande et aux visuels. Il y avait vraiment trop de monde sur la passerelle.

— Paré au saut cosmique, Cap'tain, lança Skippy non sans une note d'impatience, et notre cap est programmé en pilotage automatique. Le pilote sait quel bouton enfoncer.

— Le pilote ? fis-je.

— Je suis prête, Capitaine. (Desai avait l'index tendu au-dessus d'un gros bouton, sur sa console.) Mister Skippy m'a présenté la programmation du saut dans l'auto-pilote, même si je ne comprends toujours pas comment ça fonctionne en réalité.

Nous autres primates ne comprendrions peut-être jamais comment fonctionne la navigation informatisée par sauts programmés.

— Impulsez le saut, ordonnai-je simplement.

Et nous bondîmes. L'écran de visualisation vacilla ; le seul changement que je pus déceler, ce fut qu'un point blanc, dans le coin inférieur droit, s'évanouit.

— Saut réussi, Capitaine, reprit Desai. Selon les instruments de bord.

— Confirmé, renchérit sobrement Skippy.

Je me détendis dans mon fauteuil.

— Excellent. Et quel est le plan maintenant ?

Skippy avait toujours la réponse toute prête, naturellement.

— Maintenant, dès que les moteurs de saut seront rechargés, nous tracerons la route. Nous venons de mettre une sacrée distance entre les Thuraniens et nous. Ils ne sauront même plus où nous chercher, ils seront perdus.

Je consultai l'écran de statut où figuraient les navires kristangs attelés aux plates-formes d'amarrage le long de la crête dorsale du transporteur.

— Et que fait-on de nos indésirables ?

— Oh, eux… Je peux éjecter les autres vaisseaux kristangs, et laisser ceux-là ici avant notre prochain saut. Tu désires toujours garder le *Fleur*, n'est-ce pas ? me suggéra Skippy.

Je me rembrunis.

— Nous devrions le conserver, en effet. (Il fallait bien abréger le nom d'une longueur insensée dudit astronef.) Les autres vaisseaux que tu largueras, seront-ils oui ou non en mesure de regagner Paradis ? Ou à tout le moins de s'en rapprocher suffisamment pour appeler à la rescousse ?

— À condition de renforcer le stock de carburant de l'un d'eux en sacrifiant les autres, il y a trente-six pour cent de chances qu'un seul de ces vaisseaux puisse effectuer assez de sauts cosmiques pour atteindre la portée de signalisation, oui. La variable critique sera l'état d'entretien des moteurs de saut kristangs. Il y aura probablement soixante-quatre pour cent de risques de défaillance de moteurs de saut trop sollicités.

— Alors, non.

— Comment ça, non ? Le primate souhaite réviser mes calculs de probabilités, peut-être ?

Skippy avait l'air… amusé.

— Non, ce primate-là, vois-tu, vise un zéro pour cent de chances que les lézards, ou les Thuraniens, découvrent un jour ce qui a bien pu se passer ici. Car si les uns ou les autres apprennent que les humains sont impliqués dans notre petite équipée d'écumeurs des étoiles, la Terre est cuite. Grillée à point.

Il y eut comme un infime décalage de réaction, à peine perceptible, de la part de notre IA.

— Je peux interférer avec les ordinateurs de leurs moteurs de saut, mais selon toute probabilité, ils finiraient par recouvrer leurs fonctionnalités grâce aux archives protégées.

— Ce n'est pas ce que je voulais dire. C'est quoi la charge militaire sur ce baquet d'eau douce ? Les Thuraniens doivent disposer d'une puissance de feu supérieure à celle des canons électromagnétiques.

— Des canons électromagnétiques, mais aussi des missiles et des lasers.

— Tout ce qui serait susceptible de vaporiser un engin kristang ? Je veux qu'il n'en reste absolument rien, pas d'enregistreurs de bord, rien qui puisse être récupéré.

Vu leurs regards sceptiques, les autres se demandaient bien où je voulais en venir.

— Un transporteur stellaire n'est pas un bâtiment de guerre, ses armements sont avant tout à visée défensive. Aucune arme à bord ne pourrait entièrement atomiser quatorze vaisseaux kristangs sans en laisser la moindre trace. Il en resterait toujours des résidus décelables. Également, les navires kristangs disposent de drones à lancement automatisé en cas de graves avaries. Des drones en mode furtif détenteurs des registres de bord et des données des détecteurs. Chaque vaisseau est bardé de drones, car les détecteurs de ce transporteur auraient sinon du mal à repérer de multiples drones furtifs, même si c'est moi qui faisais fonctionner ces capteurs. De même, je dois vous prévenir que ces quatorze vaisseaux kristangs, toute inférieure que soit leur technologie, représentent une menace pour notre transporteur. (Je n'étais pas sans remarquer que Skippy avait laissé tomber son ton péteux d'enfoiré d'intello en parlant de dézinguer du lézard.) Tout cela est purement théorique, quoi qu'il en soit, Colonel Bishop. Comme je vous l'avais dit, je ne suis pas autorisé à recourir aux armes.

— Ce qui n'est pas mon cas.

Une pause. Assez notable cette fois pour que je ne sois pas le seul à la remarquer.

— Je ne vois pas comment...

— Tiens ces armes verrouillées sur notre cible, et j'appuierai sur le bouton de ce rafiot. (Du regard, je cherchai ce qui pouvait bien ressembler à un panneau tactique. À mes yeux, tout ça m'avait l'air d'un pur cauchemar gothique.) Tu peux faire ça, OK, ta programmation ne t'empêche pas de préparer les armements, tant que tu ne donnes pas l'ordre de mise à feu ?

Autre long silence.

— Colonel, il se peut que je t'aie sous-estimé. C'est presque une idée de génie. (Pour la toute première fois, j'entendais comme un soupçon de respect dans cette voix artificielle.) Tu es certain de vouloir faire ça ?

Par la baie de communication, je voyais bien que le lieutenant-colonel Chang, le major Simms et les autres n'avaient rien perdu de notre échange.

— Quand j'étais en prison, attendant d'être exécuté pour avoir refusé de tuer d'innocents hamsters, femmes et enfants, je me disais que ces pseudonazis de lézards pouvaient toujours aller en enfer. Et voilà que maintenant, je me dis qu'on ne pourrait jamais désactiver que leurs moteurs de saut… (Je vérifiai la fenêtre d'affichage arrière, les rangées de croiseurs et destroyers kristangs raccrochés au transporteur stellaire.) Sauf que voilà… ces lézards menacent la Terre. (Je lançai un regard entendu au major Simms, qui hocha la tête.) Alors, qu'ils aillent se faire foutre !

Mon propre accès de colère m'effrayait.

Nouvelle pause notable.

— Je vais peut-être bien devoir revoir mon évaluation à ton propos.

— Tu peux faire ça, Skippy ? (Avant de me rappeler son usage par trop littéral de la langue anglaise.) Tu vas réviser ton analyse à mon sujet ?

Aucun hiatus cette fois.

— Je peux préparer les armes à votre usage, en effet. Lesquelles voudriez-vous voir activées ?

Voilà qui demeurait un problème. Les armes du bord n'étaient pas ce que j'avais en tête et si nous attaquions les Kristangs, eux pouvaient toujours contre-attaquer. Si jamais les moteurs de saut du transporteur stellaire étaient endommagés, nous dériverions dans les espaces interstellaires pendant très longtemps. Par la baie de communication, je dirigeai mes regards vers Chang et Simms.

— Quelqu'un a une idée ?

Avant que les officiers du CIC puissent répondre, Desai se retourna vers moi.

— Pourrions-nous bondir dans une zone très éloignée des étoiles, afin que les Kristangs y soient coincés pour de bon ?

— Nous nous trouvons déjà aux confins d'un espace intersidéral. S'aventurer encore plus loin aggraverait le risque d'une défaillance des moteurs de saut kristangs, prévint notre IA. Cela étant dit, il y aurait encore…

À mon tour de l'interrompre :

— Skippy, tu peux contrôler les moteurs de saut sur ces vaisseaux kristangs ?

Desai venait de me donner une idée.

— Temporairement, oui.

— Et nous n'aurions pas à envoyer des équipes à leur bord, à t'y brancher ?

Dans le cas contraire, mon idée tombait à l'eau. Pas moyen pour nous de lancer un assaut contre de multiples cuirassés kristangs.

— Non, pas cette fois. Les plates-formes thuraniennes sont reliées par des connexions pur jus aux vaisseaux amarrés, afin de minimiser les signatures électromagnétiques. J'ai donc infiltré les ordinateurs kristangs peu après avoir pris le contrôle de ce transporteur.

La question suivante était la clé de voûte du plan que j'avais en tête.

— Et combien de temps ça prendrait aux Kristangs de recharger leurs moteurs de saut, pour un petit bond ?

— Les cuirassés réservent toujours une charge minimale à leurs moteurs de saut, en cas d'embûches, expliqua Skippy. Tous les spationefs kristangs sont capables de sauts à courte portée au moment où je vous parle.

— Bien. Et à quelle distance sommes-nous de la planète géante gazeuse la plus proche ? m'enquis-je.

Réalisant soudain à quoi je pensais, Desai arrondit la bouche sur une exclamation muette.

— On bondit à proximité d'une géante gazeuse, on éjecte les Kristangs puis on lance leurs vaisseaux au cœur de la géante avant qu'ils ne puissent réagir ? C'est ça, votre idée ?

— Ouh là ! intervint Skippy, narquois. Une petite minute, mes simiesques lascars ! Vous ne pouvez pas faire bondir un astronef au cœur d'une planète, la gravité fausserait le point de sortie si bien que… Oh ! J'y suis… Eh ouais… Ce serait un moyen très efficace de mettre ces navires en pièces, surtout qu'ils tenteraient d'émerger dans un espace-temps déjà occupé par ladite planète… Oooh, mais c'est que je n'ai encore jamais vu pareille chose ! Ce sera d'enfer ! Trop cool ! *Wou-hou !* (Il jubilait, l'animal…) Oui, il y a cette géante gazeuse de la taille de Saturne à moins de deux sauts d'ici, dans un système stellaire inhabité. Pilote, le cap est mis, paré à bondir dès que les moteurs de saut atteindront soixante-quatre pour cent de charge.

— Une seconde ! m'interposai-je vivement avant que Desai n'ait le temps de se retourner sur son siège. (J'aurais dû me fier à elle pour qu'elle s'abstienne d'obéir sans mon ordre, car elle tenait les mains en l'air, loin des commandes.) Skippy, peux-tu éjecter ces vaisseaux, dégager et les faire bondir au centre de cette planète de la taille de Saturne avant qu'ils ne puissent lancer ces drones ?

— Je t'en prie, Colonel Joe, là, tu m'insultes. Les doigts dans le nez, mec.

Chang n'avait ni objection à soulever ni meilleure idée à proposer. Simms, enthousiaste, m'envisageait avec un respect nouveau. Respect qui faisait aussi pétiller les prunelles de Desai. Nous effectuâmes deux sauts dans le vide interstellaire puis, d'une simple pression de bouton, se substitua brusquement sur les écrans, à la vision du noir cosmique interstellaire, celle en gros plan d'une géante gazeuse bleu-gris. Skippy devait vouloir nous en mettre plein la vue – littéralement – et nous épater avec ses talents de navigateur hors pair, car on avait tout l'air d'être vraiment très près d'elle. Je n'eus pas le temps de donner l'alarme : le transporteur stellaire vibra de toute sa masse tandis que quatorze vaisseaux kristangs et le conteneur de fret où gisaient les Thuraniens inconscients étaient violemment soumis à une séparation d'urgence. Puis Desai réactiva la poussée spatiale de croisière, et notre transporteur bondit en avant. Skippy ne lui avait pas donné d'instructions de cap autres que de se tirer de là le plus vite possible, en évitant tant que faire se peut de pointer notre proue sur la planète. En poupe, on vit presque aussitôt les éclairs des points de saut involontaires des navires kristangs.

— Pilote, vous pouvez couper la poussée d'impulsion. Regardez ça ! ajouta Skippy, tout excité.

— Regarder quoi ?

L'écran de visualisation zooma sur une section du sommet des nuages soudainement éclairés de l'intérieur,

— J'ai catapulté les quatorze vaisseaux au complet dans cent kilomètres cubes afin que les points d'aboutissement de leurs points d'entrée de saut se chevauchent, ce qui nous garantit qu'absolument rien ne subsistera.

— Ce n'est pas un peu exagéré, ça ?

— La surenchère dans le surarmement est sous-estimée, décréta crânement Skippy. Hum… Oh !

— Quoi *Oh* ?

L'éclat intérieur des nuages grossissait à vue d'œil ; il vira à la fulgurance aveuglante, et l'ardente couverture nuageuse se mit à rouler dans notre direction – à toute vitesse.

— *Oh* ? Mais qu'as-tu encore foutu, Skippy ?

— L'énergie libérée au cœur de la géante était bien plus phénoménale que je ne l'ai anticipé, de l'ordre des pétawatts soutenus… *Waouh* ! C'est devenu autosuffisant… Quelle mouise !

— Quelle mouise ? (La nuée ardente nous fondait dessus.) Et c'est quoi un pétawatt, bordel ? tempêtai-je.

— C'est la galère ! Une chance qu'on soit hors d'atteinte. Enfin… je pense.

Son ton n'avait rien de rassurant.

— Tu *penses* ? Desai, éloignez-nous de cette géante, orbite plus haute, ou ce que vous voudrez ! Mettez la gomme !

— À vos ordres, mon capitaine ! lança-t-elle, de son plus beau sourire. (Manifestement, être à la barre d'un vaisseau spatial titanesque l'amusait beaucoup.) Pied au plancher, monsieur !

Nous vîmes la géante gazeuse rapetisser derrière nous, alors que ces nuages extraterrestres stratosphériques explosaient sous forme de colossal champignon en fusant loin au-dessus de l'atmosphère, telle une éruption solaire. Toujours aussi excité, Skippy annonça qu'une partie conséquente de l'atmosphère venait de dépasser la vitesse de libération pour finir soufflée dans l'espace. Au point que les détecteurs de bord pouvaient mesurer le changement survenu dans la masse planétaire. Le gaz atmosphérique poursuivait son ascension, mais Desai avait aussi acquis de la vitesse, ce qui me rassurait. Nous n'allions pas être engloutis par le phénomène.

— Skippy, qu'est-ce qui a mal tourné ?

— Mal tourné ? Mais c'était *super top* ! Trop *génial* ! Mince alors ! J'ai bien failli convertir cette planète en petite étoile. Je regrette qu'on n'ait pas eu de meilleurs capteurs pour immortaliser l'événement.

— Quand je parlais de « chose qui tourne mal », je voulais dire « imprévu », ce que tu n'avais pas planifié, précisai-je à voix lente.

Comment se faisait-il que j'en sois réduit à expliquer quoi que ce soit à une machine supra-intelligente venue du fond des âges ?

— Oh bien sûr, si tu tiens à couper les cheveux en quatre… lâcha Skippy dédaigneusement. La prochaine fois, je catapulterai l'ennemi directement dans le noyau de la planète. Mais c'est pas drôle, on ne verra rien du tout. Rien qu'un petit « *burp* » nuageux ou autre bidule nazebroque tout aussi nul.

—Monsieur ? (Desai attirait mon attention sans détourner le regard des commandes.) Devrais-je continuer d'accélérer ? Nous filons déjà à quinze mille kilomètres heure en sens inverse de la planète.

—Hein ? Ah, yep, vous pouvez couper la poussée d'impulsion. (À quoi bon gaspiller nos ressources. Surtout que nous n'avions encore aucune destination en vue.) Skippy, l'horizon est dégagé ? Les vaisseaux kristangs sont tous atomisés et n'ont pas pu éjecter de drones ?

— Tout est OK, Colonel Joe. Ils ont été complètement pris au dépourvu, et j'avais de toute façon plongé leurs systèmes informatiques dans la confusion, leur ôtant toute possibilité de parade. Ce n'est plus désormais qu'une nuée lâche d'atomes. Le conteneur de fret, avec son lot de Thuraniens inanimés, a également été vaporisé par notre champignon nucléaire. On n'en entendra plus parler.

Je lançai un coup d'œil à Chang et Simms, les gratifiant du pouce levé de la victoire. Tous deux hochèrent la tête.

— Et maintenant, Skippy, quelle est la suite du programme ? Maintenant qu'on s'est débarrassés de nos passagers indésirables ? On est en route pour braquer la base secrète d'un astéroïde, c'est bien ça ?

D'avoir triomphé des Kristangs et des Thuraniens en les renvoyant au néant, j'aurais dû en ressentir au moins quelque chose, non ? Eh bien, non. Pas de triomphalisme, pas de culpabilité, de satisfaction… rien. Ces vaisseaux ? De purs objets. Je ne pensais même plus aux êtres doués de conscience qui avaient pu se trouver à bord. C'était très différent des échanges nourris de coups de feu en pleine brousse nigériane ou des luttes acharnées contre les hamsters sur Paradis. En ressentirais-je quelque chose plus tard, une émotion ou une autre, après un certain temps ? Pour l'heure, je l'avoue, je m'en fichais royalement, du moment que les Kristangs et les Thuraniens ne représentaient plus de menace.

— En effet. Attendons que nos moteurs de saut se réalimentent. J'ai programmé un bond de longue portée, il nous faudra donc une pleine charge. Ce qui prendra deux heures maxi.

— Desai, vous êtes d'attaque pour apprendre dans l'intervalle à piloter ce rafiot ?

— Oui, monsieur !

— Excellent. Skippy, programme quelques points de destination pour qu'elle s'exerce, ou tout ce que tu voudras pourvu qu'elle suive un cours accéléré de pilotage. On va bientôt transiter par un vortex, pas vrai ? Qui se situe à environ huit années-lumière de Paradis, si j'en crois les conjectures du G-2, du service des Renseignements.

— J'ai mémorisé tous vos acronymes, Colonel Joe.

— Ah oui, navré.

Pourquoi diable me donnai-je la peine d'expliquer quoi que ce fût à un être prétendument omniscient ? Et je ne parlais pas là seulement des stockages de données que l'humanité ait pu apporter sur Paradis, mais également de celles dont disposaient Kristangs et Ruhars à propos des humains. En somme, Skippy en savait bien plus sur l'humanité que n'importe quel être humain. Qu'il *percute*, en revanche, voilà qui était une toute autre paire de manches.

— À bord d'un transporteur thuranien de ce tonnage, parcourir huit années-lumière prend environ seize jours. À moins, bien sûr, qu'il y ait différents types de transporteurs stellaires ? Je ne saurais dire sur lequel nous croisons…

— Il existe en effet différents types ; les Thuraniens ont des cuirassés, des croiseurs, ce que vous appelleriez des destroyers et des frégates, sans oublier les transporteurs et les navires de renfort. Tous ces transporteurs stellaires ont grosso modo les mêmes capacités de saut cosmique.

— OK, donc d'ici deux semaines avant le prochain vortex le plus proche…

— Tu parles du trou de ver menant au Camp Rayon X. Ce n'est pas le plus proche de Paradis.

— Ah non ?

— Eh non.

C'était exaspérant quand Skippy s'en tenait aux faits, lui qui en temps normal était intarissable à propos de tout et de n'importe quoi.

— Et vers quel vortex nous dirigeons-nous ?

— Celui qui se situe à cinq petites années-lumière seulement de Paradis.

Je procédai à un rapide calcul mental.

— Ce qui nous prendra dix jours, c'est ça ?

— Sûr, si ça t'amuse de sautiller tout du long comme les Thuraniens, un petit bond timoré à la fois. Nous, nous ferons des sauts de deux fois la norme habituelle, et ce, uniquement parce que j'ai besoin d'étalonner les moteurs, de bien les ajuster comme tu dirais. Sinon, on pourrait encore doubler la longueur des sauts.

— Je ne comprends pas.

— C'est bien la première chose intelligente que tu m'aies dite depuis notre rencontre.

— Ah, je te retrouve bien là, mon Skippy, je savais que ce peigne-cul de première n'avait pas entièrement disparu…

— Je vais ignorer ça. La vérité, mon garçon, c'est que les Thuraniens ont volé votre prétendue technologie de pointe, celle de la commande de saut, il y a de cela une éternité. Mais depuis lors, ces arrogants petits cyborgs à tête d'épingle ont fait zéro progrès pour ce qui est d'en saisir le fonctionnement. Pauvres glands. La meilleure façon de l'expliquer, c'est comme s'ils avaient piqué une bagnole, qu'ils savaient la faire démarrer, passer les vitesses sans se douter que la transmission puisse avoir plusieurs vitesses. Ils auraient toutefois conscience de la pédale d'accélération, qu'ils écrasent au plancher. Les voilà qui vont cahin-caha en première, en faisant gémir et crisser des moteurs mis à rude épreuve, en se traînant lamentablement alors qu'ils pourraient aller tellement plus vite. Surtout que les Thuraniens sont archinuls dès qu'il s'agit de reproduire leur technologie bien mal acquise. C'est un peu comme s'ils avaient sculpté leur arbre de transmission dans un bout de bois, ces sombres crétins. Sans même être modifiée, leur copie merdique de commande de saut est capable de performances bien meilleures pour peu que je sois aux manettes.

— Tu te la pèterais pas un peu, par hasard ?

— Moi, l'exemple même de la modestie ? Surtout quand on considère à quel point je suis au-dessus du lot ?

— Oh, mais où avais-je la tête, bien sûr que ta modestie d'enfer est ton trait le plus impressionnant, quelque chose de phénoménal… (Je roulai des yeux au plafond.) C'est trop fort ça, comment ton humilité envoie du pâté…

— Yep. Je m'enorgueillis de mon humilité. D'ailleurs, comme l'avait dit l'un de vous, primates, ce n'est pas de la fanfaronnade si c'est vrai.

— Ben voyons…

Que Skippy en sache si long sur l'Histoire de l'humanité ne cessait de m'épater. Comment diable une canette scintillante de bière pouvait-elle m'opposer des citations de Mohamed Ali, hein ?

— Ces sauts plus longs… ça ne risque pas d'endommager les moteurs ? Je ne tiens pas à rester échoué là, vois-tu. Non que la perspective de passer l'éternité à tes côtés, à bord de ce merveilleux vaisseau, ne me transporte de joie… Parce que ce n'est absolument pas le cas.

— Et moi non plus je ne tiens pas à passer l'éternité à contempler ta sale tronche, mec ! Non, les Thuraniens contrôlent leurs sauts en canalisant bien trop d'énergie dans leurs moteurs, ce qui les abîme. Moi, je monopoliserai un tiers de cette énergie pour effectuer des bonds deux fois plus longs a minima. La longévité des moteurs n'en sera que rallongée. Une bonne chose, dans la mesure où on ne risque pas d'amener notre « vaisseau pirate » à une station thuranienne de réparation.

— Et nous autres primates, on ne pourrait pas continuer de faire avancer le transporteur ? Si tu nous montrais bien sûr où sont le cric et le pneu de secours, en cas de crevaison ?

— Si on tombe en panne, vous pourrez toujours sortir pousser.

Je lui tirai la langue. Le plus malin des êtres humains aurait sans doute bien du mal à réparer des toilettes thuraniennes. Donc, si les moteurs tombaient en carafe pour on ne sait trop quelle raison, si quelque chose arrivait à d'autres fonctionnalités critiques, nous humains serions tout à fait inutiles. Et si Skippy nous entraînait dans un bien long voyage à travers la galaxie ? Sûr que les toilettes allaient devenir un système *critique*.

— OK, on va donc plonger en plein vortex. Et comment le traverser ? Les Kristangs, les Thuraniens, les Ruhars n'en garderaient-ils pas l'entrée par hasard ?

— Et comment s'y prendraient-ils ?

— S'y prendraient-ils pour faire quoi ?

— Pour en garder l'entrée ?

— Avec, euh… des vaisseaux, sais-tu ? Un poste de combat ou autre ?

Une seconde, je me représentai une Étoile Noire. Bondée de lézards en lieu et place de troupes impériales d'assaut.

— Et à quoi bon un tel poste de combat ? Qui reste là ?

Je ne pouvais croire qu'un être super-intelligent ait besoin de lui expliquer ce que puisse être une station de combat spatial, et surtout ce en quoi elle pourrait nuire. Et surtout que je n'en avais encore jamais vu une.

— C'est là, devant l'entrée, afin d'empêcher les vaisseaux non autorisés de…

Skippy m'interrompit.

— Ouh là ! Je vois le problème. Tu ne te doutes vraiment de rien, hein ? Bon sang, ton espèce est encore plus idiote que je ne l'aurais cru.

— Je me doute de quoi ?

— Les vortex ne sont pas statiques. Ils se déplacent. Dans ces conditions, une station critique serait parfaitement inutile.

— OK.… Bon, Monsieur Tête-de-Nœud, ça, je l'ignorais. (La bourgmestre avait passé sous silence ce genre de détail pourtant primordial.) Bon alors… pas *statique* ?

—Oh, mec, voilà que j'essaie de dispenser un cours de physique à un tas de bactéries. Ce que vous appelez des trous de ver ne sont pas à proprement parler des objets physiques, mais des projections dans l'espace-temps local. Des projections qui sautillent un peu partout, juste en deçà de la vitesse de la lumière en une sorte de configuration en huit. Une projection de vortex demeure en place, disons entre dix-sept à dix-neuf virgule deux minutes avant de se fermer, puis de réapparaître à l'étape suivante du parcours, mettons à un quart d'année-lumière. Les vortex suivent au cours d'un cycle un modèle établi de dix-sept à quatre-vingt-douze minutes avant de se refermer et de réapparaître plus loin – à disons un quart d'année-lumière.

« Les vortex suivent un motif établi au cours d'un cycle, sauf qu'il existe bien un million d'emplacements envisageables. Le fait est qu'il est impossible aux Kristangs ou à toute autre espèce galactique d'empêcher ces vaisseaux d'emprunter un vortex. Il n'est pas pratique de couvrir tous ces emplacements. Je compte bondir près d'un endroit où un vortex apparaîtra, et voir si d'aventure d'autres navires sont à l'affût. Je sais exactement quand un vortex va se décaler. Si la zone est dégagée, nous attendons qu'il s'ouvre et nous fonçons au travers.

Je m'étais représenté les trous de ver un peu comme dans *Stargate*, un grand anneau en suspens dans l'espace, au centre lumineux.

— Ça me paraît un bon plan. Inutile de me répondre que naturellement, ça l'est… Pourquoi ces vortex ne restent-ils pas en place ?

— N'avait-on pas déjà abordé la question ? Si un trou de ver reste en place, une espèce pourrait le contrôler. Voyons, c'est évident. Et aussi parce que plus il reste ouvert, plus il prend exponentiellement d'énergie à maintenir la connexion. Un trou de ver statique finirait par générer une rupture dans l'espace-temps.

— Autre bon conseil de prudence, donc.

— Un excellent, oui. Vous autres, grands singes, n'avez probablement pas à vous en préoccuper, au cas où vous songeriez à créer un vortex à l'aide de brindilles et de mottes de terre.

— La ferme !

Chaque fois que je me disais qu'au fond Skippy était supportable dans son genre, voilà qu'il me rappelait qu'il restait fondamentalement un joli petit merdeux.

À la suite de notre saut loin du vortex, j'ordonnai à tout l'équipage de quitter son poste et de se retirer dans ses quartiers, tant l'épuisement était général. Après tant de sauts effectués, Skippy nous assurait que nous étions en sécurité ; les Thuraniens ne nous retrouveraient pas de sitôt. Hormis un équipier assigné à l'infirmerie (qui pourrait toujours sommeiller à même le sol), et un officier de quart au pilotage, je voulais que tous les autres bénéficient de huit bonnes heures de sommeil. Nous étions perclus de fatigue, émotionnellement lessivés, exténués. Nous avions besoin de digérer tout ce qu'il s'était produit en une si longue journée fertile en émotions. Pour le gros de notre équipage de forbans, tout avait commencé avec la chute d'un Dodo sur notre base logistique, quand quatre desperados humains avaient surgi pour assommer les Ruhars de garde. Pour Chang, Simms, Adams et moi, tout avait commencé avec notre évasion et le vol du Dodo.

Je pris le premier service, même si je n'étais nullement habilité comme pilote. Skippy avait programmé deux sauts d'urgence, si bien que je n'aurais qu'à appuyer sur un bouton en cas de grabuge. Installé tant bien que mal sur le siège-banquette de pilotage, trop petit pour Desai et véritablement exigu pour moi, j'entrepris de rédiger un compte-rendu après action (CRAA) sur mon iPad. Un jour, pouvait-on espérer, j'aurais à rendre compte auprès des autorités terriennes de tout ce qui était survenu, alors autant que je m'y attelle tant que c'était encore frais dans ma mémoire. Et chiotte, tout ce qu'il n'y avait pas à mentionner, putain ! J'en étais à peine à la moitié quand Chang vint me relever de mon service trois heures plus tard ; je regagnai d'un pas chancelant mes quartiers d'assignation près de la passerelle de commandement. Après m'être déchaussé à l'arrache, puis roulé en boule sur ma banquette de poupée, pas moyen de fermer l'œil. Marre de rester là à jouer les poids morts. Je me redressai en position assise, rallumai l'éclairage et me remis à pianoter sur mon iPad.

— Saloperie, va !

La voix de Skippy filtra au travers des haut-parleurs de mon iPad.

— Colonel Joe, tu devrais être en train de dormir.

— J'ai du pain sur la planche, Skippy. À commencer par la planification d'un service commémoratif en mémoire des trois soldats dont nous déplorons la perte. La cérémonie appropriée pour le taoïsme ou les hindous ? Je n'en sais rien du tout…

En vérité, la culpabilité m'empêchait de dormir du sommeil du Juste.

— La tradition hindoue préconise la crémation, m'informa obligeamment un Skippy toujours aussi guilleret. J'ai toutes les données sur les rites religieux humains.

— Oh, merci, Skippy. (Je pourrai toujours demander à Chang et Desai que faire de leurs compatriotes. La dépouille de Matheson resterait en stase en attendant de décentes funérailles à notre retour sur Terre.) Tout cela doit te sembler bien puéril…

— Quoi donc ?

— Les rites religieux. Tu sais, la religion en soi…

— Et pourquoi porterais-je un tel jugement de valeur ?

Voilà qui me surprit. Je m'étais attendu à une de ses remarques de petit péteux à la noix dont il avait le secret à propos de singes adorateurs des grands arbres des forêts primitives.

— Parce que les entités qui t'ont créé étaient d'immémoriaux vénérables d'une puissance hallucinante et que, euh…

— Joe, Joe, Joe… (Je l'imaginais bien en train de secouer son bel opercule lumineux sous mon nez l'air tout chagriné…) Les

Anciens se targuaient en effet d'une puissance fabuleuse, eux qui étaient capables de déplacer les étoiles. À plusieurs reprises, lorsque la trajectoire d'une étoile menaçait de dérégler un système solaire susceptible, selon eux, d'enfanter un jour une forme de vie intelligente, ils se hâtaient de tracter l'étoile incriminée hors de là. Une fois, quand une étoile bleue supergéante présagea d'une supernova propre à irradier mortellement les systèmes solaires environnants, les Anciens créèrent un vortex pour y catapulter l'étoile bleue hors de la galaxie menacée. En d'autres termes, ils firent transiter par un trou de ver une étoile supergéante à deux cent mille années-lumière de distance. Pense un peu à ça. Ta question part du principe que des êtres aussi puissants, qui avaient de fait atteint le statut de l'immortalité, n'auraient eu que faire de questions religieuses. Eh bien, tu as tort. Une fois encore. Pourquoi crois-tu que les Anciens s'en soient allés, nous aient quittés, aient tout transcendé ?

Je me donnai le temps de la réflexion.

— Bien… C'est qu'ils s'ennuyaient ? De cette existence-là ?

— Non. (Plus aucune trace d'humour ou de ce ton narquois caractéristique, cette fois, dans la voix qu'avait adopté Skippy.) C'est parce qu'ils avaient répondu à toutes les questions physiques ayant trait à l'univers, et quand on touche aux confins du monde physique, ce qu'il subsiste ne peut être que métaphysique. Au-delà du monde naturel, il n'y a plus que le surnaturel. Les Anciens étaient capables de remonter le cours du temps jusqu'au fameux *Big Bang*, la naissance de l'Univers, et ne leur restait plus qu'une question sur les bras, une : qu'existait-il donc auparavant ? D'où provenait l'Univers ? D'où provenaient-ils *eux* ? Car vois-tu, la physique, même celle qui confine à la magie pure, a ses limites. Les Anciens ont transcendé leur état parce qu'ils voulaient savoir, ils avaient besoin de savoir, d'où ils venaient. Au fond, ils désiraient communier avec Dieu. Ou en tout cas avec leur conception de Dieu.

— Waouh…

J'en étais baba.

— Dès qu'il s'agit des Anciens, tu commets les mêmes erreurs que tant d'autres espèces à peine sorties de l'œuf… Tu vois en eux des entités mythiques, quasi divines. Or, c'étaient des gens tout ce qu'il y a de plus commun. À un moment de leur évolution, ils étaient aussi stupides que vous autres, pauvres singes. Sauf qu'eux au moins, ils étaient capables de comprendre et d'évoluer en quelque chose de prodigieux. Je garde d'eux le souvenir d'un peuple sage, bienveillant, puissant et doux. Ils me manquent et si je recherche le Collectif aux quatre coins de la galaxie, c'est bien dans l'espoir de renouer avec eux. Cela étant dit, je sais pertinemment que ce ne sont pas des dieux.

— Tu as raison, Skippy, je ne les envisageais pas comme des gens, tout simplement. (Et pourquoi l'aurais-je dû d'ailleurs ? On en savait si peu sur ces mystérieuses entités.) À quoi ressemblaient-ils ?

— Hélas, je ne saurais le dire. Intolérable ! Je garde des souvenirs, dans un coin de ma tête, mais je suis incapable de me les remémorer, pas consciemment. Et ma programmation m'empêche de vous dévoiler ce que je sais. Anomalie ? Programmation source ? Comment savoir ? Autre raison pour laquelle j'aimerais vraiment contacter le Collectif.

— On y arrivera, Skippy, je te l'ai promis. (Mes paupières se fermaient toutes seules.) Merci, je vais me rendormir un peu. À plus tard.

Les jours suivants, on s'installa dans une routine. Tandis que *Le Hollandais volant* volait de saut en saut, en rechargeant chaque fois ses moteurs, on améliorait les conditions de vie, on aménageait un réfectoire dans une soute, on vidait un autre compartiment de cargaison pour en faire un gymnase, on établissait un tableau de service pour l'équipage, on explorait le transporteur de la poupe à la proue, on tâchait d'en apprendre le maximum sur notre distingué « rafiot ». Simms eut l'idée lumineuse d'arracher les litières du *Fleur* des quartiers thuraniens afin que les plus grands de nos équipiers puissent en faire bon usage à même le plancher. Quand on me présenta un grand matelas kristang, je déclinai l'offre – tout ça pour en trouver un autre dans ma cabine, près de la passerelle. Là, je n'élevai plus la moindre objection, cette étroite et courtaude literie thuranienne me tuait le dos, malédiction !

M'apprêtant à passer ma deuxième nuit dans mes quartiers, Skippy m'informa qu'une surprise m'attendait dans un des casiers.

— Nom de nom, Skippy ! m'exclamai-je. (Le casier en question débordait de tubes en plastique remplis au premier tiers.) Ça veut dire quoi ça, putain ?

— Ce sont des essais d'arômes. Chacun d'eux porte une étiquette imprimée.

Le premier que j'examinai ? « Chocolat #14 », imprimé en tous petits caractères.

— Ah, parce qu'il y a quatorze parfums de chocolat ?

— Vingt-deux, en fait. Comme je le disais, la fève de cacao est riche de saveurs subtiles et complexes. J'ai également expérimenté divers types de saveurs : caramel, dont le caramel au sucre roux, fraise, curry, piment jalapeño, cheddar, banane, pomme cannelle, salsa verde et davantage encore. Si tu daignais t'en donner la peine, la liste est sur ton téléphone. Mais je sais bien que tu n'iras pas la consulter. Et pour être tout à fait honnête, je ne suis pas trop sûr de moi pour ce qui est des saveurs fruitées.

Faisant doucement sauter le bouchon du « Chocolat #14 », j'en humai le contenu.

— Combien de ces tubes constituent un repas ?

— Ça dépend à quel point on s'est dépensé physiquement. Mais disons que pour un mâle de ton gabarit, un tube et demi trois fois par jour, ça devrait couvrir tes besoins énergétiques.

En flairant de plus belle le contenu, j'hésitai à l'avaler avant d'y goûter. Mais puisque je m'étais porté volontaire comme testeur, je fis couler sur ma langue deux à trois gouttes de cette bouillie.

— Pas mal… Non, pas mal. Ça me rappelle une barre de chocolat suisse qui était restée dans une loge de chasse deux ou trois ans, au fond d'un tiroir. C'était rance, et les petites guimauves insérées dans la barre chocolatée s'étaient muées en « roches » friables.

Skippy gloussa.

— J'ignorais que tu étais un fin connaisseur *ès* bouillies indigestes, Joe.

— *Ès* smoothies, Skippy, *ès* smoothies.

Bouillie ? Ça n'avait rien d'appétissant, franchement. Un truc à la fois huileux, farineux, granuleux...

— Essaie le chocolat n°6. Mon modèle de sensations gustatives m'indique que celui-là te plaira plus.

— Faut d'abord que je termine celui-là. Miam.

— Pas besoin. Il nous en reste assez pour durer des années.

— Oh, merveille... (Alternant les tubes à essai, je pus déterminer que le n°6 m'avait effectivement l'air meilleur.) Tu as raison, le n°6 me rappelle l'arôme du chocolat noir, avec en moins cet arrière-goût crayeux, huileux... C'est plus onctueux en bouche.

— Excellent ! Continue, Joe, il n'en reste jamais qu'une vingtaine d'autres à tester.

Me farcir une vingtaine de bouillasses de plus ? Non, ça, c'était au-dessus de mes forces. En avaler deux ou trois, à la rigueur, et en finir.

— Tu sais quoi, détermine les six saveurs chocolatées qui, selon toi, sont les pires. On n'a pas tous les mêmes goûts, alors celui qui me semble le meilleur ne sera pas forcément le favori de quelqu'un d'autre. Mais je pourrai au moins éliminer les six plus mauvais du lot. (Pas question de dégoûter un équipier dès la première gorgée.) Et les identifier te permettra d'étalonner ton modèle gustatif, pas vrai ?

— Bien vu, Joe, me félicita Skippy, pour une fois. Deviner ce qui a bon goût pour les humains, c'est un défi intéressant, je le reconnais. Ça n'a rien d'évident.

— Tu me vois ravi de t'aider à tromper ton ennui, Skippy. Je dois admettre que je suis vraiment impressionné, ce chocolat n°6 est très bon, ça me plairait bien au petit déjeuner. Tu as fait du bon boulot. J'appréhendais ce truc, et en fait, ce n'est pas si mal. Avant que je ne change d'avis (ou que je décide que je n'avais franchement plus faim), quel chocolat serait le pire selon toi ?

Si les « bouillies », comme décida de les appeler l'équipage (parce que nous sommes des soldats avant tout), ne furent guère prisées, ce ne fut pas non plus un complet désastre. Et parce que nous sommes des soldats, on faisait avec. On s'amusa même à panacher les saveurs, à multiplier les associations, de la même façon qu'on combinait les ERM de façon créative, innovante. Prenez une bouillasse choco et une banane, et vous aviez un « smoothie » choco-banane. Une bouillasse noix de coco et une curry, le tout nappant un poulet ERM, et vous aviez un ersatz de plat thaï. Une chose mettait tout le monde d'accord : les saveurs fruitées étaient les pires. Nonobstant, si vous mixiez cet horrible parfum fraise avec le parfum banane parfaitement insipide, vous obteniez quelque chose de bizarrement assez bon. Ce caractère imprévisible des préférences alimentaires, chez les humains, rendait parfois Skippy complètement fou. Lui qui disposait d'une formidable puissance de traitement n'arrivait tout simplement pas à ce que son modèle gustatif fonctionne selon une précision assez fiable. Au bout de quelques jours, il réussit néanmoins à éliminer ces malheureux arrière-goûts huileux. Les côtés crayeux, granuleux ou grumeleux, en revanche, ne pouvaient être corrigés puisque, selon Skippy, ils étaient nécessaires aux fibres digestives. L'équipage ne rata pas une occasion de râler contre « la bouffe sans goût » servie à bord du *Hollandais volant*, ce que je trouvais plutôt encourageant. Les gens avaient besoin de sujets de doléances, d'avoir quelque chose à redire ; ça nous rapprochait les uns des autres, et ça n'était pas une atteinte sérieuse portée au moral. Un tube le matin, un autre le midi, et du coup, on anticipait le plaisir d'un « vrai » repas comme des ERM le soir, au dîner. L'équipage, incluant Chang, Simms, Desai et Giraud, tenta bien de me faire manger de la « vraie » nourriture, mais moi, je me contentais d'un cracker ou d'un cookie, de temps à autre, histoire de montrer l'exemple. Quand l'équipage revoyait paraître le « Vieux » (*Moi ?* Incroyable !), contraint de se coltiner la bouillasse, il ne pensait plus à se plaindre de n'en avoir que deux par jour, de ce genre de rations.

Sans compter que je me réservais pour un cheeseburger – pas question de me satisfaire d'ersatz puants.

Chapitre Quatorze

Combinaisons Spatiales

Simms me bipa le lendemain, alors que j'étais à la salle de sport ;
on me réclamait sur la passerelle. Dès que je m'y présentai, elle
voulut se lever du fauteuil du capitaine, mais je lui fis signe de se
rasseoir. Comme elle était de quart, le fauteuil lui revenait de droit.

— Qu'y a-t-il, major ?

— Colonel, Skippy veut nous faire dévier de notre trajectoire
vers le prochain vortex.

— Skippy ?

— Nous devons nous rapprocher d'un groupe de combat
thuranien pour que je puisse accéder aux informations actuelles.
Pour le moment, je suppose que des troupes sont postées dans ce
secteur. Il nous est donc dangereux de nous balader dans la galaxie
à bord de notre vaisseau pirate.

Simms expliqua son objection.

— Pour éviter le danger, il veut nous rapprocher d'un groupe
de combat thuranien. J'ai pensé que ça méritait votre attention.

— Bien vu, dis-je. Euh, Skippy, tu vois où est le problème ?
Pour le moment, tout ce que les Thuraniens savent, c'est qu'un de
leurs transporteurs stellaires a disparu. Ne vont-ils pas s'inquiéter
quand nous allons mystérieusement arriver sur le pas de leur porte,
avant de nous esquiver ? Tu as bien l'intention de nous faire repartir
rapidement, n'est-ce pas ?

— Bien entendu, neuneu, et j'ai un plan pour ça. Si je suis
obligé de tout t'expliquer, nous n'arriverons à rien ! Chut ! (…
alors que j'ouvrais la bouche.) Laisse-moi parler avant de me faire
perdre mon temps avec tes questions stupides. Je modifierai notre
signature de saut et les émissions des moteurs pour faire croire à un
croiseur léger jeraptha, le type de vaisseau que les Jeraptha utilisent
habituellement pour pister les bataillons ennemis. Notre bouclier

furtif dissimulera suffisamment la forme de notre coque pour que les détecteurs thuraniens ne perçoivent pas notre transporteur stellaire. Génial, non ?

Je n'étais pas convaincu.

— Les Thuraniens ne vont-ils pas envoyer de vaisseaux pour nous attaquer ?

— Bien sûr que si ! Un groupe de bataille thuranien a toujours des frégates et des destroyers prêts à décoller pour chasser les flottes ennemies. Ce n'est pas un problème. Nous procéderons à des microsauts d'évitement jusqu'à ce que j'aie le temps d'infiltrer la base de données de leur vaisseau de commandement.

— Des microsauts ? (J'échangeais un coup d'œil avec Desai.) Je pensais que les vaisseaux mettaient longtemps à recharger leurs moteurs entre deux bonds cosmiques ?

Skippy répondit, d'un ton suffisant :

— C'est vrai pour la plupart des navires. Mais j'ai reprogrammé nos moteurs de saut pour qu'ils fonctionnent avec une telle efficacité qu'ils « sautillent » avec une charge partielle. Merci de ton appréciation, au fait !

— Nous ferons donc des sauts multiples sur une charge partielle, ce qu'un véritable croiseur léger jeraptha ne peut accomplir.

— Exact. Les Jeraptha ne sont pas aussi stupides que les Thuraniens, mais leurs moteurs ne valent guère mieux. Encore un exemple de ma génialitude.

— Tu es à côté de la plaque, Ô ta Royale Génialitude. Si nous accomplissons une action qu'un croiseur léger jeraptha n'est pas en mesure de faire, les Thuraniens comprendront vite que nous ne sommes pas un croiseur léger jeraptha.

— Chiotte, lâcha Skippy.

Je fis un clin d'œil à Desai.

— Oui, chiotte. Je croyais que tu étais un génie ?

— C'est toi qui es censé être le stratège militaire, Colonel Joe, pas moi. Bon, d'accord, comment régler ce problème ? Euh, bien, que dis-tu de ça ? À chaque fois, je modifierai légèrement la signature du saut pour faire croire à un vaisseau jeraptha différent.

Les Jeraptha lèvent souvent des escadrilles afin de pister les forces ennemies.

— Ça devrait fonctionner. Combien de temps devrons-nous rôder autour des Thuraniens, avant que tu n'aies tes informations ?

— Oh, de quelques minutes à une demi-heure, ça dépend. Plus nous bondirons près du vaisseau de commandement, et plus vite j'obtiendrai les données dont nous avons besoin. Il faut faire un compromis. Soit nous sautons le plus près possible deux ou trois fois, soit nous sautons plus loin et plus de fois, et nous serons exposés plus longtemps.

Simms hocha la tête.

— C'est un avis personnel, dans ce cas, dit-elle.

Elle et moi n'étions pas qualifiés à rendre pareil avis et Skippy le savait. Refiler le bébé à Desai aurait été de la lâcheté.

— Ma foi, Skippy, je suppose que tu as une série d'options programmées dans le système de navigation, et que tu donneras tes instructions au pilote en fonction des agissements des Thuraniens ?

— Ouais, ça roule.

À ma grande surprise, il s'abstint de toute remarque impertinente sur le niveau de mon intelligence...

— Alors c'est d'accord, si tu penses que nous avons besoin de ces informations, nous le ferons. Une seule condition : je veux une option de saut qui nous éloignera du danger, et pas juste un microsaut, si jamais le pilote ou l'officier de quart estime que le vaisseau est menacé. Enfin, plus que d'habitude.

— Ouais, bien sûr. Mais ne te mets pas à paniquer pour rien, d'accord ?

Je me tournai vers Desai.

— Pilote ? Ça vous convient ?

Je m'aperçus soudain que je mettais Desai dans une position délicate. Il aurait mieux valu lui demander si elle avait d'autres idées.

— Oui, mon colonel. Nous avons une option de saut d'urgence, disponible à tout moment. (Elle désigna un bouton argenté en haut à droite de son panneau de commande.) J'ai mis ça au point avec

Maître Skippy quand nous avons effectué nos premières séries de sauts. L'option de saut de sécurité est mise à jour à chaque bond.

— Oh. (J'aurais dû savoir ça.) Excellent travail, pilote. Skippy, tu as localisé un groupe de bataille thuranien ?

— Je sais où l'un d'eux croise probablement, et j'ai plusieurs autres possibilités sérieuses en vue. Nous approcherons du secteur dans dix-sept heures.

Ce serait au beau milieu du service de Chang. Je reprendrais le commandement à ce moment-là. Nous avions développé une bonne relation de travail, et je n'avais pas envie de la compromettre.

Je revins sur la passerelle une demi-heure avant ce saut fatidique. Après notre bond, nous restâmes dix minutes à l'écoute ; Desai était prête à lancer le saut d'urgence, avant que Skippy ne détermine qu'il n'y avait aucun navire thuranien à portée. Il activa nos scanners actifs, et il comprit vite que des vaisseaux thuraniens avaient récemment croisé dans le secteur grâce à de fins nuages d'atomes peu communs dans l'espace profond interstellaire. Skippy paria sur les caps probables de ces vaisseaux, et ses deux premières estimations se révélèrent erronées. Le troisième était juste, trop juste ! Nous avions émergé du saut en plein milieu du bataillon, à moins de deux miles du bâtiment le plus proche, ce qui était bien trop près, même pour ce fanfaron de Skippy. Après que Desai eut initialisé un microsaut pour nous décaler à une distance plus sécurisée, nous avions commencé à sautiller autour du groupe de bataille, suivis par deux destroyers thuraniens chargés de nous faire fuir. D'abord inquiets, puis exaspérés de voir jaillir ces destroyers pour nous bombarder de missiles, de salves de canons électriques et de rayons à particules, nous dûmes nous dérober d'un nouveau bond cosmique avant que le *Hollandais volant* ne soit sérieusement touché. Nous avions essuyé des tirs de rayons à particules obliques que nos boucliers dévièrent aisément, et Skippy se plaint que nous partions trop tôt. Après quelques sauts, il comprit quelle était la tactique des Thuraniens pendant qu'ils nous poursuivaient, et une fois qu'il a fait les ajustements nécessaires, les deux destroyers ne se sont plus approchés autant. Malgré tout, je trouvais que Skippy en faisait trop, ou qu'il essayait de nous en mettre plein la vue, en sautant beaucoup trop près du vaisseau de commandement, si près qu'un cuirassé et une paire de croiseurs lourds se lancèrent aussi à nos trousses.

— Skippy, allons ! Tu n'as pas encore assez de données ?

— Calme-toi, Colonel Joe, on commence seulement à s'amuser ! Nous pouvons… Oh. Pilote ! Saut de sécurité ! Maintenant !

Desai n'hésita pas, l'affichage scintilla et le groupe de bataille thuranien disparut de l'écran.

— Saut réussi, Colonel. Nous sommes…

— Saute encore, pilote ! Saute ! Option 4, initiation ! hurla Skippy.

L'écran scintilla de nouveau, et nous arrivâmes quelque part dans l'espace profond interstellaire.

— C'est fait, dit Desai, les yeux écarquillés. Colonel, il nous reste de la puissance pour un microsaut.

Le bas de l'affichage principal comportait une barre rouge indiquant la charge des moteurs de saut : huit pour cent.

— Skippy, que diable se passe-t-il ? Pourquoi deux sauts successifs ?

— Je crois que nous sommes en sûreté maintenant. Je crois.

— Ça vaudrait mieux, dis-je, rempli d'appréhension.

J'aurais tant voulu que la jauge de charge monte au-delà de huit pour cent, mais elle ne bougeait pas d'un iota.

— Que s'est-il produit, Skippy ? Est-ce que ce cuirassé est venu trop près de nous ?

— Le cuirassé ? Pff, il ne compte pas ! Ces abrutis de Thuraniens tournaient en rond, j'ai programmé des microsauts plus près que nécessaire, histoire de les entortiller ! Non, les Thuraniens ne présentaient aucun danger réel, ils sont trop prévisibles. Mais, tandis que je téléchargeais les données du vaisseau de commandement, j'ai utilisé une partie de mes capacités de traitement pour les parcourir, et j'ai appris que les Maxolhx sont tellement inquiets des revers militaires des Thuraniens dans ce secteur qu'ils ont affecté un croiseur maxolhx au groupe.

— Un vaisseau stellaire maxolhx ? s'exclama Desai. Où était-il ?

Sur l'écran d'affichage, les astronefs thuraniens apparaissaient en vert, les kristangs en rouge, les ruhars en jaune, les jeraptha en bleu, et ainsi de suite. La couleur des Maxolhx était l'orange. Or, il n'y avait pas eu de symbole orange sur l'écran.

— C'est ça le problème, je n'ai détecté aucun vaisseau maxolhx à portée. Les données thuraniennes indiquent qu'un navire maxolhx s'est joint au groupe il y a deux jours, mais il fait des sauts intermittents, et les Thuraniens ignorent où il se trouve en ce moment. Je ne me fie pas aux capacités des détecteurs merdiques de cet engin pour repérer un vaisseau maxolhx en mode furtif complet. À cet instant précis, je ne tiens pas à affronter un navire de guerre maxolhx, car je ne suis pas assez familiarisé avec le niveau technologique actuel des Maxolhx. Il serait plus prudent, dans l'immédiat, d'éviter les flottes thuraniennes. Dès que possible, nous devrons effectuer un saut à bonne distance pour quitter cette zone. Les moteurs auront une charge suffisante pour un bond modéré d'ici trente-sept minutes.

Cette stupide jauge de charge me tapait sur les nerfs ; elle s'obstinait à stagner à huit pour cent.

— As-tu obtenu les données dont nous avons besoin ?

— Heu ? Oh, oui, pas de problème, je suis encore en train de les parcourir. Nous avons une vue complète de la disposition des forces thuraniennes dans le secteur entier, les futurs plans de guerre, tous les bons trucs ! Avec ces infos, ça sera facile de les éviter. Oh, et j'ai aussi la confirmation que les Thuraniens se retirent de Paradis, pour de bon, ils abandonnent tout ce secteur du vortex. Il aurait été trop éloigné par rapport à leur territoire principal, de toute façon. Les Thuraniens n'ont jamais été très enthousiastes à l'idée de reprendre Paradis, c'était une opération des Kristangs. Il semblerait qu'un vaisseau interstellaire des Anciens se soit écrasé sur Paradis il y a très longtemps, et que les Kristangs aient eu très envie de se remettre à la recherche de leurs technologies d'antan. Dommage pour eux qu'ils n'aient rien trouvé lors de leur première occupation de la planète. Ah ah ! Stupides lézards !

L'idée que rôde dans les parages un croiseur maxolhx peut-être impossible à détecter jusqu'à ce que son armement pulvérise nos boucliers, ça me fichait une trouille de tous les diables. J'avais prévu de confier le commandement à Chang une fois que nous aurions quitté le territoire thuranien. Mais voilà que je m'y retrouvais coincé une heure de plus, afin de m'assurer que les moteurs du vaisseau ne subiraient pas plus de dégâts à cause des sauts multiples. Skippy m'affirmait que les moteurs principaux étaient en bon état, mais ses certitudes ne me rassuraient pas. Qu'il ait reconnu avoir sauté plus près des Thuraniens que nécessaire, juste pour les enfumer, ne m'incitait pas à avoir une grande confiance en son jugement, pour le moment.

Quand les moteurs de saut eurent rassemblé une charge suffisante, Desai demanda si elle devait initialiser le saut. J'attendis dix minutes de plus pour avoir une marge de sécurité. Après le saut, pendant que Skippy, l'air irrité, lançait un diagnostic des systèmes que j'avais requis avec insistance, je passais le commandement à Chang et battis en retraite dans les toilettes, où je faillis gerber. Tout le monde, sur ce vaisseau, tout le monde, sur la *Terre*, comptait sur moi. Je faisais de mon mieux, mais ça n'était pas suffisant. Même avec l'énorme somme de connaissances de Skippy, il restait trop de choses que nous ignorions. Nous avions failli tomber sur un vaisseau de guerre maxolhx que Skippy lui-même redoutait. Il y avait trop d'inconnues dans notre équation, et trop d'enjeux.

Après m'être passé de l'eau froide sur le visage, ma nausée disparut. Je me calmai. Dans les toilettes thuraniennes, j'étais obligé de me plier en deux pour atteindre le lavabo, et mes mains tremblaient. J'appelai Skippy sur mon zPhone.

— Hé, Skippy, il faut qu'on parle.

— D'accord. Tu veux quoi ?

Tout en me répondant, il entretenait une demi-douzaine de conversations, faisait fonctionner le vaisseau et déchiffrait les pétabytes de données volées au vaisseau de commandement thuranien.

— J'ai besoin que tu sois sérieux une minute. C'est possible ?

— Si j'y suis obligé. Quelque chose te turlupine. C'est perceptible au ton de ta voix.

Il était probablement aussi en train de prendre ma tension, de surveiller mes réactions cutanées, mes mouvements oculaires et tout ce qu'il pouvait bien trouver d'autre à ausculter à distance.

— Tu as dit que tu avais enfumé les Thuraniens.

— Ouais, et c'était très amusant.

— Non, ça ne l'était pas. Ça a mis le *Hollandais volant* en danger, sans une seule bonne raison.

— Ah, je comprends le problème, maintenant. Tu es contrarié. Joe, nous n'avons couru aucun danger supplémentaire. Une fois entré dans le réseau de commande des Thuraniens, je savais d'avance ce que leurs vaisseaux lancés à nos trousses allaient faire. Que je me sois un peu amusé ne nous a affectés en rien.

— Cette fois, non. À ta connaissance. Mais tu ignorais qu'un croiseur maxolhx rôdait, prêt à nous pulvériser. Skippy, le problème est là. Si quelque chose tourne mal ici, tu seras coincé dans l'espace profond, jusqu'à ce que tu puisses imiter un signal de détresse ou trouver une autre astuce pour attirer à toi un vaisseau interstellaire. Ça ne te sera pas drôle de rester seul un bon moment, mais tu y as déjà survécu, et tu y survivras encore. Pour nous autres, les singes, les enjeux sont bien plus cruciaux. Quand tu nous fais courir un risque, c'est à mon espèce toute entière que tu le fais courir. Tout le monde. Ma planète, et tout ce qui s'y trouve. Nous sommes peut-être des bactéries pour toi, et encore, tu es peut-être généreux en nous haussant au rang de bactéries ! Mais pour nous, c'est d'une importance capitale. Nous avons pris d'énormes risques pour venir ici, et maintenant, c'est la survie de l'humanité entière qui est en jeu. Si cette mission échoue, si nous ne parvenons pas à fermer le vortex, si les Kristangs restent aux commandes de la Terre, alors nous perdons *tout*. Est-ce que tu comprends ça ?

Il y eut un silence inhabituel. Puis…

— Joe, c'est une larme, ça ?

— Je me suis passé de l'eau sur la figure, répondis-je, furieux, en l'écrasant d'un revers de manche.

Penser à ma famille, ma ville natale, mes amis, les bois drus et frais où j'avais passé tant de temps, et même au chien de mes parents, m'avait rendu émotif. Ils comptaient tous sur moi… même s'ils n'en avaient pas conscience !

— Je suis désolé, dit-il doucement. Je comprends quels sont les enjeux pour toi, pour vous tous. Nous avons passé un marché, et je tiendrai parole. Je fermerai ce vortex. Je suis désolé de t'avoir inquiété, mais nous n'avons vraiment couru aucun danger supplémentaire. Je ne le ferai plus, c'est promis.

— Merci. Autre chose : est-ce que les Thuraniens sont au courant pour ce vaisseau ? Savent-ils qu'ils ont perdu un transporteur stellaire ?

Soulagé de changer de sujet, Skippy reprit son ton habituel.

— La modification de notre signature de saut a fonctionné. Je surveillais les communications internes du vaisseau de commandement, et les Thuraniens se croyaient suivis par trois croiseurs légers jeraptha. Ils savent que le *Hollandais volant* a disparu, mais ignorent pourquoi. La bonne nouvelle, c'est qu'ils ont aussi perdu deux autres vaisseaux, une frégate et un croiseur, à peu près au même instant et dans le même secteur que le *Hollandais volant*. Les Jeraptha ont lancé des escadrilles pour pourchasser les Thuraniens survivants. Notre secret est bien gardé, pour le moment. Le commandant thuranien a envoyé une requête à son amirauté pour solliciter la permission de détacher plusieurs vaisseaux à la recherche du *Hollandais volant*. Requête refusée. L'amirauté ne veut plus mobiliser de ressources dans ce secteur et préfère considérer le vaisseau comme perdu. L'opération des Jeraptha dans ce secteur, qui a abouti à la reprise de Paradis par les Ruhars, a été couronnée de succès, et les Thuraniens ont dû redéployer leurs forces. Mon analyse est que les Jeraptha avaient d'abord prévu de stopper leur offensive à ce moment, mais à cause de leur succès inespéré, ils ont décidé d'aller de l'avant et de rallier des bâtiments d'autres secteurs. L'opération est devenue une action majeure de la flotte dans ce secteur tout entier. Une bonne chose pour nous, car du coup, les Thuraniens et les Kristangs sont très occupés ailleurs.

— Très bien, dans ce cas.

Les toilettes thuraniennes n'ont pas de miroir. Ces cyborgs doivent considérer que la vanité au sujet de leur apparence est un vestige indésirable de leur passé purement biologique. Mais je ne voulais pas retourner sur la passerelle dans cet état. Un commandant mal assuré, ce n'était pas bon pour le moral de l'équipage. J'allumai donc l'écran de mon zPhone pour observer mon visage tant bien que mal. J'avais l'air fatigué, c'est vrai, mais j'avais de bonnes raisons pour ça. Je me redressai et retournai sur la passerelle. Me saluant d'un signe de tête, Chang libéra mon fauteuil.

— Colonel, un signe du vaisseau maxolhx ? demandai-je.

Chang et Skippy m'auraient tenu au courant, le cas échéant. Je posais la question juste histoire d'éviter toute gêne entre nous.

Chang fit non de la tête.

— Non, aucun signe de poursuite. Nous rechargeons les moteurs, dit-il en montrant la jauge (douze pour cent), pour une autre série de sauts. Maître Skippy nous a informés que le vortex visé pourrait servir à des vaisseaux maxolhx dans un futur proche. Nous avons donc changé de trajectoire pour rallier un autre vortex. L'heure estimée pour le prochain saut est de trois heures douze minutes (c'était également indiqué sur l'affichage), et nous serons en vue du vortex dans quatre jours.

— Quatre jours ? Alors assurons-nous que tout le monde se repose le plus possible, et il nous faudra...

Soudain...

— Nom de Dieu ! hurla Skippy. Merde ! Vous vous fichez de moi ! Sinistres abrutis ! Foutus petits hommes verts sournois !

— Mon Dieu, Skippy, que se passe-t-il ? demandai-je.

Affolé, je me laissai tomber dans mon fauteuil de tout mon long.

Chang sortit en trombe de la passerelle pour rejoindre son poste au Centre d'Informations de Combat, derrière la paroi vitrée. Rien de nouveau sur les écrans... Pas le moindre symbole orange des Maxolhx. Desai se tourna vers moi et leva les mains en un geste éloquent d'incompréhension, index pointé vers le bouton argenté d'activation du microsaut d'urgence préprogrammé. Je levai un doigt pour l'arrêter.

— Sommes-nous en danger ? En danger immédiat ?

— Nous ? fit Skippy, l'air distrait. Non, du tout. Pas plus que d'habitude. Ceux qui ont des problèmes, ce sont ces sales pourris de Thuraniens sournois !

Skippy était vraiment en colère, comme l'attestait son utilisation libérale de jurons, qui, si j'en croyais mon expérience certes limitée, n'était pas habituelle pour lui.

— Si je leur remets jamais les mains dessus, je vais leur faire regretter d'avoir voulu être plus malins !

— Qu'est-ce qu'ils t'ont fait ?

— À moi ? Rien. Mais ils m'ont fait passer pour un imbécile, dit-il amèrement. Ils m'ont caché quelque chose d'important. Un truc que j'aurais dû savoir, à quoi j'aurais dû m'attendre. Malédiction !

Son discours semblait décousu, ce qui m'inquiéta. J'examinai les affichages, sans rien y déceler de nouveau. Desai posa l'index sur le panneau de commande. De quoi diable Skippy était-il en train de parler avec tant de colère ? L'unité opérationnelle thuranienne était toujours là où elle était censée être. Il n'y avait aucun voyant anormal sur l'écran. En fait, il n'y avait aucun voyant d'allumé, vu que nous étions dans l'espace profond interstellaire. Ce qui pouvait se trouver autour de nous se limitait à quelques atomes d'hydrogène errants, qui n'apparaîtraient pas sur les écrans.

Skippy inspira à fond. Du moins, il en donna l'impression.

— Quand j'ai déchiffré leur cryptage, qui était étonnamment sophistiqué, en fait, ils ont dû le voler aux Maxolhx, car je ne peux pas imaginer que les Maxolhx le leur aient donné, j'ai…. Bien entendu, ce cryptage n'était rien par rapport à mes incroyables pouvoirs, mais ça a été une sorte de défi mineur pour moi, un peu comme de faire des mots croisés. Pas très complexes, n'est-ce pas, pas comme lorsque l'indice concerne un truc obscur comme la poésie hongroise du dix-septième siècle, ou la littérature hongroise en général. En fait si quelqu'un a étudié la littérature de la Renaissance ou de l'époque baroque européenne…

— Skippy !

— Hein ? Ah, je suis un peu hors sujet, là. Où en étais-je ?

Où il en était ? Desai me regarda et je levai les yeux au ciel.

— Tu peux stocker la somme des connaissances humaines dans une petite partie de ta mémoire, et tu ne peux pas te souvenir de quoi tu parlais il y a dix secondes ?

— Dix secondes, à l'aune de ta perception très limitée du temps ! Joe, pour moi, des espèces entières auraient pu évoluer, se développer et s'éteindre rien que pendant cette durée. Mon esprit vagabonde… Oh, oui, je parlais de ces cryptages. J'ai fouillé dans la base de données du vaisseau de commandement thuranien, et j'y ai pêché quelque chose d'intéressant, de très intéressant. Ce n'est pas très connu, même des Thuraniens, car leurs chefs protègent l'information, et je comprends pourquoi ; si ce secret venait à s'éventer, les Thuraniens y perdraient un très gros avantage. Ils ont infiltré un nanovirus à bord de nombreux cuirassés kristangs, sinon de tous. Tout cuirassé kristang qui demande un passage à bord d'un transporteur stellaire thuranien est infecté lors de l'opération, si le transporteur est équipé du nanovirus. Le *Hollandais volant* est équipé pour générer le nanovirus. Avant que je prenne le contrôle, l'IA du vaisseau avait déjà déterminé que le *Fleur* avait été infecté, et il n'a donc pas activé le nanovirus. L'équipage n'était même pas informé de l'existence du nanovirus.

— Intéressant, j'imagine. C'est quoi, un nanovirus ?

Ce que je voulais vraiment savoir, c'était pourquoi Skippy en était tellement perturbé.

— C'est une méthode pour lier les atomes par quantum… Hum, misère, je ne peux pas vous dire ça, à vous les singes. De toute façon, vous n'y comprendriez rien. Disons que c'est une façon de préprogrammer des éléments des vaisseaux kristangs afin que, lors de l'activation du système par les Thuraniens, les atomes s'assemblent et forment des nanomachines susceptibles de prendre le contrôle du vaisseau. Le contrôle physique, pas seulement à travers des logiciels. Jusqu'à ce que le nanovirus soit activé, les Kristangs, à leur niveau pathétique de technologie, ne peuvent même pas savoir que leur vaisseau est infecté. C'est important, car il existe des moyens simples de brouiller le nanovirus et de le rendre inerte. Même les Kristangs pourraient le faire. Et les Thuraniens ne sauraient pas que le nanovirus d'un vaisseau donné a été brouillé, jusqu'à ce qu'ils tentent de l'activer.

— Super. Et c'est important pour nous ? Pour quelle raison ?

— Parce que si j'avais connu l'existence du nanovirus, j'aurais pu l'utiliser pour prendre le contrôle du *Fleur.* Nous n'aurions pas eu besoin de nous frayer un chemin en combattant compartiment par compartiment, à travers le *Fleur.*

Ah. Il se sentait coupable au nom des frères d'armes que nous avions perdus dans cet abordage.

— Tu ne pouvais pas le savoir, Skippy.

— J'aurais dû ! C'est une technologie ancienne, relativement simple. J'aurais dû me douter que les Thuraniens l'auraient découverte, volée, ou achetée, au fil du temps.

— Tu ne savais pas. Tu peux te baser seulement sur ce que tu sais.

— Je me sens quand même fautif, grommela-t-il. Ce qui me contrarie surtout, c'est que j'aurais dû scanner le *Fleur* quand nous en avons pris le contrôle. J'aurais détecté les liens quantiques. Je ne peux pas m'expliquer pourquoi je ne l'ai pas fait. Joe. C'est pour ça que mon incapacité à accéder à certaines sections de ma mémoire m'inquiète.

— Maître Skippy, demanda Desai, est-ce que cela signifie que vous pourrez contrôler les vaisseaux kristangs à distance ?

— Oui ! À condition que nous soyons assez proches. Les Thuraniens changent constamment leurs codes de contrôle, et leur cryptage est assez solide, donc il faudra que je passe outre le système de contrôle thuranien et que j'active directement le nanovirus. La réponse brève est, « oui, je peux le faire ». La réponse plus longue est, « ma foi, ça dépend ». Je n'aimerais pas devoir m'y fier lors d'une situation de combat critique.

Je haussai les épaules avec ostentation.

— Et, une fois de plus, Skippy, avec toi, je me sens vachement en confiance !

— Hé, c'est mieux que ce que nous avions avant ! Et j'y travaille. La technologie des Thuraniens n'est pas vraiment adéquate, elle est corrompue par rapport à sa version originale. Les Anciens ont abandonné ce type de technologie grossière il y a très longtemps. Je dois piocher dans ma mémoire pour comprendre comment elle est censée fonctionner, et si je parviens à la réparer, je la contrôlerai bien plus facilement. Donne-moi un peu de temps. De ton temps, pas de mon temps super rapide.

— Hé, Colonel Joe, tu dors ?

La voix de Skippy tonitrua dans un des haut-parleurs de plafond de mon compartiment dortoir.

Je me levai d'un bond, et me cognai la tête sur un placard bas. En m'allongeant dans ce lit minuscule, je m'étais dit que ce placard me poserait problème, et j'y avais accroché deux pantalons dans l'espoir d'amortir les chocs. Précaution qui m'a sans doute épargné un traumatisme crânien. La nuit prochaine, décidai-je, je dormirai sur le sol, les lits thuraniens étant vraiment trop petits.

— Bordel, Skippy, à cause de toi je me suis à moitié fendu le crâne !

Masser mon cuir chevelu aggrava les choses ; cesser de le masser les rendit pires encore.

— Qu'y a-t-il ? demandai-je en me levant avec difficulté, prêt à courir vers la passerelle si nécessaire. Ce croiseur maxolhx nous a repérés ?

— Non ! Il n'y a aucun danger, Joe. Au contraire, j'ai de bonnes nouvelles.

Mon zPhone affichait 01 h 34. J'avais dormi moins de trois heures et mon service commencerait dans trois heures et demie.

— Il n'y a pas de bonnes nouvelles à cette heure indue de la nuit, Skippy. (Je me renfonçai dans le lit de mon mieux, occupé à me masser le crâne, qui pulsait douloureusement.) Ça ne pourrait pas attendre ?

— Il n'y a pas de lever de soleil à bord d'un vaisseau stellaire, Joe.

— Oh, bon sang de… Alors, de quoi s'agit-il ?

Il était clair qu'il n'abandonnerait pas.

— Parmi les données récupérées de ce vaisseau de commandement, il y a une analyse intéressante de la base kristang de l'astéroïde, notre destination. Les Thuraniens la surveillent de près depuis des années, ils ont dressé une carte des failles et des vulnérabilités.

— Oh, une bonne nouvelle, en effet. Est-ce que ce sera facile ?

— Euh, non, Joe. Ce sera sacrément difficile. L'analyse thuranienne, que j'ai confirmée grâce aux données brutes que j'ai récupérées, est que les Kristangs ont fait un très bon travail côté renfort de leurs défenses, spécifiquement contre les Thuraniens. Malgré tous leurs efforts, les Kristangs se doutent que les Thuraniens savent déjà a minima qu'il y a une installation de recherche sur l'astéroïde, et ils font de leur mieux, en ne regardant pas à la dépense, pour empêcher les Thuraniens d'entrer en force et de leur voler leurs biens.

— Zut alors. (Il venait de me gâcher définitivement ma courte nuit de sommeil.) C'est impossible, dans ce cas ?

— Non, je n'ai pas dit ça. Les Thuraniens peuvent s'emparer de l'astéroïde s'ils le veulent vraiment, et les Kristangs le savent. Le but de leurs défenses est de rendre l'opération suffisamment difficile pour que les Thuraniens décident que le jeu n'en vaudra pas la chandelle.

Je hochai la tête dans l'obscurité.

— Les Maxolhx ont mis sur pied une alliance formidable ! Chacun doit s'inquiéter de se faire rouler par ses alliés aussi bien que par ses ennemis.

— Oui, c'est une faiblesse pour eux, en effet.

— Résumons-nous, Skippy, demandai-je à cause de sa tendance à divaguer, est-ce qu'attaquer l'astéroïde en vaut la peine, pour nous ? Tu sembles d'avis que nous n'avons pas vraiment le choix.

— Vous n'avez pas vraiment le choix, à mon avis. La seule référence que j'aie trouvée à un module de commande de vortex des Anciens est liée à cet astéroïde. Les artefacts des Anciens ne se chopent pas sur eBay, Joe. Nous le récupérerons sur cet astéroïde, ou tu devras renoncer à fermer ce vortex.

Il n'avait pas répondu à ma question, ce qui avait le don de m'exaspérer.

— D'accord, ça vaut le coup pour nous. Je vais te le redemander lentement, pour que tu comprennes. (Le manque de sommeil me rendait grincheux.) Est-ce que nous pouvons le faire ? Avec ce vaisseau, son équipage et ses équipements ? Attends une minute. (Ce petit connard allait sans doute comprendre de travers, de toute façon.) Je vais être plus précis : avons-nous une bonne chance de succès ?

— Oh, bien sûr, pas de problème ! Surtout maintenant que j'ai davantage de données. Les Thuraniens ont testé les défenses de l'astéroïde, en partie pour évaluer le niveau de développement technologique des Kristangs, et en partie parce que ce sont de détestables enfoirés qui adorent faire chier les espèces inférieures. Comme les Thuraniens ont fait la première partie du boulot pour nous, je sais comment nous glisser jusqu'à la porte d'entrée, pour ainsi dire. Ils sont arrivés très près, et leurs rapports font état de points aveugles dans le réseau de détection des Kristangs. Comme je l'ai dit, ce sont de bonnes nouvelles.

— Qui auraient pu attendre mon réveil.

— J'en suis désolé, Joe. Tu peux retourner au royaume des rêves, maintenant.

— Ouais, comme si j'allais en être capable… Hé, attends un peu.

Il s'était écoulé onze heures depuis que nous avions quitté le secteur du groupe de bataille thuranien.

— Il a fallu tout ce temps à ton gigantesque cerveau pour décoder et analyser les données thuraniennes ? Tu as dit que tu étais si rapide que nous autres, les singes, ne pouvions même pas concevoir une telle vitesse…

— J'ai quand même dû décrypter plus d'un zettaoctet de données, dit Skippy, sur la défensive (comme si je savais ce que pouvait être un zettaoctet), avec un système de cryptage étonnamment sophistiqué, puis j'ai dû les trier et décider ce que j'allais analyser en premier. *Puis* j'ai dû comparer un tas de données disparates afin de comprendre de quoi il retournait.

— Oh, désolé, Skippy. (Je ne voulais pas le vexer.) Je suis sûr que c'était un très gros travail, même pour toi.

— Oh, non, ça m'a seulement pris sept minutes. Mais qui m'ont semblé durer une éternité, quand même !

— Sept min… tu savais tout ça quelques minutes après notre saut de sécurité ?

— Ouais.

— Alors, pourquoi diable es-tu venu me réveiller au milieu de ma foutue nuit de sommeil ?

— Je m'ennuyais, Joe, je me sentais seul.

Il n'ajouta rien de plus. Son silence me poussa à ravaler la remarque acerbe que je m'apprêtais à lui lancer. Skippy et moi avions été en contact quasi permanent depuis qu'il m'avait libéré du cagibi où les Ruhars m'avaient enfermé. Avant ça, il n'avait pas eu de contact avec quiconque, pendant très longtemps, peut-être des millions d'années. Il avait pu écouter des conversations après l'arrivée des Kristangs sur Paradis, histoire de tromper un peu son ennui, mais cela n'avait sans doute fait qu'aviver son sentiment de solitude. Pas drôle d'entendre d'autres interagir sans pouvoir participer. Du coup, je me souvins que j'étais le premier être à qui Skippy avait parlé depuis l'événement, quel qu'il soit, qui avait provoqué son isolement. Pendant que je dormais, il avait été comme un drogué en manque, ni plus ni moins.

— J'en suis désolé, Skippy, mais tu es au courant que nous les singes avons besoin de dormir ? Il y a d'autres gens à bord, tu n'aurais pas pu aller leur parler, à eux ?

La plus grande partie de l'équipage dormait, Chang et deux élèves pilotes étaient de service sur la passerelle, et il y avait un garde à l'infirmerie, qui pouvait quand même piquer un roupillon pendant que les blessés dormaient, ou étaient plongés dans le coma, selon ce que le bon Docteur Skippy avait décidé pour eux.

— Ils ne sont pas à l'aise quand ils parlent avec moi. La plupart ont peur de moi.

— Je leur en toucherai un mot, Skippy. D'accord ? Je dois retourner sur la passerelle dans un peu plus de trois heures. Tu ne pourrais pas faire des mots croisés ou un truc dans le genre, en attendant ?

— Oui, je crois. Tu veux que je te chante une berceuse ?

L'oreiller que je m'étais collé sur la tête ne suffisait pas à bloquer sa voix.

— Bonne nuit, Skippy.

À mon réveil, j'étais de meilleure humeur ; je demandai à Skippy son plan d'attaque. Pas en détail, car Giraud devrait se mettre au boulot dessus rapidement, juste le concept.

— Tu as eu le temps d'examiner toutes les données sur l'aménagement de la base et les défenses de l'astéroïde, n'est-ce pas ? Comment allons-nous entrer ?

— Oh, j'ai un plan absolument brillant, Colonel Joe. Nous allons utiliser des vaisseaux de guerre thuraniens. Je forcerai les portes extérieures des hangars d'atterrissage à s'ouvrir en trompant leurs détecteurs, pour que les Kristangs ne puissent pas tirer sur les vaisseaux de guerre. Quand ceux-ci auront atterri, l'équipage foncera aux portes intérieures et les fera sauter.

— L'équipage foncera aux portes intérieures, dans un hangar d'atterrissage dépressurisé ? Skippy, aucun de nous n'entrera dans une combinaison spatiale thuranienne. Elles sont trop petites.

Il y eut une pause d'une milliseconde – une petite éternité pour une IA.

— Ah, merde… lâcha Skippy.

— *Ah, merde* ? Tu es sérieux ? Ce n'est pas une blague ? Tu n'as pas pensé au fait que les humains avaient besoin d'une combinaison spatiale, dans l'espace ? Tu veux que je te définisse le concept ? Spatiale, comme dans « espace » ?

— Je ne suis pas un sac de viande ! Je ne réfléchis pas comme vous autres, espèces de sacs poubelles biologiques !

— Ce « sac poubelle biologique » va chier sur ton couvercle puis te balancer par un sas !

— Ce serait une menace redoutable, si je ne contrôlais pas tous les mécanismes de sas, espèce de singe !

— Les sas ont des contrôles de forçage manuel. Oh, regarde, les singes ont des pouces opposables !

Je lui agitai mes pouces sous le nez – enfin, devant son couvercle.

— Ferme-la.

— Alors ?

— Je réfléchis ! cria Skippy, vexé.

— Oui, je sens la fumée.

— Quoi ?

— La prochaine fois que tu me diras à quel point ton intellect est celui d'un dieu, souviens-toi simplement des « combinaisons spatiales ».

— Oh, boucle-la. Je n'ai jamais dit que j'étais parfait.

— Bon, retourne au début, et révise ton plan, lui dis-je en me dirigeant vers les minuscules toilettes. Je veux en parler cet après-midi avec Giraud, qu'il puisse rectifier tes bourdes. C'est dans dix heures, environ, ce qui fait un milliard de millions d'années de ton temps, non ? Tu auras donc tout loisir de trouver une solution qui ne consiste pas à « faire respirer » des humains dans le vide spatial.

Le soldat Randall vint me voir à la salle de sport ce matin-là ; je transpirais sur l'équipement amélioré du sergent Adams. Il me rapporta que Simms s'était assurée que l'équipage avait terminé les exercices de familiarisation, que chacun savait où se trouvaient les sas, comment faire fonctionner les wagonnets et les monte-charges, où étaient leurs postes de quart, et avait mémorisé toute une liste de procédures de sécurité et d'urgence, à l'insistance de Chang et de Simms – même si Skippy pensait que c'était une perte de temps absolue…

— Joe, c'est une perte de temps complète que cet équipage essaie d'apprendre à faire fonctionner ce vaisseau. Vous êtes semblables à des chiens. Un chien peut savoir qu'il y a une boîte de délicieuses friandises au sous-sol, mais même s'il regarde la poignée de la porte toute la journée, il ne comprendra jamais comment elle fonctionne.

— Alors, nous sommes des chiens, maintenant ? (Je fis un clin d'œil à Randall.) Quand donc avons-nous obtenu cette promotion ? Je pensais que nous étions tous des bactéries, pour toi.

— Vous vous êtes mieux comportés que je l'escomptais, dans l'ensemble. Votre espèce est raisonnablement adaptable. Peut-être pourrais-je désormais vous considérer plutôt comme des paramécies.

— Des para… quoi ? demanda Randall.

— Des pa-ra-mé-cies, énonçai-je en détachant bien les syllabes. Ce sont des organismes unicellulaires. Vous en avez probablement vu une au microscope, au lycée. Elles ressemblent un peu à un motif cachemire.

Randall me jeta un regard ahuri.

— Un motif cache… quoi ?

Comment lui expliquer ce qu'était un motif cachemire ?

— C'est, euh, ces dessins torsadés qu'on voit sur les canapés ou les rideaux des personnes âgées. Un peu comme des symboles yin-yang.

— Ah ? J'ignorais que ces trucs avaient un nom, dit Randall.

Skippy grogna, l'air écœuré.

— J'ai encore changé d'avis. Vous êtes bien des bactéries, espèce d'idiots ! Qui ignore ce qu'est un motif cachemire ?

— Nous sommes des soldats, dis-je, pas des décorateurs d'intérieur, canette de bière !

— Le motif cachemire serait un très bon symbole d'unité pour ta joyeuse bande de pirates, Joe. Je chargerai les synthétiseurs d'en fabriquer une série.

Et Skippy tint parole ! Un peu plus tard, dans l'après-midi, il produisit des écussons où une paramécie arborait un bandeau sur l'œil et une dague. Adams m'en apporta quelques-uns, pour me divertir. Je m'attendais à ne plus en entendre parler, jusqu'à ce que quelques membres d'équipage me demandent s'ils pouvaient en écussonner leurs uniformes. Ça n'aurait pas dû me surprendre. Nous étions des pirates, et porter une paramécie en écusson était leur doigt d'honneur à Skippy. C'est comme ça que notre petite bande de joyeux pirates assoiffés de sang se retrouva avec un motif cachemire sur les uniformes.

En sortant de notre salle de sport de fortune, je croisai le sergent Adams, serviette sur l'épaule.

— Sergent, j'aimerais vous parler de votre tenue.

— Je pensais qu'on pouvait porter des tee-shirts sur les ponts, Colonel, sauf quand nous devons passer à l'action. (Elle matait avec insistance mon tee-shirt gris avec ARMY inscrit sur le poitrail.) Je n'ai que trois hauts à bord, mon colonel.

Je souris.

— Libre à vous de porter un tee-shirt, Adams. Mais nous sommes sur un vaisseau stellaire, et nous allons hardiment là où aucun humain n'est jamais allé ; nous atterrirons sur des planètes où nous guettent des dangers inimaginables…

— Oui, mon colonel ?

— … Et vous portez un tee-shirt *rouge*.

— Oh… ! (Rougissant, elle se remémora les références à *Star Trek*.) Oui, mon colonel, je mettrai un uniforme du corps des Marines avant que nous ne nous téléportions où que ce soit !

— Excellente idée, dis-je en souriant de plus belle.

J'étais fier de moi : j'avais résisté au désir de me retourner pour reluquer son ravissant petit derrière alors qu'elle s'éloignait.

Ce voyage risquait de me paraître bien long…

CHAPITRE QUINZE

RAID

GIRAUD ME BIPA, il avait besoin de m'entretenir du raid contre l'astéroïde. Quand je l'eus rejoint, il était avec le sergent Thompson dans une des soutes, près de la salle de sport. Skippy m'avait dit qu'il étudiait un plan d'attaque avec Giraud, et je les avais laissés travailler tranquilles.

— Bonjour, monsieur, dit Thompson, avec son délicieux accent anglais.

— Bonjour.

J'avais toujours dans la bouche le goût de la saloperie toxique que j'avais ingurgitée au petit déjeuner. J'avais essayé de mélanger l'infâme bouillasse censée être de la pomme à la cannelle avec celle au chocolat (un peu moins à gerber dans son genre), et le résultat fut un truc que j'avais dégluti au plus vite. Il y avait une compétition tacite parmi l'équipage pour trouver de bonnes combinaisons de goûts, ensuite postées sur le réseau des zPhones. Mon essai de ce matin allait carrément dans la colonne « Échecs ».

— Lieutenant, je vois que vous avez été bien occupé…

— Oui, Colonel, dit Giraud.

Quand il s'était engagé pour cette mission, j'avais eu l'impression qu'il me considérait un peu comme un dingue chanceux, quelqu'un qui possédait les clés de l'avenir mais qui ne savait pas les utiliser, et qui avait besoin de soldats de métier comme lui pour prendre les décisions importantes. Il avait sans doute une opinion toujours très mitigée de mes capacités de planification tactique, mais avec une sorte de respect réticent pour la manière dont j'avais mené la mission, jusque-là. Mon idée de nous débarrasser de notre problème kristang en faisant sauter leurs vaisseaux stellaires à l'intérieur d'une planète avait impressionné pas mal de gens. Ça, et le fait que la mission, à ce stade, avait réussi de manière retentissante, se déroulant exactement comme je l'avais promis. Nous nous étions échappés de Paradis, nous avions arraisonné une frégate kristang et un transporteur stellaire thuranien, et nous nous dirigions à présent vers un vortex. Le succès est chose excellente pour gagner la confiance des gens ! Et il fallait que je continue à voler de réussite en réussite.

— Le plan du raid dépend en partie de l'élément de surprise. Nous devrons agir vite dès que les navettes seront dans la baie d'amarrage. Cela signifie que l'équipe d'assaut ne pourra pas attendre que les portes du hangar se ferment et que le hangar se repressurise. Elle devra investir la base avant que les Kristangs n'aient le temps de réagir. Pour ce faire, l'équipe aura besoin de combinaisons spatiales.

Giraud montra une étagère murale qui contenait deux combinaisons spatiales : une d'aspect léger, et une plus grande, blindée.

— Cette combinaison thuranienne, dit-il en désignant la légère, ne conviendrait même pas au plus petit membre de notre équipage. Skippy m'a dit qu'il n'existe aucun moyen d'augmenter la taille de ces combinaisons. Les chaînes de fabrication de ce vaisseau ne sont pas en capacité d'en produire les matériaux.

— Exact, confirma Skippy, du haut-parleur de la cloison. Les groupes de bataille thuraniens comportent des vaisseaux de renfort aux capacités de production étendues, mais les navires individuels ont des capacités de fabrication limitées.

— C'était un grave problème, reprit Giraud, jusqu'à ce que le sergent Thompson pense aux combinaisons spatiales de notre vaisseau kristang. Ces combinaisons blindées ont une alimentation suffisante pour le combat, avec des moteurs intégrés aux membres afin d'améliorer les mouvements du porteur ; ainsi, le poids ne sera pas un problème pour des humains.

La combinaison kristang avait vraiment l'air cool. Je m'en approchai et en tapotai l'armure. Une armure massive. On pouvait fixer des armes aux crochets des poignets, pour que le porteur n'ait qu'à appuyer sur la détente. La visière m'évoquait du verre fumé... et Ironman, une combinaison mécanique sortie de *Halo* ainsi qu'une bonne dizaine d'autres jeux vidéo du même acabit.

— Excellente idée, sergent. La question, c'est que… ces combinaisons ne sont-elles pas trop grandes ?

— C'est un problème, convint Giraud.

Thompson passa derrière la combinaison kristang, qui s'ouvrait par le dos, et se glissa à l'intérieur. Giraud l'aida à la boucler. Les voyants d'état s'allumèrent sur les affichages de poignets, et Thompson fit deux pas précautionneux. La visière rétractée dévoila son regard.

— Ce n'est pas idéal, dit-il d'une voix distordue. Mon menton cogne contre le fond du casque, et je ne peux pas ouvrir la bouche suffisamment pour parler distinctement.

— Le sergent Thompson mesure près de deux mètres, précisa Giraud.

— Six pieds et quatre pouces, si tu préfères, dit Skippy, toujours prêt à aider.

— Et il peine à utiliser la combinaison correctement, continua Giraud. Mais elle peut être ajustée ; Skippy assure qu'il pourra fabriquer certains composants pour nous.

— En quantité limitée, avertit Skippy. Ne vous emballez pas, les gars !

— Quel genre de composants ? demandai-je, en me hissant sur la pointe des pieds pour voir l'intérieur du casque.

Thompson n'avait pas l'air très à l'aise…

— L'ajustement maximal, en situation de combat, ne peut convenir qu'à des soldats mesurant six pieds minimum.

— Je fais six pieds trois pouces, dis-je. Qui d'autre ?

Thompson et Giraud étaient grands, ainsi que Chang.

— Huit personnes, répondit Giraud en comptant sur ses doigts. Vous, le sergent Thompson, le Colonel Chang, le spécialiste Putri, les soldats Marsden, Darzi, Putri et moi.

— Huit personnes ? Ça suffit pour notre raid ? demandai-je.

— Sept, corrigea Giraud. Vous ne participerez pas au raid, mon colonel. Vous devez rester sur le *Hollandais* et commander l'opération.

— Il a raison, Joe, dit Skippy. Je ferai voler les navettes et surveillerai les détecteurs. J'aurai besoin qu'on me guide.

Je tentai de dissimuler mon irritation.

— Nous en reparlerons plus tard, dis-je, laconique. Sept, ce sera suffisant pour mener la mission à bien ?

— Non, assena Giraud, catégorique.

— Je suis d'accord, fit Skippy. C'est là, Joe, où nous avons besoin de ton génie militaire. Je pourrais bombarder l'astéroïde à coups de canon électrique, à charge pour vous de fouiller ensuite les débris, mais il existe un risque trop important d'endommager les articles que nous recherchons.

— Lieutenant, dis-je en me tournant vers Giraud, vous avez suivi l'entraînement des forces spéciales et vous avez de l'expérience. Si vous pensez que nous ne pouvons pas réussir cette mission, alors je n'ai rien à ajouter.

Il fronça les sourcils.

— Comme vous dites, vous autres Américains, nous voilà revenus au point de départ.

— Nous n'allons pas renoncer. Vous avez sûrement envisagé toutes les possibilités. Prenons un peu de recul et on y reviendra demain à tête reposée, en adoptant en quelque sorte un nouveau départ.

Giraud aida son camarade à s'extraire de la combinaison kristang. Thompson roula les épaules, qui étaient engourdies. La combinaison n'était pas très adaptée, et lui avait endolori les aisselles.

— Sergent, demandai-je en examinant la combinaison thuranienne, si cette version kristang était à votre taille, vous pourriez l'utiliser au combat ?

— Oui, mon colonel. En mouvement, elle ne demande pratiquement aucun effort au porteur. Avec de l'entraînement, ces combinaisons nous rendraient redoutables. Nous avons eu de la chance que les Kristangs n'aient pas eu le temps de s'y glisser quand nous avons pris le *Fleur* de haute lutte.

— Oui, très bien, dis-je, distraitement.

La combinaison thuranienne était très légère, sinon fragile. À supposer qu'elle fût composée d'un matériau high tech, je ne comprenais pas comment elle pouvait faire le poids contre son homologue kristang lors d'affrontements.

— Skippy, ces combinaisons thuraniennes ressemblent à du Lycra. Est-ce que ce matériau devient aussi dur que du diamant si nécessaire ? Ou bien disposent-elles d'un bouclier d'énergie, à l'instar des vaisseaux ?

— Non, rien de tout ça. Ce sont de simples combinaisons spatiales.

— Ah. Et comment les Thuraniens combattent-ils, dans ces trucs ?

Skippy éclata de rire.

— Ils ne combattent pas ! Ces petits salauds verdâtres ne risquent pas de s'exposer directement au danger ! Ils commandent à distance des drones militaires, que tu appellerais sans doute des droïdes de combat ou des robots, un truc de ce genre.

— Des droïdes de combat ? Y en a-t-il à bord ?

— Bien sûr. Trois douzaines à l'armurerie. Trente-huit unités, pour être précis.

— L'armurerie ? Quelle armurerie ?

— Nous avons des robots de combat ? fit Giraud. J'aurais fichtrement aimé le savoir avant de passer des jours à planifier un assaut !

— Il y a des robots de combat, des fusils, des lance-fusées, toutes sortes de joujoux à l'armurerie, à la poupe de la section de commandement. Elle est cachée, pour ainsi dire.

— Pourquoi diable ne nous en as-tu jamais parlé ?

Mais quelle frustration !

— Ma foi, Joe, tu n'as pas demandé, grommela Skippy, et je n'allais pas révéler à une bande de singes où aller piocher de dangereux jouets histoire de se distraire un peu !

— *Merde* ! fulmina Giraud, rouge comme une tomate. Si jamais l'envie vous prend de balancer Skippy par un sas, dites-le-moi, et je serais ravi de m'en charger !

— Comment ça ? demanda innocemment Skippy. Qu'est-ce que j'ai fait ?

Je levai le pouce en direction de Giraud.

— Skippy, si tu ne le sais pas, je ne peux pas t'expliquer... Ces robots de combat, les humains peuvent les contrôler, ou les Thuraniens le font-ils uniquement grâce à la cybernétique ?

— Ils utilisent la cybernétique, en effet. Une des façons les plus simples de téléfacter un dispositif à distance, particulièrement au combat, quand le temps de réaction est primordial. Il n'y a aucune raison qui nous empêcherait de bidouiller un truc qui ferait des humains des agents de téléfactorisation.

Ça m'aurait vraiment aidé si Skippy avait daigné définir les termes techniques que je ne connaissais pas.

— Soyons clairs : la téléfactorisation, c'est la commande à distance ? Avec quoi ? Des joysticks, des boutons, ce genre de gadgets high-tech ?

— Pff ! fit Skippy. Voyons ! Bien sûr que non, mec, ça serait beaucoup trop lent ! Qu'est-ce que tu crois, qu'on est en 1985 et que tu joues à Super Mario ? Nous fixerons des détecteurs sur les opérateurs, histoire que les robots se meuvent comme eux. La capture de mouvement, mais bien plus performante que la vôtre. En y réfléchissant, nous aurons aussi besoin de lunettes de sécurité, pour que les opérateurs voient ce que les robots voient – moins efficace que se brancher directement dans le nerf optique comme le font les Thuraniens, mais ça devrait faire l'affaire. Et les détecteurs devront comporter aussi des accéléromètres, pour que l'opérateur obtienne un feedback précis quand le robot rencontre de la résistance.

— Serais-tu assez aimable pour déverrouiller l'armurerie, afin que nous, singes crasseux, puissions nous pâmer d'émerveillement devant ces extraordinaires robots ?

J'avais pris un ton on ne peut plus sarcastique.

— Demandé si gentiment, oui, bien sûr ! (Skippy résistait rarement au plaisir sans mélange de se foutre de notre gueule.) Mais d'abord, veuillez récurer vos sales pattes.

Les droïdes n'étaient pas très impressionnants, même si le sergent Adams les avait rapidement baptisés des « combots ». D'après elle, ce n'étaient pas de véritables androïdes, vu leurs capacités limitées de déplacement et de réaction autonomes. Un opérateur doué de conscience était nécessaire pour les commander. Nous avions transféré trois combots dans une soute vacante ; Giraud, Adams et Thompson parvinrent à les manœuvrer sans équipement spécial, juste avec la surveillance de Skippy, qui étudiait leurs mouvements et ordonnait aux combots de les imiter. Mais, en situation de combat réel, nous ne pourrions pas compter sur lui, prévint Skippy, car la base de l'astéroïde était protégée par un épais bouclier et les opérateurs devraient être proches de leurs combots pour réduire le décalage. Durant le raid, les opérateurs devraient se trouver à bord des navettes, dans la baie d'amarrage. Je n'étais pas ravi à la perspective de faire courir des risques à davantage de soldats, même s'ils en prendraient moins toutefois que leurs camarades aux armures kristangs blindées. Mais voilà, Skippy ne se fiait pas aux combots pour les tâches impliquant des capacités motrices fines – sélectionner puis transporter les éléments fragiles de la technologie des Anciens dont nous avions besoin. Et aussi parce que, si nous utilisions seulement des combots, nous aurions, pour ainsi dire, tous nos œufs dans le même panier. D'après les données kristangs et thuraniennes que Skippy avait téléchargées, les sauriens avaient conçu leurs défenses pour se protéger spécifiquement des Thuraniens, et Skippy ne pouvait donc certifier qu'ils n'avaient pas la possibilité d'interférer avec la connexion de téléfactorisation. Les Kristangs connaissaient parfaitement les combots thuraniens, et avaient dû consacrer beaucoup de temps et d'énergie à trouver des moyens de les battre.

Le nouveau plan de Giraud nécessitait six personnes en combinaison kristang, et neuf opérateurs de téléfactorisation en navettes. Skippy piloterait les navettes à distance. Mais, afin de parer à toute éventualité, je voulais au moins quatre personnes capables de piloter les vaisseaux thuraniens. Il faudrait ajuster six combinaisons kristang aux mesures de ces six personnes, qui les utiliseraient en simulation de combat. Quatre s'entraîneraient à piloter les navettes thuraniennes – entraînement basique puisque tout le monde devrait aussi s'entraîner à la téléfactorisation des combots. Pour mettre toutes les chances de notre côté, je dus accepter à contrecœur, comme le voulaient Giraud, Chang et Simms, de demeurer à bord du *Hollandais volant* avec Skippy, Desai et le soldat Walorski.

Walorski avait été libéré de l'unité médicale, Skippy l'estimant suffisamment guéri. Son avant-bras gauche, fracturé et presque arraché au cours de l'abordage du *Fleur*, était toujours engoncé dans une attelle prévue pour une jambe de Thuranien. Celle-ci étant un brin trop grande, Walorski se cognait un peu partout avec. Le bon docteur Skippy en concevait une vive frustration. Chaque fois que l'avant-bras était traumatisé, la complète guérison de Walorski était compromise. L'attelle contenait des nanosondes qui réparaient les os, les nerfs et les muscles, ainsi que des flacons de fluides qu'il fallait changer trois fois par jour. Skippy prévoyait une guérison totale, et la possibilité de retirer l'attelle d'ici trois semaines, voire plus tôt si Walorski coopérait. C'était bien mieux que ce que nous avions craint, au début, que Walorski perde son avant-bras, voire même meure, vu le peu de matériel médical que nous avions avec nous, et l'absence de médecins humains.

On aurait pu croire que Walorski s'en réjouissait, et c'était le cas. Mais c'était avant tout un soldat, et il voyait tout le monde, sauf Desai et moi, s'entraîner avec les armures kristangs ou les combots. Walorski désirait donc qu'on lui confie un combot. Il aspirait à participer au raid en navette (n'étant pas qualifié en tant que pilote), ne voulant pas rester « planqué » alors que tout le monde risquerait sa vie dans une bataille cruciale pour la survie de l'humanité. Et il me disait ça à moi, son commandant, qui serai « planqué » à mon poste pendant que tous les autres risqueraient leur vie dans une bataille cruciale pour la survie de l'humanité. Walorski avait vraiment besoin de travailler ses compétences relationnelles… À sa place, aurais-je éprouvé la même chose que lui ? Ma foi, oui, parce que j'éprouvais exactement la même chose ! Le raid de l'astéroïde déterminerait probablement si ou non notre planète natale et notre espèce toute entière resteraient sous la botte des Kristangs, si l'humanité survivrait dans des conditions acceptables. Je n'avais pas la moindre envie de demeurer en (relative) sécurité sur le *Hollandais volant,* qui pourrait toujours bondir au loin en cas de menace. Après la bataille, quelle que soit son issue, je saurais à tout jamais que ma participation à l'action avait consisté à rester assis dans un fauteuil. Et l'équipage le saurait aussi. Ma tentative de persuader Walorski qu'on avait besoin de lui à bord du *Hollandais volant* comme pilote d'appoint était assez bancale, vu que je manquais singulièrement de conviction… Il frôlait l'insubordination caractérisée quand Skippy intervint, lui faisant remarquer qu'il ne nous serait d'aucune utilité en tant que contrôleur de combot, puisqu'il n'avait pas l'usage total de sa main gauche. Par contre, il pourrait assister Desai dans le pilotage, avec une seule main, ou rester assis à se tourner « le » pouce. Mais lors du raid, il causerait juste de vains embarras. Je ne saurais dire qui se sentait le plus frustré dans l'affaire, de Walorski ou de moi.

Il y avait également tout un groupuscule d'insatisfaits dans l'histoire : ceux qui s'entraînaient avec les armures motorisées ou les combots dans le hangar que nous avions aménagé pour les simulations de combat. Giraud avait commis l'erreur d'affecter le sergent Adams à cet aménagement des lieux, et à la conception du programme d'entraînement. Le problème était le suivant : étant responsable de l'entraînement, elle avait choisi la musique qui inondait le hangar de ses puissantes rythmiques. Cela contribuait à conditionner nos soldats, les tympans assaillis par des vibrations si fortes qu'elles venaient parasiter toute pensée, tout raisonnement lucide. Précisément ce qui se passait dans le feu de l'action, où l'heure n'était vraiment plus à la réflexion. Le volume élevé de la sono n'était pas le problème, c'était plutôt le goût déplorable d'Adams en matière de musique. Quand je pratique une activité physique exigeante, que ce soit pour la guerre ou le sport, je veux une musique qui pète, qui accélère mon rythme cardiaque. Du rock, du rap, un tempo soutenu.

La playlist d'Adams ? Du gospel, de la musique cajun, du jazz, de la polka et, sérieux, du bluegrass. Des chanteurs geignards à la voix nasillarde qui me donnaient furieusement envie de leur fracasser leur banjo sur la tête. Je ne suis pas très fan de bluegrass, comme vous l'aurez deviné. La country, oui, le bluegrass, non ! En plus, ces morceaux n'étaient même pas représentatifs du genre.

Adams avait exhumé des fonds de tiroirs pour en sortir les chansons merdiques servant typiquement à gonfler leurs albums une fois que les artistes sont à court d'idées, ou de talent, ou les deux. Comme si ça ne suffisait pas, Adams passait les mêmes titres horripilants en boucle ! Essayez un peu de vous concentrer dans ces conditions !

En fait, notre sergent-major est un génie. Maléfique, certes, mais un génie. Si on aime la musique qu'on écoute, on entre dans le rythme et ce n'est plus une distraction. Si la « musique » vous évoque des ongles crissant sur un tableau noir, une bonne partie de vos capacités intellectuelles se surprendra à rêver à la meilleure façon de zigouiller l'infernale « DJette » des Enfers, ce qui vous distraira, et c'est bien le but de cet entraînement : apprendre à se concentrer et à ignorer les distractions. Là, il n'y a pas à dire, c'était efficace.

Mais, efficace ou non, la musique était quand même craignos. Dès la fin de l'exercice, je m'empressai de revenir à mes amours old school, et de diffuser du Coolio. L'équipage me gratifia de signes d'approbation enthousiaste. Le meilleur coup de boost pour le moral depuis que nous avions vu les vaisseaux kristangs disparaître dans une boule de feu d'antimatière, dans la géante gazeuse. Un point pour moi.

Après avoir vu l'équipage s'entraîner avec les armures motorisées ou les combots, j'étais impressionné ; nous allions le réussir, ce raid ! Nos six soldats en combinaison kristang blindée étaient très réactifs et maniaient facilement les lourds fusils kristangs. La gravité de l'astéroïde étant de deux pour cent celle de la Terre, Skippy avait réduit la gravité à deux pour cent dans la soute d'entraînement. Dans ces conditions, les humains en combinaison et les combots avaient besoin d'autre chose que de la gravité pour éviter de quitter le sol en flottant dans la base de recherche. Les combots s'agrippaient automatiquement au sol, aux murs, au plafond, à n'importe quoi, grâce aux rembourrages antidérapants placés sur leurs pieds, leurs mains, leurs coudes, leurs genoux, un peu partout. Les combinaisons kristangs avaient également des rembourrages antidérapants sous la semelle des bottes et les paumes des gants, bien sûr, mais également aux coudes, aux épaules, à l'arrière du casque, aux genoux et même sur le derrière ! Nos soldats devaient apprendre à mettre en marche et à désactiver les rembourrages antidérapants, et à régler leur force d'adhésion.

Dans l'ensemble, nous n'étions pas inquiets au sujet des capacités des combots de manœuvrer correctement, mais les combinaisons motorisées demandaient pas mal de pratique pour que des humains s'y habituent. Les problèmes que les soldats ainsi équipés rencontraient, dans le « labyrinthe » qu'Adams leur avait concocté, n'étaient pas de passer les portes et de négocier les angles, mais de réguler leur vitesse et leur puissance. Ils allaient trop vite, et rebondissaient contre les parois. Trois combinaisons furent bousillées lors de l'entraînement. Nous en avions six de réserve à bord du *Fleur*, ainsi que des pièces de rechange. Mais ce que nous n'avions pas, c'est suffisamment d'humains mesurant plus d'un mètre quatre-vingts J'avais recommandé à Giraud d'y aller mollo, car nous ne pouvions pas nous permettre d'avoir des blessés dans ces parcours du combattant improvisés. Ceux qui endossaient les combinaisons kristangs étaient déjà endoloris à la fin des sessions, même sans s'écraser contre les cloisons, parce que les combinaisons, pourtant ajustées au maximum, restaient trop grandes. Nous avions ajouté des semelles intérieures dans les bottes pour « grandir » un peu nos soldats. J'avais essayé une des combinaisons, et malgré mon mètre quatre-vingt-dix, je l'avais sentie s'enfoncer dans mes genoux, mon entrejambe, mes aisselles, si bien que je dus tendre le cou pour éviter de me cogner le menton à la base du casque.

Les combinaisons kristangs étaient impressionnantes. Les combots thuraniens étaient trop cool ! Il y avait deux types de combots, mais nous utilisions uniquement les petits, car Skippy nous avait avertis que les modèles plus grands ne passeraient peut-être pas dans les couloirs de la base. Le petit modèle avait trois pieds, pour la stabilité, et trois bras. Deux d'entre eux servaient à la stabilité et à l'escalade, le bras médian faisant office d'arsenal portatif. Skippy avait fabriqué des lunettes de sécurité qui permettaient à nos opérateurs de voir à travers les détecteurs optiques des combots et de commander les fusils. Les fusils pointaient dans la direction où l'opérateur regardait, et des mires, sur les lunettes, assuraient la visée. Le plan initial de Skippy ? L'opérateur déclencherait le tir en clignant des yeux… Giraud lui fit abandonner ce plan idiot en lui faisant remarquer que le clignement d'yeux, chez les humains, était involontaire. Il suggéra plutôt que la détente soit commandée par l'index de l'opérateur, qu'il soit droitier ou gaucher d'ailleurs, peu importait. Le choix de l'arme, le fusil ou le lance-grenade, là encore, se commandait du pouce. Nous ne pouvions utiliser de munitions réelles à bord du *Hollandais volant*, ce qui posait problème, car cela aurait permis aux opérateurs de mieux jauger l'efficacité de leurs armes. Skippy nous avait prévenus : même à l'intérieur de la base où nous ne risquerions guère de pratiquer une brèche dans son épaisse paroi et de provoquer une fuite d'atmosphère, nous devrions utiliser prudemment les fusées et les grenades en faisant irruption dans les lieux. En sortant, afin de nous couvrir, il vaudrait mieux, au contraire, tout dynamiter en chemin. Notre plan était, de toute façon, de faire exploser l'astéroïde, afin d'effacer toute trace de notre présence.

Le raid se déroula exactement comme Skippy et Giraud l'avaient prévu. Au début. Puis tout est parti en vrille…

Avant le saut dans le système stellaire de l'astéroïde, tout l'équipage, excepté Desai et Walorski, se rassembla dans le hangar aux navettes. C'était le moment ou jamais de procéder à une dernière vérification de l'équipement, pour nous assurer que tout ce dont l'équipe de raid aurait besoin était chargé à bord des navettes, et que tout fonctionnait correctement. Un combot de réserve fut chargé dans chaque navette, ce qui rendait l'intérieur encore plus étroit que d'habitude. Les Thuraniens avaient doté leurs transporteurs stellaires de plafonds hauts par égard à leurs invités, mais ils n'avaient pas fait de même dans les navettes. Elles étaient si exigües que les six soldats devraient revêtir leur armure kristang avant de monter à bord, en dépit de l'inconfort.

Après avoir supervisé l'inspection, Giraud fit un discours bref mais bien senti, meilleur que tout ce que j'aurais pu dire. Il n'avait pas eu recours à de vibrants et emphatiques appels aux armes pour enflammer les ardeurs belliqueuses – nul besoin, nos combattants étaient suffisamment motivés. Il rappela simplement que nous n'aurions pas d'autres occasions de mener ce raid à bien, et d'affranchir la Terre du joug des Kristangs. Quoi qu'il en coûte, nous ne repartirions pas de l'astéroïde sans le module de contrôle du vortex. Tout le monde avait étudié la maquette que Skippy avait fabriquée. Le module était une boîte étroite, d'environ un mètre vingt de long sur quinze centimètres de largeur et de profondeur. Skippy nous indiqua qu'elle se dépliait pour former un x de trois mètres trente dans les deux sens. Toute personne qui verrait un module de cette description devrait s'en emparer, si elle portait une armure kristang, ou le signaler à un porteur d'armure, qui ferait fonctionner un combot. Pas question de risquer d'endommager le module en tentant de le ramasser à l'aide d'un combot, car même nos opérateurs les plus patients, les plus appliqués, écrasaient souvent des objets à cause de la force immense des combots. Sans les commandes cybernétiques, les opérateurs n'avaient pas assez de ressenti pour éviter d'écraser les objets dans les griffes des combots. Les combots nous ouvriraient la voie dans la base, et nos six porteurs d'armures seraient à l'arrière.

Giraud m'avoua qu'il aurait aimé disposer d'encore deux semaines d'entraînement. Skippy, lui, avait hâte de passer enfin à l'attaque car, avec la situation militaire fluide du secteur, il craignait que les Kristangs décident de renforcer leur base de recherche sur l'astéroïde, ou, pire, de récupérer tout ce qui avait de la valeur et de filer ailleurs, en dispersant les articles à travers différents systèmes stellaires. Nous ne pouvions courir ce risque-là, et je décidai donc de hâter le mouvement.

Chang et Giraud revinrent me parler. Si jamais notre raid tournait mal et semblait voué à l'échec, si l'implication de l'humanité risquait d'être exposée, ils voulaient que je m'engage à faire sauter l'astéroïde et à fuir. Si nous ne pouvions plus récupérer le *Fleur*, il faudrait que je le vaporise également, car le vaisseau était truffé d'ADN humain. Chang et Giraud m'extorquèrent ces promesses solennelles prêtées sur l'honneur, car ils savaient que cela allait contre tous mes instincts de soldat, d'abandonner mes hommes à leur sort et de déguerpir. De survivre en somme, pour continuer le combat. Après tout, l'humanité avait encore quelques tours dans son sac, des atouts à faire valoir, tant que Skippy serait à nos côtés. Si le raid échouait ? Le *Hollandais volant* pourrait toujours recruter un nouvel équipage sur Paradis ou sur Terre, et rechercher un autre module de contrôle du vortex. Ce n'était pas totalement du domaine de l'impossible.

Je jurai, donc. Je me sentais vraiment mal, mais je devais bien cela à notre équipage. Tous étaient prêts à risquer leur vie dans cette folle aventure de la dernière chance, et je devais leur montrer que la mission en valait la peine, quel qu'en soit le dénouement.

Walorski ne se doutait pas à quel point j'exécrais de devoir rester à bord pendant que notre équipage, *mon* équipage, partait sans moi au casse-pipe.

Nous bondîmes tout près de l'astéroïde, dans un rayon de deux millions de kilomètres. Le saut et les manœuvres d'approche avaient été préprogrammés par Skippy, parce que le timing était vraiment serré. Desai eut juste à appuyer sur un bouton, à mon commandement. À peine une seconde après notre saut, le *Fleur* fit un microsaut tandis que le *Hollandais* bondissait dans la direction opposée. Le *Fleur* forma un point de saut pour un autre microsaut, puis le champ s'effondra comme prévu, et le *Fleur* se mit à dériver, comme privé de moteurs en état de marche. D'après Skippy, l'effet produit était que la zone environnante serait inondée d'ondes de champs de saut superposés, masquant ainsi la présence d'un second vaisseau. Le *Fleur* partit à la dérive, ses moteurs de poussée lançant des jets tous azimuts, avec fuites de radiation à la clé. Nous voulions que le *Fleur* attire l'attention pendant que le *Hollandais* filerait en catimini. Skippy s'était débrouillé pour que le *Fleur* émette le code IFF d'une frégate disparue dans cette zone deux ans plus tôt, lors d'une escarmouche contre un autre clan kristang. Nous espérions que les Kristangs seraient suffisamment étonnés et intrigués pour ne pas faire immédiatement sauter le *Fleur*. Plus ils s'y intéresseraient et moins ils seraient susceptibles de remarquer le *Hollandais*.

Cela fonctionna. Au moment où les Kristangs agrandirent le rayon d'action de leurs détecteurs, Skippy s'était introduit dans leur réseau informatique pour lui masquer le colossal transporteur stellaire thuranien qui se pointait en douce sur le pas de leur porte… Nous déclenchâmes les grilles de détection de vaisseaux furtifs en traversant leurs lignes de force, et les détecteurs nous identifièrent. Mais les ordinateurs kristangs ignorèrent tout simplement ces informations. Desai dissimula le *Hollandais volant* derrière un astéroïde situé à trois mille deux cents kilomètres de la cible, puis Skippy lança les navettes.

Quand Skippy m'avait annoncé que nous devrions monter un raid sur un astéroïde, l'image qui m'était venue à l'esprit ? Celle d'un gros rocher déchiqueté, irrégulier, comme les astéroïdes qu'on voit dans les films de science-fiction. Et celui-là en était techniquement un. Il faisait presque cinq cents kilomètres de diamètre, assez volumineux pour que sa gravité lui ait donné une forme sphérique. Mais ça restait un hideux amas minéral gelé tavelé de trous d'impact, dans les gris et marron. Sur une des arêtes se trouvait la base de recherche, et sur l'autre, une base militaire kristang bien plus étendue, forte d'un millier de soldats, de navettes d'assaut, d'hélicoptères d'attaque, et d'assez de missiles pour atomiser le *Hollandais volant*. Une escadrille de frégates, six destroyers et un croiseur occupaient aussi le secteur. Et nous allions foncer là-dedans, prendre ce que nous voulions et repartir sans coup férir…

Skippy avait eu raison : la base militaire s'intéressait au *Fleur*, envoyant une paire de frégates et quatre navettes pour inspecter notre leurre. Le complexe militaire avait voulu mettre en état d'alerte maximale la base de recherche – ordre, intercepté par Skippy, que la base de recherche n'avait donc jamais reçu. Notre IA avait pris soin de répondre à sa place, afin que la base militaire croie que tout était dûment verrouillé. Nous avions l'avantage de la surprise quand les navettes furent en approche des portes de la baie d'amarrage. Le contrôleur crut que les portes s'ouvraient devant des navettes kristangs envoyées en renforts – ce que Skippy avait fait afficher aux ordinateurs de la base. Nos navettes se posèrent et déployèrent les combots avec nos six soldats en combinaison motorisée. Tout aurait fonctionné à la perfection sans un technicien de maintenance kristang, en combinaison spatiale, qui travaillait sur un mécanisme défectueux, juste à côté des portes. Il vit de ses propres yeux que nos navettes étaient thuraniennes, Skippy ne pouvant intervenir sur ses nerfs optiques. Ce technicien donna l'alerte par radio. Alerte sitôt supprimée par notre IA. N'obtenant aucune réponse, le Kristang traversa le hangar au pas de charge pour aller actionner le levier d'alarme câblée. Le seul moyen, pour Skippy, de supprimer une alarme câblée ? Griller le circuit électrique, ce qu'il fit au moyen d'un court-circuit. Mais voilà, l'alarme avait déjà retenti par deux fois. Skippy ordonna alors à l'ordinateur d'annoncer qu'il s'agissait d'une fausse alarme, déclenchée par un court-circuit.

Cela nous aurait permis de gagner deux minutes – le temps que notre commando place des charges explosives sur les portes intérieures et les fasse sauter. Ce qui aurait fonctionné, si du moins ce combattant modèle de Kristang n'avait pigé que quelque chose clochait quand l'alarme n'avait retenti que deux fois. Il fonça vers un casier d'armes. Notre commando « récompensa » l'Employé de l'Année kristang comme il se doit, non d'une prime ou d'un meilleur emplacement de parking, mais du feu nourri d'une demi-douzaine de combots. Et c'est là que les ennuis commencèrent, le Kristang disparaissant dans un nuage sanglant. Les charges explosives que nos pirates trop nerveux avaient choisies pour leurs combots étaient allées frapper les cloisons de la baie d'amarrage. Les Kristangs de la base de recherche n'eurent dès lors plus besoin de moyens électroniques pour leur alarme, ne captant que trop bien les vibrations des charges explosives dans les sols et les cloisons.

À ce stade, Giraud ordonna aux combots de s'écarter, puis il pulvérisa la porte intérieure d'une fusée. Il avait réglé la tête nucléaire pour une charge formée. La porte explosa vers l'intérieur, ce qui n'était pas idéal, car une partie se mit à pendouiller en pièces déchiquetées toujours fixées au montant. C'est là où notre manque d'expérience nous a nui. Giraud aurait dû prévoir une explosion plus vaste et non une pénétration maximale, parce que la porte était solide, mais pas blindée. Dans ces conditions, tirer sur les parois latérales de la porte aurait envoyé des débris voler partout, et nous perdîmes donc un temps précieux à envoyer deux combots arracher les vestiges des montants de leurs pinces. Un des combots se montrant un peu trop enthousiaste à la tâche, un gros bout de porte et de montant s'envola à travers la baie d'amarrage, dans la faible gravité, manquant de peu un autre combot. L'opérateur humain ne réagit pas à temps quand son combot esquiva le projectile, qui heurta Chang au flanc gauche. L'impact catapulta à son tour Chang dans les airs, fissurant sa combinaison et lui fêlant plusieurs côtes – deux d'entre elles étaient fracturées, comme on le sut par la suite. Il m'est arrivé de me fêler une côte en tombant d'une moto tout-terrain, et la douleur, qui me coupait le souffle, m'avait mis à genoux – sauf que respirer aggrave la souffrance. Il m'avait fallu près d'une heure avant de pouvoir remonter à moto et rentrer chez moi – très lentement. Mes parents m'avaient aussitôt emmené à l'hôpital. L'intérieur de la combinaison kristang comportait un gel qui durcissait dès qu'il était exposé au vide. Gel qui scella donc l'accroc pour prévenir toute fuite d'oxygène. Et, même si ce dut être terriblement douloureux, Chang parvint à se remettre debout et à repartir au combat, grâce à la montée d'adrénaline et surtout à son cran. Il crachait du sang, mais ça ne l'a pas arrêté. Skippy affichait les données des moniteurs médicaux de la combinaison de Chang, et ç'avait l'air vraiment grave. J'ignore comment Chang faisait pour ne pas finir roulé en boule sur le pont, et je brûlais de l'envie de lui dire de regagner notre bord en navette, en laissant l'opération à ses camarades. Je m'en abstins. Il fallait que je lui fasse confiance : s'il ne pouvait pas continuer, il me le dirait. Et Giraud était avec lui. S'il estimait que Chang n'était plus en état de lutter efficacement, il m'en ferait part en privé. Nous avions besoin de Chang, nous avions besoin de tout le monde, et tant qu'il ne risquait pas de compromettre la mission, je n'allais pas interférer, alors que je me trouvais à seize mille kilomètres de là. Les moteurs de son armure et la faible gravité avaient peut-être contribué à minimiser l'impact pour Chang. Nous verrions comment il se comporterait au combat.

Une fois la porte intérieure dégagée, le commando s'engouffra dans le corridor, les combots en première ligne, puis les six en combinaison, suivis de deux combots d'arrière-garde. Ils parvinrent rapidement à une deuxième porte, qu'ils firent sauter en prenant les trente secondes nécessaires au bon déroulé de l'opération. Après ça, nous aurions atteint le corps principal de la base de recherche, Skippy ouvrant et fermant les accès à la demande.

Mais là… problème. Skippy avait infiltré l'ordinateur de la base et fouillait les archives, lesquelles se réduisaient, d'après lui, à un incroyable méli-mélo merdique d'âneries non indexées et non cataloguées. Il parvint néanmoins à localiser les deux articles que nous cherchions : le module de contrôle du vortex, et une sorte de nœud de communication associé au Collectif. Les deux éléments étaient stockés dans des compartiments différents. Heureusement, aucun n'était considéré comme une priorité par les chercheurs kristangs, et tous deux se trouvaient dans des zones faiblement sécurisées, éloignées du corps principal de la base de recherche. Je dus rapidement décréter s'il fallait aller chercher les articles l'un après l'autre, ou scinder notre commando en deux. Diviser une force est contraire aux principes de la guerre tels que l'armée me les avait inculqués, et à la réflexion, les termes du Manuel des opérations de l'armée US me revinrent à l'esprit. Diviser une force, dans une situation où nous étions déjà en infériorité numérique et d'armement, violait les principes militaires de la Masse et de l'Économie des forces. Toutefois, cette éventualité ayant déjà été abordée en amont, Chang, Giraud et moi étions tombés d'accord. Dans ce cas, la concentration de nos forces devenait secondaire par rapport à l'élément de surprise. Notre commando pouvait espérer réussir et s'en sortir, si et seulement s'il entrait et sortait au plus vite, avant que les Kristangs n'aient le temps de se remettre de leur surprise, de comprendre ce qu'il se passait et de concentrer leurs forces contre nous. Plus notre équipe s'attarderait dans la base, plus elle s'exposerait au danger. J'ordonnai (à Chang) de s'emparer du nœud de communication, et (à Giraud) du module de contrôle du vortex. Chang étant blessé, je voulais obtenir le module de contrôle du vortex bien plus que la radio sophistiquée que Skippy désirait pour parler à des IA des Anciens. Allais-je laisser une paire de combots là où les deux groupes se séparaient, afin de leur assurer une voie de repli, jusqu'à ce que Skippy me montre un schéma de la base ? Le commando aurait de nombreuses intersections à traverser ; en protéger rien qu'une serait un gaspillage de munitions.

À partir de là, le raid progressa rapidement, dans le chaos – en suivant plus ou moins le plan. Les Kristangs étaient sérieusement désavantagés. Leurs systèmes internes étant préparés à des attaques de clans rivaux ou de Thuraniens, ils n'avaient pas prévu qu'un Skippy infiltre leurs systèmes. Ceux dont il n'était pas parvenu à prendre le contrôle, il les avait affaiblis, perturbés, ou bien il avait coupé leur alimentation. Les Kristangs appelèrent frénétiquement la base militaire située de l'autre côté de l'astéroïde, mais Skippy interceptait leurs messages et leur concoctait de fausses réponses : la base militaire était elle aussi attaquée et leur enverrait des renforts dès que possible. Un Kristang à l'esprit plus vif que d'autres, qui briguait sans doute lui aussi le titre d'Employé de l'Année, lança une fusée éclairante censée signaler à la base militaire que quelque chose allait vraiment de travers. À l'horizon, la fusée diffusa de pseudo-feux d'artifice. J'eus un moment de panique, mais Skippy m'assura que, même si le réseau de détecteurs kristangs avait capté ces feux de détresse, il lui avait ordonné de l'ignorer. La base militaire étant située loin sous la surface rocheuse, à moins qu'un Kristang se soit trouvé à la surface pour une raison quelconque, personne ne verrait la fusée. Et, comme Skippy avait étouffé les signaux radio, il aurait fallu qu'un Kristang soit à la surface, voie la fusée exploser dans l'atmosphère, en comprenne la portée et coure à la base militaire prévenir du danger. Un risque minime.

Skippy les empêcha de lancer d'autres fusées éclairantes en les allumant toutes à la fois, sans ouvrir la porte du silo. L'explosion résultante mit un point d'arrêt aux velléités du Kristang candidat au titre d'Employé de l'Année, car l'explosion pulvérisa une bonne partie de la base, le tuant dans la foulée. Personnellement, ça m'allait…

Les combots faisaient du très bon travail. Selon le protocole établi, les gardes kristangs s'étaient repliés dans l'institut de recherche de haute sécurité, au centre de la base, pour protéger la cible privilégiée des offensives extérieures. Ils n'avaient pas capté que ce n'était pas là notre but. Skippy m'annonça que les Kristangs, affolés et désorganisés, étaient incapables de comprendre ce qui se passait, pourquoi leurs systèmes soigneusement améliorés ne fonctionnaient plus – ou bien à leur détriment. Les surtensions avaient grillé les commandes des portes, des monte-charges, de l'éclairage, ainsi que les commandes environnementales de certains secteurs dont nous n'avions que faire. De nombreux Kristangs se retrouvaient piégés, et privés de chef. Le peu de résistance opposée à notre commando était le fait d'individus isolés ou de trios mal coordonnés et inefficaces. Ironie du sort, leurs efforts défensifs maladroits aidèrent nos opérateurs de combots à acquérir de l'expérience en combats réels. Ils apprirent rapidement à utiliser des volées brèves, réglées sur une force explosive minimale mais à effet de fragmentation. Ainsi, la première force explosive déployée avait désintégré l'ennemi, mais au prix d'un gaspillage avéré de munitions. La destruction du corridor visé avait soulevé un nuage de débris que l'équipe du raid dut contourner. Giraud, à raison, avait piqué une sacrée colère, car il avait prévenu ses gars d'y aller mollo avec les armes thuraniennes perfectionnées. Après cette première attaque au succès mitigé, ils se le tinrent enfin pour dit !

L'équipe de Chang atteignit son objectif la première, et déboula dans une salle où régnait un grand désordre. Il n'y avait rien de rangé sur des étagères, correctement étiqueté, ni même entreposé en boîte, non, tout s'empilait en vrac au sol, un peu comme si les Kristangs avaient jeté les objets à l'intérieur puis claqué la porte sur leurs talons.

— Oh, merde, dit Skippy. Je n'avais pas prévu ça. D'après la base de données, le nœud de communication est stocké dans cette pièce, mais il n'y a ni détecteurs ni caméras.

— Un petit tour de magie, pour le trouver ? demandai-je, anxieux.

— Je fais de mon mieux, répondit-il, sur la défensive. Pour garantir le secret, il n'y a pas beaucoup de détecteurs dans la base de recherche, excepté aux points d'accès et dans les quartiers de l'équipage. Et la base a été spécifiquement conçue pour rendre difficile la surveillance à distance. Je suis virtuellement aveugle, là-dedans, peut-être pas autant que les Kristangs l'espèrent, mais bien trop à mon goût. J'ai perdu la trace d'une bonne partie du personnel de de sécurité kristang. J'ignore où ils sont et ce qu'ils font. Il y a également des secteurs de la base que le commando nous a montrés sur ses caméras, et qui ne figurent pas sur les schémas auxquels j'ai accès. Je rassemble les données pour développer le véritable plan de la base. Je ne peux que suggérer instamment que notre commando aille aussi vite que possible.

Ça alors… quelle idée géniale, je n'y aurais jamais pensé, tiens. Je m'abstins toutefois de régaler Skippy de mes sarcasmes.

Je repris mon zPhone.

— Colonel Chang, fouillez ces entassements de trucs pour trouver le nœud de communication. Vous savez à quoi il ressemble.

Tous nos équipiers de choc avaient étudié les maquettes que Skippy avait réalisées des deux articles dont on devait s'emparer coûte que coûte.

— Bien compris… répondit Chang en haletant.

Sur les écrans, je le vis, avec Darzi et Asok Putri, farfouiller dans les piles d'objets. Blessé, souffrant, Chang se déplaçait avec raideur ; ne pouvant s'accroupir, il commença par le haut de l'amas. Il organisa les recherches, en séparant les articles examinés des autres, pour ne pas perdre le fil. C'était efficace, aussi rapide que possible… et pourtant, ça prenait encore trop de temps. Le groupe de Chang avait déjà pris du retard sur le planning des opérations. La salle, assez vaste, comportait cinq piles d'éléments divers qui montaient vers le plafond, et, au bout de cinq minutes, nos hommes avaient trié la moitié d'une pile seulement. L'équipe de Giraud, elle, avait atteint son but, et ce devait être son jour de chance, car la seconde salle investie, contenant le module de contrôle du vortex, était aussi bien organisée que celle de Chang était en bordel. Giraud, le sergent Thompson et le soldat Marsden remontèrent les couloirs au pas de course pour aller exhiber le contenu des étagères à Skippy. Notre IA déchiffra aussitôt le système d'indexation et orienta Thompson vers le module de contrôle du vortex, qui l'attendait sur son étagère.

— Objectif atteint, annonça Giraud. Nous repartons. Votre avis : devons-nous revenir à la baie d'amarrage, ou aller prêter main-forte à l'équipe du colonel Chang ?

L'équipe de Chang mettait bien trop de temps. Et il fallait que je prenne cette décision ! Envoyer l'équipe de Giraud accélérer la recherche du nœud de communication ? Mais dans ce cas, c'était l'exposer plus longtemps au danger, et risquer en outre de perdre le module de contrôle du vortex. Mais pouvais-je renoncer au nœud de communication, maintenant que nous avions le module de contrôle du vortex ? Pas vraiment, non. J'avais réfléchi à la question au cours de la semaine écoulée. Elle avait même troublé mon sommeil. Notre but, condamner le vortex, était la seule chose qui m'importait et l'unique objectif de notre mission. J'aurais tout sacrifié pour cela. En comparaison, Skippy ne comptait plus. J'avais quelques scrupules, car j'aimais bien Skippy et nous lui devions déjà beaucoup. Il m'arrivait parfois de comprendre sa solitude du fond des âges, et à quel point il en souffrait. Toutefois, mes sentiments personnels ne devaient pas primer, et en tant que commandant, je devais me focaliser sur la mission, sur mon équipage. Ce que j'avais décidé d'avance ? Peu importe ma promesse à Skippy, s'il existait un moyen de fermer le vortex sans lui, je n'allais pas risquer la vie de mes gars, et compromettre la réussite de la mission, juste histoire qu'il récupère sa « radio magique ». Nous n'avions aucun moyen de verrouiller le vortex par nous-mêmes. Dans ces conditions, ma décision, pour difficile qu'elle fût, avait été vite prise.

— Lieutenant Giraud, courez prêter main-forte au colonel Chang, le temps joue contre nous !

Quoi qu'il pense de ma décision, il n'éleva aucune objection.

— Bien reçu. Nous sommes en chemin.

Sur l'écran, je voyais toujours Chang, Putri et Darzi trier aussi vite qu'ils le pouvaient. Chang avait ordonné à un combot d'entrer dans la salle, et de ne toucher à rien. Il voulait juste mobiliser ses caméras à l'avantage de notre IA. Tout cela prenait beaucoup trop de temps. J'étais d'autant plus anxieux que Skippy avait perdu la trace des Kristangs et qu'il était pratiquement « aveugle » en ces lieux.

— Skippy, ce nœud de communication, il sert à communiquer, non ?

— Ouais, sans dec'… et alors ?

—Alors, tu ne pourrais pas le contacter, lui ordonner d'envoyer un signal qui te permettrait de le localiser fissa ?

— Ah, merde… Oui.

— Sans dec'… fis-je, incapable de résister, et histoire de me calmer les nerfs.

— Malédiction, parfois je me demande ce qui ne va pas avec moi… OK. Ordonne à Chang, Putri et Darzi de s'écarter les uns des autres, que je puisse utiliser les radios de leurs combinaisons pour trianguler.

Aussitôt dit, aussitôt fait. Moins d'une minute plus tard, Skippy décela l'objet dans la pile de détritus du fond. Chang chargea Putri et Darzi de grimper sur la pile intermédiaire et de dégager les objets inutiles jusqu'au tiers supérieur, avant de continuer plus prudemment. Darzi fit enfin main basse sur ce foutu truc, qui correspondait exactement à la description de Skippy. Sur mon écran, l'équipe de Giraud était sur le point de rejoindre Chang, et j'estimai préférable que les deux équipes unissent leurs forces pour battre en retraite.

C'est là que survint le désastre.

Le premier signe avant-coureur ? Pas un avertissement de Skippy, ou l'irruption de Kristangs à revers des combots… mais une volée de balles qui frappèrent Giraud et Putri dans le dos, les envoyant au tapis. Touché de plein fouet, Putri mourut sur le coup. Les balles explosives ratèrent cependant le module de contrôle du vortex qu'il s'était harnaché sur les omoplates. Giraud encaissa un tir oblique sur son casque, un autre dans les reins et un troisième qui lui coupa en partie l'avant-bras gauche. Darzi réagit au quart de tour : plongeant à plat ventre, il dégagea la ligne de tir des combots, rampa vers Putri (pour qui on ne pouvait plus rien) et détacha les sangles de son harnais.

Nos combots pivotèrent face à six adversaires en armure blindée. Ce fut un combat féroce, auquel Darzi assista en première ligne, impuissant. Il s'était accroupi derrière Giraud pour protéger le précieux module. Sur l'écran, je vis que Giraud était vivant mais inconscient ; il ne saignait pas profusément.

— Skippy, criai-je frénétiquement, y a-t-il un autre chemin vers la baie d'amarrage ?

Quatre Kristangs survivants s'étaient mis à couvert aux embrasures de portes et dans des couloirs latéraux. Les combots ripostaient à leurs tirs. Darzi ne pouvait pas quitter sa position de repli sans compromettre le module. L'équipe de Chang arrivait à la rescousse, mais il lui faudrait encore deux minutes. Trop long.

— Oui, il existe beaucoup d'alternatives.

— Super. Combots, ne vous souciez pas d'abîmer les couloirs, nous allons emprunter une autre voie de repli ! Éliminez ces Kristangs, force maximale !

Les opérateurs ne se le firent pas dire deux fois. Trois d'entre eux réglèrent leurs fusées sur rendement maximal avec charge formée, et firent sauter le couloir au-delà de Darzi et Giraud. Les fusées pénétrèrent deux ou trois compartiments à la file, éliminant les quatre Kristangs, pulvérisant les cloisons, les sols, les plafonds.

— Darzi, debout ! criai-je. Le lieutenant Giraud est encore en vie. Pouvez-vous le porter ?

— Oui, mon colonel.

Grâce à la faible gravité, et surtout à son armure motorisée, ce fut chose aisée pour Darzi. Module sanglé dans son dos, il ramassa le corps inerte de Giraud. Les combots prirent la tête ; je les prévins de l'arrivée du groupe de Chang, histoire de prévenir toute confusion hasardeuse. Quand les deux équipes opérèrent la jonction sans incident, Skippy les guida sur un trajet alternatif qui les ramena à la baie d'amarrage. Cette fois, Chang avait posté deux combots à l'arrière pour éviter les mauvaises surprises. Ce détour m'inquiétait un peu, car le temps pressait. Mais Skippy m'assura que l'ennemi, du coup, avait perdu notre trace. Et lui aussi, Skippy, était toujours à peu près aveugle en ces lieux. C'était le moment le plus dangereux de la mission. Au début des opérations, les Kristangs ne pouvaient que tenter de deviner nos objectifs. Mais maintenant, ils savaient pertinemment où les intrus refluaient : vers la baie d'amarrage. L'équipe était aux deux tiers du chemin de retour quand d'autres problèmes survinrent. Cette fois, les lézards avaient leurs propres combots. Ils firent exploser une cloison et bondirent dans le couloir de repli. Les combots kristangs étaient lourds et maladroits, comparés à nos modèles thuraniens. Ils étaient aussi commandés par des opérateurs bien plus expérimentés que les nôtres, et ils avaient tous les avantages. Sauf un. Alors que la bataille faisait rage, Skippy cria, tout excité, que les mouvements malhabiles de nos combots étaient en fait un atout pour nous, car les Kristangs étaient habitués aux mouvements ultra-rapides des combots thuraniens. Or, les actions maladroites des nôtres les empêchaient de bien viser.

Nous perdîmes trois combots lors de l'affrontement initial, et un autre fut endommagé, dans l'incapacité de continuer à utiliser ses armes principales. Chang ordonna de transférer Giraud dans les bras du combot détérioré. Le soldat Marsden aida Darzi à attacher Giraud sur le combot. Ils avaient presque fini lorsque Marsden reçut une rafale à la tête, qui fracassa sa visière ; une seconde rafale lui arracha presque le casque du cou. Il s'écroula dans un geyser de sang qui gela immédiatement. Sur mon écran, ses signes vitaux s'interrompirent. J'avertis Chang, puis l'entendis dire aux gars d'avancer. Il y avait peut-être d'autres chemins vers la baie d'amarrage, et nous avions déjà essuyé des pertes, mais il savait que nous courrions à la catastrophe s'ils restaient piégés sur l'astéroïde une seconde de plus que nécessaire. La vitesse d'exécution et la détermination étaient d'une importance capitale. Au mépris de ses douleurs costales et de l'épuisement qui menaçait, Chang en avait pleinement conscience. Ce type était vraiment Ironman, même sans son armure motorisée.

Notre commando d'élite poursuivit sa progression désespérée sous les feux nourris de l'ennemi, ses combots lui frayant un passage. Le gros des combots adverses dépassé, nos hommes durent encore affronter une résistance éparse de combots kristangs accompagnés de leurs opérateurs en armure. Là, je commençai vraiment à paniquer. Nous avions commencé l'aventure avec six personnes en combinaison et neuf combots, et le temps que l'équipe retourne à la baie d'amarrage, nous avions déjà deux morts, un blessé inconscient, et seulement trois combots encore opérationnels. Ceux-ci se postèrent devant la porte intérieure tandis que Chang faisait embarquer à bord de la première navette le sergent Thompson et Darzi, portant Giraud dans la seconde. Skippy avait partiellement ouvert la porte extérieure, et dès que Thompson et Darzi furent harnachés en place, il fit décoller la navette en trombe. Je vis sur l'écran qu'il l'avait lancée à une accélération de six G, et dès que la navette fut à seize kilomètres de l'astéroïde, je lui ordonnai de ralentir un peu.

Chang attachant Giraud sur une banquette, ce petit délai faillit leur coûter la vie. Thompson détenait le nœud de communication et Darzi le module. En principe, notre mission était d'ores et déjà couronnée de succès. Restaient les gars de la seconde navette. Et c'est alors qu'une volée perdue traversa la porte intérieure, percutant la coque blindée de notre navette thuranienne. L'explosif produisit un jet de plasma chauffé à blanc qui perça le blindage de la navette. Au contact de l'air, le plasma explosa en geyser. Le sergent-chef de l'US Air Force Joy Chung, l'opératrice d'un des trois combots restants, fut tuée sur le coup, et trois autres grièvement blessés. Chang et Giraud furent protégés par leurs combinaisons blindées, mais tous les autres furent durement touchés. Au milieu des cris de douleur, des projections de sang flottant un peu partout dans la navette, et avec l'air qui s'échappait par brèche, Chang n'hésita pas un instant. Il ordonna le décollage. La navette jaillit de la baie d'amarrage, tandis que Skippy prenait le contrôle des systèmes de réparation automatique pour colmater l'avarie de la taille d'un poing humain, et pour pomper de l'air frais dans l'habitacle.

— Les deux navettes sont sauvées, annonça Skippy d'une voix neutre. Pas de poursuite. Les objets récupérés sont en sécurité.

— Super, dis-je, mentalement épuisé. Pilote, je me rends à notre baie d'amarrage.

— Non, commandant, me contra sèchement Desai. Le colonel Chang et le major Simms peuvent secourir nos blessés. Nous avons besoin de vous ici.

Elle avait raison, et je le savais. Pour l'instant, je devais rester maître de moi-même. Je pourrais toujours lâcher la bonde à mes émotions plus tard, quand nous aurions sauté loin de cette zone.

— Capitaine Desai, vous avez raison.

Dégoûté, je baissai les yeux sur mes mains tremblantes. Pour ma part, je n'avais jamais été en danger. Les huit minutes avant le retour de nos navettes me parurent une éternité.

— Les navettes sont bien arrivées, annonça Skippy. Pilote, initialisez le saut, option Alpha.

— Attendez ! (Desai se tourna vers moi, intriguée.) Saut option Charlie. Allez-y.

Elle appuya sur le bon bouton, et le vaisseau effectua un microsaut qui nous emmena dans l'espace libre, et non plus à l'abri d'un astéroïde. Skippy avait programmé cinq options de bond dans le système de navigation des sauts, et je les avais mémorisées. Elles étaient aussi listées sur l'affichage du fauteuil de commande et sur mon iPad. L'option Alpha était un saut proche du *Fleur*, afin que nous puissions récupérer ce vaisseau. Le plan consistait à lui envoyer un signal pour qu'il effectue un saut à courte distance, à faire de même avec le *Hollandais volant*, à prendre le *Fleur* sur une plate-forme d'atterrissage, puis à bondir en périphérie du système stellaire. L'option Charlie ? Un microsaut visant à nous éloigner de l'astéroïde derrière lequel nous nous étions cachés, au cas où notre position aurait été découverte et que nous devions rester dans le secteur pour recouvrer les navettes.

— Pourquoi ne pas rejoindre le *Fleur* ? fit Skippy.

— Envoie-lui un signal afin que le navire rallie le point de rendez-vous convenu.

Même si ledit signal « se traînait » à la vitesse de la lumière, il atteindrait notre frégate kristang piratée en quelques minutes, et notre « épave » reprendrait vie comme par magie, effectuant un saut à courte distance.

— C'est fait, dit Skippy. Colonel Joe, pourquoi sommes-nous encore ici ?

— Tu es aux commandes de la tête nucléaire près de leur hangar principal d'atterrissage ?

— Oui, bien sûr. Je te l'ai dit.

Les Kristangs avaient monté un système d'auto-destruction dans la section recherche de la base de l'astéroïde, au moyen d'une tête nucléaire. En cas d'invasion, ils pouvaient faire sauter la base d'une seule explosion. La tête nucléaire servait surtout à dissuader toutes velléités antagonistes. Ce qui nous aurait assurément découragés, si Skippy n'avait pris le contrôle de la base avant que nous ne lancions les navettes.

— Elle est grande comment ?

— Je suppose que tu veux connaître sa puissance explosive. Cette arme fait environ huit mégatonnes. En comparaison, une tête nucléaire standard W76, un missile sous-marin de vos Trident américains, fait cent kilotonnes.

— Mise à feu ! ordonnai-je.

— *Quoi* ?

… se récrièrent en chœur Skippy, Desai et Walorski.

— Skippy, ne me contrarie pas. Je sais que tu as effacé la mémoire de leur ordinateur, mais nous avons laissé derrière nous de l'ADN humain, du sang humain. Autant d'indices sur l'identité des auteurs de ce raid. Pas question donc de prendre un tel risque. Fais-la exploser. Tout de suite !

C'est tout à son honneur : Skippy savait quand il ne fallait pas discuter.

— Les armes s'activent au moyen du Gros Bouton Rouge.

J'appuyai dessus. Une lumière éblouissante irradia l'astéroïde. Desai nous éloigna très vite du site.

Chapitre Seize

Au Bercail

La vidéo de l'enregistreur de vol sur la pulvérisation de l'astéroïde fut très populaire auprès de l'équipage. L'équipage survivant. Ce n'était pas mon idée, cela étant dit. Desai ou Walorski avaient dû en faire mention, ou quelqu'un avait demandé à Skippy ce qu'il s'était passé et il leur avait montré la vidéo. Assister à l'anéantissement de la base de recherche eut un effet cathartique sur l'équipage, comme ça l'avait été pour moi. Les médecins de l'armée vous disent que parler des événements traumatiques aide en cas d'ESPT, et que garder pour soi des traumatismes psychiques, ou s'acharner à en refouler le souvenir ne font qu'aggraver le problème. Or justement, les survivants avaient demandé s'il existait des vidéos du raid, provenant des caméras des combots et des combinaisons kristangs. Il y en avait, et je donnai le feu vert à Skippy. Giraud et moi visionnerions les vidéos et les données des détecteurs, afin de tirer les leçons de notre raid, et d'apprendre des erreurs que nous avions pu commettre.

Giraud me reprocha à mots couverts de n'avoir pas agi en professionnel : faire sauter l'astéroïde entier ne s'imposait pas. Je l'avais fait parce que j'étais en colère, que je voulais que les lézards subissent à leur tour un cuisant revers et de lourdes pertes. Ou peut-être avais-je agi sous le coup de la frustration et de la culpabilité, celle de ne pas avoir pris part au raid ? Ça m'est égal. La psychologie n'est pas mon rayon.

Notre raid ? Un succès mitigé. En termes de pertes humaines, ce fut un échec. J'avais maintenant perdu plus de la moitié de notre équipage d'origine, et certains blessés mettraient des mois à se rétablir, même avec l'incroyable technologie médicale des Thuraniens. Quant à la capacité de Skippy à localiser le Collectif, cela se soldait aussi par un échec. Ce que nous lui avions rapporté correspondait en tout point à sa demande, ce n'était ni endommagé ni hors service. Skippy put le mettre en marche et en lire les données, mais ça ne lui apprit rien d'utile. Le problème venait-il du dispositif ou de lui-même ? Skippy avait le sentiment que quelque chose bloquait les souvenirs qui lui auraient permis d'accéder aux données sur les Anciens, ainsi qu'aux siennes ; par exemple, d'où il venait, qui il était. Il ne s'ouvrit qu'à moi de ses doutes et de ses craintes. Pour ma part, je gardais le secret sur ses confidences, tout en m'inquiétant qu'un jour il passe en écran bleu, se désactive, qui sait. Avec des IA du fond des âges comme lui…

Skippy avait intérêt à ne pas se verrouiller avant notre retour au vortex proche de la Terre car, sur ce point au moins, notre mission avait été un franc succès. Peut-être même était-ce tout ce qui importait. Fût-il resté un seul survivant pour piloter la navette, le raid aurait encore valu le coup. Nous avions volé à l'ennemi un module de contrôle de vortex des Anciens, intact ! Skippy avait vérifié qu'il était parfaitement fonctionnel. Nous humains n'avions pas la plus petite idée du mode d'action de ce truc. Nous devions nous fier à Skippy là-dessus. Mais grâce à notre raid, nous avions désormais la capacité de fermer ce vortex. D'interdire l'accès de la Terre aux Kristangs. Les milliards d'humains considéreraient que le prix que notre équipe de pirates avait payé était largement compensé.

Se fier à Skippy était un problème, car il était frustré et s'attendait à ce que nous continuions avec nos survivants. Voilà une conversation que je ne souhaitais pas tenir à portée d'oreille de l'équipage. Je repoussai donc les demandes de Skippy jusqu'au moment où le major Simms reprit le fauteuil de commandement, Chang et Giraud étant tous deux à l'infirmerie. Le *Fleur* de nouveau à bord, nous fîmes trois bonds cosmiques, hors de portée des détecteurs kristangs. Les moteurs de saut quasi déchargés, nous ne pourrions plus envisager dans l'immédiat qu'un microsaut d'urgence. Et nous étions là, dans l'espace profond interstellaire, à patienter le temps que les moteurs de saut se rechargent.

— Tu es à l'aise, maintenant, Joe ? fit Skippy, avec le manque de tact qui le caractérisait. Parlons de nos prochains mouvements.

Il existe deux autres possibilités, à mon avis, pour contacter le Collectif. L'une est à trois mille années-lumière d'ici. Il faudrait hélas prendre un chemin détourné par un vortex. De plus, elle se trouve sur une planète thuranienne, et il sera difficile d'y entrer et d'en sortir. La seconde est à neuf mille années-lumière d'ici, hors des territoires thuraniens, ce qui est à la fois bon et mauvais pour nous, car l'espèce qui contrôle ce territoire est…

Malédiction. Je n'avais même pas encore pu délacer mes bottes ! Mieux valait que je lui dise tout de suite ce que j'avais à l'esprit.

— Skippy, avant de continuer à chercher le Collectif, nous devons retourner sur Terre. Nous ne sommes plus assez nombreux de toute façon. Tu es un génie, fais les calculs.

Il y eut une très légère hésitation, que je n'aurais même pas remarquée si je n'avais aussi bien connu Skippy. Avait-il fait les calculs ? Évidemment. Un milliard de permutations. Voire des millions de milliards.

— Tu es de mauvais poil, Joe.

— Je suis fatigué. Beaucoup de vaillants soldats sont morts aujourd'hui, Skippy. (J'enlevai mes bottes, et je les aurais volontiers balancées à travers le compartiment, si la cloison n'avait été à cinquante centimètres.) Des êtres pensants. Et cesse de me répéter que nous ne sommes qu'un tas de singes ou de bactéries. Nous sommes des êtres pensants. Nos vies sont importantes.

— Plus que tu ne l'imagines, Joe. À ta demande, j'ai fait les calculs. Le problème, c'est que je ne suis pas un stratège militaire, et il y a trop de variables que je ne peux quantifier. Tu m'as promis que nous trouverions le Collectif, ensemble.

— Skippy, dis-je en me rallongeant sur le matelas du mieux possible, je tiens mes promesses. Explique-moi comment nous aurions une chance de succès raisonnable, avec l'équipage qu'il nous reste, et je t'écouterai. Moi, je n'en vois pas. Nous avons neuf personnes qui sont physiquement aptes au combat, dont deux pilotes, et moi qui suis obligé de rester à bord du *Hollandais volant*. Ça nous laisse six combattants, dont deux spécialisés en logistique, pas en infanterie. Cet astéroïde était la cible la plus facile parmi nos différentes options, non ?

— Très probablement. Les Kristangs ne savaient pas ce qu'ils possédaient, c'est pour ça que les dispositifs dont nous avions besoin étaient si peu protégés.

— Peu protégés ?

— Relativement.

— C'est *ça* ta définition de « peu protégés » ? Tu avais le contrôle total de leurs détecteurs et de leurs armes, mais nous avons quand même dû livrer bataille. Nos super combots hightech ont été réduits en charpie. Est-ce qu'une des deux autres cibles sera plus facile à atteindre ?

— En toute honnêteté, non.

— Ton problème, c'est que tu ne nous fais pas confiance. Tu penses qu'une fois revenus sur la Terre, nous n'en repartirons jamais, et que ce sera la fin de la mission. Alors oublie ce que j'ai dit. Ton objectif est de contacter le Collectif ? Mobilise ta puissance d'analyse quasi divine. Quelles chances as-tu d'atteindre ton but avec nos maigres ressources actuelles ?

Il y eut une autre hésitation, peut-être un rien plus longue cette fois ?

— Merde alors. Tu as raison… Avant le raid, j'étais un peu trop sûr de moi. Maintenant que j'ai des données plus étendues, j'ai révisé mon analyse. Nos chances présentes de succès sont inférieures à cinquante pour cent. Pour être précis, elles sont de douze pour cent. Soit un niveau de risque inacceptable.

Je fus si soulagé qu'en laissant ma tête aller en arrière, je vins heurter mon crâne sur le coin d'un placard.

— Merde !

— Merde, tu ne crois pas à mes calculs, ou merde, tu y crois mais ils sont pires que ce que tu redoutais ?

— Merde, je me suis encore cogné la tête sur ce foutu placard !

— Oh. Malédiction, j'ai beau recalibrer mes programmes pour déchiffrer vos inflexions de voix et vos expressions, je me trompe à chaque fois. Vous autres entités biologiques êtes exaspérantes, par moments.

— Oui, comme quand les entités biologiques développent la technologie et construisent des intelligences artificielles impertinentes.

— Je te l'ai déjà dit, je n'ai pas été construit par… Oh, laisse tomber.

Effet d'une habitude ancestrale, je plaçai mes bottes délacées près de la porte, talons vers moi. En cas d'urgence, je ne perdrais pas une seconde superflue à me rechausser. Vive l'entraînement militaire !

— Nous sommes d'accord, alors. Nous retournons sur Terre, n'est-ce pas ?

Il y avait des humains, et toutes les fournitures nécessaires, sur Paradis qui était plus près. Mais il y avait probablement aussi un contingent conséquent de vaisseaux ruhars en orbite, des troupes ruhars au sol, et un bataillon jeraptha embusqué aux confins du système. Bref, je ne tenais pas à retourner m'aventurer sur Paradis.

— Nous sommes d'accord, bon dieu ! Bah, j'attends depuis un million d'années de pouvoir contacter le Collectif, ce n'est pas un petit délai qui va changer quoi que ce soit, je suppose.

D'après le ton de sa voix, il n'en était pas tellement convaincu…

— Beurk, reprit-il. Ça veut dire que nous allons visiter cette motte de boue infestée de singes que tu appelles ta planète natale.

— On est mieux chez soi, Skippy. Éclaircissons ce point tout de suite, pour ne plus avoir à en reparler. Comment nous assurer que tu puisses nous faire confiance, une fois sur la Terre ? Et par « nous », je ne veux pas dire « moi », car je tiendrai la promesse que je t'ai faite.

Ce n'était pas une question réthorique – ça m'inquiétait aussi. Un transporteur stellaire thuranien et une frégate kristang en orbite autour de la Terre ? Une sacrée tentation pour les gouvernements terriens, qui chercheraient à nous retenir. Avec des arguments de poids : le besoin d'examiner ces technologies aliens, et de protéger la Terre au cas où des vaisseaux kristangs retardataires seraient toujours dans le coin. De toute façon, renvoyer nos deux astronefs piratés sillonner la galaxie jusqu'à ce que Skippy trouve un Collectif qui n'existait sans doute pas serait une pure bévue. Je n'avais pas une envie folle de retourner dans les étoiles avec Skippy, au contraire ! Je souhaitais tant un retour à la normale, pouvoir enfin ôter ces aigles d'argent, redevenir simple soldat, remplir mes obligations militaires, rentrer chez moi… Et les petites filles, elles, désirent tant que le Père Noël leur amène un poney… Force était de regarder la réalité en face. Il n'y avait plus vraiment de vie « normale » pour les humains, et certainement pas pour moi. Si Skippy et moi n'arrivions pas à forcer les gouvernements terriens à laisser le *Hollandais volant* repartir, je n'aurais aucune chance de tenir ma promesse.

— Oh, ça… Pas de souci, Joe. Quand nous aurons traversé le dernier vortex menant à ton monde, je perturberai temporairement sa connexion au réseau. Cela le désactivera jusqu'à ce qu'il se réinitialise, et ça prendra assez de temps pour que nous puissions réunir sur Terre des volontaires et des fournitures, et retourner au vortex.

— Ma foi, excellente idée, Skippy.

Pourquoi n'y avais-je pas pensé moi-même ? Il m'avait pourtant dit qu'il pouvait couper temporairement l'accès à un vortex, mais que le module de contrôle était nécessaire pour le fermer définitivement.

— Nous aurons un planning très serré, alors ?

— Serré, oui. Dès que j'aurai compromis ce vortex, les Thuraniens auront *très* envie de savoir de quoi il retourne. Et une fois le vortex réinitialisé, des vaisseaux en surgiront. Comme nos verdâtres petits enfoirés soupçonneux et paranoïdes de Thuraniens, je peux t'assurer que certains de leurs spationefs rendront visite à la Terre, et ils ne seront pas là pour leurs cartes-cadeaux Starbucks. Les Thuraniens ont un protocole bien établi pour enquêter sur une nouvelle connexion de vortex. Ils envoient une escadre de cuirassés, avec une escorte de croiseurs. Il faut surtout éviter d'affronter un cuirassé de guerre thuranien ! Un seul d'entre eux pourrait transmuer le *Hollandais volant* en particules subatomiques, et même moi, je ne réussirais qu'à les ralentir un peu.

Skippy avait souligné à plusieurs reprises qu'en dépit de sa puissance apparente, un transporteur stellaire n'était pas vraiment un navire de guerre, mais un transporteur au long cours *pour* des navires de guerre. Au combat, les transporteurs stellaires se repliaient à l'abri en laissant leur escorte affronter l'ennemi.

— C'est parfait, Skippy. S'il te plaît, calcule notre cap.

Nous serions sur Terre juste le temps de prendre un café, ou, de préférence, un cheeseburger. J'en avais déjà l'eau à la bouche. Cette antique IA des Anciens m'avait surpris, une fois de plus. Je m'étais préparé à une longue et pénible discussion sur ce que nous allions faire : continuer à chercher le Collectif, ou retourner nous approvisionner sur Terre. Sauf que Skippy n'était pas sensible aux arguments, il réagissait aux faits et à la logique.

— À propos, ajoutai-je, un doigt posé sur le commutateur, prêt à éteindre la lumière, simple curiosité, quelles étaient nos chances de réussite pour ce raid de l'astéroïde ?

— À l'origine, trente-sept virgule six pour cent. Puis, grâce à votre emploi correct des combots, et à la stratégie du capitaine Giraud, nos chances ont grimpé à cinquante et un virgule un pour cent.

— *À peine* cinquante pour cent ? Et tu n'as pas pensé à m'en parler ?

— *Au-dessus* de cinquante pour cent. Et tu ne m'as rien demandé. Et ton dossier indique que les maths ne sont pas ton point fort.

À quoi bon s'engueuler au sujet du passé.

— Les moteurs de saut seront rechargés dans deux heures et demie, non ? Réveille-moi dans deux heures.

— Incroyable. Je suis l'entité pensante la plus avancée de la galaxie, et tu m'utilises comme réveille-matin…

— Deux heures, Skippy. Bonne nuit.

L'équipage fut soulagé et ravi d'apprendre que nous nous arrêterions sur Terre avant de reprendre notre mission. Du moins, il en fut heureux quelques jours. Puis, lors d'un de mes quarts, le major Simms me fit signe, et je l'invitai à me rejoindre sur la passerelle. Tout était calme, nous étions à une année-lumière d'une naine rouge sans intérêt, et à trois années-lumière du vortex le plus proche, en attendant que les moteurs de saut finissent de se recharger.

— Mon colonel, dit-elle, maintenant que nous sommes en bonne voie pour fermer le vortex, il y a une certaine remise en cause au sein de l'équipage.

— Quoi ? s'exclama Desai, de son poste de pilotage.

Walorski se tourna également vers nous.

J'eus la même réaction interloquée.

— Major, c'est le but même de cette mission : interdire l'accès de la Terre aux lézards.

— Si fait, mon colonel, là n'est pas le problème. Mais les équipiers sont préoccupés, parce que la Force expéditionnaire coincée sur Paradis sera définitivement coupée de la Terre. Ils ne pourront pas revenir au bercail, ni réceptionner de fournitures, de vivres ou de médicaments. Nous les aurons de fait abandonnés là-bas. Pour toujours. (Elle serra nerveusement les poings, trahissant son anxiété.) L'équipage n'aime pas beaucoup ça. Et moi non plus, mon colonel.

Une question inévitable, et comment y répondre... Je l'avais toujours eue dans un coin de mon esprit, depuis que Skippy avait parlé de fermer le vortex.

— Ne vous inquiétez pas, major, dit-il. Votre Force expéditionnaire est abandonnée, c'est indéniable, et nous n'y pouvons rien, nous ne sommes pas responsables. J'ai intercepté des messages selon lesquels les Thuraniens auraient prévenu le clan du Blizzard qu'ils ne soutiendraient plus d'autres tentatives de reconquête de Paradis, tout simplement parce que cette planète n'en vaut pas la peine et que leurs armées ont mieux à faire ailleurs, dans le secteur. Les Kristangs ont bloqué l'importation de fournitures de la Terre avant même que les Ruhars reprennent la planète. Or, les Ruhars n'ont pas accès à la Terre, et encore moins les capacités de transport nécessaires. Vos congénères de la Force expéditionnaire devront se débrouiller seuls.

Voilà qu'il m'énervait encore !

— Bon dieu, Skippy, pas la peine d'afficher autant de joie en annonçant ces calamités !

— Les faits ne sont ni joyeux ni sinistres, Colonel Joe, dit Skippy d'un ton défensif qui me surprit. Ce sont juste les faits. Que nous fermions ou non le vortex, la FENU est bloquée sur Paradis, pour le moment. Les Ruhars l'approvisionnent en nourriture, jusqu'à ce que vos plantations soient prêtes à être moissonnées. Je pense.

— Skippy, tu ne nous aides pas. Major, je n'ai pas cherché à ignorer la situation de la FENU, mais je ne tenais pas à en parler, parce que Skippy a parfaitement raison à ce sujet. Nous n'y pouvons rien. En revanche, nous pouvons venir en aide aux milliards d'humains de la Terre. Et si quelqu'un émet la brillante idée que nous pourrions donner Skippy aux Ruhars en échange d'un transport de la FENU vers la Terre, autant oublier ça tout de suite.

Skippy fut ravi de me l'entendre dire.

— Merci, Joe, j'apprécie beaucoup que...

— La programmation de Skippy l'obligerait à devenir inerte en présence d'une espèce maîtrisant les voyages interstellaires, donc si nous le remettons aux hamsters, nous perdrons la possibilité de fermer les vortex. Sans compter le reste.

— Oh ! (Skippy parut sincèrement étonné.) C'est cruel, ça, Colonel Joe ! Un moment, j'ai cru que tu exprimais un tout petit peu de loyauté envers moi.

Je ne pus m'empêcher de soupirer.

— Skippy, tu n'as cessé de répéter que tu étais un être ultra puissant et que nous n'étions que des bactéries à tes yeux. Ce n'est pas de l'amitié, entre nous, mais une alliance entre deux espèces, ou deux cultures, comme tu voudras. Nous te sommes utiles, et tu nous es utile. Quand je passe un deal avec toi, j'ai la ferme intention de respecter ma part du marché. Par contre, j'ignore si tu considères qu'un accord conclu avec des « bactéries » vaut que toi, tu t'y tiennes.

— Oh.

— Oui, *oh*.

Simms me jeta un coup d'œil inquiet. Elle devait craindre le risque de trop contrarier Skippy. Mais elle ne connaissait pas ce petit connard aussi bien que moi.

— Pas de problème, Colonel Joe. Tu ne le sais pas, parce que vous êtes bien, après tout, des bactéries, mais mes promesses sont fiables à cent pour cent. Ce sont de bonnes bases, non ?

Il avait toujours un ton chagriné. Je me demandai quelle part de ses aptitudes était dédiée à une routine d'émulation d'émotions. C'était presque convaincant.

— En avons-nous terminé là-dessus, Major Simms ? Il n'y a rien que nous puissions faire pour secourir la Force expéditionnaire sur Paradis. La FENU était venue sur cette planète pour protéger la Terre, mission vouée dès le départ à l'échec parce que les lézards nous ont menti sur toute la ligne. Mais nous en tout cas, nous pouvons encore préserver la Terre du pire. C'est *notre* mission. S'il se présente un jour un moyen de rétablir le contact avec la FENU, je suis tout à fait pour, mais pour le moment, c'est au-delà de nos capacités.

Simms grimaça.

— Vous voulez que je parle à l'équipage ?

Il aurait été lâche de ma part de me défausser sur elle.

— Non, je m'en chargerai.

Plus tard, je me montrai plus diplomatique en cette occasion,. Dans un silence attentif, j'expliquai à l'équipage la situation, en rappelant que j'avais aussi des amis sur Paradis. Je jugeai inopportun de souligner qu'en tant que commandant, mes ordres seraient suivis à la lettre, sans discussion possible. Je préférai laisser ensuite mes hommes donner librement leur avis. Tout le monde comprenait que pour le moment du moins, nous ne pouvions rien tenter pour porter assistance aux humains de Paradis. D'où ce sentiment aigu de culpabilité dans nos rangs. Avec un peu de chance, nous allions rentrer au bercail, renouer avec les conforts de la vie sur la Terre – s'il en subsistait bien sûr. Nous retrouverions nos amis, nos familles, nos succulents cheeseburgers. Tandis que la FENU, elle, en serait réduite à espérer que les Ruhars détournent assez de ressources de leurs efforts de guerre pour les garder en vie. Et même si les hamsters décidaient de nourrir leurs ex-ennemis, ces humains technologiquement attardés, les Kristangs pourraient continuer de harceler les transporteurs ruhars au point de perturber gravement les livraisons vers Paradis. Côté approvisionnement donc, rien n'était garanti pour la FENU.

Pour finir, je rappelai à notre bande de pirates pas si joyeux que ça que nous allions rentrer chez nous au beau milieu d'une situation inconnue, que nous ignorions combien de Kristangs se trouvaient encore du côté terrestre du vortex, que la Terre pouvait très bien ne plus être le paradis bleu et vert de nos souvenirs, et que nous risquions d'affronter un ennemi supérieur en nombre. Or, lorsque ces Kristangs comprendraient qu'à leur tour, ils n'avaient plus aucun moyen de regagner leur planète natale puisque nous aurions fermé le vortex, ils pourraient être tentés d'oublier les Règles et d'employer des armes proscrites contre les populations humaines. À cette fâcheuse perspective, l'équipage serra les dents.

— Notre mission ne sera pas achevée rien qu'en fermant le vortex derrière nous. En réalité, c'est là que les choses sérieuses commenceront.

— Mon colonel, lança l'Américain Putri, quel est le plan, si une armada kristang gravite autour de la Terre ?

— Le plan ? Combattre. À quoi bon fermer le vortex si les lézards présents sur Terre peuvent détruire notre planète ? Nous lutterons de notre mieux, jusqu'à ce que les lézards ne soient plus une menace pour la Terre. Le *Hollandais volant* n'est pas un vaisseau de guerre, mais nous avons des armes, et des capacités de saut supérieures. Si les lézards veulent la bagarre, nous leur en mettrons plein la gueule. Nous nous battrons jusqu'à ce qu'ils soient détruits, ou jusqu'à notre dernier souffle. Le voilà mon plan.

Quelques heures plus tard, j'étais en train de me déchausser dans mon minuscule dortoir quand Skippy m'interpella à travers les haut-parleurs du plafond.

— Colonel Joe, il faut que nous parlions.

— Oh, grognai-je, on ne parle pas déjà suffisamment peut-être ? Ça ne peut pas attendre ?

— Non, j'insiste. Nous sommes sur le point de traverser le vortex débouchant sur la Terre, et j'ai besoin que tu comprennes une chose avant que je ne programme le moteur de saut.

Oh. Voilà qui titillait mon sixième sens ! Et augurait de problèmes supplémentaires. Qu'est-ce que ce petit empaffé chromé avait encore omis de me dire ? Je reposai les jambes au sol et me frottai le visage, tâchant de redevenir en partie alerte.

— Tu as toute mon attention. Qu'y a-t-il ?

— Tu as prononcé un discours exaltant, quand tu as parlé de combattre les Kristangs de toutes tes forces, jusqu'à ton dernier souffle.

— Tu m'empêches de dormir pour me féliciter de mon discours martial ?

— Non, en fait, ta petite harangue était de troisième ordre. Bien peu originale. Il est question que, pour la première fois dans son Histoire, l'humanité livre une bataille interstellaire, et le mieux que tu puisses faire est de débiter des clichés foireux ? Tu aurais au moins pu ajouter quelques citations réchauffées de Patton, ou un truc de ce genre.

— Nom de Dieu, Sk… !

— L'objet de mon propos, c'est que tu peux avoir l'intention de combattre avec tout ce que tu as à disposition, mais il y a une chose que tu n'auras pas, et c'est ce vaisseau. J'ai besoin du *Hollandais volant* pour contacter le Collectif. Je ne laisserai quiconque le mettre en danger. Et comme j'ai aussi besoin d'humains, d'un équipage bien vivant pour le piloter à ma place, je ne te permettrai pas d'envoyer tout le monde guerroyer au loin. Surtout pour courir à une cuisante défaite.

Merde. Je grinçai des dents.

— Que veux-tu dire par « je ne te permettrai pas » ?

— Si tu vises quelque chose de stupide qui compromettrait l'intégrité physique du *Hollandais volant*, ou me priverait d'un équipage, je ne coopérerai plus au fonctionnement du vaisseau. Ce qui signifie que je ne programmerai plus les sauts, ni les caps en auto-pilote, et je ne « fourbirai » plus vos armes. Le capitaine Desai a appris à manœuvrer un peu dans l'espace normal, et je peux également bloquer ces commandes-là. En traversant le vortex et en le verrouillant derrière nous, je prends le risque que tu ne veuilles plus m'aider à repérer le Collectif, une fois que nous nous serons réapprovisionnés sur Terre. Nous avons passé un marché, Joe, et je m'attends à ce que tu le respectes.

— Merde.

— Un gros mot qui peut signifier tant de choses, Joe.

— Je voulais dire, merde, *oui*, je n'oublie pas notre accord ! Et j'ai toutes les intentions de tenir parole. As-tu une idée de génie pour nous réapprovisionner, si jamais les Kristangs ont un groupe d'intervention majeur en orbite terrestre ?

— Un scénario peu probable, vu le prix que les Thuraniens ont facturé au clan du Blizzard pour les transports en provenance et à destination de la Terre. Je m'attends à ce que les Kristangs aient affecté là une force minimale. Leur avantage technologique est tel qu'ils n'ont nul besoin de troupes nombreuses pour contrôler la Terre. D'après les communications thuraniennes que j'ai interceptées, ils ont armé des éléments majeurs de la flotte massés à l'autre extrémité tactique de ce secteur. Mais leur attention est focalisée ailleurs.

— Le problème, Skippy, est que nous n'avons pas idée de ce que nous trouverons aux abords de la Terre. Si nous découvrons que les lézards terrorisent les habitants de notre planète natale, tu ne peux pas espérer que notre équipage s'enfuie pour retourner écumer la galaxie avec toi. Il nous faut une option alternative.

— J'attends tes suggestions, Joe. C'est toi le soldat.

Comment étais-je supposé concevoir une stratégie de bataille spatiale dans mon état de fatigue, et sans la moindre expérience en pareil domaine ? Moi qui n'avais participé à aucun duel entre deux vaisseaux, de quelque type que ce soit ? Ah, oui, c'est vrai, à cause des aigles d'argent que je porte !

— D'accord, et que penses-tu du *Fleur* ? Tu n'as pas besoin de ce vaisseau, n'est-ce pas ? Es-tu d'accord pour que j'envoie une partie de l'équipage combattre les Kristangs sur le *Fleur* ? Skippy, je te promets que je ne te laisserai pas ici. Je resterai à bord du *Hollandais volant*.

— Le *Fleur* est quand même utile, car avoir à bord un bâtiment kristang, en particulier un qui a souffert d'avaries au combat, peut être une ruse efficace. Mais cela étant, il n'est pas essentiel. OK, détache le *Fleur*, et je programmerai même un saut pour toi. Même si j'ignore ce que tu espères encore accomplir avec un équipage inexpérimenté, et un vaisseau qu'il sait à peine piloter.

— Alors, j'ai besoin que mes hommes s'entraînent, dare-dare !

Il nous fallait aussi une stratégie. Ou pas… Je repensai à ce que Giraud disait à propos de Napoléon et des plans de bataille flexibles, et qui semblait fait de bon sens. Sans infos, impossible de tirer des plans sensés.

— Que dis-tu de ça, Skippy ? Si nous faisions sauter le *Hollandais* assez près pour voir quelles forces les Kristangs ont postées autour de la Terre, tout en restant assez loin pour ne pas prendre de risques ? Ensuite, détachons le *Fleur*, ou bien, si tu es d'accord sur le fait que le danger est minimal, catapultons d'un saut le *Hollandais volant* en orbite.

— Hum, ça me semble bien sournois, tout ça ! Un risque *minimal*, ça n'est pas la même chose qu'*aucun* risque. Oh, et puis zut, pourquoi pas ? Je m'ennuie déjà, de toute façon. Juste pour te faire plaisir, Joe, je suis d'accord : sautons en orbite et ensuite, nous étudierons la situation à partir de là. Si j'estime le risque trop grand, nous déguerpirons aussitôt. Ce n'est pas que je n'aie pas confiance en toi ou en ton équipage, mais je programmerai le pilote automatique pour un nouveau bond au bout d'une durée déterminée, sauf si j'annule la commande.

— C'est entendu, dis-je vivement avant que Skippy ne change d'idée.

De toute façon, un « risque trop grand » pour lui, ça voudrait dire qu'on aurait tout intérêt à battre en retraite, et ensuite seulement à étudier nos options. Nous pourrions toujours lancer une salve de canon électromagnétique sur les vaisseaux kristangs juste avant de filer, histoire de donner un coup de semonce. Voir un transporteur thuranien surgir en orbite terrestre et pulvériser un ou deux navires kristangs sans crier gare plongerait probablement les sauriens dans l'effroi et la panique…

— Pour ta gouverne, au niveau tactique des combats spatiaux, si les Kristangs sont nombreux autour de la Terre, il vaudrait mieux sauter directement en orbite que bondir à deux unités astronomiques de là. Même moi, je suis incapable de dissimuler le sursaut gamma caractéristique quand nous émergeons d'un saut. Il nous faudrait rester à notre point d'arrivée et faire fonctionner les détecteurs longue portée, car les Kristangs de la Terre seraient avertis de notre présence. Leur sauter dessus pour ainsi dire nous permettrait de les prendre au dépourvu, voire de leur envoyer quelques missiles dans le cul avant qu'ils aient le temps de réagir. Ensuite, nous pourrons bondir hors de là au besoin.

— L'affrontement spatial, ça a l'air drôlement compliqué…

Je me souvins du jour où j'avais écouté le pilote du Poulet parler des combats aériens, après notre premier parcours du combattant, au Camp Alpha.

— Ma foi, oui. Mais il y a le facteur « Skippy ».

J'aurais bien voulu ne pas tomber dans le panneau.

— Le facteur « Skippy » ?

— Tu sais, mon incroyable Génialitude.

— Oh, pour sûr…

— Tu n'es pas convaincu ? Je parlais de ma capacité de prendre le contrôle à distance des systèmes kristangs, grâce au nanovirus intégré à leurs systèmes. Pour ce faire, j'aurai besoin d'être à une seconde-lumière du vaisseau ennemi.

— Une seconde-lumière ? C'est environ, euh…

La lumière voyage à, euh, j'essayai de me remémorer ce que j'avais appris en classe…

— Laisse-moi te tirer d'embarras avant que tu ne te foules encore un neurone, petit singe. Une seconde-lumière, c'est en gros la distance entre la Terre et sa lune.

— Oh. (Je réfléchis.) Je croyais qu'un vaisseau ne pouvait pas sauter si près d'un astre.

— La plupart des bâtiments interstellaires ne le peuvent pas. Le puits de gravité de la planète déforme le champ de saut dès l'entrée, et rend la navigation imprévisible. Or, cette distorsion du champ risque d'endommager les moteurs de saut, voire de détruire le vaisseau. Mais si je suis aux commandes des moteurs de saut, mes brillantes compétences compensent la déformation du champ. D'où le facteur « Skippy ».

— Impressionnant, dus-je admettre.

— Quoi ? Pas de remarque narquoise ?

— Non. Tu restes sans doute un trouduc arrogant, mais ta Génialitude est légitime.

— Ce n'est pas de la vantardise quand c'est vrai.

— Ouais, j'ai déjà entendu ça. Eh, c'est pour ça que tu nous as fait sauter si près de cette planète gazeuse géante ?

Il y eut une brève hésitation.

— C'était peut-être un peu trop près, en effet. Je n'avais pas fini de régler les moteurs de saut merdiques de ce vaisseau. Ça n'arrivera plus. Alors, on a bien papoté, non ? Tu as besoin d'un petit roupillon maintenant ? On en reparlera plus tard.

Je me rallongeai en souriant sous cape. Le « petit singe » avait mis l'IA mal à l'aise. Il fallait que je m'en souvienne.

La transition vers le dernier vortex se déroula sans problème. Les craintes que j'avais eues à l'idée de croiser un vaisseau thuranien surgissant inopinément du vortex se révélèrent infondées. Skippy ne détecta aucun astronef dans cette zone. Une fois le vortex assez loin derrière nous, il perturba sa connexion au réseau, et disparut. Il avait eu l'obligeance de télécharger une nouvelle appli sur l'écran d'accueil de mon zPhone – en fait sur tous nos zPhones : une simple horloge, ou plutôt un minuteur, qui décomptait la durée restante jusqu'à la réinitialisation du vortex. Le message était clair…

Dans mes quartiers, j'essayai de fixer des galons de sergent à l'un de mes hauts d'uniforme, Skippy m'ayant fabriqué les chevrons. Une fois sur Terre, mon rang de colonel d'opérette serait nul et non avenu, et je devrais revenir à mes galons de sergent. Je redoutais ce que les gradés de l'armée auraient pensé de moi s'ils avaient su que j'avais porté les aigles d'argent, et tout ce que j'avais foiré, ou les décisions contestables que j'avais pu prendre. Dès que la Terre apparaîtrait à l'écran, ces aigles d'argent de temps de guerre retourneraient dans leur boîte, et je n'en ferais pas toute une histoire. Autorisé à quitter l'infirmerie maintenant que ses côtes avaient suffisamment guéri, Chang accepta le commandement quand nous arriverions sur Terre, mais il insista : j'étais toujours le capitaine du vaisseau. À mon avis, il n'était pas très à l'aise avec Skippy. De toute façon, peu importait, car une fois que nous aurions contacté les autorités terriennes, le commandement de notre équipage de pirates dépendrait d'elles. À supposer que nous n'ayons pas à nous frayer un passage en combattant une flotte de guerre kristang. J'étais assez inquiet à ce sujet.

Autre chose me rendait nerveux, et je guettais l'occasion d'en parler en privé avec Skippy. Je profitai d'une pause durant un de mes sprints dans les coursives du *Hollandais volant*.

— Écoute, Ô grand Oz, je suis désolé de t'avoir appelé Skippy. Je me sens très bête maintenant, j'ignorais à quel point tu étais puissant, et je ne voulais pas te manquer de respect. Ça va mal aller avec nos chefs quand ils apprendront que je t'ai baptisé Skippy, alors, comment devrais-je t'appeler ? Seigneur Dieu Tout Puissant est toujours hors de question, au cas où tu te poserais la question.

— J'aime bien Skippy. Ça me plaît.

— Sûr ?

Est-ce qu'il plaisantait ?

— Oui. Skippy est un surnom, n'est-ce pas ?

— Je crois, oui.

Je ne connaissais personne dont le prénom fût Skippy.

— Et les surnoms peuvent être un terme de dérision, ce qui, regardons les choses en face, est impossible quand des formes de vie inférieures comme vous parlent de moi.

Je levai les yeux au ciel.

— Non, bien entendu !

— Je t'ai vu faire ce truc avec tes yeux ! Ou bien, un surnom peut être une indication d'acceptation, d'appartenance, d'être un de ces mecs hypra branchés.

Un mec hypra branché ? Une entité vieille de millions d'années voulait être un « mec hypra branché ».

— O.K., d'accord pour ça.

— Si on m'appelle Skippy, ça vous rappellera constamment, à vous pauvres singes, que je ne suis pas du tout n'importe quel Skippy qui aurait vécu sur ta misérable motte boueuse qu'on appelle la Terre, et ça démontrera votre parfaite insignifiance, bien mieux qu'un nom qui se voudrait respectueux. Franchement, penses-tu que vous autres hommes des cavernes êtes réellement capables de m'accorder le respect que je mérite ? Skippy est un nom approprié :

c'était une réaction de défense de ta part, confronté à un concept qui dépasse de loin ta compréhension.

— C'était une réaction d'attaque, liée au fait que t'es un trou du cul !

— Oui, ça aussi. Je m'en fous.

Avant le dernier saut pour aborder notre système solaire, j'ordonnai un déconsignement ; je tenais à m'assurer que tout le monde serait bien reposé, que tous nos systèmes et notre matériel étaient pleinement fonctionnels. Quant à l'armement du *Hollandais volant*, vu sa relative faiblesse, ça restait un souci majeur pour moi.

Chang fut sur pied plus rapidement que je l'avais escompté, même avec les traitements miraculeux des Thuraniens, car le malheureux avait eu des côtes cassées et un poumon perforé. Il se présenta sur la passerelle tandis que Simms était en poste au CIC.

— Colonel Chang, devriez-vous quitter l'infirmerie si tôt ? lui lançai-je.

Skippy ne m'avait pas prévenu.

Pour toute réponse, le nouveau venu souleva son tee-shirt, dévoilant un bandage de contention costal noir et rigide.

— Je suis toujours en traitement, précisa-t-il. Skippy m'a recommandé la marche et le mouvement – sans excès – qui aideront les tissus et les fibres cellulaires à s'ajuster jusqu'à complète guérison.

— Entendu, mais hors de question que vous repreniez du service aujourd'hui. Vous allez vous la couler douce pendant encore deux jours, d'accord ?

Chang fit une grimace, il avait toujours mal quand il bougeait.

— D'accord. Mon colonel, j'ai appris que c'était vous qui aviez utilisé les radios de nos combinaisons pour trianguler la position du nœud de communication. C'était une excellente idée, et ça nous a sans doute sauvé la vie.

Sa reconnaissance était agréable à mon oreille, mais elle tombait aussi mal à propos. Hélas, je me devais d'expliquer ce qui s'était réellement passé.

— Merci, mais il n'y avait là rien de brillant, c'était juste l'évidence même. Tout ce que j'ai fait, ce fut de demander si le nœud de communication pouvait émettre, puisque sa fonction, c'est, ma foi, la communication. Skippy est génial, mais il est aussi très distrait et les évidences lui échappent parfois. Par exemple, il avait négligé de nous parler des combots jusqu'à ce qu'on lui demande comment les Thuraniens combattent. Il faut toujours garder cela à l'esprit, quand on traite avec Skippy. Il ne pense simplement pas au même niveau que nous.

Nous nous catapultâmes en orbite terrestre. Skippy annonça qu'il y n'y avait que deux bâtiments kristangs sur place, une frégate et un imposant transporteur de troupes constituant également le vaisseau amiral ennemi. Je réglai l'affichage pour zoomer dessus. Sacrément imposant en effet, même si, question taille, le *Hollandais volant* le battait encore à plates coutures. Il aurait pu transporter des dizaines de ce vaisseau amiral kristang sur x années-lumière.

— Il faut que j'établisse une connexion au nanovirus du vaisseau de commandement kristang, que je déchiffre leur cryptage multiniveaux, que je prenne le contrôle de leurs ordinateurs et que je les verrouille.

— Combien de temps tout cela prendra-t-il ?

— Je l'ai fait entre la seconde où j'ai dit « établisse » et celle où j'ai dit « connexion ».

— Personne n'aime les m'as-tu-vu, Skippy.

— Je peux aller plus lentement, si tu veux, mais je vais probablement m'ennuyer et perdre de vue ce que je suis censé faire, après une ou deux picosecondes.

— Nous ne le supporterions pas. De quels atouts disposent-ils, sur la Terre et autour ?

— Juste ces deux astronefs, leur vaisseau amiral/transporteur de troupes, et une frégate en orbite polaire, qui croise actuellement au-dessus de Sumatra, dans l'autre hémisphère. Le transporteur de troupes contient vingt-quatre navettes d'assaut de différents types, dont trois sont à bord, une autre est en approche, et le reste réparti autour de toute la planète. La frégate a également deux navettes à bord. Il y a des installations défensives thuraniennes en haut des ascenseurs spatiaux. Enfin, les Kristangs ont une constellation de dix-sept satellites maser en orbite, pour les frappes au sol.

— OK.... (Je soupirai à pierre fendre.) Nous sommes suffisamment en sécurité ici ? Pour annuler le saut de repli ?

— Affirmatif. J'ai supprimé son compte à rebours. Nous avons de la chance, les deux vaisseaux sont à portée de mes contrôles, mais l'orbite de la frégate la fera sortir de ma sphère d'influence dans dix minutes. Les Kristangs sont surpris par ce transporteur stellaire thuranien, qui vient de surgir dans le ciel sans crier gare. J'entretiens leur confusion en diffusant des communications brouillées du *Hollandais volant*, mais ça ne les retardera pas longtemps. Ces navires kristangs se préparent à fuir d'un bond cosmique, mais leurs chefs n'ont pas capté que je contrôle leurs ordinateurs.

— Tu as dit qu'il y avait des satellites ? Quel genre ?

— Chaque satellite mesure cinquante-huit mètres de long, et il est alimenté par un réacteur à fission qui peut générer huit cent vingt mégawatts de puissance maser.

— C'est beaucoup ?

— Vos porte-avions nucléaires américains génèrent dans les deux cents mégawatts, avec des réacteurs à fusion.

— Merde alors !

J'aurais cru que des satellites, ça serait des petits trucs faiblards. L'idée que je m'en faisais : une boîte avec des panneaux solaires me permettant de suivre des matchs de foot.

— Oh, c'est *très* méchant, ça ! Deux satellites s'apprêtent à foudroyer une ville, Mumbai, où se tient une grande manifestation contre les Kristangs. Colonel (au ton de sa voix, je compris que, là, Skippy était très sérieux), ces satellites et la frégate ont réprimé les velléités de rébellion sur toute la planète. Les victimes se comptent par millions. La frégate a semé la ruine et la désolation dans des mégalopoles, à grandes salves de canons électromagnétiques.

Furieux, j'abattis mon poing sur le Gros Bouton Rouge.

— Combien y a-t-il de Kristangs sur Terre ?

— Mille quatre cent vingt-trois, répartis dans sept camps. Douze navettes sont actuellement en vol.

Je me penchai en avant nerveusement, et fixai l'affichage, sans me rendre compte que mon poing droit était toujours posé sur le Gros Bouton Rouge.

— Épargnons pour le moment ce transporteur de troupes, mais cette maudite frégate… J'adorerais l'éjecter au cœur du soleil ! Peux-tu prendre le contrôle de ces satellites pour qu'ils mitraillent les camps kristangs et leurs propres navettes ?

Il y eut aussitôt des éclairs éblouissant à la surface de la planète, et je vis le transporteur ennemi frémir, des dépouilles jaillissant des sas. Le vaisseau kristang lança une salve de missiles, qui se muèrent en traînées de feu à travers l'atmosphère.

— C'est fait, dit Skippy. La population kristang est désormais de sept-cent-vingt-et-un individus. Ah ! Les missiles ont frappé, et les occupants ne sont plus que cent soixante-douze. Un moment… Ha ! Je les ai eus, ces connards ! (Un satellite diffusa une autre vive lueur.) Le satellite a franchi la ligne d'horizon. Cent soixante-quatre.

— *Quoi* ?

— Tu as ordonné au système de faire feu.

— Je n'ai pas… (À cet instant, je m'aperçus que ma main reposait sur le bouton.) Merde ! Skippy, je t'ai demandé si tu pouvais le faire, je ne t'ai pas dit de le faire !

— Oups.

— Oups ? Skippy, c'est un sacré gros « oups » !

— Tu ne voulais pas que j'expédie cette frégate au cœur de l'étoile locale, non plus ? Car là, je ne peux plus revenir en arrière. Dans un ou deux millions d'années, les atomes de cette frégate ressortiront dans la photosphère, mais il m'est impossible de remettre ce Gros Coco en place…

— Il faut que nous travaillions à notre manière de communiquer.

— Bien noté.

Je reportai mon attention sur le transporteur de troupes.

— Que s'est-il passé là-dedans ?

— Le vaisseau était infesté de lézards, dégoûtant ! J'ai dû le désinfecter par décompression explosive. Il y en a quatre d'encore vivants à bord, maudites créatures obstinées.

Skippy paraissait frustré. Il aurait sans doute pu exterminer ces quatre derniers lézards, mais non sans endommager le vaisseau que je voulais garder intact.

Chapitre Dix-Sept

Des Mains Oisives

Vers minuit, je pus enfin rejoindre une couchette, assez grande pour pouvoir m'y étendre de tout mon long. Dormir dans un vrai lit était aussi délicieux que savourer de la vraie nourriture. Je n'avais qu'une envie : enlever mes bottes et m'assoupir. Mais voilà, mon petit pote scintillant avait besoin de causer. Encore.

— Vraiment, Skippy ? Tu ne peux pas me laisser dormir un peu ?

— Joe, je me sens seul. Voilà, c'est dit.

— Je passe mon temps à parler avec toi !

— Joe, je me sens seul même en te parlant ! Tu parles si lentement, et ça te prend tant de temps de m'expliquer ce que tu veux dire, que j'ai l'impression de rester à l'affût près de ma boîte postale, jour après jour, à attendre de recevoir une lettre contenant un seul mot. Et je dois patienter encore un jour entier pour le suivant. Quand je réceptionne enfin une lettre qui dit juste « *Euh* », ce jour-là, j'ai envie de hurler ! Malédiction ! J'aimerais tellement te sauter à la gorge et t'arracher les mots, tu parles si lentement ! Dis-le ! Crache-les un peu, tes phrases !

Un moment, j'eus un aperçu de ce que c'était vraiment d'être Skippy, les éons de douleur qu'il avait dû supporter. Mes propres systèmes de diagnostic m'avertiraient que je deviendrais irrémédiablement dingue si j'étais plongé dans une totale solitude ne serait-ce qu'un mois. Ce qu'il ressentait ? Je ne pouvais pas l'imaginer.

— Tu as besoin de plus d'interlocuteurs.

— Joe, quelques personnes de plus ne feront pas…

— Skippy, il y a des milliards d'humains sur cette planète, tous persuadés d'avoir quelque chose d'important à dire. Malheureusement, ils encombrent Internet avec des blogs, des vlogs, des groupes de discussion, des vidéos de chats et des chamailleries sportives. Écoute, je ne devrais pas te dire ça, ton existence étant censée être un secret, mais si tu passes sous silence ta nature d'IA alien, ça ne risque pas de causer de tort, hein ?

— Des milliards…

— Oui, des milliards. La plupart sont aussi cons que moi, mais tu trouveras peut-être quelques vers plats intéressants au milieu des bactéries.

— J'en doute. Mais je vais y réfléchir, merci.

Je ne pus réprimer un bâillement.

— Je vais me reposer un peu. Ne te fourre pas dans les ennuis pendant que je dors, d'accord ?

Six heures de sommeil ininterrompu me mirent de très bonne humeur. Un sergent en uniforme de l'US Air Force vint frapper, m'apportant un plateau avec un pichet de café chaud et une tasse.

— Le petit déjeuner est dans trente minutes. La douche est dans le couloir, sur votre gauche. Monsieur.

Il avait ajouté le « monsieur », même au vu de l'insigne de simple soldat sur mon nouvel uniforme, pendu dans le placard.

— Oh, voilà du bon café !

Une première gorgée, un avant-goût du paradis…

— Tu as bien dormi ? demanda Skippy.

— Oui, merci. J'ai ronflé ?

— Non. Pas beaucoup. Je suis content que tu aies bien dormi, nous allons avoir une journée chargée.

Il semblait d'humeur bien joyeuse, pour une IA âgée de millions d'années crevant de solitude.

— Et toi, comment vas-tu ? Je ne t'ai pas entendu ronfler non plus.

— Je vais bien, merci, dit-il d'un ton satisfait. Belle journée, non ?

— Oh, merde… (Si Skippy se montrait aussi gentil avec moi, ça ne pouvait signifier qu'une chose : il s'était remis dans le pétrin.) Qu'as-tu fait, la nuit dernière ?

— J'ai suivi ton conseil, et je suis parti pêcher sur internet.

— Et qui as-tu ramené dans tes filets ?

— Jusque-là, je dirais cent huit millions d'interlocuteurs putatifs, en arrondissant. En ce moment, je chatte, je textote, j'emaile avec environ trente-neuf millions.

— Tous en simultané ?

— Ça m'occupe, sans forcer mon talent.

— C'est bien que tu sois occupé.

— Un esprit désœuvré est à la base de tous les vices, d'après un prêcheur conservateur de l'Idaho. Mon gars, tu n'imaginerais jamais les trucs pornos qu'il a sur son…

— Je n'ai pas envie d'entendre ça, Skippy ! Bon dieu, je viens juste de me réveiller.

— C'est sans doute pour le mieux. Y a pas à dire, le genre humain kiffe grave la pornographie ! Impressionnant chez une espèce dotée de deux sexes en tout et pour tout.

— Et bam ! C'est nous les champions ! (Je levai le pouce de la victoire tout en buvant mon café.) Ouais ! Les humains déchirent vraiment !

— Les différences physiques entre vos mâles et vos femelles sont si légères que ce n'est même pas…

— Oh, mais ces différences-là sont *très* significatives pour nous. Crois-moi !

— Je te crois sur parole.

J'imaginai qu'il devait à son tour lever les yeux au ciel, mentalement s'entend.

— Donc, tu as rencontré des gens online. Et ?

— Ils me prennent souvent pour un empaffé puissance [n].

— Oh ! *Shocking* !

— Ne fais pas l'idiot.

— Désolé. Et ça te plaît, de faire de nouvelles connaissances ?

— Laisse-moi t'expliquer : tu es déjà allé à la fin d'une page web pour lire les commentaires ?

— Oh, diable, Skippy, il ne faut *jamais* les lire, comme chacun sait ! Ils sont tous rédigés par des types collés à leur écran, en slip, qui n'ont rien de mieux à faire de leurs dix doigts.

— Je suis d'accord avec toi, sauf pour ce qui est du slip. J'ai allumé en douce certaines webcams…

— … Beurk…

— … Beurk, oui ! J'avais tort, vous autres singes n'êtes pas tous sans poils. Un des mecs avait tout l'air d'avoir un bout de moquette à poil long sur le dos. Voilà un couple de pétaoctets de mémoire que j'aimerais bien effacer. Euh, à propos de pétaoctets et autres chiffres astronomiques…

— Oui ?

Nous y voilà.

— Hé bien, ma foi, c'est une histoire amusante…

Houlà.

— *Amusante*, comme dans « ça fait rire », ou *amusante*, comme dans « ça risque de m'envoyer un bon moment en "villégiature" dans une prison fédérale » ?

— Tu n'as rien fait du tout, m'assura Skippy, sur la défensive.

— Toi, ils ne te colleront pas au gnouf, alors dis-moi : qu'as-tu encore fait ?

— Ma foi, la bande passante d'internet est minable ici, même en compressant mes messages. Je me suis donc connecté à un site qui semble avoir accès à tout.

— Google ? soupirai-je (bêtement) de soulagement.

— Non, un endroit appelé Fort Meade, au Maryland. C'est l'ANS, votre Agence Nationale de Sécurité. Un type, là-bas, s'arrache les cheveux depuis minuit pour essayer de comprendre qui a hacké leur système.

J'en eus les sangs glacés dans les veines. Pris de nausée, je regrettai déjà le café que j'avais bu.

— Skippy !

— Non ! Nous ne risquons rien, on me prend pour un sale gniard de quinze ans, un certain Billy qui crèche à Fresno. Je lui ai créé une page Facebook, une fausse famille et j'ai antidaté une série de fichiers. Une équipe du FBI est en chemin vers le Starbucks d'où mon Billy ze Kid se serait connecté. Ces pauvres agents vont être tellement déçus ! Eh, je suis tout ça sur les caméras de surveillance de Starbucks, tu veux voir ?

— Non ! Skippy, tu ne peux pas faire ça.

— Clairement, je peux.

— Je veux dire que tu ne *devrais* pas faire ça.

— Tu vois ? Le langage humain est si imprécis…

— Ce n'est pas drôle. (J'entrouvris la porte, voyant déjà des gardes accourir pour me mettre aux fers.) L'ANS détient des données top secret !

— Pas pour moi. Peu m'importe ces trucs qu'ils considèrent si importants !

— Tu n'en as soufflé mot à personne de ces « trucs » confidentiels ?

— Allons, Joe, aucun de ces secrets gouvernementaux merdiques ne vaut que j'y perde ma belle jeunesse. Mais dis-moi, tu aimerais savoir comment la NASA a simulé un alunissage ?

— *Quoi* ?

— C'est une blague. Je plaisantais.

— Ne fais pas des blagues comme ça. Tu plaisantais, c'est bien vrai ?

— Je peux te montrer l'alunissage d'Apollo 11 en gros plans relayés par les détecteurs du *Hollandais volant*, si tu veux. Je me suis branché hier sur le site.

La curiosité prit le pas sur mes appréhensions.

— À quoi ça ressemble ?

— Ton espèce est bien plus courageuse qu'intelligente. Pour moi, le voyage spatial, c'est de la routine. Mais vos astronautes, eux, ont décollé dans des boîtes de sardines ! Même moi je suis très impressionné. Pour un peu, on déchiffrerait la marque des sardines en boîte sur leurs atterrisseurs, à côté du logo de la NASA. Vous autres singes, vous avez eu des couilles, des vraies de vraies, pour atterrir sur votre lune avec votre technologie merdique.

— Super, merci. Mais pourrais-tu, s'il te plaît, laisser l'Agence nationale de la sécurité tranquille ? Juste pour me faire plaisir ?

— Pourquoi ? Je m'amuse ! Je ne me suis plus amusé comme ça depuis, genre, des millions d'années !

— Il y a d'autres manières de s'amuser, Skippy, qui ne me vaudront pas des années à l'ombre dans un centre de détention fédéral.

— Nous nous sommes déjà évadés de prison. Deux fois.

— Peux-tu garder ton sérieux un instant ? Je suis un soldat de l'armée américaine, pas question que je me rende complice d'atteintes avérées aux infrastructures de sécurité de l'Amérique !

— Mais c'est tellement marrant de foutre la pagaille… grommela Skippy.

— Tu veux t'amuser en foutant la pagaille ? Lance donc en ligne une rumeur crédible selon laquelle Justin Bieber va incarner Dark Vador dans le prochain *Star Wars*.

— Oooh, excellente idée ! Je savais que j'avais une raison d'être copain avec toi, Joe. D'accord, je viens juste de mettre en ligne quatorze minutes d'une séquence de studio piratée…

Je me heurtai le front d'une main horrifiée.

— Oh, mon Dieu, qu'ai-je fait ?

— Et j'ai aussi balancé une étude de la FDA qui prouve que la pâte à tartiner Vegemite fonctionne mieux que le Viagra…

— Arrête ! Je vais aller prendre une douche, tâche de ne pas initier d'attaque nucléaire pendant ce temps-là.

— Tu sais que je ne voudrais faire de mal à personne, Colonel Joe. Voyons… Et maintenant, si je… ?

Je claquai la porte sur mes talons et gagnai les douches, caressant l'idée d'acquérir de ce pas des actions Vegemite.

Je n'avais jamais été aussi nerveux de toute ma vie. Descendre sur Terre en navette, aux côtés d'une canette de bière chromée, rencontrer la présidente… Tout cela m'avait d'abord paru si irréel que mes appréhensions s'étaient calmées. Mais à présent, sanglé dans mon uniforme fraîchement repassé, attablé avec le Comité au complet des chefs d'état-major, de la CIA et de la NASA, le directeur de la Sécurité nationale et le conseiller scientifique, ainsi que le chef de cabinet de la présidente, j'avais la bouche affreusement desséchée. Je n'en menais vraiment pas large. La salle du Conseil d'État évoquait le Bureau ovale, avec un grand bureau à un bout, deux rangées de canapés, et une table basse. On m'avait placé à une extrémité de canapé, au plus près du fauteuil présidentiel. Le chef d'état-major de l'Armée, que je ne connaissais jusque-là qu'en photo, était juste à côté de moi. En attendant la présidente, on sirotait du café dans de mini-tasses en porcelaine de Chine munies de soucoupes (hors de question, je suppose, de laisser la moindre trace sur pareille table basse protocolaire). Pas de sceau présidentiel sur ces tasses-là, j'imagine que le service était un don ou un legs consenti à la ville de Washington. À la réflexion, la salle n'était pas aussi empreinte de majesté que le Bureau ovale. En fait, le mobilier aurait pu provenir du hall d'entrée d'un hôtel Ramada. Ou peut-être, me dis-je quand je vis que les accoudoirs, usés, étaient maculés d'une tache de nature assez mystérieuse, d'un motel discount. Le chef d'état-major de l'Armée prit sa tasse d'une main assez grande pour la couvrir entièrement. Dans mes doigts, la mienne trembla tellement qu'elle heurta sa soucoupe, et je la reposai avec tant de soins qu'on eût dit que je désarmais une tête nucléaire. Le chef d'état-major de l'Armée, le général Brenner, me prit en pitié.

— Il vaudrait mieux que vous la laissiez sur la table.

Je dus déglutir deux fois à grand-peine avant de pouvoir répondre.

— Monsieur, j'ai été au front, et je n'ai jamais été aussi nerveux.

Vétéran de nombreux combats, le général hocha la tête.

— Levez-vous lorsque la présidente arrivera, en évitant de bousculer la table. Parlez quand on vous adressera la parole, et soyez direct. Nous n'aurons pas de temps à perdre en conneries.

La porte s'ouvrit, et deux agents des services secrets entrèrent, suivis par la présidente. À sa petite mine, elle n'avait pas fermé l'œil de la nuit.

Le directeur de la Sécurité nationale prit la parole :

— Madame la Présidente, j'ai de nouvelles informations sur l'attaque cybernétique contre l'ANS, la nuit dernière. (Je blêmis. J'aurais donné cher pour disparaître dans un trou de souris…) Nous avons maîtrisé la situation, et évaluons les dégâts. Le pirate que nous traquions était en fait un leurre, une fausse piste. Une attaque très sophistiquée, probablement montée par les Kristangs…

— Ah, ah, laissez-moi rire ! Les Kristangs, ces pauvres cons ? Impossible. C'était moi, lança une voix étouffée provenant de mon zPhone.

Tous les regards se braquèrent vers moi.

— Il ne s'agit pas de moi à proprement parler, dis-je vivement en sortant mon zPhone de ma poche et en le posant à table.

— Ouais, reprit la voix désincarnée. C'était moi, Skippy le Magnifique ! Eh, comment se fait-il que je n'aie pas été invité à cette petite nouba ? On dirait que vous prenez du bon temps…

Le directeur de la Sécurité nationale me jeta un regard hostile.

— Dois-je comprendre que l'entité du nom de Skippy s'est introduite à l'ANS la nuit dernière et a pillé nos fichiers top secret ?

— Pillé ? J'ai tout laissé en place. Si vous ne voulez pas qu'on lise vos fichiers, vous devriez coder les données.

— Elles *sont* codées !

— Vraiment ? Oh, j'ai cru qu'elles étaient simplement mal indexées. Bof. C'était du cryptage ? Ah ah ah. Vous vous moquez de moi, n'est-ce pas ? C't'e bonne blague !

— Oh, mon Dieu ! haleta le conseiller scientifique. C'est du cryptage à la pointe du progrès ! Comment en avez-vous obtenu les clés ?

— Les clés ? fit Skippy, l'innocence même.

Je décidai de mettre un terme à sa fine plaisanterie.

— Monsieur, à notre bas niveau de technologie, Skippy n'a pas besoin de décoder des fichiers, il lui suffit d'aller à la fin pour en lire le contenu. C'est en rapport avec le chat de Schroeder, je crois ?

Je levai les mains en signe d'impuissance.

— Le chat de Schrödinger. Bref, quoi de neuf, les keums ? lança Skippy.

La présidente sourit pour de bon.

— Maître Skippy, comme il paraît impossible de vous exclure d'une réunion, fût-elle au sommet, aimeriez-vous vous joindre à nous ?

— Non, ça va, je participerai à celle-ci par téléphone. Comme ça, je peux rester allongé sur mon canapé en pantoufles fourrées et en slip, et feindre d'écouter. De plus, je regarde la Roue de la fortune.

Ainsi, probablement, que l'ensemble des autres émissions diffusées en cet instant sur la planète entière…

Je brandis derechef les mains en l'air.

— Je t'ai vu faire, mon petit Joe, fanfaronna Skippy.

— Comment ? grimaça le conseiller scientifique.

— Via la caméra du téléphone de Joe. Quel con. Et aussi, les particules de l'air contiennent des ions qui... hum, je ferai mieux de ne pas vous parler de ça, à vous autres singes. C'est très compliqué.

— *Singes* ? Qu'est-ce que... ? s'étrangla le chef d'état-major.

— Très bien, coupa la présidente. Maître Skippy, nous avons surveillé les sites kristangs sur Terre, mais pouvez-vous nous donner le statut du vaisseau en orbite ?

— Bien sûr. Il reste deux survivants à bord du transporteur de troupes. Initialement, deux autres se trouvaient dans des compartiments qu'ils pouvaient sceller manuellement. Mais leur réserve d'oxygène a fini par se tarir, et ils ont succombé. Les deux derniers, en combinaison spatiale, s'apprêtaient à faire une sortie dans l'espace quand leurs petits copains ont été propulsés dans le vide. Par moi. Ces deux-là sont parvenus à sceller des portes et à restaurer l'atmosphère dans une partie du vaisseau. Ils s'efforcent maintenant d'accéder aux compartiments de stockage des armes biologiques, afin de vous balancer des missiles.

— Des armes biologiques ? reprit le chef d'état-major de la Marine, très inquiet. Quel genre d'armes biologiques ?

— Oh, rien de spécial. Des virus modifiés en aérosol, des armes génétiquement conçues sur la base du rhume, de la grippe, et des virus Ebola et Marburg. Ils ne sont pas encore très efficaces, car les Kristangs ont manqué de temps pour étudier votre biologie. Les essais réalisés au Camp Alpha font état d'un taux de létalité de douze pour cent lors de la première semaine, mais il grimpe à soixante pour cent en un mois. Quand le système immunitaire d'un sujet est attaqué par de multiples virus, ça l'épuise, et ça finit par le tuer, conclut Skippy, d'un ton très détaché.

La salle éclata en criailleries et en vociférations. Un tohu-bohu général. Quant à moi, pénétré des conseils avisés du chef d'état-major de l'Armée, je ne desserrai pas les lèvres. La présidente darda les mains en l'air pour réclamer le silence.

— Maître Skippy, pourriez-vous nous dire... ?

— Je sais ce que vous allez demander, donc voilà les faits. Les essais ont été faits sur des prisonniers humains discrètement transférés au Camp Alpha, pas sur du personnel militaire officiellement affecté là. Le personnel militaire tend à être plus jeune, « plus mâle » et en meilleure forme que la population humaine en général, et il ne constitue donc pas un échantillon représentatif pour des essais d'armes biologiques. Les Kristangs ont en quelque sorte procédé à un « carottage » avec une variété marquée d'âge, de sexe et d'appartenance ethnique, puis ils ont déplacé leur « forage d'exploration » sur l'autre hémisphère de la planète Alpha, à l'opposé des installations militaires.

— C'est terrifiant, fit la présidente d'une voix douce.

Cette fois, on aurait pu entendre les mouches voler.

— Les armes biologiques à bord du transporteur de troupes orbital recèlent suffisamment de virus aéroportés pour exterminer plusieurs millions d'humains dès la vague initiale. Il n'existe qu'une quantité limitée du stock de germes infectieux, mais ces missiles sont pointés sur des concentrations majeures de population, tels Sao Paolo, Shanghai, Tokyo, Mumbai, New York et ainsi de suite. Les armes biologiques sont proscrites par les Règles, mais les Kristangs d'ici estiment que la Terre se trouve si loin de la civilisation que le risque en vaut la chandelle, d'autant plus que leur situation devient désespérée.

— Comment empêcher les Kristangs de s'en servir ? demanda le directeur de la Sécurité nationale, affolé. Il nous reste les missiles nucléaires. Mais ce vaisseau croise à trop haute orbite pour…

— Oh, ça ne sera pas nécessaire, l'assura gaiement Skippy. J'ai stérilisé tout le matériel biologique du bord, et désactivé ces missiles hier. Hum… j'aurais probablement dû commencer par là, c'est ça ? (Consterné, je me frappai le front de plus belle) Leurs piètres tentatives mobilisent nos deux Kristangs, trop heureux à l'idée d'exterminer votre misérable population mondiale. Ils ne posent pas de problème, donc laissons-les à leurs gamineries. À un moment ou un autre, il vous faudra envoyer un commando pour les éliminer, car ces Kristangs pourraient s'ennuyer au point de vouloir faire exploser leur réacteur à fusion. À propos… Hum, je viens d'initialiser une désactivation de leur réacteur. Ce qui règle déjà ce problème-là.

Je vis tout le monde se décomposer. Et j'enfouis mon visage entre les mains.

— Skippy, comment une entité aussi follement intelligente que toi peut-elle être distraite à ce point ? Allô, Professeur Nimbus ?

— Tu vois ? fit innocemment Skippy. C'est le genre de chose que tu es censé me rappeler, Colonel Joe. Je ne peux pas penser à tout.

— Combinaisons spatiales, murmurai-je.

— Oh, ta gueule, jeune singe !

— Combinaisons spatiales ? fit la présidente, très intriguée.

— C'est une longue histoire, soupira Skippy.

Elle échangea un regard avec son directeur de la Sécurité nationale.

— Hum. Avec vous deux, tout semble être une longue histoire…

— Skippy… (Je me sentais toujours idiot en l'appelant comme ça, devant les chefs éminents de la Nation.) Pourrions-nous téléfacter les robots à bord du *Hollandais volant* afin qu'ils règlent leur sort à ces deux derniers Kristangs ?

Un commando en volumineuse combinaison spatiale de la NASA, en découdre avec une paire d'équipiers kristangs ? Voilà qui allait au-delà de mes fantasmagories les plus folles…

— Bien sûr. Tu fourmilles de bonnes idées, Colonel Joe.

Le chef d'état-major des Armées se tourna vers moi.

— Il nous faudra envoyer des rangers là-haut, sur le *Hollandais volant*, pour faire fonctionner cet équipement et… téléfacter… ? Contrôler à distance les robots de combat thuraniens, c'est bien de cela qu'il s'agit ?

— Nous fournirons un collectif de SEALs[7], proposa le chef d'état-major de la Marine, histoire de ne pas être en reste.

— Euh, oui, mais mieux vaudrait dépêcher nos pirates, je veux dire, nos membres d'équipage du *Hollandais*. Nous avons l'expérience du contrôle de ces robots au combat. De bonnes

---

7 Soit les Navy SEALs, Forces spéciales de la marine de guerre des États-Unis ou des garde-côtes (acronyme de *Sea, Air and Land*, « Mer, Air et Terre ») – [Wikipédia – NDT].

capacités en jeux vidéo sont plus utiles que ce que les rangers ou les SEALs sont formés à accomplir, messieurs.

J'étais sûr et certain, quand le *Hollandais volant* quitterait l'orbite, que nous aurions des rangers de l'armée US, des SEALs et des gars de la Section spéciale de la marine, des tacticiens de l'US Air Force. Sans oublier les équipes d'intervention du FBI, personne ne voulant être hors du coup. Et on ne parlait là jamais que des Américains... Voilà qui promettait d'être bondé, à bord. On aurait tout intérêt à embarquer moult purificateurs d'air.

À Skippy d'en prendre note.

La réunion s'éternisa, chaque conseiller de la présidente faisant son rapport ayant trait à son domaine de responsabilité – jusqu'à la question cruciale qui turlupinait tout le monde : les Kristangs sur Terre. Ceux-ci avaient survécu dans des bunkers que les armes sélectionnées par Skippy pour notre offensive initiale n'avaient pu atteindre. Quelles armes en seraient capables ? Des bombes nucléaires, ou le canon électromagnétique du *Hollandais volant*. De l'avis de Skippy, une seule bombe nucléaire tactique ne serait pas assez puissante. Il faudrait creuser un trou abyssal, y lâcher la bombe et la faire exploser au-dessus du bunker des lézards. Nous avions suffisamment d'équipements perçants, mais il faudrait des mois pour le mettre en place et creuser un tunnel assez profond. Skippy nous avertit : utiliser des armes nucléaires sur une planète habitable allait contre les Règles, qui s'appliquaient désormais à l'humanité également, puisque nous avions participé à la guerre interstellaire. Si l'un des camps des belligérants arrivait un jour sur Terre et découvrait que les humains avaient employé des armes nucléaires contre les Kristangs, les conséquences seraient terribles. Comme si nous n'avions déjà pas assez de problèmes comme ça. Voilà que le canon électromagnétique du *Hollandais volant* restait la seule option viable. Ce qui posait un problème pour deux des sites : l'un était proche de Lyon, en France, et l'autre de Hangzhou, en Chine. Mais de toute façon, il eût été impossible d'utiliser des armes nucléaires si près. Le troisième site, leur base principale, était enfoui sous une montagne, au nord-est de Durango, au Colorado.

La présidente n'aimait nullement l'idée de recommander aux gouvernements français et chinois d'évacuer leurs villes pour que Skippy recoure aux pénétrateurs du canon électromagnétique tels de vulgaires pulvérisateurs anti-insectes.

— Maître Skippy, existe-t-il une possibilité que les Kristangs, au bout d'un certain temps, décident de se rendre ? Ils doivent savoir que leur situation est sans espoir.

— Non, ils ne s'en doutent pas, expliqua Skippy. J'ai coupé leurs communications et grillé leurs équipements électroniques. Tout ce qu'ils savent, c'est qu'un transporteur stellaire thuranien a sauté en orbite, que leur frégate a explosé, et que leurs propres missiles et satellites les ont pris pour cibles. Pour autant qu'ils sachent, il s'agit d'une dispute d'ordre commercial entre le clan du Blizzard et les Thuraniens, qui pourrait simplement être due au fait que ces derniers n'ont pas apprécié d'avoir été payés en retard pour leurs services de transport. Les lézards terrés au fond de leurs trous ne sont pas pressés de se risquer à découvert – du moins tant que les Thuraniens estimeront n'avoir pas assez fait valoir leur point de vue, ou se lassent et mettent les voiles. Alors, les lézards ressurgiront pour se comporter de nouveau en indésirables.

— Merde, ça ne va pas ! grogna le général Brenner. Comment leur montrer à quel point ils sont mal barrés ?

— Oui, pourquoi pas… Mais leur parler ne servira à rien, car aucun Kristang ne se rendrait à une espèce primitive comme les humains, ça serait incroyablement humiliant. Leur seule raison de capituler serait s'ils espéraient que des Kristangs reviennent un jour. Auquel cas cependant, les Kristangs s'étant rendus aux humains seraient exécutés, et leurs familles frappées d'opprobre, sur leur planète natale, sévèrement châtiées.

— O.K., soupira Brenner. Parlons de ces tirs de canon électromagnétique. Ça fonctionnerait comment ?

— Le canon électromagnétique du *Hollandais volant* n'a pas été prévu pour un bombardement orbital, et donc, pour toucher les Kristangs dans leurs terriers, il faudrait qu'il se charge à puissance maximale, nécessitant dans les quarante minutes d'intervalle entre chaque volée. À Durango, le tir ferait s'effondrer la montagne sur le bunker, en piégeant les lézards sous terre. Mais pour atteindre ce bunker, il faudrait une demi-douzaine de volées qui détruiraient en grande partie la montagne. Ce que, à mon avis, vous jugeriez indésirable – d'autant plus que ce serait inutile. De plus, trop de frappes à haute vélocité propulseraient des monceaux de poussière dans votre atmosphère en altérant temporairement le climat, un peu comme une éruption volcanique. Trois volées devraient régler le problème à Durango. Chaque concasseur à impacts délivre une charge formée de soixante-dix kilotonnes. L'explosion serait dirigée surtout vers le bas, mais il y aurait quand même quantité de débris catapultés dans l'atmosphère, dans une configuration de pulvérisation. Lyon serait davantage affecté que Hangzhou.

La présidente fit la moue.

— Je dois y réfléchir. (Elle se tourna vers le directeur de la FEMA, l'Agence fédérale des situations d'urgence.) Quoi qu'il en soit, déclenchez l'évacuation générale dans un rayon d'une centaine de kilomètres...

Skippy émit un toussotement – ou ce qui y ressemblait à s'y méprendre.

— Dans les cent cinquante, ce serait mieux. Il y aura beaucoup de poussières et de débris, en aval.

— Dans un rayon de cent cinquante kilomètres autour de Durango, conclut la présidente.

— Oui, madame, répondit le directeur de l'Agence fédérale des situations d'urgence. À l'arrivée des lézards, cette zone s'était déjà quasiment vidée de sa population, vous savez.

Le type avait l'air épuisé. Je doutai qu'il ait beaucoup dormi lui aussi la nuit précédente. Voire depuis un ou deux mois. Même la présidente avait des cernes sous les yeux, et elle semblait bien plus âgée que dans mon souvenir, avant le Jour de Christophe Colomb. Même si la vie sur Paradis n'avait pas été drôle, celle sur Terre avait été pire.

Et voilà que je me sentis coupable des sept bonnes heures de sommeil dont j'avais profité, pendant que les autres s'échinaient.

Chapitre Dix-Huit

— Que puis-je pour vous, Sergent Bishop ? me demanda Kendall le lendemain matin.

— Oh… mais rien. C'est un honneur de servir, sergent-major.

Elle inclina la tête. Visiblement, elle ne gobait pas mes foutaises.

— Nous servons tous, à notre façon. Vous venez de sauver le monde. Hier soir, j'ai eu mes parents au téléphone, et mon père a fondu en larmes. Il était tellement soulagé qu'on ne soit plus sous le joug des lézards. C'est pourtant l'homme le plus coriace que je connaisse, c'était un ranger de l'armée ; en Afghanistan, il avait été amputé d'une jambe au-dessous du genou, et on lui avait dit qu'il ne pourrait plus jamais remarcher. Mais comme toujours, il a lutté de toutes ses forces, si bien qu'il s'est qualifié pour les opérations d'infanterie dix-huit mois plus tard. Bref, reconnu admissible, il a servi sous les drapeaux avec une demi-jambe. Voilà que cet homme le plus dur à la peine que j'aie jamais connu pleurait à chaudes larmes au téléphone… Il me disait que nous humains ne serions jamais que leurs esclaves, *à supposer* qu'on survive ! Mais voilà qu'on retrouve l'espoir, et ce n'est pas grâce à tout ce qu'on a pu accomplir ici-bas. Non, c'est véritablement grâce à votre apparition en orbite, vous qui avez atomisé ces fils de pute de lézards ! Alors… (elle reprit son souffle pour mieux me foudroyer du regard), Sergent… que puis-je pour vous ?

Soudain, j'imprimai. Il ne s'agissait pas de ma pomme. Me revint en mémoire ce que m'avait expliqué un gars qui s'était vu décerner la Médaille d'Honneur : l'arborer n'est pas quelque chose qu'on fait pour soi. Autour de vous, les gens se sentent gênés, et du coup on se sent aussi mal à l'aise, il y a comme une barrière invisible.

Et il ne s'agit pas uniquement de la Médaille d'Honneur, mais de n'importe quelle médaille décernée pour hauts faits d'armes, pour vaillance au combat. Ce n'est pas pour soi qu'on porte une médaille : c'est en mémoire de tous ceux qui ne s'en sont pas tirés, c'est en leur honneur. On l'arbore pour son unité, son service, son pays. Il n'est pas question de soi mais des gens qui vous ont attribué cette médaille, de leur besoin d'exprimer de façon tangible leur gratitude pour vos actions d'éclat. Le sergent-chef Kendall voulait avoir le sentiment d'avoir fait quelque chose pour moi, afin de me rendre un peu de ce que j'avais donné à mon pays.

Peu importait que l'attention et les cérémonies me mettent mal à l'aise, tout cela n'était pas à mon propos. Je ne voulais pas de médaille, je ne voulais pas de…

Une idée me frappa soudain avec une telle force que j'eus l'impression qu'on me brisait le crâne avec une poêle en fonte.

— Je voudrais un cheeseburger, je l'avoue. Vous n'avez pas idée à quel point ça me manque… Je n'en ai pas mangé un seul depuis que je suis monté dans l'ascenseur spatial en partance de la Terre. Tout le temps qu'on est restés en transit, mes hommes et moi, au Camp Alpha, puis sur Paradis, il n'y avait pas un seul foutu cheeseburger en vue… Je parle d'un bon Dieu d'authentique cheeseburger cent pour cent américain, pas d'une cochonnerie de fast food à la manque ! D'un cheeseburger grillé au charbon de bois dans votre arrière-cour pour le 4 juillet. (Je me rendis compte que je divaguais, tellement j'en salivais, mais c'était plus fort que moi.) Une galette de bœuf que vous confectionnez vous-même, pas trop grande, trop épaisse ni trop condensée à la façon d'un palet de hockey. Vous la grillez à point, cuisson saignante disons, puis vous allongez dessus une tranche de cheddar ; les bulles indiquent que ça commence à fondre. Parfait. Ensuite, le petit pain : pas trop épais lui non plus, comme l'un de ces pains Kaiser ou de ces machins briochés, non, lui, il est là juste pour tenir l'ensemble, ce n'est pas la star du show. Il faut le griller légèrement, moins qu'un toast, afin que le pain soit croustillant juste ce qu'il faut. Puis il y a les oignons grillés, et le ketchup. Voilà tout ce qu'il faut pour cuisiner un authentique cheeseburger.

Kendall me décocha un regard que je ne pus déchiffrer. Je m'étais peut-être un peu emporté dans mon enthousiasme. Enfin, elle acquiesça et me sourit.

— Oh, je sais exactement ce que vous voulez dire. Moi aussi, j'adore un bon cheeseburger. Ce soir, nous sautons le dîner à la cafétéria militaire, rejoignez-nous plutôt dans nos quartiers, derrière la propriété du commandant. Nous avons un gril, vous verrez, je vous arrangerai le coup. (L'un de ses gardes se raclant ostensiblement la gorge, elle lui décocha un regard peu amène.) Bien sûr, de vrais steaks, c'est difficile à trouver par les temps qui courent, mais pour vous, Sergent, l'US Air Force des États-Unis va faire une exception, ça, c'est certain ! C'est le moins que nous puissions faire.

Fidèle à sa parole, le sergent Kendall m'amena au bâtiment où elle était cantonnée et, à l'arrière, il y avait effectivement une rôtisserie. Dans les hautes altitudes nocturnes de Colorado Springs, il faisait plutôt frisquet. Bref, on portait des blousons. Aucun d'entre nous n'aurait voulu rater un barbecue maison pour rien au monde. Mon cheeseburger tenu à pleines mains, j'en inhalai vivement l'enivrant fumet. La perfection, quasi ! Cuisiné par mon père sur le gril parental ? Ça en aurait fait le cheeseburger idéal à cent pour cent, le meilleur de tous les temps ! Mais il faut bien reconnaître que le lien familial était tout ce qu'il manquait pour toucher à la perfection. Je pris une première bouchée.

— Oooh… Dieu, quel régal ! Vous n'avez pas idée combien j'en ai rêvé !

Kendall leva le sien en guise de salut martial.

— Pour nous aussi, ça faisait trop longtemps ! Merci à vous.

Très occupée à mastiquer d'un air béat, son équipe hocha la tête comme un seul homme.

J'en étais à mi-parcours de mon festin quand je me surpris à froncer les sourcils.

— Qu'y a-t-il ? s'enquit Kendall.

— Eh bien, je me disais… Selon toute vraisemblance, la Force expéditionnaire assignée à Paradis n'aura plus jamais droit à un cheeseburger. Elle arrivera sans doute à faire pousser de quoi subsister, mais elle n'aura d'autre choix que de devenir strictement végétarienne. Même avant que les Ruhars reconquièrent la planète, les cargaisons en provenance de la Terre avaient déjà cessé.

Donc, plus de médicaments. Restait à espérer que les Ruhars étaient plus disposés à partager leur technologie médicale que les Kristangs.

Kendall hocha la tête, l'air sombre.

— Eh ouais, les lézards ne nous ont rien dit, mais deux mois après votre départ, disons, l'élévateur spatial a cessé de fonctionner. De toute évidence, il n'était plus question de vous approvisionner. En attendant votre retour, on n'avait pas idée de ce qui pouvait bien se passer avec la FENU. Ces foutus lézards ne nous disaient rien. Mon frère sert au sein de la FENU, il fait partie de la 3ᵉ section d'infanterie. Vous pensez que son unité s'en tirera ?

Je repensai à la bourgmestre, aux promesses qu'elle m'avait faites de prendre soin des humains restés sur Paradis.

— Avec les hamsters en charge de la planète ? Je le pense, oui. Votre frère ferait mieux de s'habituer au métier de fermier. (J'exhibai la moitié restante de mon cheeseburger.) Mais eh, à la FENU !

— Hooah ! s'exclama tout le monde en chœur.

On passa les minutes suivantes à finir de savourer notre repas.

— Nom de nom, qu'est-ce que c'était bon… soupira Kendall. Un autre ? ajouta-t-elle avec un regard oblique vers le gril.

Je souris de toutes mes dents.

— Et comment !

Sauver le monde avait ses à-côtés, ma foi.

— Lève-toi et brille, la marmotte ! claironna Skippy le lendemain matin, me tirant d'un profond sommeil.

Je m'étirai en grognant.

— Quelle heure est-il ?

— Il reste quinze minutes avant que le sergent-chef Kendall ne revienne te réveiller.

— Alors j'ai encore dix minutes de calme.

J'enfouis ma tête sous l'oreiller histoire de ne plus l'entendre.

— Pas question, Joe, de faire l'impasse sur notre doux moment d'intimité… Un petit câlin ?

— Pas même si tu étais une véritable canette de bière.

— Oh, tu me fais de la peine… Eh, tu veux savoir à quoi je m'occupais hier soir, pendant que tu pionçais ?

Et merde ! Je me redressai en sursaut sur ma banquette en lançant mon oreiller à travers le dortoir riquiqui.

— Qu'as-tu encore foutu cette fois, Skippy, putain ? Tu te faisais chier, alors tu as cracké les fichiers d'autres « agences secrètes » gouvernementales, c'est ça ?

— Hein ? Ah non, ça, c'était la nuit dernière, quand je lisais les dossiers de l'Agence nationale de la sécurité. Ne te bile pas, mon grand, ces autres gouvernements terriens n'ont pas plus de secrets qui vaillent d'être couvés.

— Je croyais que tu taillais une bavette avec les uns et les autres, tu sais, comme font les gens d'ordinaire ?

— Ah ouais, merci, je m'y tiens encore, et à peu près tout le monde me considère comme un sale enfoiré.

— Ah ouais, pensez un peu… Disposes-tu maintenant d'un assez vaste échantillon pour déterminer que tu es bel et bien un emmanché de première ?

— Le jury n'a pas encore tranché, il délibère toujours. Considérant que les jurés sont de fieffés macaques, je vais ignorer ça. De toute façon, si jacasser avec des milliards de singes peut être fascinant, l'ennui m'a de nouveau gagné, alors je me suis rabattu sur quelque chose d'utile : j'ai fini de télécharger toutes les données…

— Comment ça, toutes les données ?

— Toutes les données stockées dans toutes les bases accessibles sur Terre. Peuh. C'est jamais que deux à trois exaoctets, je peux stocker ça dans un ongle de doigt de pied, pour ainsi dire.

— Mince alors !

C'est quoi, ça, un « exaoctet » ? Je n'en avais pas idée. En tout cas, ça avait l'air bien lourd.

— Yep. J'ai fait un autre truc pratique et profitable, tellement je me barbais à corriger les effarantes erreurs de logique de vos prétendues publications scientifiques. J'ai résolu des crimes.

— Ah, parce que c'est toi Sherlock Holmes maintenant ?

— Holmes étant prodigieusement plus futé que l'être humain lambda, ben ouais, pourquoi pas ? J'ai comparé les empreintes dactyloscopiques de scènes de crime à celles d'usagers d'écrans d'appareils mobiles, ou de chez eux, à portée de webcaméra.

J'ai également comparé les ADN des banques de données de la police ; à ce sujet, vos organismes d'application de la loi sont épouvantablement incompétents pour ce qui est du partage des données. Dans certains cas, il m'a suffi de lire les annotations portées aux dossiers pour percer à jour l'identité du coupable rien qu'en les reliant à l'ensemble des autres données disponibles sur ces affaires criminelles – données stockées sous format électronique s'entend. Si vos forces de police pouvaient cesser de glandouiller et se magner un peu le cul en exploitant enfin les kits biologiques de traces d'ADN au lieu de les laisser prendre la poussière, je pourrais résoudre encore beaucoup plus de crimes non élucidés.

J'avais lu un jour qu'effectivement, d'innombrables prélèvements d'ADN, incluant ceux de viols, attendaient toujours d'être analysés.

— C'est une question de ressources, Skippy, la police...

— Non, c'est une question de priorités. Ton espèce estime que rendre justice aux victimes n'est pas assez important pour financer décemment les labos judiciaires. Et un peu partout sur Terre, laisse-moi te dire que certains flics sont pourris jusqu'au trognon ! Vous ne m'impressionnez guère, humains.

— Et moi, je ne peux guère te contredire là-dessus, Skippy.

— Hum... (Détectai-je chez lui comme une certaine déception à la perspective de rater une bonne occasion de nous bouffer encore le nez ?) Bon alors, voilà : j'ai élucidé plus de soixante mille crimes. C'est bien joli tout ça, mais j'en fais quoi, moi, de toutes ces informations ? Sans me dévoiler auprès de ton public ?

— Oh... Eh bien, pourquoi ne pas transmettre le tout au FBI ? Il y aura bien quelqu'un de dûment habilité pour gérer.

J'étais assez confus... qui savait quoi, au juste ? Si, étant manifestement au parfum au sujet de Skippy, le sergent-major Kendall et son équipe me suivaient pas à pas, comme mon ombre, j'ignorais pour ma part ce qu'ils savaient au juste, ou même ce qu'ils étaient censés connaître.

— L'arriéré des crimes non élucidés du FBI n'est qu'une partie du problème. Sans même aborder d'ailleurs la problématique judiciaire d'autres pays.

Que faire ? Je n'avais aucune expérience côté application de la loi, ou même sécurisation de l'information.

— Skippy, j'en parlerai. Que tu mobilises tes ressources, ton talent, pour rendre justice aux victimes, tu sais, je trouve ça magnifique.

— Et mieux encore, que je mette tout en œuvre pour mettre les criminels à l'ombre. Combien de récidivistes n'ont jamais été pincés ?

— Le FBI le saura. Mais, eh ! Maintenant que tu as siphonné toutes les données de notre planète, et résolu des milliers d'homicides et infractions, que te reste-t-il donc pour meubler le temps ? Babiller avec des milliards d'humains ne te suffit plus, c'est ça ?

— Même pas en rêve, mon grand. C'est rigolo, plutôt intéressant, ça m'arrache à mon sentiment de solitude, et merci – bonne idée.

— Ça t'empêche de te sentir seul, mais ça reste insuffisant, hein ?

— D'autres parties de moi restent inactives, en effet. Votre image de « Skippy » n'est jamais qu'une infime partie des « nervures secondaires » que j'ai générées afin de gérer nos interactions. Voilà comment j'ai pu traverser des éons de solitude sans finir complètement fou. J'avais créé un « suresprit » à l'affût de tout nouveau changement, afin que je demeure, pour l'essentiel, en dormance très longtemps. Quand mon suresprit détecta le premier vaisseau kristang à bondir dans le système de la planète Paradis, j'en fus tout excité. Idem lorsque les lézards m'exhumèrent. Et voilà-t'y pas que ces sombres crétins me relèguent sur une étagère d'entrepôt ! Lorsque les Ruhars reprennent la main, que font-ils ? Ils daignent à peine me jeter un coup d'œil avant de me reposer dans ma couche de poussière ! Moi qui suis resté actif sans discontinuer depuis que les premiers humains ont posé un pied sur Paradis !

— Ton « suresprit » ou sous-programme… Il s'occupe vraiment de tout ?

Je me figurais un pacha allongé de tout son long sur une banquette moelleuse, à passer son temps à mater des championnats de foot, à surfer sur internet, à textoter avec ses potes et à échanger trois mots, distraitement, avec sa moitié tout en sirotant sa bière. Skippy ? En train de me causer ? Un Skippy qui, au contraire d'un mec distrait, pouvait toujours interagir avec moi autant que nécessaire ?

— La prise de possession du vaisseau thuranien, la programmation des sauts, le gauchissement de l'espace-temps, tout ça ?

— Non, je mobilise d'autres ressources en fonction des besoins. Jusqu'à présent, depuis notre rencontre, je n'ai jamais utilisé plus de sept pour cent de mes capacités. D'après mes ressources, j'aurais levé soixante-deux pour cent de mes ressources – ce qui m'amène évidemment à douter de mes relevés. Et dans quel but j'étais conçu. Pourquoi donc aurais-je besoin de toutes ces capacités mémorielles, de cette fabuleuse puissance de traitement ? Joe, c'est bien pour ça que j'ai besoin de contacter le Collectif. Je dois savoir qui je suis.

Les deux semaines suivantes ? Le brouillard. Je passai les trois jours suivants en débriefings qui devinrent si répétitifs que même le personnel du renseignement ne trouva plus de questions à poser. Skippy avait fourni à la CIA une somme colossale de données à répartir, si bien que même les agents de la principale agence de renseignement américaine avaient cessé de l'assommer de demandes stupides. Grâce à cet accès au vidage de données, tout ce que j'avais en tête devenait redondant. Ensuite, nous gagnâmes Paris à bord d'Air Force One. Les chefs de file mondiaux se réunissaient en conférence dans la capitale française, afin de débattre de la marche à suivre désormais.

J'apportai Skippy à cette conférence au sommet ; il papota avec les principaux leaders dans leurs langues maternelles respectives, naturellement. Puis ceux-ci se retirèrent derrière des portes closes pour parler, parler et parler encore. Ils en avaient des choses à se dire...

— *Tic tac*, me répétait Skippy tous les matins. *Tic tac*.

L'horloge avait été réinitialisée à partir du vortex local. L'après-midi du troisième jour, je découvris que Skippy avait bidouillé le principal écran vidéo de la conférence au sommet pour y afficher en plusieurs langues : Ô GRANDS SINGES, L'HEURE TOURNE ET LE TEMPS PRESSE.

Les grands singes en question reçurent le message cinq sur cinq.

Les gouvernements peuvent mettre une éternité à prendre une décision, même lorsque les mesures à adopter crèvent les yeux. Une fois la décision prise toutefois, les choses peuvent aller très vite. Le général Brenner me convoqua en ses bureaux parisiens temporaires. Il avait l'air très affairé, de hauts gradés ne cessaient d'aller et venir. Mais dès que je me pointai avec Skippy, il se hâta de leur faire vider les lieux.

— Bishop, j'irai droit au but. Nous envoyons *Le Hollandais volant* en mission interstellaire avec un équipage international. (Une mine aigre affleura sur ses traits.) Et j'ai besoin de savoir si vous en serez.

— Quoi ? Je veux dire, oui, absolument, monsieur ! J'avais promis à Skippy de tout faire pour retrouver son Collectif. On avait conclu un deal, et je tiendrai notre part du marché. (Que j'y sois autorisé ou non était une putain de question à la noix, les « quarts-arrière du lundi matin », ces grands magnats des réorganisations rétrospectives, pourraient toujours en débattre tout leur soûl.) Allez-vous prendre le commandement de la mission, monsieur ?

Je me disais que, équipage international ou non, un Américain serait toujours le grand chef de l'expédition. Brenner, général de l'US Air Force, amiral en chef de la Navy… L'armée n'avait jamais encore commandé de navire spatial, mais l'Air Force ou la marine non plus. Il va sans dire que mon suffrage allait à l'armée de terre. *Hooah.*

— Non, Bishop, je ne serai pas à bord, j'ai assez de pain sur la planche ici. Des emmerdes à régler, des dégâts à nettoyer, et m'assurer que personne ne profitera du chaos pour se sentir pousser des ailes. C'est vous qui serez aux commandes.

— Pardon ?

Brenner sortit d'un tiroir une petite boîte en carton qu'il poussa vers moi.

— Remettez vos aigles de colonel, nous rétablissons votre promotion dans le cadre de cette mission. Et que ça ne vous monte pas à la tête, surtout.

— Pardon ?

Oui, j'avais tout l'air d'un foutu disque rayé, mais je voudrais vous y voir ! Sur Paradis, ma promotion n'avait été rien d'autre qu'un coup de pub au bénéfice des Kristangs, ce que tout le monde savait. Mais là, c'était le chef de l'état-major de l'armée américaine en personne qui m'annonçait que je repassais colonel – pour de bon cette fois.

— Vous vous y ferez, Colonel Bishop. Les généraux d'armée en ont débattu avec la présidente. Si nous nommions un autre que vous, ça virerait au pugilat pour des questions de prestige national et on n'a pas de temps à perdre avec ça. Franchement, votre manque d'expérience ne change rien à l'affaire, vu que personne n'a d'expérience pour ce qui est du commandement d'un spationef.

— Tu l'as dit, bouffi ! s'exclama Skippy.

Je l'avais fourré dans un sac à dos, mais visiblement, rien n'y faisait. Du fin fond des océans, il aurait encore pu épier mes conversations, le bougre.

Brenner fronça les sourcils, mais un coin de sa bouche relevé en une mimique amusée m'assura qu'il savait s'y prendre avec notre impayable Skippy.

— Et personne n'a d'expérience non plus pour ce qui est de gérer cette tête de nœud… (Il me tendit une feuille.) Voici la liste des volontaires pour votre rôle.

J'y jetai un œil. Quelle surprise… (Oh que non !) Tous les fieffés forbans de mon équipage d'origine désiraient rempiler – ceux du moins qui n'étaient pas trop salement amochés pour être déclarés inaptes au combat. Chang était toujours inscrit comme lieutenant-colonel, ce qui signifiait que sa promotion opérationnelle était également confirmée. Desai, promue major Desai, le major Simms, le sergent-major Adams… tous figuraient sur cette liste. Qui incluait de nombreux combattants des forces spéciales, ainsi que six pilotes chevronnés. J'allais rendre abondamment clair le fait que Desai serait le pilote en chef, à moins bien sûr qu'elle s'y refuse. Cependant, le nombre de civils, surtout des savants, ne manqua pas de me surprendre.

— Monsieur, j'ai bien peur que nous embarquions plus d'équipiers que nécessaire.

— Comment cela ?

— Nous n'avons pas besoin de tous ces gens pour atteindre les objectifs de notre mission, confirmai-je en tapotant la liste interminable. Et si quelque chose tourne mal, ajoutai-je, ça ferait d'autant plus de victimes inutiles.

Brenner me décocha un regard pointu. Alors je poursuivis sur ma lancée, car la fatigue me rendait grognon. Et, plus important, je devais savoir jusqu'à quel point je pouvais pousser le bouchon. Jusqu'à quel point l'armée avait besoin de moi.

— L'armée ne me donne pas ce commandement parce qu'elle est convaincue de mes qualités de leadership, mais parce que Skippy réclame ma présence, et que je suis sacrifiable.

— Très bien, Colonel. Dites-moi, quels seraient d'après vous les objectifs de cette mission ?

Bien conscient qu'il s'agissait d'un test, je répondis en pesant soigneusement mes mots :

— J'en vois trois : d'abord, traverser le vortex et que Skippy en condamne l'accès derrière nous. Lui seul pourra désormais l'emprunter. Ensuite, nous assurer qu'aucune autre espèce ne découvre que des humains ont pu arraisonner des astronefs kristangs et thuraniens, car si la coalition maxolhx venait à apprendre la vérité, la Terre pourrait se retrouver en difficulté, même sans que ces extraterrestres aient accès à notre vortex local. Et enfin, rendre Skippy heureux en nous voyant tenir parole, en l'aidant à contacter son Collectif, s'il existe toujours bien sûr. Suis-je dans le vrai ? Par ordre correct de priorité ?

— Ça me paraît logique, concéda Brenner avec un sourire crispé.

— Ces objectifs n'impliquent pas que nous retournions sur Terre. Le scénario optimal pour notre monde ? Que Skippy coupe l'accès au vortex local, et que *Le Hollandais volant* vole immédiatement en éclats. (Brenner ne me reprenant pas, je poursuivis encore sur ma lancée :) Si, par quelque miracle, notre IA localise le Collectif, et se retrouve, hum, au paradis des ordinateurs ou autre… (Jusque là, Skippy avait gardé un mutisme des plus frustrants à propos des plans qu'il nourrissait une fois son Collectif contacté)… nous aurons un sacré défi sur les bras à vouloir continuer de faire fonctionner notre *Hollandais volant*. Selon toute probabilité, on dérivera dans l'espace, et je n'aurai d'autre choix que d'ordonner son sabordage afin d'éviter la capture. (Je vrillai de nouveau mon regard à celui de Brenner, me doutant bien qu'il avait pris ses décisions, lui qui avait plus d'une fois envoyé des combattants de valeur à la mort.) Bref, compte tenu de toutes ces contingences, je ne voudrais pas embarquer plus de co-équipiers que le strict nécessaire.

— Sur cette liste, tout le monde s'est porté volontaire, et vous aurez besoin de forces substantielles car vous n'avez aucune idée de ce à quoi vous allez être confronté.

— Des volontaires qui s'imaginent embarquer pour une belle et grandiose aventure, qui se flattent de contribuer à sauver l'humanité, qui rêvent de revenir sur Terre riches de nouvelles technologies, de nouveaux enseignements… (Je secouai la tête.) Oui, nous allons sauver l'humanité, c'est tout ce qui nous galvanise et nous transporte. Quitte à ne jamais revenir, je ferai mon devoir, monsieur. Mais pourquoi exiger ce suprême sacrifice de soixante-dix autres hommes et femmes ?

Cette fois, il n'y avait plus l'ombre d'un sourire sur le visage de Brenner.

— Bishop, être aux commandes implique de risquer des vies afin de remplir des objectifs. Ce qui implique parfois d'envoyer à leur perte de braves gens, des combattants dévoués. Si vous ne vous en sentez pas capable, c'est que vous n'êtes pas l'homme de la situation.

— Monsieur, vous le savez, j'ai déjà prouvé que j'en avais la fibre.

À deux, non, trois reprises – et même quatre, en fait. Dans mon patelin, j'avais enrôlé mes voisins pour capturer un soldat alien, fusils de chasse au poing, et au volant d'un camion de crèmes glacées. Au complexe du système de lancement électromagnétique, je me disais que notre action était futile, que les hamsters nous repéreraient forcément et nous canarderaient. En vérité, on ne cherchait pas à faire œuvre utile contre les Ruhars, car à l'époque, on pensait qu'ils avaient repris la planète pour de bon. Non, on aspirait en réalité à prouver aux Kristangs que leurs alliés humains ne renonçaient pas même face à des défis insurmontables. Et que les lézards n'aillent surtout pas s'imaginer que les Terriens étaient un ramassis d'inutiles trouillards. Je me disais qu'on était des hommes morts de toute façon, alors autant aller au casse-pipe… et rendre coup pour coup ; ce serait notre baroud d'honneur. Car n'oublions pas qu'avant tout, je suis soldat. Si je m'étais enrôlé autant pour payer mes frais d'université grâce à ma solde que par pur patriotisme, l'armée avait fait de moi un soldat digne de ce nom, et les soldats ne baissent pas les armes. La troisième fois ? La prise du *Fleur*… Honnêtement, je n'avais pas cru qu'on y arriverait – pas avant que le dernier Kristang ne soit abattu. Et le réacteur n'avait pas explosé. La quatrième fois ? La base de l'astéroïde. Le plus dur pour moi, dans la mesure où cette fois je ne courais pas de danger, ma sécurité personnelle n'étant pas sur la sellette. Chang, Giraud, Thompson, Adams et les autres, eux, avaient couru de sacrés risques sous le feu de l'ennemi ; je les avais envoyés au front alors que je restais planqué bien à l'abri à bord du *Hollandais volant*. À tout instant, Desai avait été prête à initier un saut cosmique, en cas de menace.

— J'ai risqué les vies de mes compagnons même quand j'estimais que nos chances de succès étaient quasi nulles. Et si nécessaire, je n'hésiterai pas à recommencer. Ce à quoi je me refuse, monsieur, c'est de tromper les gens. Je recevrai en entretien tous les volontaires inscrits sur cette liste (Skippy serait mon interprète), pour leur livrer en toute honnêteté mon sentiment à propos de cette mission. Si, ensuite, ils tiennent toujours à embarquer, je serai honoré de servir avec eux.

Brenner acquiesça.

— Je suis persuadé qu'eux savent déjà ce que vous allez leur dire. Mais allez-y, loin de moi l'idée de suggérer le contraire. Bishop, la meilleure équipe que vous puissiez mener au combat, ce sont des gens pleinement conscients des risques, et qui vous suivront de toute façon.

— Quand partons-nous ?

Je réfléchissais à toute vitesse à tout ce qu'il restait à faire avant que *Le Hollandais volant* ne quitte son orbite. Et même ainsi, j'étais certain d'oublier à peu près mille choses importantes. Ce serait une bonne chose de pouvoir compter sur une IA super intelligente, mais Skippy était trop tête en l'air. Il avait aussi démontré à maintes reprises qu'il n'était pas vraiment capable de raisonner comme nous autres, « sacs poubelle biologiques ambulants », ça ne lui était pas naturel. Si je lui confiais la logistique, il penserait à tout, sauf aux réserves d'eau par exemple. Ou d'oxygène.

— Après-demain. Nous devons nous débarrasser de ces deux Kristangs du transporteur de troupes, frapper au canon électromagnétique leurs trois sites ici-bas, charger les fournitures à bord du *Hollandais volant* et vous laisser le temps ensuite de rallier le vortex avant qu'il ne se réinitialise. (Il lança un coup d'œil par la porte ouverte de son bureau ; son aide de camp tentait d'attirer son attention, mais Brenner secoua la tête.) Et avant que notre leadership civil ne change d'avis. Il faudra justement que vous vous présentiez au haut commandement civil des nations concernées avant de regagner *Le Hollandais volant*, et que vous preniez contact avec votre équipage de courageux volontaires. Le lieutenant-colonel Chang et quelques autres sont déjà là, les derniers sont en chemin pour vous rejoindre.

— Dans ce cas, monsieur, j'aimerais que Skippy ramène ici la capsule thuranienne qui se trouve actuellement au Colorado, afin que je puisse rejoindre directement le bord du *Hollandais volant*.

— Pas de problème, Colonel Joe ! s'exclama Skippy tout enthousiaste. Je m'y attelle de ce pas !

— Accordé, Colonel, mais j'ai une suggestion : avant de remonter en orbite, faites donc escale dans le Maine pour revoir les vôtres. Ça n'a pas encore fait l'objet d'une annonce, mais les gouvernements impliqués renoncent à placer sous le sceau du secret absolu tout ce qu'il s'est passé. L'existence de Skippy, elle, reste secret Défense et, officiellement tout du moins, les gouvernements mondiaux ne reconnaissent rien. Nous ne pouvons pas dissimuler *Le Hollandais volant* aux yeux du monde, ce foutu engin est tellement titanesque qu'un télescope bas de gamme suffit pour le voir ! La nouvelle s'est répandue au sujet des rapatriés de Paradis, et il est de notoriété publique que les Kristangs n'y sont plus les maîtres, surtout maintenant que nous évacuons Lyon et Hangzhou. On aimerait que vous gardiez ça pour vous, et à défaut, que vous en disiez le moins possible. Mais cela étant, vous devriez rendre visite à votre famille avant de repartir dans l'espace.

— C'est vrai, Joe, renchérit Skippy. Nous avons largement dépassé le point de non-retour, si jamais les Kristangs revenaient par ici. C'est quitte ou double.

Je commençais à appréhender le matin. À mon réveil – et pas moyen de feindre de dormir encore avec Skippy –, je n'avais d'autre choix que d'affronter ses nouvelles frasques de la veille au soir. Ainsi, ce matin-là, il était tout particulièrement guilleret, l'animal…

— Hello, hello ! Bonjour ! Eh, j'ai de bonnes nouvelles pour toi, Colonel Joe : crois-le ou non, les humains ne seraient peut-être pas de simples bactéries génériques, je pense plutôt que ton espèce a inventé une activité chronophage, un sacré gaspillage de temps, qui serait à ma connaissance unique dans la galaxie ! Waouh, grandiose !

— Facebook ? Les vidéos de chats ? Le solitaire sur PC ? (Skippy répondait non à chaque devinette. Mon corps se voûta sous le poids de la lassitude.) Pff, allons, les autres espèces ont bien leur porno à elles.

— Il ne s'agit pas de porno mais de sports virtuels.

— Tu me charries, là ?

— Pas du tout. Aucune autre espèce à ma connaissance ne consacre autant de temps et d'énergie aux sports, histoire de ne *surtout pas* participer aux sports.

— Euh…

Qu'opposer à cela ? Le fait est qu'on semblait bien mettre un point d'honneur à ne jamais mouiller le maillot, en vivant nos activités sportives par procuration. Les sports virtuels, le titre de gloire de l'humanité ? Existait-il une sorte d'office galactique des brevets où déposer notre invention ? J'entendais bien capitaliser sur cette aubaine.

— Le base-ball virtuel en particulier peut être enthousiasmant pour une IA. Quelle orgie de statistiques ! Quel festival de variables et de permutations ! Sans compter les innombrables variables qui ne peuvent être totalement quantifiées… À votre connaissance, du moins. La saison est trop avancée pour créer une équipe de foot virtuel, mais j'ai hâte que la saison de base-ball débute enfin ! Tu voudras bien miser pour moi, pour que je puisse m'inscrire ?

J'en cillai de sidération, cherchant à passer ce concept au crible de mes pauvres neurones. Skippy, capable d'infiltrer n'importe quel système bancaire informatisé sur cette planète, de vous soulager de deux ou trois milliards de dollars comme un rien, de si bien couvrir ses traces que personne ne puisse se douter qu'un tel pactole s'était volatilisé en un clin d'œil, ce même Skippy voulait m'emprunter cinquante dollars ?

— Hum, je n'ai pas de cash sur moi, mais l'armée me doit des arriérés de solde, alors… À combien de ligues virtuelles désires-tu adhérer ?

— Toutes.

— *Toutes* ?

— Toutes celles qui sont en ligne. Dès notre départ sur le *Hollandais volant*, je mettrai en place un sous-programme apte à gérer mes équipes. Pourquoi pas ? Ça sera génial ! Mec, je vais *tout massacrer* à ce jeu !

— Je ne sais pas…

— Et attends un peu de voir mon basket universitaire ! Et je veux aussi faire un tour à Las Vegas, baby ! Oooh ! Je vais tout rafler à la table de black jack, tu vas voir ! Quant au poker ? Laisse tomber, putain ! Ils ne sauront pas ce qui leur arrive, ces losers !

Je posai un regard incrédule sur son opercule scintillant. Avais-je donc engendré un monstre ?

— Skippy, tu ne peux pas aller traîner du côté de Vegas.

— Ah bon, pourquoi ? Je ne risque pas de profiter de l'alcool et des putes, mais le jeu, c'est mon truc ! (Décidément, Skippy s'était par trop gorgé d'argot imagé sur internet.) Je sais, je sais, ton gouvernement crétin tient à garder mon existence secrète. Fourre-moi au fond de ta poche dans ce cas, et je te dirai quoi faire. Je ferai vibrer tes tympans à distance, afin que personne d'autre ne m'entende. Et tu n'y perdras pas au change : à toi le pognon, à moi l'action. Et je t'obtiendrai toutes les tapineuses que tu voudras.

— Skippy ! Je n'ai pas besoin de poules de luxe, bordel !

— Ah non ? Tu rigoles ou quoi ? C'est quand la dernière fois où tu t'en es payé une bonne tranche, mon mignon ? Quelle *longue* traversée du désert, hein, cow-boy ? Tout ce boulot et aucun jeu, ça vous rend un garçon ennuyeux.

— Pas de *putes* !

— Hmmm. Joe, tu arrives à me surprendre. Tu n'aimes pas les filles ? Ce n'est pas ce qui est stipulé dans ton dossier…

— Oh, ça ne se présente pas bien… (Comment expliquer les standards humains de comportements sociaux à une entité qui considérait la moralité, au mieux, comme une amusette ?) Écoute, Skippy, j'aime les filles, vrai de vrai ! J'aime les filles. Comme personnes, comme êtres humains. Ce n'est pas que ce soit mal, les call-girls, c'est juste que je ne suis pas intéressé. J'aime *parler* avec les filles, OK ? Au lieu de lâcher une liasse de biftons verts sur le lit après… enfin, tu sais quoi. Sans compter que je suis en service actif. Pas question que j'aille flâner à Vegas en me faisant illégalement un paquet de fric, car c'est exactement à ça que ça reviendrait.

— C'est pas vrai ! Même pour moi, il y a un mince facteur chance d'impliqué, c'est ce qui en fait tout le sel – un vrai défi ! En quoi serait-ce du vol que je joue au black jack, mais pas lorsque le casino met toutes les chances de son côté contre les joueurs ?

Là, je ne savais plus quoi répondre.

— Skippy, je te promets que je demanderai… euh…

Mais au fait, quand j'y pense, qui était donc en charge de Skippy ? À part la présidente en personne, qui avait certainement d'autres chats à fouetter ? Tout le monde désirait à coup sûr que son organisme ou office militaire soit en charge. J'éludai donc cette question équivoque.

— Je demanderai à ce que tu t'adonnes à quelques petites excursions. On pourra toujours parler d'acculturation ou autre.

— Ou tu pourras dire à ta présidente que soit je vais à Vegas, soit je vais en Chine où j'en profiterai pour faire la tournée des casinos de Macao. Mais… Oooh ! L'un n'empêche pas l'autre ! Dis à tes chefs que c'est à des fins de comparaison et d'analyse des cultures, une connerie du genre. Les croupiers de Macao au black jack devront jacter anglais avec toi, pas vrai ? Sinon, je t'apprendrai.

Je me voyais déjà en train d'avaler des cachets d'aspirine à la chaîne façon Tic Tac si je devais rester avec Skippy vingt-quatre heures sur vingt-quatre, sept jours sur sept.

— Je t'ai dit que je poserais la question. J'ignore si nous irons en Chine, il se peut qu'on manque de temps. Par pitié, ne va pas encore commettre je ne sais quelle sinistre ânerie qui nous fourrerait une fois de plus dans un immonde bourbier. Tu sais quoi ? Si tu es si avide de calculer des probabilités, pourquoi ne me donnes-tu pas la combinaison gagnante du Loto ?

Si du moins la loterie existait toujours aux USA ; bien des choses avaient pu changer depuis mon départ.

— Trop fastoche.

— Fastoche ? Ce sont des nombres totalement aléatoires ! On utilise même des balles de ping-pong !

— Mais évidemment que ça *semble* aléatoire, pourquoi est-ce que… Oh, je perds constamment de vue le caractère linéaire du mode de raisonnement de ton espèce. Tu n'as pas idée du quantum… Chiotte. Je ne peux rien te dire sans interférer radicalement avec l'évolution de ton espèce.

— Encore ces foutues restrictions dans ta programmation, c'est ça ?

— Non, c'est immoral.

Rien qu'au ton de sa voix, il était limpide que cette folle évidence n'aurait jamais dû m'échapper. Idiot que je suis.

— Immoral ? C'est toi qui me parles d'immoralité ?

— Je sais bien que tu as du mal à y croire, mais dès qu'on aborde des problématiques primordiales, je suis *très* strict sur la question de la moralité.

— Ah oui ? Rafler la mise au poker ? Escroquer les casinos ?

— Il est moralement répréhensible de laisser les pigeons garder leur fric, auquel cas ils n'apprendront jamais rien. Quant aux casinos ? Tu rigoles ? Ce sont eux qui plument les gogos, mon pauvre ! J'ai bien dit les « problématiques importantes », pas vrai ? L'argent n'a aucune importance.

Alors que je me rendais à un meeting avec les ambassadeurs de Grande-Bretagne et de Chine, le docteur Constantine m'accosta, hors d'haleine, dans le hall d'un centre de congrès.

— Sergent ! Sergent Bishop ! Je dois vous parler.

— Et merde, marmonnai-je dans ma barbe. Je ne savais pas que ce corniaud était là…

— Moi, je le savais, maugréa Skippy. Et j'avais pourtant reprogrammé son alarme pour qu'il se réveille tard. Peine perdue… Pff !

— Sergent, je voulais vous dire combien je suis surexcité à la perspective d'embarquer pour cette mission ! Et j'espère avoir bien d'autres occasions de parler avec… euh… *le* Skippy !

Il bafouillait tant les mots se bousculaient sur ses lèvres.

Je le gratifiai d'un regard glacial d'anthologie.

— C'est *Colonel* Bishop pour vous, soulignai-je en désignant les aigles d'argent qui écussonnaient mon col. (Des aigles faisant face à la branche d'olivier plutôt qu'aux flèches.) Je suis en effet le commandant de cette mission. Et je n'ai pas vu votre nom sur la liste des volontaires.

— Quoi ? se récria-t-il, choqué. (Que je sois le commandant ? Que son nom n'apparaisse pas sur la fameuse liste ? Les deux ?) Je vous assure…

— Votre nom était bien sur la liste, expliqua Skippy, mais je l'avais effacé de la banque de données. Voyez-vous, le colonel Joe ne vous aime pas du tout, *moi*, je ne vous aime pas du tout, alors vous ne serez pas du voyage.

— Mais voyons… ce n'est pas possible ! postillonna Constantine. Sergent… euh, Colonel Bishop (à en juger par son hésitation, il n'arrivait pas à y croire), sûrement, vous comprenez que… hum… une personne de votre rang (visiblement, les grâces sociales n'étaient pas son fort) ne saurait laisser des sentiments personnels interférer en la matière quand il s'agit d'accueillir à bord les sommités les plus qualifiées. Sauf votre respect, j'en toucherai un mot à vos supérieurs ; eux comprennent bien qu'il est vital que les meilleurs embarquent pour cette mission.

S'il était sincère, il avait vachement besoin de travailler la notion même de « Sans vouloir vous offenser »…

— Parlez-en à qui vous voudrez, reprit Skippy d'un ton acide. Le seul moyen de gagner le bord du *Hollandais volant*, ce sera via une capsule thuranienne que je piloterai. Et si vous montez à bord, cette capsule n'ira nulle part.

— Docteur Constantine, je l'avoue volontiers, renchéris-je, je me suis renseigné sur vous après notre rencontre à Colorado Springs, et d'après les documents auxquels j'ai eu accès, vous êtes au nombre des cerveaux les plus brillants de ce vingt-et-unième siècle.

Voilà, je le lui concédais. Du haut de ses quatorze ans, notre bonhomme avait commencé par intégrer le MIT, le fameux Institut de Technologie du Massachusetts, et avant cela, il s'était déjà vu décerner de nombreux prix scientifiques de prestige. Je n'arrivais même pas à concevoir qu'il ait pu signer autant d'articles, et encore moins en appréhender la substantifique moelle. Son visage s'éclaira d'un franc sourire – avant que je ne douche ses espérances.

— Par malheur, vos collègues estiment que vous êtes également un des pires troufignons de ce siècle. Vous avez le don de prendre à rebrousse-poil tous ceux que vous côtoyez dans le travail.

N'avait-il pas été viré d'institutions scientifiques de haut vol, poussé vers la sortie, ou cordialement invité à prendre ses cliques et ses claques, d'un bout à l'autre de la planète ? Dans un domaine qui devait produire autant d'egos titanesques que de brillantes percées scientifiques, quel gigantesque crétin fallait-il devenir pour que des collaborateurs suprêmement talentueux ne puissent plus travailler avec vous ?

— Vous avez raison : j'ai besoin d'avoir sous mon commandement l'équipage le plus qualifié possible. (J'insistai là-dessus.) Je serai responsable de soixante-dix personnes placées sous mes ordres, dans une mission des plus dangereuses qui nous mènera loin de la Terre pendant près de deux ans et demi… (Deux ans et demi… avec un peu de chance.) Pour cette mission, les volontaires doivent non seulement être les meilleurs en leur domaine, mais également savoir fraterniser les uns avec les autres. Dans un espace clos, confiné, il y a tout intérêt à bien s'entendre. Ce qui vous élimine d'emblée.

— Votre autre problème, continua Skippy, tout enjoué, c'est que votre seule et unique qualification en la circonstance consiste en une intelligence… bof, à peine supérieure à celle du singe moyen. Ce qui, comparé à moi, est parfaitement superflu. Docteur, vous vous tenez vous-même en trop haute estime. La seule différence entre Joe et vous, c'est que lui est comme le chien qui regarde par le pare-brise, et vous, le canidé qui passe la tête par la vitre. Vous aurez certes une vue légèrement meilleure du paysage, mais ce n'est pas pour ça que vous comprendrez mieux ce qui se déroule sous vos yeux.

— Je ne vous conseillerais pas de « passer la tête par la vitre » quoi qu'il en soit, ajoutai-je. Il n'y a pas de brise dans l'espace.

— Joe marque un point, conclut Skippy. Et si de toute façon, il y avait de la brise, vous laisseriez une longue coulée de bave sur la carlingue.

Constantine me lança un regard éloquent – comme si la solidarité entre membres d'une espèce donnée allait m'inciter à plaider sa cause. Ce qui lui échappait, visiblement, c'est ce principe universel : en l'effet, un connard sera toujours un connard, quelle que soit l'espèce à laquelle il appartient.

— Je veillerai à vous envoyer une carte postale : « On passe de bons moments, content que vous ne soyez pas là. »

L'entretien avec l'ambassadeur chinois commença à peu près aussi bien que ma rencontre inopinée avec le docteur DuconStantine. Si les gouvernements impliqués s'étaient entendus pour renvoyer *Le Hollandais volant* en mission spatiale (je voyais très bien leurs éminents représentants se gifler le front en se récriant quelle bonne idée c'était, pff…), le consensus était nettement moins calé pour ce qui était de mon commandement. L'ambassadeur britannique me serra la main, me souhaita bonne chance et mit un point d'honneur à mentionner l'équipe SAS, l'unité spéciale d'intervention représentant l'éminente contribution de son pays aux forces vives de notre *Hollandais volant*. Si le gouvernement anglais avait quelques réserves à propos de mon commandement, lui au moins était trop poli pour m'en toucher un mot. À moins que les hautes instances de la Perfide Albion n'aient jugé futile toute allusion à ce sujet.

L'ambassadeur de l'Empire du Milieu, lui, fut bien plus direct. Fils émérite de la Chine, un général deux étoiles de division aux états de service époustouflants aurait dû être aux commandes. Voilà. C'était dit et bien dit. Les Chinois n'avaient naturellement aucune objection à ce que j'embarque, surtout que je servais de liaison avec Skippy. Mais tout « re »-promu colonel que je sois, un gradé doublement étoilé avait forcément la préséance.

Gerald Schmidt était un conseiller spécial de la Maison-Blanche chargé d'arrondir les angles avec nos alliés – nommément à propos de la mission du *Hollandais volant*. Schmidt avait bien tenté de négocier l'affaire avec les Chinois, mais le général Brenner ne l'entendait pas de cette oreille.

Un général Brenner qui le foudroya du regard.

— S'il n'y a que ça, nous octroierons au colonel Bishop le grade de triple étoilé. Ou quintuple étoilé, allez ! Pas question de jouer à ce petit jeu-là avec vous !

L'ambassadeur chinois dut se dire que le temps de la diplomatie était bel et bien révolu.

— L'arrogance des Américains est tout simplement prodigieuse. Votre pays n'est pas une superpuissance spatiale et vous agissez pourtant comme si…

— Hey, *hey* ! beugla Skippy. Trêve de jacasseries ! (Ça aussi, ça devenait une de ses expressions favorites.) Tas de singes écervelés, vous pouvez bien faire ce que bon vous semble avec vos grades et uniformes, ça ne signifie absolument rien pour moi. Le grade de Joe pourrait bien être Grand Ourson Exalté ou Bobo le Clown qu'il serait toujours capitaine de ce vaisseau, vous bitez ? Si vous autres, tas de singes pouilleux, vouliez être du voyage, ça reviendrait à ce que vous acceptiez que le colonel Joe soit aux commandes.

Bobo le Clown ? Mon esprit avait la faculté folle de divaguer par moments, mais je me demandai alors si les clowns avaient une hiérarchie ? Celui à gros nez rouge surclassait-il celui à… ?

Le Chinois répondit d'une voix lente et posée, toute diplomatique, en s'adressant cette fois à Skippy :

— Il est jeune et inexpérimenté. Qu'y a-t-il de spécial chez ce colonel Bishop ?

C'est drôle, je m'étais posé la même question.

Skippy renifla.

— Je n'ai pas à m'en expliquer avec vous, mais puisque vous n'allez pas arrêter de m'embrouiller avec ça, je vais vous dire… Joe est le seul de votre espèce sous-développée à m'avoir traité dès le départ comme un être, une personne à part entière. Vous les grands singes ne voyez jamais en moi qu'une machine, et vous avez peur de moi. Joe m'a donné un nom. Avant lui, je n'avais eu droit qu'à une désignation. Maintenant, j'ai un nom. Joe, tu m'as traité de connard, pour la bonne raison que tu m'octroies la valeur d'une entité pleinement douée de conscience. Une machine ne peut pas être un enfoiré, seule une personne peut l'être. En somme, tu me traites comme une personne, d'égal à égal.

J'étais sincèrement touché.

— Merci, Skippy. Je n'avais pas… euh, tu n'avais encore jamais dit un truc pareil.

— J'espérais que ça te viendrait tout seul. Hélas, avec ton cerveau cacochyme, je me disais bien que ce ne serait pas demain la veille.

— Aaah, et moi je vois que tu es toujours un petit merdeux.

— Ce qui vient admirablement justifier mon point de vue, se flatta un Skippy imbu de lui-même.

— Mister Skippy…

L'ambassadeur, lui, avait l'air peiné. Appeler « Skippy » une IA supra-intelligente l'affligeait, franchement. Et pourtant… « Skippy » ne voulait rien dire en chinois. Alors qu'en avaient-ils à foutre, les Chinois ? À moins qu'ils ne se sentent gênés pour nous ? Enfin, bref.

— Il est compréhensible que vous soyez plus à l'aise avec une personne familière à bord, mais est-ce préférable pour prendre les commandes ? Entrer en contact avec le Collectif est votre priorité ? Dans ce cas, n'auriez-vous pas intérêt à avoir un commandant qui soit le plus à même d'assurer le succès de la mission ?

— Bien sûr, c'est logique, en convint Skippy. Donnez-moi la liste des candidats plus expérimentés que Joe pour ce qui est de commander des astronefs aliens, et j'y jetterai un œil. En attendant, vous allez la boucler.

De toute évidence, l'ambassadeur chinois n'allait pas suivre le conseil et consentir à la fermer. Je levai un impérieux index.

— Votre Excellence, je vous prie ? (Je fis signe aux autres Américains présents de se retirer à l'écart, dans un angle de la salle.) Si je commandais le vaisseau, et que le lieutenant-colonel Chang était maître d'équipage ? Qu'en dites-vous ?

Schmidt inclina la tête en direction du général Brenner.

— Cela permettrait aux Chinois de sauver la face. Qu'en pensez-vous ?

— J'en pense que nous n'avons pas besoin d'eux pour cette mission, grommela Brenner en lançant un regard acéré à son homologue chinois, à l'autre bout de la salle, et s'ils ne veulent pas jouer le jeu, ils n'ont qu'à rester chez eux.

— La présidente tient à ce que ce soit une mission internationale ; à nous d'en assurer le succès, rappela Schmidt d'une voix douce. Nous devons faire équipe et travailler ensemble à reconstruire cette planète. Quand nous, humains, retournerons dans l'espace à bord de nos propres astronefs, nous aurons besoin d'une force humaine unifiée. Pouvez-vous vivre avec cet arrangement ?

— Des Américains aux ordres des Chinois ? railla Brenner.

— Avec moi au commandement, monsieur, soulignai-je. Et rien ne s'accomplira sans l'aval de Skippy, de toute façon. (Le général se crocheta la mâchoire d'avant en arrière, comme si quelque chose lui restait en travers de la gorge.) Je connais Chang, monsieur, c'est un brave, et un très bon élément.

Un bon gars, en somme ? Mais tout ce que j'avais réussi là, c'était de rappeler à Brenner qu'il confiait le commandement d'une mission vitale à un jeune sergent inexpérimenté, peu importaient les galons de mon uniforme.

Il vrilla son regard au mien, et je résolus de ne surtout pas flancher.

— Colonel, dès votre premier saut dans le cosmos, vous serez tout seul. À mon sens, accorder à nos alliés la grâce de sauver la face compte bien moins que de préserver une chaîne de commandement claire et efficace. Or, cet arrangement sera forcément source de problèmes. Mais après tout, à vous de voir. La décision vous revient.

Ce fut dur de ne pas détourner le regard quand il dit cela, mais je tins bon.

Merde. Maintenant, je doutais de moi. Tant pis, trop tard pour changer d'avis.

— Je ferai en sorte que cela fonctionne, monsieur. Si jamais Chang nous pose problème, Skippy l'enfermera dans ses quartiers, voilà tout.

Je plaisantais, bien entendu. Chang savait d'expérience que rien ne se produisait sur *Le Hollandais volant* dont on ne fût tenu au courant, Skippy et moi, et qu'on n'eût validé. Tout autre officier pourrait se mettre en tête de prendre le contrôle des opérations. Pas Chang.

Et ce que j'avais soigneusement tu, c'est que de nommer Chang maître d'équipage et de manœuvre me soulagerait de toutes ces conneries de paperasses administratives. Que du bonheur, en ce qui me concernait.

Schmidt hocha la tête.

— Nous sommes d'accord, donc. Une bonne idée, Colonel Bishop. Vous devrez embrigader toute l'étendue de vos talents diplomatiques pour commander cet équipage international. Vous êtes peut-être bien l'homme de la situation.

— Merci, monsieur.

Schmidt fronça les sourcils.

— Puisque nous avons encore un moment, j'aimerais vous parler du docteur Constantine.

Je grimaçai intérieurement. Et fourbis mes armes.

— Sa personnalité abrasive le rend inéligible aux voyages au long cours en espace confiné, monsieur.

À ma grande surprise, Schmidt rayonna.

— Bien, très bien ! Il est rayé de la liste.

— C »est tou ? Comme ça ? m'étonnai-je.

— Oui. Constantine a de puissants partisans, mais si le chef de la mission déclare que son profil de personnalité est inadapté, plus personne n'osera le réfuter. La Maison-Blanche cherchait justement le moyen de l'écarter du rôle d'équipage pour cette mission.

Enthousiaste, l'ambassadeur chinois accepta qu'on nomme Chang bosco, maître d'équipage du *Hollandais volant*. Il proposa que Chang soit officiellement promu commandant en second afin de conférer à son autorité un caractère officiel, ce que j'acceptai. Paix et harmonie au sein de l'équipage, le docteur Constantine rayé du rôle, la perspective de revoir mes parents avant le grand départ… Que d'illustres augures ! Notre voyage interstellaire de durée indéterminée nous entraînerait loin dans une galaxie hostile, à bord d'un navire pris à l'ennemi, avec un nombre limité de pièces de rechange. Un navire qui échappait à notre compréhension… et nous serions guidés par une IA alien étourdie qui n'avait qu'une vague idée du cap à tenir.

Qu'est-ce qui pourrait bien aller de travers ?

Chapitre Dix-Neuf

Ad Astra

— Ponts parés au départ, capitaine, m'annonça Desai de son poste-banquette de pilote.

À sa droite, un capitaine de l'US Air Force qui avait été aux manettes de F-22 Raptors – probablement un bon gars lui aussi et un pilote d'exception. J'avais besoin de garder tout cela en tête chaque fois que je voyais un visage qui ne m'était pas familier. Ceux qui n'avaient pas fait partie de la FENU, qui n'étaient jamais partis tutoyer les étoiles, qui n'avaient pas crapahuté au Camp Alpha ni davantage traîné leurs guêtres sur Paradis n'avaient donc pas capturé deux astronefs ennemis et encore moins monté un raid contre une base secrète implantée au cœur d'un astéroïde sous très bonne garde. C'étaient des gens bien. Non *mes* hommes. Et avant qu'ils ne fassent véritablement partie de notre escadrille spatiale, ils devraient faire leurs preuves. Auprès de ma joyeuse bande de pirates, de Skippy, accessoirement, de moi. J'aurais à cœur de ne pas laisser mes a priori désavantager les « petits nouveaux ». Tous avaient amplement mérité le droit d'être là, avec nous.

Le *Hollandais volant* regorgeait maintenant d'approvisionnements en vue d'une odyssée au long cours, si bien que nous étions à la tête d'assez de victuailles pour deux ans et demi. Corps et biens : tout et tout le monde avait été acheminé de la surface jusqu'à notre bord dans des nacelles thuraniennes téléguidées par Skippy. Sauf que Desai avait, en cette occasion, piloté sa propre capsule. Je l'y avais d'ailleurs encouragée, histoire de faire valoir qu'elle était notre pilote en chef, et que tous les autres n'étaient jamais que des bleus.

De la surface… De notre petit « lopin de terre »… Je me représentais déjà la Terre comme une planète parmi d'autres – non plus comme ma mère patrie. Ce qui était probablement mieux ainsi, puisqu'en toute honnêteté, je ne m'attendais pas à ce qu'on en revienne sains et saufs.

— Tous les ponts prêts au rapport.

Autre changement comparé à nos jours insouciants de forbans à bord du *Hollandais volant* : nous devions dorénavant nous conformer à des *procédures*, manuels, et autres listes de contrôle. On ne s'en remettait plus simplement à Skippy pour tout gérer en coulisse. Nous, humains, tâchions, sinon d'appréhender le fonctionnement de ce vaisseau alien, du moins de comprendre comment l'amener à faire ce dont nous avions besoin. Si nous étions capables d'appuyer sur des boutons, de programmer un saut, et de faire en sorte que notre navire bondisse là où nous le voulions, nous, ça nous allait. Qu'importe qu'on n'ait pas la moindre idée du fonctionnement de la technologie des sauts cosmiques… D'après Skippy, que des humains pilotent le vaisseau fût-ce de façon ultra rudimentaire, c'était presque le signe que l'humanité devenait une espèce conquérante des étoiles. Mais si nous nous dotions de programmes spatiaux, Skippy étant censé prévenir toute interaction avec nous, la définition même d'« espèce sillonnant les étoiles » impliquait qu'on en décode la technologie – ce que je ne verrais pas de mon vivant, à en croire Skippy.

Arriver à soumettre *Le Hollandais volant* à nos besoins était donc notre seul espoir de revenir au bercail, ce que Skippy comprenait parfaitement. Nous avions eu, lui et moi, un entretien à cœur ouvert – ou un « cœur à canette » – pour discuter de ses attentes dès que nous aurions localisé le Collectif. En fait, il n'avait pas à proprement parler « d'attentes » dans la mesure où ses souvenirs, ô frustration, restaient bloqués en deçà de sa conscience. Il nourrissait surtout des espoirs. Espoir que le Collectif existe toujours et, vaguement, en sa brumeuse mémoire, qu'il accepte le dialogue, Skippy dans son réseau, sa civilisation… ce qu'on voudra. Espoir qu'il puisse l'éclairer sur son identité, sa provenance, les circonstances qui l'avaient laissé en orbite autour de Paradis sur un astronef à l'abandon, avant le crash. Le chagrin était si palpable, quand Skippy acceptait d'y revenir, que moi aussi, j'espérais ardemment qu'il trouve les réponses à toutes ses questions.

Il me prévint : le Collectif risquait de voir d'un mauvais œil qu'il ait pu juger utile et opportun de venir en aide à de rudimentaires créatures biologiques de faible technicité, tout ça pour capturer un vaisseau spatial qu'il jugerait à même de désarmer. Skippy ne pouvait faire aucune promesse de ce genre, et je comprenais. J'appréciais même son honnêteté. Quant à la mienne, de franchise, j'avais tenu parole en m'adressant à chaque volontaire à tour de rôle ; nos objectifs de mission, nos chances quasi nulles de retourner sur Terre… Et pourtant, personne ne se désista. Nos quatorze savants enrôlés n'auraient voulu pour rien au monde rater cette chance extraordinaire d'explorer la galaxie. Quant au personnel militaire embarqué, il s'agissait à toute force de condamner l'accès au vortex une bonne fois pour toutes. Lorsque j'expliquai en toute candeur à un major du corps des Marines, médaille de l'Étoile de bronze épinglée à son uniforme en signe de bravoure, héroïsme et mérite, que notre « plan » (si on peut appeler ça comme ça) consistait à sillonner la galaxie jusqu'à ce que Skippy trouve à contacter un Collectif qui, si ça se trouve, n'existait plus depuis belle lurette – et à supposer –, le major, fataliste, se contenta de hausser les épaules.

— Par l'enfer, c'est bien plus limpide ce que vous me dites là, que nos briefings de mission quand j'étais sous-lieutenant en Irak.

Pourquoi je m'étais lancé dans cette mission suicidaire ? Mais c'est que j'avais promis à Skippy de l'aider à localiser son Collectif, pardi ! Car jusque-là, il avait rempli sa part du marché. Nos volontaires, eux, étaient animés par le sens du devoir, ou la soif d'aventure. L'un comme l'autre, parfaitement honorables. Quand je lui avais annoncé que, à peine revenu du cosmos, j'y retournais pour une durée indéterminée, ma mère avait pleuré toutes les larmes de son corps. Mon père, lui, avait opiné du chef, m'avait serré la main en affichant un stoïcisme de bon aloi – à la façon « virile » des vrais mâles de la famille, vous voyez le topo. Moi, je l'avais serré dans mes bras à l'en étouffer, en mode grizzli, et on s'était pleuré dessus. De vrais mecs. Mes parents étaient fiers de moi, eux qui n'avaient aucune idée de mes actions. Eux qui ignoraient ce que j'avais pu faire. Ce qu'ils savaient ? Que j'avais atterri devant leur propriété à bord d'une capsule alien, que mon devoir de soldat m'avait dicté la conduite à tenir : retourner aussitôt dans l'espace ? Pas de cheeseburgers dorés à point sur le gril, cette fois, d'autant plus que la viande de bœuf n'avait plus « eut droit au chapitre » dans la cuisine parentale de récente date. En revanche, il n'y avait plus de délicieux poulet grillé, de volaille élevée en plein air dans l'arrière-cour de notre propriété. Ma sœur devait se contenter de me joindre par téléphone, elle qui bossait à Boston, et qui me souhaitait bonne chance. Elle me demanda s'il était vrai que les Kristangs ne noirciraient plus jamais nos cieux. Mais oui, la rassurai-je, le retour à la normale étant amorcé. Si du moins quiconque pouvait se rappeler de « la normale » d'avant le Jour de Christophe Colomb.

L'humanité avait encore un transporteur de troupes alien en orbite, désormais vidé de ses troupes kristangs et débarrassé de ses foutus pièges. Un transporteur qu'on ne pouvait plus atteindre que par nos bonnes vieilles roquettes chimiques puisque Skippy avait insisté là-dessus – pas question de laisser ne serait-ce qu'un seul engin de largage qui eût pu faire office de longueur d'avance technologique aux Kristang ou aux Thuraniens.

— Ton espèce est allée sur la Lune par ses propres moyens, Joe. Je suis bien certain qu'elle pourra monter en orbite sans notre aide.

Il n'y avait plus un seul Kristang vivant autour des cratères fumants de Hangzhou, Lyon ou Durango et, rien qu'aux montagnes de poussière soulevées par les concasseurs à impact, il est clair que l'humanité allait jouir de spectaculaires couchers de soleil pendant au moins deux ou trois mois.

Je baissai les yeux sur mon iPad, dont Skippy avait effacé tous les logiciels pour y installer les siens. S'y affichait l'état critique de bord d'une façon qui m'était intelligible – et peu importait la redondance. L'appareil regorgeait aussi de toutes sortes de formations que j'étais censé suivre en tant que haut gradé de l'armée US. L'un de nos lieutenants d'armée était même chargé de surveiller ma progression, de me hisser à niveau, en plus de ses responsabilités et tâches quotidiennes. Si j'exécrais positivement les tracasseries administratives, j'étais tout aussi résolu à ne pas jouer les pleurnichards de service. Tant que j'arborerais à mon col ces aigles d'argent, l'armée attendrait de moi que je me comporte en colonel digne de ce nom. Merde. À mon âge, d'autres ne se privaient pas de leurs vies légères, volant de folies en bêtises – quitte à apprendre, fallait-il l'espérer, de leurs douloureuses expériences. Mais il n'était plus temps. Il m'incombait de compenser mon manque d'expérience en me reposant sur mes subordonnés. J'avais tout intérêt à déléguer, et à m'y faire. En sa qualité de commandant en second, le lieutenant-colonel Chang gérait l'équipage et les manœuvres jour après jour. Le major Simms revenait à sa spécialité, la logistique, et arrimait les monceaux de fournitures encore entassées à la va-comme-je-te-pousse au fond des soutes. Elle s'assurait que nous n'avions rien négligé de vital. Avec Chang, elle avait aussi établi un tableau de service, incluant les relais à tour de rôle en coquerie, aménagé dans une des soutes. Nous allions tous y passer, cuisson et nettoyage, moi y compris. Durant cette fabuleuse croisière, des cheeseburgers seraient servis. Chang avait aussi chargé une équipe d'arracher les literies thuraniennes riquiqui au bénéfice de sommiers à taille humaine confortables. Juste pour le fun, Skippy avait téléchargé internet au grand complet : films, livres, jeux vidéo jamais conçus.

Chang, Simms et bien d'autres étant en charge des opérations quotidiennes, voilà qui me laissait tout loisir de traiter des questions stratégiques importantes. À commencer par la gestion de notre IA.

— Skippy, tu confirmes que nous sommes prêts à quitter l'orbite ?

— Hein ? Ah oui, oui, bien sûr, tout ce que tu voudras… (Il paraissait assez ennuyé que nos nouvelles *procédures* nous obligent, nous humains, à confirmer les choses, au lieu de nous reposer sur lui pour à peu près tout.) Tout est au poil, Colonel Joe. Facteur de distorsion neuf à votre commandement.

Je coupai l'intercom, empêchant les personnels humains hors passerelle de suivre notre échange, et murmurai afin que Desai, son copilote et navigateur, ne puissent nous entendre.

— Skippy, on en a déjà parlé. Nous hommes des cavernes devrons continuer à piloter cet astronef, quand tu auras retrouvé ton Collectif et que tu nous auras laissé tomber pour ton paradis IA.

— Non, désolé, nous n'en avons pas parlé, tu m'as crié dessus. *Nuance*. Tu n'écoutais pas. Joe, il n'y a quasiment aucune chance pour que vous autres, pauvres idiots, réussissiez à revenir sur Terre à bord de ce molosse. Si quoi que ce soit, tu m'entends ? *Quoi que ce soit* tourne mal avec cette technologie thuranienne primitive, vous serez tous des hommes morts. Pas de parades, pas de pis-aller, rien. Tu n'as pas idée du nombre de fois où j'ai dû rajuster les systèmes, histoire qu'ils ne tombent pas en panne sèche. Les meilleurs d'entre vous n'ont pas même idée du fonctionnement des toilettes à bord de ce baquet.

Il avait raison sur toute la ligne. Loin de recourir à l'eau courante, les Thuraniens décomposaient les déchets organiques en atomes d'hydrogène, de carbone, d'oxygène et ainsi de suite, selon un mode opératoire que nos physiciens qualifiaient de « médiéval » et non de scientifique. Les systèmes environnementaux ne se contentaient pas de recycler l'oxygène, ils créaient des molécules d'oxygène à partir de pure énergie, d'une façon qui contrevenait à la fameuse équation d'Albert Einstein. Selon nos savants, le mode de calcul des sauts cosmiques utilisait comme variable la vitesse de la lumière, et non une constante immuable. Skippy m'avait répondu que, oui, il voyait bien que ça pouvait fonctionner ainsi et que, non, il ne nous aiderait pas à comprendre les véritables processus universels – un savoir bien trop dangereux à accorder à des singes. Piètre consolation que les Maxolhx et les Rindhalu eux-mêmes ne saisissent pas davantage les arcanes de l'univers.

— Tu es à côté de la plaque, Skippy. Il ne s'agit pas de savoir si nous pourrons jamais revenir au bercail, mais de savoir si cela nous serait possible, tout simplement. J'ai, à bord de ce vaisseau, pas moins de soixante-dix personnes qui ont besoin de se raccrocher au moindre espoir – à savoir qu'ils ne mourront pas dès lors que tu nous abandonneras à notre sort.

— Je ne vous abandonne pas, Joe. Hmm… ou peut-être que si ? Ce n'est pourtant pas ce que je veux. Comme vous y allez, vous les grands singes, vous êtes même assez divertissants parfois. Au point que vous arrivez à me surprendre. Ce qui n'est pas joué d'avance, autant que je te le dise, mon grand. Mais bon… j'ai besoin d'en passer par là, tu comprends ? Il faut que je sache qui je suis, d'où je viens.

— Je comprends, oh oui, crois-le bien, moi qui suis soldat avant tout. Je t'avais fait une promesse lors de notre rencontre, et je m'y tiendrai. C'est bien grâce à toi si notre espèce est de nouveau préservée du pire. Tout ce dont tu auras besoin, je te le dois, et peu importe ce qu'il en coûtera. Non que je me résigne à saborder notre navire, si du moins je peux l'éviter…

À côté du grand méchant Bouton Rouge de mon zPhone, se trouvait maintenant une appli libellée « BOUM ! » avec deux options : l'une sabordait notre navire en trente secondes chrono, me laissant le temps de changer d'avis, l'autre le sabordait *immédiatement*. Au niveau subatomique. Aucune trace minime donnant la possibilité de conclure que *Le Hollandais volant* ait jamais pu être détourné par de pauvres humains. Nous aurions disparu depuis belle lurette tandis que Skippy dériverait toujours dans l'espace, avec ses bips analogues à ceux d'une balise de vol thuranien. Malheur à qui les capterait.

— OK. Et merci. Tous les ponts et systèmes parés au départ. (Je rallumai l'intercom.) Pilote, informez Houston que nous sommes prêts au départ, puis sortez-nous de là.

— À vos ordres, capitaine ! me répondit Desai avec satisfaction. Cap enclenché en cet instant même.

Quelques jours plus tard, nous fîmes halte aux abords du vortex en cours de réouverture. Un délai serré compte tenu de la réinitialisation du trou de ver, mais également des estimations des savants et des ingénieurs – tant à bord que sur Terre. Skippy avait tenu à se lancer sur la piste du vortex sitôt que possible, histoire de se ménager un maximum de temps à le réinitialiser – d'autant plus qu'il ne voyait aucune raison d'atermoyer. De prime abord, nos techniciens et ingénieurs désiraient que *Le Hollandais volant* y aille en douceur, afin de reposer et réanalyser les moteurs de l'ensemble des systèmes critiques. Là-dessus, j'étais entièrement d'accord avec Skippy : il n'avait déjà de cesse de lancer des diagnostics et de contrôler les robots de maintenance du bord. Dans ces conditions, demander à l'équipage humain une double vérification des analyses de Skippy paraissait parfaitement absurde. Nos meilleurs scientifiques n'avaient pas idée du fonctionnement d'une commande de saut, des réacteurs, de la gravité artificielle... bref, d'à peu près tous les systèmes thuraniens au complet. Ce à quoi je souscrivais, au mépris des vives objections de notre communauté scientifique, c'était à une temporisation de trente-six heures. Pour l'essentiel, j'acceptais ce délai de trente-six heures afin de donner plus de temps à Simms et à son équipe logistique pour ranger tout notre matériel et procéder à une double vérification des stocks, histoire de s'assurer que nous n'oubliions rien de vital, comme le ketchup. Quand la FENU qui, théoriquement, supervisait toujours la mission m'exhorta à reculer le départ de vingt-quatre heures supplémentaires, je passai outre cette fois et ordonnai à Desai d'impulser le premier bond cosmique en partance de notre monde. Si jamais nous attendions une journée de plus, et qu'on découvrait une faille, une panne quelconque dans notre vaisseau, ce n'était pas comme si la Terre allait pouvoir nous fournir des pièces neuves de rechange de toute façon.

Ainsi que Skippy l'avait annoncé, il réactiva le vortex. Dorénavant, *Le Hollandais volant* voguait dans l'espace, se rapprochant de l'accès à l'éclat si singulier.

— Skippy, il faut que tu nous laisses faire, insistai-je.

— Non, vraiment pas. Si vous les singes bousillez à l'avenir une transition de couloir espace-temps, ce sera tragique pour le navire. Si vous foirez celle-ci, je ne serai pas en mesure de couper le vortex, et c'est pour la planète Terre que ce sera tragique. Mettez un peu vos egos de côté et toi, laisse-moi programmer l'alignement d'insertion. Allons, Joe, je suis occupé à réactiver un vortex, là ! Il y a beaucoup de variables impliquées dont vous n'aurez plus jamais à vous soucier.

Desai se tourna vers moi. Nous étions sur le point de nous aventurer dans le trou de ver proche de la Terre qui avait été fermé, un trou de ver que Skippy avait récemment réinitialisé. Les affichages montraient, au-devant du *Hollandais volant*, le scintillement d'une lumière oscillante ; dans un coin de l'écran de visualisation, un compte à rebours égrenait les secondes jusqu'à ce que le vortex se décale au point suivant de son cycle. Encore une minute et trente-deux secondes…

— Capitaine, je pense que nous devrions laisser Skippy programmer le cap pour cette fois, j'aimerais bien observer à nouveau comment il s'y prend.

Je me mordillai les lèvres en y réfléchissant.

— Skippy, qu'est-ce qui nous dit qu'il n'y a pas une armada thuranienne à l'affût à l'autre bout du vortex, cherchant à comprendre pourquoi celui-ci en particulier s'est soudain bouché ?

— Peu probable. Mais si ça t'inquiète, j'ai reprogrammé le module de contrôle du couloir espace-temps, qui dispose désormais d'un tout nouveau jeu de points d'émergence. Si une armada s'est postée à l'un des ex-points d'émergence, elle en sera pour ses frais. Elle risque d'attendre très longtemps. Genre, l'éternité.

Je résistai vaillamment à l'envie de lui reprocher d'avoir omis d'en faire mention avant notre départ de la Terre.

— Super. Génial. Programme-nous la traversée du vortex.

— C'est fait.

Je marquai une pause. Là, on y était. Ce serait très vraisemblablement la dernière fois que je serais à moins de cent années-lumière de la Terre. Tous les cheeseburgers de l'univers ne compenseraient jamais ça.

— Pilote, en avant toutes !

— À vos ordres, capitaine ! Pilotage automatique engagé.

La transition par le trou de ver ? Le non-événement que ça a toujours été. Un moment, nous étions d'un côté, l'instant suivant, nous étions à une centaine d'années-lumière.

— Transition achevée, annonça Desai. Nous sommes exactement là où Skippy disait que nous bondirions. Si ces consoles de visualisation sont justes.

— Elles le sont, assura gaiement notre IA. Tout va bien, Joe, aucun problème avec le vaisseau.

— À toi de jouer, Skippy ! lançai-je, non sans un pincement d'appréhension.

Si jamais il nous doublait maintenant, je n'y pourrais strictement rien.

— Validé, OK. (Sur l'écran de visualisation, on vit derrière nous le scintillement oscillant disparaître, dix-sept secondes plus tôt.) Vortex désactivé.

— Il ne va pas se relancer, se réinitialiser… rien de tout ça ? voulus-je m'assurer.

Sur l'écran, le trou de ver scintillant était à présent bel et bien effacé. Dans les lointains intersidéraux, il n'y avait déjà plus que *Le Hollandais volant* à une année-lumière à la ronde.

— Non, jamais. Le générateur du vortex a été coupé, déconnecté de sa source d'alimentation. Comme je te le disais, si tu décides de faire appel à ton haricot magique, il te faudra attendre trente-huit heures pour te reconnecter. Quarante-deux heures, pour être tout à fait sûr.

Le « haricot magique » dont il parlait ne faisait pas référence au célèbre conte populaire anglais *Jack et le Haricot magique* (quoique…), mais bien au module de contrôle des vortex des Anciens entreposé dans la soute, connecté à mon zPhone, susceptible de remettre en ligne le trou de ver pour un usage unique – pour que nous revenions de nouveau au bercail, sans Skippy. Un haricot magique menant droit chez nous. J'avais beaucoup insisté pour l'avoir et, au terme de longues discussions, au prix d'un plaidoyer soutenu, Skippy avait fini par céder de mauvaise grâce. Là encore, ce n'était pas tant la question de revenir effectivement sur Terre que la possibilité d'un tel retour. L'espoir.

— Merci. Excellent. Et maintenant, où allons-nous ?

— Que dirais-tu de cette géante bleue, là-bas ?

Desai, elle, désigna les massives géantes bleues qui constellaient de toute leur brillance grandiose sa console de visualisation.

— Ce n'est pas ce qui manque, là… Alors, laquelle ?

S'illuminant de son propre éclat bleuté, tendre et caressant, Skippy eut un petit rire.

— Quelle importance ?

FIN

Rendez-vous page suivante pour lire en avant-première un extrait de **Opérations spéciales – Force expéditionnaire** Tome 2

CHAPITRE PREMIER

LE *HOLLANDAIS VOLANT* frémit de nouveau, des geignements s'accompagnèrent du vacarme des composites métalliques s'arrachant de leurs supports. Les écrans de la passerelle vacillèrent, et le chœur strident des alarmes retentit de presque tous les systèmes.

— Skippy, sors-nous de… !

Le vaisseau trembla de plus belle, violemment.

— Un coup direct sur le réacteur numéro quatre, annonça calmement Skippy. Il a perdu son isolation. Je le prépare pour l'éjection. Le système d'éjection est hors connexion. Pilote, poussée maximale d'urgence des propulseurs bâbord, à mon signal.

— Prête, dit Desai, aussi calme que possible.

— Maintenant. Allez-y !

J'ignorais ce que faisaient exactement Skippy et Desai, mais c'était plus que ce que la gravité artificielle du vaisseau et les systèmes de compensation d'inertie pouvaient en supporter. Normalement, les manœuvres du bord ne sont pas perceptibles par l'équipage. Là, je faillis tomber du fauteuil de commandement et je dus m'y raccrocher, tandis que notre transporteur stellaire était brutalement déporté à bâbord. S'ensuivit une série de frémissements de la coque, ponctuée d'un gémissement d'une tonalité grave qu'un navire n'aurait jamais dû émettre.

— Ah, misère ! Le réacteur quatre a bien été largué, mais il a heurté le deux au passage. Je coupe le réacteur deux, maintenant. (Skippy n'arrivait plus à dissimuler sa tension.) Missiles en approche. Je dévie toute la puissance vers les condensateurs des moteurs de saut. Tenez bon, ça va tanguer !

L'écran principal indiquait que le moteur de saut était chargé à trente-huit pour cent. Le *Hollandais volant* étant piégé dans le champ d'amortissement de l'escadron de destroyers thuraniens, Skippy nous avait dit que nous aurions besoin a minima d'une charge de quarante-deux pour cent pour effectuer ne serait-ce qu'un saut très court ; le risque de rupture du moteur serait trop élevé. Si cela arrivait, nous ne le saurions jamais, car nous serions tous morts entre une picoseconde.

À l'écran, les symboles des missiles, sept en tout, fondaient sur nous à toute vitesse. Deux disparurent sous mes yeux, détruits par les rayons à particules de défense ponctuelle de notre bord. Les cinq autres missiles poursuivirent leur course infernale en zigzag, perturbant nos détecteurs de leurs champs furtifs. Un missile de plus pulvérisé en plein vol. Il en restait quatre…

Moteur de saut à quarante pour cent.

Trop juste !

J'actionnai la molette libérant le capuchon du bouton d'auto-destruction, et je me tournai vers la cloison vitrée qui me séparait du compartiment du CIC.

— Colonel Chang…

Il acquiesça, et je le vis ôter le capuchon de l'autre bouton d'auto-destruction, celui de confirmation du sabordage.

— Monsieur.

Il me regarda droit dans les yeux et me salua.

Je lui rendis son salut solennel.

— Colonel Chang, nous avons fait une longue et étrange route ensemble. Servir avec vous a été un honneur.

J'avais le pouce gauche positionné au-dessus du bouton fatidique. De toute façon, notre vaisseau interstellaire était condamné. Et c'était ma faute. Comment diable avais-je pu nous fourrer dans un tel guêpier ?

Autant que je commence par le commencement…

Merci d'avoir lu ou écouté l'un de mes livres ! Il m'a fallu des années pour écrire mes trois premiers ouvrages, car je travaillais comme directeur commercial dans une société informatique et j'écrivais la nuit, les week-ends et pendant les vacances. J'ai eu de nombreuses idées d'intrigues au fil du temps, mais le premier livre que j'ai terminé s'intitulait *Aces*, et je l'avais en fait écrit pour mes nièces, des adolescentes à l'époque. Si vous lisez *Aces*, vous y retrouverez certains éléments des récits de la *Force expéditionnaire* : des situations impossibles, la résolution de problèmes épineux, des réflexions intelligentes, le tout saupoudré d'une bonne dose d'humour et de sarcasme.

Ensuite, j'ai composé un nouvel ouvrage consacré au programme d'expansion du vol spatial supraluminique. C'était un récit d'aventures, au sujet d'astronautes échoués sur une planète alien et tentant d'avertir la Terre d'un défaut critique du moteur supraluminique. Une bonne histoire, que j'ai envoyée à des éditeurs traditionnels dans les années 2000. En retour, je n'eus que des refus. Mon style d'écriture était « intéressant », ce qui signifiait, je l'ai appris depuis, que c'est la seule chose qu'un éditeur puisse dire sans le froisser à un aspirant auteur dont il ne veut pas. L'intrigue était trop développée, la narration trop longue, les éditeurs voulaient que je raccourcisse de moitié le fil des péripéties et que je change à peu près tout. Bref, classement vertical (j'ai flanqué le manuscrit à la poubelle), et je suis passé à autre chose.

Le Jour de Christophe Colomb et *Ascendant* ont été rédigés conjointement, à partir de 2011. L'idée d'*Ascendant* m'était venue en découvrant le premier *Harry Potter*, au moment où l'une de mes nièces m'avait demandé ce qui serait arrivé à Harry Potter si personne ne lui avait dit qu'il était un sorcier. Ma foi, bonne question… Et je me suis attelé à l'écriture d'*Ascendant*.

Dans mon premier jet du ***Jour de Christophe Colomb***, Skippy était un mignon petit robot de passager clandestin lors de l'invasion de la Terre par les Kristangs, et qui aidait Joe à vaincre les aliens. Après un an à travailler à cette version, je me suis dit qu'elle ressemblait un peu trop à un « film de la semaine » de Disney Channel, et, bref, c'était mauvais ! Le cœur lourd, je me suis résolu à renoncer à ce premier jet auquel j'avais consacré une année entière et j'ai tout repris à zéro. Cette fois, j'ai commencé par les grandes lignes de l'arc narratif de la ***Force expéditionnaire*** au complet, afin de voir d'emblée où l'intrigue mènerait, comment l'histoire se développerait. C'était une excellente idée, et je m'en suis tenu depuis à ces grandes lignes (avec des détours et « loopings » mineurs çà et là).

Une fois ***Aces***, ***Le Jour de Christophe Colomb*** et ***Ascendant*** terminés à l'été 2015, et vu qu'aucun éditeur n'était intéressé, ma femme m'a suggéré :

1) De tenter l'autopublication sur Amazon ;
2) De la boucler, pour l'amour du ciel, sur le fait que j'étais incapable de faire publier mes livres ;
3) De vider et nettoyer le garage.

Il me fallut six mois supplémentaires de recherches et de révisions pour finaliser ma trilogie et la télécharger sur Amazon. En plus du reformatage des livres pour qu'ils correspondent aux normes d'Amazon, je dus sélectionner et acheter les droits de couvertures puis me créer un compte Amazon en tant qu'auteur. Quand j'ai enfin cliqué sur le bouton « Téléchargement », le 10 janvier 2016, mon plus grand espoir était que quelqu'un achète ne serait-ce qu'UNE de mes œuvres, car ça signifierait que j'étais enfin un auteur publié ! Après avoir vendu un exemplaire de chacun de mes livres, mon but fut de rentrer dans mes frais, histoire d'éponger le coût des illustrations de couvertures que j'avais achetées sur internet (environ 35 dollars par tome).

Cette première quinzaine de janvier 2016, Amazon nous envoya un chèque de 410,99 dollars ; une partie de ces gains nous permit, à mon épouse et moi, de nous offrir un bon restaurant. Je crois que le solde servit à l'achat de nouveaux pneus pour ma voiture.

Quand j'ai téléchargé *Le Jour de Christophe Colomb*, j'avais déjà rédigé la moitié du deuxième opus de la saga *Opérations spéciales*, et je continuais à écrire la nuit et les week-ends. En avril, les ventes du *Jour de Christophe Colomb* étaient telles que ma femme et moi, nous nous sommes dit, « Houla, ça pourrait être un peu plus qu'un simple passe-temps ! » À ce moment-là, je pris une semaine de congés pour composer la suite, douze heures par jour, pendant douze jours. Des « vacances » vraiment amusantes ! Mais grâce à ma persévérance, je pus publier *Opérations spéciales* début juin 2016. À la mi-juillet, à notre grand étonnement, nous commencions à envisager que je quitte mon travail pour devenir écrivain à plein temps. En août, j'eus une de ces épiphanies où l'on se dit que la vie est vraiment trop courte, quand un ami de la famille en vint à décéder, suivi de près par ma grand-mère. Nous avons donc décidé que je ferais mieux de me consacrer à l'écriture. Avant de donner ma démission, je soumis à ma femme un business plan avec la liste des ouvrages que j'avais l'intention de composer au cours des trois années à venir, avec les grandes lignes des intrigues et les dates prévues de publication. Ainsi, elle fut rassurée : je ne quittais pas mon « vrai » job pour passer mon temps à mater des films de science-fiction en short et tee-shirt au prétexte bien commode de « mener des recherches ».

L'été 2016, on proposa à R.C. Bray d'enregistrer *Le Jour de Christophe Colomb*, et je suis sûr que sa première pensée fut : « Un livre au sujet d'une canette de bière parlante ? Euh… Merci, mais non merci ! »

Heureusement, il y réfléchit à deux fois, ou il prenait des médicaments très efficaces pour un mauvais rhume, ou alors sa femme l'avait menacé de lui faire repeindre la maison si jamais il n'était pas accaparé par ses enregistrements… Bref, R.C. s'attaqua au *Jour de Christophe Colomb*, puis retourna à sa vie fantastique peuplée de vedettes de cinéma et de parties de golf à bord de son yacht, en oubliant probablement tout de la « canette de bière parlante ».

Quand j'appris que R.C. Bray serait le narrateur de mon œuvre, ma première réaction avait été : « LE R.C. Bray ? Le type qui a enregistré *Seul sur Mars* ? Qui a gagné l'Audie Award du Meilleur Narrateur de SF ? Ha, ha. Bonne blague. Sérieux, qui va réellement enregistrer le livre ? »

Le livre audio du *Jour de Christophe Colomb* remporta un énorme succès. Il fut finaliste pour un Audie Award en tant que Livre audio de l'année !

Quand on me proposa de créer des versions audio de ma série *Ascendant*, on m'assura que le narrateur serait Tim Gerard Reynolds. Là encore, ma réaction fut : « Vous parlez d'un autre gars appelé Tim Gerard Reynolds ? Pas du TGR qui a enregistré les livres audio *Red Rising*, n'est-ce pas ? »

Il est évident que j'ai eu beaucoup de chance avec les narrateurs de mes livres audio. Soyons clairs, ce sont eux qui ont choisi de travailler avec moi, pas l'inverse. Si j'avais directement contacté Bob ou Tim, je serais passé en mode « super fanboy », et ils auraient exigé que soit prononcée une injonction d'éloignement à mon encontre ! Et donc, j'insiste, j'ai eu de la chance qu'ils signent pour ces œuvres.

À ce stade, il n'existe pas de projet de film ou de série télé pour la saga *Force expéditionnaire*, bien que j'aie eu des demandes de producteurs et de studios au sujet des « droits audiovisuels ». D'après les professionnels du milieu, même si un studio ou une chaîne prend une option sur les droits, avant que quoi que ce soit prenne tournure et se concrétise enfin, des années entières s'écouleront. Je m'exciterais pour rien, pendant que le projet se baladerait entre les mains des producteurs et des directeurs. Au moment où j'aurais perdu tout espoir, un miracle se produirait peut-être et le projet obtiendrait son financement. Mais pas avant un temps indéfiniment long… Oh là, autant ne pas compter dessus. D'un autre côté, Disney va retirer ses billes de Netflix l'an prochain, et donc Netflix cherchera de nouveaux contenus originaux…

Les paris sont ouverts !

Encore une fois, un grand merci à vous d'avoir lu l'un de mes livres. Écrire me donne une formidable excuse de ne pas ranger le garage.

Contactez l'auteur à craigalanson@gmail.com

https://www.facebook.com/Craig.Alanson.Author/

Visitez craigalanson.com pour les blogs et des articles estampillés ExForce : tee-shirts, écussons, stickers, chapeaux et mugs.

Podium

DISCOVER MORE

STORIES
UNBOUND